Günter Grass

Le Tambour

roman

TRADUIT DE L'ALLEMAND
PAR JEAN AMSLER

Éditions du Seuil

TEXTE INTÉGRAL

EN COUVERTURE : illustration de Topor.

ISBN 2-02-005410-8.

Première publication :
ISBN 2-02-001430-0 broché
ISBN 2-02-001755-5 relié.

Titre original : *Die Blechtrommel*

Le Tambour

C'est peu avant 1914 que l'histoire de la famille Bronski se superpose à celle de Dantzig, ville déchirée entre deux nations, la Prusse et la Pologne.

Elle commence avec les amours d'Anna la Kachoube et de Joseph Koljaiczeck, l'incendiaire de scieries. C'est de l'union de leur fille Agnès avec le Rhénan Matzerath que naît Oscar. Celui-ci a renié sa filiation, renoncé à une croissance normale le jour de ses trois ans et par la même occasion au négoce des denrées exotiques.

Du haut de ses quatre-vingt-dix centimètres Oscar observe les adultes. Témoin désinvolte des événements qui se déroulent à Dantzig, il traverse la montée du nazisme, la guerre et la reconstruction tout en rythmant sur son tambour de fer battu ce qu'il voit et ressent — les bassesses et les cruautés du monde des adultes. Il fait ainsi surgir un univers grotesque, mystérieux d'où la logique est exclue, mais qui éclaire le monde et les hommes mieux que le cerveau humain. Dans un registre torrentiel, Günter Grass brosse le portrait d'une époque, à travers cinquante ans d'histoire, et nous offre une œuvre que l'on peut considérer comme le document littéraire de langue allemande le plus insolite et le plus audacieux depuis la guerre.

Poméranien de Dantzig, né en 1927 de parents mi-allemands, mi-polonais, Günter Grass a d'abord étudié la peinture et la sculpture avant de se tourner vers la littérature. C'est au cours d'un long séjour à Paris qu'il écrivit son premier roman, le Tambour *(prix du Meilleur Livre étranger, 1962) qui, traduit en onze langues, lui assura une fulgurante renommée. Après avoir confirmé son génie de conteur et de satiriste dans des œuvres romanesques comme* le Chat et la Souris, les Années de chien, Anesthésie locale, *après avoir relaté son expérience politique de militant au service du parti social démocrate dans* les Évidences politiques, le Journal d'un escargot, *Günter Grass vient de nous livrer, avec* le Turbot, *une étonnante histoire de la nutrition, dans laquelle il nous relate sa longue traversée des siècles, en compagnie de neuf redoutables femmes cuisinières.*

Du même auteur

AUX MÊMES ÉDITIONS

Le Tambour
roman, 1961
prix du meilleur livre étranger

Le Chat et la Souris
roman, 1962
coll. «Points Roman», 1984

Les Années de chien
roman, 1965
coll. «Points Roman», 1981

Les plébéiens répètent l'insurrection
théâtre, 1968

Évidences politiques
coll. «Combats», 1969

Anesthésie locale
roman, 1971

Théâtre
1973

Journal d'un escargot
récit, 1974

Le Turbot
roman, 1979
coll. «Points Roman», 1981

Une rencontre en Westphalie
roman, 1981

Les Enfants par la tête
récit, 1983

Essais de critique (1957-1985)
essais, 1986

La Ratte
roman, 1987
coll. «Points Roman», 1989

Tirer la langue
(à paraître, 1989)

Livre premier

La jupe en cloche

D'accord : je suis pensionnaire d'une maison de santé. Mon infirmier m'observe, me tient à l'œil ; car il y a dans la porte un judas, et l'œil de mon infirmer est de ce brun qui ne peut me radiographier car j'ai, moi, les yeux bleus.

Donc mon gardien ne saurait être mon ennemi. Je lui ai porté quelque affection ; quand l'espion embusqué derrière la porte entre dans ma chambre, je lui raconte des fragments de ma vie, pour qu'il me comprenne en dépit du judas. Le brave homme semble goûter mes récits car, à peine lui ai-je fait avaler une couleuvre que, pour se faire connaître à son tour, il me montre sa dernière création de ficelle nouée. Qu'il soit un artiste, c'est à voir. Une exposition de ses œuvres serait cependant bien accueillie de la presse : voire, elle attirerait quelques acheteurs. Il noue de vulgaires ficelles qu'il ramasse, après la visite, dans les chambres de ses patients et qu'il démêle ; il en fait des avortons cartilagineux complexes, les plonge dans le plâtre, les laisse se solidifier et les larde d'aiguilles à tricoter pour les fixer à de petits socles de bois.

Il caresse fréquemment l'idée de colorier ses œuvres. Je m'efforce de l'en dissuader ; je le renvoie pour comparaison à mon lit métallique laqué blanc et je le prie de s'imaginer ce lit tout repeinturluré. Horrifié, il joint au-dessus de sa tête ses mains d'infirmier, tente d'imposer à son visage inerte l'expression de toutes les épouvantes, puis il renonce à ses projets en couleurs.

Ainsi mon lit de métal est un terme de comparaison. Pour moi, il est même davantage : mon lit, c'est l'objectif enfin atteint, mon réconfort, et ce pourrait être ma religion si la direction de l'établissement y admettait quelques retouches : je voudrais en surélever la grille, pour fuir tout contact.

Une fois par semaine, le jour de visite trouble le calme où je vis derrière les barreaux de métal blanc. Alors viennent ceux qui veulent me sauver, ceux que ça amuse de m'aimer, qui ont besoin de moi pour s'estimer, s'honorer, se connaître eux-mêmes. Qu'ils sont aveugles, nerveux, rustres ! Ils grattent avec leurs ongles en pince la grille laquée de mon lit, gribouillent au stylo à bille ou au crayon d'aniline sur le vernis d'indécents bonshommes longilignes. Mon avocat trébuche à tout coup, lorsque son barrissement fait s'effondrer la chambre et qu'il coiffe de son chapeau de nylon le montant gauche du pied de mon lit. Tant qu'il reste là — et Dieu sait si les avocats sont verbeux — cet acte de violence m'ôte mon équilibre et ma sérénité.

Après avoir déposé leurs cadeaux sur le guéridon tendu de toile cirée blanche placé sous l'aquarelle aux anémones, et m'avoir détaillé les tentatives de sauvetage qu'ils sont en train ou sur le point d'exécuter, histoire de m'inculquer à moi, objet de leurs infatigables manœuvres, le niveau élevé de leur dévouement, ils reprennent goût à leur propre existence et me quittent. Vient alors mon infirmier ; il aère, puis il ramasse les ficelles des paquets. Souvent, après avoir aéré, il trouve encore le temps, assis près de mon lit, débrouillant les ficelles, de diffuser si longtemps du silence que je finis par identifier Bruno et le silence.

Bruno Münsterberg — trêve de plaisanterie : c'est le nom de mon infirmier — acheta pour mon compte cinq cents feuilles de papier à écrire. Bruno, qui est célibataire, sans enfants, originaire du Sauerland, se rendra une fois encore, si la provision était insuffisante, à la petite papeterie qui vend aussi des jouets, et me procurera la place nécessaire à l'exercice exact, je l'espère, de ma mémoire. Jamais je n'aurais pu demander ce service à mes visiteurs, à mon avocat par exemple, ou à Klepp. Une affection inquiète, attentive aurait à coup sûr interdit à mes amis d'apporter un objet aussi dangereux que du papier vierge et de l'abandonner aux sécrétions verbales de mon esprit.

Quand je dis à Bruno : « Ah ! Bruno, voudrais-tu m'acheter cinq cents feuilles de papier vierge ? » Bruno, regardant le plafond et y braquant un index, répondit : « Du papier blanc comme ça, monsieur Oscar ? »

Le mot vierge m'avait plu, et je priai Bruno de dire aussi comme ça dans le magasin. Quand il reparut avec le paquet en fin d'après-midi, je vis qu'il était sourdement agité par des pensées. Plusieurs fois, longuement, il regarda ce plafond où il allait chercher toutes ses inspirations et, un peu plus tard, il émit : « Vous m'avez recommandé le mot qu'il fallait. J'ai demandé du papier vierge, et la vendeuse a rougi violemment avant de m'apporter ma commande. »

La crainte d'une conversation prolongée roulant sur les vendeuses de papeterie me fit regretter d'avoir appelé vierge le papier ; j'observai donc le silence et attendis que Bruno ait quitté la chambre ; j'ouvris alors le paquet de cinq cents feuilles.

Quelque temps, pas trop longtemps, je soupesai et soulevai le paquet difficilement flexible. Je comptai dix feuillets, le reste fut logé dans la table de nuit ; je trouvai le stylo dans le tiroir à côté de l'album de photos : il est plein, j'ai de l'encre en réserve, je commence.

Comment ? On peut commencer une histoire par le milieu puis, d'une démarche hardie, embrouiller le début et la fin. On peut adopter le genre moderne, effacer les époques et les distances et proclamer ensuite, ou laisser proclamer qu'on a résolu enfin le problème espace-temps. On peut aussi déclarer d'emblée que de nos jours il est impossible d'écrire un roman puis, à son propre insu si j'ose dire, en pondre un bien épais afin de se donner l'air d'être le dernier des romanciers possibles. Je me suis également laissé dire qu'il est bon et décent de postuler d'abord : il n'y a plus de héros de roman parce qu'il n'y a plus d'individualistes, parce que l'individualité se perd, parce que l'homme est seul, que tout homme est pareillement seul, privé de la solitude individuelle, et forme une masse solitaire anonyme et sans héros. Après tout, ce n'est pas impossible. Mais en ce qui nous concerne, moi Oscar, et mon infirmer Bruno, je veux l'affirmer sans ambages : nous sommes tous deux des héros, des héros tout différents, lui derrière le judas, moi devant ; et quand il ouvre la porte, ça y est : malgré notre amitié et notre solitude, il ne reste plus de nous qu'une masse anonyme et sans héros.

Je commencerai longtemps avant moi ; car nul ne devrait décrire sa vie qu'il n'ait pris le temps, avant de dater sa propre existence, de commémorer une bonne moitié de ses grands-parents. Vous autres qui, loin de ma clinique psychiatrique, menez une vie confuse, vous tous, amis et visiteurs hebdomadaires qui ne soupçonnez pas le papier que je tiens en réserve, je vous présente la grand-mère maternelle d'Oscar.

Par un finissant après-midi d'octobre, ma grand-mère Anna Bronski était assise par terre dans ses jupes au bord d'un champ de pommes de terre. Si ç'avait été le matin, on aurait pu voir avec quelle adresse grand-mère, de son rateau, ramenait en jolis tas les fanes flétries. A midi, elle mangea une tartine de saindoux sucrée à la mélasse, puis elle donna au champ le dernier coup de pioche. Enfin voici qu'elle était assise par terre dans ses jupes entre deux paniers presque pleins. Devant les semelles de ses bottes, lesquelles épousaient un plan vertical et se rapprochaient à la pointe, brûlait avec des soubresauts asthmatiques un feu de fanes qui répandait sur le sol insensiblement déclive une fumée plate et circonspecte. On était en quatre-vingt-dix-neuf. Elle se trouvait en plein pays kachoube près de Bissau, mais plutôt du côté de la briqueterie. Elle était assie par terre non loin de Ramkau, derrière Viereck, en direction de la route de Brenntau, entre Dirschau et Karthaus, ayant derrière son dos la sombre forêt de Goldkrug et, armée d'une baguette de coudrier carbonisée à son extrémité pointue, elle poussait des pommes de terre sous la cendre chaude.

Si je viens de faire spécialement allusion à la jupe de ma grand-mère, si j'ai dit avec une clarté suffisante, j'espère : « Elle était assise par terre dans ses jupes » — si, ma foi, j'intitule ce chapitre « La jupe en cloche », c'est parce que je sais ce que je dois à ce vêtement. Ma grand-mère ne portait pas une seule jupe, elle en portait quatre l'une sur l'autre. Non qu'elle ait porté une jupe et trois jupons ; elle portait quatre jupes de dessus, chacune des jupes portant l'autre ; quant à elle, elle portait les jupes selon un système modifiant chaque jour la superposition des jupes. Celle qui était hier sur le dessus se trouvait aujourd'hui un étage en dessous ; la seconde jupe devenait la troisième. La ci-devant troisième jupe venait à même la peau. La jupe qui était hier au contact de ma grand-mère laissait aujourd'hui voir son motif, c'est-à-dire pas de motif du tout : les jupes de ma grand-mère Anna Bronski étaient vouées à une même et identique nuance pomme de terre. Il faut croire que cette nuance lui allait au teint.

Outre cette tonalité, les jupes de ma grand-mère se distinguaient par l'extravagante ampleur du tissu. Elles s'arrondissaient en cloche, se gonflaient au souffle du vent, retombaient quand il en avait assez, claquaient à son passage, et toutes quatre se déployaient à l'avant de ma grand-mère quand elle avait le vent en poupe. Pour s'asseoir, elle ramassait ses jupes autour d'elle.

En plus des quatre jupes constamment gonflées, pendantes, drapées ou debout, raides et vides, à côté de son lit, ma grand-mère possédait une cinquième jupe. Cet exemplaire ne différait en rien des quatre autres, couleur de pomme de terre. De plus, la cinquième jupe n'était pas toujours la même. Pareille à ses sœurs — car jupes sont de nature féminine — elle était soumise au service par roulement, prenait place parmi les quatre jupes portées et devait comme elles, quand c'était son tour, c'est-à-dire un vendredi sur cinq, être lavée au cuvier, séchée le samedi sur la corde à linge devant la fenêtre de la cuisine, et, une fois sèche, passer sur la planche à repasser.

Quand ma grand-mère, après un samedi de grand ménage-cuisine-lavage-repassage, après avoir trait et nourri la vache, entrait tout entière dans le cuvier, laissait un peu d'elle-même à l'eau de lessive, en émergeait ensuite pour s'asseoir, drapée de tissu à grandes fleurs, sur le bord du lit, elle avait devant elle, disposées sur le plancher, les quatre jupes portées et la jupe propre. Elle appuyait sur son index droit la paupière inférieure de son œil droit, ne prenait conseil de quiconque, fût-ce même de son frère Vincent ; c'est pourquoi elle se décidait rapidement. Debout, pieds nus, elle écartait du bout des orteils celle des quatre jupes qui avait le plus perdu la fleur de sa nuance pomme de terre. Alors l'exemplaire propre occupait la place rendue libre.

En l'honneur de Jésus, dont elle se faisait une idée bien définie, la stratification renouvelée de ses jupes était inaugurée le dimanche matin à la messe de Ramkau. Comment ma grand-mère portait-elle la jupe lavée ? Ce n'était pas seulement une femme propre, mais une femme un peu vaine : donc elle portait l'exemplaire le meilleur bien en vue et, par beau temps, au soleil.

Or ce fut un lundi après-midi que ma grand-mère fut assise par terre derrière le feu de fanes. La jupe dominicale se rapprochait d'elle d'un cran le lundi ; cependant que l'exemplaire que sa peau avait tiédi le dimanche se retrouvait le lundi fixé aux hanches où il pendait mélancoliquement par-dessus les autres. Elle sifflait comme ça, tandis qu'à l'aide de sa baguette de coudrier elle fouillait la cendre pour en retirer la première pomme de terre à point. Elle poussa le tubercule assez loin du tas fumant, pour que le vent pût le frôler et le refroidir. Puis, d'une branche pointue, elle piqua la patate noircie, croûteuse et fissurée, l'approcha de sa bouche qui ne sifflait plus mais qui, de ses lèvres sèches et crevassées, soufflait sur la pelure pour en ôter la cendre et la terre.

Tout en soufflant, ma grand-mère ferma les yeux. Quand elle crut avoir suffisamment soufflé, elle ouvrit un œil, puis l'autre ; ses incisives écartées, impeccables d'ailleurs, mordirent ; aussitôt elle libéra ses dents ; elle tenait la pomme de terre trop chaude, farineuse et fumante, dans la cavité de sa bouche ouverte ; ses yeux écarquillés, par-dessus ses narines dilatées pompant la fumée et l'air d'octobre, regardaient au bout du champ l'horizon proche, jalonné de poteaux télégraphiques où surgissait, par son tiers supérieur à peine, la cheminée de la briqueterie.

Quelque chose bougeait entre les poteaux télégraphiques. Ma grand-mère ferma la bouche, ramena les lèvres à l'intérieur, pinça les yeux et se mit à mâchonner la pomme de terre. Quelque chose bougeait entre les poteaux télégraphiques. Quelque chose qui bondissait. Trois hommes couraient entre les poteaux télégraphiques, tous trois en direction de la cheminée, puis ils décrivirent un circuit, et l'un d'eux repartit en sens inverse à une vitesse accrue. Il dépassa la briqueterie. Il était petit et large ; les deux autres, plutôt minces et longs. Puis juste après la briqueterie, ils couraient à nouveau entre les poteaux ; mais celui qui était petit et large faisait des crochets, et il avait l'air plus pressé que les deux autres coureurs, longs et minces ; et ceux-ci, de revenir jusqu'à la briqueterie, parce que déjà l'autre était reparti, roulant comme une boule, quand les autres n'étaient plus qu'à deux pas ; et tous de repartir, et soudain plus personne, je ne joue plus, tandis que le petit, d'un bond, disparaissait du haut de la cheminée derrière l'horizon.

Ils y restèrent. C'était la pause. Ou bien ils changeaient de costume, ou bien ils moulaient des briques et on les payait pour ça.

Quand ma grand-mère, pour profiter de la pause, voulut piquer une seconde pomme de terre, elle piqua le vide. Car voici justement que l'homme qui semblait être petit et large émergeait de l'horizon. Il n'avait pas changé de costume. Il enjambait l'horizon comme une clôture de lattes, comme s'il avait planté là ses poursuivants, parmi les briques ou sur la grand-route de Brenntau. Et pourtant il avait l'air toujours aussi pressé, il voulait aller plus vite que les poteaux du télégraphe. Il faisait de longues, lentes enjambées, il traversait le champ ; la boue volait de ses semelles ; il s'arrachait à la glaise et, malgré la longueur de ses enjambées, il se traînait sur la glaise tenace. Parfois on aurait dit qu'il restait collé par en bas, puis qu'il restait suspendu en l'air le temps de s'essuyer largement le front avant de planter à nouveau sa jambe libre dans ce champ fraîchement labouré qui, à côté des cinq arpents de pommes de terre, basculait ses sillons vers le chemin creux.

Et l'homme atteignit le chemin creux. A peine avait-il disparu, petit et large, dans le chemin creux que déjà, longs et minces, les deux autres à leur tour, après avoir entre-temps peut-être visité la briqueterie, surgissaient à l'horizon. Longs et minces, pas maigres, bottés, ils arpentaient la glaise avec tant d'énergie que ma grand-mère encore une fois ne put embrocher sa pomme de terre ; car ce n'est pas tous les jours qu'on voit trois personnes de taille adulte, quoique différente, sauter à cloche-pied autour de poteaux télégraphiques, menacer d'abattre la cheminée de la briqueterie, puis traverser par intervalles, le premier petit et large, les second et troisième longs et minces, avec un effort égal, traînant à leurs semelles une épaisseur de boue sans cesse accrue, le champ labouré l'avant-veille par Vincent, pour disparaître dans le chemin creux.

Donc il n'y avait plus personne en vue, et ma grand-mère put à nouveau entreprendre de piquer une pomme de terre. Elle souffla dessus rapidement pour en ôter la terre et la cendre, se la mit aussitôt tout entière dans la bouche et pensa, si elle pensa quelque chose : c'est des gens de la briqueterie. Et de mâcher en faisant tourner la mâchoire, quand un homme jaillit du chemin creux. Un regard farouche franchit sa moustache noire ; en deux bonds il fut près du feu. Il était à la fois devant et derrière le feu, et aussi à côté. Il jura. On voyait qu'il avait peur, ne savait où aller, ne pouvait retourner en arrière, car les autres, longs et minces, suivaient par le chemin creux. Il se tapait sur les genoux et ses yeux allaient lui sortir de la tête : la sueur lui coulait du front. Et haletant, la moustache tremblante, il se permit de s'approcher à quatre pattes jusque devant les semelles de grand-mère. Il vint tout près et regarda ma grand-mère comme s'il était un petit animal large. Elle soupira ; impossible de continuer à mâcher la pomme de terre. Elle ramena à elle ses semelles ; elle ne pensait plus aux briques, aux briquetiers, à la briqueterie, mais elle souleva sa jupe, rectification, ses quatre jupes simultanément assez haut pour que l'homme petit et large — qui décidément n'était pas de la briqueterie — pût s'y glisser tout entier. On ne le voyait plus, ni sa moustache, il n'avait plus l'air d'une bête traquée. Il n'était pas de Ramkau ni de Viereck. Il avait disparu sous la jupe avec sa peur et ne se tapait plus sur les genoux. Il n'était plus petit ni large et pourtant il occupait une place à lui. Il oubliait de haleter, de trembler et de se taper sur les genoux. Et il se fit un silence comme au premier jour, un air de vent caressait le feu de fanes, les poteaux télégraphiques se comptaient sans bruit, la cheminée de la briqueterie était au garde-à-vous. Quant à ma grand-mère, elle promenait une main sur sa jupe de dessus afin de l'aplanir comme il faut. A peine si elle sentait l'homme à travers ses quatre jupes ; mais elle n'avait pas encore bien compris quelle aventure arrivait à sa peau sous la quatrième ; c'était neuf, étonnant. Et comme elle était surprise, quoique superficiellement présentable et qu'elle n'y comprenait rien, elle tira de la cendre deux trois pommes de terre, en prit quatre crues dans le panier qui était sous son coude gauche, les poussa dans la cendre chaude, les recouvrit de cendre et tisonna, ce qui réveilla la fumée — je vous demande un peu ce qu'elle aurait pu faire d'autre.

A peine les jupes de ma grand-mère avaient-elles repris leur dignité, à peine la fumée pâteuse des fanes, désorientée par les claques sur les genoux, les évolutions et le tisonnage, avait-elle repris au gré du vent sa marche vers le sud-est, que soudain les deux hommes grands et minces débouchèrent du chemin creux. Ils poursuivaient le gars petit et large qui désormais logeait sous les jupes, et il apparut que ces hommes longs et minces, pour raisons d'ordre professionnel, portaient l'uniforme de la gendarmerie.

Filant comme deux flèches, ils auraient pour un peu dépassé ma grand-mère. L'un d'eux enjamba le feu. Mais ils se souvinrent qu'ils avaient des bottes et s'en servirent pour freiner. Leurs uniformes bottés nagèrent dans la fumée, puis ils se rapprochèrent en toussant, et leurs uniformes traînaient de la fumée, et ils toussaient toujours quand ils parlèrent à ma grand-mère, voulant savoir si elle avait vu le nommé Koljaiczek, car elle devait l'avoir vu, puisqu'elle était là tout près du chemin creux, et que lui, le nommé Koljaiczek, s'était échappé par le chemin creux.

Ma grand-mère n'avait pas vu de Koljaiczek parce qu'elle n'en connaissait pas. N'était-il pas de la briqueterie, elle voulait savoir, à cause qu'elle ne connaissait que les gars de la briqueterie. Mais les uniformes décrivirent le nommé Koljaiczek comme un qui n'aurait rien eu du tout à voir avec les briques ; en revanche, c'était un petit trapu. Ma grand-mère se souvint d'en avoir vu courir un comme ça. La pomme de terre qui fumait au bout d'une baguette indiqua comme but de la course la direction de Bissau qui, à en croire la pomme de terre, devait se trouver entre le sixième et le septième poteau télégraphique en comptant à droite à partir de la briqueterie. Quant à savoir si ce coureur avait un Koljaiczek, ça, ma grand-mère ne savait pas, rapport au feu qu'elle avait à ses pieds ; ça lui donnait bien du mal, ça brûlait plutôt mal, alors pas moyen de s'occuper des autres qui passaient en courant ou s'arrêtaient dans la fumée. Du reste, elle ne se souciait que des gens qu'elle connaissait ; elle connaissait les gens, rien de plus, qui étaient à Bissau, Ramkau, Viereck et à la briqueterie — ça lui suffisait.

Quand ma grand-mère eut dit cela, elle fit un petit soupir, juste ce qu'il fallait pour marquer aux uniformes qu'il y avait de quoi. Elle hocha la tête en regardant le feu, ce qui voulait dire qu'elle avait soupiré à cause du feu qui tirait mal et des gens qui s'arrêtaient dans la fumée ; puis, de ses incisives écartées, elle détacha la moitié de la pomme de terre, se mit à mâcher et fit rouler ses prunelles à gauche vers le haut.

Les gendarmes ne purent tirer aucune indication de ce regard absent que jeta ma grand-mère. Ils ne savaient pas s'ils devaient chercher Bissau derrière les poteaux télégraphiques. Pour se donner une contenance, ils enfonçaient sporadiquement leurs baïonnettes dans les tas de fanes voisins qui ne brûlaient pas. Pris d'une inspiration soudaine, ils renversèrent simultanément les deux paniers presque pleins de pommes de terre où ma grand-mère appuyait ses coudes ; et ils furent longs à comprendre pourquoi ce n'étaient que des pommes de terre qui roulaient devant leurs bottes, et pas un Koljaiczek. Méfiants, ils contournèrent le silo à pommes de terre, comme si le Koljaiczek avait pu s'y enfouir en si peu de temps ; ils y portèrent des coups de baïonnette calculés, mais personne ne cria parce qu'on le lardait. Leur suspicion n'épargna pas le moindre buisson rabougri, pas un trou de souris. Elle balaya une colonie de taupinières et revint se braquer sur ma grand-mère qui était là par terre, assise, prenant racine, qui émettait des soupirs, ramenait ses paupières sur ses yeux, bien que le blanc en demeurât visible, et énumérait en kachoube les noms de tous les saints, sur le ton pleurnichard et bruyant que lui suggéraient un feu tirant mal et deux paniers de pommes de terre renversés.

Les uniformes restèrent sur place une bonne demi-heure. Tantôt ils étaient loin du feu, tantôt ils étaient près. Ils visaient la cheminée de la briqueterie, parlaient d'occuper Bissau ; puis ils remirent l'offensive à plus tard et tinrent au-dessus du feu leurs mains bleuies ; puis chacun reçut de ma grand-mère, sans qu'elle ait pour autant cessé de soupirer, une pomme de terre éclatée, au bout de la baguette. Mais tout occupés qu'ils étaient à mâcher, soudain les uniformes furent saisis d'une idée : ils étaient en uniforme, parbleu, et de courir jusqu'au bout du champ, à un jet de pierre. Ils remontèrent les genêts bordant le chemin creux et y levèrent un lièvre ; mais il ne s'appelait pas Koljaiczek. Ils revinrent auprès du feu et des tubercules farineux qui sentaient le chaud de la braise, et ils entreprirent pacifiquement de remettre dans les paniers les pommes de terre qu'auparavant, esclaves du devoir, ils avaient renversées par terre.

C'est seulement lorsque le soir, à force de presser le ciel, en tira une fine pluie oblique et un crépuscule d'encre, que précipitamment, mais à contrecœur, ils allèrent reconnaître une pierre de bornage lointaine qui sombrait dans l'obscurité. Cela fait, ils en eurent assez. Ils s'étirèrent encore un peu les jambes et tendirent des mains bénisseuses sur le feu que la pluie étouffait dans sa propre fumée. Encore une toux dans la fumée verte, une larme à l'œil dans la fumée jaune ; puis, toussant et pleurant, ils s'éloignèrent en direction de Bissau. Si le Koljaiczek n'était plus là, c'est que Koljaiczek était à Bissau. Pour un gendarme, il n'y a jamais que deux possibilités.

La fumée de feu qui n'en finissait plus de mourir enveloppa ma grand-mère comme une cinquième jupe si ample qu'à son tour, avec ses quatre jupes et ses prénoms de saints kachoubes, elle se trouva sous jupe à l'égal de Koljaiczek. Quand les uniformes ne furent plus que des points oscillants, progressivement noyés dans le soir entre les poteaux télégraphiques, ma grand-mère se leva précipitamment, comme si elle avait pris racine et ne faisait qu'interrompre la croissance commencée, tandis que des brindilles et de la terre retombaient autour d'elle.

Koljaiczek sentit la fraîcheur quand il se trouva soudain à découvert sous la pluie. Il se hâta de reboutonner sa braguette que l'angoisse et le besoin de chercher un asile lui avaient fait ouvrir sous les jupes. Ses doigts opérèrent prestement, parce qu'il redoutait de refroidir précipitamment son membre, et que le temps était plein de menaces automnales.

Ce fut ma grand-mère qui trouva sous la cendre encore quatre pommes de terre chaudes. Elle en donna trois à Koljaiczek, et s'en offrit une à elle-même. Elle lui demanda encore, avant de mordre, s'il était de la briqueterie, bien qu'elle dût savoir que Koljaiczek était de n'importe où, mais pas dans les briques. Elle ne prit pas garde à sa réponse, le chargea du panier le moins lourd, plia elle-même sous le poids du plus lourd. Elle avait encore une main disponible pour le râteau et la houe ; puis, avec le panier, les pommes de terre, le râteau et la houe, elle fit voile dans ses quatre jupes en direction de Bissau-Carrière.

Ce n'était pas Bissau même. C'était plutôt en tirant sur Ramkau. Donc ils laissèrent la briqueterie à main gauche et marchèrent vers la noire forêt où est Goldkrug et, plus en arrière, Brenntau. Devant la forêt, dans une dépression, c'est là qu'était Bissau-Carrière. Joseph Koljaiczek, toujours petit et large, y suivit ma grand-mère, dont il ne pouvait plus quitter les jupes.

Sous le radeau

Il n'est pas si simple, couché que je suis dans le lit de métal désinfecté de ma clinique, tenu à l'œil par le judas et par celui de Bruno, de retracer les traînantes fumées d'un feu de fanes en Kachoubie, ainsi que les rayures d'une pluie d'octobre. Si je n'avais pas mon tambour, qui dit tout quand on sait s'y prendre et me souffle tous les à-côtés utiles à une relation écrite, et si je n'avais pas reçu de l'établissement l'autorisation de tambouriner trois ou quatre heures par jour, je serais un pauvre homme sans grands-parents certains.

En tout cas mon tambour dit : en cet après-midi d'octobre de l'an quatre-vingt-dix-neuf, tandis qu'en Afrique du Sud l'oncle Kruger se débroussaillait les sourcils, entre Dirschau et Karthaus, proche de la briqueterie de Bissau, sous quatre jupes de même couleur, parmi la fumée, les angoisses, les soupirs, sous une pluie oblique et avec accompagnement d'une litanie kachoube, malgré les questions stupides et les regards enfumés de deux gendarmes, le petit mais large Joseph Koljaiczek engendra ma mère Agnès.

Anna Bronski, ma grand-mère, changea de nom cette même nuit. Avec la collaboration d'un prêtre qui n'y regardait pas aux sacrements, elle devint Anna Koljaiczek et suivit Joseph ; pas en Egypte, non, mais au chef-lieu de la province, sur les rives de la Mottlau, où Joseph trouva du travail comme flotteur de bois et, provisoirement, la tranquillité du côté de la gendarmerie.

C'est seulement pour renforcer le suspense que je ne nommerai pas encore cette ville à l'embouchure de la Mottlau, bien qu'étant le lieu de naissance de ma mère elle mérite d'être nommée. A la fin de juin, en l'an double-zéro — on venait de décréter le doublement du programme de constructions navales dans la classe des cuirassés —, maman vit le jour sous le signe du Lion. Confiance en soi et enthousiasme mystique, orgueil et vanité. La première maison, dite aussi Domus Vitae, dans le signe de l'ascendant : les Poissons, facilement influençables. La constellation du Soleil en opposition avec Neptune, septième maison ou Domus Matrimonii Uxoris, devait provoquer des perturbations. Vénus en opposition avec Saturne qui, comme chacun sait, apporte les maladies de la rate et du foie, qu'on appelle la planète acide, qui règne dans le Capricorne, et célèbre sa disparition dans le Lion, etc. Il partageait avec Vénus la huitième maison mortelle : accidents à prévoir, tandis que la conception dans le champ de pommes de terre promettait un bonheur menacé et la protection de Mercure dans la maison des parents.

Il faut faire place ici à la protestation de ma mère, car elle a toujours contesté avoir été conçue dans le champ de pommes de terre. Certes son père — cela, elle l'accordait — avait bien essayé ; mais leurs positions n'avaient pas été assez commodes pour permettre à Koljaiczek d'engrosser Anna Bronski.

« Ç'a dû être la nuit pendant la fuite, soit dans le caisson de l'oncle Vincent, ou bien même seulement à Troyl, quand nous trouvâmes un toit et une chambre chez les flotteurs. »

C'est en ces termes que ma mère avait coutume de motiver son existence, et ma grand-mère — qui devait savoir à quoi s'en tenir — hochait patiemment la tête et donnait à entendre à la compagnie : « Bien sûr m'n enfant, ç'aura été dans le caisson ou ben encore à Troyl, mais pas dans le champ : y avait un vent et y pleuvait le diable et son train. »

Vincent était le frère de ma grand-mère. Après le décès prématuré de sa femme, il avait fait le pèlerinage de Czestochowa, où la Matkaboska lui avait enjoint de voir en elle la future reine de Pologne. Depuis lors, il était toujours plongé dans des bouquins bizarres, y trouvait à chaque phrase une confirmation des visées politiques de la Mère de Dieu, et laissait à sa sœur le soin de la ferme et des quelques arpents de terre. Jan, son fils, avait alors quatre ans; c'était un enfant chétif, toujours prêt à pleurer, qui gardait les oies, collectionnait des images et, précocité fatale, des timbres-poste.

Dans cette exploitation agricole vouée à la reine céleste de la Pologne, ma grand-mère apporta les paniers de pommes de terre et amena le Koljaiczek. Vincent apprit ce qui s'était passé, courut à Ramkau, harcela le curé jusqu'à ce qu'il vînt avec les sacrements et mariât Joseph et Anna. A peine M. l'Abbé, ivre de sommeil, eût-il donné sa bénédiction étirée en bâillement et tourné son dos sacerdotal en s'en allant muni d'une longe de lard, que Vincent attela le cheval au caisson, y chargea les mariés, les mit sur de la paille et des sacs vides, déposa à côté de lui sur la banquette son fils Jan grelottant qui filait une larme discrète, et fit entendre au cheval qu'il fallait partir droit dans la nuit : le voyage de noces était urgent.

La nuit était encore sombre, mais déjà à bout de munitions quand le véhicule atteignit le port au bois du chef-lieu de province. Des amis, flotteurs comme Koljaiczek, accueillirent le couple fugitif. Vincent put faire demi-tour et mener le petit cheval en direction de Bissau; une vache, la chèvre, la truie et ses porcelets, huit oies et le chien de garde attendaient leur nourriture, sans parler de Jan qu'il fallait mettre au lit, car il avait un peu de fièvre.

Joseph Koljaiczek demeura caché trois semaines, le temps d'inculquer à ses cheveux une nouvelle coiffure avec une raie; il rasa sa moustache, se procura des papiers sans tache et trouva du travail comme flotteur sous le nom de Joseph Wranka. Mais pourquoi Koljaiczek dut-il prendre les papiers du flotteur Wranka, jeté à bas du radeau lors d'une rixe et noyé dans le Bug en amont de Modlin à l'insu des autorités, quand il fit la tournée des marchands de bois et des scieries ? Parce que, ayant pour quelque temps abandonné le flottage, il avait travaillé dans une scierie près de Schwetz et s'y était chamaillé avec le patron. C'était à cause d'une clôture que la main provocatrice de Koljaiczek avait peinte en rouge et blanc. Histoire probablement de montrer de quel bois il se chauffait, le patron de la scierie arracha de la clôture une latte rouge et une blanche et, cognant sur le dos kachoube de Koljaiczek à grands coups de lattes polonaises, il en fit un joli tas de petit bois bicolore. Mais Koljaiczek, battu et pas content, prit la mouche. La nuit suivante, qui était si l'on veut étoilée, il fit de la scierie neuve, fraîchement crépie à la chaux, par l'adjonction de flammes rouges, un délicat hommage à une Pologne partagée, mais qui pour ce motif n'a jamais été aussi unie.

Donc Koljaiczek était un incendiaire, et même un récidiviste car, dans toute la Prusse-Occidentale, scieries et chantiers de bois donnèrent matière à une flambée de sentiments nationaux. Comme toujours quand il y va de l'avenir de la Pologne, la Vierge Marie était impliquée dans ces incendies, et il y aurait eu des témoins oculaires — ils ne sont peut-être pas encore tous morts — qui déclarèrent avoir vu sur les toits croulants de plusieurs scieries la Mère de Dieu parée de la couronne de Pologne. Le peuple, toujours présent quand ça brûle bien, aurait entonné le cantique de la Bogurodzica, la Mère de Dieu. Il faut admettre que les incendies de Koljaiczek étaient chose solennelle : on y prêtait des serments.

Aussi lourdes étaient les charges, aussi âpre la recherche de l'incendiaire Koljaiczek, et aussi honorable, orphelin, inodore était le flotteur Wranka lorsque, recherché de personne, à peine connu, ayant partagé sa carotte de tabac à chiquer en rations quotidiennes, il tomba dans la rivière Bug et ne laissa dans la poche de sa vareuse, avec ses papiers, que trois rations de tabac pour un jour. Et comme le noyé Wranka ne pouvait plus rien dire et que personne ne posa de questions indiscrètes relatives au noyé Wranka, Koljaiczek qui avait la même stature et le même crâne rond que le noyé, entra dans sa vareuse, puis dans ses papiers, enfin dans sa peau dépourvue d'antécédents judiciaires, se déshabitua de la pipe, se mit à chiquer, reprit à son compte les particularités les plus personnelles de Wranka, même son défaut de prononciation. Si bien qu'au cours des années suivantes il joua le rôle d'un brave flotteur économe, légèrement bègue, et accompagna des forêts entières sur le Niémen, le Bobr, le Bug et la Vistule. Il faut dire également que Wranka devint brigadier dans les hussards du Kronprinz commandés par Mackensen, car Wranka n'avait pas encore fait son service militaire tandis que Koljaiczek, de quatre ans son aîné, avait servi dans l'artillerie à Thorn et reçu un certificat de mauvaise conduite.

Parmi les bandits, assassins et incendiaires, les pires, tout en pillant, tuant et incendiant, guettent l'occasion de prendre un métier plus sérieux. Plus d'un cherche, rencontre sa chance : Koljaiczek, devenu Wranka, fut un bon époux, si parfaitement guéri de son vice ardent que la seule vue d'une allumette le faisait trembler. D'innocentes boîtes d'allumettes, abandonnées en liberté et se prélassant sur la table de la cuisine, n'étaient pas à l'abri de ses violences ; et pourtant il aurait pu inventer les allumettes. Or il jetait la tentation par la fenêtre. Ma grand-mère parvenait difficilement à tenir le repas prêt à l'heure. Souvent la famille était dans le noir, faute d'allumer la lampe à pétrole.

Pourtant Wranka n'était pas un tyran. Le dimanche, il menait son Anna Wranka à la messe de la ville basse et lui permettait de promener ses quatre jupes comme sur un champ de pommes de terre, puisqu'elle était sa légitime épouse. En hiver, quand les cours d'eau étaient gelés et les flotteurs à l'étiage, il restait bravement à Troyl. Il n'y avait pour y habiter que des flotteurs, des dockers et des ouvriers des constructions navales. Il veillait sur sa fille Agnès qui semblait être de la race de son père, car elle se cachait sous le lit où s'enfilait dans l'armoire. Quand il y avait un visiteur, elle se tenait assise sous la table avec ses poupées de son.

La petite Agnès tenait autant à rester cachée, et cherchait dans sa retraite une même sécurité, quoique un autre genre d'agrément que Joseph sous les jupes d'Anna. Koljaiczek l'incendiaire était suffisamment expérimenté pour comprendre le besoin de protection qu'éprouvait sa fille. C'est pourquoi, sur l'espèce de balcon qui complétait le logement d'une pièce et demie, quand il fallut y bricoler une cabane à lapins, il y ajouta une niche sur mesure. Ma mère, en bas âge, y était installée avec ses poupées ; elle y grandit. Plus tard, quand elle allait déjà à l'école, elle aurait paraît-il renié ses poupées et montré en jouant avec des boules de verre et des plumes teintes le sens précoce qu'elle avait de la beauté périssable.

On me permettra, compte tenu que je brûle d'en venir à ma propre existence, de laisser le radeau familial des Wranka glisser paisiblement jusqu'à l'année treize où le *Columbus* fut lancé aux chantiers de Schichau ; c'est alors que la police, qui n'oublie rien, retrouva la trace du faux Wranka.

Le commencement, ce fut quand le Koljaiczek, comme chaque année en fin d'été, eut pour mission de convoyer le grand train de bois de Kiev par le Pripet, le canal, le Bug jusqu'à Modlin et enfin sur la Vistule ; ainsi en août treize. Ils partirent — douze flotteurs de bois — sur le remorqueur *Radaune* qui travaillait pour la scierie ; de Neufahr-Ouest par le bras mort de la Vistule jusqu'à Einlage ; remontèrent ensuite la Vistule par Käsemark, Letzkau, Czattkau, Dirschau et Pieckel ; le soir, ils firent halte à Thorn. Là, le nouveau patron de la scierie vint à bord pour surveiller l'achat du bois à Kiev. Quand à quatre heures du matin le *Radaune* leva l'ancre, on apprit qu'il était à bord. Koljaiczek le vit pour la première fois au petit déjeuner dans le poste d'équipage. Tout le monde était assis en cercle, occupé à mâcher et à siroter un café d'orge. Koljaiczek le reconnut aussitôt. L'homme large, au crâne déjà dégarni d'en haut, fit servir de la vodka qu'on versa dans les tasses à café vides. Tandis qu'on mâchait et qu'au bout du poste on continuait à verser la vodka, il se présenta : « Je vous informe que je suis le nouveau patron de la scierie ; je m'appelle Dückerhoff ; je ne veux pas d'histoires ! »

Sur sa demande, les flotteurs, dans l'ordre où ils étaient,

énoncèrent leurs noms et vidèrent leurs tasses en faisant pistonner leur pomme d'Adam. Koljaiczek vida la sienne, dit ensuite « Wranka » et, ce faisant, regarda dans les yeux Dückerhoff. Ce dernier fit un signe de tête comme pour les précédents, répéta le mot Wranka tout comme il avait répété les noms des autres flotteurs. Mais Koljaiczek n'aurait pas juré que Dückerhoff n'avait pas prononcé le nom du flotteur noyé avec une intonation particulière, pas positivement avec insistance, mais de façon pensive.

La machine pilonnait sans trêve ; le *Radaune*, évitant adroitement les bancs de sable avec l'assistance de pilotes constamment renouvelés, remontait le flot limoneux, inlassable. A gauche et à droite, derrière les digues, toujours le même pays : plat ici, vallonné plus loin, les récoltes déjà rentrées. Haies, chemins creux, une dépression envahie de genêts, des fermes isolées ; un terrain pour charges de cavalerie, pour une division de uhlans opérant une conversion à gauche afin d'entrer dans le paysage, pour des hussards sautant, hop, les haies, pour les rêves de jeunes chefs d'escadron, pour la bataille passée qui revient toujours, pour le tableau d'histoire : Tartares peints à plat, dragons cabrés, chevaliers teutoniques qui croulent, le Maître de l'Ordre teint de sang son manteau cérémoniel, manque pas un bouton de cuirasse, et le dernier, c'est lui qu'occit le duc de Masovie. Et des chevaux mieux qu'au cirque, nerveux, pleins de grelots, les tendons rendus avec minutie, les naseaux béants, carmin, et, dans le fond — pas de tableau sans fond — collé sur l'horizon, un petit village paisible fume entre les jambes arrière du moreau, chaumières basses, moussues. Et, dans les chaumières, ça mange pas de pain, les jolis blindés rêvant de lendemains, de pouvoir enfin, eux aussi, déboucher dans la plaine derrière les digues de la Vistule, comme des poulains folâtres parmi la cavalerie lourde.

Du côté de Wloclawek, Dückerhoff toucha de l'index la vareuse de Koljaiczek : « D'tes voir, Wranka, z'auriez pas travaillé en telle année à la scierie de Schwetz ? Même qu'après elle a brûlé ? » Koljaiczek secoua pesamment la tête, comme s'il avait un cou en bois, et ce faisant, il réussit à donner à son regard une expression si triste et si lasse que Dûckerhoff, ainsi regardé, n'insista pas.

Quand, à Modlin, à l'instar de tous les flotteurs, Koljaiczek salua l'entrée dans le Bug en crachant trois fois dans l'eau par-dessus le bastingage, Dückerhoff était près de lui avec un cigare et voulait avoir du feu. Ce mot, et le mot d'allumette qui suivit, courut sur la peau de Koljaiczek : « Eh ben ! Z'avez pas besoin de rougir comme ça quand je vous demande du feu. Z'êtes une fille, ou bien quoi ? »

Modlin était déjà loin quand Koljaiczek vit s'éteindre cette rougeur qui n'était pas de confusion ; c'était plutôt un reflet tardif des scieries qu'il avait brûlées.

Entre Modlin et Kiev, donc à la remontée du Bug, au passage du canal entre Bug et Pripet, jusqu'au Dniepr, il ne se passa rien qui puisse être rapporté en fait de dialogue Koljaiczek-Wranka-Dückerhoff. Il peut, comme il sied, s'être passé bien des choses à bord entre les flotteurs, les chauffeurs et les flotteurs, le timonier, les chauffeurs et le capitaine, entre le capitaine et les pilotes constamment renouvelés. Je pourrais sans peine décrire des querelles entre les flotteurs kachoubes et le timonier natif de Stettin, voire un début de mutinerie : meeting sur l'arrière, on tire au sort, on échange des mots d'ordre, on aiguise le *bowie-knife*. Pas de ça. Il n'y eut ni troubles politiques, ni rixes germano-polonaises, ni mutinerie en guise de tableau d'ambiance sociale. Le *Radaune* mangeait bravement son charbon. Une fois — c'était, je crois, juste après Plock —, il talonna sur un banc de sable, mais put se dégager par ses propres moyens. Une brève controverse à l'emporte-pièce entre le capitaine Barbusch et le pilote ukrainien, et ce fut tout — il ne doit rien se trouver d'autre sur le livre de bord.

Si j'avais le droit et la volonté de tenir un livre de bord des passions de Koljaiczek, voire un journal intime de Dückerhoff, il y aurait alors de l'aventure et des péripéties à suffisance : soupçon, confirmation, méfiance et, presque en même temps, répression hâtive de la méfiance. Ils avaient peur tous les deux. Dückerhoff plus que Koljaiczek ; car on était en Russie. Dückerhoff aurait pu, comme jadis le pauvre Wranka, tomber par-dessus bord ; il aurait — on était déjà à Kiev, les chantiers de bois y sont vastes, on s'y perd, on peut perdre son ange gardien au milieu de ces labyrinthes —, il aurait pu se trouver pris sous l'avalanche soudaine d'une pile de bois en grumes ; il aurait pu aussi être sauvé. Sauvé par Koljaiczek, parbleu ! Koljaiczek aurait repêché le patron dans le Pripet ou le Bug ou bien, au dernier moment, il aurait, pour le soustraire à l'avalanche, tiré en arrière Dückerhoff abandonné par son ange gardien. C'eût été une belle chose de pouvoir raconter à présent comme Dückerhoff, à demi noyé ou presque aplati, le souffle court, une trace de mort encore perceptible dans le regard, aurait chuchoté à l'oreille du prétendu Wranka : « Merci, Koljaiczek, merci ! » puis, après la pause de rigueur : « Nous voilà quittes... Passons l'éponge ! »

Et, empreints d'une amitié rude, avec un sourire d'embarras et en plissant des yeux presque humectés d'une larme furtive, ils se seraient bel et bien regardés dans le blanc de l'œil avant d'échanger une poignée de main maladroite, mais calleuse.

Cette scène touchante nous est montrée par divers films fabuleusement photographiés, chaque fois qu'un metteur en scène a l'idée de prendre deux frères bons acteurs ennemis et d'en faire deux copains qui désormais poursuivront d'aventure en aventure une carrière en dents de scie.

Mais Koljaiczek ne trouva ni l'occasion de noyer Dückerhoff ni celle de l'arracher aux griffes de la mort par rouleau de grumes. Dückerhoff, attentif à sauvegarder les intérêts de son entreprise, acheta son bois à Kiev, surveilla la composition des neuf radeaux et distribua aux flotteurs la traditionnelle prime en monnaie russe pour le voyage de retour ; puis il prit le train qui par Varsovie, Modlin, Deutsch-Eylau, Marienburg et Dirschau le rendit à sa firme ; c'était une scierie située dans le port au bois entre les chantiers Klawitter et ceux de Schichau.

Avant d'escorter les flotteurs depuis Kiev jusu'à la Vistule en repassant par les rivières et le canal, pendant des semaines de rude travail, il faudrait bien que je me demande si Dückerhoff était sûr d'avoir identifié en Wranka l'incendiaire Koljaiczek. Je dirais volontiers que, tant qu'il avait été à bord du vapeur avec l'anodin, le dévoué Wranka que tous aimaient bien en dépit de son esprit borné, le patron espérait de tout son cœur n'avoir pas pour compagnon de voyage un Koljaiczek décidé à tout. Cet espoir ne l'abandonna que sur les capitons du chemin de fer. Et quand le train atteignit son but, à savoir Danzig-Gare centrale — maintenant je peux le dire —, le Dückerhoff avait mis ses idées au clair. Il confia ses valises à un fiacre qu'il manda chez lui ; puis, d'un pas dégagé, car il avait les mains vides, il gagna la préfecture de police qui était toute proche sur le Wiehenwall, franchit d'un bond le perron du grand portail et, après avoir marqué une certaine nervosité en cherchant la bonne porte, trouva ce bureau à l'ameublement spartiate qu'il fallait pour extraire de Dückerhoff un rapport bref consignant exclusivement les faits. Il ne faudrait pas croire que M. Dückerhoff porta plainte. Il demanda simplement que fût éclairci le cas Koljaiczek-Wranka, ce qui lui fut promis par la police.

Au cours des semaines suivantes, tandis que le bois, avec ses cabanes de roseau et ses flotteurs, suivait celui des rivières, il fut en maints bureaux, noircit maint papier. D'abord il y eut les papiers militaires de Joseph Koljaiczek, simple canonnier de deuxième classe au nième régiment d'artillerie de campagne de Prusse-Occidentale. Deux fois trois jours la salle de police pour avoir — fi, le vilain canonnier ! — étant en état d'ivresse braillé mi en polonais, mi en allemand des slogans anarchistes. Voilà des opprobres qu'on eût en vain cherchés dans les papiers du brigadier Wranka, service au deuxième régiment de hussards de la Garde caserné à Langfuhr. Le Wranka s'était glorieusement mis en lumière : lors des grandes manœuvres, étant homme de liaison du bataillon, avait été distingué par le Kronprinz ; et Son Altesse, qui avait toujours des écus dans sa poche, lui avait donné un écu Kronprinz. Ledit thaler n'était pas inscrit dans les papiers militaires du brigadier Wranka ; ce fut ma grand-mère Anna qui le fit connaître à grand renfort de gémissements sonores quand elle fut interrogée avec son frère Vincent.

Le thaler en question ne fut pas seul invoqué pour s'opposer au qualificatif d'incendiaire. Elle put montrer des papiers établissant plusieurs fois que dès l'année zéro-quatre Joseph Wranka s'était engagé dans les pompiers bénévoles de Danzig-Ville-Basse et que pendant les mois d'hiver, quand les flotteurs chôment, il avait combattu maints incendies de proportions diverses. Il y avait même un certificat certifiant que lors du grand sinistre du dépôt de chemins de fer de Troyl, en l'an zéro-neuf, le pompier Wranka, n'écoutant que son courage, avait non seulement éteint les flammes, mais encore sauvé deux apprentis serruriers. Le capitaine de pompiers Hecht, cité comme témoin, s'exprima dans le même sens. Voici ce qu'il en résulta dans le procès-verbal de sa déposition : « Et comment pourrait-il être l'incendiaire, celui que nous voyons là procéder à l'extinction ? Ne le vois-je pas encore debout sur la grande échelle lorsque brûla le temple de Heubude ? Surgissant de la cendre et des flammes, pareil au Phénix, non seulement il éteignait le feu, mais encore il apaisait la brûlure de ce monde, étanchait la soif de Notre-Seigneur ! En vérité je vous le dis : qui donc, cet homme casqué de cuivre, cet homme qui a la priorité aux carrefours, qui donc, cet homme qu'apprécient les assurances, cet homme toujours porteur d'une pincée de cendre dans sa poche, soit comme emblème, soit par profession, qui donc, dis-je, veut qualifier de coq rouge cet éclatant Phénix, mérite qu'on le précipite, une meule au cou... »

Vous n'aurez pas manqué de constater que le capitaine Hecht, des sapeurs-pompiers bénévoles, était un pasteur éloquent devant l'Eternel ; chaque dimanche il montait en chaire en sa paroisse de Sainte-Barbe à Langgarten, et ne dédaigna pas, tout le temps que durèrent les recherches relatives à Koljaiczek-Wranka, de bombarder ses fidèles à grands coups de paraboles de ce style, pleines du sapeur-pompier céleste et de l'incendiaire infernal.

Mais comme les inspecteurs de la brigade criminelle n'allaient pas à Sainte-Barbe pour l'office, et que le mot de Phénix ne leur sembla être ni une offense au Trône ni une justification de Wranka, on estima que les activités de Wranka en qualité de sapeur-pompier bénévole constituaient une charge supplémentaire.

On recueillit des témoignages dans diverses scieries, des appréciations des communes d'origine ; Wranka vit le jour à Tuchel ; Koljaiczek était natif de Thorn. Menues discordances entre les dépositions de flotteurs âgés et de parents éloignés. Tant va la cruche à l'eau qu'à la fin elle se casse. Quand les commissions rogatoires en furent là, le grand radeau touchait le territoire du Reich ; à partir de Thorn, il fut discrètement contrôlé et on aposta des guetteurs dans les ports où il relâchait.

Mon grand-père ne les remarqua pas avant Dirschau. Il s'y attendait. Une paresse temporaire confinant à la neurasthénie le retint probablement de tenter la belle près de Letzkau ou de Käsemark ; dans cette contrée si familière, avec la complicité de quelques flotteurs dévoués, c'eût encore été chose possible. A partir d'Einlage, où les radeaux de bois pénétrèrent lentement dans la Vistule-Morte, non sans collisions, un cotre de pêche, de l'air de ne pas avoir l'air, se mit le long du train de bois, et il avait beaucoup trop de monde à bord. Juste après Plehnendorf, les deux chaloupes à moteur de la police portuaire surgirent des roseaux de la berge et se mirent à sillonner en tous sens l'eau de plus en plus saumâtre de la Vistule-Morte aux approches du port. Le cordon policier des uniformes bleus commençait en aval du pont qui mène à Heubude, sur les chantiers de bois en face de Klawitter, les petits chantiers de constructions nautiques, le port au bois qui, toujours plus large, s'étendait jusqu'à la Mottlau, sur les appontements de diverses scieries, sur la passerelle de sa propre entreprise où sa famille l'attendait ; partout il y avait des uniformes bleus ; partout sauf à Schichau, où l'on avait hissé le grand pavois ; c'était pour un lancement de navire ; il y avait beaucoup de monde ; cela excitait les mouettes ; on y célébrait une fête. En l'honneur de mon grand-père ?

Mon grand-père vit le port au bois plein d'uniformes bleus. Les chaloupes resserrèrent leurs itinéraires concentriques et jetèrent des vagues par-dessus les radeaux. Il comprit le pourquoi de cette coûteuse mise en scène qui lui était offerte. Alors, et alors seulement, son vieux cœur d'incendiaire se remit à battre. Il recracha le doux Wranka, rejeta la peau du sapeur-pompier bénévole, vomit son bégaiement et détala. Pieds nus sur les trains de bois, sur de larges surfaces instables, pieds nus sur un parquet raboteux, d'une grume à l'autre, en direction de Schichau où les drapeaux claquaient au vent joyeux, où on lançait quelque chose, où l'on faisait de beaux discours, où personne n'interpellait Wranka ou Koljaiczek. Encore quelques pas, encore quelques grumes. Schichau où, par exemple, on disait : Je te baptise au nom de *S.M.S. Columbus,* ligne d'Amérique, plus de quarante mille tonnes de déplacement, trente mille chevaux, Navire de Sa Majesté, fumoir de première classe et de seconde, cuisine à bâbord, salle de gym en marbre, bibliothèque, Amérique, Sa Majesté, arbre de couche, pont-promenade, Salut à Toi sous les lauriers de la Victoire, le fanion du port d'attache, le prince Henri est à la barre. Mon grand-père Koljaiczek court pieds nus, à peine s'il effleure encore les grumes, il court du côté où sonnent les fanfares. Un peuple qui a de tels princes ; de radeau en radeau ; Vive l'Empereur ! s'écrie le peuple, Salut à Toi, et toutes les sirènes des chantiers et les sirènes des navires à l'ancre, des remorqueurs et des yachts ; *Columbus,* Amérique, Liberté. Mais les deux chaloupes à moteur le suivent de radeau en radeau avec une joie furieuse, radeaux de Sa Majesté, et lui coupent la retraite. Fini de rire : il faut que lui-même coupe son élan ; le voilà tout seul sur un train de bois, et il voit déjà l'Amérique ; mais les chaloupes se présentent par le travers. Alors il faut bien qu'il se largue — et l'on vit mon grand-père nager en direction d'un train de bois qui entrait dans la Mottlau. Les chaloupes l'obligèrent à plonger et à rester entre deux eaux, et le train de bois passa par-dessus lui et n'en finissait plus de finir, radeau après radeau, train de ton train, *in saecula saeculorum* train.

Les chaloupes coupèrent les gaz. Des yeux inexorables scrutaient la surface de l'eau. Mais Koljaiczek avait définitivement donné le bonsoir. Finis les fanfares, les sirènes, les cloches de navires et le navire de Sa Majesté, le discours inaugural du prince Henri et les mouettes hagardes, le Salut à Toi et le savon noir de Sa Majesté ; bonsoir l'Amérique et le *Columbus,* bien le bonjour à la police et fini le bois qui n'en finissait plus.

On n'a jamais retrouvé le cadavre de mon grand-père. Moi, qui crois fermement qu'il est arrivé à mourir sous le train de bois, je dois cependant consentir à narrer toutes les versions touchant quelque merveilleux sauvetage.

Par exemple on dit qu'il avait, étant sous le radeau, trouvé un vide entre les grumes, par-dessous, juste assez grand pour y loger à ras de l'eau les organes respiratoires. Ce vide se serait si bien rétréci par en haut qu'il demeura invisible aux policiers, bien qu'ils eussent fort avant dans la nuit fouillé les radeaux et les cabanes de roseau qui étaient dessus. Puis, sous le couvert de l'obscurité — c'était la suite —, il se serait laissé dériver, aurait atteint, épuisé, mais avec un peu de chance, l'autre rive de la Mottlau et le terrain des chantiers navals de Schichau ; y aurait trouvé un refuge dans le dépôt de ferraille ; plus tard, probablement aidé par des matelots grecs, il serait arrivé à bord d'un de ces pétroliers graisseux qui, paraît-il, ont déjà offert un asile à tant de fugitifs.

Selon d'autres : Koljaiczek, qui était bon nageur et avait un coffre comme ça, ne serait pas seulement passé en plongée sous le radeau ; il aurait franchi entre deux eaux la largeur considérable de la Mottlau, atteint le terrain de Schichau où était donnée la fête. Là, sans éveiller l'attention, il se serait caché parmi les ouvriers des docks ; et de chanter en chœur avec le peuple « Salut à Toi sous les lauriers de la Victoire ! » et d'applaudir le discours du prince Henri. Puis, le lancement réussi, ses vêtements à demi séchés, Koljaiczek aurait évacué avec la foule le lieu de la fête. Le soir même — et ici la seconde version recoupe la première —, il aurait trouvé une place avec grade de passager clandestin à bord d'un de ces pétroliers grecs célèbres par leur mauvaise réputation.

Pour être complet, mentionnons une tierce fable idiote : mon grand-père, comme un bois de dérive, aurait été mené jusqu'au large où des pêcheurs de Bohrsack eurent l'opportunité de le repêcher et de le remettre à un cotre suédois de haute mer au-delà de la zone des trois milles. Là, c'est-à-dire à bord du suédois, la fable le laissait récupérer lentement ses forces, atteindre Malmö, et cætera.

Tout cela n'est que rêverie et racontars de pêcheurs. De même je ne donnerais pas un radis des déclarations proférées par tel ou tel témoin oculaire : dans toute ville portuaire ils sont également indignes de créance. On affirme avoir vu mon grand-père, peu après la Première Guerre mondiale, à Buffalo, USA. Sous le nom de Joë Colchic. Commerce de bois avec Canada, tel était son job. Actions dans fabriques allumettes. Stop. Fondateur assurances incendie. Stop. Riche comme Rockefeller et solitaire, tel était décrit mon grand-père : dans un gratte-ciel, assis derrière un bureau gigantesque, il portait à chaque doigt des bagues à pierreries couleur de feu, et il faisait faire une-deux une-deux à sa garde du corps ; elle était habillée en pompiers, savait chanter en langue polonaise, et s'appelait la Garde du Phénix.

Le papillon et la lampe

Un homme quitta tout, traversa la mare aux harengs, alla en Amérique et devint riche. Bon. Suffit pour mon grand-père qu'il se soit appelé Gollaczek en polonais, Koljaiczek en kachoube ou en américain Joë Colchic.

Il est malaisé, sur un vulgaire tambour de fer peint, en vente chez les marchands de jouets et dans les grands magasins, d'évoquer des trains de bois courant avec le fleuve jusqu'à l'horizon. Pourtant je suis parvenu à rendre sur mon tambour le port au bois, tout le bois de dérive tanguant dans les criques où captifs des roseaux, j'ai reconstitué les cales du chantier naval de Schichau, le chantier Klawitter, le dépôt de ferraille de l'usine de wagons, les dépôts de coprah puant de la fabrique de margarine, tous les recoins de l'île aux docks, que je connais si bien.

Il est mort, ne me donne pas de réponse, ne marque aucun intérêt pour les lancements de navires impériaux, pour le naufrage, souvent étalé sur des dizaines d'années, d'un navire, lequel commence dès son lancement ; dans ce cas précis, le navire s'appelait *Columbus ;* on l'appelait aussi l'orgueil de la flotte ; naturellement on le mit sur la ligne d'Amérique et plus tard il fut coulé, ou bien se saborda, sauf si, peut-être, il fut mis en cale sèche et transformé, rebaptisé ou envoyé à la ferraille. Peut-être bien ne fit-il que plonger, le *Columbus,* à l'exemple de mon grand-père, et dérive-t-il encore aujourd'hui — quarante mille tonnes, fumoir, salle de gymnastique en marbre, piscine et cabines de massage — par six mille mètres de fond dans la fosse des Philippines ; on peut le vérifier dans le « Weyer » ou dans les calendriers de la flotte. Je crois que le premier *Columbus*, ou le second, se saborda parce que le capitaine ne voulait pas survivre à je ne sais quelle tache faite à son pavillon.

J'ai lu à Bruno une partie de l'histoire du radeau puis, sollicitant son objectivité, j'ai posé ma question.

« Une belle mort ! » s'écria Bruno enthousiasmé, et sur-le-champ il entreprit de matérialiser, à l'aide de ficelles, mon grand-père noyé en une de ses cartilagineuses créations. Je dus me contenter de sa réponse et ne pas envoyer mes folles pensées en Amérique pour y capter un héritage.

Mes amis Klepp et Vittlar me rendirent visite. Klepp apportait un disque de jazz : King Oliver sur les deux faces ; Vittlar, avec des gestes affectés, m'offrit un cœur en chocolat suspendu à une faveur rose. Ils firent les idiots de cent manières, parodièrent des scènes de mon procès et je me montrai, pour leur faire plaisir, d'aussi bonne humeur que les autres jours de visite, et même capable de rire aux plus stupides plaisanteries. En sous-main, et avant que Klepp ait pu donner le départ à son inévitable conférence éducative sur les rapports entre le jazz et le marxisme, je racontai l'histoire d'un homme qui en l'an treize, à savoir juste avant que le truc ne commençât, passa sous un train de bois qui n'en finissait plus, et ne ressortit jamais ; son cadavre n'avait même pas été retrouvé.

Quand je lui posai ma question — avec aisance, sur le ton d'un ennui marqué —, Klepp fit pivoter une tête boudeuse sur son cou envahi de graisse, se déboutonna, se reboutonna, fit mine de nager, comme s'il était sous le radeau. Pour finir il hocha la tête, éluda ma question et s'excusa de ne pas me répondre en invoquant l'heure peu avancée de l'après-midi.

Vittlar se tint raide, croisa les jambes non sans prendre garde aux plis de son pantalon à fines rayures, montra cette arrogance bizarre qui ne doit plus guère appartenir qu'aux anges du ciel : « Je me trouve sur le radeau. On est bien sur le radeau. Les moustiques me piquent, c'est importun. — Je me trouve sous le radeau. On est bien sous le radeau. Aucun moustique ne me pique, c'est agréable. On pourrait, je crois, vivre sous le radeau, à condition de n'avoir pas simultanément envie, séjournant sur le radeau, de se laisser piquer par des moustiques.

Vittlar marqua son temps d'arrêt, m'examina des pieds à la tête, éleva ensuite, comme chaque fois qu'il veut ressembler à un hibou, les sourcils qu'il a déjà naturellement hauts, et détailla d'un ton âprement théâtral : « J'admets que le noyé, l'homme sous le radeau, était ton grand-oncle, sinon même ton grand-père. Comme il se sentait à ton endroit des obligations de grand-oncle et plus encore de grand-père, il a préféré mourir ; car rien ne te serait plus pénible que d'avoir un grand-père vivant. Tu n'es pas seulement le meurtrier de ton grand-oncle, tu es le meurtrier de ton grand-père. Pourtant comme celui-là, ainsi que le fait volontiers un grand-père authentique, voulait te punir un peu, il ne te laisse pas la satisfaction d'un petit-fils qui montre fièrement un cadavre ballonné et emploie des paroles comme : voici mon grand-père mort. Ce fut un héros ! Il se jeta à l'eau quand ils le poursuivirent. Ton grand-père a subtilisé son cadavre à tout le monde, afin que la postérité et le petit-fils pussent longtemps encore s'occuper de lui. »

Puis, sautant d'un trémolo à l'autre, astucieux, légèrement penché en avant, évoquant avec ses gestes de prestidigitateur une réconciliation, Vittlar : « L'Amérique, réjouis-toi, Oscar ! Tu as un but, une mission. On va t'acquitter, te mettre en liberté. Où iras-tu, sinon en Amérique où l'on retrouve tout, même un grand-père disparu ! »

Si sardonique, voire vexante, qu'ait été la réponse de Vittlar, elle me donnait pourtant plus de certitude que le chuchotement de mon ami Klepp, où vie et mort se discernaient à peine et que la réponse de l'infirmier Bruno ; lui, s'il trouvait belle la mort de mon grand-père, c'était pour l'unique raison que peu de temps après lui le *Columbus* entra dans l'eau et fit des vagues. Je retiens cependant l'Amérique de Vittlar, ce pays où se conservent les grands-pères, le but accepté, le modèle que je peux suivre pour me relever si, las de l'Europe, je lâche le tambour et la plume : « Continue à écrire, Oscar, fais-le pour ton grand-père Koljaiczek, milliardaire, las de la vie, marchand de bois à Buffalo, USA, et qui joue avec des allumettes dans son gratte-ciel ! »

Quand Klepp et Vittlar dirent bonsoir et s'en allèrent enfin, Bruno expulsa de la chambre, par une vigoureuse aération, tout le fumet repoussant de mes amis. Puis je repris mon tambour, mais je n'évoquai plus les grumes de radeaux receleurs de cadavres ; je battis ce rythme rapide, alerte, auquel tous les hommes durent obéir à partir du mois d'août de l'année quatorze.

Quand le Koljaiczek disparut sous le train de bois, l'angoisse saisit, parmi les parents des flotteurs, sur la passerelle d'abordage de la scierie, ma grand-mère et sa fille Agnès, Vincent Bronski et son fils Jan, dix-sept ans. Un peu à l'écart se tenait Grégoire Koljaiczek, frère aîné de Joseph, qu'on avait appelé en ville pour l'enquête. Ledit Grégoire avait su donner à la police toujours la même réponse préparée : « Connais à peine mon frère. Au fond, je sais seulement qu'il s'appelle Joseph et, la dernière fois que je l'ai vu, il avait peut-être dix ans, mettons douze. C'était lui qui cirait mes souliers et qui allait chercher la bière, quand ma mère et moi voulions de la bière. »

Quoiqu'on pût établir ainsi que mon arrière-grand-mère était une buveuse de bière, la réponse de Grégoire Koljaiczek n'était pas de nature à aider la police. En revanche, l'existence de Koljaiczek aîné n'en aida que davantage ma grand-mère Anna. Grégoire, qui avait passé des années de sa vie à Stettin, à Berlin, enfin à Schneidemühl, resta à Danzig, trouva du travail à la poudrerie du « Bastion des Lapins » et au bout d'un an — après que se furent clarifiées toutes les complications, comme le mariage avec le faux Wranka — épousa ma grand-mère : elle tenait aux Koljaiczek, et n'aurait jamais épousé Grégoire, ou en tout cas pas si vite, s'il n'avait été un Koljaiczek.

Travailler à la poudrerie préserva Grégoire de porter l'uniforme feldgrau. Ils habitaient à trois dans le même logement d'une pièce et demie qui avait des années durant donné refuge à l'incendiaire. Cependant il se révéla qu'un Koljaiczek peut différer du suivant, car après une brève année de mariage, ma grand-mère se vit contrainte de louer une boutique libre au sous-sol de l'immeuble locatif du Troyl, et de gagner son pain à vendre des bricoles, de l'épingle à la tête de clou ; certes Grégoire gagnait un argent fou à la poudrerie, mais ne rapportait pas à la maison le minimum vital : il buvait tout. Grégoire, qui tenait probablement de mon arrière-grand-mère, était buveur ; mon grand-père Joseph, lui, était un homme qui à l'occasion buvait la goutte. Ce n'était pas que Grégoire fût triste. Ce n'était pas qu'il fût gai. Il buvait parce qu'il allait au fond des choses, donc aussi de l'alcool. Personne n'a vu Grégoire Koljaiczek, de son vivant, laisser orphelin un petit verre de genièvre.

Ma mère, qui était alors une rondelette jeune fille de quinze ans, aidait dans la boutique, collait des timbres de rationnement, livrait la marchandise le samedi et écrivait des lettres de rappel, maladroites mais pleines de fantaisie, pour faire rentrer l'argent de la clientèle à crédit. Dommage que je ne possède aucune de ces lettres. Que ce serait beau de pouvoir en ces lieu et place citer les cris de détresse mi-enfantins, mi-virginaux tirés des épîtres d'une demi-orpheline, car le Grégoire Koljaiczek ne valait plus un beau-père à cent pour cent. Ce qui est vrai, c'est que ma grand-mère et sa fille s'évertuaient à dérober au regard mélancolique, très Koljaiczek, de l'ouvrier toujours assoiffé leur caisse garnie surtout de cuivre et de peu d'argent ; elle consistait en deux assiettes de fer-blanc retournées l'une sur l'autre. C'est seulement quand Grégoire Koljaiczek, en l'an dix-sept, mourut de la grippe qu'augmenta la marge bénéficiaire de la boutique, mais pas beaucoup ; car je vous le demande, que pouvait-on vendre en l'an dix-sept ?

Le cabinet du logement d'une pièce et demie, qui était vide depuis la mort du poudrier parce que ma mère, craignant l'Enfer, ne voulait pas s'y installer, fut occupé par Jan Bronski, le cousin de ma mère, alors âgé de vingt ans ; il avait quitté Bissau et son père Vincent, muni d'un bon bulletin de sortie de l'école supérieure de Karthaus et, après la fin de son stage à la poste du chef-lieu de canton, il était entré dans la carrière de fonctionnaire moyen à la grande poste Danzig-I. Jan, outre sa valise, apportait dans le logement de sa tante une vaste collection de timbres-poste. Cette passion datait de sa prime jeunesse ; il avait par conséquent avec la poste un lien non seulement professionnel, mais aussi personnel, toujours circonspect. Le jeune homme chétif, légèrement voûté, offrait un joli visage ovale, un peu trop suave peut-être, et des yeux suffisamment bleus pour que ma mère, qui avait alors dix-sept ans, pût s'éprendre de lui. Jan avait déjà passé par trois conseils de révision, mais à chaque conseil on l'avait refusé parce qu'il était minable. Quand on sait qu'en ce temps-là on envoyait à Verdun tout ce qui était à peu près droit pour le convertir sur le sol de France à l'horizontalité perpétuelle, cela en dit long sur la constitution de Jan Bronski.

A vrai dire, c'est en regardant de compagnie les albums de timbres-poste, en contrôlant tête contre tête les dentelures d'exemplaires particulièrement précieux que cette amourette aurait dû naître. Mais elle éclata seulement quand Jan fut convoqué à son quatrième conseil de révision. Ma mère l'accompagna devant la Région militaire, puisque aussi bien elle avait affaire en ville, attendit là-bas près de la guérite occupée par un territorial ; elle était d'accord avec Jan : cette fois il lui faudrait aller pour de bon en France afin de pouvoir améliorer ses poumons déficients dans l'air de ce pays, remarquable par sa teneur en fer et en plomb.

Peut-être ma maman a-t-elle compté les boutons du territorial, plusieurs fois et avec des résultats variables.

Lorsque au bout d'une petite heure le conscrit examiné pour la quatrième fois se glissa par le portail de la Région militaire, dégringola les marches et, sautant au cou de maman, lui chuchota à l'oreille le dicton qu'à l'époque on entendait si volontiers : « Pas bon, pas pris, un an de sursis ! » alors ma mère tint pour la première fois Jan Bronski dans ses bras et je ne sais si jamais par la suite elle fut plus heureuse de le tenir.

J'ignore les détails de ce jeune amour de guerre. Jan vendit une partie de sa collection de timbres afin de satisfaire aux exigences de maman, qui avait un goût éveillé de ce qui est beau, seyant et cher ; il aurait aussi, en ce temps-là, tenu un journal intime qui malheureusement fut perdu plus tard. Ma grand-mère semble avoir toléré la connivence des deux jeunes gens — on peut admettre qu'elle dépassait le cadre de la simple parenté — car Jan Bronski habita jusque peu après la guerre l'étroit logement du Troyl. Il partit seulement quand l'existence d'un M. Matzerath devint indéniable. Maman doit avoir fait la connaissance de ce monsieur pendant l'été dix-huit, quand elle faisait du service à l'hôpital Silberhammer d'Oliva en qualité d'infirmière auxiliaire. Alfred Matzerath, natif de Rhénanie, y gisait avec la cuisse traversée de part en part, et devint bientôt, à la joyeuse façon rhénane, le chouchou de toutes les infirmières. A demi guéri, il sautillait dans le corridor au bras de l'une ou de l'autre et aidait sœur Agnès à la cuisine, parce que le bonnet d'infirmière allait bien à son visage rond et que lui, cuisinier par passion, savait tourner les sentiments en potages.

Quand la blessure fut guérie, Alfred Matzerath resta à Danzig et y trouva du travail comme représentant d'une importante firme rhénane, usinant dans le papier. La guerre était au bout de son rouleau. On bricolait, histoire de se donner l'occasion de guerres ultérieures, de traités de paix : le territoire environnant les bouches de la Vistule fut déclaré Etat libre et assujetti à la Société des nations. La Pologne obtint sur le finage de la ville même un port franc, la Westerplatte avec dépôts de munitions, l'administration des chemins de fer et une poste particulière sur la place Hévélius.

Tandis que les timbres-poste de l'Etat libre offraient aux facteurs une profusion hanséatique de rouge et d'or avec des nefs et des armoiries, les Polonais collaient sur leurs lettres des scènes d'un violet funéraire illustrant les Histoyres de Casimir et Batory.

Jan Bronski émigra à la poste polonaise. Ce changement de bureau parut spontané. Pour beaucoup, le motif qui le déterminait à acquérir la nationalité polonaise tenait au comportement de maman. En l'an vingt, quand le Marszalek Pilsudski battit l'Armée rouge devant Varsovie, et que le Miracle-de-la-Vistule fut attribué par Vincent Bronski à la Vierge Marie, par les experts militaires au général Sikorski ou au général Weygand, en cette année polonaise donc maman se fiançait avec Matzerath qui était allemand. Je croirais volontiers que ma grand-mère, à l'égal de Jan, n'approuva pas ces fiançailles. Elle laissa à sa fille la boutique en sous-sol du Troyl qu'elle avait entre-temps conduite à quelque prospérité, se retira chez son frère Vincent à Bissau, en territoire polonais par conséquent, reprit comme en l'ère pré-koljaiczékienne la ferme avec ses champs de betteraves et de pommes de terre, donna licence à son frère de sortir et converser avec la virginale reine de Pologne et se tint pour satisfaite de rester, assise par terre dans quatre jupes derrière des feux de fanes, et de cligner les yeux, en scrutant l'horizon que jalonnaient toujours des poteaux télégraphiques.

C'est seulement quand Jan trouva son Hedwige, une Kachoube de la ville, mais qui possédait encore des champs à Ramkau, et l'épousa, que s'améliorèrent les relations entre lui et maman. Lors d'un bal au café Woyke où l'on se rencontra par hasard, elle aurait présenté Jan à Matzerath. Ces deux messieurs si différents, mais unanimes dans le goût qu'ils avaient pour ma mère, se plurent, bien que Matzerath qualifiât la mutation de Jan à la poste polonaise, tout roidement et en bon dialecte rhénan, d'idée après boire.

Jan dansa avec maman, Matzerath avec l'ossue et colossale Hedwige ; elle avait le regard insaisissable d'une vache, ce qui inclinait son entourage à la croire toujours enceinte.

Lorsqu'en l'an vingt-trois, au temps où, grâce à l'inflation, on pouvait repapiéter une chambre avec la contre-valeur d'une boîte d'allumettes, c'est-à-dire la tapisser de zéros, Alfred Matzerath épousa maman, Jan fut l'un des témoins, et l'autre un nommé Mühlen, négociant en produits exotiques. De ce Mühlen, je ne saurais trop rien dire. Il vaut seulement la peine d'être nommé parce que maman et Matzerath reprirent à sa suite un magasin de denrées coloniales qui battait de l'aile, ruiné par la vente à crédit, et situé dans le faubourg de Langfuhr, au moment où était introduit le mark consolidé. En peu de temps, ma mère, qui avait appris dans le sous-sol du Troyl à manier adroitement la clientèle de tout acabit, et possédait, outre un sens inné du commerce, de la vivacité et de l'esprit de repartie, réussit à remonter si bien le magasin naufragé que Matzerath put abandonner son poste de représentant dans la branche papier — lequel d'ailleurs avait tourné à rien — et aider dans le magasin.

Tous deux se complétaient merveilleusement. Ce que maman obtenait avec la clientèle derrière le comptoir, le Rhénan l'atteignait en discutant avec les représentants et en achetant sur le marché de gros. Autre avantage : la passion de Matzerath pour l'art culinaire englobait la vaisselle et soulageait d'autant ma mère qui en tenait plutôt pour les plats express.

Le logement qui faisait suite au magasin était certes étroit et mal disposé mais, comparé avec les conditions de logement qui régnaient au Troyl et que je connais seulement par les récits, suffisamment petit-bourgeois pour que maman, au moins pendant ses premières années de mariage, dît s'être sentie à l'aise dans le Labesweg.

Outre le corridor long, légèrement coudé, où s'entassaient la plupart du temps des paquets de Persil, il y avait la vaste cuisine, pleine à moitié, elle aussi, de marchandises telles que boîtes de conserve, sachets de farine et paquets de flocons d'avoine. La salle de séjour qui donnait par deux fenêtres sur le jardin de devant, orné l'été de coquilles de la Baltique, et sur la rue, formait le noyau central du logement au rez-de-chaussée. Si le papier de tenture était chargé de rouge vineux, le canapé-lit, lui, était carrément pourpre. Une table à rallonges, aux angles arrondis, quatre chaises de cuir noir et une petite table de fumeur, noire, qui devait sans arrêt changer de place, appuyaient leurs pieds minces sur le tapis bleu. Noir et or, entre les fenêtres, le cartel. Noir, contigu au canapé-lit pourpre, le piano loué d'abord, puis lentement payé à tempérament, avec son tabouret tournant sur une peau de bête à longs poils d'un blanc jaunâtre. En face : le buffet. Le buffet noir aux fenêtres coulissantes encadrées de baguettes noires à oves, ornées de fruits sculptés d'un noir opaque sur les portes du bas qui renfermaient la vaisselle et les nappes, le buffet — aux pieds griffus, noirs, à corniche profilée, noire — et, entre la coupe de cristal aux fruits artificiels et le vase vert gagné dans une loterie, ce vide qui plus tard, grâce aux capacités commerciales de maman, devait être comblé par un poste de TSF marron clair.

La chambre à coucher était dans les tons jaunes et donnait sur la cour de l'immeuble à quatre étages. Croyez-moi si vous voulez, mais le ciel du large lit conjugal était bleu ciel ; à la tête, dans une lumière bleu ciel, Madeleine encadrée sous verre, pénitente, gisait couleur de chair dans une grotte, lançant un soupir vers le bord supérieur droit du tableau, et tordait devant son sein des mains aux doigts innombrables ; il fallait toujours les recompter, car on en soupçonnait plus de dix. En face du lit conjugal, l'armoire laquée blanche avec ses portes à glace, à gauche une petite coiffeuse, à droite une commode au dessus de marbre ; pendue au plafond, non pas tendue d'étoffe comme dans la salle de séjour, mais fixée à deux bras de laiton sous deux coupes de porcelaine d'un rose léger, si bien que les ampoules demeuraient visibles, lumineuse : la lampe.

Aujourd'hui j'ai usé sur mon tambour une longue matinée ; j'ai posé des questions à mon tambour, voulant savoir si les ampoules électriques de notre chambre à coucher comptaient quarante ou soixante watts. Ce n'est pas la première fois que je me pose ainsi qu'à mon tambour cette question si importante pour moi. Cela dure souvent des heures avant que je remonte à ces ampoules. Car il faut chaque fois oublier les mille sources lumineuses que j'ai suscitées ou éteintes pour remonter jusqu'à ces flambeaux de notre chambre à coucher du Labesweg.

Maman accoucha à la maison. Quand les douleurs commencèrent, elle était dans le magasin et remplissait de sucre des sacs blancs d'une livre et d'une demi-livre. Finalement il était trop tard pour la transporter à la clinique ; une sage-femme d'un certain âge, qui ne reprenait plus sa petite valise que de temps en temps, dut être appelée de la proche Hertastrasse. Dans la chambre à coucher, elle aida ma mère et moi à nous détacher l'un de l'autre.

Je vis la lumière du jour sous les espèces de deux ampoules de soixante watts. C'est pourquoi le texte biblique « Que la lumière soit et la lumière fut » me semble toujours le slogan publicitaire le plus réussi de la firme Osram. Sauf l'obligatoire rupture du périnée, ma naissance eut lieu sans bavures. J'exécutai sans peine la présentation par la tête qu'apprécient également mères, fœtus et sages-femmes.

Disons-le tout de suite : j'étais de ces nourrissons qui ont l'oreille fine. D'emblée ma psychologie était faite, parachevée. Imperturbable, je guettai les premières déclarations spontanées des parents sous les ampoules électriques. Mon oreille était suprêmement alertée. Bien qu'elle fût petite, pliée, collée et en tout cas mignonne, elle conserva cependant ces paroles qui désormais revêtirent pour moi tellement d'importance, parce que ce furent là mes impressions premières : « C'est un garçon », dit ce M. Matzerath qui pensait être mon père. « Il pourra plus tard reprendre le magasin. Maintenant nous savons enfin pourquoi nous nous tuons à travailler. »

Maman pensait moins au magasin, plus à la layette de son fils. « Là, je savais bien, dans le fond, que c'était un garçon, même si j'ai dit quelquefois que ça serait une poulette. »

Ainsi je fis prématurément connaissance avec la logique féminine et j'entendis ensuite : « Quand le petit Oscar aura trois ans, il aura un tambour de fer battu. »

Pendant assez longtemps, je soupesai comparativement la promesse maternelle et la paternelle, j'observai et j'écoutai un papillon de nuit qui s'était égaré dans la chambre. De taille moyenne, poilu, il courtisait les deux ampoules de soixante watts, jetait des ombres qui, disproportionnées à l'envergure réelle de ses ailes, couvraient, remplissaient, élargissaient d'un mouvement spasmodique la pièce et son attirail de meubles. Quant à moi, j'analysais surtout, plutôt que le jeu de lumière et d'ombre, le bruit qui s'élevait entre le papillon et l'ampoule : le papillon jacassait comme s'il avait hâte de se vider de son savoir, comme s'il ne devait plus jamais avoir le temps de boire aux sources lumineuses, comme si son dialogue avec la lampe était la dernière confession du papillon.

Aujourd'hui, Oscar dit simplement : le papillon de nuit jouait du tambour. Des grenouilles peuvent évoquer un orage en jouant du tambour. J'ai entendu jouer du tambour des lapins, des renards, des marmottes. On dit du pivert qu'en tambourinant il chasse les insectes de leurs retraites. Enfin l'homme tape sur des timbales, des cymbales, des chaudrons et des tambours. Il parle de portes à tambour, de fusils mitrailleurs à tambour ; on vide une école au son du tambour. On rassemble les militaires au son du tambour, on enterre au son de tambours voilés. Ce sont de petits tambours qui font ça. Il y a des compositeurs qui écrivent des concertos pour cordes et batterie. Je peux rappeler la Grande et la Petite Retraite, renvoyer aussi aux essais effectués à ce jour par Oscar ; tout cela n'est rien à côté de l'orgie de tambour qu'instrumenta, sur deux vulgaires ampoules de soixante watts, à l'occasion de ma naissance, le papillon de nuit. Ce papillon de nuit de taille médiocre, poudré de brun, que je vis à l'heure de ma naissance, je l'appelle le maître d'Oscar. Grâce à lui, je jouai du tambour et me moquai du reste.

C'était aux premiers jours de septembre. Le soleil était dans le signe de la Vierge. Au loin, un orage d'arrière-été chahutait des caisses et des armoires à travers la nuit. Mercure me fit critique, Uranus imaginatif, Vénus ne me laissa croire à aucun bonheur, Mars me fit croire à mon ambition. Dans la maison de l'ascendant montait la Balance, d'où ma sensibilité et mon goût de l'exagération. Neptune entrait dans la dixième maison, celle du milieu de la vie, et me mit définitivement à l'ancre entre le prodige et le simulacre. Ce fut Saturne, dans la troisième maison en opposition avec Jupiter, qui mit en question ma filiation. Mais qui envoya le papillon et lui permit, tandis qu'au-dehors un orage d'arrière-été faisait un raffût de directeur d'école, d'accroître l'envie que j'avais de posséder le tambour en fer peint promis par ma mère ?

Tandis qu'à l'extérieur je criais et donnais l'illusion d'un nourrisson cyanosé, je pris la décision de décliner crûment la proposition de mon père pour tout ce qui touchait au commerce des produits exotiques, mais d'examiner avec bienveillance le vœu de maman quand le jour serait venu, à l'occasion de mon troisième anniversaire.

En marge de ces spéculations intéressant mon avenir, je me pénétrai de ceci : maman et ce M. Matzerath n'avaient pas le don qu'il fallait pour comprendre et, le cas échéant, respecter mes objections et résolutions. Solitaire et incompris, Oscar, gisant sous les ampoules électriques, conclut qu'il en serait ainsi jusqu'à ce que soixante, soixante-dix ans plus tard, un court-circuit définitif de toutes les sources lumineuses coupât le courant ; du coup je perdis le goût de la vie avant même que cette vie commençât ; et seul le tambour promis m'empêcha d'exprimer alors plus énergiquement mon désir de retrouver ma position fœtale tête en bas.

D'ailleurs la sage-femme avait déjà coupé le cordon ombilical ; il n'y avait plus rien à faire.

L'album de photos

Je garde un trésor. Durant toutes les mauvaises années composées seulement des jours du calendrier, je l'ai gardé, caché, ressorti ; pendant le voyage en wagon de marchandises je le serrais précieusement contre ma poitrine et, quand je dormais, Oscar dormait sur un trésor, l'album de photos.

Que ferais-je sans cette sépulture de famille où tout devient clair, s'étale au grand jour ? Il a cent vingt pages. Sur chaque page sont collées les unes à côté et en dessous des autres, à angle droit, soigneusement réparties, respectant ici une symétrie qu'elles contestent ailleurs, quatre ou six, parfois seulement deux photos. Il est relié en cuir et plus il vieillit plus il sent le cuir. Il y eut des époques où le vent et la pluie dégradèrent l'album. Les photos se détachaient, me contraignant par leur détresse à chercher l'occasion de garantir aux petites images, au moyen de colle, leur emplacement héréditaire. Quel objet en ce monde, quel roman aurait l'ampleur épique d'un album de photos ?

Le Bon Dieu — cet amateur forcené qui chaque dimanche nous photographie d'en haut sous un jour plus ou moins favorable et nous colle dans son album — puisse-t-il me conduire d'une main sûre, tout en m'évitant de m'attarder indécemment, quelque plaisir que j'y trouve, à travers cet album ; j'aurais tellement envie de joindre aux photos les originaux.

Remarque en passant : on y trouve les uniformes les plus divers, les modes changent, et les coupes de cheveux, maman devient plus grasse, Jan plus fade ; il y a des gens que je ne connais pas, dans ce cas-là on peut deviner qui a fait le cliché. Puis c'est la décadence : de la photo artistique 1900 découle, dégénérée, la photo usuelle de nos jours. Prenons cette photo, ce monument de mon grand-père Koljaiczek et cette photo d'identité de mon ami Klepp. Le seul fait de juxtaposer le portrait en bistre de mon grand-père et la photo d'identité vernie où Klepp crie après un tampon officiel me montre avec évidence où le progrès nous a conduits dans le domaine de la photographie. Rien que toute la mécanique de cette photo-express ! Sur ce point, je dois me faire plus de reproches qu'à Klepp : moi, le possesseur de cet album, j'aurais dû me sentir obligé de garder le niveau. Si un jour nous goûtons de l'Enfer, un des tourments les plus recherchés sera d'enfermer ensemble dans une pièce l'homme avec les photos encadrées de ses jours terrestres. Vite un effet oratoire : O homme parmi les instantanés, les photos-surprise, les photos-identité ! Homme à la lumière du flash, Homme debout devant la tour oblique de Pise, Homme de Photomaton, qui dois éclairer ton oreille droite pour qu'elle devienne digne de figurer sur ta carte d'identité ! Et — trémolo à part — peut-être cet Enfer aussi sera-t-il supportable, parce que les plus méchants clichés ne sont que rêvés, et non faits ; ou bien, s'ils sont faits, on ne les développe pas.

Klepp et moi, nous fîmes faire et développer les clichés dans notre première époque de la Jülicherstrasse, quand nous nous liâmes d'amitié en mangeant des spaghetti. Je nourrissais alors des projets de voyage. Cela veut dire que j'étais si triste que je voulais faire un voyage et demander un passeport à cet effet. Mais comme je n'avais pas assez d'argent pour financer un voyage bien conditionné, englobant Rome, Naples ou du moins Paris, j'étais content de cette carence de numéraire, car rien n'aurait été plus triste que de partir sans un sou. Mais comme nous avions tous deux assez d'argent pour aller au cinéma, Klepp et moi à cette époque allions dans tous ceux qui donnaient, conformément aux goûts de Klepp, des films du Far West, et aussi dans tous ceux qui, répondant à mon besoin, montraient des bandes où Maria Schell en infirmière pleurait, et où Borsche en médecin-chef, après une opération ultra-difficile, jouait, laissant ouverte la porte-fenêtre du balcon, des sonates de Beethoven et montrait qu'il avait du répondant.

Nous souffrions fort que les représentations ne durassent que deux heures. Il y avait maint programme qu'on aurait voulu voir deux fois. Souvent nous nous levions à la fin du film pour aller à la caisse faire à nouveau la queue et prendre un billet pour le même spectacle. Mais à peine avions-nous quitté la salle et vu la file de gens plus ou moins longue devant la caisse de service que nous perdions courage. La caissière n'était pas la seule à nous faire honte, mais aussi des gens que nous ne connaissions ni d'Eve ni d'Adam et qui scrutaient avec une véritable impudence nos jeux de physionomie ; du coup, nous n'osions pas allonger la queue.

C'est pourquoi nous allions en ce temps-là, après chaque séance ou presque, chez un photographe à côté de la place Graf-Adolf, pour nous faire tirer des photos d'identité. On nous y connaissait déjà, on souriait à notre entrée, on nous priait aimablement de prendre place ; nous étions des clients, donc des gens respectés. Aussitôt la cabine libre, une demoiselle dont je me rappelle seulement qu'elle était gentille nous insérait l'un après l'autre dans la cabine ; elle nous poussait et nous tiraillait, moi d'abord, puis Klepp, de quelques petits coups de patte, pour nous mettre d'aplomb, nous intimait de regarder un point précis, jusqu'à ce qu'une palpitation lumineuse et une sonnerie connexe révélassent que nous étions fixés sur la plaque six fois consécutives.

A peine photographiés, et les coins de la bouche encore un peu raides, la demoiselle nous enfonçait dans de confortables fauteuils de vannerie et nous priait gentiment, gentille qu'elle était et aussi gentiment habillée, de patienter cinq minutes. Enfin nous avions quelque chose à attendre : nos photos d'identité dont nous étions si curieux. Après sept minutes tout juste la demoiselle toujours gentille, insignifiante d'ailleurs, nous tendait deux sachets, et nous payions.

Cette lueur de triomphe dans les yeux globuleux de Klepp. Dès que nous tenions les sachets, nous avions un prétexte d'aller au prochain comptoir ; car personne ne contemple volontiers ses propres photos d'identité en pleine rue, dans la poussière, dans le bruit, faisant obstacle au fleuve des passants. De même que nous étions fidèles au magasin de photo, nous allions toujours dans le même bistrot de la Friedrichstrasse. Après avoir commandé de la bière, du boudin aux oignons et du pain noir, nous étalions, en attendant notre commande, les photos un peu humides sur toute la surface circulaire de la table de bois et, quand le garçon avait plaqué là bière et boudin, nous scrutions intensément l'expression contrainte de notre propre visage.

De plus, nous avions toujours sur nous des photos prises le dernier jour de cinéma. On avait ainsi matière à comparaison ; et quand il y a matière à comparaison, on peut commander un second, un troisième, quatrième verre de bière pour se donner de la gaieté ou bien, comme on dit en Rhénanie, de l'ambiance.

Pourtant je n'irai pas jusqu'à prétendre qu'il soit possible à un homme triste de désobjectiver sa propre tristesse au moyen de photos d'identité ; car la tristesse authentique est déjà inobjective en soi, du moins ma tristesse, et celle de Klepp ne se laissait réduire à rien et prouvait justement par sa joviale inobjectivité une vigueur que rien ne pouvait contrister. S'il existait une possibilité d'apprivoiser notre spleen, ce n'était que grâce aux photos, parce que nous nous trouvions nous-mêmes, dans ces instantanés pris en série, pas très distincts et, ce qui était important, passifs et neutralisés. Nous pouvions nous opérer nous-mêmes à discrétion en buvant de la bière, en massacrant sauvagement des boudins, en améliorant l'ambiance. Les petites photos étaient cornées, pliées, découpées avec des ciseaux que nous emportions toujours exprès. Nous composions des portraits plus anciens ou plus récents, nous nous faisions borgnes ou nous donnions trois yeux, nous nous collions des nez en guise d'oreilles, parlions ou gardions le silence par l'oreille droite en guise de bouche et faisions du front le menton. Ces montages ne blasphémaient pas seulement notre propre image ; Klepp empruntait chez moi des détails, je sollicitais de lui des traits caractéristiques : nous réussissions à créer des êtres neufs et, nous l'espérions, plus heureux. De temps à autre, nous faisions cadeau d'une photo.

Nous — je veux dire par là exclusivement Klepp et moi, et mets hors de cause les personnalités nées de nos montages —, avions pris l'habitude de donner une photo au garçon de la brasserie, que nous appelions Rudi, à chacune de nos visites, et la brasserie nous voyait au moins une fois par semaine. Rudi, un homme au cœur innombrable — il aurait gagné à la loterie quatorze enfants et la tutelle sur huit autres —, connaissait notre douleur, possédait déjà des douzaines de profils et encore plus de portraits de face ; cependant il montrait chaque fois un visage sympathique et disait merci, quand après une longue délibération et un choix minutieusement strict nous lui remettions nos photos. A la serveuse du buffet et à la fille roussâtre qui portait sur l'abdomen un bureau de tabac, Oscar n'a jamais donné une photo ; car il ne faut pas donner de photos aux femmes, elles ne font qu'en mésuser. Klepp cependant, qui avec toute sa rondeur ne pouvait que se mettre en quatre pour les femmes et qui, communicatif jusqu'à la témérité, aurait changé de chemise devant n'importe laquelle, Klepp donc doit avoir un jour, à mon insu, remis à la fille aux cigarettes une photo de lui, car il s'est fiancé avec cette verte coquine et l'a un jour épousée parce qu'il voulait ravoir sa photo.

J'ai anticipé et consacré trop de mots aux derniers feuillets de l'album. Les instantanés stupides ne le méritent pas ou bien, s'ils le méritent, ce ne peut être que pour fonder une comparaison apte à montrer de quelle façon grandiose, inégalable, voire artistique, agit encore aujourd'hui sur moi le portrait de mon grand-père Koljaiczek.

Petit et large, il est assis près d'un guéridon en bois tourné. Malheureusement il ne s'est pas fait tirer le portrait en incendiaire, mais en M. Wranka, sapeur-pompier bénévole. Il lui manque donc la moustache. Mais l'uniforme très ajusté de pompier avec la médaille de sauvetage et le casque assorti qui fait du guéridon un autel remplacent quasiment la moustache de l'incendiaire. Quel regard grave, informé de tous les maux de 1900. Ce regard fier encore, en dépit de toutes les tragédies, semble avoir été rituel à l'époque du Second Empire allemand ; en effet on le retrouve identique chez Grégoire Koljaiczek, le poudrier toujours ivre qui, sur les photos, donne plutôt l'impression d'être à jeun. Plus mystique, parce que photographiée à Czestochowa, l'attitude de Vincent Bronski tenant un cierge bénit. Un portrait de jeunesse du chétif Jan Bronski est un témoignage de virilité mélancolique, obtenu par un primitif de la photographie.

Les femmes de ce temps-là réussissaient plus rarement à prendre ce regard avantageux. Même ma grand-mère Anna qui était pourtant, par Dieu, une personne bien, minaude sur les photos prises avant qu'éclate le Première Guerre mondiale ; elle y adopte un sourire bêtement plaqué et ne laisse rien pressentir de l'ampleur protectrice de ses quatre jupes superposées, si discrètes.

Pendant les années de guerre, ils souriaient encore au photographe qui faisait clic-clic et plongeait d'un pas de ballerine sous son étoffe noire. Voilà d'un coup vingt-trois infirmières, parmi elles maman, infirmière auxiliaire à l'hôpital militaire de Silberhammer, que j'effarouche, serrées autour d'un major-butoir sur un carton solide, format double carte postale. Ces dames de l'hôpital ont l'air moins service-service dans la scène posée d'une fête costumée à laquelle collaborent des guerriers presque guéris. Maman risque un œil en coulisse et une bouche en cul de poule qui, malgré ses ailes d'ange et ses cheveux en étoupe, veut dire : les anges aussi ont un sexe. Matzerath, agenouillé devant elle, a choisi un travesti qu'il aurait trop volontiers troqué contre son vêtement de tous les jours : il est maître queux brandissant une louche sous la mitre amidonnée. En uniforme au contraire, épinglé de la Croix de Fer de IIe classe, il a aussi, comme les Koljaiczek et les Bronski, le regard sciemment tragique braqué devant lui, et sur toutes les photos il est supérieur aux femmes.

Après la guerre on montrait un autre visage. Les hommes ont l'air un tantinet démobilisé, et maintenant ce sont les femmes qui s'y entendent à s'encadrer dans l'image, qui ont un puissant motif de darder un grave regard ; même quand elles sourient, elles ne renient pas leur fond de teint : l'apprentissage de la douleur. Ne parviennent-elles pas, assises, en pied ou à demi couchées, collant à leurs tempes des croissants de cheveux noirs, à nouer une liaison accommodante entre la Madone et la vénalité ?

La photo de maman à vingt-trois ans — elle doit avoir été prise avant le début de sa grossesse — montre une jeune femme qui incline légèrement une tête ronde, au modelé paisible, sur un cou à la chair ferme ; cependant elle regarde directement quiconque regarde son portrait ; elle transfigure les contours purement sensuels par son mélancolique sourire et par une paire d'yeux qui semblent habitués à considérer les âmes de ses contemporains, et aussi son âme à elle, plutôt en gris qu'en bleu, et comme un objet solide — disons tasse à café, fume-cigarette.

Le mot *pénétré* ne suffirait pas, si je le mettais en guise d'adjectif qualificatif devant le regard de maman.

Pas plus intéressantes, mais plus faciles à interpréter et de ce fait plus instructives, les photos de groupes de ce temps-là. Etonnant, à quel point les robes de noces étaient plus belles et plus nuptiales du temps où l'on signait le traité de Rapallo. Matzerath, sur sa photo de mariage, porte encore un faux col dur. Il a l'air bien, élégant, presque intellectuel. Il avance le pied droit, voudrait sans doute ressembler à un acteur de son époque, peut-être Harry Liedtke. En ce temps-là, les jupes étaient courtes. La robe nuptiale de maman, une roble blanche à mille petits plis, arrive juste sous le genou, montre ses jambes bien faites et de jolis pieds à danser chaussés de souliers blancs à brides. Sur d'autres tirages se tasse la noce. Entre les costumes citadins et les mufles qui s'étalent, on remarque toujours à leur raideur provinciale et à une gaucherie qui inspire confiance la grand-mère Anna et son frère Vincent le miraculé. Jan Bronski, à l'égal de ma mère, tire son origine du même champ de pommes de terre que sa tante Anna et que son père dévot à la Vierge céleste ; il sait cacher sa rusticité kachoube derrière l'élégance endimanchée d'un secrétaire des postes polonais. Si petit, si précaire qu'il paraisse parmi les bien portants et les mufles étalés, son œil peu banal, la joliesse presque femelle de son visage forment, même quand il est sur le bord, le point central de chaque photo.

Depuis assez longtemps déjà, je contemplais un groupe qui fut photographié peu après la noce. Je dois mettre la main au tambour et tenter à l'aide des baguettes d'évoquer, sur la tôle vernie, devant le rectangle mat et brunâtre, le trio que j'identifie sur le carton.

L'occasion de cette photo doit s'être offerte au coin de la rue de Magdebourg et du terrain de manœuvre de l'infanterie à côté du Foyer polonais d'étudiants, c'est-à-dire sous le logement des Bronski, car on voit à l'arrière-plan un balcon ensoleillé à demi obstrué de haricots grimpants ; seuls les logements de la Cité polonaise s'en collaient de pareils sur le devant. Maman est assise, Matzerath et Jan Bronski sont debout. Mais comment est-elle assise et comment sont-ils debout ? Pendant quelque temps je fus assez bête pour vouloir mesurer la constellation de ce triumvirat — car maman valait bien un homme — à l'aide d'un compas d'écolier que Bruno dut m'acheter, d'une règle et d'une équerre. Angle d'inclinaison du cou, un triangle scalène, il y avait des translations, des égalités obtenues par recoupement forcé, des arcs qui, significativement, se rencontraient en dehors — c'est-à-dire dans la verdure des haricots grimpants — et donnaient un point ; parce que je cherchais un point, je croyais au point, m'acharnais sur le point, point d'appui, point de départ, point de fuite, si même je ne cherchais pas le point critique.

Rien n'est sorti de ces mensurations de dilettante, que des trous minuscules et pourtant gênants dont j'ai crevé, avec ma pointe de compas, les endroits les plus importants de cette précieuse photo. Qu'est-ce qu'elle avait de particulier ? Qu'est-ce qui me pressait de chercher sur ce rectangle des rapports mathématiques et, de quoi rire, cosmiques et, si l'on veut, de les trouver ? Trois êtres : une femme assise, deux hommes debout. Elle avec une indéfrisable à l'eau, foncée, Matzerath blond frisé, les cheveux châtains de Jan collés, rejetés en arrière. Tous trois sourient : Matzerath plus que Jan Bronski, tous deux montrant leurs dents du haut, à eux deux cinq fois plus que maman, qui n'a qu'une trace de sourire aux coins de la bouche et rien du tout dans les yeux. Matzerath laisse sa main gauche reposer sur l'épaule droite de maman ; Jan se contente de poser fugitivement sa main droite sur le dossier de la chaise. Elle, les genoux vers la droite, à partir des hanches on la voit de face ; elle tient sur ses genoux un cahier que j'ai longtemps pris pour un des albums de timbres de Bronski, puis pour un journal de modes, enfin pour la collection d'images tirées des paquets de cigarettes et représentant des acteurs célèbres. Les mains de maman font comme si elles allaient tourner les pages aussitôt que la plaque sera impressionnée, la photo faite. Tous trois ont l'air heureux, bien disposés à l'endroit les uns des autres et parés contre les surprises du genre de celles qui se rencontrent quand un partenaire du pacte à trois aménage des tiroirs secrets ou bien commence dès le début à faire des cachotteries. En bloc ils sont braqués sur la quatrième personne, c'est-à-dire la femme de Jan, Hedwige Bronski, née Lemke, qui à ce moment-là était peut-être déjà enceinte du futur Stephan, mais seulement dans la mesure où celle-ci doit orienter l'appareil sur le bonheur de ces trois êtres, afin que ce triple bonheur soit du moins fixé par la technique de la photographie.

J'ai détaché d'autres rectangles de l'album et les ai placés près de celui-là. Des vues où l'on peut identifier ou bien maman avec Matzerath ou bien maman avec Jan Bronski. Sur aucune de ces images l'irrévocable, la dernière solution possible n'est aussi manifeste que sur l'image du balcon. Jan et maman sur une plaque : cela sent alors le tragique, l'aventure, l'outrecuidance qui devient dégoût et amène à sa suite le dégoût de l'outrecuidance. Matzerath à côté de maman : ici filtre l'amour du samedi soir, mitonnent les escalopes viennoises, ça se chamaille un peu avant le repas et ça bâille après ; il faut, avant d'aller se coucher, se raconter des histoires drôles ou faire un drame de la feuille d'impôts afin de donner au ménage un arrière-plan intellectuel. Pourtant je préfère cet ennui photographié au choquant des années ultérieures qui montre maman sur les genoux de Jan Bronski dans un décor de bois d'Oliva près de Freudental. Car cette obscénité — Jan laisse une main disparaître sous la robe de maman — ne caractérise que le furieux aveuglement de passion du malheureux couple, adultère depuis le premier jour du mariage avec Matzerath, lequel en cette occasion, je présume, lui fournit le photographe blasé. Rien n'apparaît de cette tranquillité, de ces gestes prudemment complices de la photo du balcon ; ils n'étaient possibles que si les deux hommes se mettaient debout derrière maman ou à côté d'elle ; ou bien s'ils étaient couchés à ses pieds comme sur le sable marin aux bains de Heubude ; voir photo.

Il y a là encore un rectangle qui montre disposés en triangle les trois êtres les plus importants de mes premières années. Bien qu'il ne soit pas aussi concentré que la photo du balcon, il rayonne cependant de la même paix tendue. On peut dauber à discrétion sur la trigonométrie qui a la faveur du théâtre ; deux personnages seuls sur la scène, que peuvent-ils faire sinon se tuer à discuter ou rêver en secret d'un troisième ? Sur ma petite photo ils sont trois. Ils jouent au skat. C'est-à-dire qu'ils tiennent des cartes en éventails bien organisés, mais ne regardent pas leurs atouts pour mettre une partie aux enchères ; ce qu'ils regardent, c'est l'appareil photo. La main de Jan, sauf l'index levé, est à plat à côté de la petite monnaie ; Matzerath imprime ses ongles dans la nappe ; maman se permet une petite plaisanterie, ma foi, réussie : elle a tiré de son jeu une carte, la montre à la lentille de l'appareil photo, mais pas à ses partenaires. Avec quelle facilité, par un simple geste, rien qu'en montrant la carte dame de cœur, on peut faire surgir un symbole transparent ! Qui, en effet, ne marcherait pas pour la dame de cœur ?

Le jeu de skat — on ne peut, comme chacun doit le savoir, y jouer qu'à trois — n'était pas seulement pour maman et les deux hommes le jeu le plus approprié ; il était leur refuge dans lequel ils se retrouvaient toujours quand la vie voulait les entraîner à jouer, dans l'une ou l'autre des formations possibles à deux, à des jeux idiots comme le soixante-six ou le bézigue.

Finissons-en maintenant avec les trois qui me mirent au monde bien qu'ils n'eussent besoin de rien. Avant d'en venir à moi, un mot sur Gretchen Scheffler, l'amie de maman, et son maître boulanger d'époux, Alexandre Scheffler. Lui chauve, elle avec une denture chevaline composée pour une bonne moitié de dents en or. Lui bas sur pattes et assis sur des chaises d'où ses pieds n'atteignaient jamais le tapis ; elle en robes de tricot maison aux motifs inimaginables. Plus tard, voici des photos des deux Scheffler dans des fauteuils transatlantiques ou devant des canots de sauvetage à bord du *Wilhelm Gustloff*, ou encore sur le pont-promenade du *Tannenberg*. Une année après l'autre, ils faisaient des voyages et rapportaient de Pillau (Prusse-Orientale), de Norvège, des Açores, d'Italie, des souvenirs intacts à la maison du Kleinhammerweg où il cuisait ses petits pains blancs, tandis qu'elle appliquait à des dessus de coussin des ornements en dents de chat. Quand Alexandre Scheffler ne parlait pas, il humectait inlassablement, de la pointe de sa langue, sa lèvre supérieure, ce que l'ami de Matzerath, Greff, marchand de légumes, domicilié sur le trottoir d'en face, réprouvait comme une indécente faute de goût.

Bien que Greff fût marié, il était chef-scout plus qu'époux. Une photo le montre, large, sec, sain, en uniforme à culotte courte avec les fourragères et le chapeau scout. A côté de lui, dans le même équipage, un jeune garçon blond de treize ans, aux yeux un peu trop grands, que Greff, de sa main gauche, tient par l'épaule, et serre contre soi pour marquer son affection. Je ne connaissais pas ce jeune garçon, mais je devais par la suite connaître et comprendre Greff grâce à sa femme Lina.

Je me perds entre les instantanés de voyageurs de l'organisation de loisirs « la Force par la Joie » et les témoignages d'un délicat érotisme scout. Passons vite quelques pages et venons-en à mon premier portrait photographique.

J'étais un bel enfant. Le cliché fut fait à la Pentecôte vingt-cinq. J'avais huit mois et étais de deux mois plus jeune que Stephan Bronski, dont le portrait dans le même format figure à la page suivante et rayonne d'une ineffable vulgarité. La carte postale a une bordure ondulée, découpée avec art, et le verso est réglé pour qu'on y mette l'adresse. Probablement elle fut tirée à un assez grand nombre d'exemplaires et destinée à l'usage de la famille. Le médaillon photographique montre, sur le rectangle allongé, la forme d'un œuf qui serait venu de façon excessivement symétrique. Nu et figurant le jaune, je suis couché à plat ventre sur une toison blanche, legs de je ne sais quel ours arctique à un photographe professionnel danzigois, spécialisé dans la photo d'enfant. Comme pour beaucoup de photos de cette époque, on a choisi pour mon premier portrait ce ton brunâtre et chaud, impossible à confondre, que je voudrais appeler humain, par opposition à l'inhumaine froideur des photos en noir et blanc de nos jours. Un feuillage estompé mat, vraisemblablement peint, fournit l'arrière-plan, médiocrement éclairci de rares taches lumineuses. Tandis que mon corps lisse, sain, repose en calme plat et légèrement en diagonale sur la fourrure et laisse agir sur lui la patrie polaire de l'ours blanc, je tiens soulevée, à grand effort, ma tête sphéroïde d'enfant, regardant le spectateur, quel qu'il soit, avec des yeux que rehausse une tache lumineuse.

On dira que c'est une banale photo de bébé. S'il vous plaît, regardez les mains : vous serez obligés d'admettre que mon premier portrait l'emporte sur les innombrables œuvres d'art qui, sur de quelconques albums, racontent toujours la même mignonne existence. On me voit les poings serrés. Pas de doigts en saucisse qui, oublieux d'eux-mêmes, obéissant encore à un obscur instinct fœtal, jouent avec les mèches de la peau d'ours. Gravement recueillis, mes petits poings sont en équilibre de part et d'autre de la tête, toujours prêts à retomber, à donner la note. Quelle note ? Celle, parbleu, du tambour !

Il manque encore, ce tambour qu'à l'occasion de ma naissance on me promit sous les ampoules électriques ; mais il serait plus que facile à un monteur exercé de coller le cliché correspondant, réduit, d'un tambour d'enfant, sans avoir à faire les moindres retouches à la position de mon corps. Seulement il faudrait supprimer la peau de bête idiote, objet de mon indifférence. C'est un corps étranger dans cette composition si réussie par ailleurs ayant pour thème cet âge si éveillé, si clairvoyant, où vont percer les premières dents de lait.

Plus tard, on ne m'a plus couché sur des peaux d'ours blanc. Je pouvais avoir un an et demi quand on me poussa dans ma voiture d'enfant devant une palissade de planches dont les dentelures et les traverses sont si nettement soulignées d'une couche de neige que je dois admettre que le cliché fut fait en janvier vingt-six. La façon massive de la palissade, qui sent le bois goudronné, se rattache après mûre réflexion au faubourg de Hochstriess dont les vastes casernes logeaient auparavant les hussards de Mackensen et, de mon temps, la police de l'Etat libre. Comme je ne peux me rappeler aucune personne habitant ledit faubourg, le cliché aura été fait lors de l'unique visite que mes parents auraient rendue à des gens qu'on ne revit plus jamais par la suite, ou rarement.

Maman et Matzerath, qui tiennent entre eux la voiture d'enfant, ne portent, malgré la saison froide, pas de manteaux d'hiver. Maman est vêtue d'une blouse russe à longues manches dont les ornements brodés s'harmonisent au décor hivernal et suggèrent : au fond de la Russie on fait une photo de la famille du tsar, Raspoutine tient l'appareil, je suis le tsarévitch et, derrière la clôture sont embusqués mencheviks et bolcheviks qui tout en bricolant des bombes décident de supprimer ma famille autocratique. L'air correct, très « Europe Centrale », gros — comme on le verra — d'avenir, le style classe moyenne de Matzerath écrase dans l'œuf la complainte violente qui sommeille en cette image. On était dans le paisible faubourg de Hochstriess, on quittait pour un instant, sans enfiler le manteau d'hiver, le logement des hôtes, on se faisait photographier par le maître de maison avec entre soi le petit Oscar dont le regard était idéalement drôle, et tout de suite après on goûtait — café, gâteaux, crème fouettée — une intimité chaude, sucrée, béate.

Il y a encore une bonne douzaine d'Oscar instantanés, couchés, assis, debout, à quatre pattes, courant, à un an, deux ans, deux ans et demi. Les photos sont plus ou moins bonnes ; leur ensemble forme le socle de ce portrait en pied que l'on fit faire le jour de mon troisième anniversaire.

Là je l'ai, le tambour. Il me pend tout droit sur le ventre, battant neuf et verni rouge et blanc en dents de scie. Là, le visage gravement résolu, je croise avec autorité les baguettes de bois sur la tôle. J'ai un pull-over rayé. J'ai aux pieds des souliers vernis. Là, mes cheveux se dressent sur ma tête comme une brosse avide d'astiquage, là se reflète dans chacun de mes yeux bleus la volonté d'un féodal qui devait se tirer d'affaire sans vassaux. Là j'ai réussi une posture que je n'eus pas motif de quitter. Là je dis, là je me décidai, là je résolus de n'être en aucun cas politicien comme Adolf et encore bien moins négociant en produits exotiques, mais de mettre un point c'est tout, de rester comme ça — et je restai comme ça, je m'en tins à cette taille, à cet équipement, de nombreuses années durant.

Petit patapon et grand patapon, petit Belt et grand Belt, petit et grand ABC, Pépin le Bref et Charlemagne, David et Goliath, Tom Pouce et Gargantua ; je restai l'enfant de trois ans, le gnome, le Petit Poucet, le nabot qui ne veut pas grandir ; pourquoi ? Pour échapper à des distinctions comme le petit et le grand catéchisme ; pour n'être pas à l'âge dit adulte, un mètre soixante-douze, livré à un homme qui, debout à se raser devant la glace, se nommait mon père ; pour n'être pas contraint de reprendre une boutique qui, selon le vœu de Matzerath, devait — denrées exotiques — signifier pour un Oscar majeur l'univers des adultes. Pour ne pas faire sonner un tiroir-caisse, je me cramponnai au tambour et à partir de mon troisième anniversaire je ne grandis plus d'un doigt ; je restai l'enfant de trois ans, mais aussi de trois sagesses, que surplombaient tous les adultes, qui ne voulait pas mesurer son ombre à leur ombre, qui était parfaitement achevé au-dedans comme au-dehors. Alors que ceux-là, les adultes, ne font jusqu'à la vieillesse que rabâcher l'histoire de leur développement, je fus l'enfant qui comprit tout seul ce qu'ils n'apprennent qu'avec tant de peine, souvent dans la douleur, au fil de leur expérience ; l'enfant qui, pour démontrer que quelque chose grandissait, n'avait pas besoin de porter chaque année des chaussures et des culottes plus grandes.

Cependant — et ici Oscar doit admettre qu'il s'est développé — quelque chose grandissait, et pas toujours pour mon bien, acquérait pour finir une grandeur messianique. Mais qui parmi les adultes pouvait à cette époque comprendre le mystère d'Oscar, de ses trois ans à perpétuité, de son tambour de fer ?

Verre à vitres, vitre en miettes

Voilà un instant, je décrivais une photo où Oscar figure en pied avec tambour, baguettes de tambour, et révélais en même temps quel plan longuement mûri Oscar avait arrêté pendant la cérémonie de la photo et au nez de la compagnie rassemblée autour du gâteau à trois bougies ; à présent que l'album est près de moi fermé et se tait, il faut que je donne la parole à ces choses qui se produisirent — provoquées par moi — et qui n'expliquent pourtant pas la pérennité de mes trois ans.

Dès le début j'en étais sûr : les adultes ne comprendront pas, te qualifieront de retardé, si tu ne grandis plus de façon perceptible à leurs yeux ; ils te traîneront, et leur argent avec, chez cent médecins et, s'ils ne cherchent pas à te guérir, ils chercheront l'explication de ta maladie. Je devais par conséquent, pour limiter les consultations à une mesure supportable, fournir avant tout avis du médecin une explication plausible de ma croissance défaillante.

Un dimanche ensoleillé de septembre, mon troisième anniversaire. Délicate, cristalline atmosphère de fin d'été, même Gretchen Scheffler met une sourdine à son rire. Maman au piano attaque le *Baron tzigane,* Jan debout derrière elle et le tabouret, touchant ses épaules, fait mine d'étudier la partition. Matzerath, déjà attelé au repas du soir, est à la cuisine. Grand-mère Anna avec Hedwige Bronski ; et Alexandre Scheffler tirant vers Greff-légumes, parce que Greff savait toujours des histoires, des histoires de scouts où courage et loyauté se donnaient libre cours ; de plus un cartel qui n'omettait nul quart d'heure de cette journée de septembre en tissu extra-fin ; et comme tous étaient occupés à l'égal du cartel, je quittai la Hongrie du Baron tzigane, les scouts de Greff pérégrinant par les Vosges, franchis une ligne prolongeant la cuisine de Matzerath, où des chanterelles kachoubes se ratatinaient dans la poêle parmi les œufs brouillés et du lard de poitrine, traversai le couloir en direction de la boutique, suivis l'enfilade en tapant légèrement sur mon tambour ; j'étais déjà dans la boutique derrière le comptoir, loin de moi le piano, les chanterelles et les Vosges, quand je remarquai la trappe ouverte de la cave ; Matzerath, après avoir remonté une boîte de macédoine de fruits pour le dessert, devait avoir oublié de la fermer.

J'eus besoin en tout cas d'une minute pour comprendre ce qu'exigeait de moi la trappe de notre cave-entrepôt. Par Dieu, pas un suicide ! Ç'aurait été vraiment trop simple. L'autre hypothèse cependant était pénible, douloureuse, demandait un sacrifice et dès cette époque, comme chaque fois qu'on me demande un sacrifice, me fit monter la sueur au front. Avant toute chose mon tambour ne devait pas subir de dommage ; il s'agissait de le porter intact en bas des seize marches usées et de le placer entre les sacs de farine pour motiver son état indemne. Ensuite : remonter huit marches ; non, une à redescendre ; ou bien la cinquième ferait aussi bien l'affaire. Mais la sûreté du résultat et un dommage digne de foi n'étaient pas compatibles avec une chute de cette hauteur-là. Et de remonter, trop haut, dixième marche, et enfin, du haut de la neuvième marche je me jetai, entraînant dans ma chute un rayon plein de bouteilles de sirop de framboise, la tête la première, sur le sol cimenté de notre cave-entrepôt.

Avant même que ma conscience eût tiré le rideau, je constatai le plein succès de mon expérience : les bouteilles de sirop de framboise abattues exprès faisaient assez de vacarme pour arracher Matzerath à la cuisine, maman à son piano, aux Vosges le reste de la compagnie anniversaire, les jeter dans la boutique et, par la trappe ouverte, au bas de l'escalier.

Avant leur arrivée, je me laissai encore envahir par l'odeur du sirop de framboise répandu, pris note que ma tête saignait et me demandai encore, tandis qu'ils étaient déjà dans l'escalier, si c'était le sang d'Oscar ou les framboises qui répandaient ce parfum si doux et si fatigant ; mais j'étais bien content que tout ait bien marché et que grâce à ma prudence le tambour n'ait pas subi de dommage.

Je crois que c'est Greff qui me remonta. Dans la salle de séjour seulement Oscar émergea du nuage fait pour moitié de sirop de framboise et pour l'autre moitié de son jeune sang. Le médecin n'était pas encore là, maman criait et frappait Matzerath qui voulait la rassurer, et cela plusieurs fois, et non seulement avec le plat de la main, mais aussi avec le dos de la main, et au visage, en le traitant d'assassin.

Donc j'avais — et les médecins n'ont pas cessé de le confirmer — d'une seule chute, assez rude certes mais dosée par mes soins, non seulement fourni aux adultes l'explication si importante de ma croissance défaillante, mais de surcroît et sans l'avoir fait exprès, j'avais fait de l'anodin Matzerath un Matzerath coupable. Il avait laissé la trappe ouverte ; maman lui mit toute la faute sur le dos et il eut à porter des années cette faute que maman ne lui reprochait pas souvent sans doute, mais alors inexorablement.

Moi, la chute me valut quatre semaines d'hôpital et ensuite, sauf les visites du mercredi en fin d'après-midi chez le Dr Hollatz, une paix relative du côté de la Faculté ; dès ma première journée de tambour, j'avais réussi à donner au monde un signe, mon cas était éclairci avant que les adultes l'eussent compris dans le sens que je lui avais imprimé. La version officielle fut désormais : le jour de ses trois ans, notre petit

Oscar dégringola l'escalier de la cave, s'en tira au complet, seulement il n'a plus voulu grandir.

Et je commençai à jouer du tambour. Notre immeuble locatif comptait quatre étages. Du rez-de-chaussée jusqu'aux réduits du grenier, je montais en jouant du tambour et redescendais. J'allais du Labesweg à la place Max-Halbe, de là à Nouvelle-Ecosse, chemin Anton-Möller, rue Sainte-Marie, parc Kleinhammer, brasserie Société par actions, étang SA, prairie Fröbel, école Pestalozzi, Marché Neuf, et rentrais dans le Labesweg. Mon tambour supportait bien ce régime, les adultes moins bien ; ils voulaient couper le fil de mon tambour, barrer la route à mon tambour, faire des croche-pieds à mon tambour. Mais la nature avait pris soin de moi.

La capacité d'établir au moyen d'un tambour d'enfant en tôle peinte une nécessaire distance entre moi et les adultes mûrit peu après ma chute du haut de l'escalier dans la cave, en même temps que prenait du volume une voix capable de soutenir une note si haute et si stridente dans mes chants, mes cris, mes chants criés, que personne n'osait me prendre mon tambour qui pourtant lui fripait les oreilles ; car si on me prenait mon tambour je criais et, quand je criais, un objet de prix volait en miettes : mon organe était en mesure de briser le verre. Mon cri tuait les vases à fleurs ; mon chant mettait à quia les carreaux de fenêtres et donnait l'investiture aux courants d'air ; ma voix, pareille au diamant chaste et, pour ce motif, inexorable, fendait les vitrines et, sans y perdre son timbre innocent, violentait à l'intérieur des vitrines d'harmonieux, de sveltes verres à liqueur légèrement poussiéreux, don d'une main chère.

Il ne fallut pas longtemps pour que mes capacités fussent connues dans notre rue, du chemin de Brösen jusqu'à la cité près de l'aérodrome, donc dans tout le quartier. Quand j'étais aperçu des enfants du voisinage, dont les jeux ne m'intéressaient pas — « Un, deux, trois, nous irons au bois », ou « La sorcière noire est-elle là ? » ou « J' vois qué'qu'chose que tu vois pas » —, un chœur mal débarbouillé se mettait tout de suite à piailler :

Verre à vitres, vitre en miettes,
J'bois d' la bièr' sans eau,

Mère Lapin ouvre sa f'nêt'
Et joue du piano.

Voilà certes une rengaine enfantine bête, sans queue ni tête. Cette petite chanson me gênait à peine quand je traversais au pas derrière mon tambour, verre à vitres et Mère Lapin, et reprenais ce rythme simplet qui ma foi n'est pas sans charme ; aussi battant sur mon tambour verre à vitres et vitres en miettes, sans être le preneur de rats de Hameln, j'entraînais sur mes pas des enfants.

Aujourd'hui encore, par exemple, quand Bruno trotte les carreaux de ma chambre, je fais sur mon tambour une petite place à cette comptine.

Plus gênant que cette satire des enfants du voisinage, plus ennuyeux, surtout pour mes parents, était le fait onéreux qu'on mettait à mon compte, ou plutôt à celui de ma voix, tous les carreaux cassés à coups de pierre dans notre quartier par des garnements capricieux et mal éduqués. Au début, maman payait loyalement et bravement les carreaux des cuisines qu'avaient pulvérisés la plupart du temps des lance-pierres ; puis enfin elle comprit aussi mon phénomène vocal, exigea des preuves à l'appui des revendications en dommages et, en ces occasions, elle faisait ses yeux réalistes de glace triste. Les gens du voisinage, réellement, étaient injustes à mon égard. Rien n'était plus faux en ce temps-là que d'admettre chez moi une rage puérile de destruction, une haine inexplicable du verre ou des produits vitreux, comme souvent il y a des enfants qui démontrent par des crises d'amok leurs inclinations obscures et anarchiques. Seul le joueur détruit par plaisir. Je ne jouais jamais, je travaillais sur mon tambour et, quant à ma voix, elle répondait à un impératif de légitime défense. Seul le souci d'assurer la durée de mon travail sur le tambour m'imposait d'user de ma voix avec tant d'application. S'il m'avait été possible, par les mêmes voix et moyens, de déchirer par exemple les ennuyeuses nappes, brodées à tort et à travers, nées de la fantaisie ornementale de Gretchen Scheffler, ou bien de détacher du piano le glacé sombre, j'aurais avec joie laissé intact et sonore tout ce qui est verre. Mais nappes et vernis étaient indifférents à ma voix. Je ne parvins ni à effacer à force de cris le motif des papiers de tenture ni, en frottant l'un contre l'autre avec une énergie néolithique deux sons étirés, hululants, à produire assez de chaleur pour provoquer enfin l'étincelle qui eût transformé en flammes décoratives les doubles rideaux, secs comme l'amadou, poivrés de fumée tabagique, dont les deux fenêtres de la salle de séjour étaient ornées. A nulle chaise où fussent assis éventuellement Matzerath ou Alexandre Scheffler je ne sciais un pied. J'aurais préféré me défendre de façon plus innocente et moins merveilleuse, mais rien d'innocent n'était à mon service, seul le verre m'obéissait et devait payer la casse.

Je remportai mon premier succès spectaculaire dans ce domaine peu après mon troisième anniversaire. Il y avait alors largement quatre semaines que je possédais le tambour et, au cours de ce laps de temps, actif comme j'étais, je l'avais démoli. Certes, le cylindre flammé de blanc et de rouge tenait encore réunis le fond et la surface, mais le trou au milieu de la face sonore s'imposait désormais à la vue ; comme je dédaignais le fond du tambour, il s'agrandissait toujours, s'effrangeait ; il lui venait des bords coupants en dents de scie ; des particules de tôle animées par le battement tombaient à l'intérieur et jouaient du grelot maussade à chaque coup ; et partout sur le tapis de la salle de séjour et sur les lames de plancher rouge-brun de la chambre à coucher luisaient des écailles de vernis blanc qui n'avaient pu se cramponner davantage à la tôle martyrisée de mon tambour.

On craignait que je ne me coupe aux arêtes dangereusement affilées de la tôle. Surtout Matzerath qui, depuis ma chute dans l'escalier de la cave, surenchérissait en fait de prudence, me donnait des conseils de modération quand je jouais. Comme les artères du poignet effectivement restaient toujours en mouvement violent à proximité du bord dentelé du cratère, je dois admettre que les inquiétudes de Matzerath, exagérées sans doute, n'étaient pas absolument sans motif. On aurait pu, bien sûr, éliminer tout danger en me donnant un tambour neuf ; ma bonne vieille ferraille était tombée avec moi, était allée à l'hôpital et en était sortie avec moi, montait et descendait les escaliers, m'accompagnait sur le pavé à têtes de chat et les trottoirs, passait avec moi à travers « Un, deux, trois nous irons au bois », « J'vois qué'qu'chose que tu vois pas » et la « Sorcière noire » ; ils ne voulaient pas m'ôter cette ferraille et m'en procurer l'équivalent. On comptait sur un bête chocolat pour m'appâter. Maman le tenait et faisait la bouche en cœur. Ce fut Matzerath qui, avec une sévérité feinte, porta la main sur mon instrument invalide. Je me cramponnai à l'épave. Il tira. Déjà cédaient mes forces, qui suffisaient tout juste à jouer du tambour. Lentement une flamme rouge m'échappait après l'autre, déjà le cylindre allait s'évader de mes mains ; alors Oscar, qui jusqu'à ce jour avait passé pour un enfant tranquille, presque trop sage, forma le premier cri destructif et efficace : la vitre ronde polie qui protégeait contre la poussière et l'agonie des mouches le cadran jaune miel de notre cartel se brisa, tomba, fournit encore quelques éclats sur le parquet rouge-brun — car le tapis n'allait pas jusqu'au pied de l'horloge. Cependant l'intérieur du précieux objet ne souffrit pas de dommage : paisiblement le pendule continua sa route — si l'on peut dire une chose pareille d'un pendule — de même les aiguilles. Le carillon lui-même qui était sensible, voire hystérique, dans ses réactions au moindre choc, à une voiture de brasseur passant dehors, ne se montra pas impressionné par mon cri ; seule la vitre sauta, radicalement mise en miettes.

« L'horloge est kapout », s'écria Matzerath en lâchant le tambour. Un bref regard me convainquit que mon cri n'avait pas endommagé l'horloge proprement dite, que seul le verre était allé au diable. Mais pour Matzerath, pour maman aussi et pour tonton Jan Bronski, venu comme chaque dimanche après-midi en visite, il semblait que bien autre chose était kapout que la vitrine du cadran. Blêmes et pétrifiés, ils échangeaient des regards instables, qui allaient à tâtons jusqu'au poêle de faïence, accrochaient le piano et le buffet ; ils n'osaient pas bouger, et Jan Bronski remuait des lèvres sèches sous des yeux que tordait une adjuration ; si bien qu'aujourd'hui encore je crois que les efforts de l'oncle tendaient à articuler une prière implorant aide et pitié, ceci : O agneau de Dieu, qui enlèves les péchés du monde, *miserere nobis*. Et ce texte trois fois et encore un

« Seigneur, je ne suis pas digne de te recevoir sous mon toit ; mais dis seulement un mot... »

Naturellement le Seigneur ne dit pas un mot. Ce n'était d'ailleurs pas l'horloge qui était kapout, seulement la vitre. Mais l'attachement des adultes à leurs horloges est extrêmement singulier et puéril, puéril dans un sens où je ne l'ai jamais été. L'horloge est peut-être la plus grandiose performance des adultes. Mais il en est ainsi en fin de compte : dans la même mesure que les adultes peuvent être créateurs et y parviennent à force d'application, d'ambition et avec un peu de chance, dès l'instant qu'ils ont créé ils deviennent les créatures de leurs propres créations historiques.

En outre l'horloge n'a pas d'existence sans l'adulte. Il la remonte, il l'avance ou la retarde, il la porte chez l'horloger pour qu'il la contrôle, la nettoie et au besoin la répare. De même que si le coucou s'arrête trop tôt de chanter, si la salière se renverse, si l'araignée paraît le matin, si des chats nous viennent de la gauche, si le portrait à l'huile de l'oncle tombe du mur parce que le crochet branle dans le crépi, de même les adultes voient dans la glace, derrière l'horloge et dans l'horloge beaucoup plus que n'en peut dire une horloge.

Maman qui, malgré un penchant à la rêvasserie fantastique, avait le coup d'œil plus froid et qui, avec sa frivolité, savait tourner à son avantage tout présage supposé, trouva alors le mot qui délivre.

« Le verre blanc porte bonheur ! » s'écria-t-elle en claquant des doigts ; puis elle alla chercher la pelle à poussière et la balayette et ramassa les débris ou le bonheur.

Si je me réfère aux paroles de maman, j'ai apporté à mes parents, à mes cousins et à des gens connus et inconnus beaucoup de bonheur ; à quiconque voulait me prendre mon tambour, je cassais, brisais, pulvérisais d'un mot, d'un chant, d'un cri les carreaux de sa fenêtre, les verres à bière pleins, les bouteilles à bière vides, les flacons de parfum relaxant des odeurs printanières, les coupes de cristal avec fruits artificiels, bref tout ce qui est verre, est produit dans verreries grâce à souffleur de verre et est mis sur marché comme verre ou comme petits verres façon artistique.

Pour ne pas faire trop de dégâts — car j'aimais et j'aime encore les verreries aux belles formes —, quand on voulait le soir me prendre mon tambour qui avait sa place réservée à côté de moi dans mon petit lit, je travaillais une ou plusieurs des ampoules qui s'échauffaient dans le quadruple lustre de la chambre à coucher. Ainsi, pour mon quatrième anniversaire, début septembre vingt-huit, j'horrifiai la compagnie assemblée, mes parents, les Bronski, la grand-mère Koljaiczek, les Scheffler et les Greff, qui m'avaient apporté tous les cadeaux possibles, soldats de plomb, un bateau à voiles, une auto de pompiers — mais pas de tambour ; eux tous, qui voulaient me voir occupé de soldats de plomb, séduit par cette stupide auto de pompiers, qui ne voulaient pas me laisser mon tambour défoncé mais dévoué, qui voulaient me prendre ma ferraille et me colloquer en échange cet imbécile de bateau, dont par-dessus le marché le gréement n'était pas réaliste, eux tous qui avaient des yeux pour ne pas me voir, pour ne pas voir mes désirs, je les mis d'un cri circulaire, mortel aux quatre ampoules de notre lustre, dans de préhistoriques ténèbres.

Voyez comme sont les adultes : après les premières exclamations de frayeur, la requête presque fervente d'un retour de la lumière, ils s'habituèrent à l'obscurité. Quand ma grand-mère Koljaiczek, la seule qui avec le petit Stephan Bronski n'avait rien à gagner aux ténèbres, fut allée chercher des bougies — Stephan piaillait, pendu à sa jupe — et revint illuminer la pièce, le reste fortement imbibé de la compagnie anniversaire s'offrit à la vue en de curieux accouplements.

Comme il fallait s'y attendre, maman, le corsage en désordre, était assise sur les genoux de Jan Bronski. C'était écœurant de voir le maître boulanger Alexandre Scheffler quasiment disparaître dans la femme Greff. Matzerath léchait les dents d'or et de cheval de Gretchen Scheffler. Seule Hedwige Bronski était assise dans la lumière des bougies avec ses bons yeux de vache, les mains croisées sur ses genoux, près, mais pas trop, de Greff-légumes qui n'avait rien bu et chantait quand même, d'une voix suave, mélancolique, encombrée de neurasthénie, chantait pour inviter Hedwige à chanter avec lui. Ils chantaient à deux voix une chanson scoute, selon laquelle un certain Compte-Navets fantôme devait se promener par les monts des Géants.

Moi, on m'avait oublié. Sous la table, Oscar était assis avec le fragment de son tambour ; il tirait encore de sa ferraille de vagues rythmes et il est probable que les sons parcimonieux mais réguliers du tambour aient été agréables aux personnes qui étaient là dans la pièce, vautrées ou assises, mélangées et ravies. Car le tambourinement recouvrait comme un vernis les bruits de baisers et de succion qui échappaient à ces personnes dans la démonstration fiévreuse et forcenée de leur zèle.

Je restai encore sous la table quand ma grand-mère revint, pareille avec ses flambeaux à un archange courroucé, inspecta Sodome à la lueur des bougies, reconnut Gomorrhe, fit trembler ses bougies en poussant un coup de gueule, dit que tout cela était une cochonnerie et mit fin aux idylles comme aux promenades de Compte-Navets à travers les monts des Géants ; à cet effet elle mit les bougies sur des soucoupes, prit dans le buffet les cartes de skat, les jeta sur la table et, tout en consolant Stephan qui pleurnichait toujours, annonça la deuxième partie de la fête anniversaire. Peu de temps après, Matzerath vissa de nouvelles ampoules dans les douilles anciennes, on déplaça des chaises, on fit sauter les bouchons de bouteilles de bière ; on commença au-dessus de moi à taper un skat à un dixième de pfennig. Maman proposa dès le début de jouer au quart de pfennig, mais c'était trop risqué pour l'oncle Jan, et si des passe-parole généraux et un sans-atout occasionnel avec quatre valets n'avaient pas de temps à autre considérablement élevé les mises, on en serait resté à ce bricolage au dixième de pfennig.

Je me sentais bien sous la table, abrité du vent par la nappe retombante. D'un roulement léger je devançais les poings qui faisaient claquer les cartes au-dessus de moi, me subordonnais au déroulement des parties et notai après une demi-heure de skat : Jan Bronski perd.

Il avait du jeu, mais perdait quand même. Pas étonnant, car il ne faisait pas attention. Il avait tout autre chose en tête que son contrat à carreau avec deux valets. Il avait, dès le début du jeu, tout en parlant encore à sa tante pour minimiser la petite orgie de tout à l'heure, ôté de son pied gauche le soulier bas noir et, de son pied gauche à chaussette grise, passant devant ma tête, cherché et trouvé le genou de maman qui était assise en face de lui. A peine l'avait-il touché que maman se rapprochait de la table si bien que Jan, à qui au même instant Matzerath disputait une enchère et qui avait passé à trente-trois, avait retroussé l'ourlet de la robe et introduit d'abord la pointe de son pied, puis toute la chaussette, qui était heureusement du jour même et presque vierge, entre les cuisses de maman. Toute mon admiration à maman qui, malgré cette importunité laineuse qu'on lui faisait sous la table, gagnait à l'étage supérieur ; sur la nappe strictement tendue, elle gagnait les coups les plus risqués, parmi lesquels un trèfle sans les valets, avec maîtrise et accompagnement de propos vifs et animés, tandis que Jan qui, par-dessous devenait de plus en plus entreprenant, perdait au-dessus plusieurs parties qu'Oscar lui-même aurait empochées avec une sûreté de somnambule.

Plus tard le petit Stephan, fatigué, se glissa également sous la table, s'y endormit bientôt et, avant de s'endormir, ne comprit pas ce que la jambe du pantalon de son père cherchait sous la jupe de maman.

Clair à nuageux. Quelques précipitations éparses dans l'après-midi. Dès le lendemain Jan Bronski revint, remporta le cadeau qu'il m'avait destiné pour mon anniversaire, le bateau à voiles, échangea ce misérable jouet contre un tambour chez le père Sigismond Markus dans le passage de l'Arsenal, et repassant, légèrement arrosé de pluie, à la fin de l'après-midi, apporta chez nous le tambour à flammes blanches et rouges qui m'était si familier. Il me le tendit, prit en même temps la bonne vieille épave de ferraille où n'étaient restées adhérentes que des bribes de vernis rouge et blanc. Et pendant que Jan prenait la vieille chose et moi la neuve, les yeux de Jan, de maman, de Matzerath restaient fixés sur Oscar — pensaient-ils, ma foi, que j'adhérais à des traditions, que je cultivais dans mon cœur des principes ?

Sans pousser le cri qu'ils attendaient tous, le chant vitricide, je lâchai le tambour en ruine et consacrai aussitôt mes deux mains à l'instrument neuf. Après deux heures de tambourinage attentif, je m'y étais adapté.

Mais tous les adultes de mon entourage ne se montraient pas

aussi perspicaces que Jan Bronski. Peu après mon cinquième anniversaire en l'an vingt-neuf — on parlait beaucoup à l'époque d'un krach bancaire à New York, et je me demandais si mon grand-père Koljaiczek, commerce de bois à Buffalo, avait en son lointain séjour subi des pertes —, maman, inquiète de ma croissance défaillante, sur laquelle il n'était plus permis de se méprendre, prit ma main et l'habitude de me conduire à la consultation du Dr Hollatz dans le Brunshöferweg. Je supportai les examens si importuns et si prolongés, parce que l'uniforme blanc d'infirmière de sœur Inge, qui assistait Hollatz, me rappelait le temps que ma mère, au témoignage de la photo, avait servi pendant la guerre ; en étudiant de façon intensive le nouveau drapé du costume d'infirmière, je parvenais à ne pas entendre le flot ronronnant, résolument sonore, de paroles qui s'échappaient du médecin, parfois comme d'un oncle désagréable.

Il reflétait dans ses lunettes l'inventaire de son cabinet. Beaucoup de chrome, de nickel et d'émail poli ; et puis des rayons, des vitrines où étaient rangés sous étiquettes calligraphiées des serpents, des salamandres, des crapauds, des fœtus de porc, d'homme et de singe. Happant dans ses lunettes le reflet de ces avortons à l'alcool, Hollatz, après examen du sujet, tout en feuilletant les éphémérides de mon mal, secouait une tête pensive, se faisait une fois de plus raconter par maman ma chute dans l'escalier de la cave et la calmait quand elle vitupérait sans mesure et proclamait coupable à perpétuité Matzerath, parce qu'il avait laissé la trappe ouverte.

Quand, après des mois, lors d'une visite du mercredi, probablement pour se prouver ainsi qu'à sœur Inge le succès du traitement prescrit jusqu'alors, il voulut me prendre mon tambour, je lui détruisis la majeure partie de sa collection de serpents et de crapauds, et aussi tout ce qu'il avait pu ramasser comme fœtus des provenances les plus variées.

Exception faite de verres à bière, pleins mais sans couvercles, et du flacon de parfum de maman, c'était la première fois qu'Oscar s'essayait sur une quantité de bocaux remplis et soigneusement bouchés. Le succès fut unique, écrasant, surprenant pour tous les assistants, même pour maman qui connaissait mes relations avec le verre. Du premier son émis encore en sourdine, je fendis en long et en large la vitrine où Hollatz conservait toutes ses écœurantes curiosités, et fis ainsi basculer vers l'avant une plaque presque rectangulaire du côté par où l'on regarde ; elle tomba sur le sol de linoléum, et, gardant sa forme rectangulaire, s'y cassa en mille morceaux ; ensuite je donnai au cri un profil plus marqué et une urgence littéralement prodigue et, de ce phénomène si richement doté, j'allai chatouiller l'un après l'autre les bocaux.

Les bocaux éclatèrent avec une détonation. L'alcool verdâtre, partiellement coagulé, gicla, coula, charriant avec lui sur le linoléum du cabinet ses inclusions pâles, macérées comme par un chagrin corrosif, et remplit la pièce d'une odeur qu'on aurait pu prendre dans ses mains ; si bien que ma mère se trouva mal et que sœur Inge dut ouvrir les fenêtres donnant sur le Brunshöferweg.

Le Dr Hollatz eut l'habileté de retourner en victoire la perte de sa collection. Peu de semaines après mon attentat, une étude de sa façon parut dans la revue technique *le monde médical*, une étude sur moi, le phénomène vocal vitricide Oscar M. La thèse plaidée là en vingt pages par le Dr Hollatz a, paraît-il, éveillé l'intérêt des cercles compétents d'Allemagne et de l'étranger, et suscité des commentaires contradictoires, mais flatteurs, issus de bouches qualifiées.

Maman, à qui furent envoyés plusieurs exemplaires de la revue, était fière de l'article, ce qui me mettait d'humeur rêveuse ; elle ne pouvait pas se dispenser d'en lire des passages aux Greff, aux Scheffler, à son Jan et, toujours au dessert, à son époux Matzerath. Même les clients du magasin de produits exotiques durent subir ces lectures de l'article et admirèrent aussi maman : elle prononçait les expressions techniques de travers, mais avec brio, comme il sied. Pour moi, le fait que mon prénom était pour la première fois dans un journal ne me dit presque rien. Mon scepticisme déjà lucide me fit voir dans l'œuvrette du Dr Hollatz ce qu'elle était à tout prendre ; un monumental, un habile laïus à côté du sujet par un médecin qui guignait une chaire de faculté.

Dans son hôpital psychiatrique, aujourd'hui que sa voix ne peut seulement plus émouvoir son verre à dents, que des médecins congénères de ce Hollatz entrent chez lui et en sortent, font sur lui ce qu'ils appellent des Rohrschach, des tests associationnels et autres, afin d'étiqueter un nom sonore sur son idiosyncrasie délirante, Oscar songe volontiers à la protohistoire de sa voix. Si dans cette première période il ne fracassait que dans les cas d'urgence, mais exclusivement des produits de sable quartzeux, il fit plus tard, pendant sa période sommitale et décadente, usage de ses capacités sans ressentir de gêne. Par pur instinct de jeu, succombant au maniérisme d'une époque tardive, adonné à l'art pour l'art, Oscar incorpora le verre à son business phonique et, ce faisant, il vieillit.

L'horaire

Klepp tue quelquefois des heures à établir des horaires. Il engloutit sans arrêt, pendant la conception, du boudin et des lentilles réchauffées, ce qui vérifie ma théorie selon laquelle tout simplement : les rêveurs sont des polyphages. Le fait que Klepp sue sang et eau pour garnir ses rubriques donne raison à mon autre théorie : seuls de vrais feignants peuvent faire des inventions qui économisent du temps.

Cette année aussi, Klepp s'est donné plus de quinze jours un mal fou pour planifier sa journée heure par heure. Lorsqu'il est venu me rendre visite hier, il se donna des airs mystérieux, pêcha ensuite dans la poche intérieure de sa veste un papier neuf fois plié, me le tendit, rayonnant et même content de soi ; il avait encore un coup inventé un truc pour économiser du travail.

Je parcourus le papelard d'un regard ailé, il n'apportait guère de nouveautés : à dix heures petit déjeuner, jusqu'au déjeuner de midi méditation, après le repas une petite heure de sieste, puis café, servi si possible au lit, assis dans le lit une heure de flûte, levé et marchant en tous sens une heure de cornemuse en chambre, une demi-heure de cornemuse en plein air dans la cour ; puis un jour sur deux : ou bien deux heures de bière et de boudin, ou bien deux heures de cinéma, mais en tout cas avant le cinéma ou bien pendant la bière propagande discrète pour le Parti communiste allemand illégal — une demi-heure, n'exagérons pas ! Trois jours par semaine il meublait les soirées en faisant de la musique de danse à la « Licorne » ; le samedi, la bière post-méridienne avec propagande pour le PCA était reportée à la soirée, parce que l'après-midi était réservé pour le bain avec massage dans la Grünstrasse ; et ensuite au « U9 » trois petits quarts d'heure d'hygiène avec fille, puis avec même fille et amie de la fille, chez Schwab, café et gâteaux ; vite encore, avant fermeture boutiques, raser, si nécessaire couper cheveux, vite faire faire photo Photomaton, puis bière, boudin, propagande PCA et goûter repos bien gagné.

Je louai l'ouvrage sur mesure que Klepp avait si bien tracé, lui en demandai une copie, voulus savoir comment il surmontait d'occasionnels points morts. « Dormir ou penser au PCA », répondit Klepp après un minimum de réflexion.

Si je lui racontais comment Oscar fit connaissance avec son premier horaire ?

Les débuts au jardin d'enfants de tante Kauer furent anodins. Hedwige Bronski venait me prendre chaque matin, m'emmenait avec son fils Stephan chez la tante Kauer dans le chemin Posadowski où avec six à dix mômes — quelques-uns étaient toujours malades — nous devions jouer jusqu'à en vomir. Par bonheur, mon tambour passait pour un jouet ; on ne me collait pas de bois de construction, et on ne glissait sous moi de cheval à bascule que si on avait besoin d'un tambour à cheval avec chapeau de gendarme. En guise de modèle pour le tambour j'avais la robe de tante Kauer : de soie noire, mille fois boutonnée. Je peux le dire avec assurance je réussissais sur mon fer-blanc à habiller et déshabiller plusieurs fois par jour cette mienne demoiselle, constituée exclusivement de petis plis, en la déboutonnant et reboutonnant sur mon tambour, sans penser le moins du monde à son corps.

Les promenades de l'après-midi par les allées de marronniers jusqu'au bois de Jeschkental — monter sur la Butte-aux-Pois, passer devant le monument de Gutenberg — étaient si agréablement ennuyeuses et si séraphiquement niaises qu'aujourd'hui encore je me souhaite des promenades style livre d'images, ma main dans la main en feuille sèche de tante Kauer.

Que nous fussions huit ou douze mômes, il fallait passer le harnais. Il consistait en un limon bleu clair tricoté ; une laisse figurait ce limon. A six reprises, une bride de laine pour un total de douze mômes se greffait à gauche et à droite, sur ce limon de laine. Tous les dix centimètres pendait un grelot. Devant tante Kauer qui tenait les rênes nous trottions klinglingling adada en jacassant ; moi je jouais pâteusement du tambour ; ainsi nous parcourions les rues automnales du faubourg. De temps à autre tante Kauer entonnait « Jésus pour toi je vis, Jésus pour toi je meurs » ou bien aussi « Salut, étoile de la mer », ce qui émouvait les passants quand nous épanchions dans l'air d'octobre « O Marie de Bon-Secours » et « Mère de Dieu, dou-ou-ououce mère ». Dès que nous traversions une rue, il fallait arrêter la circulation. Tramways, autos, camions hippomobiles s'accumulaient quand nous chantiôns l'étoile de la mer en coupant la chaussée. Chaque fois tante Kauer remerciait d'un geste de papier froissé l'agent de police qui nous donnait licence.

« Notre-Seigneur Jésus vous récompensera », promettait-elle dans un froufrou de sa robe de soie.

Au fond j'ai regretté qu'Oscar, au printemps suivant son sixième anniversaire, dût à cause de Stephan et en même temps que lui quitter la demoiselle Kauer, déboutonnable et reboutonnable. Comme toujours quand la politique est en jeu, il se produisit des actes de violence. Nous étions sur la Butte-aux-Pois, tante Kauer nous ôtait le harnais de laine, le jeune bois était luisant, dans les branches la mue commençait. Tante Kauer était assise sur une borne qui, sous une foison de mousse, indiquait divers buts de promenade éloignés d'une ou deux heures. Pareille à une jeune fille qui ne se sent plus au printemps, elle chantonnait avec des mouvements saccadés de la tête qu'on ne peut observer autrement que chez les dindes, et nous tricotait un nouveau harnais qui devait être diablement rouge ; malheureusement je ne pus jamais le porter ; car il y eut des cris dans le taillis, Mlle Kauer prit son vol, s'élança avec son tricot sur ses jambes en échasses, traînant derrière elle du fil de laine rouge, vers le cri et le taillis. Je les suivis, elle et le fil, et devais aussitôt voir encore du rouge : le nez de Stephan saignait violemment et un qui s'appelait Lothaire, était bouclé et avait aux tempes de petites veines bleues, était assis sur la poitrine de ce gamin inconsistant et si pleurnichard, et faisait comme s'il voulait faire rentrer le nez de Stephan à l'intérieur.

« Polaque », grinçait-il entre les coups, « Polaque ! » Quand cinq minutes plus tard tante Kauer nous eut à nouveau rassemblés dans le harnais bleu — seul je marchais librement et roulais la laine rouge en une pelote — elle nous récita à tous une prière que l'on dit normalement entre la consécration et la communion : « Confus, plein de repentir et de douleur... » Descente de la Butte-aux-Pois et, devant le monument de Gutenberg, halte. Un long doigt tendu vers Stephan qui serrait en gémissant un mouchoir contre son nez, elle émit d'une voix douce : « Il n'y peut rien s'il est un petit Polonais. »

Sur les conseils de tante Kauer, Stephan ne fut plus conduit à son jardin d'enfants. Oscar, bien qu'il ne fût pas polonais et n'estimât pas spécialement le Stephan, se déclara solidaire. Et alors ce fut Pâques, et l'on décida d'essayer. Le Dr Hollatz, derrière ses lunettes cerclées de large corne, opina que cela ne saurait nuire et rendit aussi à haute voix la sentence : « Cela ne saurait nuire au petit Oscar. »

Jan Bronski, lequel voulait aussi envoyer son Stephan après Pâques à l'école primaire polonaise, ne s'en laissa pas dissuader ; il répétait sempiternellement à maman et à Matzerath qu'il était fonctionnaire dans un service polonais. L'Etat polonais le payait correctement pour un travail correct à la poste polonaise. En fin de compte il était polonais et Hedwige le deviendrait aussi, dès que la demande serait acceptée. D'ailleurs un enfant éveillé et doué de qualités au-dessus de la moyenne comme Stephan apprendrait l'allemand au foyer familial et, en ce qui concernait le petit Oscar — chaque fois qu'il disait Oscar il soupirait un peu —, Oscar avait six ans exactement comme le Stephan ; à vrai dire, il ne savait pas encore tout à fait parler, était largement en retard pour son âge, d'une façon générale et quant à la croissance ; quand même on devait essayer, l'obligation scolaire c'était l'obligation scolaire — à condition que l'autorité scolaire ne s'y opposât point.

L'autorité scolaire émit des réserves et réclama un certificat médical. Hollatz m'appela un garçon bien portant, ressemblant par la croissance à un enfant de trois ans ; mais intellectuellement, et bien que je ne parlasse pas encore bien, je n'étais nullement en retard sur un enfant de cinq ou six ans. Il parlait aussi de ma thyroïde.

Lors de tous les examens, je me tins tranquille pendant tous les tests qui m'étaient devenus habituels, du moment que personne ne voulait me prendre mon tambour. Le massacre de la collection Hollatz de serpents, crapauds et fœtus était, pendant qu'on me testait, présent à l'esprit de tous, et redoutable.

Seulement à la maison, le premier jour de classe, je me vis contraint de faire voir l'effet de diamant de ma voix, car Matzerath, agissant à contresens, exigea de moi que je fisse sans mon tambour le chemin à l'école Pestalozzi.

Lorsque pour finir il en vint aux mains, voulut prendre ce qui ne lui appartenait pas et dont il ne savait pas se servir, parce qu'il n'avait pas le nerf à cela, je fracassai d'un cri un vase vide dont on affirmait l'authenticité. Après que le vase authentique eut jonché le sol de tessons authentiques, Matzerath, qui tenait beaucoup au vase, voulut me gifler. Mais maman et Jan qui, avec Stephan et le sac en papier rituel, passait chez nous vite et comme par hasard jeter un coup d'œil, s'interposèrent.

« Je t'en prie, Alfred », dit-il de sa façon paisiblement onctueuse, et Matzerath, foudroyé par le bleu regard de Jan et de maman, laissa retomber sa main et la mit dans la poche de son pantalon.

L'école Pestalozzi était une boîte neuve, rouge brique, ornée de sgraffites et de fresques modernes, à trois étages ; allongée, plate sur le dessus, elle avait été bâtie par le Sénat sous la pression, encore très active en ce temps-là, des sociaux-démocrates dans le faubourg grouillant d'enfants. Cette boîte, sauf son odeur et les adolescents modern style faisant du sport sur les sgraffites et les fresques, me plaisait assez.

Des arbuscules d'une petitesse peu naturelle et commençant de plus à verdir se dressaient, protégés par des tiges de fer en forme de crosses, dans le gravier devant le portail. De toutes les directions surgissait une cohue de mères qui portaient des cornets de papier multicolores et traînaient derrière elles des petits garçons hurlants ou modèles. Jamais encore Oscar n'avait vu tant de mères tendre vers un point identique. On aurait dit qu'elles se rendaient processionnellement à un marché où devaient être mis en vente leurs premiers-nés et leurs cadets.

Dès le hall d'entrée, cette odeur d'école qui, si souvent décrite, dépasse en intimité tout parfum connu de ce monde. Sur les dalles du hall étaient disposés en ordre lâche quatre ou cinq bassins de granit au fond desquels de l'eau jaillissait à la fois par plusieurs sources. Je fus bousculé par des garçons dont certains avaient mon âge ; ils me rappelaient la truie de mon oncle Vincent à Bissau, laquelle parfois se jetait sur le côté et tolérait l'assaut brutal, pareillement assoiffé, de ses porcelets.

Les gamins se penchaient au-dessus des bassins et des tourelles d'eau verticales, toujours retombées sur elles-mêmes, laissaient leurs cheveux basculer en avant et les jets d'eau entrer comme un index dans leurs bouches ouvertes. Je ne sais s'ils faisaient cela pour jouer ou pour boire. Parfois, deux gamins se relevaient presque en même temps, les joues gonflées, pour se souffler à la figure, avec un bruit indécent, l'eau tiédie, sûrement mêlée de salive et chargée de miettes de pain. Moi qui en entrant dans le vestibule avais à la légère coulé un regard dans le gymnase contigu, à détailler le cheval de cuir, les perches et les cordes à grimper, l'horrible barre fixe toujours avide d'un grand soleil, je ressentis une soif authentique, rebelle à tout effort de persuasion et j'aurais bien, comme les autres enfants, bu ma gorgée d'eau. Mais il m'était impossible de demander à maman de soulever Oscar le minuscule au-dessus d'un de ces bassins. Même en grimpant sur mon tambour, je n'aurais pu atteindre le jet d'eau. Cependant quand en faisant un petit saut je jetai un coup d'œil par-dessus le bord dans le bassin et dus constater que des restes gluants de pain obstruaient notablement l'écoulement de l'eau et que dans la vasque stagnait un bouillon écœurant, la soif me passa ; je l'avais emmagasinée en moi en imagination, mais avec une densité corporelle, errant parmi des agrès de voltige dans le désert d'un gymnase.

Maman me conduisit par des escaliers monumentaux, taillés

pour des géants, par des corridors retentissants, dans un local dont la porte était surmontée d'un petit écriteau marqué Ia. Le local était plein de garçons de mon âge. Les mères des gamins massées contre le mur à l'opposé de la façade vitrée tenaient derrière leurs bras croisés les cornets de papier pointus et multicolores, fermés en haut d'un papier de soie, dépassant ma tête, accessoires traditionnels du premier jour de classe. Maman avait aussi apporté un cornet semblable.

Lorsqu'elle entra, me tenant par la main, le peuple rit, et pareillement les mères du peuple. A un garçon boursouflé qui voulait taper sur mon tambour je dus, pour n'avoir pas à casser de vitres, donner plusieurs coups de pied dans le tibia ; du coup le rustre tomba à la renverse et, de sa tête bien peignée, alla donner contre un banc. Ce pourquoi maman me donna une claque sur l'occiput. Le rustre cria. Naturellement je ne criai pas, car je criais seulement si on voulait me prendre mon tambour. Maman, à qui cette scène en présence des autres mères était pénible, me poussa dans le premier banc de la colonne proche des fenêtres. Bien entendu le banc était trop grand. Mais plus en arrière, où le peuple devenait toujours plus grossier et plus grêlé de taches de rousseur, les bancs étaient encore plus grands.

Je me tins pour satisfait, restai tranquillement assis, parce que je n'avais aucun sujet d'agitation. Maman, qui me semblait être toujours embarrassée, se faufila entre les autres mères. Probablement, devant mes congénères, elle avait honte de mon prétendu retard de croissance. Les autres mères faisaient comme si elles avaient eu matière à être fières de leurs garnements grandis beaucoup trop vite à mon gré.

Je ne pouvais pas regarder par la fenêtre la prairie Fröbel, car la hauteur du bord m'était aussi peu adaptée que les dimensions du banc. Pourtant j'aurais aimé jeter un coup d'œil sur la prairie Fröbel où, comme je le savais, des scouts, sous la direction de Greff-légumes, dressaient des tentes, jouaient aux lansquenets et se faisaient des Bonnes Actions, comme il sied à des scouts. Non pas que j'aie sympathisé avec cette apothéose exagérée de la vie des camps. Ce qui m'intéressait, c'était l'allure de Greff en culotte courte. Son amour des jeunes garçons blêmes, trop étroits, aux grands yeux si possible, était au point qu'il s'était accoutré de l'uniforme de Baden-Powell, fondateur du scoutisme.

Privé d'un spectacle pittoresque par une architecture infâme, je ne fis plus que regarder le ciel et j'y trouvai finalement satisfaction. Des nuages sans cesse renouvelés y pérégrinaient du nord-ouest au sud-est, comme si cette direction avait présenté pour eux une séduction particulière. Mon tambour qui, jusqu'alors, n'avait pas, le temps d'un fla, songé à s'en aller, était calé entre mes genoux et le casier du pupitre. Le dossier prévu pour le dos abritait l'occiput d'Oscar. Derrière moi cancanaient, gueulaient, riaient, pleuraient et chahutaient mes condisciples supposés. On me jetait des boulettes de papier, mais je ne me retournai même pas ; je trouvais les nuages en route plus esthétiques que le spectacle d'une horde grimaçante de merdeux totalement débondés.

Un certain calme se produisit dans la classe Ia quand y entra une femme qui, l'instant d'après, se nomma Fräulein Spollenhauer. Je n'eus pas à me calmer, car auparavant j'attendais déjà en silence et presque dans le recueillement la suite des événements. Pour être tout à fait sincère, Oscar n'avait même pas jugé nécessaire d'attendre une suite, il n'avait pas besoin de distraction, il n'attendait donc pas, mais assis dans les bancs, ne prenant garde qu'à son tambour, il s'amusait avec les nuages qui passaient derrière ou plutôt devant les carreaux des fenêtres qu'on avait astiqués à Pâques.

Mlle Spollenhauer portait un costume taillé à angles vifs qui lui donnait un aspect sèchement masculin. Cette impression fut encore renforcée par le col de chemisier rigidement ajusté, plissé au cou, fermé sur la pomme d'Adam et, comme je crus le remarquer, lavable. A peine ses souliers plats de marche avaient-ils foulé le sol de la classe qu'elle voulut tout de suite faire des amabilités et posa la question : « Eh bien, chers enfants, ne pouvez-vous pas chanter une petite chanson ? »

En guise de réponse il lui fut imparti un rugissement collectif qu'elle interpréta cependant comme un acquiescement, car elle entonna d'une voix exprès trop haute la chanson du printemps « Voici le mois de mai », bien qu'on fût à la mi-avril. A peine avait-elle annoncé le mois de mai que l'Enfer éclata. Sans attendre le signal du début, sans savoir convenablement le texte, sans avoir le moindre sens du rythme simplet de cette chansonnette, la bande qui était derrière moi se mit à brailler pêle-mêle à en détacher le crépi des murs. En dépit de sa peau jaunâtre, de ses cheveux à la garçonne et de la cravate masculine visible au-dessous du col, la Spollenhauer me fit de la peine. Prenant congé des nuages qui manifestement avaient congé, je me repris, tirai d'un geste mes baguettes de sous mes bretelles et battis avec force et insistance la cadence de la chanson. Mais la bande qui était derrière moi n'avait ni goût ni oreille à cela. Seule Mlle Spollenhauer m'adressa un signe de tête encourageant, sourit à la bande de mères collées au mur, cligna de l'œil en regardant maman tout particulièrement et me fit prendre ce signe pour une raison de continuer à tambouriner tranquillement, puis de façon compliquée, en montrant toute ma virtuosité. Depuis longtemps, la bande derrière moi avait cessé de mêler ses voix barbares. Je m'imaginais déjà que mon tambour faisait la classe, enseignait, faisait de mes condisciples mes disciples ; alors la Spollenhauer se planta devant mon banc, regarda attentivement et non sans habileté, comme s'oubliant elle-même, mes mains et mes baguettes, essaya même de capter ma cadence en battant des mains ; pour une brève minute, elle se donna l'air de ce qu'elle était : une fille d'un certain âge, pas antipathique, qui, oubliant sa vocation pédagogique, échappée à la caricature d'existence à quoi la vouait le règlement, devient humaine, c'est-à-dire enfantine, curieuse, étagée en profondeur, immorale.

Mais comme Mlle Spollenhauer ne parvint pas à imiter tout de suite et correctement ma batterie, elle retomba dans son rôle ancien, bêtement rectiligne, et par-dessus le marché mal payé ; elle se donna ce coup d'aiguillon que les institutrices doivent se donner de temps à autre, dit : « Tu es sûrement le petit Oscar. Nous avons déjà beaucoup entendu parler de toi. Comme tu joues bien du tambour. N'est-ce pas, mes enfants ? Notre Oscar est un bon tambour ? » Les enfants gueulèrent, les mères se serrèrent les unes contre les autres, la Spollenhauer s'était reprise en main. « Eh bien, dit-elle d'une voix en taille-crayon, nous allons conserver le tambour dans l'armoire de classe ; il est sûrement fatigué et a envie de dormir. Ensuite, quand l'école sera finie, ton tambour te sera rendu. »

Tout en débobinant encore ce discours hypocrite, elle me montrait ses ongles d'institutrice, coupés court, et voulait porter sur mon tambour qui, par Dieu, n'était pas fatigué et n'avait pas envie de dormir, des mains dix fois coupées court. Tout d'abord je tins bon, fermai sur le cylindre flammé rouge et blanc mes bras dans les manches de pull-over ; je la regardai ; ensuite, comme elle conservait imperturbablement son air ancestral, standardisé, d'institutrice primaire, je regardai dans elle, trouvai à l'intérieur de Mlle Spollenhauer la matière de trois chapitres scandaleux ; mais, comme il y allait de mon tambour, je me détachai de sa vie intérieure et enregistrai, quand mon regard passa entre ses omoplates, sur une peau en bon état, une envie grande comme une pièce d'un florin et couverte de longs poils.

Est-ce qu'elle se sentit percée à jour ? Fût-ce ma voix qui, en guise d'avertissement, chatouillait sans rien casser le verre mort de ses lunettes ? Elle renonça à la violence pure qui déjà faisait blanchir ses poignets ; sans doute ne supportait-elle pas bien la démangeaison de ses verres ; cela lui donna une chair de poule ; avec un frisson, elle lâcha mon tambour, dit : « Tu es un vilain Oscar », lança à ma mère qui ne savait plus où se mettre un regard de reproche, me laissa mon tambour qui ne dormait pas du tout, fit demi-tour, alla sur ses talons plats au bureau, tira de sa serviette une autre paire de lunettes, celle pour lire probablement, ôta de son nez, d'un geste décidé, le lorgnon que ma voix avait râpé à la façon dont on gratte une vitre avec les ongles, fit comme si j'avais profané ses lunettes, mit, en écartant le petit doigt, la deuxième monture sur son nez ; puis elle rectifia la position, non sans craquer, et proclama, tandis qu'elle plongeait à nouveau la main dans sa serviette : « Maintenant, je vais vous lire l'horaire. »

Elle tira du cuir de porc une liasse de petits papiers, en mit un de côté pour elle-même, donna le reste aux mères, à maman aussi, et révéla enfin aux enfants de six ans, qui déjà commençaient à s'agiter, les beautés de l'horaire : « Lundi : Religion,

Ecriture, Calcul, Jeux ; Mardi : Calcul, Calligraphie, Chant, Leçon de choses ; Mercredi : Calcul, Ecriture, Dessin, Dessin ; Jeudi : Histoire et Géographie, Calcul, Ecriture, Religion ; Vendredi : Calcul, Ecriture, Jeux, Calligraphie ; Samedi : Calcul, Chant, Jeux, Jeux. »

Cela fut énoncé par Mlle Spollenhauer comme un inéluctable destin ; elle prêtait à ce produit d'un comité pédagogique sa voix sévère qui ne dédaignait aucune lettre ; puis, en souvenir de son temps d'Ecole normale, elle fut d'une douceur progressiste, éclata d'une joie éducative et lança comme un cri d'allégresse : « Mes chers enfants, nous allons à présent répéter tous ensemble. S'il vous plaît — Lundi ? »

La horde gueula lundi.

Elle ensuite : « Religion ? » Les païens baptisés gueulèrent le mot religion. J'épargnai ma voix ; en revanche, je battis les syllabes religieuses sur la tôle.

Derrière moi ils criaient, actionnés par la Spollenhauer : « E-cri-ture ! » Mon tambour répondit trois coups. « Cal-cul ! » Encore deux coups.

Ainsi la cérémonie continuait : derrière moi, clameurs, devant moi, récitation de la litanie par la Spollenhauer ; et moi je battais, *mezzo forte,* faisant à mauvais jeu bonne mine, les syllabes sur mon tambour ; quand soudain la Spollenhauer — je ne sais sous quel empire — bondit ; manifestement elle était furieuse — mais ce qui l'aigrissait, ce n'étaient pas les garnements derrière moi, c'était moi qui mettais à ses joues cette rougeur hectique ; le tambour d'Oscar était pour elle une pierre de scandale suffisante.

« Oscar, maintenant tu vas m'obéir ; Jeudi : Histoire et Géographie ? » Ignorant noblement le mot jeudi, je battis sept fois pour Histoire et Géographie, deux fois pour Calcul et trois pour Ecriture ; à la religion je consacrai, comme il sied, non pas deux ou quatre, mais trois coups uns et triples, sources de tout salut.

Mais la Spollenhauer ne remarquait pas les différences. Elle n'aimait pas le tambour, voilà tout. A dix exemplaires elle me montra, comme précédemment, ses ongles archicourts et voulut de ses dix doigts intervenir.

Mais avant qu'elle ne touchât ma tôle, j'avais déjà lâché mon cri vitricide, lequel ôta aux trois gigantesques fenêtres de la classe les vitres du haut. Un second cri sacrifia le milieu des fenêtres. Le doux air printanier pénétra sans obstacle dans la salle de classe. Il était superflu, au fond, d'anéantir, comme je le fis d'un troisième cri, les vitres du bas ; c'était pure impertinence de ma part, car aussitôt que défaillirent les vitres du haut et du milieu la Spollenhauer rentra ses griffes. Au lieu de porter, par un caprice pur et artistiquement contestable, un coup fatal aux derniers carreaux, Oscar eût agi plus sagement s'il avait tenu à l'œil la Spollenhauer qui battait en retraite en désordre.

Seul le Diable sait d'où elle pouvait avoir fait surgir la verge de bambou. En tout cas la verge était là tout à coup, tremblait dans cet air de classe qui croisait l'air printanier, et à travers cet air mixte elle la faisait siffler, éprouvait sa souplesse, lui donnait faim, soif de s'abattre sur la peau qui éclate, pour les mille tentures auxquelles fait songer une canne de bambou, pour la satisfaction des deux parties. Et elle la fit claquer sur le couvercle de mon pupitre de telle sorte que l'encre de l'encrier exécuta un saut violet. Et, comme je ne voulais pas offrir ma main aux coups, elle tapa sur mon tambour. Sur ma tôle. Qu'est-ce qui lui prenait de frapper ? Bon, et si elle y tenait, pourquoi sur mon tambour ? N'y avait-il pas derrière moi suffisamment de voyous débarbouillés ? Fallait-il absolument que ce fût mon tambour ? Fallait-il que, sans rien connaître à l'art du tambour, elle se laissât emporter à toucher mon tambour ?

Oscar fut saisi ; cela lui vint, je ne sais comment, de je ne sais quels abîmes, traversa les semelles, les plantes des pieds, chemina vers le haut, occupa les cordes vocales, lui fit lancer un brâme qui aurait suffi à rendre veuve toute une magnifique cathédrale gothique aux belles fenêtres lumineuses et réfringentes.

En d'autres termes, je formai un double cri qui véridiquement réduisit en poudre les deux verres du lorgnon de la Spollenhauer. Ses arcades sourcilières saignaient un peu quand, l'œil clignotant derrière sa monture désormais vide, elle se recula à tâtons, se mit pour conclure à pleurer et gémir de façon vilaine, et avec beaucoup trop de sans-gêne pour une institutrice primaire, tandis que la bande derrière moi, saisie de frayeur, se taisait ; une partie disparut sous les bancs, l'autre claquait des dents. Quelques-uns glissaient de banc en banc pour rejoindre leurs mères. Celles-ci, quand elles conçurent l'ampleur du dégât, cherchèrent le coupable et voulurent écharper maman ; elles l'auraient même écharpée si, prenant mon tambour, je n'avais quitté mon pupitre.

Je passai devant la Spollenhauer à demi aveugle, retrouvai maman menacée par les Furies, la pris par la main, la tirai hors de la classe Ia où évoluaient les courants d'air. Corridors retentissants, escaliers de pierre pour enfants de géants. Restes de pain dans bassins de granit. Dans le gymnase ouvert, de jeunes garçons tremblaient sous la barre fixe. Maman tenait toujours le petit papier. Devant le portail de l'école Pestalozzi, je le lui pris et fis de l'horaire une boule de papier dépourvue de sens.

Le photographe attendait entre les deux colonnes du portail les élèves de la première classe avec mères et cornets de papier ! Oscar lui permit de faire un cliché de lui et de son cornet qui avait échappé à toute cette algarade. Le soleil parut, au-dessus de nous bourdonnaient des classes. Le photographe plaça Oscar devant un arrière-plan fait d'un tableau noir où était écrit : Mon premier jour de classe.

Raspoutine et l'ABC

A mon ami Klepp et à l'infirmier Bruno qui n'écoutait que de la moitié d'une oreille, comme je leur racontais ma première rencontre avec un horaire, je viens de dire : sur ce tableau noir qui fournissait au photographe le décor traditionnel de clichés format carte postale pour petits garçons de six ans avec cartables et cornets était écrit : Mon premier jour de classe.

Bien entendu, cette petite phrase n'était lisible que pour les mères qui se tenaient debout derrière le photographe et étaient plus excitées que les petits garçons. Les garçons mis devant le tableau pouvaient en tout cas un an après, soit quand l'école incorporait à Pâques la nouvelle Première année, soit sur les photos restées à leur portée, déchiffrer que ces superbes clichés avaient été faits lors de leur premier jour de classe.

Une calligraphie Sütterlin rampait, hérissée de pointes agressives et truquée aux pleins (parce qu'on avait repassé le trait) sur le tableau noir, marquait à la craie l'inscription datant le début d'une nouvelle tranche de vie. En effet, l'écriture Sütterlin se laisse précisément utiliser pour le notable, la formule brève, pour les mots de passe par exemple. Il existe aussi certains documents qu'à vrai dire je n'ai jamais vus, mais que je me représente écrits en Sütterlin. Je pense à : bulletins de vaccination, diplômes sportifs et sentences manuscrites de mort. Dès cette époque où sans savoir la lire, j'avais deviné l'écriture Sütterlin, la double boucle de l'M Sütterlin par quoi débutait l'inscription, insidieuse et sentant le chanvre, me faisait songer à l'échafaud. Cependant j'eusse volontiers lu cette inscription lettre par lettre, non content de la deviner à demi. Personne n'ira croire que j'avais donné à ma rencontre avec Mlle Spollenhauer une tournure vitricide et l'aspect d'une batterie de tambour rebelle parce que j'aurais déjà su l'ABC. Oh non ! je savais trop bien qu'il ne sert à rien d'avoir deviné l'écriture Sütterlin, que le plus simple savoir scolaire me manquait. Malheureusement, ce qui ne pouvait plaire à Oscar, c'était la méthode par laquelle une demoiselle Spollenhauer voulait l'instruire.

Donc je ne décidai nullement en quittant l'école Pestalozzi que mon premier jour de classe serait aussi le dernier. Vivent les vacances, à bas la rentrée. Pas du tout ! Déjà tandis que le photographe me fixait pour toujours, je pensais : Tu es planté devant un tableau noir, sous une inscription probablement significative, peut-être fatidique. Tu peux certes d'après l'aspect de l'écriture juger l'inscription et t'énumérer des associations d'idées telles que détention au secret, détention préventive, résidence surveillée et tout-le-monde-à-la-même-corde, mais tu peux déchiffrer l'inscription. Simultanément, et malgré toute ton ignorance qui crie jusqu'au ciel à demi couvert, tu es résolu à ne plus mettre les pieds dans cette école à horaire. Où, Oscar, où vas-tu apprendre le petit et le grand ABC ?

Un petit ABC m'aurait suffi ; mais de l'existence de grandes personnes innombrables, indéniables, qui se nommaient elles-mêmes des adultes, j'avais déduit l'existence d'un grand et d'un petit ABC. Du reste, on ne se lasse pas de justifier l'existence d'un grand et d'un petit ABC par un grand et un petit catéchisme, une grande et une petite table de multiplication ; et dans les visites officielles d'hommes d'Etat, selon la grandeur du défilé de diplomates et dignitaires décorés, on parle d'un grand ou d'un petit tralala.

Ni Matzerath ni maman ne s'occupèrent de ma culture pendant les mois suivants. Le ménage de mes parents jugea qu'il suffisait du seul essai qu'on avait tenté de me mettre à l'école ; il avait été assez fatigant et éprouvant pour maman. Ils firent comme l'oncle Jan Bronski, soupirèrent quand ils me considéraient d'en haut, déterrèrent de vieilles histoires, comme mon troisième anniversaire : « La trappe ouverte ! Tu l'as laissée ouverte, oui ou non ? Tu as remonté une boîte de macédoine de fruits pour le dessert, oui ou non ? Tu as laissé ouverte la trappe de la cave, oui ou non ? »

C'était oui et pourtant ce que maman reprochait à Matzerath était faux, comme nous le savons. Mais il portait la culpabilité et même pleurait quelquefois, parce que son âme pouvait être tendre. Alors il devait être consolé par maman et Jan Bronski et ils m'appelaient, moi Oscar, une croix qu'il fallait porter, un destin sans doute immuable, une épreuve dont on ne savait pas comment on la mérite.

Il ne fallait donc attendre aucune aide de ces crucifères lourdement éprouvés, frappés par le destin. Même tante Hedwige, qui venait souvent me chercher pour jouer avec sa petite Marga, deux ans, dans la sablière du parc Steffens, n'entrait pas en ligne de compte comme préceptrice ; elle était certes débonnaire, mais bête comme un ciel bleu. De même il me fallait éliminer la sœur Inge du Dr Hollatz, laquelle n'était ni débonnaire ni bleu ciel : car elle était intelligente, ce n'était pas une simple ouvreuse de portes, mais une irremplaçable assistante et pour cette raison elle n'avait pas de temps de reste pour moi.

Je montais plusieurs fois par jour les cent et quelques marches de l'immeuble à quatre étages, tambourinais en quête d'avis sur chaque palier, reconnaissais à l'odorat chez dix-neuf locataires ce qu'il y avait au déjeuner et pourtant ne frappais à aucune porte ; ni en le vieux Heylandt, ni en l'horloger Laubschad, encore bien moins en la grosse Mme Kater ou, malgré mon inclination, en la mère Truczinski je ne voulais reconnaître mon futur magister.

Il y avait juste sous le toit le musicien et trompettiste Meyn. M. Meyn élevait quatre chats et était toujours ivre. Il jouait de la musique de danse chez Zingler et, le soir de Noël, en compagnie de cinq individus aussi saouls que lui, il piétinait la neige et luttait avec des chorales contre un froid rigoureux. Je le rencontrai un jour au grenier : en pantalon noir, chemise blanche de soirée, il était couché sur le dos, roulait entre ses pieds sans souliers une bouteille de genièvre vide et jouait fabuleusement de la trompette. Sans ôter de sa bouche l'instrument, par une simple rotation des yeux, il guigna vers moi qui étais debout derrière lui et m'honora de sa confiance en qualité de tambour d'accompagnement. Pour lui son cuivre avait la même valeur que pour moi ma ferraille. Notre duo chassa ses quatre chats sur le toit et fit légèrement vibrer les gouttières.

Quand nous terminâmes la musique et reposâmes nos instruments, je tirai de sous mon pull-over un vieux numéro des *Dernières Nouvelles de Danzig,* lissai le papier, m'assis par terre à côté du trompettiste Meyn, lui tendis la lecture et demandai à être instruit du grand et du petit ABC.

Mais au sortir de sa trompette M. Meyn s'était aussitôt endormi. Il n'y avait pour lui que trois vraies occupations : genièvre, trompette, sommeil. Nous avons encore fréquemment, jusqu'au moment où il entra comme musicien dans la cavalerie SA et renonça pour quelques années au genièvre, exécuté sans répétition préalable des duos dans le grenier pour les cheminées, les gouttières, les pigeons et les chats ; mais comme instituteur il ne valait rien.

Je tentai ma chance avec Greff-légumes. Sans mon tambour,

car Greff n'aimait pas le bruit du fer, je lui rendis visite plusieurs fois dans sa boutique en sous-sol, de biais en face. Les prémisses d'une étude approfondie semblaient réunies : car partout dans le logement de deux pièces, dans la boutique même, derrière et sur le comptoir, même dans l'assez vaste cave à pommes de terre, gisaient des livres, livres d'aventures, recueils de chansons, *le Vagabond chérubinique,* les écrits de Walter Flex, *la Vie simple* de Wiechert, *Daphnis et Chloé,* des monographies d'artistes, des piles de revues sportives, et aussi des volumes illustrés pleins d'adolescents demi-nus qui, pour des raisons impénétrables, sautaient après des ballons la plupart du temps dans les dunes près de la plage, et brillaient de tous leurs muscles huilés.

Greff dès cette époque avait maints ennuis dans son commerce. Des contrôleurs des Poids et Mesures en vérifiant la balance et les poids avaient eu à déplorer quelques déficiences. On prononça le mot de fraude. Greff dut payer une amende et acheter des poids neufs. Accablé de soucis comme il était, seuls ses livres, ses soirées au foyer et ses randonnées du dimanche avec ses scouts pouvaient encore le rasséréner.

Il s'aperçut à peine que j'étais entré dans la boutique ; il continua d'écrire des étiquettes ; mettant à profit l'occasion que m'offrait la rédaction des étiquettes, je pris trois quatre cartons blancs et un crayon rouge et m'essayai avec zèle, en imitation de Sütterlin, à copier les étiquettes déjà inscrites afin d'attirer l'attention de Greff.

Oscar était sûrement trop petit pour lui, il n'avait pas les yeux assez grands et le teint assez blême. Je lâchai donc le crayon rouge, choisis un bouquin plein de nudistes propres à séduire l'œil de Greff, et le maniai avec affectation : je tenais de biais et à portée de ses regards des photos d'adolescents en flexion ou extension, dont je pouvais supposer qu'ils diraient quelque chose à Greff.

Comme le marchand de légumes, quand il n'avait pas dans la boutique de clients demandant des betteraves rouges, s'appliquait à une exactitude extrême dans le tracé de ses étiquettes, je dus faire claquer bruyamment la couverture du livre ou tourner rapidement les pages avec un froissis ; alors il émergea de ses étiquettes et prit note de moi qui ne savais pas lire.

Autant le dire tout de suite : Greff ne me comprit pas. Quand des scouts étaient dans la boutique — et l'après-midi il y avait toujours autour de lui deux ou trois de ses sous-chefs — il ne remarquait pas du tout Oscar. Quand Greff était seul, il pouvait bondir avec une sévérité nerveuse, car il n'aimait pas être dérangé, et donner des ordres : « Laisse ce livre, Oscar ! Tu n'en peux rien tirer. T'es trop bête et trop petit pour ça. Tu vas l'abîmer. M'a coûté plus de six florins. Si tu veux jouer, il y a suffisamment de pommes de terre et de choux-fleurs ! »

Alors il m'ôta des mains le bouquin, le feuilleta, le visage immobile, et me laissa parmi le céleri-rave, le chou de Bruxelles, le chou rouge et le chou blanc, entre les choux-raves et les patates, seul ; car Oscar n'avait pas apporté son tambour.

Il y avait bien encore Mme Greff, et je me faufilais presque toujours après cette semonce dans la chambre à coucher du ménage. Mme Lina Greff était alors au lit depuis déjà plusieurs semaines, elle était souffrante, sentait la chemise de nuit pourrissante et s'emparait de n'importe quoi, mais pas d'un livre qui m'aurait instruit.

Remâchant une légère envie, Oscar par la suite regardait les cartables des garçons de son âge, où sur les côtés les éponges et les torchons des ardoises brinquebalaient en évidence. Pourtant, il ne put pas se rappeler avoir jamais eu des idées comme : tu l'as bien cherché, Oscar. Tu aurais dû faire bonne mine au jeu scolaire. Tu n'aurais pas dû te brouiller à perpétuité avec la Spollenhauer. Ces garnements te dépassent ! Ils ont avalé le grand ou le petit ABC, tandis que tu n'es pas même capable de tenir les *Dernières Nouvelles* à l'endroit.

Une légère envie, disais-je à l'instant ; ce n'était pas davantage. Il m'avait suffi d'un échantillon olfactif pour avoir l'école dans le nez de façon définitive. Avez-vous une fois flairé les éponges et chiffons mal lavés, à demi rongés, de ces ardoises à bords jaunes effrités, qui conservent dans le cuir premier prix des cartables les émanations de toute calligraphie, les effluves de la table de multiplication, la sueur de crayons d'ardoise grinçants, hésitants, déraillants, humectés de crachat ? De temps en temps, quand des écoliers au retour de l'école déposaient non loin de moi leurs cartables pour jouer au football ou à la balle au camp, je me penchais sur les éponges séchant au soleil et me représentais que Satan, si par hasard il existe, couvait dans ses aisselles ce genre d'âcres miasmes.

L'école des ardoises n'était donc pas à son goût. Mais Oscar n'irait pas jusqu'à prétendre que cette Gretchen Scheffler, qui à peu de temps de là prit en main sa formation, incarnait son idéal.

Tout l'inventaire du logement Scheffler, boulanger, dans le Kleinhammerweg, m'offensait. Ces napperons ornementaux, ces coussins brodés d'armoiries, ces poupées de Käthe Kruse à l'affût au coin des divans, des animaux d'étoffe partout, de la porcelaine qui appelait l'éléphant, des souvenirs de voyage partout où portait la vue, ces travaux commencés de crochet, de tricot, de broderie, de tressage, de noué, de macramé, de dentelle, de festons en dents de chat. Ce logement même, ravissant de sentimentalité, minuscule jusqu'à l'asphyxie, surchauffé l'hiver, empoisonné de fleurs en été, ne me suggère qu'une explication : Gretchen Scheffler, qui n'avait pas d'enfants, aurait tant aimé avoir des bambins à couvrir de tricot ! Mais cela tenait-il à Scheffler, tenait-il à elle ? Elle aurait si volontiers couvert un petit enfant de crochet ! Elle l'aurait cousu de perles, bordé d'un ourlet et orné de baisers au point de croix.

Ici j'entrai pour apprendre le petit et le grand ABC. Je me contraignis à ne pas nuire à la porcelaine ou aux souvenirs de voyage. Je laissai pour ainsi dire ma voix vitricide à domicile, je fermai un œil quand Gretchen opina que c'était assez tambouriné et qu'avec un sourire de ses dents d'or et de cheval elle m'ôta le tambour de sur les genoux, pour le poser entre des ours Teddy.

Je me liai d'amitié avec deux poupées de Käthe Kruse. Je serrai contre moi leurs dépouilles, fis cliqueter les yeux à longs cils, au regard constamment étonné de ces dames, afin que cette amitié feinte — mais qui pour cette raison semblait d'autant plus véritable — pour des poupées enchaînât le cœur de Gretchen, lequel était fait au tricot : deux mailles à l'envers, deux mailles à l'endroit.

Mon plan n'était pas mauvais. Dès la deuxième visite Gretchen ouvrit son cœur, c'est-à-dire qu'elle le détricota comme on fait d'une chaussette, m'en montra tout le long fil, renoué par endroits et tissé de fil blanc. Pour ce faire, elle ouvrit toutes les armoires, caisses et cassettes devant moi. Elle étala toutes les fripes garnies de perles, des piles de petites vestes d'enfant, de bavoirs d'enfant, de petites culottes d'enfant qui auraient suffi pour des quintuplés ; elle me les montra, me les mit et me les ôta.

Puis elle montra la médaille de tir obtenue par Scheffler à l'association d'anciens combattants, ensuite des photos partiellement identiques aux nôtres et enfin, comme elle s'attaquait derechef à la layette et cherchait je ne sais quoi de gigotant, enfin des livres apparurent. Oscar y avait fermement compté ; Oscar l'avait entendue parler de livres avec maman ; il savait bien que toutes deux, encore fiancées et finalement mariées jeunes, presque en même temps, avaient avec zèle échangé des livres, emprunté des livres à la bibliothèque roulante proche du palais du Film afin, gonflées à bloc de lectures, de pouvoir conférer au mariage-produits exotiques et au mariage-boulangerie plus de cosmos, d'ampleur et d'éclat.

Gretchen n'avait pas grand-chose à offrir. Elle qui ne lisait plus depuis qu'elle ne faisait que tricoter, comme aussi maman qui ne lisait plus à cause de Jan Bronski, devait avoir donné les beaux volumes du club du livre à des gens qui lisaient encore parce qu'ils ne tricotaient pas et n'avaient pas non plus de Jan Bronski.

Les mauvais livres aussi sont des livres et, pour cette raison, sacrés. Ce que je trouvai là n'était que du tout-venant. Cela provenait sans doute en grande partie du coffre à livres de son frère Théo, qui avait péri en mer sur le *Doggerbank.* Sept ou huit volumes de l'*Annuaire de la Flotte de Köhler,* pleins de bateaux coulés depuis longtemps, le tableau des grades de la Marine impériale, Paul Benecke, le héros de la mer, l'*Histoire de la Ville de Danzig* d'Erich Keyser et cette lutte pour Rome qu'un nommé Félix Dalen aurait menée avec l'aide de Totila, Teja, Bélisaire et Narsès, avaient probablement perdu leur éclat et leur dos entre les mains du frère navigateur. Dans le déballage de livres de Gretchen j'avisai un livre qui faisait un bilan par doit et avoir, un texte sur certaines *Affinités électives* de Goethe et un gros volume richement illustré : *Raspoutine et les femmes.*

Après une longue hésitation — le choix était trop restreint pour permettre une décision rapide — je pris, sans savoir ce que je prenais, par exclusive obéissance à une petite voix intérieure, d'abord le *Raspoutine* et ensuite le Goethe.

Cette double prise devait fixer et influencer ma vie, du moins cette vie que je prétendais m'arroger par-delà mon tambour. Jusqu'au jour présent — où Oscar, avide de culture, attire petit à petit dans sa chambre la bibliothèque de la maison de santé — je balance, méprisant Schiller et consorts, entre Goethe et Raspoutine, entre le sorcier-guérisseur et l'omniscient, entre l'homme sinistre qui fascinait les femmes et le lumineux prince des poètes qui aimait tant se laisser fasciner par elles. Quand, penchant temporairement pour Raspoutine, je méditais sur moi et craignais l'intolérance de Goethe, cela tenait à un léger soupçon : Si tu avais, Oscar, tambouriné au temps de Goethe, il n'aurait reconnu en toi que l'antinature, t'aurait condamné comme l'antinature incarnée ; quant à sa nature à lui — qu'au fond, même quand elle se donnait l'air le moins naturel, tu as toujours admirée et tenté d'imiter —, quant à son naturel, il l'aurait nourri de bonbons écœurants et t'aurait, pauvre diable que tu es, assommé sinon avec le *Faust* du moins avec un gros volume de sa théorie des couleurs.

Mais revenons à Raspoutine. Avec l'assistance de Gretchen Scheffler il m'a inculqué le petit et le grand ABC, m'a enseigné à traiter attentivement les femmes et m'a consolé quand Goethe m'offensait.

Il n'était pas si facile d'apprendre à lire et de jouer en même temps l'ignorance. Cela devait m'être plus laborieux que de feindre des années durant un enfantin pipi au lit. Car dans le cas du pipi au lit il s'agissait d'administrer chaque matin la preuve d'une carence qui au fond m'aurait été indispensable. Jouer les ignorants voulait dire, pour moi, tenir sous le boisseau mes rapides progrès, mener un combat incessant contre l'amorce de la vanité intellectuelle. Être pris par les adultes pour un énurésique ne me coûtait qu'un haussement d'épaules intérieur ; mais être bon an mal an tenu pour un *minus habens* offensait Oscar et aussi son institutrice.

Dès que j'eus récupéré les livres parmi la layette, Gretchen comprit sur-le-champ et embrassa d'enthousiasme sa vocation enseignante. Je réussis à tirer de sa laine cette personne sans enfants esclave de son tricot, et presque à la rendre heureuse. Certes elle aurait préféré que je fisse de *Doit et Avoir* mon manuel scolaire ; mais je m'en tins à *Raspoutine* et voulus *Raspoutine* quand pour la deuxième leçon elle eut acheté un vrai petit livre de cours préparatoire ; et je me décidai enfin à parler quand elle ramenait sans arrêt des romans de Bergbauer, des contes bleus comme *Tom Pouce* ou *le Petit Poucet.* Je criais : « Rapoupine ! » ou encore « Rachouchine ». Provisoirement je faisais l'idiot complet : « Rachouchou, Rachou ! » ; ainsi jasait Oscar, afin que Gretchen comprît quelle lecture m'était agréable, mais demeurât dans l'incertitude quant à l'éveil ânonnant du génie.

J'apprenais vite, régulièrement, sans beaucoup y réfléchir.

Au bout d'un an je me sentais comme chez moi à Saint-Pétersbourg, dans les appartements privés de l'autocrate de toutes les Russies, dans la nursery du tsarévitch toujours égrotant, parmi les conspirateurs et les popes, pareillement comme témoin oculaire des orgies raspoutiniennes. La chose avait un coloris flatteur, elle tournait autour d'une figure centrale. Cela se voyait aussi sur les gravures contemporaines éparses dans le livre. Elles montraient Raspoutine barbu, avec ses yeux de charbon, au milieu de dames à bas noirs, nues d'ailleurs. La mort de Raspoutine me hantait : on l'a empoisonné avec du gâteau empoisonné ; puis, comme il redemandait du gâteau, on l'a révolvérisé et, comme le plomb sur l'estomac lui donnait envie de danser, on l'a ligoté et jeté dans un trou de glace sur la Néva. Jamais les dames de Saint-Pétersbourg n'auraient donné à leur petit père Raspoutine du gâteau vénéneux ; pour tout le reste, il n'avait qu'à demander. Les femmes croyaient en lui, tandis que les officiers durent l'ôter de leur chemin pour croire à nouveau en eux-mêmes.

Faut-il s'étonner que je ne fusse pas seul à goûter la vie et la fin de l'athlétique guérisseur ? La Gretchen reprit à tâtons le chemin suivi par ses lectures dans ses premières années de mariage. Parfois, en lisant à haute voix, elle fondait littéralement ; elle tremblait au seul mot d'orgie, articulait de façon particulière le mot magique d'orgie ; quand elle disait orgie, elle était prête à l'orgie et pourtant n'arrivait pas à se représenter sous forme d'orgie une vraie orgie.

C'était pire quand maman m'accompagnait dans le Kleinhammerweg et assistait aux leçons dans le logement au-dessus de la boulangerie. Cela dégénérait parfois en orgie ; cela devenait une fin en soi, ce n'était plus une leçon pour le petit Oscar. Toutes les trois phrases s'élevait un petit rire à deux voix qui rendait les lèvres sèches et crevassées ; cela rapprochait les deux femmes mariées, pour peu que Raspoutine en ait envie ; cela les rendait inquiètes sur les coussins du divan ; cela leur inspirait l'idée de serrer les cuisses. Alors le hi-hi bovin du début s'achevait en soupir ; alors on avait, après douze pages de lecture sur Raspoutine, ce qu'on n'avait peut-être pas voulu, à peine attendu, mais on s'en accommodait en plein après-midi. Raspoutine n'y aurait sûrement rien trouvé à redire ; bien plutôt il distribuait cela gratis et le dispensera pour l'éternité.

Enfin, quand les deux femmes avaient dit mon Dieu mon Dieu et qu'elles rétablissaient de tapotements gênés leurs coiffures défaites, maman exprimait des scrupules : « Est-ce que réellement Oscar n'y comprend rien ? » « Mais comment donc », intervenait Gretchen, rassurante, « je me donne pourtant bien du mal, mais il n'apprend pas du tout, et il n'apprendra sans doute jamais à lire. »

Et pour certifier mon ignorance inébranlable elle ajoutait encore : « Rends-toi compte, Agnès, il arrache les pages de notre *Raspoutine,* les froisse, et après elles ne sont plus là. J'ai parfois envie d'abandonner. Mais quand je vois combien ce livre le rend heureux, je le laisse le déchirer et le mettre kapout. J'ai déjà dit à Alex de nous offrir à Noël un *Raspoutine* neuf. »

Je réussis donc — vous l'avez remarqué — petit à petit, à l'issue de trois ou quatre ans d'études avec Gretchen Scheffler — et elle continua ensuite — à ôter du *Raspoutine* plus de la moitié des pages. J'y allais prudemment, feignais le caprice ;

puis après coup, à la maison, dans mon coin à tambour, je les tirais de sous mon pull-over, les lissais et les mettais en pile pour les lire en secret sans être dérangé par les femmes. Je fis de même pour Goethe que je réclamais à Gretchen toutes les quatre leçons en criant « Doethe ! ». Je ne voulais pas m'en remettre au seul Raspoutine, car je ne tardai que trop peu à reconnaître que dans ce monde un Goethe répond à chaque Raspoutine, que Raspoutine détermine Goethe et qu'un Goethe conditionne un Raspoutine, le crée même quand il faut afin de pouvoir ensuite le condamner.

Quand Oscar, au grenier ou dans le hangar du vieux Heylandt, derrière des cadres de bicyclettes, était assis par terre avec son livre broché et mêlait comme des cartes à jouer les feuilles volantes des *Affinités électives* avec une liasse de *Raspoutine,* il lisait ce livre nouveau-né avec un étonnement croissant, mais non sans sourire. Il voyait Ottilie se promener décemment au bras de Raspoutine par des jardins d'Allemagne centrale et Goethe, assis dans un traîneau avec une Olga d'extravagante noblesse, courir d'orgie en orgie à travers un Saint-Pétersbourg hivernal.

Mais revenons encore une fois à ma salle de classe du Kleinhammerweg. La Gretchen, bien que je ne parusse faire aucun progrès, s'amusait avec moi comme une petite fille. Elle s'épanouissait puissamment en ma présence sous la main bénissante, invisible, mais pourtant poilue du guérisseur russe, et entraînait à fleurir ses tilleuls nains et ses cactus. Si seulement en ces années-là Scheffler avait de temps en temps ôté ses doigts de la farine et échangé les pâtes brisées du fournil contre une autre pâte ! Gretchen se serait volontiers laissé pétrir, rouler, glacer au pinceau et mettre au four. Qui sait ce qui en serait sorti ? A la fin, peut-être, un bébé. On aurait dû accorder à Gretchen cette joie boulangère.

Mais, après avoir lu *Raspoutine* et éprouvé ses suggestions, elle était assise là, l'œil en feu et les cheveux dans un certain désordre, elle agitait ses dents d'or et de cheval, mais n'avait rien à se mettre dessous, elle disait mon Dieu mon Dieu et devenait rêveuse. Comme maman, qui avait quelqu'un — Jan — ne pouvait pas venir en aide à Gretchen, les minutes consécutives à cette partie de mon enseignement auraient facilement pu mal tourner, si la Gretchen n'avait pas eu le cœur si gai.

Vite elle courait à la cuisine, revenait avec le moulin à café, l'étreignait comme un amant, chantait avec une passion romantique, soutenue par maman, tandis que le café devenait grenaille, *les Yeux noirs* ou *les Deux Guitares,* emportait les yeux noirs à la cuisine, mettait chauffer de l'eau, dégringolait, tandis que l'eau s'échauffait à la flamme du gaz, l'escalier de la boulangerie, en rapportait, souvent malgré les objections de Scheffler, des gâteaux frais et rassis, couvrait le guéridon de tasses, petits pots à crème, sucriers en miniature, fourchettes à gâteaux, et semait des pensées dans les intervalles, versait l'eau sur le café, passait aux mélodies du « Tsarévitch », offrait religieuses, puits d'amour, conversations, « Il était un soldat au bord de la Volga » et des couronnes de Francfort, piquées d'éclats d'amandes, « As-tu là-haut beaucoup d'anges avec toi » et aussi des meringues à la crème fouettée, « si doux, si doux » ; et tout en mâchant on revenait sur Raspoutine, mais en gardant à présent la distance nécessaire ; alors on pouvait, après un bref laps de temps consacré à se rassasier de gâteaux, avoir les bras qui vous en tombaient devant l'opprobre, l'abominable abîme de turpitudes où croupissait l'époque tsariste.

En ces années-là, je mangeais nettement trop de gâteaux. Comme on peut vérifier sur les photos, Oscar n'en grandissait pas pour autant, mais devenait plus gros et plus informe. Souvent, après les leçons trop sucrées dans le Kleinhammerweg, je ne trouvais d'autre soulagement, quand j'étais au Labesweg derrière le comptoir et que Matzerath était hors de vue, que d'attacher à une ficelle un morceau de pain sec, de le tremper dans le tonnelet norvégien de harengs salés et de le retirer quand le pain était imbibé de saumure jusqu'à saturation. Vous ne pouvez imaginer à quel point cet émétique agissait après un excès de gâteaux. Souvent Oscar, pour maigrir, remettait dans nos cabinets pour plus d'un florin danzigois de gâteaux Scheffler ; c'était alors beaucoup d'argent.

Je devais encore payer d'autre monnaie les leçons de Gretchen Schefller. Elle, qui cousait et tricotait si volontiers des vêtements d'enfant, me prenait comme mannequin. Petits tabliers, petits bonnets, petites culottes, petits manteaux avec et sans capuchon, il me fallait les mettre, de toutes façons, de toutes couleurs, de tissus variables, me prêter aux essayages et les trouver réussis.

Je ne sais pas si ce fut maman ou Gretchen qui, pour mon huitième anniversaire, me transforma en un petit tsarévitch digne d'être fusillé. Le culte de Raspoutine atteignait alors son point culminant chez les deux femmes. Une photo de ce jour me montre à côté du gâteau d'anniversaire clôturé de huit bougies qui ne coulent pas, en blouse russe brodée, sous un bonnet cosaque bravement posé de biais, derrière des cartouchières croisées, en culotte blanche bouffante et bottes courtes, debout.

Une chance que mon tambour ait eu droit de figurer sur l'image. Quelle chance encore que Gretchen Scheffler, peut-être sur mes instances, me coupât, cousît, finalement ratât un costume suffisamment weimarien et électivement affinitaire qui encore aujourd'hui évoque dans mon album de photos l'esprit de Goethe, atteste mes deux âmes, me permet donc par le ministère d'un tambour unique, à Saint-Pétersbourg et à Weimar à la fois, de descendre chez les Mères et de célébrer des orgies avec des dames.

Chant à longue portée, exécuté dans la tour de Justice

La doctoresse Hornstetter qui m'approche presque chaque jour dans ma chambre à une longueur de cigarette et devrait me traiter médicalement mais qui, traitée par moi, quitte la chambre moins nerveuse, elle qui est si farouche et ne fréquente que ses cigarettes, ne cesse de le soutenir : j'aurais, dans ma jeunesse, manqué de contacts, j'aurais trop peu joué avec d'autres enfants.

Eh bien, pour ce qui est des autres enfants, elle n'a pas tout à fait tort. J'étais à ce point absorbé par l'activité pédagogique de Gretchen Scheffler, tiraillé entre Goethe et Raspoutine, que même avec la meilleure volonté je ne trouvais pas de temps pour les rondes et les comptines. Mais dès qu'à l'instar d'un érudit, je délaissais les livres et les maudissais comme des sépulcres de lettres pour me mettre en quête d'un contact avec le vulgaire, je me heurtais aux mômes de notre maison locative, et je pouvais être content lorsque après avoir fait l'expérience de ces cannibales je retrouvais sain et sauf le chemin de ma lecture.

Oscar pouvait quitter le logement de ses parents soit par la boutique, ce qui le mettait dans le Labesweg, soit par-derrière, par la porte du logement ; il se trouvait alors dans la cage de l'escalier, ayant à gauche la sortie directe sur la rue, les quatre étages montant au grenier où le musicien Meyn soufflait dans sa trompette, et pour choix ultime la cour de l'immeuble. La rue était pavée de têtes de chat. Sur le sable battu de la cour se multipliaient des lapins et se battaient les tapis. Le grenier offrait, en sus de duos occasionnels avec M. Meyn ivre, un panorama, une vue lointaine et cet illusoire sentiment de liberté que cherche quiconque monte en haut d'une tour et qui, d'un habitant de mansarde, fait un rêveur.

Tandis que la cour était pleine de périls pour Oscar, le grenier lui ménageait la sécurité ; jusqu'au moment où Axel Mischke et sa bande le relancèrent là-haut. La cour avait la largeur de l'immeuble, mais seulement sept pas de profondeur ; elle était séparée de trois autres cours par une palissade de planches goudronnées au sommet desquelles poussait du fil de fer barbelé. Du grenier, on avait de ce labyrinthe une bonne vue cavalière : les maisons du Labesweg, des deux rues transversales Louise et Herta et de la rue Sainte-Marie, située en face au loin, délimitaient un rectangle considérable formé de cours dans lequel se trouvaient aussi une fabrique de bonbons contre la toux et plusieurs ateliers de bricoleurs. Çà et là, des arbres et des arbustes sortaient des cours et dénonçaient la saison. Toutes les cours différaient par leur grandeur mais, pour ce qui était des lapins et des tréteaux à tapis, c'était partout pareil. Tandis qu'il y avait des lapins toute l'année, on ne battait les tapis, par décret du règlement intérieur, que le mardi et le vendredi. Ces journées consacraient la grandeur du complexe de cour. Du haut du grenier, Oscar l'entendait et le voyait : plus de cent tapis, moquettes de couloirs, descentes de lits étaient frottés au chou aigre, brossés, battus et enfin contraints d'exhiber leurs motifs. Cent ménagères sortaient des maisons des cadavres de tapis, élevaient des bras nus et ronds, préservaient leurs cheveux et leurs coiffures sous des foulards noués court, jetaient les tapis sur les tréteaux, prenaient des tapettes d'osier tressé et, à coups secs, transgressaient l'exiguïté des cours.

Oscar haïssait cet ode unanime à la propreté. Sur son tambour, il luttait contre le vacarme et devait pourtant, même au grenier qui l'avantageait par la distance, reconnaître son impuissance devant les ménagères. Cent femmes battant des tapis peuvent braver un ciel, peuvent rogner les ailes à de jeunes hirondelles ; en peu de coups elles faisaient s'effondrer le petit temple que le tambour d'Oscar avait édifié dans l'air d'avril.

Les jours où l'on ne battait pas de tapis, les mômes de notre immeuble utilisaient le tréteau de bois comme agrès de gymnastique. J'étais rarement dans la cour. Seul le hangar du vieux M. Heylandt m'y offrait quelque sécurité, car le vieux ne laissait entrer que moi dans son capharnaüm et permettait à peine aux mômes de jeter un regard sur les machines à coudre démolies, vélos incomplets, étaux, palans et clous tordus redressés à coups de marteau et conservés dans des boîtes à cigares. C'était pour lui une espèce d'occupation : quand il n'arrachait pas des clous plantés dans des planches de caisses, il redressait sur une enclume les clous arrachés la veille. Outre qu'il ne laissait pas perdre un clou, il était aussi l'homme qui aidait aux déménagements, tuait les lapins avant les jours de fête, qui crachait le jus de sa chique partout dans la cour, dans la cage de l'escalier et dans le grenier.

Un jour que les mômes, comme le font les enfants, cuisaient une soupe à côté de son hangar, Nuchi Eyke demanda au vieux Heylandt de cracher trois fois dans la gamelle. Le vieux s'exécuta de loin, disparut ensuite dans son antre et déjà il tapait à nouveau des clous quand Axel Mischke mit dans la soupe un nouvel ingrédient : une brique pilée. Oscar regardait cette cuisine avec curiosité, mais se tenait à l'écart. A l'aide de couvertures et de chiffons, Axel Mischke et Harry Schlager avaient édifié comme une tente afin que nul adulte ne pût voir la soupe. Quand la poudre de brique fut à ébullition, Hänschen Kollin vida ses poches et se fendit pour la soupe de deux grenouilles vivantes qu'il avait attrapées dans l'étang de la brasserie par actions. Susi Kater, la seule fille sous la tente, fit une moue de déception et d'amertume quand les grenouilles disparurent misérablement dans la soupe sans avoir tenté le moindre dernier saut. D'abord Nuchi Eyke déboutonna sa culotte et, sans égard pour Susi, pissa dans le pot-au-feu. Axel, Harry et Hänschen Kollin firent de même. Quand Petit-Fromage voulut s'aligner sur les garçons de dix ans, il était à court. Alors tous regardèrent Susi, et Axel Mischke lui tendit une marmite d'émail bleu Persil, pleine de bignes sur les bords. Oscar aurait voulu s'en aller. Mais il attendit encore jusqu'à ce que Susi, qui n'avait pas de culotte sous sa robe, s'accroupît en serrant les genoux, glissât sous elle le pot, regardât devant elle avec des yeux vides, puis fronçât le nez ; alors, par une vibration de la tôle, le pot révéla que Susi avait des réserves pour la soupe.

Je me sauvai. Je n'aurais pas dû courir, mais marcher tranquillement. Mais comme je courais, tous me suivirent du regard, alors qu'auparavant leurs yeux étaient braqués sur la marmite. J'entendis derrière mon dos la voix de Susi Kater : « Y va nous moucharder, pourquoi qu'y court ? » Cela me donna de l'élan pour grimper à la hâte les quatre étages en me prenant les pieds dans les marches et je ne repris haleine que dans le grenier.

J'avais sept ans et demi. Susi peut-être neuf. Petit-Fromage en avait tout juste huit. Axel, Nuchi, Hänschen et Harry dix ou onze. Il y avait encore Maria Truczinski. Elle était un peu plus âgée que moi, mais ne jouait jamais dans la cour ; elle jouait à la poupée dans la cuisine de la mère Truczinski ou bien avec sa sœur adulte Guste, auxiliaire au jardin d'enfants protestant.

Ne pas s'étonner si aujourd'hui encore je ne peux supporter d'entendre des femmes uriner dans des vases de nuit. Quand Oscar en battant le tambour eut apaisé son oreille et se sentit, au grenier, à l'abri de la soupe qui mitonnait en bas, ils arrivèrent tous, qui pieds nus, qui en bottines à lacets, ceux qui avaient versé leur part à la soupe, et Nuchi l'apportait cette soupe. Ils prirent position autour d'Oscar, Petit-Fromage fermait la marche. Ils se poussaient du coude, chuchotaient : « Vas-y ! » puis Axel prit Oscar par-derrière, lui bloqua les bras, le rendit docile et Susi, qui riait en tirant la langue entre ses dents humides et régulières, dit qu'il n'y avait pas d'inconvénient à le faire. Elle prit à Nuchi la cuiller, essuya le fer-blanc à ses cuisses, plongea la cuiller dans le pot fumant, remua lentement, évaluant la viscosité de la bouillie, comme une bonne femme d'intérieur, souffla sur la cuiller pour la refroidir et enfin fit manger la soupe à Oscar ; elle me fit manger la soupe, je n'ai plus jamais mangé chose pareille, le goût m'en restera.

Quand ce peuple si exclusivement soucieux de mon bien corporel m'eut quitté, parce que Nuchi vomit dans le pot, alors seulement je me glissai dans un coin du séchoir où il n'y avait que quelques draps de lit et restituai les quelques cuillerées de mixture rougeâtre, sans pouvoir découvrir dans mon rendu aucun reste de grenouille. Je grimpai sur une caisse sous la lucarne ouverte, regardai des cours éloignées, fis craquer entre mes dents des résidus de brique pilée, sentis le besoin d'agir, passai en revue les fenêtres lointaines des maisons de la rue Sainte-Marie, verre étincelant, envoyai dans cette direction un chant à longue portée sans pouvoir observer de résultat. Et pourtant j'étais si convaincu des possibilités du chant à longue portée que désormais la cour et les cours me devinrent trop étroites, que je happai voracement, dans mon besoin d'évasion, d'éloignement, de panoramas, toute occasion de quitter, seul ou donnant la main à maman, le Labesweg, le faubourg et les assiduités de tous les cuiseurs de soupe qui peuplaient notre cour.

Le jeudi de chaque semaine, maman faisait des achats en ville. Presque toujours elle m'emmenait. Elle m'emmenait toujours quand il fallait m'acheter un tambour neuf chez Sigismond Markus dans le passage de l'Arsenal près du marché au Charbon. En ce temps, de ma septième à ma dixième année environ, je venais à bout d'un tambour en tout juste quinze jours. De la dixième à la quatorzième année je n'avais pas besoin d'une semaine pour défoncer un instrument. Plus tard je devais réussir, d'une part, à réduire à l'état de ferraille un tambour neuf en un seul jour d'activité, d'autre part, quand j'étais d'humeur égale, à taper trois ou quatre mois avec autant d'égards que de vigueur, sans que le moindre dommage fût visible sur mon instrument, sinon quelques craquelures dans le vernis.

Mais ici doit être narrée l'époque où je quittai notre cour avec son tréteau à battre les tapis, le bonhomme Heylandt qui redressait des clous, les mômes inventeurs de soupes ; en compagnie de maman, tous les quinze jours, j'entrais chez Sigismond Markus avec la permission de choisir un instrument neuf parmi son assortiment de tambours en fer peint pour enfants. Parfois aussi maman m'emmenait quand le tambour était à demi intact encore, et je goûtais ces après-midi dans la Vieille-Ville pittoresque, toujours un peu pareille à un musée, constamment retentissante de telles, telles ou telles choses d'église.

Presque toujours les visites se déroulaient avec une agréable monotonie. Quelques achats chez Leiter, Sternfeld ou Machnitz, puis on allait chez Markus qui s'était fait une habitude de dire à maman des gentillesses assorties et extrêmement flatteuses. Sans aucun doute il lui faisait la cour, mais ne se laissait jamais, à ma connaissance, aller à des privautés plus grandes que de baiser sans bruit la main de ma mère ; il la prenait avec chaleur, la nommait une valeur-or ; sauf le jour où il se déclara un genou à terre et dont il va être question.

Maman, qui avait hérité de la grand-mère Koljaiczek la corpulence majestueuse, pleine et ferme, et aussi une aimable vanité associée à de la gentillesse, se plaisait d'autant plus à la cour d'amour de Sigismond Markus qu'il la dotait, plutôt qu'il ne la fournissait, de-ci de-là, en assortiments de soie à coudre à des prix dérisoires, en bas acquis dans le négoce des laissés-pour-compte, mais cependant impeccables. Sans parler de mes tambours en fer peint qu'il tendait par-dessus le comptoir, à intervalles de quinze jours, pour une somme ridicule.

A chaque visite, maman priait ponctuellement Sigismond à quatre heures et demie de bien vouloir lui permettre de me confier, moi Oscar, à sa garde, parce qu'elle avait encore d'importantes commissions urgentes. Alors Markus s'inclinait avec un sourire singulier et promettait à maman, dans un langage fleuri, de veiller sur moi, Oscar, comme sur la prunelle de ses yeux, tandis qu'elle faisait ses commissions si importantes. Un badinage léger, mais non blessant, qui donnait à ses phrases un ton frappant, faisait parfois rougir maman qui soupçonnait Markus d'être au courant.

Mais je savais, moi aussi, la nature des commissions que maman disait importantes, auxquelles elle vaquait avec trop de zèle. En effet, j'avais été admis quelque temps à l'accompagner dans un garni à bon marché de la ruelle des Menuisiers où elle disparaissait dans la cage de l'escalier pour rester absente trois petits quarts d'heure ; je faisais le pied de grue, près de la tenancière qui sirotait en général du Mampe, derrière une limonade qui m'était servie sans un mot, toujours pareillement infecte ; jusqu'à ce que maman revînt, à peine changée ; elle donnait le bonsoir à la tenancière qui ne levait jamais le nez de la bistouille, me prenait par la main et oubliait qu'elle était trahie par la température de sa main. Ma main chauffait dans la sienne. Nous allions alors au café Weizke dans la rue des Lainiers. Maman se commandait un moka, Oscar une glace au citron et on attendait que, soudain et comme par hasard, passât Jan Bronski ; il prenait place à notre table et se faisait aussi servir un moka sur la fraîcheur apaisante du marbre.

Ils parlaient devant moi sans se gêner, et leurs propos confirmaient ce que je savais de longue date : maman et oncle Jan se rencontraient presque chaque jeudi dans une chambre louée aux frais de Jan, dans la ruelle des Menuisiers, afin de se causer un brin pendant trois quarts d'heure. Ce fut probablement Jan qui émit le désir qu'on ne m'emmenât plus dans la ruelle des Menuisiers et ensuite au café Weizke. Il était parfois très pudique et plus pudique que maman ; elle, elle ne voyait rien de mal à ce que je fusse le témoin d'une heure du berger à son déclin : même après coup, elle semblait convaincue d'être dans son droit.

Ainsi je restais, sur la requête de Jan, presque tous les jeudis après-midi de quatre heures et demie à près de six heures chez Sigismond Markus. J'avais licence de considérer, d'utiliser l'assortiment de ses tambours en fer peint — Oscar pouvait-il faire autre chose ? —, de rendre simultanément sonores plusieurs tambours et de regarder le triste visage de chien de Markus. Si je ne savais pas d'où venaient ses pensées, je devinais où elles allaient. Je devinais qu'elles s'attardaient dans la ruelle des Menuisiers, grattaient à des portes de chambres numérotées ou bien s'accroupissaient comme le pauvre Lazare sous le guéridon de marbre du café Weizke, attendant quoi ? Des miettes ?

Maman et Jan Bronski ne laissaient pas une miette. Ils finissaient le plat eux-mêmes. Ils avaient le grand appétit qui ne cesse jamais, qui se mord la queue. Ils étaient si occupés qu'ils auraient pris les pensées de Markus sous la table tout au plus pour l'importune caresse d'un courant d'air.

Par un de ces après-midi — ce devait être en septembre, car maman quittait la boutique de Markus en tailleur brun-rouille —, sachant Markus englouti, esseulé et bel et bien perdu derrière le comptoir, l'envie me prit de sortir avec mon tambour neuf dans le passage de l'Arsenal, tunnel obscur et frais où les magasins les plus raffinés, comme joailleries, comestibles fins et librairies, alignaient leurs devantures. Je ne ressentais aucun intérêt pour les étalages, si avantageux fussent-ils, car ils étaient au-dessus de mes moyens ; j'eus envie de sortir du tunnel pour aller sur le marché au Charbon. Au beau milieu de la lumière poussiéreuse, je me plantai devant la façade de l'Arsenal dont le gris basalte était lardé de boulets de canon aux diamètres différents, provenant des divers sièges qu'avait subis la ville, afin que ces bosses de fer rappellent à chaque passant l'histoire de la cité. Moi, ces boulets ne me disaient rien, surtout que je savais qu'ils n'étaient pas restés fixés là tout seuls ; il y avait dans cette ville un maçon que l'Office des Bâtiments employait en liaison avec les Monuments historiques, payé pour cimenter les munitions des siècles passés dans les façades des églises et hôtels de ville, et aussi dans celles de l'Arsenal, par-devant et par-derrière.

Je voulais entrer au Théâtre municipal dont le portique à colonnes était visible à main droite, séparé de l'Arsenal par une ruelle étroite et obscure. Comme je trouvai fermé le Théâtre, ainsi que je m'y étais attendu — la caisse n'ouvrait le soir qu'à sept heures —, je m'en allai tambourinant, indécis, vers la gauche, méditant de battre en retraite, jusqu'à ce que je me trouve entre la tour de Justice et la porte de la Grande-Rue. Je n'osai pas franchir la porte et pénétrer dans la Grande-Rue pour prendre à droite la rue des Lainiers, car c'était là qu'étaient maman et Jan Bronski et, même s'ils n'étaient pas encore là devant leurs mokas, ils avaient peut-être tout juste terminé leur affaire dans la ruelle des Menuisiers, ou bien ils étaient en route déjà vers leur moka réconfortant sur le guéridon de marbre.

Je ne sais comment je traversai la chaussée du marché au Charbon où sans arrêt des tramways se préparaient à franchir la porte ou bien, sortis de la porte, prenaient en grinçant le virage vers le marché au Charbon, le marché au Bois, direction gare centrale. Peut-être un adulte ou un agent de police me prit-il par la main et me conduisit-il charitablement à travers les dangers de la circulation.

Je me trouvai devant les briques de la tour de Justice, roidement empilées vers le ciel, seulement par hasard, car l'ennui commençait à m'envahir. J'introduisis mes baguettes de tambour entre la maçonnerie et le battant ferré de la porte de la tour. Dès que j'envoyais mon regard à l'assaut des briques, il était difficile de le faire courir le long de la façade, parce que sans arrêt des pigeons s'échappaient des niches et des fenêtres pour se reposer un temps bref, à la mesure d'un pigeon, sur les gargouilles et les poivrières ; puis, dans leur descente, ils entraînaient mon regard loin de la maçonnerie.

Le manège des pigeons me vexa. J'y perdais mon regard. Je le retirai donc et utilisai gravement, pour me libérer aussi de ma mauvaise humeur, mes deux baguettes de tambour comme levier : la porte céda et Oscar, avant de l'avoir entièrement ouverte, se trouvait déjà dans la tour, déjà dans l'escalier en vis, montait déjà, toujours la jambe droite la première, ramenant la gauche ensuite, montant de spirale en spirale, laissait derrière lui la chambre de torture aux instruments pieusement entretenus et pourvus d'étiquettes instructives, continuait à grimper — à présent il avançait la jambe gauche, ramenait la droite —, jetait un regard par une fenêtre au grillage serré, évaluait la hauteur atteinte, appréciait l'épaisseur de la muraille, effarouchait des pigeons, retrouvait les mêmes pigeons un tour plus haut dans l'escalier en vis, avançait de nouveau la jambe droite pour ramener la gauche et quand Oscar, après avoir une fois encore changé de pied, fut en haut, il aurait pu longtemps encore poursuivre l'escalade, bien qu'il eût la jambe droite et la gauche lourdes. Mais l'escalier avait renoncé prématurément. Oscar sut que la construction de tours est inepte et impuissante.

Je ne sais pas quelle était, quelle est encore la hauteur de la tour de Justice, qui a survécu à la guerre. Je n'ai pas envie non plus de demander à mon infirmier Bruno un ouvrage de référence sur la construction gothique en briques de l'Allemagne orientale. J'estime que jusqu'au sommet de la tour il y a l'un dans l'autre quarante-cinq mètres.

L'escalier en vis s'était lassé trop vite ; ainsi j'avais dû faire halte sur une galerie entourant la flèche. Je m'assis, glissai les jambes entre les colonnettes de la balustrade, me penchai en avant et, cramponné du bras droit à un balustre, je plongeai du regard dans le marché au Charbon, tandis que du bras gauche j'assurais mon tambour qui avait fait avec moi toute la montée.

Je ne veux pas vous ennuyer à décrire un panorama aux cent clochers carillonnants, prétendument traversé toujours par le souffle du Moyen Age, reproduit sur mille bonnes gravures, vous infliger la ville de Danzig en vue cavalière. De même, je n'insisterai pas sur les pigeons, bien qu'il soit dix fois admis que les pigeons sont matière à littérature. Un pigeon ne me dit rien, une mouette me dit davantage. La colombe de la paix me semble un pur paradoxe. Je confierais un message de paix plutôt à un vautour ou même à un vautour charognard qu'au pigeon, le plus grincheux des locataires qu'il y ait en ce bas monde. Mais enfin il y a des pigeons sur chaque tour qui se respecte et garde son rang avec l'appoint de son conservateur.

Tout autre chose avait captivé mon regard : le bâtiment du Théâtre municipal, que j'avais trouvé fermé en venant du passage de l'Arsenal. Cette bâtisse, avec sa coupole, étalait une ressemblance diabolique avec un moulin à café déraisonnablement agrandi dans le style classique, même si au lanterneau de la coupole manquait cette manivelle qu'il y aurait fallu pour moudre en une épouvantable purée, dans un temple des Muses et de la Culture, complet chaque soir, un drame en cinq actes avec mimes, décors, souffleuse, accessoires et tous les rideaux. Il m'offusquait, ce bâtiment où les fenêtres du foyer, flanquées de colonnes, persistaient à renvoyer un soleil déclinant d'après-midi, toujours rechargé de rouge.

En cette heure, à quelque trente mètres au-dessus du marché au Charbon, des tramways et des employés quittant leurs bureaux, haut perché au-dessus du déballage Markus et de ses senteurs suaves, au-dessus des froids guéridons de marbre du café Weizke, dominant deux tasses de moka, maman et Jan Bronski, survolant notre maison locative, la cour, les cours, les clous tordus et droits, les enfants du voisinage et leur potage à la brique, je devins, moi qui jusqu'alors n'avais crié que pour des motifs contraignants, un crieur sans raison et sans contrainte. Jusqu'à mon ascension de la tour de Justice, je n'avais envoyé mes sons impérieux que dans la structure d'une vitre, à l'intérieur des ampoules électriques, dans une bouteille à bière éventée, quand on voulait me prendre mon tambour ; cette fois je criai du haut de la tour sans qu'il y allât de mon tambour.

Personne n'en voulait au tambour d'Oscar ; Oscar cria quand même. Non pas qu'un pigeon ait crotté sur mon tambour afin de lui arracher un cri. A proximité, il y avait certes du vert-de-gris sur des plaques de cuivre, mais pas de verre ; Oscar cria quand même. Les pigeons avaient des yeus luisants à reflets rougeâtres, mais aucun œil de verre ne le visait ; cependant il cria. Où cria-t-il, à quelle distance ? Devait-il méthodiquement démontrer ici ce qu'il avait tenté sans propos délibéré par-delà les cours après dégustation de la soupe à la brique pilée ? A quel verre pensait Oscar ? Aux dépens de quel verre — car seul le verre était en question — Oscar voulait-il instituer des expériences ?

Ce fut le théâtre de la ville, le moulin à café dramatique, qui eut la primeur de mes sons nouveau style, essayés pour la première fois au grenier, frisant le maniérisme ; il les prit dans ses vitres adonnées au soleil du soir. A l'issue d'un petit nombre de minutes de cris à charge variable qui n'obtenaient cependant aucun effet, j'émis un son littéralement inaudible et, avec joie et avec une fierté révélatrice, Oscar put se rendre compte à lui-même : deux des vitres du milieu dans la fenêtre de gauche du foyer avaient dû renoncer au soleil du soir, elles se détachaient comme deux carrés noirs appelant une réparation immédiate.

Il s'agissait de confirmer le succès. Je me produisis comme un peintre moderne qui mûrit son style enfin trouvé, après des années de recherches, en offrant au monde ébahi toute une série d'exercices de virtuosité digitale également grandioses, pareillement hardis, d'identique valeur, souvent de même format.

En moins d'un quart d'heure, je parvins à sevrer de leurs vitres toutes les fenêtres du foyer et une partie des portes. Devant le théâtre s'amassait une multitude qui, vue d'en haut, semblait agitée. Il y a toujours des badauds. Les admirateurs de mon art ne m'en imposaient pas particulièrement. En tout cas, ils induisirent Oscar à travailler de façon plus rigoureuse, plus formelle. Justement, je me disposais à mettre à nu, par une recherche encore plus hardie, l'intérieur de toutes choses, c'est-à-dire à envoyer par le foyer béant, par le trou de serrure d'une porte de loge, un cri spécial dans le théâtre encore obscur ; j'en avais après l'orgueil de tous les abonnés : le lustre du théâtre avec ses glinglins polis, miroitants, à facettes réfringentes, quand j'aperçus un tissu brun-rouille dans la foule devant le théâtre : maman s'était arrachée au café Weizke, avait dégusté le moka, quitté Jan Bronski.

Il faut admette qu'Oscar lâcha cependant un cri contre le lustre ostentatoire. Mais il semble n'avoir pas eu de succès, car les journaux du lendemain ne parlèrent que des vitres du foyer, fenêtres et portes, tombées en miettes pour des raisons énigmatiques. Des enquêtes pseudo-scientifiques et aussi scientifiques étalèrent encore des semaines durant, dans la partie feuilletonesque de la presse quotidienne, d'extravagantes âneries sur plusieurs colonnes. Les *Dernières Nouvelles* se risquèrent à évoquer les rayons cosmiques. Des gens de l'observatoire, donc des travailleurs intellectuels hautement qualifiés, parlèrent de tache solaires.

Je descendis alors l'escalier en vis de toute la vitesse de mes courtes jambes et rejoignis, quelque peu essoufflé, la foule qui stationnait devant le portail du théâtre. Le tailleur d'automne brun-rouille de maman n'était plus en vue ; elle devait être dans la boutique de Markus à parler peut-être des dégâts que ma voix devait avoir commis. Et Markus, qui admettait comme la chose la plus naturelle ma voix de diamant et mon état prétendument arriéré, devait frétiller de la pointe de la langue, pensait Oscar, et frotter ses mains blanc jaunâtre.

Dans l'entrée de la boutique s'offrit à moi un tableau qui rejeta aussitôt dans l'oubli tous les succès du chant vitricide à longue portée. Sigismond Markus était à genoux devant maman, et tous les animaux en peluche, ours, singes, chiens, même des poupées aux yeux basculants, et les autos de pompiers, les chevaux à bascule, et de même tous les pantins qui gardaient sa boutique, semblaient vouloir tomber à genoux avec lui. Mais lui de ses deux mains tenait cachées les mains de maman, il montrait sur le dos de ses mains des taches brunâtres duvetées de roux et pleurait.

Maman aussi avait un regard grave et tendu, à la hauteur de la situation. « Non, Markus, disait-elle, s'il vous plaît, pas ici dans la boutique. »

Mais Markus n'en finissait plus, et son discours avait une intonation que je n'oublierai pas, implorante et en même temps exagérée : « Faites pas ça avec le Bronski, pisqu'il est à la poste qu'est polonaise et ça ne vaut rien, je dis, parce qu'il est avec les Polonais. Ne vous mettez pas avec les Polonais, mettez-vous, si vous y tenez, avec les Allemands, parce qu'ils ont le bon vent, sinon aujourd'hui alors demain ; et les voilà que déjà ils se remontent, et Mme Agnès est toujours avec le Bronski. Si seulement vous en aviez pour le Matzerath que vous avez, si seulement. Ou bien mettez-vous donc s'il vous plaît avec le Markus et venez avec Markus, pisqu'il vient de se faire baptiser. Allons à Londres, madame Agnès, où j'ai du monde et tous les papiers qu'il faut, si seulement vous voulez venir ; ou bien si vous voulez pas venir avec le Markus, parce que vous le méprisez, eh bien méprisez-le, na. Mais il vous prie du fond du cœur, si seulement vous ne restiez pas avec ce toqué de Bronski qui reste à la poste polonaise, pasque c'est bientôt fini les Polonais, si les Allemands du Reich ils viennent ! »

Juste comme maman, étourdie de tant de possibilités et d'impossibilités, allait se mettre à pleurer, Markus m'aperçut sur le seuil de la boutique et, lâchant une main de maman, braqua vers moi cinq doigts éloquents : « Eh ben s'il vous plaît, on l'emmènera aussi à Londres. Comme une petit prince, il sera, comme une petit prince ! »

Alors maman me regarda aussi et retrouva un vague sourire. Peut-être songeait-elle aux fenêtres veuves de carreaux, dans le foyer du Théâtre municipal, ou bien était-ce la perspective de la métropole londonienne qui la mettait d'humeur gaie. A ma surprise elle secoua cependant la tête et dit, frivole, comme si elle refusait une danse : « Je vous remercie, Markus, mais c'est impossible, réellement impossible — à cause de Bronski. »

Interprétant le nom de mon oncle comme une réplique de théâtre, Markus se releva aussitôt, fit une révérence de couteau pliant et émit : « Pardonnez à Markus ; il avait bien pensé tout de suite que ça n'irait pas à cause de celui-là. »

Quand nous quittâmes la boutique du passage, le négociant, bien que ce ne fût pas encore l'heure de la fermeture, ferma la porte du dehors et nous accompagna jusqu'à l'arrêt de la ligne 5. Devant la façade du Théâtre municipal, il y avait toujours des badauds et quelques policiers. Mais je n'avais pas peur et gardais à peine présente à l'esprit ma victoire sur le verre. Markus se pencha vers moi, chuchota plutôt en aparté que pour nous : « Il en sait faire des choses, Oscar. Il bat le tambour et fait du scandale devant le théâtre. »

Il apaisa par des gestes de la main l'embarras qui prit ma mère à la vue des éclats de verre et, quand le tramway vint et que nous montâmes dans la baladeuse, il insista encore une fois à voix basse, craignant des auditeurs éventuels : « Là, restez donc s'il vous-plaît avec le Matzerath que vous avez, et ne vous mettez plus avec des Polonais. »

Quand Oscar aujourd'hui, couché ou assis dans son lit de métal, mais jouant du tambour dans chaque position, visite à nouveau le passage de l'Arsenal, les graffiti sur les parois des cachots dans la tour de Justice, la tour elle-même et ses instruments de torture huilés, les trois fenêtres du foyer derrière leurs colonnes au Théâtre municipal, et encore le passage de l'Arsenal et la boutique de Sigismond Markus, pour dessiner de mémoire les détails d'une journée de septembre, il doit aussi chercher en même temps le pays de Pologne. Le chercher avec quoi ? Cherche-t-il en son âme le pays de Pologne ? Il le cherche de tous ses organes, mais l'âme n'en est pas un.

Et je cherche le pays de Pologne, pays perdu qui pour moi n'est pas encore perdu. D'autres diront : bientôt perdu, déjà perdu, de nouveau perdu. En ce pays où je suis on cherche depuis peu à reconquérir le pays de Pologne, par des crédits, avec le Leica, la boussole, le radar, avec des baguettes magiques et des délégués, par l'humanisme, par les chefs de l'opposition, par des sociétés régionales en costumes traités à l'antimite. Tandis qu'en ce pays où je suis on cherche dans son âme, comme Iphégénie en Tauride, le pays de Pologne — moitié sur un air de Chopin, moitié sur un air de revanche —, tandis qu'ici on renie les partages de la Pologne du premier au quatrième et qu'on prépare déjà le cinquième, tandis qu'on se rend à Varsovie par Air France et qu'on dépose une petite couronne de condoléances sur l'emplacement de l'ancien ghetto, tandis qu'ici on se prépare à chercher le pays de Pologne avec des fusées chercheuses, moi je cherche la Pologne sur mon tambour ; et je tambourine : perdue, pas encore perdue, déjà de nouveau perdue, perdue pour qui, perdue bientôt, perdue déjà, Pologne perdue, perdue comme tout le reste, Pologne pas encore perdue.

La tribune

En trucidant les fenêtres au foyer de notre Théâtre municipal, je cherchai et trouvai pour la première fois le contact de l'art scénique. En dépit des sollicitations que lui fit le marchand de jouets Markus, maman doit avoir remarqué cet après-midi-là le lien direct qui m'unissait au théâtre, car vers la Noël suivante elle acheta quatre billets : pour elle, pour Stephan et Marga Bronski, et aussi pour Oscar et, le dernier dimanche de l'Avent, elle nous emmena tous trois à la féerie de Noël. Nous étions au premier rang des secondes galeries de côté. Le lustre, pendu au-dessus du parterre, faisait de son mieux. Je fus donc content de ne l'avoir pas détruit par mon incantation du haut de la tour.

Dès cette époque, il y avait trop d'enfants. Il y avait plus d'enfants que de mères dans les rangs des galeries, tandis qu'au parterre, où étaient les gens aisés et moins chauds à la bagatelle, le rapport enfants-mères était à peu près équilibré. Pourquoi les enfants ne peuvent-ils pas rester tranquillement assis ? Marga Bronski, assise entre moi et Stephan qui était relativement éduqué, se laissa glisser du coussin basculant, voulut remonter dessus, trouva tout de suite plus beau d'escalader la balustrade, faillit se coincer dans le mécanisme à bascule ; mais, en comparaison des autres gueulards qui nous entouraient, elle brailla de façon encore supportable et à court terme, parce que maman lui bourra de bonbons sa sotte bouche enfantine. La petite sœur de Stephan, suçaillante et précocement fatiguée par le toboggan exécuté sur le coussin, s'endormit peu après le lever du rideau ; il fallut la réveiller à la fin des actes pour applaudir, ce à quoi elle s'employa avec ardeur.

On donnait le conte de Tom Pouce, ce qui me passionna dès la première scène et, comme on le conçoit, me toucha personnellement. On s'y prenait avec adresse, on ne montrait pas Tom Pouce, on laissait seulement entendre sa voix et on faisait manœuvrer les adultes derrière le héros titulaire, invisible mais plein d'entrain. Il était caché dans l'oreille du cheval, se laissait vendre par son père à deux vagabonds pour la forte somme, évoluait sur le bord du chapeau de l'un des vagabonds, parlait de là-haut, se glissait plus tard dans un trou de souris, puis dans une coquille d'escargot, faisait cause commune avec des voleurs, échouait dans le foin, puis avec le foin dans la panse de la vache. Mais la vache était abattue, parce qu'elle parlait avec la voix de Tom Pouce. Mais la panse de la vache avec son minuscule prisonnier prenait le chemin du fumier et était avalée par un loup. Mais par d'habiles propos, Tom Pouce guidait le loup jusque dans la chambre à provisions de son père et faisait là un grand tapage juste comme le loup allait commencer à voler. La fin était comme dans le conte : le père assommait le méchant loup, la mère ouvrait avec des ciseaux le ventre et l'estomac du glouton, Tom Pouce sortait ; c'est-à-dire qu'on l'entendait seulement s'écrier : « Ah, père, je fus dans un trou de souris, dans la panse d'une vache et dans le ventre d'un loup : maintenant je reste chez vous. »

Je fus ému de cette conclusion et, lorsque je levai un œil papillotant, je remarquai le mouchoir qui cachait le nez de maman, parce qu'à l'égal de moi elle avait vécu jusqu'au fond de soi l'action scénique. Maman se laissait volontiers émouvoir. Les semaines suivantes, tant que dura la fête de Noël, avant toutes choses elle me serra contre elle, m'embrassa et appela Oscar, tantôt sur le mode badin, tantôt sur le mélancolique : Tom Pouce. Ou bien : Mon petit Tom Pouce. Ou bien : Mon pauvre, pauvre Tom Pouce.

C'est seulement à l'été de trente-trois que l'on m'offrit à nouveau le théâtre. Par suite d'un malentendu de ma part, la chose tourna de travers, mais elle m'impressionna à échéance. Ainsi aujourd'hui encore une houle sonore roule en moi, car cela se produisit à l'opéra de verdure de Zoppot où, sous le ciel nocturne, bon an mal an, l'été, une musique wagnérienne était confiée à la nature.

Au fond, seule maman goûtait l'opéra. Pour Matzerath, même les opérettes étaient de trop. Jan s'accordait avec maman, raffolait d'arias bien qu'en dépit de son air de musicien il fût parfaitement sourd aux sons harmonieux. En revanche, il connaissait les frères Formella, ses anciens condisciples à l'école supérieure de Karthaus ; ils habitaient Zoppot, régnaient sur l'éclairage de l'estacade, du jet d'eau qui est devant le casino et sur le casino et, toujours en qualité d'éclairagistes, ils collaboraient aux festivals de l'opéra de verdure.

Le chemin de Zoppot passait par Oliva. Un matin dans le parc du château. Poissons rouges, cygnes, maman et Jan Bronski dans la célèbre grotte des Confidences. Puis encore des poissons rouges et des cygnes qui travaillaient en cheville avec un photographe. Pendant qu'on faisait la photo, Matzerath me mit à califourchon sur ses épaules. J'appuyai le tambour sur son sinciput ce qui plus tard, quand la petite image était déjà collée dans l'album, suscita un éclat de rire général. Bonsoir les poissons rouges, les cygnes, la grotte des Confidences. C'était dimanche aussi ailleurs que dans le parc du château, aussi devant la grille et dans le tramway de Glettkau et dans le Kursaal de Glettkau où nous déjeunâmes, tandis qu'imperturbablement la Baltique, comme si elle n'avait rien d'autre à faire, invitait au bain ; c'était partout dimanche. Quand nous suivîmes la promenade de la plage en direction de Zoppot, le dimanche vint à notre rencontre, et Matzerath dut payer la taxe de séjour pour tout le monde.

Nous nous baignâmes au bain du sud où, paraît-il, c'était plus vide qu'au bain du nord. Les messieurs se déshabillaient au bain pour hommes, maman me conduisit dans une cellule du bain pour dames, exigea de moi que je me montre nu dans le bain des familles tandis qu'elle, qui dès cette époque se répandait plantureusement sur ses berges, coulait sa viande dans un costume de bain jaune paille. Pour ne pas me présenter par trop nu au bain des familles, je tins mon tambour devant mon sexe et me couchai par la suite à plat ventre dans le sable marin. Je ne voulus pas non plus me tremper dans la séduisante eau baltique, mais conserver mon pubis à l'abri dans le sable et pratiquer une politique d'autruche. Matzerath et aussi Jan Bronski avaient l'air si ridicules et si minablement déplorables avec leurs amorces de bedon que je fus content, tard dans l'après-midi, quand on regagna les cabines où chacun enduisit de crème son coup de soleil et renfila, oint de Nivéa, son uniforme civil du dimanche.

Café et gâteaux à l' « Etoile de Mer ». Maman voulait un troisième morceau de la tarte à la crème à cinq étages. Matzerath était contre, Jan pour et contre à la fois ; maman commanda, donna une bouchée à Matzerath, bourra Jan, contenta ses deux hommes avant de se tasser dans l'estomac, petite cuiller par petite cuiller, le coin de gâteau archisucré.

O sainte crème au beure, ô après-midi dominical poudré de sucre-farine, claire à ma guise ! Des nobles Polonais étaient assis derrière des lunettes bleues de soleil et des limonades intensives qui les laissaient froids. Les dames jouaient de leurs ongles violets et laissaient venir à nous, avec la brise de mer, l'odeur de poudre antimite émanée de leurs capes de fourrure, louées à la saison. Matzerath trouvait ça grotesque. Maman aurait bien aimé se louer une cape pareille, ne fût-ce que pour un après-midi. Jan affirma que l'ennui était momentanément si florissant parmi la noblesse polonaise qu'en dépit de dettes grandissantes on n'y parlait plus le français mais, par pur snobisme, le polonais le plus commun.

On ne pouvait pas rester assis à l' « Etoile de Mer » à regarder sans débrider les gentilshommes polonais, leurs lunettes bleues et leurs ongles violets. Maman, remplie de tarte, exigea du mouvement. Le parc du casino nous reçut ; je dus chevaucher un âne et me tenir tranquille encore pour une photo. Poissons rouges, cygnes — elle en a des idées, la nature — et derechef poissons rouges et cygnes qui mettaient en valeur l'eau douce.

Entre des buis pomponnés, mais qui ne chuchotaient pas comme on le prétend toujours, nous rencontrâmes les frères Formella, les éclairagistes de l'opéra de verdure. Formella cadet devait toujours commencer par se libérer des bons mots qui venaient professionnellement à ses oreilles d'éclairagiste. L'aîné des frères Formella connaissait les bons mots et riait quand même aux bons endroits par amour fraternel ; ce faisant, il montrait une dent en or de plus que son frère cadet qui n'en avait que trois. On alla chez Springes boire un petit genièvre. Maman était plutôt pour du Prince Electeur. Puis, continuant à donner pour rien les bons mots de sa provision, le munificent Formella junior nous invita à dîner au « Perroquet ». Là on rencontra Tuschel, et à Tuschel appartenait la moitié de Zoppot, sans préjudice d'un fragment d'opéra de verdure et de cinq cinémas. Il était aussi le patron des Formella Brothers et se réjouit d'avoir fait notre connaissance, comme nous d'avoir fait la sienne. Tuschel n'arrêtait pas de tourner une bague qu'il avait à son doigt mais qui ne pouvait être un anneau magique, car il se passait moins que rien ; sauf que Tuschel commença de son côté à raconter de bonnes histoires, les mêmes que celles de Formella, seulement avec plus de détails, parce qu'il disposait d'un moindre nombre de dents en or. Pourtant toute la table rit, parce que Tuschel racontait de bonnes histoires. Seul, je gardai un maintien grave et tentai par une physionomie figée de faire rater ses astuces. Ah, comme les salves de rire, quoique truquées, mais pareilles au vitrage en culs de bouteille sertis aux fenêtres de façade de notre mangeoire, répandaient de la bonne humeur ! Le Tuschel marqua sa reconnaissance en racontant chaque fois encore une histoire, fit servir de l'eau-de-vie de Danzig, puis, tandis qu'il nageait avec bonheur dans le rire et l'eau-de-vie, brusquement tourna sa bague en sens inverse et réellement il se passa quelque chose. Tuschel nous invita tous à l'opéra de verdure, puisqu'il en possédait un petit bout ; il ne pouvait pas, malheureusement, rendez-vous et cætera ; mais nous pouvions bien faire notre profit de ses places ; c'étaient des loges, capitonnées, petit garçon pourrait dormir si fatigué ; et il écrivit, avec un crayon en argent qui se dévisse, des paroles tuschéliennes sur de petites cartes de visite marquées Tuschel ; cela ouvrirait portes et fenêtres, dit-il ; et il en fut ainsi.

Ce qui se passa sera dit en peu de mots : une tiède soirée d'été, l'opéra de verdure plein, mais rien que de touristes. Dès avant que ça commence, les moustiques étaient là. Mais c'est seulement quand le dernier moustique, celui qui vient toujours un peu trop tard et trouve ça chic, manifesta sa venue par un vrombissement sanguinaire que ça commença pour de bon, juste en même temps. On donnait *le Vaisseau Fantôme*. Un bateau surgissait, plutôt braconnier que pirate, de cette verdure sylvestre qui avait donné son nom à l'opéra. Des matelots poussaient la chansonnette aux arbres. Je m'endormis sur les capitons de Tuschel et, quand je me réveillai, des matelots chantaient toujours ou déjà de nouveau : Pilote, monte la garde... mais Oscar s'endormit derechef, ravi de voir en s'assoupissant que sa maman vibrait tellement au Fantôme, glissait comme sur des vagues et gonflait et dégonflait son sein d'un souffle wagnérien. Elle ne remarquait pas que son Jan et Matzerath, à l'abri de leurs mains tenues devant eux, commençaient à scier chacun un arbre de grosseur différente, que j'échappais encore aux doigts de Wagner, jusqu'au moment où Oscar se réveilla définitivement, parce qu'au milieu de la forêt, toute seule, une femme debout criait. Elle avait les cheveux jaunes et criait parce qu'un éclairagiste, probablement Formella junior, l'aveuglait et l'importunait avec un projecteur : « Non ! criait-elle, malheur à moi ! » et « Qui est-ce qui me fait cela ? » Mais le Formella qui lui faisait cela ne coupait pas le courant du projecteur ; et le cri de la femme solitaire que maman, après coup, intitula soliste, devenait une plainte où écumait de temps à autre de l'argent ; cela fanait prématurément les feuillages dans la forêt de Zoppot mais le projecteur de Formella ne s'en portait pas plus mal. Sa voix, bien qu'elle fût douée, n'y pouvait rien. Oscar dut intervenir, repérer la source lumineuse mal éduquée et d'un unique cri à longue portée, moins perceptible encore que la discrète importunité des moustiques, tuer ce projecteur. Le court-circuit, les ténèbres, le jaillissement d'étincelles et l'incendie de forêt qu'on put maîtriser mais qui provoqua cependant une panique n'étaient pas dans mes intentions. Dans la cohue je ne perdis pas seulement ma mère et ses deux hommes réveillés en sursaut : mon tambour aussi disparut dans la mêlée.

Cette troisième rencontre que j'eus avec le théâtre induisit maman qui, après l'incendie de l'opéra de verdure, s'était un peu calmée et avait acclimaté Wagner dans notre piano, à me faire respirer l'air du cirque au printemps de trente-quatre.

Oscar ne perdra pas son temps avec les dames pailletées du trapèze, les tigres du cirque Busch, les otaries adroites. Personne ne tomba du haut du chapiteau. Aucun dompteur ne laissa rien à aucune mâchoire. Les otaries firent aussi ce qu'elles avaient appris : elle jonglèrent avec des balles et reçurent pour la peine des harengs vivants qu'on leur jetait. Je suis redevable au cirque de plaisantes représentations enfantines et de la rencontre, pour moi si importante, que j'y fis de Bebra, le clown musical, qui jouait « Jimmy the Tiger » sur des bouteilles et dirigeait un groupe de Lilliputiens.

Nous nous rencontrâmes à la ménagerie. Maman et ses deux hommes se laissaient faire des affronts devant la cage des singes. Hedwig Bronski, pour une fois, était de la partie ; elle montrait à ses enfants les poneys. Après qu'un lion m'eut bâillé au nez, je me laissai aller à croiser le regard avec un hibou. Je tentai de regarder fixement l'oiseau, mais ce fut lui qui me regarda fixement. Oscar s'éloigna penaud, les oreilles brûlantes, vexé jusqu'au centre ; sans bruit, il s'émietta parmi les roulottes bleues et blanches, parce qu'il n'y avait là d'autres animaux que des chèvres naines attachées à leurs piquets.

Il passa devant moi en bretelles et pantoufles ; il portait un seau d'eau. Le croisement des regards ne fut que rapide. Cependant nous nous reconnûmes aussitôt. Il posa le seau à terre, mit sa grosse tête de biais, vint à moi, et je le taxai à neuf centimètres de plus que ma taille.

« Tiens, tiens », persifla-t-il, en vieux, de haut en bas, « voici qu'à ce jour les enfants de trois ans ne veulent plus grandir ». Comme je ne répondais pas, il me relança : « Bebra, c'est mon nom ; je descends en ligne droite du Prince Eugène, dont le père fut Louis le Quatorzième et non un quelconque Savoyard comme on le prétend. » Comme je me taisais toujours, il reprit de l'élan : « Cessé de grandir à mon dixième anniversaire. Un peu tard, mais quand même ! »

Comme il parlait si franchement, je me présentai de mon côté, mais sans bluffer un pedigree. Je m'appelai simplement Oscar. « Dites-moi, excellent Oscar, vous devez compter à présent quatorze, quinze ou même seize années. Pas possible, ce que vous dites, seulement neuf et demi ? »

Maintenant c'était à mon tour d'évaluer son âge et je visai exprès trop bas.

« Vous êtes un flatteur, mon jeune ami. Trente-cinq, c'était jadis. En août je célébrerai ma cinquante-troisième, je pourrais être votre grand-père ! »

Oscar lui dit quelques choses gentilles sur ses talents acrobatiques de clown, le qualifia de grand musicien et, saisi d'une discrète ambition, lui montra un petit tour de sa façon. Trois ampoules de l'éclairage y passèrent et M. Bebra cria bravo, bravissimo et voulut sur l'heure engager Oscar.

Quelquefois, encore aujourd'hui, je regrette d'avoir refusé. Je cherchai des échappatoires et dis : « Savez-vous, monsieur Bebra, je suis plutôt parmi les spectateurs, je laisse mon art insignifiant fleurir en cachette à l'écart des ovations ; je suis pourtant le dernier à ne pas applaudir vos exhibitions. » M. Bebra leva son index fané et me sermonna : « Cher Oscar, croyez-en un collègue expérimenté. Nous autres n'avons jamais place parmi les spectateurs. Nous autres devons monter sur la scène, descendre dans l'arène. Nous autres devons jouer un rôle et déterminer l'action, sinon nous autres sommes manœuvrés par ces gens-là. Et ces gens-là trop volontiers nous gâchent notre jeu ! »

Presque enfilé dans mon oreille, il parlait à voix basse et faisait des yeux de vieillard prophétique : « Les voici ! Ils vont occuper leurs places pour la fête ! Ils organiseront des retraites aux flambeaux ! Ils construiront des tribunes, peupleront des tribunes et, du haut de tribunes, prêcheront notre catastrophe. Prenez garde, jeune ami, à ce qui se passera sur les tribunes ! Essayez toujours d'être assis sur la tribune et jamais devant la tribune, debout ! »

Puis, M. Bebra, comme on appelait mon nom, reprit son seau. « Je vous cherche, excellent ami. Nous nous reverrons. Nous sommes trop petits pour nous perdre. De plus, Bebra dit sans relâche : des gens petits comme nous trouvent encore une petite place même sur les tribunes les plus bondées. Et sinon sur la tribune, alors sous la tribune, mais jamais devant la tribune. Ainsi parle Bebra, qui descend en ligne droite du Prince Eugène. »

Maman, qui apparaissait derrière une roulotte en criant Oscar, arriva tout juste pour voir M. Bebra me baiser au front ; puis il prit son seau et, roulant des épaules, mit le cap sur une roulotte.

« Rendez-vous compte », disait plus tard maman, outrée, à Matzerath et aux Bronski, « il était chez les Lilliputiens. Et un gnome lui a fait un baiser au front. Pourvu que ça ne soit pas un présage ! »

Le baiser au front reçu de Bebra devait être encore pour moi un présage significatif. Les événements politiques des années suivantes lui donnèrent raison : l'ère des retraites aux flambeaux et des défilés commença.

De même que je suivis les conseils de M. Bebra, de même maman prit à cœur une partie des avertissements que Sigismond Markus lui avait donnés dans le passage de l'Arsenal et lui remettait en mémoire sans arrêt lors des visites du jeudi. Si à vrai dire elle ne suivit pas Markus à Londres — je n'aurais pas fait grande objection à ce déménagement —, elle resta cependant avec Matzerath et vit Bronski à l'occasion, avec mesure, c'est-à-dire dans la rue des Menuisiers aux frais de Jan et au skat familial qui devenait toujours plus coûteux pour Jan, parce qu'il perdait tout le temps. Mais Matzerath, sur qui maman avait misé, sur lequel, se rangeant à l'avis de Markus, elle laissait sa mise sans la doubler, entra en l'an trente-quatre, c'est-à-dire relativement tôt, dans les forces de l'ordre, dans le Parti, et pourtant il n'alla pas plus loin que chef de cellule. Quand il obtint cet avancement qui fut, comme tout fait sortant de l'ordinaire, un prétexte de skat en famille, Matzerath pour la première fois donna un tour un peu plus sévère, mais aussi plus soucieux, aux observations qu'il avait toujours faites à Jan Bronski au sujet de son activité en service à la poste polonaise.

A part ça, peu de choses changèrent. Au-dessus du piano, le portrait du sombre Beethoven, cadeau de Greff, fut ôté de son clou et, au même clou, fut exposé un Hitler au regard pareillement sinistre. Matzerath, qui n'avait pas le goût de la musique grave, voulait bannir sans rémission le musicien sourd. Pourtant maman, qui aimait beaucoup les phrases lentes des sonates beethovéniennes, les avait étudiées sur notre piano deux ou trois fois plus lentement qu'il n'était indiqué et les faisait s'égoutter de temps à autre, obtint à force d'insistance que le Beethoven prît place non pas au-dessus du divan, mais au-dessus de la desserte. Ainsi commença cette confrontation sinistre entre les plus sinistres : Hitler et le génie, suspendus face à face, se regardaient, se perçaient à jour et pourtant n'éprouvaient aucune sympathie réciproque.

Petit à petit, Matzerath se paya l'ensemble de l'uniforme. Si j'en crois mon souvenir, il commença par la casquette du Parti qu'il portait volontiers, même par beau temps, avec la jugulaire qui lui sciait le menton. Pendant quelque temps il mit des chemises blanches, sans veston, avec une cravate noire, ou bien une blouse avec un brassard. Quand il acheta sa première chemise brune, il voulut une semaine plus tard se payer la culotte de cheval kaki et des bottes. Maman était contre, et cela dura encore des semaines avant que Matzerath fût équipé de pied en cap.

L'occasion de porter cet uniforme se présentait plusieurs fois par semaine, mais Matzerath jugea suffisant de participer aux manifestations dominicales sur la prairie de Mai à côté de la halle des Sports. Mais là il fut inexorable, même à l'égard du plus mauvais temps; il refusa de porter un parapluie avec l'uniforme, et nous entendîmes souvent une tournure oratoire qui devint bientôt une scie : « Le service, c'est le service », disait Matzerath, « et le schnaps c'est le schnaps ! ». Et chaque matin de dimanche, après avoir préparé le déjeuner, il quittait maman et me mettait dans une pénible situation car Jan Bronski, ayant apprécié la nouvelle situation politique du dimanche, venait de sa façon résolument civile voir maman abandonnée, tandis que Matzerath était au garde-à-vous.

Qu'aurais-je pu faire d'autre que m'esquiver ? Il n'était pas de mon intention de gêner ou d'observer le couple sur le divan. Aussi, dès que mon père en uniforme était hors de vue et que s'annonçait comme imminente l'arrivée du civil que dès cette époque j'appelais mon père putatif, je quittais la maison et m'en allais tambourinant direction prairie de Mai.

Vous me direz : fallait-il qu'immanquablement ce fût la prairie de Mai ? Coyez-moi : les dimanches, il ne se passait rien dans le port, je ne pouvais me résoudre à faire des promenades au bois; l'intérieur de l'église du Sacré-Cœur ne me disait encore rien alors. Il restait bien les scouts de M. Greff, mais à cet érotisme sans avenir je préférais, je l'admets, la vaste foire qui avait pour théâtre la prairie de Mai; même si vous m'appelez un fellow-traveller.

Celui qui parlait, c'était ou bien Greiser ou bien le chef de district pour la formation politique, Löbsack. Je n'ai jamais rien trouvé de particulier à Greiser. Il était trop modéré et fut plus tard remplacé par un homme plus allant, le Bavarois Forster qui devint gauleiter. Löbsack cependant aurait été l'homme à remplacer un Forster. Même si Löbsack n'avait pas été bossu, il aurait été difficile à l'homme de Bavière de prendre pied, un seul, sur le pavé de la ville portuaire. Le Parti avait jugé Löbsack à son juste poids et vu dans sa bosse le signe d'une haute intelligence; il fit de lui le chef de district pour la formation politique. L'homme connaissait son métier. Tandis que Foster avec son mauvais accent bavarois criait sans arrêt « Retour au Reich », Löbsack entrait plus avant dans le détail, parlait toutes les variétés du dialecte danzigois, racontait de bonnes histoires de Bollermann et Wullsutzki, savait trouver l'oreille des dockers de Schichau, du peuple d'Ohra, des bourgeois d'Emmaüs, Schidlitz, Bürgerwiesen et Prautz. Quand il avait affaire à des communistes chauffés à la bière ou aux blêmes interruptions de quelques socialistes, c'était une joie d'entendre le petit homme dont la bosse était rehaussée et mise en valeur par le brun de l'uniforme.

Löbsack avait de l'esprit, tirait tout son esprit de sa bosse, appelait sa bosse par son nom, car ce truc plaît toujours aux gens. J'aimerais mieux perdre ma bosse, affirmait Löbsack, que de voir la Commune au pouvoir. Il était à prévoir qu'il ne perdrait pas sa bosse, qu'il n'y avait pas même à tenter d'ébranler sa bosse ; donc la bosse l'emportait, et avec elle le Parti — d'où l'on peut conclure qu'une bosse forme la base idéale d'une idée.

Quand Greiser, Löbsack et plus tard Forster parlaient, c'était de la tribune. Il s'agissait de cette tribune que m'avait vantée le petit M. Bebra. C'est pourquoi je pris longtemps le tribun Löbsack, bossu et doué, tel qu'il se montrait à la tribune, pour un émissaire de Bebra qui, en travesti brun, plaidait à la tribune sa cause et, dans le fond, aussi la mienne.

Qu'est-ce qu'une tribune ? Peu importe pour qui et devant qui est édifiée une tribune, en tout cas elle doit être symétrique. Ainsi la tribune construite sur notre prairie de Mai à côté de la halle des Sports était aussi d'une disposition nettement symétrique. De haut en bas ! Six bannières à croix gammée côte à côte. Puis des drapeaux, fanions et étendards. Puis un rang de SS noirs, jugulaire sous le menton. Puis deux rangs de SA qui, pendant que ça chantait et parlait, tenaient les mains à la boucle de leurs ceinturons. Puis, assis, plusieurs rangs de camarades du Parti en uniforme ; derrière le pupitre de l'orateur, encore des camarades, des cheftaines de l'organisation féminine avec des visages de mè-è-ères, des représentants du Sénat en civil, des invités venus du Reich et le préfet de police ou son représentant.

Le socle de la tribune était rajeuni de Jeunesse hitlérienne, plus exactement : la fanfare régionale des Jeunes Garçons et la clique de la Jeunesse hitlérienne. Dans maintes manifestations un chœur mixte disposé à gauche et à droite, toujours symétriquement, avait licence de réciter des slogans ou bien de chanter le célèbre vent d'est qui, voir texte, se prêtait mieux que tous autres vents à déployer le tissu des drapeaux.

Bebra, qui m'avait baisé au front, disait aussi : « Oscar, ne te mets jamais devant une tribune. Nous autres devons être sur la tribune ! »

Le plus souvent, j'arrivais à me placer entre de quelconques cheftaines de l'organisation féminine. Mon tambour de fer peint ne me permettait pas de me mêler aux timbales, fanfares et tambours au pied de la tribune ; car le style lansquenet s'y opposait. Malheureusement, un essai tenté auprès du chef de la formation politique Löbsack tourna mal. Cet homme me déçut fortement. Il n'était pas un émissaire de Bebra comme je l'avais espéré, et n'avait pas malgré sa bosse prometteuse la moindre compréhension de ma véritable grandeur.

Lorsque par un dimanche avec tribune je me présentai à lui juste devant le pupitre, fis le salut du Parti, le regardai d'abord dans le blanc de l'œil, puis lui chuchotai en clignant de la paupière : « Bebra est notre Führer ! », Löbsack ne reçut aucune révélation, mais il me caressa exactement comme l'Organisation féminine nationale-socialiste et pour finir fit renvoyer Oscar de la tribune — parce qu'il fallait bien prononcer le discours ; alors deux cheftaines de la Ligue des jeunes filles allemandes me prirent en leur milieu et, tout au long de la manifestation, me demandèrent qui c'était mon papa et ma maman.

Pas étonnant si dès l'été trente-quatre, sans que le putsch de Roehm y fût pour rien, le Parti commença à me décevoir. Plus longtemps je restais là-devant à regarder la tribune, plus suspecte me devenait cette symétrie insuffisamment atténuée par la bosse de Löbsack. Ma critique, comme on s'y attend, s'attaquait avant toutes choses aux tambours et aux sonneurs de fanfares. Et, en août trente-cinq, par un lourd dimanche de manifestation, je me commis avec la clique et la fanfare rangées au pied de la tribune.

Matzerath quitta le logement dès neuf heures. Je l'avais aidé à cirer ses guêtres de cuir brunes, afin qu'il quittât la maison à temps. Même à cette heure matinale, la chaleur était déjà insupportable, et la sueur, avant même qu'il fût dehors, le marqua de taches sombres qui grandissaient sous les manches de sa chemise du Parti. A neuf heures et demie pile, en clair costume d'été de tissu aéré et souliers bas d'un gris distingué percés d'une abondance de petits trous, portant un chapeau de paille, Jan Bronski faisait son entrée. Jan joua un brin avec moi mais, tout en jouant, il ne quittait pas des yeux maman qui s'était lavé les cheveux la veille au soir. Je remarquai bien vite que ma présence gênait la conversation des deux partenaires, rendait leur action conventionnelle, et donnait aux gestes de Jan une tournure empruntée. Visiblement, son léger pantalon d'été devenait pour lui trop étroit, et je m'éclipsai, suivant les traces de Matzerath sans pour autant voir en lui un modèle. Prudemment j'évitai les rues qui étaient pleines d'uniformes se dirigeant vers la prairie de Mai et je m'approchai du terrain de la manifestation en passant par les courts de tennis proches de la halle des Sports. Ce détour me valut de voir le derrière de la tribune.

Avez-vous jamais vu une tribune par-derrière ? On devrait familiariser tous les hommes — simple proposition — avec la vue arrière d'une tribune, avant de les rassembler devant. Quiconque a jamais regardé de dos une tribune, l'a bien regardée, reçoit sur l'heure un signe et devient par là insensible à toute sorcellerie célébrée comme ci ou comme ça sur une tribune. Même remarque pour la vue arrière des autels d'église ; mais nous en reparlerons.

Oscar cependant, qui avait toujours été enclin à la minutie, ne se contenta point de regarder l'échafaudage nu, puissamment réel dans sa laideur ; il se rappela les paroles de son maître Bebra, aborda par son derrière vulgaire l'estrade destinée à être vue seulement de face, glissa entre des portants sa personne et son tambour sans lequel il ne sortait jamais, se heurta la tête à une latte de toit qui dépassait, s'écorcha le genou à un méchant clou sortant du bois, entendit au-dessus de lui piaffer les bottes des camarades du Parti, puis les petites bottines de l'Organisation féminine et arriva enfin au lieu où régnait l'atmosphère la plus accablante et la plus en rapport avec le mois d'août : devant le pied intérieur de la tribune il trouva derrière un morceau de contreplaqué suffisamment de place et d'abri pour goûter en toute tranquillité le charme sonore d'une manifestation politique sans être distrait par des drapeaux, offusqué par la vue des uniformes.

J'étais assis en boule sous le pupitre de l'orateur. A gauche et à droite de moi étaient debout, jambes écartées, comme je le savais, les yeux pincés, aveuglés par le soleil, les tambours cadets du Jungvolk et les aînés de la Jeunesse hitlérienne. Et puis la foule. Je la sentais à travers les fentes du revêtement de la tribune. Ça se tenait debout et se frottait les coudes et froissait ses habits du dimanche ; c'était venu à pied ou par le tramway ; c'était allé partiellement à la messe du matin et n'y avait pas trouvé son compte ; c'était venu pour offrir quelque chose à la fiancée qu'on avait au bras ; ça voulait en être quand on faisait de l'histoire, même si on devait y perdre la matinée.

Non, se dit Oscar, ils n'auront pas fait le chemin pour rien. Et il colla un œil à un trou du revêtement, où un nœud du bois avait sauté, et remarqua l'agitation qui provenait de l'avenue Hindenburg. C'étaient eux ! Des commandements se firent entendre au-dessus de lui, le chef de la fanfare brandit en tous sens sa canne de tambour-major, ils commençaient à souffler discrètement dans leurs bastringues, ils adaptaient leurs embouchures et déjà, de la plus laide façon lansquenette, ils ahanaient dans leurs cuivres astiqués au miror ; Oscar en avait mal au ventre et se disait : « Pauvre SA Brandt, pauvre Jeune hitlérien Quex, vous êtes tombés en vain ! »

Comme si quelque part on voulait confirmer cette oraison funèbre des héros du Mouvement, tout de suite après, un badaboum massif des tambours tendus de peau de veau envahit l'orgie de trompettes. Ce couloir qui, au milieu de la foule, menait à la tribune laissait de loin pressentir l'approche d'uniformes et Oscar énonça : « Maintenant, mon peuple, fais attention, mon peuple ! »

Le tambour était bien d'aplomb. Avec une aisance céleste, je fis jouer dans mes mains les baguettes et, avec de la tendresse dans les poignets, je battis sur ma tôle un savant, un joyeux rythme de valse que j'enflai sans cesse, évoquant avec une croissante urgence Vienne et le Danube, jusqu'à ce qu'en haut le premier et le second tambour de lansquenet trouvent plaisir à ma valse, et qu'aussi des tambours plats de garçons plus âgés, avec plus ou moins d'adresse, adoptent mon prélude. Bien sûr il y avait par-ci par-là des brutes sans aucune oreille qui continuaient à faire boum-boum, et boum-boum-boum, tandis que je prêchais le rythme à trois temps qui est si aimé dans le peuple. Oscar était sur le point de désespérer ; soudain un frisson parcourut les fanfares, et les fifres, ô Danube, sifflèrent en bleu. Seul le chef de fanfare et aussi le chef de clique, eux, ne croyaient pas à la reine des valses et criaient leurs commandements importuns ; mais je les avais dégommés ; maintenant, c'était ma musique. Et le peuple me remercia. On se marrait devant la tribune ; il y en avait déjà quelques-uns qui reprenaient *le Beau Danube bleu,* et sur toute la place, be bleu, jusqu'à l'avenue Hindenburg, be bleu, et au parc Steffens, be bleu, mon rythme allait sautillant, renforcé par le microphone poussé à fond qui était au-dessus de moi. Et lorsque à travers mon nœud sauté je regardai au-dehors tout en continuant à tambouriner avec ardeur, je remarquai que le peuple prenait goût à ma valse, dansait d'un pied sur l'autre, avait des fourmis dans les jambes : déjà neuf couples et encore un dixième tournaient, agglutinés par la reine des valses. Quant à Löbsack, qui avec chefs de cercles et chefs de bataillons, avec Forster, Greiser et Rauschning, avec une longue queue brune d'états-majors, bouillait au milieu de la foule, Löbsack devant qui le couloir d'accès à la tribune allait se refermer, chose curieuse, le tempo de valse ne lui plaisait pas. Il avait l'habitude d'être canalisé vers la tribune au son d'une marche rectiligne. Et voici que ces voluptueuses harmonies lui ôtaient sa foi dans le peuple. Par le trou, je voyais ses souffrances. Un courant d'air passait par le trou. Je faillis y attraper une conjonctivite ; pourtant j'eus pitié de lui et enchaînai par un charleston : *Jimmy the Tiger,* je lançai ce rythme que le clown Bebra battait au cirque sur des bouteilles d'eau de Seltz vides ; mais les gars devant la tribune ne pigeaient pas le charleston. Ce n'était plus la même génération. Ils n'avaient naturellement pas la moindre idée du charleston et de *Jimmy the Tiger.* Ils tapaient — ô bon ami Bebra — comme sur un sac de haricots, ils sonnaient Sodome et

Gomorrhe. Les fifres pensèrent : et que ça saute ! Alors le chef de fanfare vitupéra Dupont et Durand. Mais quand même, les gars de la fanfare et de la clique tambourinaient, fifraient et trompettaient le diable et son train ; Jimmy était aux anges, lui, au plus fort de ce mois d'août-tigre, et les compatriotes et chers concitoyens qui se bousculaient par milliers devant la tribune comprirent enfin : c'est Jimmy the Tiger qui appelle le peuple au charleston !

Et quiconque sur la prairic de Mai ne dansait pas encore s'adjugea, devant qu'il fût trop tard, les dernières dames qu'on pouvait encore avoir. Seul Löbsack dut danser avec sa bosse, parce que tout ce qui autour de lui portait une jupe était déjà en main, tandis que les dames de l'Organisation féminine, là-bas, qui auraient pu venir à son secours, glissaient loin de Löbsack solitaire sur les durs bancs de la tribune. Mais lui — une idée qui lui venait de sa bosse —, il voulait faire bonne contenance contre la méchante musique de Jimmy et sauver ce qui pouvait être sauvé encore.

Mais il n'y avait plus rien à sauver. Le public s'en allait dansant, quittait la prairie de Mai visiblement piétinée certes, mais encore verte, et vide. Aux accents de *Jimmy the Tiger*, le peuple se perdait dans les vastes jardins du parc Steffens. Là-bas s'offrait la jungle promise par Jimmy, des tigres y marchaient sur des pattes de velours, c'était un ersatz de forêt vierge pour le peuple qui se pressait encore sur la prairie. La Loi s'en allait par la flûte et le goût de l'Ordre par le tambour. Ceux qui préféraient la Culture pouvaient, sur les larges promenades soignées de l'avenue Hindenburg, plantées une première fois au XVIIIe siècle, déboisées en dix-huit cent sept lors du siège par les troupes de Napoléon, replantées en dix-huit cent dix en l'honneur de Napoléon, pouvaient donc sur un sol historique, les danseurs pouvaient danser ma musique dans l'avenue Hindenburg ; parce qu'on n'avait pas coupé le microphone au-dessus de moi, parce qu'on m'entendait jusqu'à la porte d'Oliva, parce que je ne lâchai pas prise, que les braves gars au pied de la tribune n'eussent avec le tigre de Jimmy fait évacuer la prairie de Mai où ne restaient que les pâquerettes.

Même lorsque j'accordai à mon instrument un repos depuis

longtemps mérité, les jeunes tambours n'en voulurent point finir. Il fallut quelque temps pour que mon influence musicale cessât de se faire sentir.

Il reste encore à dire qu'Oscar ne put pas quitter aussitôt l'intérieur de la tribune, car des délégations de SA et de SS battirent de leurs bottes les planches une heure et plus, à se faire des accrocs dans leurs tissus brun et noir ; ils semblaient chercher quelque chose dans le bâti de la tribune : un socialiste peut-être ou un commando de harcèlement de la Commune. Sans vouloir énumérer les feintes et les stratagèmes d'Oscar, constatons brièvement : ils ne trouvèrent pas Oscar, parce qu'ils n'étaient pas à la hauteur d'Oscar.

Enfin le calme régna dans le labyrinthe de bois qui avait à peu près les dimensions de la baleine où Jonas séjourna et prit un goût d'huile de poisson. Non, non, Oscar n'était pas un prophète, il souffrait de la faim. Il n'y avait pas là de Seigneur qui lui dît : « Lève-toi et va dans la grande ville de Ninive et prêche contre elle ! » A moi non plus le Seigneur n'avait pas besoin de faire pousser un ricin qu'après coup un ver devait détruire par commandement du Seigneur. Je ne déplorais ni ce ricin biblique ni la ville de Ninive, même si elle s'appelait Danzig. Mon tambour, qui n'était pas biblique, trouva place sous mon pull-over, car j'avais suffisamment à faire de ma personne pour ressortir, sans me cogner ou me déchirer à des clous, des entrailles d'une tribune pour manifestations en tout genre qui n'avait que fortuitement les proportions d'une baleine prophétophage.

Qui prit seulement garde au petit garçon qui, sifflotant, de l'allure réduite convenable à ses trois ans, trottinait au bord de la prairie de Mai en direction de la halle des Sports ? Derrière les courts de tennis, mes gaillards du pied de la tribune sautillaient, portant à bras tendus leurs tambours de lansquenets, tambours plats, fifres et trompettes. Ils faisaient la pelote, constatai-je, et je ne les plaignis que médiocrement tandis qu'ils sautillaient selon le sifflet de leur chef. A l'écart de son état-major en tas, Löbsack faisait les cent pas avec sa bosse. Aux extrémités de la piste qu'il s'était tracée, il était arrivé, en faisant demi-tour sur ses talons de bottes, à extirper toute l'herbe et les pâquerettes.

Quand Oscar rentra à la maison, le déjeuner était déjà sur la table : hamburger steak et pommes vapeur, chou rouge et, comme dessert, pudding au chocolat à la crème vanille. Matzerath ne dit pas un mot. La maman d'Oscar, pendant le repas, avait la tête ailleurs. En revanche l'après-midi, il y eut dispute en famille sur le thème jalousie et poste polonaise. Vers le soir, un orage rafraîchissant avec précipitations et superbe solo de tambour par la grêle donna une assez longue représentation. L'instrument épuisé d'Oscar put se reposer et écouter.

Devantures

Assez longtemps, exactement jusqu'en novembre trente-huit j'ai, embusqué avec mon tambour sous des tribunes, avec plus ou moins de succès, dispersé des manifestations, fait bégayer des orateurs, tourné des marches et des chœurs en valses et en fox-trot.

Aujourd'hui, malade à titre privé dans un établissement ad hoc, alors que tout cela est déjà devenu historique et qu'on le rabâche avec ardeur certes, mais à froid, j'ai pris le recul nécessaire pour apprécier mon activité de tambour. Rien n'est plus éloigné de mes intentions que de voir en moi un résistant : c'est peu de chose que six ou sept manifestations démolies, trois ou quatre rassemblements ou défilés à qui le tambour a fait perdre le pas cadencé. Le mot de résistant est devenu très à la mode. On parle d'esprit de la résistance, de milieux résistants. Il paraît même que la résistance peut se prendre par voie interne ! On appelle ça émigration intérieure. Sans parler de ces hommes d'honneur aux fermes convictions qui pendant la guerre, pour avoir négligemment obscurci les fenêtres de leur chambre à coucher, se virent coller une amende et s'appellent maintenant résistants, hommes de la résistance.

Jetons encore un coup d'œil sous les tribunes d'Oscar. Est-ce qu'Oscar leur a joué du tambour, à ceux-là ? A-t-il, suivant le conseil de son maître Bebra, pris les rênes de l'action et fait danser le peuple devant la tribune ? A-t-il, un dimanche de plat unique du mois d'août trente-cinq, pour la première fois, et plus tard encore quelquefois, pulvérisé des manifestations brunâtres à l'aide d'un tambour qui, pour être rouge et blanc, n'en était pas pour autant polonais ?

J'ai fait tout cela, vous devez bien l'admettre. Suis-je, moi, le pensionnaire d'un établissement psychiatrique, un résistant pour si peu ? A cette question je dois répondre non et je vous prie, vous qui n'êtes pas internés, de ne voir en moi rien d'autre qu'un homme un peu à part qui, pour des raisons privées, esthétiques de surcroît, prenant à cœur aussi les doctrines de son maître Bebra, rejetait la couleur et la coupe des uniformes, la cadence et la force de la musique en usage sur les tribunes, et qui pour cette raison ramassait un peu de protestation sur un tambour d'enfant.

En ce temps-là, on pouvait encore se faire entendre des gens, sur et devant des tribunes, avec un misérable tambour en fer peint, et je dois avouer que je poussais mon truquage, de même que le vitricide à distance, jusqu'à la perfection. Je ne tambourinais pas seulement contre les réunions brunes. Oscar était sous la tribune des rouges et des noirs, des scouts et des chemises vert épinard des PX, des Témoins de Jéhovah et de la Ligue Barberousse, des Végétariens et des Jeunes Polonais du Mouvement Ozone. Ils pouvaient bien chanter, sonner, prier ou promulguer ce qu'ils voulaient : mon tambour avait le dernier mot.

Donc mon œuvre était de destruction. Et ce dont je ne venais pas à bout avec mon tambour, je le tuais par ma voix. Ainsi, parallèlement aux entreprises lancées en plein jour contre la symétrie des tribunes, je débutai dans l'activité nocturne : pendant l'hiver trente-six-trente-sept je jouai le tentateur.

Les premières instructions dans l'art de tenter mes contemporains me furent données par ma grand-mère Koljaiczek qui, au cours de ce rude hiver, ouvrit un stand sur le marché hebdomadaire de Langfuhr. C'est-à-dire qu'assise à croupetons dans ses quatre jupes derrière un banc du marché, elle offrait d'une voix plaintive « les œufs frais, le beurre jaune d'or et les oisons, pas trop gras pas trop maigres ! » pour les jours de fête.

Chaque mardi était jour de marché. Elle venait par le tacot de Viereck, ôtait juste avant Langfuhr les pantoufles de feutre qu'elle avait mises pour le voyage, enfilait ses pieds dans d'informes galoches ; elle s'accrochait aux coudes les anses de ses deux paniers et gagnait l'emplacement marqué au nom de Koljaiczek, Bissau. En ce temps-là, que les œufs étaient bon marché ! On en avait une douzaine un quart pour un florin, et le beurre kachoube coûtait moins cher que la margarine. Ma grand-mère était à croupetons entre deux poissonnières qui criaient « A qui mon maquereau ? » et « D'mandez l'cabillau ! ». La gelée faisait du beurre une pierre, tenait les œufs frais, affûtait les écailles de poisson en lames de rasoir extra-fines et donnait travail et salaire à un homme qui s'appelait Schwerdtfeger, était borgne, chauffait des briques sur un brasero à charbon de bois et les livrait, emballées de papier journal, aux bonnes femmes du marché.

Ma grand-mère, d'heure en heure, avec ponctualité, se faisait mettre par Schwerdtfeger une brique chaude sous ses quatre jupes. Schwerdtfeger opérait avec une pelle plate en fer. Il glissait sous les tissus à peine soulevés un petit paquet fumant ; un geste pour vider la pelle, une poussée pour recharger et la pelle de fer de Schwerdtfeger ressortait de sous les jupes de ma grand-mère avec une brique presque refroidie.

Comme j'ai envié ces briques, accumulateurs de chaleur et de radiations, dans leur papier journal ! Encore aujourd'hui je souhaiterais demeurer comme une de ces briques sous les jupes de ma grand-mère, sans cesse échangé contre moi-même. Vous demanderez : Que cherche Oscar sous les jupes de sa grand-mère ? Veut-il imiter son grand-père Koljaiczek et abuser de la vieille femme ? Cherche-t-il l'oubli, le pays natal, le nirvâna final ?

Oscar répond : c'était l'Afrique que je cherchais sous les jupes, ou du moins Naples, qu'il faut comme chacun sait avoir vu. Là se rencontraient les fleuves, était la ligne de partage des eaux ; là soufflaient des vents particuliers, là aussi ce pouvait être le calme plat ; là bruissait la pluie, mais on y était au sec ; là des navires lançaient leurs amarres ou levaient l'ancre ; là Oscar était assis, à côté de lui le Bon Dieu, qui a toujours bien aimé avoir chaud ; là le Diable astiquait sa longue-vue, là des angelots jouaient à colin-maillard ; sous les jupes de ma grand-mère, c'était un éternel été, même quand Noël allumait ses bougies, même quand je cherchais des œufs de Pâques ou célébrais la Toussaint. Nulle part je ne pouvais plus paisiblement régler ma vie sur le calendrier que sous les jupes de ma grand-mère.

Mais elle ne me laissait pas loger chez elle sur le marché hebdomadaire ni autrement. J'étais assis à côté d'elle sur la petite caisse ; son bras me fournissait un succédané de chaleur ; je regardais les briques aller et venir et me laissais enseigner par ma grand-mère le truc de la tentation. Elle jetait le vieux porte-monnaie de Vincent Bronski au bout d'une ficelle sur la neige tassée du trottoir, à ce point souillé par les marchands de sable épandeurs que seuls ma grand-mère et moi voyions la ficelle.

Des ménagères allaient et venaient, ne voulaient rien acheter bien que tout fût à vil prix. Elles l'auraient voulu pour rien ou avec un petit quelque chose en plus, car une dame se penchait vers le porte-monnaie de rebut de Vincent Bronski, elle avait déjà les doigts sur le cuir. Alors ma grand-mère ramenait la ligne avec la chère madame un peu embarrassée au bout, attirait vers sa caisse le poisson bien habillé et restait tout à fait aimable : « Eh ben, ma p'tite dame, un peu de beurre s'il vous plaît, bien jaune, ou bien des œufs, la douzaine un quart pour un florin ? »

De cette façon Anne Koljaiczek vendait ses produits naturels. Mais je comprenais la magie de la tentation. Pas de cette tentation qui attirait les galopins dans la cave avec Susi Kater, pour y jouer au médecin et au malade. Cela ne me tentait pas, je l'évitais. Depuis que les mômes de notre immeuble, Axel Mischke et Nuchi Eyke en donneurs de sérum, Susi Kater en doctoresse, avaient fait de moi leur patient, que j'avais dû avaler leurs médicaments qui n'étaient pas aussi sableux que la soupe à la brique pilée, mais avaient un arrière-goût de mauvais poisson, ma tentation restait littéralement incorporelle et tenait les partenaires à distance.

Longtemps après la tombée de la nuit, une heure ou deux

après la fermeture des boutiques, je filais entre les doigts de maman et de Matzerath. Je m'embusquais dans la nuit d'hiver. Dans de silencieuses rues presque désertes, caché dans les niches abritées du vent que formaient les entrées de maisons, j'observais les devantures d'en face : comestibles fins, merceries, tous les magasins qui offraient à la vue des chaussures, des robes, des bijoux, bref toutes choses faciles à saisir, désirables. Tous les étalages n'étaient pas éclairés. Je préférais même les magasins qui offraient leurs denrées loin des becs de gaz, dans une demi-obscurité, parce que la lumière attire tout le monde, jusqu'aux gens les plus communs, tandis que la demi-obscurité au contraire induit à s'attarder les êtres seuls.

Peu m'importaient les gens qui tout en flânant jetaient un regard vers des devantures criardes, sur les étiquettes plutôt que sur la marchandise, les gens qui s'assurent dans le reflet des vitres que leur chapeau n'est pas de travers. Les clients que j'attendais par froid sec, dans l'air calme, derrière une tourmente de neige à gros flocons, au milieu d'une épaisse neige tombant en silence, ou bien sous une lune, ces clients-là s'arrêtaient devant les étalages comme sur un commandement, ne cherchaient pas longtemps dans les rayons, mais fixaient leur regard au bout d'un instant seulement, ou tout de suite, sur un seul des objets exposés.

Mon plan était d'un chasseur. Il y fallait de la patience, du sang-froid, un coup d'œil libre et sûr. Quand toutes ces conditions étaient réunies, alors seulement, c'était à ma voix d'abattre le gibier sans effusion de sang et sans douleur, d'induire, mais à quoi ?

Au larcin : car, de mon cri le plus inaudible, je découpais dans les vitrines, juste à la hauteur des étalages du bas et, si possible, en face de la pièce désirée, des évidements circulaires. Je poussais d'une ultime élévation de voix le panneau découpé à l'intérieur, si bien qu'un tintement vite étouffé, qui cependant ne ressemblait pas à celui du verre brisé, se faisait entendre — pas jusqu'à moi. Oscar était trop loin. Mais cette jeune femme au col en peau de lapin sur le manteau d'hiver sûrement retourné une fois déjà, quand elle entendait le crac de la découpure circulaire, sursautait jusqu'au col, voulait s'en aller à travers la neige, mais restait. Peut-être parce qu'il neigeait, aussi parce que tout est permis quand la neige tombe, même si elle ne tombe pas tellement épais. Pourtant elle regardait autour d'elle et suspectait les flocons ; comme si derrière les flocons il n'y avait pas d'autres flocons ! Elle regardait encore autour d'elle que déjà sa main droite sortait du manchon garni aussi en peau de lapin. Et ne regardait plus autour d'elle, mais plongeait la main dans la lucarne ronde, repoussait d'abord de côté le verre cassé qui avait basculé sur l'objet convoité, tirait d'abord un des escarpins noirs mats, puis le gauche, sans abîmer les talons, sans se blesser la main aux arêtes vives. Les chaussures disparaissaient à gauche et à droite dans les poches du manteau. Un instant, le temps de cinq flocons, Oscar voyait un joli profil sans intérêt, se disait : Voici une modiste des grands magasins Sternfeld, sortie par hasard. Puis elle se fondait dans la neige tombante, redevenait encore une fois distincte sous la lumière jaune du prochain bec de gaz et, une fois sortie du cône lumineux — jeune mariée ou modiste émancipée —, disparaissait.

Mon travail accompli — et attendre, guetter, ne pas jouer du tambour (impossible !) et finalement pousser la note et dégeler un verre glacial, c'était un rude travail —, il ne me restait plus, comme la voleuse, mais sans butin, qu'à rentrer à la maison, le cœur à la fois allumé et refroidi.

Je ne réussissais pas toujours, comme dans le cas type décrit ci-dessus, à pousser l'art de la séduction jusqu'à un succès aussi probant. Mon ambition visait à rendre voleurs un couple d'amoureux. Ou bien les deux ne voulaient pas, ou bien il tendait déjà la main, mais elle la lui tirait en arrière ; ou bien elle était assez hardie, et il se mettait à genoux et l'implorait jusqu'à ce qu'elle obéît et désormais le méprisât. Une fois, un soir de précipitations neigeuses, devant un magasin de parfumerie, je séduisis un couple d'amoureux qui faisait particulièrement jeune. Il jouait les héros et vola de l'eau de Cologne. Elle se lamentait et déclarait vouloir renoncer à toutes les odeurs suaves. Mais lui voulait du parfum et imposa sa volonté, du moins jusqu'au plus proche bec de gaz. Mais arrivée là, de façon étonnamment démonstrative, comme si elle voulait me vexer, la jeune personne l'embrassa en se dressant sur la pointe des pieds, jusqu'à ce qu'il reprît ses traces à l'envers et restituât l'eau de Cologne à la devanture.

Je connus semblable disgrâce maintes fois avec des messieurs d'un certain âge dont j'attendais plus que n'en promettait leur pas ferme dans la nuit. Ils s'arrêtaient dévotement devant un magasin de cigares, leurs pensées folâtraient à La Havane, au Brésil ou aux îles Brissago. Mais quand ma voix exécutait son découpage sur mesure, faisait enfin se rabattre le hublot sur une caissette de « Sagesse noire », un canif se refermait brusquement dans ces messieurs. Alors ils faisaient demi-tour, travcr saient la rue en ramant de leur canne, passaient en flèche devant mon entrée de maison, devant moi sans me remarquer et permettaient à Oscar de sourire en voyant leurs visages de vieux messieurs, égarés et comme secoués par le Diable. Mais audit sourire se mêlait une once de souci, car ces messieurs, des vétérans du cigare pour la plupart, avaient des sueurs froides et chaudes, ce qui les exposait, surtout par changement de temps, au danger d'un refroidissement.

Cet hiver-là, les sociétés d'assurances ont dû payer des indemnités considérables aux boutiques de notre faubourg qui en général étaient assurées contre le vol. Bien que je ne permisse jamais des vols massifs, car je limitais intentionnellement mes découpages à une mesure telle qu'un ou deux objets seulement pussent être détournés des étalages, les affaires qualifiées effractions s'accumulèrent cependant au point que la police criminelle ne connut plus de repos. Ce qui n'empêcha pas la presse de la qualifier de police incapable. De novembre trente-six à mars trente-sept, quand le colonel Koc forma un gouvernement de front national à Varsovie, on dénombra soixante-quatre tentatives et vingt-huit effractions du même genre. Certes, les fonctionnaires de la police criminelle purent reprendre leur proie à une partie de ces vieilles dames, saute-ruisseaux, bonniches et instituteurs en retraite dont aucun n'était voleur par passion. Ou bien il venait à ces voleurs à l'étalage amateurs, dès le lendemain, après que l'objet de leurs désirs leur eut coûté une nuit d'insomnie, l'idée d'aller à la police et de dire : « Ah ! je vous demande pardon. Ça ne se reproduira plus. Tout à coup, il y avait un trou dans la vitre et, quand je me fus à moitié remis de ma frayeur et que la vitrine ouverte était déjà trois pâtés de maison derrière moi, il me fallut remarquer que je logeais, de façon illégale, dans la poche gauche de mon manteau une paire de superbes gants d'homme, certainement chers, sinon hors de prix, en cuir fin. »

Comme la police ne croit pas aux miracles, tous ceux qui se faisaient prendre en flagrant délit, tous ceux qui se présentaient spontanément à la police devaient tirer des peines de prison entre quatre semaines et deux mois.

De temps à autre, j'étais moi-même aux arrêts, car maman soupçonnait naturellement, bien qu'en toute prudence elle ne se l'avouât pas ni à la police, que ma voix vitricide était pour quelque chose dans ce jeu délictueux.

Vis-à-vis de Matzerath qui voulait se donner une allure marquée d'honorabilité, je me refusais à toute déclaration et me retranchais avec une adresse toujours croissante derrière mon tambour et la permanente grandeur de l'enfant demeuré. Après ce genre d'interrogatoires, maman s'écriait : « C'est la faute du Lilliputien qui a baisé Oscar au front. Je savais bien ce que ça voulait dire, car auparavant Oscar n'était pas du tout comme ça. »

J'admets que M. Bebra ait exercé sur moi une légère et durable influence. Même les arrêts de rigueur ne pouvaient m'empêcher d'obtenir un congé — non autorisé certes — d'une heure qui me permettait de faire à une mercerie le trou circulaire de sinistre mémoire et de rendre un jeune homme plein d'espérances, lequel trouvait du charme à l'étalage, possesseur d'une cravate en vraie soie d'un rouge vineux.

Si vous me demandez : Etait-ce le Mal qui commandait à Oscar de majorer, par un accès à la mesure de la main, la tentation déjà forte qui rayonne d'une vitrine bien astiquée ? Je dois répondre : C'était le Mal. D'abord, du seul fait que j'étais caché dans de sombres entrées d'immeubles. Car une entrée d'immeuble, comme on doit le savoir, est la cachette préférée du Mal. Ensuite, sans vouloir minimiser le côté malfaisant de mes tentations, je dois, aujourd'hui que je n'en ai plus l'occasion et n'en éprouve plus le goût, me dire à moi-même ainsi qu'à mon infirmier Bruno : Oscar, non seulement tu as comblé les vœux petits et moyens de tous ces promeneurs hivernaux paisiblement braqués sur les objets de leur désir, mais tu as aidé aussi à se connaître eux-mêmes les gens qui passent devant les étalages. Mainte dame d'une sobre et véritable élégance, maint brave oncle, mainte demoiselle âgée tenue au frais par la religion, n'auraient jamais connu leur nature si ta voix ne les avait pas induits au vol, si elle n'avait pas de surcroît métamorphosé des citoyens qui, auparavant, voyaient dans le moindre petit pickpocket maladroit une condamnable et dangereuse crapule.

Je l'épiai soir après soir ; à trois reprises il me refusa de voler, puis il mordit à l'hameçon et devint un voleur à jamais ignoré de la police. Qui ? Le Dr Erwin Scholtis, voyons, procureur et accusateur public redouté de la cour d'assises, devenu un juriste éminent, indulgent, presque humain dans ses sentences, parce qu'il m'offrit, à moi le demi-dieu des voleurs, un sacrifice en volant un blaireau en authentique poil de blaireau.

En janvier trente-sept je fis, longuement et transi, le pied de grue en face d'une joaillerie qui, en dépit de sa situation tranquille dans une avenue de faubourg régulièrement plantée d'érables, avait une bonne réputation et un nom. Devant la vitrine aux bijoux et aux montres, maint gibier se montra que j'aurais tiré sur-le-champ et sans scrupules devant d'autres étalages, devant des chapeaux taupés, des bas, des bouteilles de liqueurs.

Cela tient aux bijoux : on devient exigeant, lent à réagir, on s'adapte aux fluctuations de chances infimes, on ne mesure plus le temps en minutes, mais en années de perles ; on part du principe que la perle survit au cou, que le poignet maigrit, non le bracelet, qu'on a trouvé dans des sépultures des bagues que le doigt n'avait pu égaler en durée ; bref, on déclare l'un des lèche-vitrines trop parvenu, trop mesquin l'autre, pour le ceindre dé bijoux.

La devanture du joaillier Bansemer n'était pas surchargée. Quelques montres de choix, qualité suisse, un assortiment d'alliances sur un velours bleu clair et, au milieu, peut-être six ou sept pièces hors classe : un serpent trois fois recourbé d'or multicolore dont la tête finement ciselée était ornée d'une topaze, de deux brillants et de deux saphirs en guise d'yeux, ce qui lui donnait toute sa valeur. Je n'aime pas le velours noir, mais ce fond convenait au serpent du joaillier Bansemer ; de même le velours gris qui distillait un calme pétillant sous des argenteries furieusement simples, frappantes par leurs formes harmonieuses. Une bague portait enchâssée une gemme si jolie qu'elle eût fait pâlir, cela se voyait, les mains de femmes également jolies, qu'elle serait devenue elle-même toujours plus jolie et aurait atteint à ce degré d'immortalité auquel accèdent les seuls bijoux. Des chaînettes qu'on n'aurait pas mises à son cou sans en être puni, des chaînes à l'air las, et enfin, sur un coussin de velours blanc reproduisant schématiquement la forme d'une encolure, un collier du genre le plus léger. Fine la structure, une œuvre de fée le sertissage, une trame ajourée. Quelle araignée pouvait avoir sécrété cet or, pour prendre à son réseau six petits rubis et un plus grand ? Et où était l'araignée ? Elle guettait quoi ? Sûrement pas d'autres rubis ; plutôt quelqu'un, une personne à qui les rubis pris au filet sembleraient luire comme du sang moulé, captivant le regard, en d'autres termes : à qui devais-je donner ce collier pour mon plaisir et celui de l'araignée fileuse d'or ?

Le dix-huit janvier trente-sept, sur une neige durcie qui crissait sous les pas, par une nuit qui sentait encore la neige, sentait la neige autant qu'on puisse le souhaiter si on veut tout abandonner à la neige, je vis Jan Bronski traverser la rue à droite en amont de mon poste de guet, passer devant le magasin de joaillerie sans lever les yeux, puis ralentir ou plutôt faire halte comme sur un commandement ; il se tourna, ou bien il fut tourné — et voilà Jan devant la vitrine entre les érables chargés de blanc où courait le silence.

Joli, toujours un peu souffrant, soumis dans sa profession, ambitieux en amour, à la fois bête et transi de beauté, Jan Bronski, Jan qui vivait de la chair de maman, qui, comme je le crois et hésite à le croire encore aujourd'hui, m'engendra au nom de Matzerath, Jan était là dans son élégant pardessus d'hiver taillé comme par un tailleur de Varsovie. Il devenait un monument de lui-même ; pétrifié, symbolique, il m'apparut devant la vitre, comme Perceval qui était debout dans la neige et voyait du sang dans la neige, le regard fixé sur les rubis du collier d'or.

J'aurais pu le retenir d'un appel, d'un battement de mon tambour. En effet, j'avais sur moi mon tambour. Je le sentais sous le manteau. Je n'aurais eu qu'à défaire un bouton et il aurait surgi dans l'air glacial. Mes mains étaient aux poches de mon manteau, et j'avais les baguettes prêtes. Saint Hubert le chasseur ne tira pas non plus quand il eut le cerf tout particulier dans sa ligne de tir. Saül devint Paul. Attila fit demi-tour quand le pape Léon leva le doigt qui portait l'anneau. Moi, je tirai, ne devins pas autre, restai chasseur, restai Oscar, visai au but, ne me déboutonnai pas, n'exposai pas le tambour à l'air glacial, ne croisai pas les baguettes sur la tôle d'une blancheur hivernale, ne fis pas de la nuit de janvier une nuit à tambours, mais je criai sans bruit, criai comme crie peut-être une étoile, ou un poisson tout au fond de l'eau. Je criai d'abord au froid qu'une neige fraîche pouvait enfin tomber, puis je lançai mon cri dans le verre séparant deux mondes ; dans le vierge, mystique et beau verre à vitrine mis entre Jan Bronski et le collier de rubis, mon cri fraya une entrée à la taille du gant de Jan, laquelle m'était connue, fit basculer le verre comme une trappe pareille à la porte du Ciel et à celle de l'Enfer : et Jan ne frémit pas. Sa main gantée de peau fine émergea de la poche du manteau et entra dans le Ciel, le gant quitta l'Enfer, ôta du Ciel ou de l'Enfer un collier dont les rubis auraient convenu à tous les anges, même déchus — et son geste plein de rubis et d'or retrouva sa poche. Il était toujours là, debout devant la vitrine, bien que ce fût périlleux, bien qu'il n'y eût plus de rubis saignants pour imposer à son regard ou à celui de Perceval une immuable direction.

O Père, Fils et Saint-Esprit ! Quelque chose devait arriver en esprit, rien ne devait arriver à Jan, le père. Oscar, le fils, déboutonna son manteau, happa les baguettes et appela sur la tôle : papa, papa ! Et Jan Bronski pivota lentement, beaucoup trop lentement il traversa la rue et me trouva, moi Oscar, dans l'entrée de l'immeuble.

Bel instant quand Jan, qui me regardait toujours sans expression, mais dans un état proche du dégel, se mit à neiger.

Une main, pas celle du gant qui avait touché les rubis, me fut tendue et me conduisit, en silence mais sans embarras, à la maison où maman s'inquiétait de moi. Matzerath, à sa façon, avec l'accent de la sévérité, mais sans se prendre très au sérieux, menaça de parler à la police. Jan ne donna pas d'explication, ne resta guère, ne voulut pas jouer au skat auquel Matzerath l'invitait en mettant sur la table des bouteilles de bière. Quand il partit, il caressa Oscar, et ce dernier ne sut pas s'il lui demandait un silence complice ou son amitié.

Peu après, Jan Bronski donna le collier à maman. Elle l'a porté seulement pour quelques heures, quand Matzerath était absent ; elle savait sûrement l'origine de cette parure, elle la portait pour elle toute seule ou pour Jan Bronski, peut-être aussi pour moi.

Peu après la guerre, je l'ai échangée au marché noir, à Düsseldorf, contre quinze cartouches de cigarettes américaines Lucky Strike et une serviette de cuir.

Faut pas s'étonner

Aujourd'hui, dans mon lit de la maison de santé, je regrette cette force impétueuse dont je disposais jadis, qui dégelait à travers le froid et la nuit des fleurs de givre, ouvrait les vitrines et prenait le voleur par la main. Comme j'aimerais, par exemple, dévitrer le judas situé au tiers supérieur de la porte de ma chambre, afin que Bruno, mon infirmier, puisse m'observer plus directement.

Comme je souffrais, l'année qui précéda mon internement dans cette clinique, de l'impuissance de ma voix ! Quand sur la rue nocturne je décuplais le cri, escomptant le succès, et cependant n'avais aucun succès, il pouvait arriver que, moi qui ai la violence en horreur, je prisse un caillou pour viser une fenêtre de cuisine dans un faubourg misérable de Düsseldorf. Je donnais ce spectacle surtout à Vittlar, le décorateur. Quand, après minuit, je le reconnaissais, à demi masqué en haut par un rideau, à ses chaussettes de laine rouge et verte derrière la glace d'un magasin de mode masculine de la Königsallee, ou d'une parfumerie proche de l'ancienne salle de concert, j'aurais bien aimé tuer la glace pour cet homme qui est mon apôtre ou pourrait l'être, parce que je ne sais toujours pas si je dois l'appeler Judas ou Jean.

Vittlar est noble et se prénomme Gottfried. Quand, après avoir honteusement échoué dans ma tentative vocale, j'attirais son attention en tambourinant discrètement à la glace intacte, quand il sortait dans la rue pour un petit quart d'heure, causait avec moi et débinait ses trucs de décorateur, je devais l'appeler Gottfried, parce que ma voix ne produisait plus ce prodige qui m'aurait permis de le nommer Jean ou Judas.

Le chant exécuté devant la joaillerie, lequel avait fait de Jan Bronski un voleur et de ma mère la détentrice d'un collier de rubis, devait mettre un terme provisoire à mes vocalises devant les étalages désirables. Maman devint pieuse. Pourquoi ? La fréquentation de Jan Bronski, le collier volé, la douce fatigue d'une vie féminine adultère la rendirent pieuse et assoiffée de sacrements. Comme il est aisé d'organiser le péché ! Le jeudi on se rencontrait en ville, on laissait le petit Oscar chez Markus, on prenait quelque exercice et on trouvait le plus souvent quelque satisfaction dans la ruelle des Menuisiers, on se réconfortait ensuite au café Weizke en y prenant moka et gâteaux, on allait chercher le gamin chez le Juif, on se laissait charger par lui de quelques compliments et d'un petit paquet de soie à coudre donné presque pour rien, on trouvait le tamway 5, on goûtait avec un sourire et la tête ailleurs le parcours porte d'Oliva-avenue Hindenburg. On apercevait à peine cette prairie de Mai, à côté de la halle des Sports, où Matzerath passait les dimanches matin, on s'accommodait du virage autour de la halle des Sports — comme cette bâtisse pouvait être laide, quand on avait une belle aventure juste derrière soi —, encore un virage à gauche et, derrière les arbres poussiéreux, c'était le Conradinum avec ses lycéens à casquettes rouges. Ç'aurait été joli si le petit Oscar avait porté aussi une seyante casquette rouge marquée d'un C ; il aurait eu douze ans et demi, il serait en quatrième, il attaquerait le latin ; il se comporterait comme un vrai studieux petit élève du Conradinum, un peu insolent et difficile.

Derrière le passage inférieur du chemin de fer, direction colonie du Reich et école Hélène-Lang, les pensées de Mme Agnès Matzerath se perdaient ; elle oubliait le Conradinum, les possibilités abolies de son fils Oscar. Encore un virage à gauche, devant l'église du Christ au clocher bulbeux, et on descendait de la voiture place Max-Halbe, devant les cafés Kaiser. On jetait encore un coup d'œil à la devanture du concurrent et on remontait péniblement le Labesweg comme un chemin de croix : la mauvaise humeur commençante, l'enfant anormal que l'on conduit par la main, la mauvaise conscience et l'envie de recommencer. Restée sur la faim et écœurée, pétrie d'aversion et d'affection bonasse pour Matzerath, maman avec moi, mon tambour neuf et le petit paquet de soie à coudre à demi donné pour rien, remontait lourdement le Labesweg vers la boutique, les flocons d'avoine, le pétrole à côté du tonnelet de harengs, la levure du Dr Oetker, les malagas, les corinthes, les amandes et les épices à pudding, Persil reste Persil, Urbin les fromages, Maggi la soupe et Knorr les potages, la chicorée Kathreiner et le café Haag décaféiné, Vitello et Palmine margarines, Kühne le roi des vinaigres et la macédoine des quatre fruits. Maman me ramenait à ces deux attrape-mouches emmiellés ténorisant sur deux notes différentes, suspendus au-dessus de notre comptoir et qu'il fallait changer tous les deux jours en été ; tandis que maman chaque samedi, l'âme pareillement emmiellée hiver comme été, se prenait à des péchés bourdonnant en haut et en bas de la gamme, allait à l'église du Sacré-Cœur et se confessait au doyen Wiehnke.

De même que maman le jeudi m'emmenait en ville et me rendait pour ainsi dire complice, elle me conduisait le samedi, par le portail, sur les fraîches dalles catholiques, non sans me bourrer d'abord le tambour sous le pull-over ou le petit manteau ; car sans tambour il n'y avait rien à tirer de moi et, sans ma tôle sur le ventre, je n'aurais jamais fait le signe de croix catholique, front, poitrine et épaules, je n'aurais jamais fléchi le genou comme pour enfiler des souliers et ne serais jamais resté tranquille sur le bois des bancs d'église, à laisser lentement sécher l'eau bénite sur la racine de mon nez.

Je me rappelle l'église du Sacré-Cœur depuis mon baptême : il y avait eu des difficultés à propos du prénom païen, mais on s'en tint fermement à Oscar, et Jan, en sa qualité de parrain, le confirma de vive voix sous le portail. Puis le doyen Wiehnke me souffla par trois fois au visage, cela devait chasser le Satan qui était en moi ; puis on fit le signe de croix, on imposa les mains, saupoudra de sel et fit encore un effort contre Satan. Dans l'église, halte à nouveau devant la chapelle baptismale elle-même. Je me tins tranquille pendant qu'on me présentait le Credo et le Notre-Père. Puis le doyen Wiehnke jugea bon de dire encore une fois *Vade retro Satanas* et il crut — car j'étais de longue date au courant — ouvrir mes sens en touchant le nez et les oreilles d'Oscar. Puis il voulut en être sûr et l'entendre dire à haute voix ; il demanda : « Renonces-tu à Satan ? A toutes ses œuvres ? A toutes ses pompes ? » Avant que je pusse secouer la tête — car je ne pensais à rien moins qu'à renoncer —, Jan dit trois fois pour mon compte : « Je renonce. »

Sans que cela m'ait brouillé avec Satan, le doyen Wiehnke m'oignit à la poitrine et entre les épaules. Devant les fonts baptismaux encore un coup de Credo, puis pour finir à trois reprises l'eau, le saint chrême sur la peau du crâne, une robe blanche pour y faire des taches, le cierge pour journées sombres, le bonsoir. Matzerath paya, et lorsque Jan me porta devant le portail où le taxi attendait par un temps clair à nuageux, je demandai à Satan qui était en moi : « Tout s'est bien passé ? »

Satan sauta sur un pied et souffla : « As-tu vu les fenêtres de l'église, Oscar ? Tout en verre, tout en verre ! »

L'église du Sacré-Cœur-de-Jésus fut construite au temps de la fondation de Danzig ; c'est pourquoi, quant au style, elle marquait néogothique. Comme on avait employé une brique qui noircit facilement et que le cuivre habillant la flèche avait promptement viré au vert-de-gris traditionnel, les différences entre les églises de brique du gothique ancien et le néo-gothique en brique n'étaient visibles qu'à un œil connaisseur et minutieux. La confession avait lieu de la même façon dans les églises anciennes ou modernes. Exactement comme le doyen Wiehnke, des centaines d'autres doyens, le samedi après la fermeture des bureaux et des commerces, assis dans le confessionnal, présentaient une oreille poilue de sacerdote à un grillage luisant, noirâtre, et les fidèles tentaient, à travers les mailles de métal, d'enfiler dans l'oreille sacerdotale le cordon de leurs péchés où s'alignait, perle par perle, une parure de deux sous.

Tandis que maman, par le canal auditif du doyen Wiehnke, communiquait aux instances suprêmes de l'Eglise qui seule procure le salut, en suivant le manuel, ce qu'elle avait fait et omis de faire, ce qui était arrivé en pensées, en paroles et en actions, je quittais, car je n'avais rien à confesser, le bois d'église que je trouvais trop poli et me mettais debout sur les dalles.

J'admets que le dallage des églises catholiques, que l'odeur d'une église catholique, que le catholicisme tout entier aujourd'hui encore, je ne sais comment, eh bien, me retient comme une fille rousse, bien que je souhaite reteindre les cheveux roux, et que le catholicisme m'inspire des blasphèmes qui révèlent toujours à nouveau que je suis baptisé catholique, pour la frime peut-être, mais irrévocablement. Souvent, lors d'activités archibanales, comme de me laver les dents, voire aux cabinets, je me surprends à ratiociner sur la messe, comme ceci : dans la Sainte Messe, l'effusion du sang du Christ est renouvelée, afin qu'il coule pour ta purification ; c'est le calice de son sang, le vin devient vraiment et véridiquement, chaque fois qu'il est répandu, le sang du Christ, le vrai sang du Christ y est ; par la contemplation du sang du Christ, l'âme est aspergée du sang du Christ ; le sang précieux, lavé par le sang, le sang coule dans l'Eucharistie ; le corporal taché de sang ; la voix du sang du Christ pénètre tous les cieux, le sang du Christ répand une odeur agréable à la face de l'Eternel.

Vous devez accorder que j'ai conservé un certain accent catholique. Jadis, je ne pouvais attendre le tramway sans penser en même temps à la Vierge Marie. Je la nommais pleine de grâce, bienheureuse, bénie, Vierge des vierges, Mère de miséricorde, Toi Bienheureuse, Toi digne de toute vénération, Toi qui as enfanté Celui, douce Mère, Mère virginale, glorieuse Vierge, laisse-moi goûter les délices du nom de Jésus que tu as nourri dans ton sein ; il est véritablement digne et juste, convenable et salutaire, bénie, bénie....

Ce petit mot « béni » temporairement, avant toutes choses, quand maman et moi allions chaque samedi à l'église du Sacré-Cœur, m'avait à ce point confit et intoxiqué que je remerciais Satan d'avoir survécu au baptême et de me fournir un contrepoison qui me permettait de marcher en blasphémateur, mais bien droit, sur les dalles du Sacré-Cœur.

Jésus, dont le nom avait désigné l'église, se montrait dans les sacrements, en plusieurs exemplaires pittoresques dans les petits tableaux multicolores du chemin de croix, mais il était aussi figuré par trois fois plastiquement et cependant en couleurs, dans diverses positions.

Il y avait celui de plâtre peint. Avec ses cheveux longs, il était debout en longue robe bleu de Prusse sur un socle doré et portait des sandales. Il ouvrait son vêtement sur la poitrine et montrait au milieu du thorax, par défi à toute loi naturelle, un cœur rouge tomate, glorifié du nimbe, à l'hémorragie stylisée, afin que l'église pût être dénommée d'après cet organe.

A la première inspection de ce Jésus à cœur ouvert je dus constater avec quelle minutieuse perfection le Sauveur ressemblait à mon parrain, oncle et père présumé Jan Bronski. Ces yeux bleus de mystique, naïvement sûrs d'eux-mêmes ! Cette bouche florissante en cul de poule, toujours prête au baiser ! Cette virile douleur soulignant le sourcil ! Des joues pleines, bien irriguées, qui voulaient être châtiées. Tous deux avaient cette tête à gifles qui induit les femmes aux caresses, et aussi ces mains femelles, lasses, qui, soignées et rebelles au travail, exhibaient leurs stigmates comme les chefs-d'œuvre d'un joaillier travaillant pour des cours princières. J'était tracassé par ces yeux à la Bronski, tracés au pinceau dans le visage de Jésus, et dont l'incompréhension me semblait paternelle. N'avais-je pas le même regard bleu qui ne pouvait qu'enthousiasmer, mais non convaincre ?

Oscar s'éloigna de Jésus pour gagner la nef de droite, vola de la première station du chemin de croix, où Jésus prend la croix, à la septième station, où il tombe pour la deuxième fois, jusqu'au maître-autel au-dessus duquel était accroché le Jésus suivant, également en ronde-bosse. Celui-là cependant tenait les yeux clos par lassitude, ou bien afin de mieux pouvoir se concentrer. L'homme avait de ces muscles ! Cet athlète au modelé de décathlonien me fit oublier aussitôt Bronski-Sacré-Cœur ; chaque fois que maman se confessait au Révérend Wiehnke, je me recueillais dévotement et observais le gymnaste devant le maître-autel. Croyez-moi : je priais ! Mon doux moniteur, lui disais-je, sportif de tous les sportifs, vainqueur à la suspension en croix avec adjuvant de clous réglementaires. Et il n'avait pas un tressaillement ! La lampe perpétuelle tressaillait, mais lui gagnait dans cette discipline avec le maximum de points. Les chronomètres faisaient tic tac. On prenait le temps. Déjà, dans la sacristie, les doigts un peu sales des enfants de chœur astiquaient la médaille d'or qu'il avait méritée. Mais Jésus ne pratiquait pas son sport par goût des récompenses. La foi me venait. Je m'agenouillais comme je pouvais, faisais le signe de croix sur mon tambour et tentais d'établir une relation entre des mots comme béni et sept-douleurs et Jess Owens et Rudolf Harbig, avec l'Olympiade berlinoise de l'année précédente ; je n'y arrivais pas toujours, parce que Jésus n'avait pas été fair play avec les marchands du Temple. Ainsi je le disqualifiais et tournais la tête à gauche, nouant de nouveaux espoirs ; je voyais là-bas la troisième figuration plastique du céleste gymnase qu'abritait l'église du Sacré-Cœur.

« Laisses-moi prier quand je t'aurai vu trois fois », bredouillais-je alors. Mes semelles retrouvaient les dalles, j'utilisais le motif en damier pour gagner l'autel latéral gauche et me disais à chaque pas : il te regarde, les saints te regardent, Pierre qui fut crucifié tête en bas, André qui le fut sur une croix oblique, d'où l'expression croix de Saint-André. De plus, il y a une croix grecque à côté de la croix latine ou croix de la Passion. Sont figurées sur des livres, des images ou des étoffes : des croix recroisées, des croix étayées et des croix graduées. Je voyais croisées en relief des croix pattues, des croix ancrées et des croix tréflées. Belle est la croix désirée, la croix de Malte, interdite la croix gammée, la croix de De Gaulle, la croix de Lorraine ; on nomme dans les tempêtes la croix de Saint-Antoine : *crossing the T.* A une chaînette la croix-pendentif, pas belle la croix des larrons, pontificale la croix du pape, et cette croix russe est appelée aussi croix de Lazare. Et puis il y a la Croix-Rouge. Bleu sans alcool, c'est la croix bleue. La croix jaune est toxique, les croiseurs se coulent, la croisade me convertit, les araignées porte-croix s'entre-dévorent, je te croise aux croisements; expérience cruciale, mots croisés, bien le bonsoir. Je me détournais, laissais derrière moi la croix, et je tournais ainsi le dos au gymnaste sur la croix, au risque de recevoir son pied dans la croix des reins, parce que je m'approchais de la Vierge Marie qui tenait l'Enfant-Jésus sur sa cuisse droite.

Oscar était devant l'autel latéral gauche de la nef gauche. Marie avait l'expression de visage que devait avoir eu la mère d'Oscar, petite vendeuse, à dix-sept ans, dans le quartier de Troyl, quand elle n'avait pas de sous pour aller au cinéma et, que par compensation, elle s'imbibait à regarder les affiches de films où apparaissait Asta Nielsen.

Elle ne se consacrait pas à Jésus, mais considérait l'autre jeune garçon placé contre son genou droit lequel, pour éviter des erreurs, j'appelle tout de suite Jean-Baptiste. Les deux garçons avaient ma taille. Si l'on m'avait demandé de la précision, j'aurais attribué à Jésus deux centimètres de plus, bien que d'après les textes il fût plus jeune que le baptiseur. Le sculpteur s'était amusé à représenter le Sauveur nu et rose. Jean portait, parce que plus tard il alla dans le désert, une toison frisée couleur chocolat qui cachait la moitié de sa poitrine, son ventre et son petit arrosoir.

Oscar à coup sûr aurait mieux aimé s'attarder devant le maître-autel ou bien, sans autre obligation, à côté du confessionnal plutôt qu'à proximité de ces deux jeunes garçons aux visages blasés et qui lui ressemblaient terriblement. Naturellement ils avaient ses yeux bleus et ses cheveux châtains. Il n'aurait plus manqué que le coiffeur-sculpteur ait donné à tous deux la coupe en brosse d'Oscar en supprimant leurs stupides boucles en tire-bouchon.

Je ne veux pas m'attarder trop longtemps sur le jeune Baptiste qui, de son index gauche, montrait l'Enfant-Jésus comme s'il allait se mettre à compter « un, deux, trois, nous irons au bois... ». Sans me commettre dans des jeux de comptines, j'appelle Jésus par son nom et constate : uniovulaire ! Il aurait pu être mon frère jumeau. Il avait ma morphologie, mon petit arrosoir qu'à l'époque j'utilisais seulement comme petit arrosoir. Il dardait sur le monde le bleu cobalt de ses yeux Bronski — mes yeux à moi ! — et reproduisait, ce que je trouvais surtout déplacé, le style de mes gestes.

Mon portrait levait les deux bras, fermait les poings de telle sorte qu'on aurait pu tranquillement y enfiler quelque chose, par exemple mes baguettes de tambour ; et si le sculpteur avait fait ça et lui avait en outre moulé en plâtre sur ses cuisses roses mon tambour rouge et blanc, ç'aurait été moi, le plus réussi des Oscars, qui était assis sur les genoux de la Vierge et rassemblais les ouailles au son de mon tambour. Il y a des choses en ce monde — si saintes qu'elles soient — qu'on ne peut laisser en l'état.

Trois marches, véhicule d'un tapis, menaient à la Vierge drapée d'argent vert, à la toison chocolat de Jean et à l'Enfant-Jésus couleur de jambon cuit. Il y avait là un autel de Marie avec des cierges leucémiques et des fleurs à tous les prix. La Vierge verte, le Jean brun et le Jésus rose portaient collées sur l'occiput des auréoles grandes comme des assiettes. De l'or en feuilles valorisait les assiettes.

S'il n'y avait pas eu les marches devant l'autel, je n'y serais jamais monté. Marches, becs-de-cane et vitrines séduisaient Oscar en ce temps-là et, même aujourd'hui où son lit d'hôpital devrait lui suffire, ils ne le laissent pas indifférent. Il se laissa séduire d'une marche à l'autre et resta cependant sur le même tapis. Quand il fit le tour du petit autel de Marie, les trois personnages furent tout près et permirent à l'extrémité de ses phalanges, par mépris comme par respect, de les tapoter. Le drapé de la Vierge se continuait en méandres jusqu'à la pointe de ses pieds posés sur le banc de nuages. Le tibia discrètement indiqué de la Vierge laissait deviner que le sculpteur avait d'abord mis en place la chair afin de l'inonder après coup de son drapé. Quand Oscar tripota en détail le petit arrosoir de l'Enfant-Jésus, lequel par erreur n'était pas circoncis, qu'il le caressa et appuya discrètement dessus comme s'il voulait le remuer, il éprouva dans son propre petit arrosoir une sensation partiellement agréable, partiellement étourdissante par sa nouveauté ; du coup, il laissa tranquille celui de Jésus, à charge de revanche.

Circoncis ou non, je le laissai en l'état, pris sous mon pull-over le tambour, l'ôtai de mon cou et le passai, en prenant garde de ne pas casser l'auréole, à celui de Jésus. Vu ma taille, cela me coûta bien du mal. Je dus escalader la sculpture afin, juché sur le banc de nuages qui remplaçait le socle, de promouvoir Jésus au rang d'instrumentiste.

Oscar ne fit pas cela lors de sa première visite à l'église depuis son baptême, en l'an trente-six, mais pendant la Semaine Sainte de la même année. Sa mère, pendant tout l'hiver, avait peiné à racheter à confesse sa liaison avec Jan Bronski. Oscar trouva ainsi assez de temps et de samedis pour imaginer son plan, le condamner, le justifier et enfin, rejetant tous plans antérieurs, l'exécuter avec une simplicité rectiligne et l'aide du chemin de croix le lundi de la Semaine Sainte.

Comme maman réclamait le sacrement de confession avant le coup de feu commercial de Pâques, le lundi saint elle me prit par la main, m'emmena par le Labesweg, le coin du Marché Neuf, Elsenstrasse, rue Sainte-Marie, devant chez le boucher Wolgemuth, parc Kleinhammer, me fit tourner à gauche par le passage sous la voie ferrée où sans arrêt gouttait un écœurant suintement jaunâtre, gagner l'église du Sacré-Cœur, entrer en face du talus du chemin de fer.

Nous arrivions tard. Il n'y avait plus que deux vieilles dames et un jeune homme à complexes qui attendaient devant le confessionnal. Tandis que maman pratiquait son examen de conscience — elle feuilletait le manuel comme un registre commercial, en mouillant son pouce, comme si elle était en train de truquer une déclaration fiscale — je glissai hors du banc de chêne et, échappant aux regards du Sacré-Cœur et du gymnaste Jésus, je me rendis à l'autel latéral gauche.

Il fallait aller vite ; je m'y pris sans Introït. Trois marches : *Introïbo ad altare Dei.* Le Dieu qui réjouit ma jeunesse. Oter le tambour de mon cou, étirer le Kyrie sur le banc de nuages, ne pas s'attarder sur l'arrosoir mais, juste avant le Gloria, passer l'instrument sur l'épaule de Jésus — attention à l'auréole, vite en bas du banc de nuages, indulgence, rémission et pardon ; oui mais, avant, placer les baguettes dans les mains adéquates de Jésus ; une, deux, trois marches à descendre, j'élève mes regards vers les cieux, encore un bout de tapis, enfin les dalles et un prie-Dieu pour Oscar, les genoux sur le capitonnage et ses mains de tambourineur jointes devant le visage — *Gloria in excelsis Deo* — et de surveiller, d'un regard rasant les mains, Jésus et son tambour dans l'attente du miracle : jouera-t-il, ou bien ne sait-il pas, ou bien n'a-t-il pas le droit ? jouera, ou bien c'est pas un vrai Jésus. C'est Oscar le vrai Jésus plutôt que celui-là, si celui-là ne joue pas du tambour.

Quand on a envie d'un miracle, il faut savoir attendre ! Eh bien j'attendis, d'abord patiemment, pas assez patiemment peut-être ; car plus je me répétais le texte « Tous les regards t'attendent, O Seigneur » et, comme l'exigeaient les circonstances, mobilisais en place d'yeux mes oreilles, et plus Oscar sur son prie-Dieu était déçu. Certes il donnait au Seigneur toutes ses chances, fermait les yeux afin que ce dernier, ne se sentant pas observé, se résolût à préluder, peut-être non sans quelque maladresse ; mais finalement, après le troisième Credo, après le Père Créateur, visible et invisible, et le Fils né du Père, vrai de vrai, engendré, non créé, un avec lui, par lui, pour nous et pour notre salut il est descendu, a accepté par, pour, est devenu, fut même pour, a souffert sous, enseveli, ressuscité selon, monté au ciel, est assis à la du, restera, et sur les morts, sans fin, je crois en, sera en même temps, a parlé par, crois en l'Eglise une, catholique, sainte, etc.

Non, je l'ai encore dans les narines, le catholicisme. Il ne saurait plus, ou à peine, être question de foi. Même l'odeur, je n'y tenais pas, j'aurais voulu autre chose : je voulais entendre mon tambour, Jésus devais m'en jouer un air, un petit miracle mezzo forte ! Pas besoin de tourner au grondement orageux pour faire accourir le vicaire Rasczela et, traînant péniblement sa graisse vers le miracle, le Révérend Wiehnke ; pas besoin d'envoyer un procès-verbal à l'Evêché d'Oliva puis, avec visa épiscopal, à Rome. Non, je n'avais pas d'ambition, Oscar ne voulait pas être béatifié. Il voulait un petit miracle à usage privé, histoire d'entendre et de voir, histoire d'établir une fois pour toutes si Oscar devait jouer du tambour pour ou contre, histoire de rendre bruyamment manifeste qui des jumeaux uniovulaires aux yeux bleus pourrait à l'avenir se nommer Jésus.

J'étais assis, j'attendais. Entre-temps maman avait dû entrer dans le confessionnal et probablement dépasser le sixième commandement, me dis-je plein de sollicitude. Le vieil homme qui toujours va clopinant par les églises clopinait devant le maître-autel ; il passa devant l'autel latéral gauche, salua la Vierge aux petits garçons, vit peut-être le tambour, mais ne comprit pas. Il continua de traîner ses savates et de vieillir.

Le temps passait, je crois, et Jésus ne jouait pas du tambour. J'entendis des voix venant du chœur. Ça y est, pensai-je inquiet, on va jouer de l'orgue. Ils sont fichus, en répétant pour Pâques, de recouvrir avec leur boucan le premier fla introductif, imperceptible, de l'Enfant-Jésus.

Pas d'orgue. Jésus ne joua pas du tambour. Aucun miracle n'eut lieu. Je me levai du coussin, fis craquer mes genoux, et traînai, écœuré et grognon, le long du tapis, grimpai les marches à contrecœur, omis toutes les prières que je savais, montai sur le nuage de plâtre, fis ce faisant tomber des fleurs dans les prix moyens et voulus reprendre mon tambour à ce nudiste idiot.

Je le dis aujourd'hui et le répéterai toujours : c'était une faute de vouloir l'instruire. Quelle idée me prit de lui ôter d'abord les baguettes, de lui laisser l'instrument, de lui montrer d'abord doucement, puis comme un instituteur impatient, comment on se sert des baguettes, puis de lui remettre en main les baguettes afin qu'il pût prouver, le faux Jésus, qu'Oscar lui avait enseigné quelque chose !

Avant que j'aie pu, sans égard pour l'auréole, ôter au plus opiniâtre des élèves baguettes et instrument, le Révérend Wiehnke était derrière moi — ma batterie avait mesuré l'église en haut et en large — le vicaire Rasczela était derrière moi, maman derrière moi, le vieil homme derrière moi, et le vicaire m'empoigna, et le Révérend m'allongea une taloche, et maman se mit à pleurer, et le Révérend me dit quelque chose à voix basse, et le vicaire fléchit le genou et remonta, ôta les baguettes à Jésus, fléchit à nouveau le genou en tenant les baguettes, et remonta jusqu'au tambour, ôta le tambour à Jésus, plia l'auréole, lui heurta le petit arrosoir, cassa un morceau de nuage et dégringola les marches, génuflexion, génuflexion bis, en sens inverse, ne voulut pas me donner le tambour, ce qui me mit de plus méchante humeur que je n'étais, me contraignit à donner des coups de pied au Révérend, à couvrir de honte ma mère, laquelle avait honte — en plus — de ce que j'eusse rué, mordu, égratigné ; et je m'arrachai au Révérend, au vicaire, au vieil homme et à maman ; je fus aussitôt devant le maître-autel, sentis Satan sautiller en moi et l'entendis comme lors de mon baptême : « Oscar, susurrait Satan, regarde alentour, partout des fenêtres, tout en verre, tout en verre ! »

Et, par-dessus le gymnaste en croix qui n'avait pas un tressaillement, je dédiai mon chant à trois hautes fenêtres de l'abside qui, sur fond bleu, représentaient en rouge, jaune et vert les douze apôtres. Sans viser ni Marc ni Matthieu. Ce fut le pigeon qui était au-dessus d'eux, faisait les pieds au mur et célébrait la Pentecôte, ce fut le Saint-Esprit que j'ajustai ; je me mis à vibrer, mon diamant se battait contre l'oiseau et — fut-ce de mon fait ? — fut-ce par l'intervention du gymnaste qui, parce qu'il n'avait pas un tressaillement, était contre ? Fut-ce là le miracle que nul ne comprit ? Ils me virent trembler et silencieusement lancer le fluide vers l'abside, prirent cela, sauf maman, pour une prière, tandis que moi je voulais de la casse ; mais Oscar eut un raté, son temps n'avait pas encore sonné. Je me laissai choir sur les dalles et versai des pleurs amers parce que Jésus avait manqué son coup, Oscar le sien, que le Révérend et Rasczela me comprenaient à l'envers, rêvaient tout haut de repentir. Seule maman fut à la hauteur. Elle comprit mes larmes, bien qu'elle dût se réjouir qu'il n'y eût pas eu de casse de vitres.

Alors maman me prit sur le bras, demanda au vicaire restitution du tambour et des baguettes, promit au Révérend de réparer les dégâts, reçut de surcroît l'absolution, car j'avais interrompu la confession ; Oscar aussi reçut quelques bribes de bénédiction, mais ça m'était bien égal.

Tandis que maman m'exportait du Sacré-Cœur, je comptais sur mes doigts : aujourd'hui est lundi, demain le mardi de la semaine sainte, mercredi, jeudi saint, et vendredi saint enlevez-le : il ne sait pas même jouer du tambour, ne m'accorde pas de casser les vitres, il me ressemble mais il est en toc, il doit descendre au sépulcre ; tandis que moi je continue, continue à jouer, jouer du tambour ; mais je n'exprimerai plus le désir d'un miracle.

Menu de vendredi saint

Ambigus, ce serait le mot pour qualifier mes sentiments entre le lundi saint et le vendredi saint. D'une part, j'avais une dent contre cet Enfant-Jésus de plâtre qui ne voulait pas jouer du tambour ; d'autre part, je reconnaissais que de la sorte je gardais l'exclusivité du tambour. Si d'un côté ma voix avait fait long feu contre les vitraux, Oscar d'un autre côté conservait, à la vue du verre intact et multicolore, ce reste de foi catholique où il devait encore puiser nombre de blasphèmes désespérés.

Autre motif d'intérieure discorde : j'étais bien parvenu d'une part, en revenant de l'église du Sacré-Cœur, à tuer à titre d'essai une fenêtre de mansarde, mais d'autre part le succès de ma voix dans le domaine profane me rappelait sans arrêt mes échecs dans le secteur sacré. Discorde, dis-je. Cette fracture demeura, fut rebelle à toute guérison et bée aujourd'hui encore où je ne suis acclimaté ni dans le sacré ni dans le profane, mais au lieu de cela un peu à l'écart dans un établissement psychiatrique.

Maman paya les dégâts commis à l'autel latéral gauche. A Pâques on fit de bonnes affaires, bien que selon le vœu de Matzerath qui, ma foi, était protestant, on dût fermer le vendredi saint. Maman qui, d'ailleurs, imposait toujours sa volonté, cédait chaque fois sur les vendredis saints, fermait la boutique mais exigeait en compensation, le jour de la Fête-Dieu, le droit de fermer pour motifs catholiques le magasin de produits coloniaux, de remplacer à l'étalage les paquets de Persil et les cafés Haag factices par une Sainte Vierge en couleurs éclairée électriquement, et de prendre part à la procession d'Oliva.

Il y avait un couvercle de carton sur une face duquel on pouvait lire : Fermé pour cause de vendredi saint. L'autre face du carton disait : Fermé pour cause de Fête-Dieu. En ce vendredi saint qui suivit le lundi saint privé de tambour et de voix, Matzerath accrocha à la devanture le carton « fermé pour cause de vendredi saint », et nous partîmes tout de suite après le petit déjeuner par le tramway de Brösen. Pour nous en tenir à ce mot : le Labesweg était discordant. Les protestants allaient au temple, les catholiques astiquaient les carreaux et battaient dans les arrière-cours tout ce qui ressemblait à un tapis, avec tant de vigueur et une résonance si vaste qu'on aurait cru des aides-bourreaux bibliques clouant simultanément, dans toutes les cours des immeubles locatifs, un multiple Sauveur sur de multiples croix.

Nous autres, nous laissâmes derrière nous ce battage passionnel, prîmes place dans le tramway n° 9 en observant la formation traditionnelle : maman, Matzerath, Jan Bronski et moi, passâmes par le chemin de Brösen, près de l'aérodrome et de l'ancien et du nouveau terrain de manœuvres, attendîmes sur la contre-voie proche du cimetière de Saspe la voiture montante qui venait de Neufahrwasser-Brösen. Maman prit le prétexte de cet arrêt pour émettre en souriant des considérations lasses ; le petit cimetière inutilisé où des pierres tombales du siècle dernier séjournaient obliques et moussues sous des pins rabougris, était, dit-elle, joli, romantique et enchanteur.

« C'est là que je voudrais être un jour, s'il était encore en service », rêvait maman. Mais Matzerath trouvait le sol trop sablonneux, vitupéra la foison de chardons bleus et de folle avoine. Jan Bronski fit observer que le bruit de l'aérodrome et l'aiguillage des tramways pouvaient troubler la paix de ce lieu d'ailleurs idyllique.

La voiture montante fit son esquive, le wattman sonna deux fois et nous partîmes, laissant à l'arrière Saspe et son cimetière, en direction de Brösen, une station balnéaire qui en cette saison, vers la fin d'avril, avait l'air tout à fait borgne et miteux. Baraques de rafraîchissements fermées de planches clouées, casino aveugle, passerelle sans drapeaux ; dans l'établissement de bains s'alignaient deux cent cinquante cabines vides. Au tableau de la météo, encore lisibles, les traces de craie de l'année précédente : air, vingt ; eau : dix-sept ; vent : nord-est ; prévisions : clair à nuageux.

D'abord nous voulûmes aller à pied à Glettkau puis, sans nous être concertés, nous prîmes le chemin opposé, le chemin du môle. La Baltique paresseuse et large léchait le sable de la plage. Jusqu'à la passe, entre le phare blanc et le môle avec son sémaphore, personne ne bougeait. Une pluie de la veille avait imprimé au sable son motif ultra-régulier qu'il était plaisant de détruire en y marquant ses pieds nus. Matzerath faisait sauter sur l'eau verdâtre des éclats de brique gros comme des pièces d'un florin, doucement polis ; il y mettait de l'ambition. Jan Bronski, moins adroit, entre deux essais de lancer cherchait de l'ambre ; il en trouva quelques éclats et un morceau gros comme un noyau de cerise qu'il donna à maman, laquelle comme moi courait nu-pieds, se retournait sans cesse et s'amourachait de ses propres traces. Le soleil luisait prudemment. Le temps était frais, l'air calme, limpide ; on pouvait reconnaître à l'horizon la bande qui signalait la presqu'île de Hela, deux trois panaches de fumée et, grandissant par saccades sur l'horizon, les superstructures d'un navire de commerce.

L'un après l'autre, à des intervalles divers, nous atteignîmes les premiers blocs bruts de granit à la racine large du môle. Maman et moi remîmes bas et souliers. Elle m'aida à renouer mes lacets tandis que déjà, sur la crête inégale du môle, Matzerath et Jan sautillaient de pierre en pierre en direction du large. De roides barbes de varech poussaient en désordre dans les jointures du soubassement. Oscar aurait voulu se peigner. Mais maman le prit par la main, et nous suivîmes les hommes qui devant nous s'amusaient comme des gamins. A chaque pas mon tambour me battait le genou ; même en pareil endroit je ne voulais pas me le laisser ôter. Maman portait un manteau de printemps bleu clair à parements framboise. Les blocs de granit donnaient du tintouin à ses hauts talons. J'étais, comme chaque dimanche et jour férié, en vareuse de matelot à boutons dorés frappés d'une ancre. Un vieux ruban tiré de la collection de souvenirs de Gretchen Scheffler, marqué SMS Seydlitz, ceignait mon béret marin et aurait flotté au vent s'il avait soufflé. Matzerath déboutonna son paletot brun ; Jan, à quatre épingles comme toujours, en ulster à col de velours luisant.

Et de caracoler jusqu'au sémaphore au bout du môle. Sous le sémaphore était assis un homme d'un certain âge en casquette de docker et veste matelassée. A côté de lui gisait un sac à pommes de terre qui, avec des soubresauts, n'arrêtait pas de bouger. L'homme, probablement un indigène de Neufahrwasser ou de Brösen, tenait le bout d'une corde à linge. Embarrassée d'algues, la corde disparaissait dans l'eau saumâtre de la Mottlau, encore non décantée à son embouchure et qui, sans l'auxiliaire de la mer, clapotait contre les pierres du môle.

Nous voulûmes savoir pourquoi l'homme sous sa casquette de docker pêchait avec une vulgaire corde à linge et visiblement sans flotteur. Maman le questionna sur un ton de taquinerie amicale et l'appela son oncle. L'oncle ricana, montra des chicots de dents brunis par le tabac et, sans autre explication, cracha un long jus grumeleux qui pirouetta dans l'air avant de s'abattre dans le bouillon entre les bosses inférieures du granit, laquées de goudron et de mazout. Arrivée là, cette excrétion s'y balança jusqu'à ce que vînt une mouette qui, esquivant d'un vol adroit les pierres, l'emporta, entraînant dans son sillage d'autres mouettes criardes.

Nous allions repartir, car il faisait frais sur le môle et le soleil n'y pouvait rien, quand l'homme à la casquette de docker se mit à ramener la corde brassée par brassée. Maman voulait quand même s'en aller. Mais il n'y eut pas moyen de faire bouger Matzerath. Même Jan qui d'habitude ne refusait rien à maman ne voulut pas la soutenir cette fois-ci. Oscar se moquait de rester ou de partir. Mais, comme nous restions, je regardai. Tandis que le docker, par brasses régulières, ôtant à chaque fois les algues, ramassait la corde entre ses jambes, je m'assurai que le navire de commerce qui, une brève demi-heure plus tôt, élevait à peine ses superstructures au-dessus de l'horizon, maintenant, très bas sur l'eau, changeait de cap et marchait vers le port. S'il est si bas, ce doit être un suédois avec du minerai, jaugea Oscar.

Je cessai de regarder le suédois quand le docker se redressa non sans cérémonie. « Là donc, on va ben voir ce qu'y a. » Il dit cela à Matzerath qui ne comprit rien et cependant acquiesça. Répétant sans arrêt : « On va ben voir » et « ben voir un peu », le docker continua de haler la corde, mais avec un effort accru, il descendit les pierres au-devant de la corde et tendit la main — maman ne se détourna pas assez tôt — d'un geste large vers l'échancrure gargouillante du granit, chercha, saisit quelque chose, raffermit sa prise, tira et réclamant à grands cris place libre, balança à la volée, au milieu de nous, quelque chose de lourd qui ruisselait, un paquet de vie jaillissante : unc tête de cheval, une tête de cheval fraîche, comme authentique, la tête d'un cheval noir, une tête de moreau à crinière noire donc qui hier encore, avant-hier encore pouvait avoir henni ; car la tête n'était pas pourrie, ne sentait rien, tout au plus l'eau de la Mottlau ; mais tout sur le môle sentait cela.

Déjà l'homme à la casquette de docker — à présent il l'avait rejetée sur la nuque — se tenait jambes écartées au-dessus du morceau de carcan, hors duquel surgissaient furieusement de petites anguilles vert clair. L'homme avait de la peine à les attraper ; car des anguilles, sur des pierres lisses et par-dessus le marché humides, se meuvent vite et adroitement. En même temps, aussitôt, les mouettes et les cris de mouettes furent sur nous. Elles plongeaient, se mettaient à trois ou quatre pour attraper une anguille petite ou moyenne ; elles ne se laissaient pas chasser ; le môle était à elles. Pourtant le docker réussit, en tapant à tour de bras et en plongeant les mains parmi les mouettes, à mettre deux douzaines peut-être de petites anguilles dans le sac que Matzerath, serviable comme il s'en donnait volontiers l'air, lui tenait. De la sorte il ne put voir maman pâlir à la façon d'un fromage blanc et, tout de suite après, appuyer la tête sur l'épaule de Jan et sur le col de velours.

Mais une fois les anguilles petites et moyennes dans le sac, le docker, de qui la casquette était tombée par terre au cours de ce travail, commença à extraire du cadavre des anguilles plus grosses, de couleur sombre. Alors maman dut s'asseoir, Jan voulut lui détourner la tête, mais elle ne se laissa pas faire et continua furieusement de darder un regard globuleux de vache sur l'autopsie grouillante à laquelle procédait le docker.

« Voyons voir », haletait-il par intervalles. « Eh ben on va regarder. » En s'aidant de sa botte d'égoutier, il entrebâilla la bouche du cheval et fourra un gourdin entre les mâchoires de telle sorte qu'une impression se forma : toute la denture jaune de la bête éclatait de rire. Et quand le docker — maintenant on voyait que par le haut il était chauve et ovoïde — plongea les deux mains dans le gosier et en tira d'un seul coup deux anguilles, grosses au moins comme le bras et aussi longues, maman aussi en eut la gueule ouverte : elle rejeta tout son déjeuner, albumine grumeleuse et jaune d'œuf qui s'étirait en fils parmi des flocons de pain blanc baignés de café au lait, sur les pierres du môle. Elle était encore agitée de spasmes, mais plus rien ne venait ; elle n'avait pas tellement mangé au petit déjeuner, parce qu'elle avait du poids en trop et voulait absolument maigrir. Elle essayait pour ce motif toutes sortes de régimes qu'elle suivait rarement — elle mangeait en cachette — et il n'y avait qu'une chose à laquelle elle se tînt : la gymnastique du mardi à l'Organisation féminine, bien que Jan et même Matzerath la prissent à la rigolade quand, avec son sac de sport, elle allait chez ses rombières grotesques, travaillait, en satin bleu, aux massues et cependant ne maigrissait pas.

Cette fois-là, maman avait au plus craché une demi-livre sur les pierres et elle eut beau se forcer elle ne parvint pas à perdre davantage. Ce qui venait encore n'était que mucosités verdâtres — mais les mouettes vinrent aussi. Elles étaient déjà sur place quand elle se mit à vomir ; elles viraient plus bas, se laissaient tomber avec un « flac ! » gras, se battaient pour le déjeuner de maman ; elles n'avaient pas peur de prendre du poids. Il n'y avait pas moyen de les chasser — qui l'aurait pu ? — tandis que Jan Bronski en avait peur et tenait ses mains sur ses beaux yeux bleus.

Elles n'obéissaient pas plus à Oscar, qui engageait son tambour contre elles et de ses baguettes battait à fond le vernis blanc pour offusquer cette blancheur. Mais rien à faire : les mouettes, au mieux, n'en étaient que plus blanches. Quant à Matzerath, il ne se souciait pas de maman le moins du monde. Il riait et singeait le docker, jouait le monsieur qui n'a pas de nerfs. Quand le docker eut presque terminé et qu'en guise d'accord final il tira de l'oreille du cheval une forte anguille avec quoi il fit dégouliner toute la semoule blanche de l'encéphale, Matzerath eut aussitôt le papier mâché au visage ; mais il ne cessa pas de bluffer d'autant, acheta au docker pour un prix dérisoire deux anguilles moyennes et deux grosses et encore essaya de revenir à la charge pour obtenir un rabais.

J'eus de la considération pour Jan Bronski. On aurait cru qu'il allait pleurer ; pourtant il aida maman à se remettre debout, d'un bras il lui prit la taille par-derrière, il lui passa l'autre bras devant et il l'emmena. Coup d'œil amusant, car maman clopinait sur ses fines chaussures à talons hauts, de pierre en pierre en direction de la plage, fléchissait à chaque pas et cependant ne se rompait pas les chevilles.

Oscar resta près de Matzerath et du docker parce que celui-ci, après avoir remis sa casquette, nous montrait et nous expliquait pourquoi le sac était à demi rempli de gros sel. Il y avait du sel dans le sac pour y faire crever les anguilles à la course, pour que le sel leur tire le mucus de la peau et des intérieurs. Car les anguilles, quand elles sont dans le sel, n'arrêtent pas de courir, et elles courent jusqu'à ce qu'elles soient mortes et qu'elles aient laissé dans le sel tout leur mucus. On les traite comme ça quand après on veut les fumer. Bien sûr, c'est interdit par la police et par la Société protectrice des animaux, mais faut bien quand même faire courir les anguilles. Sinon comment les purger, sans sel, de leur mucus ? Ensuite, on frotte soigneusement les anguilles mortes avec de la tourbe sèche et on les suspend, pour les fumer, dans un tonneau sur un feu de bois de hêtre.

Matzerath trouva juste qu'on fît courir les anguilles dans le sel. Elles vont bien dans la tête du cheval, dit-il. Et dans des cadavres humains, dit le docker. C'est surtout après la bataille navale du Jutland que les anguilles ont été bien grasses. Et il y a quelques jours un médecin de la maison de santé m'a parlé d'une femme mariée qui avait voulu prendre son pied avec une anguille vivante. Mais l'anguille était bien accrochée, il a fallu mettre la femme en clinique et, par la suite, elle n'a plus pu avoir d'enfants.

Or le docker ficela le sac où étaient les anguilles dans le sel et le jeta, tout agité qu'il était, par-dessus son épaule. Il se mit autour du cou la corde à linge qu'il avait halée tout à l'heure et s'en alla sur ses bottes, tandis qu'en même temps le cargo entrait dans la passe, en direction de Neufahrwasser. Le vapeur jaugeait environ dix-huit cents tonnes et n'était pas suédois, mais finlandais, pas chargé de minerai, mais de bois. Le docker au sac connaissait probablement quelques personnes à bord, car il faisait des signaux à la patache rouillée et criait quelque chose. Les gens du finlandais répondirent aux signaux et crièrent aussi. Mais pourquoi Matzerath faisait-il des signaux et braillait-il des âneries comme « Ohé du bateau ! » ? Cela me demeura inexplicable. Rhénan de naissance, il n'entendait absolument rien à la marine, et il ne connaissait pas un seul Finlandais. Mais c'était chez lui un conditionnement de faire toujours des signaux quand d'autres en faisaient, de toujours crier, de rire et d'applaudir quand d'autres criaient, riaient ou applaudissaient. C'est pourquoi aussi il est entré relativement tôt dans le Parti, quand ce n'était pas encore nécessaire, que ça ne rapportait rien et ne faisait que l'accaparer les dimanches matin.

Oscar suivit lentement Matzerath, l'homme de Neufahrwasser et le finlandais chargé à couler. De temps à autre je me retournais, car le docker avait laissé la tête de cheval sous le sémaphore. Mais on ne la voyait plus, les mouettes l'avaient recouverte. Rien qu'un trou blanc, tout léger, sur la mer vert bouteille ; un nuage frais lavé capable à tout moment de s'élever en l'air, drapant de cris une tête de cheval qui ne hennissait pas mais criait.

Quand j'en eus assez, je m'éloignai en courant des mouettes et de Matzerath ; en sautant, je battais du poing mon instrument, dépassai le docker qui maintenant fumait une courte pipe et rejoignis Jan Bronski et maman à l'entrée du môle. Jan tenait maman comme j'ai dit plus haut, mais il laissait une main disparaître sous le revers du manteau. Ça, et aussi que maman avait une main dans une poche de la culotte de Jan, Matzerath ne pouvait le voir ; il était encore loin derrière nous, occupé à emballer ses quatre anguilles, que le docker avait assommées avec une pierre, dans un papier journal ramassé entre les blocs du môle.

Quand Matzerath nous rattrapa, il godillait avec son paquet

d'anguilles et dit : « Il en voulait un cinquante. Mais je lui ai donné un florin et basta. »

Maman avait meilleure mine ; elle avait aussi ses deux mains à leur place et dit : « Ne va pas te figurer que je mangerai de l'anguille. Du poisson, je n'en mangerai plus, et des anguilles encore moins. »

Matzerath rit : « Ça va, ça va, mon enfant. Tu savais bien à quoi on prend les anguilles et ça ne t'empêchait pas d'en manger toujours et même des fraîches. On verra bien quand votre serviteur les aura cuisinées de première avec tout le tralala et un peu de verdure. »

Jan Bronski, après avoir en temps opportun ôté sa main du manteau de maman, ne dit rien. Je jouai du tambour, pour éviter qu'on n'en revînt à l'anguille, jusqu'à ce que nous fussions dans Brösen. A l'arrêt du tramway et dans la baladeuse, j'empêchai les trois adultes de parler. Les anguilles se tenaient relativement tranquilles. A Saspe, pas d'arrêt, parce que la rame descendante était déjà là. Peu après l'aérodrome, Matzerath, en dépit de mon tambour, se mit à décrire la faim énorme qu'il avait. Maman ne réagit pas et son regard demeura distrait jusqu'au moment où Jan lui offrit une de ses « Regatta ». Lorsqu'il lui donna du feu et qu'elle plaça entre ses lèvres le bout doré, elle sourit à Matzerath parce qu'elle savait qu'il n'aimait pas la voir fumer en public.

Nous descendîmes place Max-Halbe et maman prit quand même le bras de Matzerath et non le bras de Jan comme je m'y serais attendu. Jan marchait à côté de moi et finissait de fumer la cigarette de maman.

Dans le Labesweg, les ménagères catholiques continuaient à battre leurs tapis. Tandis que Matzerath ouvrait le logement, je vis dans l'escalier Mme Kater qui habitait au quatrième étage, à côté du trompettiste Meyn. Au creux de ses deux aisselles flambaient ses poils blonds, noués et emperlés de sueur. Le tapis pendait en rouleau par-devant et par-derrière. Elle aurait pu aussi bien porter sur l'épaule un homme ivre ; mais son homme à elle était décédé. Quand elle passa, véhiculant sa viande dans une jupe de taffetas noir luisant, je fus atteint par son relent —

ammoniaque, concombre, carbure —, elle devait être dans le sang.

Peu de temps après j'entendis dans la cour ce battage de tapis monotone qui me refoula dans l'appartement. Il s'attacha à mes pas. Je n'y échappai qu'en me blottissant dans l'armoire de notre chambre à coucher, parce que les manteaux d'hiver qui y étaient pendus interceptaient le pire volume de ces bruits d'avant Pâques.

Pourtant ce ne fut pas Mme Kater qui, en battant son tapis, me fit chercher refuge dans cette boîte. Maman, Jan et Matzerath n'avaient pas ôté leurs manteaux que déjà débutait la querelle du menu de vendredi saint. On en resta aux anguilles ; je dus encore une fois faire les frais de la dispute avec ma célèbre chute dans l'escalier de la cave : « C'est ta faute, non c'est la tienne, je fais maintenant la matelote d'anguilles, ne fais pas la sucrée, fais ce que tu voudras, il y a suffisamment de conserves dans la cave, remonte des chanterelles, mais ferme la trappe qu'il ne se passe rien, tu l'entends ce vieux chameau, il y a des anguilles, basta, avec du lait, de la moutarde, du persil et des pommes vapeur et une feuille de laurier et un clou de girofle, non, laisse tomber, Alfred, si elle ne veut pas, t'en occupe pas, j'ai pourtant pas acheté les anguilles pour rien, bien vidées et lavées, non non, on verra bien quand elles seront sur la table, on verra bien qui qu'en mange et qui qu'en mange pas. »

Matzerath claqua la porte de la salle de séjour et disparut dans la cuisine. Nous l'entendîmes manipuler des casseroles avec un bruit significatif. Il tua les anguilles de deux coups de couteau en croix derrière la tête, et maman, qui avait une imagination par trop vive, dut s'asseoir sur le divan, promptement imitée par Jean Bronski ; et déjà ils se tenaient les mains et se parlaient à voix basse en kachoube.

Quand les trois adultes se furent ainsi répartis dans le logement, je n'étais pas encore dans l'armoire, mais dans la salle de séjour. Il y avait une chaise d'enfant près du poêle de brique émaillée. J'y étais assis, jambes ballantes, me laissais regarder fixement par Jan et sentais de façon précise que j'étais importun au couple, bien que tous deux ne pussent se faire grand-chose parce que Matzerath, invisible derrière la cloison, les menaçait cependant clairement de ses anguilles à moitié mortes qu'il brandissait comme un fouet. Aussi échangèrent-ils leurs mains, ils pressèrent et tirèrent vingt doigts, firent craquer les jointures et, par ces bruits, me donnèrent mon reste. Ça ne suffisait donc pas d'entendre la femme Kater battre son tapis dans la cour ? Est-ce que ça ne traversait pas tous les murs, cela ne se rapprochait-il pas, bien que cela n'augmentât pas en intensité sonore ?

Oscar se laissa glisser à bas de sa chaise, s'accroupit un instant à côté du poêle de brique afin de rendre sa sortie moins remarquée, puis exclusivement occupé de son tambour, glissa jusqu'au seuil et dans la chambre à coucher.

Pour éviter tout bruit, je laissai entrouverte la porte de la chambre et constatai avec satisfaction que personne ne me rappelait. Je me demandai encore si Oscar devait se mettre sous le lit ou dans l'armoire. Je préférai l'armoire, parce que sous le lit j'aurais gâté mon costume marin bleu marine si salissant. Je pouvais juste attraper la clé de l'armoire, je la tournai une fois, écartai les vantaux à miroirs et fis à l'aide de mes baguettes glisser de côté les cintres alignés chargés de manteaux et de vêtements d'hiver. Pour atteindre et déplacer les lourds tissus, je dus me mettre debout sur mon tambour. En fin de compte, le dégagement obtenu au milieu de l'armoire n'était pas grand certes, mais suffisamment spacieux pour qu'Oscar, s'il y grimpait, pût s'asseoir. Je réussis même, non sans effort, à ramener sur moi les portes à miroirs et à les bloquer du côté mobile à l'aide d'un châle que je trouvai en bas de l'armoire ; de sorte qu'une fente large d'un doigt permettait à la rigueur de voir au-dehors et assurait une certaine ventilation. Je mis le tambour sur mes genoux, mais sans jouer, même en sourdine, et me laissai, inerte, envahir et baigner par les émanations des manteaux d'hiver.

Comme toujours quand je me concentrais et vivais selon mes capacités, je me transportai dans le cabinet du Dr Hollatz, Brunshöferweg, et goûtai cette partie de la visite qui, chaque mercredi, m'intéressait. Ainsi n'était-ce pas l'enquête toujours plus minutieuse du médecin qui occupait le centre des mes pensées, mais plutôt sœur Inge, son assistante. Elle avait licence de me déshabiller et rhabiller ; elle seule avait le privilège de me mesurer, peser, tester ; bref, toutes les expériences que le Dr Hollatz entreprenait sur moi, sœur Inge les exécutait correctement, mais avec un certain froncement de sourcils, et énonçait chaque fois, non sans sarcasme, des insuccès que Hollatz appelait succès partiels. Je voyais rarement sœur Inge en face. Le blanc proprement amidonné de son costume d'infirmière, l'appareil sans pesanteur qu'elle portait comme coiffe, une broche simple ornée de la Croix-Rouge étaient autant de reposoirs pour mon regard et mon cœur, parfois haletant, de tambour. Quelle chance d'observer les drapés toujours nouveaux de son vêtement professionnel ! Avait-elle un corps sous le tissu ? Son visage toujours vieillissant et ses mains osseuses en dépit de tous les soins laissaient pressentir que sœur Inge était cependant une femme. Des odeurs, en tout cas, qui eussent exprimé une consistance corporelle semblable à celle que montrait maman quand Jan ou même Matzerath la dénudaient en ma présence, ces senteurs n'étaient pas produites par sœur Inge. Elle sentait le savon et les médicaments fatigants. Il arrivait souvent que je cédais au sommeil tandis qu'elle auscultait mon corps petit que l'on croyait malade : sommeil léger, né du drapé d'étoffes blanches, sommeil enveloppé de carbol, sommeil sans rêve ; sauf peut-être que, grosso modo, sa broche s'élargissait en je ne sais quoi : mer de drapeaux, couchant sur les Alpes, champ de coquelicots prêt à la révolte ; contre qui, je le sais : contre des Peaux-Rouges, des cerises, des saignements de nez, contre les crêtes des coqs, les globules rouges du sang. La broche se recueillait jusqu'à ce que le rouge ayant accaparé la vue servît d'arrière-plan à une passion qui, aujourd'hui comme à cette époque, me paraît certes naturelle mais qui pourtant ne saurait être dénommée, parce que le petit mot de rouge ne dit pas grand-chose, et le saignement de nez n'y fait rien et l'étoffe à drapeaux change de couleur ; et si pourtant je dis seulement rouge, rouge ne veut, tourne l'envers de son manteau : noir, voici la sorcière, noir ; terreur jaune, illusion bleue, bleu je n'y crois pas, bleu ne ment pas, ne tourne pas au vert ; vert le cercueil où je broute, vert me couvre, vert je suis, au blanc je tourne ; je reçois le sacrement du noir, noir m'effraie en jaune,

jaune me trompe en bleu, bleu je n'y crois pas vert, vert s'épanouit en rouge, rouge était la broche de sœur Inge, une croix rouge elle portait, soyons précis, au col lavable de son costume d'infirmière. Mais je m'en tenais rarement à cette représentation la plus unicolore de toutes, et il en fut de même dans l'armoire à habits. Un vacarme chatoyant, venu de la salle de séjour, battait les portes de mon armoire, ce qui m'éveilla du demi-sommeil consacré à sœur Inge. A jeun et la langue épaisse, j'étais assis, le tambour sur les genoux, entre des manteaux d'hiver à motifs variés. Je flairais l'uniforme du Parti de Matzerath, j'avais à côté de moi ceinturon, bandoulière de cuir à mousquetons ; je ne trouvais plus trace du drapé blanc propre aux tenues d'infirmière : la laine tombait, le peigné pendait, le whip-cord froissait la flanelle ; au-dessus de moi, quatre ans de chapeaux à la mode ; à mes pieds des souliers, souliers décolletés, guêtres de cuir cirées, talons armés et non armés. Un pinceau de lumière tombant du haut suggérait tout ; Oscar regrettait d'avoir laissé une fente ouverte entre les battants à miroirs.

Que pouvaient m'offrir les gens de la salle de séjour ? Peut-être Matzerath avait-il surpris le couple sur le sofa, mais c'était à peine possible car Jan s'assurait toujours, comme au jeu de skat, une marge de prudence. Probablement — effectivement — Matzerath ayant tué, vidé, lavé, bouilli, assaisonné et rendu insipides les anguilles, les avait apportées dans la grande soupière sous forme de soupe à l'anguille avec pommes vapeur et les avait mises, prêtes à être servies, sur la table ; et comme personne ne voulait prendre place, il avait osé vanter sa cuisine en énumérant les ingrédients, en récitant la recette. Maman criait. Elle criait en kachoube. Matzerath ne pouvait ni le comprendre ni le supporter ; il dut pourtant l'écouter ; il comprit sûrement ce qu'elle voulait dire ; il ne pouvait être question que des anguilles et, comme toujours quand maman criait, de ma chute dans l'escalier de la cave. Matzerath ne répondait pas. Ils connaissaient leurs rôles en effet. Jan faisait des objections. Sans lui il n'y avait pas de comédie. Enfin le deuxième acte : le couvercle du piano claquait ; sans partition, par cœur, les pieds sur les deux pédales, dans un chevauchement d'accords, le chœur des chasseurs du Freischütz : Qu'est-ce qui sur terre... Et en plein milieu du hallali, le couvercle du piano claqué, les pédales lâchées, le tabouret culbuté, maman qui vient, la voilà dans la chambre à coucher, un coup d'œil dans les glaces de l'armoire et elle se jeta, je le vis par la fente, en travers du lit conjugal, sous le baldaquin bleu ; elle pleura et tordit ses mains avec une statistique de doigts égale à celle de la Madeleine pénitente, présente en chromo à la tête de l'autel dédié aux vertus conjugales.

Pendant assez longtemps, je n'entendis que les plaintes de maman et un murmure voilé venu de la salle de séjour. Jan calmait Matzerath. Matzerath priait Jan de calmer maman. Le murmure maigrit, Jan pénétra dans la chambre à coucher. Troisième acte : il était debout devant le lit, il considérait alternativement maman et la Madeleine pénitente ; il s'assit avec précaution sur le bord du lit, caressa le dos et le séant de maman couchée à plat ventre, lui tint en kachoube des propos lénifiants et finalement — comme les paroles n'y faisaient rien — il lui passa la main sous la jupe jusqu'à ce qu'elle cessât de gémir et qu'il pût quitter du regard la Madeleine aux mille doigts. Il faut avoir vu Jan, son travail achevé, se relever et s'essuyer les doigts à son mouchoir, puis dire à maman, à haute voix et non plus en kachoube, afin que Matzerath pût le comprendre de la salle de séjour ou de la cuisine, énoncer en accentuant chaque mot : « Eh bien, viens, Agnès, nous allons maintenant enfin oublier ça. Depuis belle lurette Alfred a emporté les anguilles et les a balancées dans le chose. Maintenant nous allons taper un brave skat, au quart de pfennig ma foi, et quand nous aurons tout cela derrière nous, Alfred nous fera des champignons et des œufs brouillés avec des pommes de terre sautées. »

Maman ne dit rien, se retourna, se leva du lit, remit d'aplomb la courtepointe piquée jaune, rétablit sa coiffure devant les portes de l'armoire à glace et, suivant Jan, quitta la chambre à coucher. J'ôtai mon œil de la fente de vision et les entendis peu de temps après mêler les cartes. Petit rire prudent, Matzerath coupa, Jan donna, et maintenant ils mettaient le talon aux enchères. Je crois que Jan les disputait à Matzerath, qui passa dès vingt-trois. Sur quoi maman relança Jan jusqu'à trente-six, puis il dut caler, et maman joua un sans-atout qu'elle perdit de justesse. Le coup suivant, carreau simple, Jan le gagna dans un fauteuil, tandis que maman empocha le troisième coup, un cœur sans deux valets, de justesse mais quand même.

Certain que ce skat de famille, brièvement interrompu par l'œuf brouillé champignons et pommes sautées, durerait tard dans la nuit, je ne prêtai plus guère l'oreille aux parties suivantes. Je tentai plutôt de retrouver sœur Inge et ses vêtements professionnels blancs, propices au sommeil. Mais le séjour dans le cabinet du Dr Hollatz devait m'en rester gâté. Ce n'était pas encore assez que vert, bleu, jaune et noir coupassent sans arrêt le fil au texte rouge de la broche de la Croix-Rouge, même les événements de la matinée s'en mêlaient : chaque fois que la porte s'ouvrait sur le cabinet du médecin et sur Inge, ce n'était pas le pur et léger spectacle du costume d'infirmière qui s'offrait au regard, mais le docker sur le môle de Neufahrwasser, au pied du sémaphore, tirant, de la tête de cheval ruisselante, des anguilles ; et ce qui montrait patte blanche, ce que j'eusse voulu subordonner à sœur Inge, c'étaient des ailes de mouettes qui pour l'instant cachaient de façon illusoire la charogne et les anguilles dans la charogne, jusqu'à ce que se rouvrît la blessure qui pourtant ne saignait pas, ne répandait pas de rouge ; mais noir était le cheval, la mer était vert bouteille, le bateau finlandais chargé de bois mettait un peu de rouille dans le tableau et les mouettes — qu'on ne me parle plus de pigeons — enveloppaient comme d'un nuage leur victime, et confondaient leurs pointes d'ailes et jetaient l'anguille à ma sœur Inge qui la recevait, lui faisait fête et devenait mouette ; elle prenait forme, non de pigeon, mais cependant de Saint-Esprit ; puis, sous cette forme qui s'appelle ici mouette, la voici qui s'abat en nuage sur la viande et célèbre la Pentecôte.

Alors, rebuté, j'abandonnai l'armoire, écartai d'un geste coléreux les battants, descendis de ma boîte, me trouvai inchangé devant les glaces. J'étais tout de même bien content que Mme Kater eût fini de battre ses tapis. Certes le vendredi saint était achevé pour Oscar, mais la Passion ne devait commencer qu'après Pâques.

En pointe au pied

Mais pour maman aussi devait commencer, seulement après ce vendredi saint où la tête de cheval grouilla d'anguilles, seulement après la fête de Pâques que nous passâmes avec les Bronski dans le séjour champêtre de Bissau chez la grand-mère et l'oncle Vincent, devait commencer un calvaire auquel même un temps de mai bien luné ne put rien changer.

Il serait faux de croire que Matzerath contraignit maman à manger à nouveau du poisson. D'elle-même et possédée d'une volonté énigmatique, elle commença deux semaines après Pâques à dévorer du poisson en telle quantité et sans égard pour sa ligne que Matzerath disait : « Mange donc pas tant de poisson, comme si on t'y obligeait ! »

Elle commençait au petit déjeuner par des sardines à l'huile, tombait deux heures plus tard, quand il n'y avait pas de clients dans le magasin, sur la petite caisse en contreplaqué où étaient les sprats de Bohnsack, exigeait à midi du flétan frit ou du cabillau à la sauce moutarde ; l'après-midi elle avait encore en main l'ouvre-boîte : anguilles en gelée, roll-mops, harengs saurs et quand, le soir, Matzerath se refusait à faire frire ou bouillir encore du poisson pour le dîner, elle ne gaspillait pas un mot, ne ronchonnait pas, se levait tranquillement de table et revenait de la boutique avec une tranche d'anguille fumée ; si bien que nous en perdîmes l'appétit, parce qu'avec son couteau elle raclait dedans et dehors la dernière graisse de la peau d'anguille et, du reste, ne mangeait plus le poisson qu'à la pointe d'un couteau. Dans la journée elle rendait plusieurs fois. Matzerath se consumait de sollicitude impuissante : « T'es p't'êt' enceinte ou bien quoi ? »

« Dis donc pas d'âneries », disait alors maman, quand elle disait seulement quelque chose. Un dimanche, comme l'anguille sauce verte avec des petites pommes de terre nouvelles nageant dans le beurre paraissait sur la table, la grand-mère Koljaiczek frappa de sa paume ouverte entre les assiettes et dit : « Ben, Agnès, dis donc, qu'est-ce qu'il y a ? Pourquoi manges-tu poisson si ça ne te réussit pas et tu me dis pas pourquoi et tu es comme un crin ! » Maman ne fit que secouer la tête, écarta les pommes de terre, noya l'anguille de beurre et mangea sans broncher, comme si elle faisait œuvre de zèle. Jan Bronski ne dit rien. Lorsqu'une fois je les surpris elle et lui, sur le divan, ils se tenaient les mains comme d'habitude et leurs vêtements étaient dérangés ; mais ceci me frappa : Jan montrait des yeux éplorés et maman, apathique, tourna soudain à la furie. Elle se leva d'un bond, me prit, me souleva, me serra et me révéla un abîme que rien, pas même des masses de poissons grillés, bouillis, panés et fumés, ne pouvait combler.

Peu de jours après je la vis qui, dans la cuisine, non seulement s'adonnait à ses damnées sardines à l'huile habituelles, mais versait dans une petite casserole à sauces l'huile de plusieurs vieilles boîtes qu'elle avait mises de côté. Elle chauffait la mixture à la flamme du gaz et en buvait, tandis que moi, sur la porte de la cuisine, j'en laissais tomber les mains de sur mon tambour.

Le soir même il fallut transporter maman à l'hôpital municipal. Matzerath pleurait et gémissait avant qu'arrivât l'ambulance : « Pourquoi ne veux-tu pas de cet enfant ? Ou bien est-ce toujours à cause de cette foutue tête de cheval ? Si seulement on n'y était pas allé ! Oublie donc ça, Agnès, je ne l'ai pas fait exprès. »

L'ambulance vint. On emporta maman dehors. Enfants et adultes se rassemblèrent dans la rue, on l'emporta, et il devait apparaître que maman n'avait oublié ni le môle ni la tête de cheval, qu'elle gardait en elle le souvenir du cheval — qu'il se soit appelé Fritz ou Harns. Ses organes gardaient de la promenade du vendredi saint un souvenir douloureusement vif. Ils firent mourir maman, qui était de leur avis, de peur de recommencer la promenade.

Le Dr Hollatz parla de jaunisse et d'intoxication par le poisson. A l'hôpital on constata que maman se trouvait dans le troisième mois de la grossesse, on lui donna une chambre à part et elle nous montra, car nous eûmes licence de lui rendre visite, quatre jours durant, son visage écœuré, qui parfois me souriait à travers la nausée, ravagé par les spasmes.

Bien qu'elle se donnât la peine de faire à ses visiteurs de petites joies, de même qu'aujourd'hui je prends la peine de paraître, les jours de visite, empreint d'une félicité spéciale, elle ne put cependant empêcher qu'une périodique envie de vomir retournât sans interruption son corps qui lentement s'usait, quoiqu'il n'eût plus rien à restituer, sinon enfin, le quatrième jour de cette pénible agonie, ce petit peu de souffle que chacun doit finir par rendre pour recevoir le certificat de décès.

Nous eûmes tous un soupir de soulagement quand il n'y eut plus dans maman de motifs aux nausées qui défiguraient sa beauté. Aussitôt que, lavée, elle parut couchée dans la chemise mortuaire, elle nous montra de nouveau son visage familier, rond, naïvement astucieux. L'infirmière-chef lui ferma les yeux parce que Matzerath et Jan pleuraient, aveugles.

Je ne pouvais pas pleurer, alors que tous les autres, les hommes et la grand-mère, Hedwig Bronski et Stephan, qui allait sur quatorze ans, pleuraient. Mais j'avais été à peine surpris du décès de ma mère. En effet Oscar, qui l'accompagnait le jeudi dans la Vieille-Ville et le samedi au Sacré-Cœur, avait eu l'impression que, depuis des années, elle cherchait fiévreusement à dissoudre le triangle de telle sorte que Matzerath, qu'elle haïssait peut-être, hériterait la responsabilité de sa mort et que Jan Bronski, son Jan, pourrait continuer de servir à la poste polonaise en se disant : elle est morte pour moi, elle ne voulait pas m'être un obstacle, elle s'est sacrifiée.

Si doués de préméditation qu'ils aient été tous deux, maman et Jan, quand il s'agissait de procurer à leur amour un lit à l'abri des importuns, ils l'étaient beaucoup trop pour la romance : on peut, si l'on veut, voir en eux Roméo et Juliette ou bien ces deux enfants de la chanson qui, paraît-il, point ne se rencontrèrent parce qu'elle était trop profonde, l'onde.

Tandis que maman, qui avait reçu à temps les sacrements, gisait froide et désormais insensible à toutes choses sous les prières du prêtre, je trouvai le temps et le loisir d'observer les infirmières qui étaient la plupart de confession protestante. Elles joignaient les mains autrement que les catholiques, je dirai avec plus d'amour-propre, récitaient le Notre-Père avec des mots qui s'écartaient du texte catholique original et ne faisaient pas le signe de croix comme par exemple la grand-mère Koljaiczek, les Bronski et moi. Mon père Matzerath — je l'appelle ainsi à l'occasion bien qu'il soit seulement mon géniteur présumé —, lui, tout protestant qu'il était, se distinguait en priant des autres protestants parce qu'il n'accrochait pas ses mains devant sa poitrine, mais faisait alterner plus bas, à peu près à la hauteur du sexe, ses doigts crispés d'une religion à l'autre et avait manifestement honte de ses patenôtres. Ma grand-mère, à genoux à côté de son frère Vincent devant le lit mortuaire, priait à haute voix et frénétiquement en kachoube, tandis que Vincent remuait seulement les lèvres, probablement en polonais, mais en revanche écarquillait des yeux pleins de devenir spirituel. J'aurais aimé jouer du tambour. Tout compte fait, c'était à ma pauvre maman que je devais les nombreux instruments blanc et rouge. En contrepoids des vœux de Matzerath, elle avait mis dans mon berceau la promesse maternelle d'un tambour de tôle peinte ; et ensuite la beauté de maman, du temps qu'elle était plus mince et pouvait se passer de gymnastique, avait pu me servir de thème à variations sur le tambour. A la fin je ne pus me contenir et, dans la chambre mortuaire de maman, je fis revivre une fois encore sur la tôle l'image idéale de sa beauté aux yeux gris et m'étonnai que ce fût Matzerath qui apaisât la protestation immédiate de l'infirmière-chef et prît à voix basse mon parti : « Laissez-le donc, ma sœur, ils s'aimaient tant. »

Maman savait être fort gaie. Maman savait être fort anxieuse. Maman savait oublier vite. Maman avait pourtant bonne mémoire. Maman me flanquait à la porte et pourtant m'admettait dans son bain. Je perdis maman quelquefois, mais son instinct me retrouvait. Quand je trucidais les vitres, maman collait le mastic. Elle s'installait souvent dans son tort bien qu'il y eût assez de chaises alentour. Même quand maman se renfermait, pour moi elle restait ouverte. Maman craignait les courants d'air et pourtant n'arrêtait pas de faire du vent. Elle vivait à crédit et n'aimait pas payer d'impôts. J'étais le verso de son enveloppe. Quand maman jouait le coup à cœur, elle gagnait toujours. Quand mourut maman, les flammes rouges pâlirent quelque peu sur le pourtour de mon tambour ; mais le vernis blanc devint plus blanc et si éclatant qu'Oscar lui-même devait parfois clore son œil ébloui.

Ce ne fut pas au cimetière de Saspe comme elle l'avait maintes fois souhaité, mais au tranquille cimetière de Brenntau que fut mise en terre ma pauvre maman. Là-bas reposait déjà son beau-père, l'ouvrier des poudres Grégoire Koljaiczek, mort de la grippe en dix-sept. Le convoi funèbre, comme il est compréhensible pour une négociante populaire en produits exotiques, était important ; on n'y voyait pas seulement les visages des habitués, mais encore des représentants de diverses maisons, même des gens de la concurrence comme Weinreich produits exotiques et Mme Probst du magasin d'alimentation de la Hertastrasse. La chapelle du cimetière de Brenntau ne pouvait contenir tout le monde. Cela sentait les fleurs et les vêtements noirs traités à l'antimite. Dans le cercueil découvert, ma pauvre maman montrait un visage jaune, souffrant. Tout au long du cérémonial minutieux, je ne pus me défaire de penser : « Là, elle va lever la tête, elle va encore une fois devoir vomir ce qui lui reste dans le ventre et qui veut sortir, pas seulement l'embryon de trois mois qui, pareil à moi, ne sait quel père remercier ; il n'y a pas seulement celui-là qui veut sortir et, pareil à Oscar, réclamer un tambour ; il y a encore là-dedans du poisson, certes pas des sardines à l'huile, je ne veux pas parler de flétans, je pense à un petit morceau d'anguille, quelques fibres blanc verdâtre de chair d'anguille, de l'anguille de la bataille navale du Jutland, de l'anguille du môle de Neufahrwasser, de l'anguille de vendredi saint, issue de la tête de cheval, voire de l'anguille issue de son père Joseph Koljaiczek qui passa sous le train de bois et fut livré aux anguilles, anguille de ton anguille, car ce qui est anguille retourne à l'anguille...

Mais il n'y eut pas de spasme nauséeux. Elle garda, elle emporta l'anguille ; elle avait le ferme propos de mettre l'anguille en terre pour que ce fût enfin la paix.

Quand des hommes soulevèrent le couvercle du cercueil et se préparèrent à recouvrir le visage aussi résolu que dégoûté de ma pauvre maman, Anna Koljaiczek se jeta devant les bras des hommes, se jeta ensuite, piétinant les fleurs placées devant le cercueil, sur sa fille et pleura ; elle arrachait par lambeaux le précieux trousseau blanc de la morte et criait très fort en kachoube.

Beaucoup de gens dirent plus tard qu'elle avait maudit mon père putatif Matzerath et l'avait appelé assassin de sa fille. Il aurait été question aussi de ma chute dans l'escalier. Elle reprit la fable de maman et ne permit pas à Matzerath d'oublier sa responsabilité prétendue dans mon prétendu accident. Elle n'a jamais cessé de renouveler ses accusations bien que Matzerath, en dépit de toute politique, presque à contrecœur, lui marquât du respect et la fournît, pendant les années de guerre, en sucre et miel-ersatz, en café et pétrole.

Greff-légumes et Jan Bronski — il pleurait très haut et de façon femelle — éloignèrent ma grand-mère du cercueil. Les hommes purent fermer le couvercle et faire enfin ces mines que font toujours les porteurs funèbres quand ils se placent sous le cercueil.

Au cimetière à demi rural de Brenntau, avec ses deux cantons de part et d'autre de l'allée d'ormes, avec sa petite chapelle qui ressemblait à un carton collé pour une crèche, avec son puits, ses oiseaux vivaces, sur l'allée du cimetière proprement ratissée, en tête de la procession juste derrière Matzerath, je m'avisai pour la première fois que me plaisait la forme du cercueil. Plus tard j'ai eu souvent encore l'occasion de laisser glisser mes regards sur du bois noir, brunâtre, utilisé à des fins dernières. Le cercueil de ma pauvre maman était noir. Il allait se rétrécissant vers le pied avec une merveilleuse harmonie. Y a-t-il au monde une forme qui réponde mieux aux proportions de l'homme ?

Si seulement les lits avaient cet effilement au pied ! Si seulement tous nos décubitus habituels et occasionnels pouvaient aussi clairement se rétrécir au pied ! Car on peut à discrétion écarter les jambes ; nos pieds pour finir ne disposent que de cette base étroite qui, partant de l'ampleur qu'exigent tête, épaules et tronc, va se rétrécissant au pied.

Matzerath marchait juste derrière le cercueil. Il portait le gibus à la main et, tout en marchant lentement, s'efforçait de tendre le genou malgré sa grande affliction. Chaque fois que je voyais sa nuque, il me faisait de la peine : sous l'occiput surplombant, deux cordes d'angoisse, sortant du sol, allaient se perdre à l'amorce des cheveux.

Pourquoi fut-ce la mère Truczinski, et non Hedwig Bronski ou Gretchen Scheffler, qui me prit par la main ? Elle habitait au deuxième étage de notre immeuble, elle n'avait sans doute pas de prénom, elle s'appelait partout la mère Truczinski.

Devant le cercueil, le Révérend Wiehnke avec enfants de chœur et encens. Mon regard glissa de la nuque de Matzerath sur celles, ridées en tous sens, des porteurs funèbres. Il fallait résister à un désir fou : Oscar aurait voulu grimper sur le cercueil. Pendant qu'ils le balançaient sur leurs épaules, il aurait voulu être à califourchon dessus. Tandis que ceux qui étaient derrière le cercueil répétaient les prières du Révérend Wiehnke, Oscar voulait leur jouer du tambour. Pendant qu'ils s'affairaient à le placer au-dessus du trou à l'aide de planches et de cordes, Oscar avait envie de se mettre au garde-à-vous sur le bois. Pendant le sermon, le carillonnement, l'encensement et l'aspersion d'eau bénite, il aurait voulu clouer son latin sur le bois et rester dessus tandis qu'ils descendaient la caisse avec leurs cordes. Oscar aurait voulu entrer dans la tombe avec maman et l'embryon, rester en bas tandis que les survivants jetaient leur poignée de terre. Oscar ne voulait pas remonter, il voulait rester assis sur le pied rétréci, jouer du tambour, si possible sous la terre jusqu'à lâcher les baguettes, le bois sous la baguette, jusqu'à ce qu'ils pourrissent, sa maman pour lui, lui pour elle, que chacun pourrît en amour de l'autre, rendît sa chair à la terre et à ses habitants ; Oscar aurait bien voulu jouer du tambour avec ses osselets pour les tendres cartilages de l'embryon, si cela avait été possible et licite.

Personne n'était assis sur le cercueil. Nu, il oscillait sous les ormes et les saules pleureurs du cimetière de Brenntau. Entre les tombes, les poules multicolores du sacristain picoraient des vers, elles ne semaient pas et pourtant récoltaient. Puis, entre des bouleaux : moi derrière Matzerath, donnant la main à la mère Truczinski, juste derrière moi ma grand-mère — Greff et Jan l'escortaient —, Vincent Bronski au bras d'Hedwige, Petite-Marga et Stephan la main dans la main devant les Scheffler ;

l'horloger Laubschad, le vieux M. Heylandt, Meyn le trompettiste mais sans son instrument et relativement à jeun.

C'est seulement quand tout fut passé et que les gens y allèrent de leurs condoléances que je remarquai Sigismond Markus. Noir et gauche, il faisait la queue derrière tous ceux qui voulaient serrer la main, murmurer quelque chose à Matzerath, à moi, à ma grand-mère et aux Bronski. D'abord je ne compris pas ce que Scheffler voulait à Markus. Ils se connaissaient à peine, si même ils se connaissaient. Puis le musicien Meyn s'adressa aussi au marchand de jouets. Ils étaient debout derrière une haie, à mi-hauteur de cette plante verte qui déteint et a une saveur amère quand on la frotte entre les doigts. Mme Kater avec sa fille Susi, lorgnant derrière son mouchoir et quelque peu montée en graine, exprimaient à Matzerath leurs condoléances ; elles ne purent se dispenser de me caresser la tête. Derrière la haie le ton montait, mais les propos restaient incompréhensibles. Le trompettiste Meyn pointait l'index sur le complet noir, le repoussait ainsi devant lui, saisissait Sigismond par le bras gauche tandis que Scheffler l'accrochait à droite. Et tous deux prirent garde que Markus, qui marchait à reculons, ne trébuchât sur des bordures de tombes ; ils le poussèrent dans l'allée centrale et lui montrèrent la porte du cimetière. Il eut l'air de remercier du renseignement et s'en alla vers la sortie, mit son haut-de-forme sur sa tête et ne se retourna plus, bien que Meyn et le maître boulanger le suivissent du regard.

Ni Matzerath ni la mère Truczinski ne remarquèrent que je me dérobais à eux et aux condoléances. Faisant comme s'il avait un petit besoin, Oscar se défila par-derrière, dépassa le fossoyeur et son aide, se mit à courir sans égards pour le lieu et atteignit les ormes et Sigismond juste avant la sortie.

« Le petit Oscar ! » s'étonna Markus, « dis donc, qu'est-ce qu'ils ont après Markus ? Qu'est-ce qu'il leur a fait qu'ils lui font ça ? »

Je ne savais pas ce qu'avait fait Markus. Je le pris par la main — elle était moite de sueur —, je l'entraînai par la porte ouverte du cimetière, laquelle était en fer forgé et tous deux, le conservateur de mes tambours et moi le tambour, peut-être son tambour, nous tombâmes sur Leo Schugger qui comme nous croyait au paradis.

Markus connaissait Leo, car Leo était une personnalité de la ville. J'avais entendu parler de Leo Schugger. Je savais que Leo, comme il était encore au séminaire, par un jour ensoleillé, avait si parfaitement bouleversé le monde, les sacrements, les confessions, ciel et enfer, vie et mort, que son univers de Leo était demeuré sens dessus dessous, mais brillait cependant d'un éclat achevé.

Leo Schugger exerçait une profession : comme il était informé de tous les enterrements, il attendait les convois funèbres en gants blancs dans son costume flottant d'étoffe noire, devenue luisante. Markus et moi, nous comprîmes que s'il était planté là devant le fer forgé du cimetière, c'était pour des raisons professionnelles. Leo portait au-devant du cortège ses gants empressés, ses yeux chavirés couleur d'eau et sa bouche tremblotante.

Mi-mai : un jour clair, ensoleillé. Haies et arbres garnis d'oiseaux. Des poules caquetantes qui, par et avec leurs œufs, symbolisaient l'éternité. Bourdonnement dans l'air. Verdure peinte de frais sans poussière. Leo Schugger tenait un gibus fané dans sa main gauche gantée, il venait d'un pas léger de danseur, parce qu'il était réellement touché par la grâce. Cinq doigts de gant moisis tendus vers Markus et moi ; il s'arrêta de biais devant nous comme s'il était dans le vent, bien qu'il n'y eût pas un souffle d'air, mit la tête de travers et, tandis que Markus, d'abord à regret puis fermement, mettait sa main nue dans l'étoffe prenante, il dévida d'une voix filandreuse : « Quel beau jour ! A présent elle est là-bas où tout est si bon marché. Avez-vous vu le Seigneur ? *Habemus ad Dominum.* Il passa et avait hâte. *Amen.* »

Nous dîmes amen et Markus confirma que c'était un beau jour et prétendit avoir aussi vu le Seigneur.

Nous entendîmes derrière nous la rumeur grossissante de l'enterrement quittant le cimetière. Markus laissa tomber sa main du gant de Leo, trouva encore le temps d'un pourboire, me jeta un regard façon Markus et s'en alla très vite, comme poursuivi, vers le taxi qui l'attendait devant la poste de Brenntau.

Je suivais encore du regard le nuage de poussière qui enveloppait l'évasion de Markus que déjà la mère Truczinski m'avait repris par la main. Les gens de l'enterrement arrivaient en groupes et groupuscules. Leo Schugger exprimait à tous ses condoléances, attirait leur attention sur le beau jour, demandait à chacun s'il avait vu le Seigneur et recevait, comme de coutume, de petits, de gros pourboires ou pas de pourboire du tout. Matzerath et Jan Bronski payèrent les porteurs, le fossoyeur, le sacristain et le Révérend Wiehnke, lequel avec un soupir d'embarras se laissa baiser la main par Leo Schugger et, du geste bénissant de sa main baisée, accompagna la lente dispersion du cortège funèbre.

Quant à nous, moi, ma grand-mère, son frère Vincent, les Bronski avec enfants, Greff sans madame et Gretchen Scheffler, nous prîmes place dans deux charrettes attelées d'un cheval. On passa Goldkrug par la forêt, et on franchit la proche frontière polonaise pour le repas funéraire à Bissau-Carrière.

La ferme de Vincent Bronski était dans un creux de terrain. Devant étaient des peupliers chargés de détourner les éclairs. On ôta de ses gonds la porte de la grange, on la mit à plat sur des billots de bois, on jeta dessus des nappes. Il vint encore des gens du voisinage. Le repas prit du temps. Nous étions attablés dans l'entrée de la grange. Gretchen Scheffler me tenait sur ses genoux. Le manger était gras, puis sucré, puis encore gras ; alcool de pomme de terre, bière, une oie et un porcelet, gâteaux à la saucisse, courge au vinaigre et au sucre, gruau à la crème aigre. Sur le soir, un peu de vent traversa la grange ouverte ; les souris détalaient à petit bruit, les enfants Bronski aussi qui, aidés par les mômes du voisinage, conquirent la ferme.

En même temps que les lampes à pétrole, les cartes de skat parurent sur la table. L'alcool de pomme de terre y resta. Il y avait aussi de la liqueur aux œufs maison. Ça rendait gai. Et Greff, qui ne buvait pas, chantait des chansons. Les Kachoubes chantaient aussi. Matzerath donna les cartes en premier. Jan faisait le second et le contremaître de la briqueterie le troisième. Je m'aperçus alors que ma pauvre maman était absente. On joua jusqu'en pleine nuit, mais aucun des hommes ne réussit à gagner un coup à cœur. Quand Jan Bronski, de façon inconcevable, perdit un cœur sans quatre valets, je l'entendis qui, à mi-voix, disait à Matzerath : « Agnès aurait sûrement gagné la partie. »

Alors je me laissai glisser des genoux de Gretchen Scheffler. Je trouvai dehors ma grand-mère et son frère Vincent. Ils étaient assis sur un timon de voiture. Vincent, à mi-voix, parlait polonais aux étoiles. Ma grand-mère ne pouvait plus pleurer, mais elle me fit place sous ses jupes.

Qui aujourd'hui me prend sous ses jupes ? Qui m'éteint la lumière du jour et la lumière des lampes ? Qui me prodigue l'odeur de ce beurre jaune amolli, légèrement rance, que ma grand-mère empilait, logeait, déposait sous ses jupes pour me nourrir et dont elle me donnait, jadis, pour exciter mon appétit et m'y faire prendre goût ?

Je m'endormis sous les quatre jupes, tout proche des origines de ma pauvre maman. J'étais au calme et, pour respirer, plus à l'aise qu'elle dans son coffre qui s'effilait en pointe au pied.

Le dos de Herbert Truczinski

Rien ne peut remplacer une mère, dit-on. Bientôt après l'enterrement je dus apprendre à me passer de ma pauvre maman. Les visites du jeudi chez Sigismond Markus furent supprimées, personne ne me conduisait plus vers l'uniforme blanc de sœur Inge ; les samedis surtout me firent douloureusement ressentir la mort de maman : maman n'allait plus à confesse.

Loin de moi désormais la Vieille-Ville, le cabinet du Dr Hollatz, le Sacré-Cœur. J'avais perdu le goût des manifestations politiques. Comment séduire les passants devant les vitrines alors que même la vocation de tentateur était devenue fade et sans attrait pour Oscar ? Il n'y avait plus de maman pour me conduire au théâtre pour la féerie de Noël, au cirque Krone ou

Busch. Ponctuellement, tout seul et bougon, je poursuivais mes études, me barbais à parcourir les rues rectilignes du faubourg jusqu'au Kleinhammerweg, rendais visite à la Gretchen Scheffler qui me racontait les croisières Force par la Joie au pays du soleil de minuit, tandis qu'intrépidement je confrontais Goethe et Raspoutine ; je ne trouvais pas le bout de ces confrontations et me dérobais à ce circuit au rayonnement sinistre en me lançant dans l'étude de l'histoire. Une lutte pour Rome, l'histoire de la ville de Danzig par Kaiser et le Calendrier de la Flotte de Köhler, mes vieux ouvrages standard, me donnèrent un demi-savoir encyclopédique. Ainsi suis-je encore en mesure aujourd'hui de vous renseigner avec précision sur le blindage, l'armement, le lancement, la finition, l'effectif théorique de tous les navires engagés dans la bataille du Jütland, coulés ou endommagés.

J'allais sur mes quatorze ans, j'aimais la solitude et allais beaucoup me promener. Mon tambour y allait aussi, mais j'en économisais la tôle, parce que le décès de maman avait remis en question une fourniture opportune de tambours de tôle.

Etait-ce à l'automne trente-sept ou au printemps trente-huit ? En tout cas je remontais à petits pas l'avenue Hindenburg en direction de la ville, je me trouvais à peu près à la hauteur du café des Quatre-Saisons ; les feuilles tombaient ou les bourgeons éclataient, en tout cas il se passait quelque chose dans la nature : alors je rencontrai mon maître et ami Bebra qui descendait en droite ligne du Prince Eugène, donc de Louis XIV.

Trois ans que nous ne nous étions vus. Cependant nous nous reconnûmes à vingt pas de distance. Il n'était pas seul ; à son bras se tenait avec une grâce méridionale, de deux centimètres peut-être plus petite que Bebra, de trois doigts plus grande que moi, une beauté qu'il me présenta sous le nom de Roswitha Raguna, la plus célèbre somnambule d'Italie.

Bebra me pria à une tasse de café au café des Quatre-Saisons. Nous prîmes place dans l'Aquarium et les commères se chuchotèrent : « Vise donc les Lilliputiens, Lisbeth, t'as vu ? Est-ce qu'ils travaillent chez Krone ? Faudra qu'on y aille voir. »

Bebra me sourit et révéla mille fines rides à peine visibles.

Le garçon qui nous apporta le café était très grand. Quand

elle lui commanda une petite tarte, le regard de Roswitha monta le long de l'habit noir comme à une tour.

Bebra m'observait. « Tout n'a pas l'air d'aller au mieux chez notre vitricide. Qu'y a-t-il, mon ami ? Est-ce le verre qui manque ou la voix qui défaille ? »

Jeune et impétueux comme j'étais, Oscar voulut aussitôt donner un petit échantillon de son art encore florissant. Je promenai alentour un regard explorateur, j'encadrais déjà la grande surface de verre placée derrière les poissons décoratifs et les plantes d'eau de l'aquarium, quand Bebra dit avant que j'eusse lancé le cri : « Mais non, mon ami ! Nous vous croyons sans peine. Pas de dégâts, s'il vous plaît, pas d'inondation, d'épizootie poissonnière ! »

Confus, je m'excusai avant toute chose auprès de Signora Roswitha qui avait tiré un éventail miniature et se faisait un vent d'émotion.

« Maman est morte », dis-je en manière d'explication. « Elle n'aurait pas dû. Je le prends mal. Les gens disent tout le temps : une mère voit tout, sent tout, une mère pardonne tout. Ce sont des slogans pour journée des mères ! Elle a vu en moi un gnome. Elle aurait fait son affaire au gnome si elle avait pu. Mais elle ne le pouvait pas, parce que les enfants, même les gnomes, sont déclarés sur les papiers et ne peuvent pas être supprimés simplement ; et aussi parce que j'étais son gnome, parce qu'en me tuant elle se serait supprimée et gênée elle-même. “ Ou bien moi, ou bien le gnome ? ” s'est-elle demandé. Puis elle en a fini avec elle-même. Elle n'a fait que manger du poisson, et encore pas frais, elle a donné congé à son amant et, maintenant qu'elle est à Brenntau, morte, tout le monde dit, les amants et les clients dans la boutique : “ Le gnome l'a mise à la tombe avec son tambour. C'est à cause du petit Oscar qu'elle n'a pas voulu continuer à vivre, il l'a tuée ! ” »

J'exagérais amplement, je voulais si possible impressionner Signora Roswitha. En fait, c'étaient Matzerath et Jan Bronski que la plupart des gens rendaient responsables de la mort de maman. Bebra pénétra ma pensée.

« Vous exagérez, très cher. C'est par jalousie pure que vous boudez votre maman défunte. Parce qu'elle n'est pas morte de votre fait, mais du fait d'amants fatigants, vous vous sentez dédaigné. Méchant et vain que vous êtes, comme il n'est pas permis de l'être à un génie ! »

Puis, après un soupir et un coup d'œil en biais à Signora Roswitha : « Il est malaisé de persévérer dans notre grandeur. Rester humain sans croissance externe, quelle tâche, quelle vocation ! »

Roswitha Raguna, la somnambule napolitaine à la peau aussi lisse que froissée, que j'évaluais à dix-neuf printemps et, le temps de respirer, admirais en qualité de possible nonagénaire, Signora Roswitha caressait l'élégant complet de coupe anglaise de M. Bebra ; elle m'adressa ensuite ses yeux méditerranéens de cerise noire ; elle avait une voix ténébreuse, prometteuse de fruits, qui m'émut et me pétrifia : « Carissimo Oscarnello ! Comme je la comprends, la douleur. Andiamo ! Venez avec nous : Milano, Parigi, Toledo, Guatemala ! »

Un vertige m'effleura. La jeune séculaire main de la Raguna, je la pris. La mer latine battit ma côte, des oliviers me susurraient à l'oreille : « Roswitha veut être votre mère. Roswitha va comprendre. Elle, la grande somnambule qui déchiffre toutes les pensées, toutes, sauf la sienne, mamma mia, sauf la sienne, Dio ! »

Par un singulier manège, la Raguna me retira brusquement sa main, comme dans un sursaut de frayeur, alors qu'elle avait à peine commencé à me lire et à m'illuminer d'un regard somnambulique. Mon cœur affamé de quatorze ans l'avait-il horrifiée ? Avait-elle senti que Roswitha, fille ou vieillarde, signifiait pour moi Roswitha ? Elle parlait bas en napolitain, tremblait, se signait souvent comme si les signes qu'elle lisait en moi ne lui laissaient pas de répit, puis elle disparut sans bruit derrière son éventail.

Bouleversé, je demandai des éclaircissements, priai M. Bebra de dire un mot. Mais Bebra lui-même, bien qu'il descendît en ligne directe du Prince Eugène, avait perdu contenance, bredouillait, et enfin je compris : « Votre génie, jeune ami, le côté divin, mais à coup sûr aussi diabolique, de votre génie a un peu bouleversé ma bonne Roswitha, et je dois aussi avouer qu'une démesure qui vous est propre, explosant brusquement, me paraît étrange, sinon tout à fait incompréhensible. Mais c'est tout un. » Bebra reprenait pied : « Quelle que soit la nature de votre caractère, venez avec nous, entrez dans la troupe de l'illusionniste Bebra. Avec un peu d'autodiscipline et de modération il devrait vous être possible, même dans les circonstances politiques présentes, de trouver un public. »

Je compris aussitôt. Bebra qui m'avait conseillé d'être toujours sur des tribunes, jamais devant, était rentré dans la piétaille, bien qu'il continuât à se produire au cirque. Aussi ne fut-il pas déçu quand j'eus le regret de décliner son offre. Et Signora Roswitha poussa un bruyant soupir de soulagement derrière l'éventail et me montra de nouveau ses yeux latins.

Nous bavardâmes encore une petite heure. Je me fis apporter par le garçon un verre à eau vide, chantai dans le verre une fenêtre en forme de cœur, chantai alentour en gravure à festons une inscription circulaire : « Oscar pour Roswitha », lui donnai le verre, lui fis plaisir, et Bebra paya, donna un bon pourboire avant de partir.

Tous deux m'accompagnèrent jusqu'à la halle des Sports. De ma baguette, je montrai la tribune vide à l'autre bout de la prairie de Mai et — maintenant je me rappelle que c'était en février trente-huit — racontai à mon maître Bebra ma carrière de tambour sous tribunes.

Bebra eut un sourire embarrassé, la Raguna fit un visage grave. Et quand la Signora fut à l'écart de quelques pas, Bebra me chuchota à l'oreille en prenant congé : « J'ai échoué, cher ami, comment pourrais-je à l'avenir rester votre maître ? Oh ! Cette sale politique ! »

Puis il me donna, comme des années auparavant, lorsqu'il m'avait rencontré entre les roulottes du cirque, un baiser sur le front. La dame Roswitha me tendit une main qu'on eût dit de porcelaine et je m'inclinai avec grâce, avec presque trop de routine pour mes quatorze ans, sur les doigts de la somnambule.

« Nous nous reverrons, mon fils ! » dit Bebra dans un geste d'adieu, « quels que soient les temps, des gens comme nous ne se perdent pas de vue. »

« Pardonnez à vos pères ! » tel fut le sermon de la Signora,

« habituez-vous à votre propre existence, afin que le cœur trouve le repos et Satan le malaise ! »

Il me sembla que la Signora m'avait encore une fois, et une fois encore en vain, baptisé. Vade retro Satanas ! Mais Satan ne recula point. Tristement et le cœur vide, je suivis du regard le couple ; je leur fis un signe de la main quand ils montèrent dans un taxi et y disparurent complètement ; la Ford construite pour des adultes semblait vide et en quête de clients lorsqu'elle démarra en emportant mes amis.

Certes j'essayai d'induire Matzerath à prendre un billet au cirque Krone, mais Matzerath ne se laissa pas induire ; il se donnait tout entier au deuil de ma pauvre maman qu'il n'avait à vrai dire jamais possédée tout entière. Mais qui avait possédé maman tout entière ? Même pas Jan Bronski. Moi, peut-être. C'était Oscar qui souffrait le plus de son absence. Elle troublait ma vie quotidienne, la mettait même en question. Maman m'avait déçu. Il n'y avait rien à attendre de mes pères. Maître Bebra avait trouvé son maître en le ministre de la Propagande Gœbbels. Gretchen Scheffler s'absorbait dans le Secours d'hiver. Personne ne doit avoir ni faim ni froid, c'était la formule. Je m'en tenais à mon tambour. Je devins totalement seul sur la tôle jadis blanche, maintenant usée d'être battue. Le soir, Matzerath et moi nous faisions face à table. Il feuilletait ses livres de cuisine, je me plaignais sur mon instrument. Parfois Matzerath pleurait et se cachait la tête dans les livres de cuisine. Jan Bronski venait à la maison de plus en plus rarement.

Sur le plan de la politique, les deux hommes étaient d'avis qu'il fallait se montrer prudent, qu'on ne savait pas sur quel pied danser. Ainsi les tours de skat avec des troisièmes changeants devinrent-ils de plus en plus rares, si on les mettait sur le tapis, ce n'était qu'à une heure tardive, en évitant toute conversation politique, dans notre salle de séjour, sous la suspension. Ma grand-mère semblait avoir oublié le chemin de Bissau à chez nous dans le Labesweg. Elle en voulait à Matzerath, peut-être à moi aussi, car je lui avais entendu dire : « Mon Agnès, elle est morte pasqu'elle ne pouvait plus supporter le tambour. »

Bien que coupable de la mort de maman, je m'accrochais au tambour dédaigné avec une énergie accrue. Maman n'était pas morte comme meurt une mère qu'on peut racheter neuve, faire réparer chez le vieux Heylandt ou l'horloger Laubschad ; elle me comprenait, me donnait toujours la réponse juste, elle tenait à moi comme je tenais à elle.

Si, à cette époque, le logement devenait trop étroit, les rues trop courtes ou trop longues pour mes quatorze ans ; si de la journée, il ne s'offrait pas une occasion de jouer le tentateur devant des vitrines et si le soir la tentation n'était pas suffisamment urgente pour me donner envie de jouer les tentateurs dans les couloirs obscurs, je montais en cadence les quatre étages, comptais cent seize marches, marquais un temps à chaque étage, percevais les odeurs qui s'échappaient à chaque étage par cinq portes de logements, parce que les odeurs, comme moi, se trouvaient à l'étroit dans les deux pièces.

Au début, je goûtais encore parfois quelque satisfaction avec le trompettiste Meyn. Ivre et couché dans le séchoir entre les draps de lit, il pouvait souffler dans sa trompette de façon furieusement musicale et faire plaisir à mon tambour. En mai trente-huit il fut infidèle au genièvre et révéla à qui voulait l'entendre : « Maintenant commence une nouvelle vie ! » Il devint musicien de la SA équestre. Botté et avec un cul de cuir, rigoureusement à jeun, je le vis désormais prendre l'escalier cinq à cinq. Ses quatre chats, dont l'un s'appelait Bismarck, restèrent avec lui parce que, selon une supposition générale, le genièvre l'emportait de temps à autre et le rendait à la musique.

Rarement je frappais chez l'horloger Laubschad, un homme silencieux parmi deux cents horloges bruyantes. Je ne pouvais me permettre plus d'une fois par mois pareil gaspillage du temps.

Le vieux Heylandt gardait toujours son capharnaüm dans la cour de l'immeuble. Il continuait à redresser au marteau des clous tordus. Il y avait aussi des lapins, et des lapins issus de lapins, comme jadis. Mais les mômes de cour étaient devenus autres. Maintenant ils portaient des uniformes et des cravates noires ; ils ne faisaient plus de soupes à la brique pilée. Je connaissais à peine le nom de ce qui grandissait là et me dépassait. C'était une autre génération. La mienne avait fini d'aller à l'école, elle entrait en apprentissage : Nuchi Eyke devenait coiffeur, Axel Mischke voulait devenir soudeur à Schichau, Susi Kater était en apprentissage comme vendeuse aux grands magasins Sternfeld, et avait déjà un ami attitré. Comme tout peut changer en trois quatre ans ! Il subsistait bien le vieux tréteau à battre les tapis ; c'était dans le règlement de la maison : mardi et vendredi battage des tapis ; mais ces deux jours de la semaine on n'entendait plus battre qu'avec parcimonie et presque avec embarras : depuis que Hitler avait pris le pouvoir, on comptait de plus en plus d'aspirateurs dans les ménages ; les tréteaux à battre les tapis devenaient solitaires et ne servaient plus qu'aux moineaux.

Il me restait seulement la cage de l'escalier et le grenier. Sous les tuiles, je poursuivais ma lecture éprouvée et dans l'escalier, quand j'avais un regret des hommes, je frappais à la première porte à gauche au deuxième étage. La mère Truczinski ouvrait toujours. Depuis qu'au cimetière de Brenntau elle m'avait tenu par la main et conduit à la tombe de ma pauvre maman, elle ouvrait toujours quand Oscar grattait le panneau avec ses baguettes de tambour.

« Tape donc pas si fort, petit Oscar. Herbert dort encore un peu, pasqu'il a encore eu une nuit dure et qu'on l'a ramené en auto. » Elle me tirait alors dans le logement, versait du malt et du lait, me donnait aussi un morceau de sucre candi brun au bout d'un fil pour le tremper et le lécher. Je buvais, suçais le sucre candi et mettais le tambour en congé.

La mère Truczinski portait une petite tête ronde, tendue de minces cheveux gris cendre si minces qu'au travers on voyait la peau rose du crâne. Les maigres fils tendaient tous vers le surplomb extrême de son occiput, y formaient un macaron qui en dépit de son faible volume — une boule de billard — était visible de toutes parts quelle que fût la position. Des aiguilles à tricoter en maintenaient la cohésion. Ses joues rondes, que le rire faisait paraître rapportées, la mère Truczinski les frottait chaque matin avec le papier des paquets de chicorée ; rouge, il déteignait. Elle avait un regard de souris. Ses quatre enfants s'appelaient : Herbert, Guste, Fritz, Maria.

Maria était de mon âge. Elle venait de quitter l'école communale, logeait et apprenait le ménage dans une famille de fonctionnaires à Schidlitz. Fritz, qui travaillait à l'usine de wagons, était rarement visible. Il avait à tour de rôle deux ou trois petites amies qui lui faisaient son lit et qu'il menait danser à Oliva, à l' « Hippodrome ». Dans la cour de l'immeuble, il élevait des lapins, des viennois bleus, mais il laissait la mère Truczinski s'en occuper, parce que Fritz avait du travail à pleines mains avec ses amies. Guste, une personne tranquille dans les trente ans, était serveuse à l'hôtel Eden près de la gare centrale. Toujours célibataire, elle habitait, comme tout le personnel de cet hôtel de première classe, à l'étage supérieur du gratte-ciel Eden. Herbert enfin, l'aîné, qui seul habitait chez sa mère — si l'on fait abstraction des nuitées occasionnelles du monteur Fritz —, travaillait comme garçon de café dans le faubourg portuaire de Neufahrwasser. Il doit être question de lui ici. Car Herbert Truczinski devint, après la mort de ma pauvre maman, pendant une brève époque heureuse, le but de mes efforts ; aujourd'hui encore je l'appelle mon ami.

Herbert faisait la salle chez Starbusch. Ainsi s'appelait le tenancier du bistrot « Au Suédois ». C'était en face du temple protestant des marins, et la clientèle — comme on s'en doute à lire l'enseigne — était essentiellement scandinave. Mais on y voyait des Russes, des Polonais du port franc, des chargeurs des docks et des matelots des navires de guerre allemands qui venaient justement en visite. Seules les expériences accumulées à l' « Hippodrome » d'Ohra — il avait servi dans ce guinche de troisième ordre avant d'aller à Neufahrwasser — qualifiaient Herbert pour dominer, de son bas-allemand de faubourg entrelardé de bribes anglaises et polonaises, la Babel bouillonnante du « Suédois ». Cependant, contre sa volonté, mais en revanche gratis, une ou deux fois par mois une ambulance le ramenait à la maison.

Herbert devait alors rester couché à plat ventre, respirant avec peine, car il pesait dans le quintal, et quelques jours durant écraser son lit. Ces jours-là, la mère Truczinski n'arrêtait pas de pester tout en veillant inlassablement à son bien-être ; chaque fois qu'elle lui avait renouvelé son pansement, elle tirait de son macaron une aiguille à tricoter avec quoi elle tapotait un portrait sous verre, placé en face de son lit ; il représentait un homme moustachu, au regard fixe, photographié et retouché, ressemblant à une partie des moustaches qui habitent les premières pages de mon album de photos.

Ce monsieur que désignait l'aiguille à tricoter de la mère Truczinski n'était pourtant pas de la famille : c'était seulement le père de Herbert, Guste, Fritz et Maria.

« Tu finiras comme a fini ton père », instillait-elle dans l'oreille d'Herbert. Il respirait lourdement, soupirait. Mais jamais la mère Truczinski ne disait clairement comment et où l'homme du cadre verni noir avait trouvé ou peut-être cherché sa fin.

« Qu'est-ce que c'était cette fois ? » demandait la souris aux cheveux gris par-dessus ses bras croisés.

« Suédois et Norske, comme toujours », geignait Herbert dans un roulement de torse ; et le lit craquait.

« Comme toujours, comme toujours ! Ne me dis pas que c'est toujours les mêmes. La dernière fois c'étaient des gars du bateau-école, comment s'appelle-t-y donc, dis donc, ah oui, du *Schlageter*. Qu'est-ce que j'disais donc, et tu me parles de Suédois et de Norske ! »

L'oreille d'Herbert — je ne voyais pas son visage — devenait rouge jusque derrière les bords. « Ces Fritz, toujours que ça ramène sa fraise et joue les gros bras ! »

« Laisse-les tomber, ces gars. Qu'est-ce que ça peut te faire ? Dans la ville, quand on les voit qui sont de sortie, ils ont toujours l'air convenable. Tu leur auras encore parlé de tes idées ou de Lénine, ou bien tu les as embringués dans la guerre d'Espagne ? »

Herbert ne répondait plus, et la mère Truczinski traînait ses savates à la cuisine où infusait son malt.

Dès que Herbert était guéri, j'avais licence de regarder son dos. Herbert se tenait alors assis sur la chaise de cuisine ; il laissait ses bretelles retomber sur ses cuisses de drap bleu et dépouillait lentement, comme si une pensée difficile retardait ses gestes, sa chemise de laine.

Le dos se présentait rond, mobile. Des muscles y évoluaient inlassablement. Un paysage rose, semé de taches de rousseur. En dessous des omoplates foisonnait un poil de renard, de part et d'autre de l'échine enrobée de graisse. Il frisait vers le bas, jusqu'à disparaître dans ces caleçons qu'Herbert portait même en été. En remontant du bord du caleçon jusqu'aux muscles du cou, enflées, entrecoupant la végétation de poils, supprimant les taches de rousseur, plissées, siège de démangeaisons quand le temps allait changer, multicolores, du bleu noir au blanc verdâtre, un espalier de cicatrices. Ces cicatrices, je pouvais les toucher.

Moi qui suis au lit, à regarder par la fenêtre, à regarder depuis des mois les pavillons de service de l'hôpital psychiatrique et, derrière, le bois d'Oberrath, qu'ai-je pu toucher à ce jour d'aussi sensible, d'aussi dur, d'aussi émouvant que les cicatrices dans le dos d'Herbert Truczinski ? Les parties de quelques filles et femmes, mon propre pénis, le petit arrosoir en plâtre de l'Enfant Jésus et cet annulaire que, voici deux ans tout juste, le chien me rapporta du champ de seigle, qu'il y a un an je pouvais encore garder, dans un bocal certes et sans pouvoir y toucher, mais si net et complet que maintenant encore je peux sentir et détailler chaque phalange si seulement je prends mes baguettes de tambour. Chaque fois que je voulais me souvenir des cicatrices marquant le dos d'Herbert Truczinski, je m'asseyais, jouant du tambour — du tambour, donc, aidant ma mémoire — devant le bocal qui contenait le doigt. Chaque fois, ce qui semble assez étrange, que je rêvais d'un corps de femme, je réinventais, faute de percevoir avec suffisamment de conviction les parties d'une femme qui ressemblent à des cicatrices, les cicatrices d'Herbert Truczinski. Mais je pourrais dire aussi bien : les premiers contacts de ces renflements sur le dos large de mon ami me promettaient, dès lors, que je connaîtrais et posséderais temporairement ces indurations qu'ont sur elles, pour un bref délai, les femmes prêtes à l'amour. De même, les signes marqués sur le dos d'Herbert à cette haute époque me promettaient déjà l'annulaire et, avant que les cicatrices d'Herbert ne me fissent des promesses, c'étaient les baguettes de tambour qui, dès mon troisième anniversaire, me promettaient les cicatrices, les organes reproducteurs et enfin l'annulaire.

Aujourd'hui je suis revenu aux baguettes de tambour. Les cicatrices, les parties molles, mon propre attirail qui n'exulte plus que par intervalles, je m'en souviens par le détour que mon tambour m'impose. Il m'a fallu devenir trentenaire pour fêter derechef mon troisième anniversaire. Vous l'aurez deviné : le but d'Oscar est le retour aux origines ; de là, de là exclusivement toute la mise en scène faite aux cicatrices d'Herbert Truczinski.

Avant de reprendre la description de l'interprétation du dos de mon ami, je postule que, sauf une morsure au tibia gauche que lui avait léguée une prostituée d'Ohra, la face antérieure de son corps puissant, large cible presque impossible à couvrir, ne présentait pas de cicatrices. On ne pouvait l'atteindre que par-derrière, son dos seul était sigillé de surins finnois et polonais, de lingues maniés par les chargeurs de l'île des docks, de couteaux de voilier appartenant aux cadets des navires-écoles.

Quand Herbert avait fini de déjeuner — trois fois par semaine il y avait des croquettes de pommes de terre que personne d'autre que la mère Truczinski ne savait réussir aussi maigres et cependant aussi croustillantes — quand donc Herbert repoussait de côté son assiette, je lui tendais les *Dernières Nouvelles*. Il baissait ses bretelles, ôtait sa chemise comme une épluchure et me laissait, le temps qu'il lisait, interroger son dos. Pendant ces heures d'interrogatoire, la mère Truczinski se tenait la plupart du temps assise à table, détricotant de vieilles chaussettes de laine, faisant des remarques approbatives ou réprobatives et ne manquait pas, de temps à autre, de se référer à la mort terrible — admettons-le — de cet homme qui, photographié et retouché, pendait sous verre au mur en face du lit d'Herbert.

Pour commencer l'interrogatoire, je pointais un doigt sur une des cicatrices. Parfois aussi une de mes baguettes de tambour. « Appuie encore un coup, garçon. Je ne sais pas laquelle c'est. Aujourd'hui elle a l'air de dormir. » Alors j'appuyais à nouveau, plus énergiquement.

« Ah celle-là ! C'était un Ukrainien. Il en avait après un de Gdingen. D'abord ils étaient attablés comme frères. Et alors celui de Gdingen dit à l'autre : rouski. Ça ne plaisait pas à l'Ukrainien qui voulait bien être ce qu'on voulait mais pas un rouski. Il avait descendu la Vistule avec du bois, et d'abord quelques autres rivières, et maintenant il avait un tas de sous dans sa botte et il avait déjà placé la moitié de sa botte chez

Starbusch en payant des tournées quand le gars de Gdingen a dit rouski ; et là-dessus j'ai dû les séparer tous les deux, doucement, comme c'est ma façon. Herbert avait encore les deux mains occupées, et voilà que l'Ukrainien me dit à moi polaque à la manque, et le Polaque, qui travaillait toute la journée à lever de la vase sur la drague, lui, il me colle un gros mot qui ressemblait à nazi. Eh bien, Oscar mon petit, tu connais ton Herbert Truczinski : le gars de la drague, un type pâle genre chauffeur, tout de suite il était un peu aplati devant le vestiaire. Et juste comme j'allais expliquer à l'Ukrainien la différence qu'il y a entre un Polaque à la manque et un gars de Danzig, voilà qu'il me pique par-derrière — et c'est ça la cicatrice. »

Quand Herbert disait : « Et c'est ça la cicatrice », il tournait toujours les pages en même temps pour confirmer ses paroles et buvait une gorgée de malt avant que je puisse appuyer une fois ou deux sur la plus proche cicatrice.

« Ah celle-là ! C'est en une toute modeste. C'était il y a deux ans quand la flotte de torpilleurs de Pillau a fait escale ici, la ramenait, jouait les cols bleus et que les marielles en étaient toquées. Comment ce tordu est entré dans la marine, ça m'échappe encore aujourd'hui. De Dresde qu'il était, tu te rends compte, Oscar, de Dresde ! Mais tu n'as pas idée de ce que c'est, quand un mataf est de Dresde ! »

Pour ramener de Dresde les idées d'Herbert qui s'épanouissaient trop opiniâtrement dans la belle ville de l'Elbe, pour les ramener à Neufahrwasser, leur port d'attache, je pointais encore un coup le doigt sur ce qu'il appelait une toute modeste cicatrice.

« Bon, qu'est-ce que je disais ? Il était timonier sur un torpilleur. Il voulait forcer la note et asticoter un paisible Ecossais que son rafiot était en cale sèche. A propos de Chamberlain, parapluie, etc. Je lui conseillai bien tranquillement, comme c'est ma façon, de nous foutre la paix avec ses laïus, surtout que l'Ecossais n'y pigeait que couic et ne faisait que barbouiller la table avec son doigt et du schnaps. Et comme je dis laisse tomber, petite tête, t'es pas chez vous ici, t'es à la SDN, alors le Fritz-la-torpille me dit : « Fritz à la manque », et ça en patois saxon, tu saisis — et tout de suite il en avait une paire en poire, ça l'a calmé. C'est seulement une demi-heure après, je me penchais pour ramasser le florin qu'avait roulé sous la table, et je pouvais pas voir parce que c'était sombre sous la table, alors le Saxon tire son surin et vlan il me pique ! »

Hilare, Herbert tournait les pages des *Dernières Nouvelles,* il dit encore : « C'est ça la cicatrice », puis il passa le journal à la mère Truczinski, laquelle bougonnait, et il prit ses dispositions pour se lever. Vite, avant qu'Herbert ne puisse aller au chose — je voyais à sa figure où il voulait aller — quand déjà il se hissait en s'appuyant au bord de la table, je touchai une cicatrice d'un noir violet, recousue, aussi large qu'une carte de skat est longue.

« Faut qu'Herbert aille aux vécés, petit. Je te le dirai après. » Mais j'appuyais encore un coup, trépignais, comme si j'avais trois ans ; ça prenait toujours.

« Bon, ça va. Pour avoir la paix. Mais en deux mots. » Herbert se rassit. « C'était à Noël, en trente. Pas grand mouvement dans le port. Les dockers traînaient aux coins des rues et crachaient pour voir qui irait le plus loin. Après la messe de minuit — on finissait justement de préparer le punch — les Suédois et les Finlandais, bien peignés, bleu marine et vernis, sortent du temple des marins qui est en face. Je n'en augure rien de bon. Je suis sur le pas de la porte, chez nous, et je regarde leurs têtes : c'était confit en dévotion. Je me dis qu'est-ce qu'ils ont à tripoter leurs boutons à ancre et voilà déjà que ça démarre : longs les couteaux, courte la nuit ! Ma foi ; Finlandais et Suédois ont toujours quelque chose à se remontrer. Mais pour savoir ce qu'Herbert Truczinski avait avec eux, y a que le Diable. Voilà que ça me prend, car si ça barde Herbert doit en être. Le temps de m'avancer sur le devant de la porte, et le père Starbusch me crie encore : “ Prends garde, Herbert ! ” Mais Herbert a une mission, il en a au pasteur, un petit jeunot, frais arrivé de Malmö, sortant du séminaire, et qui n'a jamais encore fêté Noël avec des Finlandais et des Suédois dans le même temple ; celui-là il veut le sauver, le prendre sous les bras, histoire qu'il rentre chez lui en bon état. A peine j'avais attrapé l'homme de Dieu par son habit, vlan, j'ai déjà le joli truc dans le corps par-derrière et je me dis : “ Bonne Année ”, pourtant ce n'était que Noël. Quand je reviens à moi, je suis chez nous couché sur le comptoir et mon beau sang coule gratis dans les verres à bière et Starbusch arrive avec sa boîte à pansement de la Croix-Rouge et veut me mettre ce qu'on appelle le pansement d'urgence. »

« Pourquoi t'en es-tu mêlé ? », râlait la mère Truczinski en tirant de son macaron une aiguille à tricoter. « Avec ça que tu ne vas jamais au temple autrement. Au contraire. »

Herbert fit un signe de refus et s'en alla, traînant sa chemise, bretelles pendantes, au chose. Il était de mauvaise humeur en s'en allant ; il dit aussi d'un ton de mauvaise humeur : « Et c'est ça la cicatrice » ; il entreprit cette démarche comme s'il voulait garder ses distances vis-à-vis de la religion et des rixes à coups de couteau qu'elle implique, comme si le chose était le lieu où l'on est, devient ou reste libre penseur.

Peu de semaines plus tard je trouvai Herbert silencieux et peu disposé à l'interrogatoire. Il me parut soucieux. Pourtant il n'avait pas l'habituel pansement dans le dos. Il était dans son lit, mais pas pour cause de blessure ; cependant il semblait être gravement blessé. J'entendais Herbert soupirer, invoquer et exécrer Dieu, Marx et Engels. De temps à autre il brandissait le poing dans l'air de la chambre, le laissait retomber sur sa poitrine, revenait à la charge avec l'autre poing, et il se martelait comme un catholique qui dirait mea culpa, mea maxima culpa.

Herbert avait assommé un capitaine de vaisseau letton. Certes le tribunal l'acquitta — il avait, comme il arrive souvent dans sa profession, agi en état de légitime défense. Cependant, malgré la sentence d'acquittement, le Letton demeura mort
comme un catholique qui dirait *mea culpa, mea maxima culpa.*
café, bien qu'on dît du capitaine : c'était un petit homme menu, gastralgique par-dessus le marché.

Herbert n'allait plus travailler. Il avait rendu son tablier. Souvent le cafetier Starbusch venait, s'asseyait à côté d'Herbert sur le sofa, ou bien de la mère Truczinski à la table de cuisine, tirait de sa serviette de cuir une bouteille de genièvre Stobbes zéro-zéro pour Herbert, pour la mère Truczinski une demi-livre de café vert en provenance du port franc. Ou bien il tentait de gagner Herbert, ou bien il persuadait la mère Truczinski de gagner son fils. Mais Herbert restait dur ou mou — comme on voudra —, il ne voulait plus être loufiat, à Neufahrwasser, en face du temple des marins. Il ne voulait même plus être loufiat du tout ; car quiconque est loufiat reçoit des coups de couteau, et quiconque reçoit des coups de couteau assomme un jour un petit capitaine letton, tout ça parce qu'il veut tenir à distance le capitaine, parce qu'il ne veut pas permettre à un couteau letton, à côté de toutes les cicatrices finlandaises, suédoises, polonaises, ville-libre-de-Danzigoises et allemandes du Reich, de perpétuer encore une cicatrice lettonne sur le dos labouré en tous sens d'un Herbert Truczinski.

« J'aimerais encore mieux entrer dans les douanes que de reprendre comme loufiat à Neufahrwasser », disait Herbert. Mais il n'entra pas dans les douanes.

Niobe

En l'année trente-huit, les droits de douane furent relevés, la frontière provisoirement fermée entre la Pologne et l'Etat libre. Ma grand-mère ne pouvait plus venir par le tacot au marché hebdomadaire de Langfuhr ; elle dut fermer son stand. Elle resta pour ainsi dire assise sur ses œufs sans avoir une vraie envie de couver. Dans le port, les harengs puaient, grandioses, la denrée s'accumulait, et les hommes d'Etat se réunirent, se mirent d'accord ; seul mon ami Herbert gisait, pas d'accord et en chômage, sur le sofa, et ruminait ses pensées comme un homme vraiment pensif de nature.

Il faut dire que la douane offrait de quoi vivre. Des uniformes verts et une frontière qui valait d'être gardée. Herbert n'alla pas dans les douanes, mais il ne voulait plus être loufiat, il ne voulait plus qu'être vautré sur le sofa et ruminer ses pensées.

Mais il faut bien que l'homme ait un travail. La mère Truczinski n'était pas seule de cet avis. Bien qu'elle refusât, malgré l'insistance du cafetier Starbusch, d'enjoindre à son fils Herbert de reprendre du service comme garçon de café à Neufahrwasser, elle était pourtant décidée à l'éloigner du divan.

Lui aussi ne tarda pas à prendre le deux-pièces en grippe. Il n'était plus pensif qu'en apparence et il commença un jour à chercher un petit job dans les *Dernières Nouvelles* et même, bien à contrecœur, dans la *Sentinelle*, quotidien nazi.

Je l'aurais volontiers aidé. Est-ce qu'un homme comme Herbert avait besoin, en dehors du métier qui lui convenait dans le faubourg portuaire, de chercher un autre gain subsidiaire ? Débardage, travail occasionnel, enterrer des harengs pourris. Je ne pouvais pas me représenter Herbert sur les ports de la Mottlau, crachant après les mouettes, adonné à la chique. Il me vint à l'idée que je pourrais monter avec Herbert une petite affaire en tandem : deux heures à peine de travail concentré, une fois par semaine ou même par mois, et notre situation eût été faite. Oscar, dûment qualifié dans cette branche par une longue expérience, aurait ouvert les vitrines devant les étalages respectables, grâce à une voix qui avait toujours l'efficacité du diamant, et fait simultanément le guetteur, tandis qu'Herbert, comme on dit, aurait prêté la main. Pas besoin de chalumeau, de rossignols, de boîte à outils. Nous nous en tirions sans coup-de-poing américain, sans feu. La rousse et nous, c'étaient deux mondes qui n'avaient pas besoin d'entrer en contact. Et Mercure, dieu des voleurs et du commerce, nous bénit parce que, né sous le signe de la Vierge, je possédais son signe dont je marquais à l'occasion des objets solides.

Il ne serait pas raisonnable de passer sous silence cet épisode. Ci-dessous rapport succinct, mais pas d'aveu : Herbert et moi, du temps qu'il était sans travail, nous nous offrîmes deux effractions moyennes chez des négociants en comestibles fins et une succulente effraction dans une pelleterie : deux renards bleus, un phoque, un manchon d'astrakan et un joli manteau de poulain, sans grande valeur pourtant, que ma pauvre maman aurait sûrement aimé porter, tel fut notre butin.

Ce qui nous induisit à renoncer au vol, ce fut moins ce sentiment déplacé, mais parfois pesant, de culpabilité, que les difficultés croissantes rencontrées dans l'écoulement du butin. Herbert devait, pour fourguer avantageusement la came, retourner à Neufahrwasser, car les seuls intermédiaires convenables étaient dans le faubourg portuaire. Mais comme ces lieux lui rappelaient sans arrêt le chétif et gastralgique capitaine letton, il tentait le coup partout, le long de la rue de Schichau, à l'usine Hakel, sur les Prés-Bourgeois, partout sauf à Fahrwasser où les fourrures se seraient enlevées comme des petits pains. Ainsi le débit de notre butin traînait-il tellement en longueur que, pour finir, les comestibles fins échouèrent dans la cuisine de la mère Truczinski et qu'Herbert lui donna le manchon d'astrakan ; ou plutôt il tenta de le lui donner.

Quand la mère Truczinski vit le manchon, elle perdit l'envie de rire. Les comestibles, elle les avait acceptés en silence, songeant peut-être que c'était du vol alimentairc permis par la loi. Mais le manchon, c'était du luxe, le luxe de la frivolité, et la frivolité la prison. Aussi simples et justes que cela les idées de la mère Truczinski. Elle fit des yeux de souris, tira l'aiguille à tricoter de son macaron, dit en brandissant l'aiguille : « Tu finiras encore une fois comme ton père a fini », et elle tendit à Herbert les *Dernières Nouvelles* ou la *Sentinelle*, ce qui revenait à dire : « Maintenant tu vas te chercher une place honnête, pas je ne sais quel business, ou bien je ne te donne plus à manger. »

Herbert demeura une semaine encore vautré sur le divan des méditations ; il était d'humeur massacrante, et intraitable sur le chapitre des cicatrices et des étalages. Je marquai à mon ami de la compréhension, le laissai boire jusqu'à la lie le reste de son tourment, séjournai chez l'horloger Laubschad et ses horloges mangeuses de temps, tentai ma chance encore une fois avec le musicien Meyn ; mais il ne s'accordait plus un petit verre ; sa trompette ne ventilait plus que les partitions de la SA équestre ; il se donnait un air correct et allant, tandis que ses quatre chats, reliques d'une époque éthylique, mais puissamment musicale, misérablement nourris, menaient une vie de chien. En revanche je trouvais souvent à une heure tardive Matzerath — qui du vivant de maman n'avait jamais bu qu'en société — le regard vitreux derrière les petits verres. Il feuilletait l'album de photos, s'essayait, comme je le fais à présent, à ranimer la pauvre maman captive dans des rectangles plus ou moins bien éclairés, pleurait, vers minuit, pour se donner du cœur, haranguait alors Hitler ou le Beethoven, toujours pendus, sinistres, vis-à-vis ; il usait du Tu familier, et semblait obtenir des réponses du génie qui pourtant fut sourd, tandis que le Führer abstinent gardait le silence parce que Matzerath, un petit chef de cellule ivre, se révélait indigne de la Providence et de l'Histoire.

Un mardi — telle est la précision que mon tambour me permet d'atteindre dans mes souvenirs — la situation était mûre : Herbert se mit sur son trente et un, c'est-à-dire qu'il fit brosser au café froid par la mère Truczinski son pantalon bleu, mince du cul et large des pattes, rangea ses pieds dans une paire de silencieux, se moula d'une vareuse à boutons marqués de l'ancre, arrosa le châle de soie blanc (importé du port franc) avec de l'eau de Cologne (née pareillement au port franc sur le fumier des exemptions douanières) et voici qu'il se tenait là, carré et rigide sous sa casquette bleue à visière de cuir. « J'vas voir s'y aurait pas du boulot », dit Herbert ; puis il donna à sa casquette commémoratrice du prince Henri un coup de bascule à gauche, avec une touche de me v'là c'est moi, et la mère Truczinski baissa son journal.

Le lendemain Herbert avait une situation et un uniforme. Il était vêtu de gris sombre et non de vert douane ; il était gardien de musée au musée de la Marine.

Comme tout ce que cette ville digne d'être conservée recelait qui fût digne d'être conservé, les trésors du musée de la Marine remplissaient une vieille maison patricienne, musée elle-même, qui conservait au-dehors un perron de pierre et une façade débridée, quoique lasse d'ornements et, à l'intérieur, un luxe de bois sculptés et d'escaliers en colimaçon. On y montrait, soigneusement cataloguée, l'histoire de la ville portuaire dont la gloire avait toujours été, entre plusieurs voisins puissants, mais plutôt pauvres, de devenir et de rester riche à crever. Ces privilèges achetés aux Chevaliers teutoniques, aux rois de Pologne, et dûment enregistrés ! Ces gravures en couleurs des différents sièges subis par la citadelle maritime à l'embouchure de la Vistule ! Voici que le malheureux Stanislas Leszczynski, fuyant devant l'antiroi de Saxe, séjourne dans les murs de la ville. Sur le portrait à l'huile on voit nettement qu'il a peur. Très peur aussi le primat Potocki et l'ambassadeur de France de Monti, parce que les Russes commandés par le général Lascy assiègent la ville. Tout cela est inscrit avec précision sur des pancartes et les noms des vaisseaux français mouillés dans la rade sous la bannière des lys sont également lisibles. Une flèche signifie : c'est sur ce navire que le roi Stanislas Leszczynski s'enfuit en Lorraine quand la ville dut se rendre le 3 août. Mais la majeure partie des curiosités exposées était constituée par des prises faites dans des guerres victorieuses, parce que les guerres perdues livrent rarement, sinon jamais, des prises aux musées.

Ainsi l'orgueil de la collection était-il la figure de proue d'une grosse galéasse florentine ayant son port d'attache à Bruges, mais qui appartenait aux marchands florentins Portinari et Tani. Les pirates et capitaines municipaux Paul Beneke et Martin Bardewiek, croisant au large de la côte de Zélande devant le port de Sluys, avaient, en avril 1473, réussi à enlever la galéasse. Tout de suite après la capture, ils firent passer le nombreux équipage, avec officiers et capitaine, au fil de l'épée. Le navire et son chargement furent amenés à Danzig. Un retable à volets du peintre Memling, figurant le Jugement Dernier, et des fonts baptismaux en or — pièces confectionnées pour une église de Florence sur commande du Florentin Tani — furent exposés dans l'église Notre-Dame ; de nos jours, le Jugement Dernier, autant que je sois informé, réjouit l'œil catholique de la Pologne. Ce qu'il advint, après la guerre, de la figure de proue, demeure obscur. De mon temps, elle était conservée au musée de la Marine.

Une opulente femme de bois, nudité verte qui, sous des bras levés aux doigts négligemment croisés au complet, au-dessus de seins ambitieux, dardait droit devant soi un regard d'ambre serti dans le bois. Cette femme, cette figure de proue portait malheur. Le marchand Portinari commanda la sculpture, la fit exécuter d'après les cotes d'une fille flamande à laquelle il voulait du bien, par un tailleur d'images renommé dans la figure de proue. A peine la figure mise en place sous le beaupré de la galéasse que procès fut fait à la fille pour sorcellerie, selon les usages du temps. Avant de fricasser, elle accusa, après un interrogatoire minutieux, son protecteur le négociant de Florence et par la même occasion le tailleur d'images qui avait si bien pris ses mesures. Portinari, tel fut son nom, se pendit parce qu'il craignait le feu. Quant au tailleur d'images, ses deux mains d'artiste furent tranchées afin qu'à l'avenir il ne fît plus de figures de proue avec des sorcières. Les procès restaient encore pendants à Bruges où ils faisaient sensation, car Portinari était un homme riche, que le navire à la figure de proue tombait entre les mains flibustières de Paul Beneke. Le signor Tani, le second négociant, tomba sous une hache d'abordage ; Paul Beneke y passa ensuite : peu d'années plus tard, il ne trouva pas grâce devant les patriciens de sa ville natale et fut noyé dans la cour de la tour de Justice. Des navires à la proue desquels on dressa la figure brûlèrent dans le port, mettant le feu à d'autres navires ; sauf la figure de proue, bien entendu, qui était à l'épreuve du feu et qui par la grâce de ses formes harmonieuses trouvait toujours de nouveaux amants parmi les armateurs. Mais à peine la femme avait-elle pris sa place traditionnelle que derrière son dos les équipages les plus pacifiques jusqu'alors s'entre-tuaient dans une mutinerie. L'échec du raid tenté par la flotte danzigoise contre le Danemark, en 1522, sous le commandement du brillant Eberhard Ferber, aboutit à la disgrâce de Ferber, à des soulèvements sanglants dans la ville. Certes l'histoire parle de querelles religieuses — c'est en 1523 que le pasteur Hegge entraîna la foule à briser les images dans les sept églises paroissiales de la ville — mais c'est à la figure de proue que nous voulons attribuer la responsabilité de ce malheur tenace : elle ornait la capitane où commandait Ferber.

Lorsque cinquante ans plus tard Etienne Bathory assiégea vainement la ville, l'abbé Kaspar Jeschke, du couvent d'Oliva, dans ses prêches de pénitence, en attribua la faute à la figure de proue. Cette femme pécheresse, le roi de Pologne l'avait reçue de la ville en présent, il l'emmena dans son camp et la laissa lui donner de mauvais conseils. Dans quelle mesure la dame influença-t-elle les campagnes des Suédois contre la ville, la longue détention du zélote religieux Dr Aegidius Strauch, qui conspirait avec les Suédois et exigea que la femme verte fût brûlée après qu'elle eut réintégré la ville, cela nous l'ignorons. Une rumeur assez obscure dit qu'un poète nommé Opitz, réfugié de Silésie, trouva quelques années durant un asile dans la ville, mais qu'il mourut très prématurément pour avoir retrouvé dans un grenier la pernicieuse sculpture et tenté de la chanter en vers.

C'est seulement vers la fin du XVIIIe siècle, au temps des partages de la Pologne, que les Prussiens, ayant pris la ville par force, édictèrent une interdiction royale-prussienne contre la « figure de bois Niobé ». Pour la première fois elle reçut un nom par document officiel et fut aussitôt évacuée sur la tour de Justice, dans la cour de laquelle avait été noyé Paul Beneke dont la galerie avait vu le premier essai réussi de mon incantation à longue portée ; pour mieux dire, elle y fut incarcérée afin qu'à la vue des produits les plus raffinés de l'imagination humaine, en face des instruments de torture, elle se tînt tranquille tout au long du XIXe siècle.

Lorsqu'en l'an trente-deux je grimpai à la tour de Justice et ravageai par ma voix les fenêtres du foyer du Théâtre municipal, on avait depuis des années déjà ôté Niobé — vulgo « la Marielle verte » — de la chambre de tortures de la tour. Qui sait si, dans le cas contraire, mon attentat contre l'édifice classique aurait réussi ?

Il fallait un âne immigré de directeur de musée pour aller chercher la Niobé tenue en respect par les instruments de torture et l'installer, peu après la fondation de l'Etat libre, dans le musée de la Marine aménagé de neuf. Peu après, il mourut d'un empoisonnement du sang que cet homme débordant de zèle avait attrapé en fixant une pancarte où il indiquait qu'au-dessus de l'inscription était exposée une figure de proue répondant au nom de Niobé. Son successeur, prudent connaisseur de l'histoire locale, voulut enlever la Niobé. Il pensait offrir la dangereuse garce de bois à la ville de Lübeck, et c'est seulement parce que les Lübeckois n'acceptèrent pas ce cadeau que la petite ville de la Trave, sauf ses églises de brique, est sortie à peu près intacte de la guerre aérienne.

Niobé ou « la Marielle verte » resta donc au musée de la Marine et provoqua dans le bref délai de quatorze ans d'histoire du musée le décès de deux directeurs — non pas celui du directeur prudent qui avait demandé son changement —, le trépas à ses pieds d'un prêtre d'un certain âge, les morts violentes d'un étudiant de la faculté technique, de deux rhétoriciens du lycée Saint-Pierre qui venaient de passer leur baccalauréat, et à la fin de quatre gardiens de musée de toute confiance, la plupart mariés.

On les trouva tous, y compris l'étudiant-ingénieur, le visage transfiguré, la poitrine plantée d'objets tranchants de toute nature et façon, comme on pouvait en trouver au musée de la Marine : couteaux de voiliers, piques d'abordage, harpons ; sagaies finement ciselées de la Côte-d'Ivoire, aiguilles à coudre pour voiliers ; et seul le dernier rhétoricien avait dû prendre d'abord son couteau de poche et ensuite son compas, car peu avant sa mort on avait fixé à des chaînes ou mis sous vitrine tous les objets tranchants du musée.

Bien que les criminalistes du Parquet parlassent à chaque décès de suicide, un bruit courait dans la ville, et même dans les journaux : « C'est la Marielle verte qui l'a fait de ses mains. » Niobé fut gravement soupçonnée d'avoir occis hommes et jeunes gens. On discuta à perte de vue ; les journaux créèrent un courrier des lecteurs exprès pour l'affaire Niobé ; on parla de coïncidences fatales. L'administration municipale parla de superstition surannée. On ne songeait pas à prendre des mesures précipitées avant de savoir si tel ou tel fait inquiétant avait eu vraiment et véridiquement lieu.

La statue verte continua de trôner en vedette au musée de la Marine. Car le musée régional d'Oliva, le musée municipal de la rue des Bouchers et l'administration de l'hôtel Artus refusèrent d'accueillir cette hystérique.

On manquait de gardiens de musée. Et ils n'étaient pas les seuls à refuser de tenir à l'œil la vierge de bois. Les visiteurs, eux aussi, contournaient la salle des yeux d'ambre. Elle resta longuement tranquille derrière les fenêtres Renaissance qui donnaient à la ronde-bosse l'éclairage latéral nécessaire. La poussière s'accumulait. Les femmes de ménage ne venaient plus. Les photographes, si insistants jadis (l'un d'eux était mort peu après avoir photographié la figure de proue, d'une mort certes naturelle, mais remarquable quand on la rapprochait de la photo), ne fournissaient plus la presse de l'Etat libre, de Pologne, du Reich, de France même, en instantanés de la sculpture assassine. Ils détruisirent le portrait de Niobé qu'ils avaient dans leurs archives et se contentèrent désormais de photographier les arrivées et départs de divers présidents, chefs d'Etat et rois en exil; ils vivaient sous le signe, toujours au programme, des expositions de volailles, congrès du Parti, courses automobiles et inondations de printemps. On en resta là jusqu'au jour où Herbert Truczinski, ne voulant plus être loufiat ni entendre parler des douanes, s'assit en uniforme gris souris de gardien de musée sur la chaise de cuir à côté de la porte de ce que le peuple appelait « la chambre d'amis de Marielle ».

Dès le premier jour de son nouveau service, j'accompagnai Herbert à l'arrêt des tramways place Max-Halbe. Il m'inspirait bien du souci. « Rentre à la maison, Oscar. Je ne peux pourtant pas t'emmener! » Mais je m'imposai, tambour et baguettes, avec tant d'insistance au regard de mon grand ami qu'Herbert dit : « Ben ma foi, viens donc avec moi jusqu'à porte-Haute. Et là tu repartiras dans l'autre sens et tu seras gentil! » A porte-Haute, je ne voulus pas rentrer par le Cinq, Herbert m'emmena jusqu'à la rue du Saint-Esprit, tenta encore une fois, comme nous étions sur le perron du musée, de se débarrasser de moi, prit à la caisse en soupirant un billet pour enfant. Certes j'avais déjà quatorze ans, j'aurais dû payer plein tarif, mais qu'est-ce que ça pouvait leur faire!

Nous connûmes une journée aimable, paisible. Pas de visiteurs, pas de contrôle. De temps à autre, je jouais du tambour une petite demi-heure, de temps à autre Herbert dormait une petite heure. Niobé regardait droit devant elle avec ses yeux d'ambre et dardait ses deux seins vers un objectif qui n'était pas le nôtre. Nous avions à peine une pensée pour elle. « De toute façon, c'est pas mon type », disait Herbert avec un geste de dénégation. « Vise-moi un peu ces plis de panne et le double menton qu'elle a. »

Herbert tenait la tête penchée et se faisait des imaginations : « Ben, et les reins, comme une armoire. Herbert en pince davantage pour les femmes menues, tiens, des petites garces comme des mannequins. »

J'écoutais Herbert décrire en long et en large son type féminin et le voyais ébaucher, de ses mains en battoirs, les contours d'une gracieuse personne de sexe féminin qui est restée longtemps, et encore aujourd'hui ma foi, même sous le camouflage de l'uniforme d'infirmière, mon idéal de femme.

Dès le troisième jour de notre service au musée, nous nous risquâmes à quitter la chaise placée à côté de la porte. Sous prétexte de nettoyage — réellement la salle avait mauvais aspect —, nous nous approchâmes, essuyant la poussière, balayant, sur les boiseries de chêne, toiles d'araignée et moutons, transformant pour de bon la pièce en une « chambre d'amis de Marielle » au sens littéral, une chambre de la femme de bois verte éclairée qui projetait des ombres. On ne saurait dire que Niobé nous laissait parfaitement froids. Elle portait avec trop de franchise sa beauté opulente certes, mais sûrement pas informe. Seulement nous ne goûtions pas son aspect avec les yeux de candidats possesseurs. Nous nous exercions plutôt au coup d'œil du connaisseur objectif qui apprécie tout à son prix. Herbert et moi, nous étions deux esthètes flegmatiques, enivrés à froid, qui mesurions, le pouce levé, les proportions féminines et voyions dans les huit têtes classiques une mesure à laquelle Niobé, sauf par ses cuisses un peu trop courtes, s'adaptait pour la longueur, tandis que tout ce qui était largeur, bassin, épaules, thorax, requérait une mesure hollandaise plutôt que grecque.

Herbert faisait basculer son pouce à angle droit : « Elle serait trop en train pour moi dans un lit. Herbert connaît la bagarre d'Ohra et de Fahrwasser. Pas besoin d'une femme par-dessus le marché pour nous en servir encore. » Herbert était un raffiné. « Oui, s'il n'y en avait qu'une poignée, une comme ça, fragile, où il faut être prudent à cause de la taille, alors Herbert n'aurait rien à y redire. »

S'il s'était agi de la bagatelle, nous n'aurions naturellement rien eu à l'encontre de Niobé et de son style de catcheuse. Herbert savait exactement que la passivité ou l'activité des femmes, nues ou déshabillées, ne sont pas promises exclusivement par les minces et gracieuses, mais qu'elles sont aussi l'apanage des fausses maigres et des plantureuses ; il y a des filles douces qui ne peuvent rester couchées tranquillement, et des grenadières qui, à l'égal d'un bief endormi, révèlent à peine un courant. Nos schématisations étaient voulues, nous ramenions tout à deux dénominateurs et offensions Niobé de propos délibéré et de façon de plus en plus impardonnable. Ainsi Herbert me prit-il sur son bras pour que je puisse taper à deux baguettes sur les seins de la femme au point d'en faire sortir de ridicules nuages de bois en poudre, car injectée et pour ce motif inhabitée, elle était cependant criblée de trous de vers. Tandis que je tambourinais, nous regardions l'ambre qui simulait les yeux. Rien ne bougeait, pas un cillement, pas de larmes, de débordement. Rien qui se rétrécît en fentes diffusant une haine menaçante. Les deux gouttes polies, plutôt jaunâtres que rougeâtres, donnaient au complet, malgré une déformation convexe, l'inventaire de la salle d'exposition et une partie de la fenêtre ensoleillée. L'ambre trompe, qui ne le sait ! Nous aussi nous connaissions la perfidie de ce produit résineux promu joyau. Cependant, répartissant toujours, à notre simpliste façon masculine, tout ce qui est femme entre passif et actif, nous interprétions à notre avantage l'insensibilité manifeste de la Niobé. Nous nous sentions en sécurité. Herbert, avec un gloussement sardonique, lui tapait d'un ongle sur la rotule : le genou me faisait mal à chaque coup ; elle ne haussait même pas un sourcil. Nous faisions toutes sortes d'âneries à la vue du bois vert potelé : Herbert se drapait dans la cape d'un amiral anglais, s'armait d'une longue-vue, se coiffait du bicorne adéquat. A l'aide d'un gilet rouge et d'une perruque à marteaux, je me faisais page de l'amiral. Nous jouions à Trafalgar, bombardions Copenhague, dispersions devant Aboukir la flotte de Napoléon, doublions tel ou tel cap, prenions une pose historique, puis à nouveau contemporaine devant ce que nous pensions être une figure de proue de bon augure, taillée d'après les cotes d'une sorcière hollandaise, et qui ne s'apercevait seulement de rien.

Aujourd'hui je sais que tout nous épie, que rien ne passe inaperçu, que même les papiers de tenture ont meilleure mémoire que les hommes. Ce n'est pas le Bon Dieu qui voit tout ! Une chaise de cuisine, des cintres à vêtements, des cendriers à moitié pleins ou bien le portrait en bois d'une femme appelée Niobé suffisent à fournir à tout acte des témoins inoublieux.

Quinze jours ou davantage nous fûmes de service au musée de la Marine. Herbert me fit cadeau d'un tambour et rapporta pour la deuxième fois à la mère Truczinski son salaire hebdomadaire accru d'une prime de risque. Un mardi, car le musée restait fermé le lundi, on me refusa à la caisse le billet pour enfant et l'entrée. Herbert voulut savoir pourquoi. L'homme de la caisse, l'air embêté, mais non sans bienveillance, invoqua une requête qui avait été présentée : il n'y avait plus moyen d'accorder l'entrée aux enfants, le père du gamin était contre ; quant à lui, il n'avait rien à dire si je restais en bas près de la caisse ; comme il était occupé et veuf, il n'aurait pas le temps de me surveiller, mais la salle, la chambre d'amis de Marielle, je ne devais plus y entrer, car j'étais irresponsable.

Herbert allait céder ; je le relançai, l'aiguillonnai, et il donna raison au caissier d'une part, de l'autre il m'appela son porte-bonheur, son ange gardien, parla d'innocence enfantine qui le protégeait, bref : Herbert se raccommoda avec le caissier et obtint pour moi l'autorisation d'entrer pour ce, comme disait le caissier, dernier jour au musée de la Marine.

Ainsi montai-je une fois encore, à la main de mon grand ami, l'escalier en colimaçon tarabiscoté, toujours huilé de frais, qui menait au deuxième étage où habitait Niobé. Ce furent une matinée calme et un après-midi plus calme encore. Il était assis, les yeux mi-clos, sur la chaise de cuir aux têtes de clous jaunes. J'étais à croupetons à ses pieds, le tambour restait aphone. Nous dirigions un regard clignotant vers les nefs, frégates, corvettes, cinq-mâts, galères et chaloupes, sloops et clippers, tous suspendus sous les lambris de chêne dans l'attente d'un vent favorable. Nous passions en revue la flotte de maquettes, guettions avec elle la brise fraîche, redoutions les calmes de la chambre d'amis et faisions tout pour ne pas avoir à détailler et à craindre Niobé. Que n'aurions-nous pas donné pour entendre travailler une vrillette qui nous aurait prouvé que le bois vert pouvait être miné, ruiné lentement certes, mais sans rémission, que Niobé était périssable ! Mais aucun ver ne faisait son tic-tac. Le conservateur avait conféré au corps de bois un charme à l'épreuve du ver, l'avait rendu immortel. Aussi ne nous restait-il que la flotte de maquettes, l'espoir fou d'un bon vent, un jeu présomptueux avec la crainte que nous inspirait Niobé ; nous l'aurions mise de côté, nous nous serions contraints à ne pas la voir, nous l'aurions oubliée peut-être si le soleil de l'après-midi n'avait donné roidement en plein sur son œil gauche d'ambre qui flambait.

Cet allumage n'aurait pas dû nous surprendre, car nous connaissions ces après-midi ensoleillés au deuxième étage du musée de la Marine, nous savions quelle heure avait sonné ou allait sonner quand la lumière tombait des chambranles et occupait les nefs. De même les églises de la Ville-Droite, de la Vieille-Ville, de la Ville-au-Poivre faisaient ce qu'elles pouvaient pour jalonner de segments horaires le cours de la lumière solaire où tourbillonnait la poussière, et pour agrémenter de carillons notre collection d'histoires. Rien d'étonnant si le soleil prenait à nos yeux un air historique, s'inscrivait dans les collections exposées, devenait suspect de conspirer avec les yeux d'ambre de Niobé.

Cependant cet après-midi-là où nous n'avions ni le goût ni le courage de jouer et de faire de provocantes âneries, le regard phosphorescent du bois d'ailleurs inerte nous frappa doublement. Consternés, nous attendîmes que s'écoulât la demi-heure qui nous restait à épuiser. Le musée fermait à cinq heures juste.

Le lendemain, Herbert prit son service seul. Je l'accompagnai jusqu'au musée, ne voulus pas attendre près de la caisse, cherchai une place en face de l'hôtel. J'étais assis avec mon tambour sur une sphère de granit à qui poussait par-derrière une queue utilisée comme rampe pour les adultes. Inutile de dire que l'autre côté de l'escalier était veillé par une boule semblable à queue de fonte identique. Je ne tambourinais que rarement, mais alors à grand fracas et en guise de protestation contre des passants, des femmes pour la plupart, qui prenaient plaisir à s'attarder près de moi, à me demander mon nom, à caresser de leurs mains suantes mes cheveux qui alors étaient beaux, courts, mais légèrement bouclés. La matinée passa. Au bout de la rue du Saint-Esprit couvait, noir-rouille à clochetons verts, sous sa grosse tour ventrue, la poule de brique de Notre-Dame. Les murs béants de la tour éjectaient des pigeons ; lesquels se posaient près de moi, tenaient des propos stupides et ne savaient pas non plus combien de temps durerait encore la couvaison, ce qu'il s'agissait de couver, si cette incubation séculaire n'allait pas devenir à la longue une fin en soi.

A midi, Herbert descendit dans la rue. De sa boîte à casse-croûte que la mère Truczinski lui remplissait jusqu'à ce que le couvercle ne fermât plus, il me sortit un sandwich au saindoux garni de boudin gros comme le doigt. Il m'encouragea mécaniquement en hochant la tête parce que je ne voulais pas manger. A la fin je mangeai, et Herbert, qui ne mangea rien, fuma une cigarette. Avant de se restituer au musée, il disparut dans un bistrot, le temps de deux ou trois genièvres. Tandis qu'il sifflait les verres, je regardai sa pomme d'Adam. Je trouvais insolite sa façon de s'en jeter plus d'un derrière la cravate. Bien longtemps après qu'Herbert eut surmonté l'escalier en colimaçon, comme j'étais assis derechef sur ma sphère de granit, Oscar avait toujours dans l'œil la pomme d'Adam de son ami Herbert.

L'après-midi rampait sur la façade aux couleurs pâlies du musée. Il grimpait de bretzel en chou-fleur, chevauchait nymphes et cornes d'abondance, avalait de gros anges étirés vers des fleurs, donnait à des grappes de raisin peintes couleur de maturité un air avancé, éclatait au milieu d'une fête rustique, jouait à colin-maillard, se hissait à une escarpolette de roses, anoblissait des bourgeois qui trafiquaient en chausses à la tonne, attrapait un cerf poursuivi par des chiens et atteignait enfin cette fenêtre du deuxième étage qui permettait au soleil d'illuminer brièvement, et cependant pour toujours, un œil d'ambre.

Lentement, je glissai de ma sphère de granit. Le tambour heurta rudement la pierre à queue. Du vernis de la sertissure blanche et quelques particules des flammes peintes, détachées, gisaient rouges et blancs sur l'escalier du perron.

Peut-être dis-je quelque chose, récitai-je une prière, comptai-je un peu : un instant plus tard, l'ambulance stationnait devant le portail du musée. Des passants firent la haie. Oscar réussit à se faufiler parmi les ambulanciers. Je trouvai plus vite qu'eux le haut de l'escalier ; pourtant, depuis les accidents antérieurs, ils auraient dû connaître la disposition des lieux.

De quoi se marrer, quand je vis Herbert ! Il se tenait accroché devant la Niobé ; il avait voulu saillir le bois. Sa tête à lui couvrait sa tête à elle. Ses bras étaient roidis sur ses bras à elle, levés et joints. Il n'avait pas de chemise. On la trouva plus tard, soigneusement pliée, sur la chaise de cuir près de la porte. Son dos étalait toutes ses cicatrices. Je lus, dénombrai les figures. Elles étaient au complet. Mais nulle marque d'un nouveau dessin.

Les ambulanciers qui débouchèrent dans la salle au pas de course, juste derrière moi, eurent du mal à détacher Herbert de Niobé. Le satyre avait arraché de sa chaîne de sûreté une double hache de charpentier, affûtée aux deux bouts ; il avait planté l'un des tranchants dans le bois de la Niobé ; l'autre, il se l'était fiché dans le ventre en saillant la femme. Par en haut, la liaison était parfaitement réussie ; mais par en bas, où de sa braguette encore ouverte s'érigeait toujours quelque chose de raide, d'idiot, il n'avait pas trouvé le fond pour son ancre.

Quand ils eurent déployé sur Herbert la couverture marquée « Service municipal d'urgence », Oscar, comme toujours quand il perdait quelque chose, retrouva son tambour. Il battait encore la tôle à coups de poing quand les hommes du musée le tirèrent de la « chambre d'amis de Marielle », l'emportèrent au bas de l'escalier et finalement le ramenèrent à la maison dans le panier à salade.

Aujourd'hui encore, à la clinique, quand il se rappelle cet essai d'amour entre bois et chair, il doit travailler à coups de poing pour énumérer une fois encore, en bosse et en couleurs, le dos d'Herbert Truczinski, le labyrinthe de cicatrices, dur et sensible, omniscient, prophétique, plus dur et plus sensible que toutes choses. Il lit comme un aveugle ce qui est écrit sur ce dos.

C'est seulement maintenant, alors qu'ils ont décollé Herbert de sa sculpture frigide, que survient Bruno, mon infirmier à la tête de poire désespérée. Délicatement, il écarte mes poings du tambour, accroche l'instrument à gauche au pied de mon lit de métal et aplanit ma couverture.

« Mais voyons, monsieur Matzerath, dit-il pour m'exhorter, si vous continuez à jouer du tambour aussi fort, cela va s'entendre ailleurs que vous jouez beaucoup trop fort. Ne voulez-vous pas faire la pause ou tambouriner un peu moins fort ? »

Oui, Bruno, je vais essayer de dicter à mon instrument un

prochain chapitre à voix plus basse et pourtant, justement, le sujet crie après un orchestre mugissant, vorace.

Foi espérance amour

Il était une fois un musicien qui s'appelait Meyn et savait jouer fabuleusement de la trompette. Il habitait au quatrième étage sous le toit de notre immeuble. Il avait quatre chats dont l'un s'appelait Bismarck. Il buvait du matin au soir à une bouteille de genièvre. Il fit cela tant que le malheur ne le rendit pas sobre.

Oscar, aujourd'hui encore, ne veut pas croire pleinement aux présages. Pourtant il y avait alors assez de présages d'un malheur qui chaussait des bottes toujours plus grandes, marchait à pas toujours plus grands avec ses bottes toujours plus grandes et songeait à porter partout le malheur. C'est alors que mon ami Herbert Truczinski mourut d'une blessure à la poitrine que lui avait portée une femme de bois. La femme ne mourut pas. Elle fut mise sous scellés et conservée dans la cave du musée pour de prétendus travaux de restauration. Mais on ne peut garder le malheur en cave. Il file par les égouts avec les eaux usées, il se communique aux conduites de gaz, il est fourni à tous les ménages et personne, en mettant son pot-au-feu sur les flammes bleuâtres, ne se doute que le malheur fait bouillir son frichti.

Quand Herbert fut inhumé au cimetière de Langfuhr, je vis pour la seconde fois Leo Schugger dont j'avais fait la connaissance au cimetière de Brenntau. Tous, la mère Truczinski, Guste, Fritz et Maria Truczinski, la grosse Mme Kater, le vieux Heylandt qui les jours de fête tuait pour la mère Truczinski les lapins de Fritz, mon père présumé Matzerath qui, large comme il savait s'en donner l'air, paya une bonne moitié des frais d'enterrement, et aussi Jan Bronski, à qui Herbert était presque inconnu, qui était venu seulement pour revoir Matzerath et peut-être moi aussi sur le sol neutre d'un cimetière, tous nous reçûmes de Leo Schugger, la bouche bredouillante, les gants tremblants, moisis de blanc, des condoléances confuses, entremêlées de joie et de deuil.

Quand les gants de Leo voletèrent au-devant du musicien Meyn qui était venu moitié en civil, moitié en uniforme de SA, il se produisit un second présage de malheurs futurs.

Epouvanté, le tissu blême des gants de Leo s'éleva, s'envola, emportant Leo par-dessus les tombes. On l'entendait crier ; mais ce qui demeura, bribes de paroles, accroché aux végétations du cimetière n'était pas des condoléances.

Personne ne s'écarta du musicien Meyn. Cependant il restait isolé, reconnu et marqué par Leo Schugger, parmi les messieurs-dames du deuil, et tripotait gauchement sa trompette qu'il avait apportée en extra et dont il avait auparavant sonné fabuleusement sur la tombe d'Herbert. Fabuleusement parce que Meyn, ce qu'il ne faisait plus de longue date, avait bu du genièvre, parce que la mort d'Herbert, qui était de son âge, le touchait de près, tandis que cette mort avait rendu muets Oscar et mon tambour.

Il était une fois un musicien qui s'appelait Meyn et savait jouer très fabuleusement de la trompette. Il habitait sous le toit au quatrième étage de notre immeuble, avait quatre chats dont l'un s'appelait Bismarck et il buvait du matin au soir à une bouteille de genièvre ; jusqu'au jour où, ce devait être fin trente-six ou début trente-sept, il entra dans la SA équestre, fit partie de la fanfare en qualité de trompette et joua de son instrument avec beaucoup moins de couacs, mais plus du tout fabuleusement ; parce qu'en enfilant la culotte à basanes du cavalier il avait renoncé à la bouteille de genièvre et ne soufflait plus dans son cuivre qu'à jeun et *fortissimo.*

Quand le SA Meyn perdit son ami de jeunesse Herbert Truczinski avec lequel il avait appartenu, entre vingt et trente, à un groupe de Jeunesses communistes, puis cotisé aux Faucons rouges, quand l'autre dut être mis en terre, Meyn prit sa trompette et une bouteille de genièvre. Car il voulait jouer fabuleusement et non à jeun ; même à cheval sur un bai il avait gardé son oreille de musicien et c'est pourquoi au cimetière il but encore un coup et, tout en jouant de la trompette, garda le manteau d'étoffe civile par-dessus l'uniforme, bien qu'il se fût prescrit de jouer sur la terre du cimetière en brun et tête nue.

Il était une fois un SA qui, sonnant fabuleusement d'une trompette éclaircie au genièvre sur la tombe de son ami de jeunesse, garda le manteau par-dessus l'uniforme de la SA équestre. Quand le Leo Schugger qui est dans tous les cimetières voulut exprimer ses condoléances à la réunion funèbre, tous subirent les condoléances de Leo Schugger. Seul le SA ne fut pas admis à prendre le gant de Leo, parce que Leo reconnut le SA, eut peur et en criant lui retira son gant et ses condoléances. Quant au SA, il rentra, sans condoléances et avec sa trompette froide, chez lui où, dans son logement sous le toit de notre immeuble, il trouva ses quatre chats.

Il était une fois un SA qui s'appelait Meyn. Du temps qu'il buvait quotidiennement du genièvre et sonnait fabuleusement de la trompette, Meyn avait gardé dans son logement quatre chats dont l'un s'appelait Bismarck. Quand un jour le SA Meyn revint d'enterrer son ami de jeunesse Herbert Truczinski et qu'il se sentit triste, déjà dessoulé, parce qu'un quidam lui avait refusé ses condoléances, il se trouva tout seul dans le logement avec ses quatre chats. Les chats se frottaient à ses bottes de cheval, et Meyn leur donna un papier-journal plein de têtes de harengs, ce qui éloigna les chats de ses bottes. Ce jour-là, l'odeur des quatre chats était particulièrement forte dans le logement, car c'étaient tous des matous dont l'un s'appelait Bismarck et marchait noir sur quatre pattes blanches. Meyn n'avait pas de genièvre dans son logement. C'est pourquoi l'odeur des chats-matous était de plus en plus forte. Peut-être en aurait-il acheté à notre magasin exotique s'il n'avait pas logé au quatrième étage sous le toit. Mais il craignait les escaliers et aussi les gens du voisinage à qui bien souvent il avait juré que pas une goutte de genièvre n'accéderait plus à ses lèvres de musicien, qu'il commençait une nouvelle vie strictement abstinente, que désormais il était du parti de l'ordre et ne sacrifiait plus aux ivresses d'une jeunesse perdue et dévergondée.

Il était une fois un homme, il s'appelait Meyn. Lorsqu'un jour il se trouva seul dans son logement avec ses quatre matous dont l'un s'appelait Bismarck, l'odeur de matou lui déplut spécialement parce qu'il avait eu le matin une contrariété et aussi parce qu'il n'avait pas de genièvre à domicile. Mais comme la contrariété et la soif allaient croissant et faisaient puer les chats plus fort, Meyn, qui était musicien et membre de la SA équestre, saisit le tisonnier placé près du poêle à feu continu froid et cogna sur les matous jusqu'à ce qu'il pût admettre que tous quatre, y compris le matou dénommé Bismarck, étaient morts et finis ; bien que l'odeur de matou dans le logement n'eût rien perdu de sa virulence.

Il était une fois un horloger qui s'appelait Laubschad. Il habitait au premier étage de notre immeuble un deux-pièces dont les fenêtres donnaient sur la cour. L'horloger Laubschad était célibataire, membre du Secours populaire national-socialiste et de la Société protectrice des animaux. Laubschad avait bon cœur et collaborait à remettre d'aplomb les hommes las, les animaux malades et les horloges en panne. Alors qu'un après-midi l'horloger était assis pensif à sa fenêtre et méditait l'enterrement d'un voisin auquel il avait pris part le matin, il vit le musicien Meyn, qui avait son logement au quatrième étage du même immeuble, porter dans la cour un sac à pommes de terre à demi plein qui semblait humide du bas et perdait des gouttes, et l'enfoncer dans une des deux boîtes à ordures. Mais comme la boîte était pleine aux trois quarts, le musicien ne réussit qu'avec peine à fermer le couvercle.

Il y avait une fois quatre matous dont l'un s'appelait Bismarck. Ces matous appartenaient à un musicien appelé Meyn. Comme les matous, qui n'étaient pas coupés, répandaient un fumet sévère et prépondérant, un jour le musicien, à qui pour des raisons privées l'odeur était particulièrement désagréable, assomma les quatre matous avec un tisonnier, mit les cadavres dans un sac à pommes de terre, descendit le sac au bas des quatre étages et se dépêcha d'enfoncer le paquet dans la boîte à ordures qui était dans la cour à côté de la barre à battre les tapis, parce que le tissu du sac était perméable et se mit à dégoutter dès le second étage. Mais comme la boîte à ordures était passablement remplie, le musicien dut tasser les ordures avec le sac afin de pouvoir fermer le couvercle de la boîte. Il avait à peine quitté la maison du côté de la rue — car il ne voulait pas retourner dans le logement sans chats qui sentait le chat — qu'alors les ordures comprimées se dilatèrent à nouveau, soulevèrent le sac et avec le sac le couvercle de la boîte à ordures.

Il était une fois un musicien qui assomma ses quatre chats, les enfouit dans la boîte à ordures, quitta la maison et alla chez ses amis.

Il était une fois un horloger qui était assis, méditatif, à sa fenêtre. Il observa que le musicien Meyn bourrait dans la boîte à ordures un sac à demi plein, quittait aussitôt la cour, et que peu d'instants après le départ de Meyn, le couvercle se soulevait, et de nouveau encore un peu.

Il était une fois quatre matous qui, pour avoir, un jour spécial, senti spécialement fort, furent assommés, fourrés dans un sac et ensevelis dans la boîte à ordures. Mais les chats, dont l'un s'appelait Bismarck, n'étaient pas tout à fait morts ; ils avaient la vie dure, comme l'ont les chats. Ils remuèrent dans le sac, mirent en mouvement le couvercle de la boîte à ordures et posèrent à l'horloger Laubschad, toujours pensif, toujours assis à sa fenêtre, la question : « Dis voir, qu'est-ce qu'il y a dans le sac que le musicien Meyn a mis dans la boîte à ordures ? »

Il était une fois un horloger qui ne pouvait regarder tranquillement quelque chose remuer dans la boîte à ordures. Il quitta donc son logement au premier étage de l'immeuble, se rendit dans la cour, ouvrit le couvercle de la boîte et le sac, prit les chats rompus de coups, mais toujours vivants, pour les soigner chez lui. Mais ils moururent dès la nuit suivante sous ses doigts d'horloger et il n'eut plus autre chose à faire que de rendre compte à la Société protectrice des animaux dont il était membre et d'informer la direction locale du Parti de sévices envers animaux mettant en danger la considération dont jouissait le Parti.

Il était une fois un SA, il tua quatre matous et fut, car les matous n'étaient pas encore tout à fait morts, trahi par les matous et dénoncé par un horloger. Il y eut une vraie procédure, et le SA dut payer l'amende. Mais le coup fut aussi discuté dans la SA et le SA fut exclu de la SA pour comportement indigne. Même quand le SA pendant la nuit du 8 au 9 novembre trente-huit, qu'on appela plus tard la nuit de Cristal, se fut particulièrement mis en vedette par son ardeur, quand il incendia de concert avec d'autres la synagogue du chemin Saint-Michel et se dépensa généreusement le lendemain, quand plusieurs magasins, dûment désignés au préalable, durent être évacués, tout son zèle ne put empêcher qu'il fût expulsé de la SA équestre. Pour sévices inhumains envers animaux il fut dégradé et rayé de la liste des membres. C'est seulement un an plus tard qu'il parvint à entrer dans la milice territoriale qui, par la suite, fut absorbée par la Waffen SS.

Il était une fois un négociant en produits exotiques. Un jour de novembre il ferma son magasin parce qu'il y avait du sport en ville. Il prit par la main son fils Oscar et l'emmena par le tramway Cinq à la porte de Langgasse, parce que là-bas, comme à Zoppot et à Langfuhr, la synagogue était en flammes. La synagogue avait presque fini de brûler et les pompiers veillaient à ce que l'incendie ne gagnât pas les autres maisons. Devant la ruine, des gens en uniforme et des civils entassaient des livres, des objets cultuels et des étoffes singulières. La montagne fut allumée, et le négociant en produits exotiques profita de l'occasion pour réchauffer ses doigts et ses sentiments au feu public. Mais son fils Oscar, voyant son père à ce point occupé et enflammé, se défila discrètement et courut vers le passage de l'Arsenal, parce qu'il concevait quelque inquiétude relativement à ses tambours de tôle flammée rouge et blanc.

Il était une fois un marchand de jouets, il s'appelait Sigismond Markus et vendait, entre autres, des tambours vernis blanc et rouge. Oscar, dont il vient d'être question, était le principal acheteur de ces tambours, parce qu'il était tambour de vocation et ne pouvait ni ne voulait vivre sans tambour. C'est pourquoi, parti de la synagogue en flammes, il se hâta vers le passage de l'Arsenal, car c'était là qu'habitait le gardien de ses tambours ; mais il le trouva dans un état qui lui rendait impossible à l'avenir la vente des tambours, si ce n'était dans un autre monde.

Eux, ces mêmes artisans du feu auxquels je, Oscar, croyais avoir échappé, avaient déjà rendu visite à Markus avant moi, trempé des pinceaux dans la couleur et écrit en travers de la vitrine, en écriture Sütterlin, les mots « salaud de juif » ;

ensuite, par dépit de leur propre calligraphie peut-être, ils avaient enfoncé la vitrine avec leurs talons de bottes, si bien que le titre qu'ils avaient conféré à Markus n'était plus lisible que par conjecture. Méprisant la porte, ils avaient pénétré dans la boutique par la fenêtre défoncée et, là, ils jouaient de leur façon flagrante avec les jouets d'enfants.

Je les trouvai encore occupés à jouer lorsque j'entrai à mon tour dans la boutique par la vitrine. Quelques-uns avaient baissé culotte et déposé des boudins bruns, où l'on pouvait encore identifier des pois à demi digérés, sur des bateaux à voiles, des singes violoneux et mes tambours. Ils ressemblaient tous au musicien Meyn ; ils portaient l'uniforme de SA de Meyn, mais Meyn n'en était pas ; de même que ceux qui étaient là n'étaient pas ailleurs. L'un d'eux avait tiré son poignard. Il éventrait des poupées et paraissait chaque fois déçu que seulement des copeaux de bois coulent des torses et des membres rebondis.

J'étais inquiet pour mes tambours. Mes tambours ne leur plaisaient pas. Mon instrument ne résista pas à leur colère ; il dut se taire et plier le genou. Mais Markus avait esquivé cette colère. Quand ils voulurent lui parler dans son bureau, ils ne frappèrent pas ; ils enfoncèrent la porte, bien qu'elle ne fût pas fermée.

Le marchand de jouets était assis derrière sa table de travail. Il portait comme toujours des manchettes de lustrine sur son drap gris foncé de tous les jours. Des pellicules sur les épaules trahissaient une maladie des cheveux. Un SA de qui les mains exhibaient des marionnettes de guignol le heurta du bois de la grand-mère à Guignol. Mais Markus n'y était plus pour personne ; plus moyen de l'outrager. Devant lui sur la table était posé un verre d'eau que la soif venait de lui ordonner de boire, quand les éclats rugissants de la vitrine lui avaient séché la gorge.

Il était une fois un tambour. Il s'appelait Oscar. Quand on lui prit le marchand de jouets et qu'on ravagea la boutique du marchand de jouets, il se douta que pour les tambours-enfants de son espèce une époque de tribulations s'annonçait. Aussi, en quittant la boutique, chipa-t-il un tambour intact et deux autres pas trop abîmés, quitta le passage de l'Arsenal en les portant en bandoulière afin de trouver sur la marché au Charbon son père qui le cherchait peut-être. Dehors, une matinée de novembre tirait à sa fin. Près du Théâtre municipal, proche l'arrêt du tramway, des religieuses et des filles laides morfondues distribuaient des brochures pieuses, quêtant avec des tirelires, et montraient entre deux perches un calicot dont l'inscription citait la première Epître aux Corinthiens, chapitre treize : « Foi Espérance Amour » put lire Oscar. Et de jongler avec les trois petits mots comme avec des bouteilles : crédule, pilules Pink, dragées d'Hercule, usine de Bonne-Espérance, lait de la Vierge, syndicat des créanciers. Crois-tu qu'il pleuvra demain ? Tout un peuple crédule croyait au Père Noël. Mais le Père Noël était en réalité l'employé du gaz. Je crois que ça sent les noix et les amandes. Mais ça sentait le gaz. Nous aurons bientôt le premier avent, paraît-il. Et le premier, le deuxième avent étaient ouverts, jusqu'au quatrième, comme on ouvre des robinets à gaz, afin que tous les gobeurs de mouches, parce que ça sentait plausiblement les noix et les amandes, pussent croire sans peur.

Le voici ! Le voici ! Qui c'est qui venait ? Le Petit-Jésus, le Sauveur ? Ou bien le gazier céleste avec sous le bras son compteur à gaz qui fait sans arrêt tic tac ? Et il dit : Je suis le Sauveur de ce monde, sans moi pas de cuisine. Et on pouvait lui causer deux mots, il faisait un tarif favorable, tournait les petits robinets à gaz fraîchement astiqués et laissait fuser le Saint-Esprit pour que l'on pût cuire la colombe. Et il distribuait noix et amandes qui étaient aussitôt cassées et fusaient pareillement : de l'Esprit et du gaz, si bien que les crédules n'avaient pas de difficulté, parmi l'air opaque et bleuâtre, à voir dans les gaziers devant les magasins autant de Pères Noël, et des Petits-Jésus toutes tailles et tous prix. Et ainsi ils croyaient en l'usine à gaz, seule dispensatrice du Salut, qui par la pulsation montante et descendante de ses gazomètres symbolisait le Destin et organisait au prix courant un avent, qui faisait croire à beaucoup de crédules que Noël viendrait ; mais peu devaient survivre à la fatigue de ces jours fériés, ceux dont le stock de noix et d'amandes était insuffisant — bien que tous aient cru qu'il y en aurait pour tout le monde.

Mais après que la croyance au Père Noël se fut révélée

croyance au gazier, on tâta, sans égard pour l'enchaînement de l'Epître aux Corinthiens, de l'amour. Il est écrit : je t'aime, ô je t'aime. Est-ce que tu m'aimes aussi? Tu m'aimes, dis, tu m'aimes tout de bon? Je m'aime aussi. Et, d'amour, ils s'appelaient l'un l'autre radis rose, aimaient les radis, se mordaient, un radis à coups de dents coupait le radis à l'autre. Et de se raconter des exemples de merveilleux amours célestes, mais aussi d'amours séculiers entre radis et, juste avant de mordre, se disaient tout bas, allègres, affamés et coupants : Radis rose, dis voir, tu m'aimes? Je m'aime aussi.

Mais après que les radis roses s'étaient enlevé le morceau et que la croyance au Père Noël avait été déclarée religion d'Etat, après la Foi et l'Amour qui avait eu son tour, il ne restait plus que le troisième garde-magasin de l'Epître aux Corinthiens : l'Espérance. Et tandis qu'ils rongeaient encore des radis, des noix et des amandes, ils espéraient déjà que ce serait bientôt rideau, histoire de recommencer ou de continuer, espérant après la musique finale, ou déjà pendant la musique finale, que ce serait bientôt la fin de la fin. Et ils ne savaient toujours pas la fin de quoi. Ils espéraient seulement que ce serait bientôt la fin, dès demain la fin, aujourd'hui peut-être, espérons-le, la fin. Et alors quand c'était la fin, ils en faisaient vite un commencement plein d'espoir ; car sur cette terre la fin est toujours commencement et espoir de toute fin, même de la fin archidéfinitive. Ainsi est-il écrit : Tant que l'homme espérera, il recommencera toujours à espérer finir avec espoir.

Mais moi je ne sais pas. Sais pas par exemple qui se cache aujourd'hui sous la barbe des Pères Noël, sais pas ce que le Diable a dans son sac, sais pas comment on ferme et étrangle les robinets à gaz ; car il fuse toujours de l'Avent, il re-fuse déjà de l'Avent, ou bien il ne fuse toujours, sais pas, à l'essai, sais pas à l'essai pour qui, sais pas si je peux croire qu'ils astiquent avec amour, j'espère, les robinets à gaz, afin qu'ils croassent, sais pas de quel matin, de quel soir, ne sais pas si c'est d'heures du jour qu'il s'agit ; car l'Amour n'a pas ses heures, et l'Espérance est sans fin, et la Foi sans limites ; seuls le savoir et l'ignorance sont liés au temps et à la limite et cessent prématurément avant les barbes, les sacs, les amandes, si bien que je dois dire derechef :

Je ne sais pas, oh, ne sais pas de quoi on remplit, par exemple, les boyaux, des boyaux de qui on se sert pour les remplir, je ne sais pas de quoi ; et pourtant les prix sont bien lisibles quelle que soit la chair à saucisses, fine ou grosse ; je ne sais pas ce qu'on a pour le prix ; je ne sais pas dans quels dictionnaires ils ont pêché les noms qu'ils donnent à leurs chairs à saucisses ; je ne sais pas comment ils chargent les dictionnaires et les boyaux ; je ne sais la viande de qui, le langage de qui : les mots ont leur quant-à-soi, les charcutiers se taisent ; je coupe des rondelles, tu ouvres les livres, je lis ce que je goûte, tu ne sais pas ce qui te plaît : rondelles de saucisson et citations de tripes et de livres — et jamais nous ne saurons qui dut s'immobiliser, se taire pour qu'on pût remplir des boyaux, faire crier des livres, bourrés, tassés, écrits serré, je ne sais pas, je devine : ce sont les mêmes charcutiers qui chargent les dictionnaires et les boyaux de langage et de saucisse ; il n'y a pas de Paul, l'homme s'appelait Saül et était un Saül et, quand il était Saül, il prônait aux Corinthiens des saucisses, occasion formidable, qu'il appelait Foi, Espérance, Amour, les vantait pour leur digestibilité facile ; et c'est encore lui qui de nos jours, sous la forme toujours changeante de Saül, vend sa camelote.

Et moi ils me prirent le marchand de jouets, ils voulurent m'ôter tout jouet qui fût au monde.

Il était une fois un musicien, il s'appelait Meyn et savait jouer fabuleusement de la trompette.

Il était une fois un marchand de jouets, il s'appelait Markus et vendait des tambours de fer battu vernis blanc et rouge.

Il était une fois un musicien, il s'appelait Meyn et avait quatre chats dont l'un s'appelait Bismarck.

Il était une fois un tambour, il s'appelait Oscar et était à la merci du marchand de jouets.

Il était une fois un musicien, il s'appelait Meyn et assomma ses quatre chats avec le tisonnier.

Il était une fois un horloger, il s'appelait Laubschad et était membre de la Société protectrice des animaux.

Il était une fois un tambour, il s'appelait Oscar, et ils lui prirent son marchand de jouets.

Il était une fois un marchand de jouets, il s'appelait Markus et emporta avec lui tous les jouets de ce monde.

Il était une fois un musicien, il s'appelait Meyn, et s'il n'est pas mort il vit encore et sonne toujours fabuleusement de la trompette.

Livre deuxième

Ferraille

Jour de visite : Maria m'apporta un tambour neuf. Quand en même temps que l'instrument elle voulut me tendre par-dessus la grille du lit la facture du marchand de jouets, je fis un signe de refus, pressai la sonnette placée à la tête du lit, jusqu'à ce qu'entrât Bruno, mon infirmier, et qu'il fît ce qu'il a soin de faire quand Maria m'apporte un tambour neuf enveloppé de papier bleu. Il défit la ficelle du paquet, laissa s'épanouir le papier d'emballage afin, après la presque solennelle ostension du tambour, de le plier soigneusement. Alors seulement Bruno marcha — ce que j'appelle Marcher — jusqu'au lavabo avec l'instrument neuf, fit couler l'eau chaude et détacha méticuleusement, sans érafler le vernis rouge et blanc, l'étiquette collée au bord du tambour.

Lorsque après une visite brève, pas trop fatigante, Maria fut pour s'en aller, elle prit le vieil instrument que j'avais démoli en décrivant le dos d'Herbert Truczinski, la figure de proue et en interprétant, peut-être de façon excessivement personnelle, la première Epître aux Corinthiens ; elle pensait l'adjoindre dans notre cave à tous les instruments hors d'usage que j'avais utilisés à des fins soit professionnelles, soit privées.

Avant de partir, Maria dit : « Ben, y a plus grand-place dans la cave. Je voudrais seulement savoir où je vas mettre les pommes de terre d'hiver. »

J'escamotai d'un sourire ce reproche de ménagère et la priai d'inscrire à l'encre noire un numéro d'ordre sur le tambour, et de reporter les dates et les indications brèves notées par moi sur une fiche au Journal qui depuis des années est accroché au verso de la porte de cave et consigne toutes informations sur mes tambours depuis l'an quarante-neuf.

Maria fit de la tête un signe d'obéissance et prit congé avec un baiser de moi. Mon goût de l'ordre ne laisse pas de lui paraître à peine concevable, et même un peu inquiétant. Oscar comprend les inquiétudes de Maria, car lui-même ne sait pas quel pédantisme lui prescrit de collectionner les tambours démolis. En outre, il a comme auparavant le désir de ne jamais revoir le tas de ferraille qui remplit la cave du logement dans le faubourg de Bilk. Il sait par expérience que les enfants méprisent les collections de leurs pères, que par conséquent mon fils Kurt, le jour où il entrera en possession de tous les malheureux tambours, dans la meilleure hypothèse s'en fichera.

Qu'est-ce donc qui m'incite, toutes les trois semaines, à communiquer à Maria des désirs qui, s'ils sont régulièrement réalisés, rempliront un jour notre cave et prendront la place des pommes de terre d'hiver ?

L'idée fixe, rarement surgie, et même de plus en plus rarement, qu'un jour un musée pourrait s'intéresser à mes instruments invalides me vint pour la première fois alors que plusieurs douzaines de ferrailles gisaient à la cave. Ce n'est donc pas là que doit résider l'origine de ma passion de collectionneur. Plutôt, plus j'y réfléchis et plus je trouve vraisemblable que la motivation de ce capharnaüm soit un simple complexe : un jour les tambours de fer battu pouvaient manquer, devenir rares, être frappés d'une interdiction, voués à l'anéantissement. Oscar pourrait un jour se voir contraint de confier pour réparation à un plombier quelques épaves pas trop défoncées, afin qu'il m'aidât à surmonter avec des vétérans rapiécés une période sans tambours, épouvantable à imaginer.

C'est dans un sens analogue, quoiqu'en d'autres termes, que les médecins de l'hôpital psychiatrique se prononçaient sur l'étiologie de mon instinct de collectionneur. La doctoresse, Mlle Hornstetter, voulut même savoir de quel jour datait mon complexe. Très exactement, je pouvais nommer le neuf novembre trente-huit, car en ce jour je perdis Sigismond Markus, l'administrateur de mon magasin de tambours. Certes dès la mort de ma pauvre mère il était devenu malaisé d'entrer ponctuellement en possession d'un tambour neuf, les visites du jeudi au passage de l'Arsenal cessèrent obligatoirement, Matzerath n'avait à l'égard de mes instruments qu'une sollicitude négligente et Jan Bronski venait à la maison de plus en plus rarement. Mais quel tour combien plus désespéré prit ma situation quand fut saccagé le magasin du marchand de jouets et que l'aspect de Markus, assis à son bureau déblayé, me fit comprendre clairement ceci : Markus ne te donnera plus de tambour, Markus n'est plus négociant en jouets, Markus a mis fin à ses relations commerciales avec la firme qui jusqu'à présent te fabriquait et livrait les beaux tambours vernis rouge et blanc.

Cependant je ne voulais pas croire, alors, que le décès du marchand de jouets mettait fin à cette période ancienne, encore relativement sereine, consacrée au jeu ; je chipai donc, dans ce tas de débris qu'était devenu le magasin de Markus, un tambour sain et sauf et deux autres bosselés sur les bords ; j'emportai mon butin à la maison et crus avoir pris mes précautions.

J'y allais prudemment ; je tambourinais rarement, seulement quand il le fallait ; je me refusais des après-midi entiers et, bien à contrecœur, ces déjeuners de tambour qui me rendaient la journée supportable. Oscar pratiquait l'ascétisme, maigrissait, il fut mené au Dr Hollatz et à son assistante, sœur Inge, qui devenait de plus en plus osseuse. Ils me donnèrent des médecines sucrées, acides, amères ou insipides, accusèrent mes glandes qui alternativement, suivant l'humeur du Dr Hollatz, troublaient mon bien-être par hyper ou hypo-fonctionnement.

Pour échapper à ce Hollatz, Oscar restreignit ses pratiques d'ascétisme et reprit du poids ; il était en été de trente-neuf redevenu sensiblement le même Oscar, âgé de trois ans ; il avait récupéré ses joues rondes en défonçant définitivement le dernier des tambours provenant de Markus. La tôle béait, cliquetait lamentablement, perdait du vernis blanc et rouge, rouillait et me pendait cacophoniquement sur le ventre.

Il aurait été déraisonnable de chercher assistance auprès de Matzerath, bien que par nature il fût secourable et même bon. Depuis la mort de ma pauvre maman, l'homme ne songeait plus qu'à son trantran du Parti, s'amusait à des conférences de chefs de cellule ; ou bien, fortement chargé d'alcool, il passait le temps, après minuit, dans notre salle de séjour, en des entretiens bruyants et familiers avec les portraits encadrés de noir de Hitler et de Beethoven, se faisait expliquer le Destin par le Génie et la Providence par le Führer ; et, quand il était à jeun, il admettait que quêter pour le Secours d'hiver était son destin providentiel.

Je n'aime pas me remémorer ces dimanches de quête. Pourtant ces jours-là je faisais une tentative impuissante pour obtenir un tambour neuf. Matzerath, qui avait quêté le matin dans la Grande-Rue devant les cinémas et devant les grands magasins Sternfeld, rentrait à midi et réchauffait pour lui et moi des quenelles à la Kœnigsberg. Après le repas succulent, je m'en souviens encore aujourd'hui — Matzerath, devenu veuf, cuisinait avec passion et de façon excellente —, le quêteur fatigué s'allongeait sur le canapé pour faire une petite sieste. A peine respirait-il comme dans le sommeil que j'attrapais sur le piano la tirelire à demi pleine, disparaissais avec cette chose qui avait la forme d'une boîte de conserve, dans la boutique, sous le comptoir, et portais une main délictueuse sur la plus ridicule de toutes les tirelires. Non pas que j'aie voulu m'enrichir avec les pièces de deux sous ! Une inspiration stupide me commandait d'essayer la chose en guise de tambour. Mais je pouvais me démener à discrétion, il n'y avait jamais qu'une réponse : Versez votre obole au Secours d'hiver ! Nul ne doit avoir faim, nul ne doit avoir froid ! Versez votre obole au Secours d'hiver !

Au bout d'une demi-heure je renonçais, prenais dans le tiroir-caisse cinq sous, les versais en obole au Secours d'hiver et rapportais sur le piano la tirelire ainsi enrichie afin que Matzerath pût la trouver et tuer le reste du dimanche en secouant la monnaie pour le Secours d'hiver.

Cet essai manqué me guérit pour toujours. Je n'ai plus jamais tenté sérieusement d'utiliser comme tambour une boîte de conserve, un seau retourné, le fond d'une cuvette. Si je l'ai fait quand même, je m'efforce d'oublier ces épisodes sans gloire. Une boîte de conserve n'est pas un tambour, un seau est un seau, et dans une cuvette on se lave ou on lave ses bas. Pas plus qu'aujourd'hui, il n'existait de succédané : un tambour de fer battu à flammes rouges et blanches parle par lui-même, il n'a pas besoin d'intercesseur.

Oscar était seul, trahi et vendu. Comment pourrait-il à la longue conserver son visage de trois ans s'il lui manquait le strict nécessaire, son tambour? Toutes les feintes accumulées au cours des années, comme : pipi au lit occasionnel, rabâchage puéril chaque soir des prières vespérales, peur du Père Noël qui en réalité s'appelait Greff, inlassable bombardement de questions de trois ans, typiquement cocasses, telles que : pourquoi les autos ont des roues? tout ce truquage que les adultes attendaient de moi, je devais l'exécuter sans mon tambour. J'étais sur le point de renoncer et je cherchais désespérément, pour ce motif, celui qui n'était pas mon père bien que selon toute vraisemblance il m'eût engendré ; Oscar, à proximité de la cité polonaise du Ring, attendait Jan Bronski.

La mort de ma pauvre maman avait dénoué le lien presque amical qui parfois existait entre Matzerath et mon oncle, promu entre-temps secrétaire des postes. La rupture n'avait pas été soudaine, mais progressive, et à mesure que s'aggravait la situation politique elle était devenue plus définitive ; elle s'était consommée en dépit des plus beaux souvenirs communs. La dissolution de l'âme svelte, du corps opulent de maman s'était accomplie parallèlement à celle que subissait l'amitié de deux hommes qui tous deux s'étaient mirés à cette âme, nourris à cette chair, et qui, maintenant, privés de cette provende et de ce miroir convexe, trouvaient leur satisfaction dans des assemblées politiques opposées d'hommes qui cependant fumaient le même tabac. Mais une poste polonaise et des conférences de chefs de cellule en manches de chemise ne pouvaient remplacer une belle femme, sentimentale jusque dans l'adultère. En dépit de toute leur prudence — Matzerath devait tenir compte de la clientèle et du Parti, et Jan de l'administration postale — il y eut dans le bref laps de temps écoulé entre la mort de ma pauvre maman et la fin de Sigismond Markus, malgré tout, des rencontres de mes deux pères présumés.

A minuit, on entendait deux ou trois fois par mois les doigts de Jan battre aux vitres de notre salle de séjour. Quand Matzerath écartait le rideau et ouvrait la fenêtre d'une largeur de main, l'embarras de part et d'autre était sans limites jusqu'à ce que l'un ou l'autre inventât la parole libératrice, proposât un skat tardif. Ils allaient chercher Greff dans sa boutique de légumes et, s'il ne voulait pas, ne voulait pas à cause de Jan, parce qu'en sa qualité d'ancien chef scout — il avait entre-temps dissous son groupe — il devait être prudent, et que par-dessus le marché il n'aimait pas le skat et y jouait mal, alors c'était le plus souvent le maître boulanger Scheffler qui faisait le troisième. Certes, le boulanger n'aimait pas être à la même table que mon oncle Jan, mais un certain attachement à ma pauvre maman, reporté comme un héritage sur Matzerath, et aussi le principe de Scheffler selon lequel les commerçants de détail doivent se serrer les coudes, faisaient accourir du Kleinhammerweg le boulanger aux jambes courtes ; il prenait place à la table de notre salle de séjour, battait les cartes de ses mains blêmes, où la farine faisait comme une vermoulure, et les distribuait comme des petits pains parmi le peuple affamé.

Comme ces parties prohibées ne commençaient guère qu'après minuit pour être interrompues à trois heures du matin, quand Scheffler devait aller à son fournil, je n'arrivais que rarement, en chemise de nuit, sans faire aucun bruit, à quitter mon lit et, sans être vu, sans tambour non plus, à atteindre le coin d'ombre sous la table.

Comme vous l'aurez précédemment remarqué, je trouvais sous la table depuis toujours la matière la plus commode de mes réflexions. Je faisais des comparaisons. Mais comme tout avait changé depuis le décès de ma pauvre maman ! Plus de Jan Bronski, prudent en haut où cependant il perdait partie sur partie, hardi en bas, pour mener une chaussette sans soulier à l'assaut de l'entre-cuisse maternel. Sous la table de skat de ces années-là, plus d'érotisme, d'amour encore moins. Six jambes de pantalons montrant divers motifs en arête de poisson drapaient six jambes viriles nues (ou sacrifiant aux caleçons) et plus ou moins poilues, qui sous la table par six fois s'efforçaient de ne pas se toucher même par hasard ; plus haut, réduites à l'unité et élargies, elles fournissaient des troncs, des têtes, des bras, s'affairaient à un jeu qui aurait dû être interdit pour raisons politiques, mais qui, dans le cas d'une partie perdue ou gagnée, excusait une défaite ou un triomphe : la Pologne avait perdu un sans-atout ; la Ville libre de Danzig venait de gagner facilement un contrat à carreau pour le Grand Reich allemand.

Un jour était prévisible où ces manœuvres prendraient fin — de même que toutes les manœuvres s'achevèrent un jour, transformées en faits bruts sur un plan élargi, à l'occasion de ce qu'il est convenu d'appeler un cas d'urgence.

Au début de l'été trente-neuf il apparut que Matzerath trouvait dans les conférences hebdomadaires des chefs de cellule des partenaires de skat moins compromettants que des postiers polonais et d'anciens chefs scouts. Jan Bronski, contraint et forcé, se rappela le camp auquel il était inscrit ; il se rapprocha des gens de la poste : parmi eux était le concierge invalide Kobyella qui, depuis qu'il avait servi dans la légendaire légion du maréchal Pilsudski, marchait sur une jambe trop courte de quelques centimètres. Malgré sa patte folle, le Kobyella était un fameux concierge, d'ailleurs un artisan adroit, dont je ne pouvais espérer solliciter la bienveillance éventuelle pour la réparation de mon tambour malade. C'est seulement parce que le chemin de Kobyella passait par Jan Bronski que, presque chaque après-midi vers six heures, même par la plus accablante chaleur du mois d'août, je m'installais à proximité de la Cité polonaise et attendais Jan qui, à la fin de son service, rentrait le plus souvent avec ponctualité. Il ne venait pas. Sans me poser véritablement la question : Que peut faire ton père présumé le soir après le travail ? j'attendais souvent jusqu'à sept heures, sept heures et demie. J'aurais pu aller chez tante Hedwige. Jan était peut-être malade, il avait la fièvre, ou conservait dans le plâtre un membre fracturé. Oscar restait sur place et se contentait de fixer de temps à autre ses regards sur les rideaux du logement où habitait le secrétaire des postes. Une pudeur singulière retenait Oscar d'aller voir sa tante Hedwige dont le chaud regard maternellement bovin le mettait d'humeur triste. Il n'aimait pas particulièrement non plus les enfants du ménage Bronski, ses demi-frères présumés. Ils le traitaient comme une poupée. D'où Stephan, dont l'âge était presque identique, quinze ans, tirait-il le droit de le traiter paternellement, sur un ton de pédagogie verticale ? Et cette Marga, dix ans, à nattes, dont le visage figurait un gras, un constant lever de pleine lune ? Voyait-elle en Oscar une poupée à habiller, dépourvue de volonté, qu'on pouvait des heures durant peigner, brosser, rajuster et éduquer ? Naturellement, tous deux voyaient en moi l'enfant anormal, nain, lamentable, et se trouvaient eux-mêmes pleins de santé et de promesses ; ils étaient aussi les favoris de ma grand-mère Koljaiczek qui, malheureusement, par ma faute, avait du mal à voir en moi un favori. On ne pouvait m'amadouer ni avec des contes de fées ni avec des livres d'images. Ce que j'attendais de ma grand-mère, ce que je dépeins aujourd'hui encore avec largesse et volupté, était absolument clair et, pour ce motif, rarement obtenu : Oscar voulait, dès qu'il la voyait, imiter son grand-père Koljaiczek, plonger sous elle et si possible ne jamais plus devoir respirer hors de cet abri.

Que n'ai-je fait pour arriver sous les jupes de ma grand-mère ! Je ne peux pas dire qu'elle ne voulait pas avoir Oscar sous elle. Seulement elle faisait des manières, elle me repoussait le plus souvent ; elle aurait bien accordé refuge à quiconque ressemblait comme ci comme ça à Koljaiczek, sauf à moi : je n'avais ni la ressemblance, ni l'allumette facile de l'incendiaire, et je devais imaginer des chevaux de Troie pour pénétrer dans la citadelle.

Oscar se voit jouer à la balle comme un véritable enfant de trois ans. Il observe que cet Oscar laisse comme par hasard sa balle rouler sous les jupes, puis qu'il glisse à la suite de ce prétexte sphérique, avant que sa grand-mère ait pu deviner, et lui rendre la balle.

Quand des adultes étaient de la partie, ma grand-mère ne me laissait jamais longtemps sous les jupes. Les adultes se moquaient d'elle, lui rappelaient en termes parfois directs ses fiançailles dans le champ de pommes de terre en automne ; la grand-mère qui, par nature, n'avait pas du sang de navet, rougissait avec violence et persévérance, ce qui sous ses cheveux presque blancs ne lui allait pas mal au visage.

Mais quand ma grand-mère Anna était toute seule — cela lui arrivait rarement, et je la vis de plus en plus rarement après la mort de ma pauvre maman, et presque plus depuis qu'elle avait dû renoncer à sa place sur le marché de Langfuhr — elle me tolérait plutôt de meilleur gré et plus longuement dans ses jupes couleur de pomme de terre. Plus besoin même d'employer le truc idiot de la balle de caoutchouc. Glissant sur le plancher avec mon tambour, une jambe repliée, l'autre prenant appui contre les meubles, j'évoluais en direction de la montagne grand-maternelle ; arrivé au pied, je relevais avec mes baguettes de tambour la quadruple enveloppe ; déjà j'étais dessous, laissais le rideau retomber quatre fois en une et m'adonnais à respirer par tous les pores l'âpre odeur de beurre ranci qui toujours, insensible aux saisons, prédominait sous ces quatre jupes. Alors seulement Oscar se mettait à jouer du tambour. Il savait bien ce que sa grand-mère aimait entendre ; et donc je tambourinais des pluies d'octobre pareilles à celle que jadis elle doit avoir entendue derrière son feu de fanes, lorsque le Koljaiczek, incendiaire persécuté, disparut sous elle. Je laissais tomber sur la tôle une fine pluie oblique, et vous avez la faculté de reconnaître ces soupirs et ces noms de saints qui se firent entendre jadis en l'an quatre-vingt-dix-neuf, quand ma grand-mère était à la pluie et Koljaiczek au sec.

Lorsqu'en août trente-neuf, en face de la Cité polonaise, j'attendais Jan Bronski, je songeais souvent à ma grand-mère. Elle était peut-être en visite chez tante Hedwige. Si séduisante que pût être l'idée de humer, assis sous des jupes, une odeur de beurre rance, je ne montai cependant pas les deux étages pour sonner à la porte marquée Jan Bronski. Qu'aurait offert Oscar à sa grand-mère ? Son tambour était démoli, son tambour ne donnait plus, son tambour avait oublié comment se rend le son de la pluie, quand elle tombe fine et oblique sur un champ de pommes de terre en octobre. Et comme sa grand-mère ne se laissait approcher que dans le bruit de fond des précipitations automnales, Oscar restait donc sur le Ring, regardant arriver et s'éloigner les tramways qui montaient et descendaient à grands coups de sonnette sous le vocable de la ligne 5.

Attendais-je encore Jan ? N'avais-je pas déjà renoncé et n'étais-je pas resté sur place que faute d'un prétexte avouable pour capituler ? Quand on attend assez longtemps, on s'y éduque. Mais une attente prolongée peut aussi induire à se représenter la scène avec de tels détails que la personne attendue n'a plus aucune chance de vous surprendre. Possédé de l'ambition de l'apercevoir d'abord sans qu'il s'y attendît, de pouvoir l'aborder au son de mon tambour en ruine, je me tenais, immobile et tendu, mains aux baguettes, sur place. Sans avoir besoin de m'expliquer plus longuement, je voulais rendre frappant, à grands coups sur la tôle, l'état désespéré de ma situation. Et je me disais : encore cinq tramways, encore trois, encore celui-ci. Je m'imaginais, en poussant le tableau au noir, que les Bronski avaient été, sur le désir de Jan, mutés à Modlin ou Varsovie, je le voyais secrétaire des postes de première classe à Bromberg ou à Thorn. J'attendais, au mépris de tous mes serments, encore un tramway et me tournais déjà pour partir, quand Oscar fut pris par-derrière ; un adulte lui tenait les yeux fermés. Je flairai des mains souples, parfumées d'un savon choisi, agréablement sèches, des mains d'homme ; je flairai Jan Bronski. Lorsqu'il me lâcha et se retourna en riant avec affectation, il était trop tard pour lui démontrer sur mon instrument ma fatale situation. Je plaçai les deux baguettes de tambour ensemble derrière les bretelles de cuir de ma culotte courte qui, à cette époque où personne ne prenait soin de moi, était sale et s'effrangeait aux poches. Les mains ainsi libérées, j'élevai le tambour suspendu à de misérables ficelles, le tambour accusateur, au-dessus de mes yeux, bien haut, comme le Révérend Wiehnke pendant la messe élevait l'hostie ; j'aurais pu dire aussi : ceci est ma chair, ceci est mon sang, mais je ne dis mot ; il me suffit d'élever le métal écorché ; je ne voulais pas de transformation fondamentale, voire merveilleuse ; ce que je réclamais, c'était la réparation de mon tambour, rien de plus.

Jan aussitôt mit fin à son rire déplacé qui rendait à mon oreille un son de nervosité contrainte. Il aperçut ce qu'il ne pouvait manquer de voir, mon tambour, détacha son regard de la tôle fripée, chercha mes yeux clairs où continuait à s'exprimer authentiquement un âge de trois ans, ne vit d'abord rien que deux fois le même iris bleu inexpressif, des touches lumineuses, des reflets, tout ce qu'on imagine dans un œil en fait d'expression. Après avoir constaté que mon regard ne différait en rien d'une quelconque mare d'eau miroitante de la rue, il rassembla de toute sa bonne volonté ce qu'il pouvait attraper dans sa mémoire et se contraignit à retrouver dans mes yeux ce regard gris, pareillement profilé de ma mère, lequel, des années durant, lui avait reflété des sentiments allant de la bienveillance à la passion. Peut-être fut-il stupéfié aussi par un reflet de lui-même, ce qui à vrai dire était de médiocre portée : cela ne voulait pas dire que Jan était mon père, plus exactement mon auteur. Car ses yeux, ceux de maman et les miens se distinguaient par la même beauté naïvement rusée, au rayonnement bête, qui signalait presque tous les Bronski, y compris Stephan, moins Marga Bronski, mais d'autant plus ma grand-mère et son frère Vincent. Chez moi cependant, il y avait à n'en pas douter, en plus des yeux bleus à cils noirs, une touche du sang incendiaire de Koljaiczek — voire de penchants vitricides —, tandis qu'on aurait eu du mal à y discerner des caractères rhéno-matzérathiens.

Jan lui-même, bien qu'il aimât se dérober, si on l'avait questionné de face, en ce moment où j'élevais le tambour et laissais opérer mes yeux, aurait dû le concéder : « C'est sa mère Agnès qui me regarde. Peut-être me regardé-je moi-même. Sa mère et moi, nous avions trop de choses en commun. Il est possible également que mon oncle Koljaiczek me regarde, celui qui est en Amérique ou bien au fond de la mer. Il n'y a que Matzerath pour ne pas me regarder ainsi, et tant mieux. »

Jan prit le tambour, le tourna, le tapota. Lui, le maladroit, qui ne savait seulement pas tailler comme il faut un crayon, il fit comme s'il entendait quelque chose à la réparation d'un tambour en fer battu. Il prit visiblement une décision — ce qui lui arrivait rarement —, me saisit par la main — j'en fus frappé, car ce n'était pas tellement pressé —, traversa le Ring avec moi, gagna en me tenant par la main le refuge de l'arrêt de tramway Champ-de-Manœuvre et, quand la rame arriva, monta en me traînant à sa suite dans la remorque pour fumeurs de la ligne 5.

Oscar pressentit que nous allions en ville, place Hévélius, à la poste polonaise, chez le concierge Kobyella qui avait les outils et les capacités dont le tambour d'Oscar rêvait depuis des semaines.

Ce parcours en tramway aurait pu devenir un paisible voyage d'agrément si ce n'avait pas été la veille du 1er septembre trente-neuf. La motrice avec remorque, bondée depuis la place Max-Halbe de baigneurs, las et pourtant bruyants, revenant de Brösen-Plage, remontait en ville à grands coups de sonnette. Quelle soirée d'arrière-été nous aurait attendus, après livraison du tambour, au café Weitzke — limonade avec une paille — si à l'entrée du port, en face de la Westerplatte, les deux navires de ligne *Schleswig* et *Schleswig-Holstein* n'avaient pas jeté l'ancre et montré à la muraille de brique cachant les caves à munitions leurs coques d'acier, leurs tourelles tournantes doubles et leurs pièces sous casemate ! Comme il aurait été beau de sonner chez le concierge de la poste polonaise et de pouvoir remettre pour réparation au portier Kobyella un innocent tambour d'enfant, si depuis des mois, déjà, l'intérieur de la poste n'avait été mis en état de défense à l'aide de plaques de blindage, si un personnel jusqu'alors anodin, employés, facteurs, n'avait été transformé en garnison lors de stages de week-end à Gdynia et Oxhöft !

Nous approchions de la porte d'Oliva. Jan Bronski suait ; son regard collait à la verdure poussiéreuse de l'allée Hindenburg, et il fumait de ses cigarettes à bout doré plus que son goût de l'épargne n'aurait dû le lui permettre. Oscar n'avait encore jamais vu son père présumé suer à ce point, sauf en deux ou trois occasions où il l'avait observé avec sa maman sur le divan.

Mais ma pauvre mère était morte depuis longtemps. Pourquoi Jan Bronski suait-il ? Après avoir dû remarquer que peu avant chaque arrêt il était pris d'une envie de descendre, que chaque fois il ne se rendait compte de ma présence qu'au moment de descendre, que moi et mon tambour lui intimions l'ordre de se rasseoir, je me rendis clairement compte que Jan suait à propos de la poste polonaise que, fonctionnaire d'Etat, il avait pour mission de défendre. Pourtant il avait déjà pris la fuite une fois ; c'était alors qu'il m'avait découvert avec un tambour-épave sur le Ring, au coin du champ de manœuvre. Il avait résolu de retourner à son devoir de fonctionnaire. C'est pourquoi il me traînait avec lui, moi qui n'étais ni fonctionnaire, ni apte à défendre une poste ; c'est pourquoi il suait et fumait. Pourquoi ne descendit-il pas du tramway ? Je ne l'en aurais certes pas empêché. Il était encore d'un âge florissant, pas même quarante-cinq ans. Ses yeux étaient bleus, sa barbe châtaine ; ses mains soignées tremblaient, et il n'aurait pas dû suer de façon si pitoyable ; car ce n'était pas de l'eau de Cologne, mais une sueur froide, qu'Oscar assis à côté de son père présumé était contraint de sentir.

Au Marché-au-Bois, nous descendîmes et longeâmes à pied le fossé de la Vieille-Ville. Air immobile, soirée d'arrière-été. Les cloches de la Vieille-Ville, comme toujours vers huit heures, bronzaient le ciel. Carillons dispersant un nuage de colombes : « Sois toujours fidèle et vertueux jusqu'à ta froide tombe. » C'était beau et c'était à pleurer. Mais partout on riait. Des femmes avec des enfants hâlés, des peignoirs de bain pelucheux, de gros ballons de plage multicolores et des bateaux à voile descendaient des tramways ; de Glettkau et de Heubude-Plage revenaient des milliers de gens frais baignés. De grandes fillettes, sous des regards encore endormis, promenaient des langues mobiles sur de la glace à la framboise. Une qui avait quinze ans laissa tomber sa gaufrette ; elle fut pour se pencher, pour ramasser le sorbet, mais elle hésita, elle abandonna au pavé et aux semelles des passants futurs son rafraîchissement bientôt liquéfié ; elle ne tarderait pas à prendre place parmi les adultes et ne lécherait plus de glace dans la rue.

A la rue des Rémouleurs, nous prîmes à gauche. La place Hévélius, où débouchait cette ruelle, était barrée par des groupes épars de la milice territoriale SS : jeunes gens, et aussi pères de famille avec les brassards et les mousquetons de la police. Il aurait été facile de contourner ce barrage en faisant un crochet pour atteindre la poste par le quartier de Rähm. Jan Bronski se dirigea vers les miliciens. L'intention était claire : il voulait être interpellé sous les yeux de ses supérieurs hiérarchiques qui sûrement faisaient observer la place Hévélius depuis le bâtiment de la poste, être ensuite refoulé, afin de pouvoir, héros déçu, faisant une figure à peu près décente, rentrer chez lui par le même tramway 5 qui l'avait amené.

Les miliciens nous laissèrent passer ; ils ne songèrent probablement pas que ce monsieur bien habillé, menant par la main un petit garçon de trois ans, avait l'intention d'aller à la poste. Ils nous prièrent poliment d'être prudents et crièrent halte seulement quand nous eûmes franchi le portail de la grille et fûmes devant le portail principal. Jan se retourna, indécis. Alors la lourde porte fut entrebâillée, on nous tira à l'intérieur : nous étions dans la salle des guichets de la poste polonaise, où régnait une demi-obscurité agréablement fraîche.

Jan Bronski ne reçut pas de sa troupe un accueil très chaleureux. Ils n'avaient pas confiance en lui, ils l'avaient déjà considéré comme disparu, ils émettaient même à haute voix le soupçon que le secrétaire des postes Bronski voulait se défiler. Jan eut du mal à rejeter ces accusations. On ne l'écoutait pas ; on le plaça dans une chaîne ayant pour tâche de transporter de la cave des sacs de sable jusque derrière les fenêtres de la salle des guichets. On entassait ces sacs de sable et d'autres âneries devant les fenêtres, on poussait à proximité de la grande porte des meubles lourds, comme des armoires à dossiers, afin de pouvoir en cas de besoin la barricader dans toute sa largeur.

Quelqu'un voulut savoir qui j'étais, mais n'eut pas le temps d'attendre la réponse de Jan. Les gens étaient nerveux, ils parlaient tantôt à haute voix, tantôt bas, par un excès de prudence. Mon tambour et la misère de mon tambour semblaient oubliés. Le concierge Kobyella, sur qui j'avais misé, qui devait rendre au tas de ferraille suspendu sur mon abdomen un aspect présentable, demeurait invisible ; probablement s'affairait-il au premier ou au second étage de la poste, à empiler, comme le faisaient dans la salle des guichets facteurs et employés, des sacs de sable rebondis sur quoi l'on comptait pour arrêter les balles. La présence d'Oscar était pénible à Jan Bronski. Aussi m'éclipsai-je instantanément quand Jan reçut des instructions d'un homme que les autres appelaient Dr Michon. Après quelques recherches et non sans éviter prudemment ce M. Michon qui portait un casque polonais — manifestement le directeur de la poste —, je trouvai l'escalier du premier étage et là, vers le bout du couloir, une pièce sans fenêtre, de dimensions moyennes, où personne ne traînait des caisses de munitions et n'empilait des sacs de sable.

Des paniers à linge roulants pleins de lettres à timbres multicolores occupaient en rangs serrés le plancher. La chambre était basse, le papier des murs couleur d'ocre. Ça sentait vaguement le caoutchouc. Oscar était trop fatigué pour chercher le bouton électrique. De très loin venaient les carillons de Notre-Dame, de Sainte-Catherine, Saint-Jean, Sainte-Brigitte, Sainte-Barbe, de la Trinité et du Corps-du-Christ : Il est neuf heures, Oscar, il faut te coucher ! — je m'étendis donc dans une des corbeilles à lettres, logeai à côté le tambour qui lui aussi n'en pouvait plus et m'endormis.

La poste polonaise

Je m'endormis dans un panier à linge plein de lettres à destination de Lodz, Lublin, Lwow, Torun, Cracovie et Czestochowa, en provenance de Lodz, Lublin, Lemberg, Thorn, Krakau et Tschenstochau. Mais je ne rêvai ni de la Matkaboska Czestochowa ni de la Vierge-Noire ; je ne grignotai pas en rêve le cœur du Marszalek Pilsudski, conservé à Cracovie, ni ces pains d'épices qui ont rendu si célèbre la ville de Thorn. Je ne rêvais même pas de mon tambour toujours non réparé. Couché sans rêves sur des lettres dans un panier à linge roulant, Oscar ne perçut rien de ces chuchotements, murmures, causeries, de ces indiscrétions qui paraît-il s'échappent des lettres quand elles sont mises en tas. Les lettres ne me dirent rien, je n'avais pas de courrier à attendre, personne ne pouvait voir en moi le destinataire ni même l'expéditeur. Je m'endormis souverainement, en rentrant mon antenne, sur une montagne de courrier qui aurait pu signifier au monde une masse d'informations.

Il est aisé de comprendre par conséquent pourquoi je ne fus pas réveillé par cette lettre que je ne sais quel Pan Lech Milewczyk de Varsovie écrivait à sa nièce de Danzig-Schidlitz, une lettre assez charmante ma foi pour réveiller une tortue millénaire ; je ne fus pas réveillé davantage par le tir des mitrailleuses proches ni par le tonnerre des salves tirées dans le port franc par les tourelles doubles des navires de ligne.

Ça s'écrit sans peine : mitrailleuses, tourelles doubles. Est-ce que cela n'aurait pas pu être une giboulée, une averse de grêle, l'entrée en scène d'un orage d'arrière-été, pareil à l'orage qui avait célébré ma naissance ? J'étais trop abruti de sommeil, incapable de pareilles spéculations ; je conclus correctement — j'avais encore les bruits dans l'oreille — en appelant, comme tous les endormis, la situation par son nom : ça y est, ils tirent.

A peine avais-je dégringolé de la corbeille à linge, encore un peu vacillant sur mes sandales, qu'Oscar eut soin d'assurer le bien-être de son tambour sensible. A deux mains, il l'enfouit dans la corbeille qui avait hébergé son sommeil ; il fit un trou au milieu des lettres lâches, mais stratifiées, sans brutalité, sans déchirer, froisser, dévaloriser ; non, avec précaution je desserrai la pile de courrier, manipulai avec soin chacune des lettres, violettes pour la plupart, frappées du timbre Poczta Polska ; j'eus même des égards pour les cartes postales ; je fus attentif à ce que nulle enveloppe ne s'ouvrît ; car même en présence d'événements imparables, capables de changer la face de toutes choses, le secret des correspondances devait être préservé.

A mesure que s'amplifiait le tir des mitrailleuses, l'entonnoir s'élargissait dans ce panier à linge plein de lettres. Enfin je fus satisfait ; je couchai mon tambour agonisant dans le lit fraîchement ouvert et le recouvris, bien au chaud, par trois fois, non, dix et vingt fois, en engrenant l'une dans l'autre les lettres comme les maçons disposent des briques quand il s'agit d'édifier un mur solide.

A peine avais-je pris cette mesure de précaution dont je pouvais espérer pour mon instrument une certaine protection entre les éclats et les balles que, dans la façade donnant sur la place Hévélius, à la hauteur approximative de la salle des guichets, explosa le premier obus antichar.

La poste polonaise, massive construction de brique, pouvait sans douleur encaisser un grand nombre de pareils impacts sans craindre que les miliciens fassent en un tournemain une brèche suffisamment large pour lancer l'assaut frontal, maintes fois répété à l'entraînement.

Je quittai ma chambre protégée, sans fenêtre, prise entre trois bureaux et le corridor du premier étage, où étaient entreposées les correspondances, et partis à la recherche de Jan Bronski. Si je cherchais Jan, mon père présumé, je cherchais bien entendu et presque avec plus d'avidité le concierge invalide Kobyella. Si j'avais pris la veille le tramway, renoncé à mon dîner, pour aller en ville jusqu'à la place Hévélius et entrer dans cette poste qui m'était indifférente d'ailleurs, c'était pour faire réparer mon tambour. Si je ne trouvais pas le concierge à temps, c'est-à-dire avant l'assaut probable, il ne fallait plus songer à une restauration soignée de mon tambour démantibulé.

Donc Oscar cherchait Jan tout en songeant à Kobyella. A plusieurs reprises il arpenta, les bras croisés sur la poitrine, le long corridor dallé, mais resta seul avec le bruit de ses pas. Il distinguait certes des coups de fusil isolés, sûrement tirés de la poste, qui se détachaient sur l'arrosage des miliciens ; dans leurs bureaux, les tireurs économes devaient avoir troqué les tampons postaux contre d'autres instruments non moins tamponneurs. Dans le corridor il n'y avait personne, debout, caché ou de garde en vue d'une éventuelle contre-attaque. En guise de patrouille, il y avait Oscar tout seul, exposé sans défense et sans tambour à l'historique introït d'une heure trop matinale qui, malgré le proverbe, n'avait pas d'or dans la bouche, mais crachait en tout cas du plomb.

Dans les bureaux donnant sur la cour, personne. Incurie, notai-je. On aurait dû couvrir le bâtiment du côté de la rue des Rémouleurs. Le poste de police qui s'y trouvait, séparé de la cour de la poste par une simple clôture de planches et la rampe de chargement des fourgons, constituait une position offensive si favorable qu'on n'en trouverait pas l'équivalent dans un livre d'images. Je fis claquer mes sandales par les bureaux, le local des envois recommandés, le local des facteurs, la caisse de versement des traitements, le bureau de réception des télégrammes : c'est là qu'ils étaient, à plat ventre. Derrière des plaques de blindage et des sacs de sable, derrière des meubles de bureau renversés, à plat ventre. Ils tiraient par à-coups, presque avec avarice.

Dans la plupart des salles, quelques carreaux avaient déjà fait connaissance avec les mitrailleuses de la milice. Je fis du dégât un fugitif inventaire et établis les comparaisons avec le verre à vitres qui s'était effondré sous le diamant de ma voix, du temps où la paix respirait profondément. Eh bien, si l'on exigeait de moi que je prisse part à la défense de la poste polonaise, si ce petit homme en fil de fer, le Dr Michon, ne se présentait pas à moi en directeur postal, mais en directeur militaire, pour m'embaucher sous serment au service de la Pologne, je ne lui refuserais pas ma voix : pour la Pologne et l'économie anarchique, mais toujours féconde, de la Pologne, j'aurais aimé transformer en trous noirs, propices aux courants d'air, les vitres de toutes les maisons d'en face sur la place Hévélius, les verrières des maisons de Rähm, la perspective vitrée de la rue des Rémouleurs, y compris le poste de police et même, à une distance record, les vitres bien astiquées du fossé de la Vieille-Ville et de la rue des Chevaliers, le tout en quelques minutes. Cela aurait semé la confusion parmi les miliciens, et aussi parmi les badauds. Cela aurait valu l'intervention de plusieurs mitrailleuses, cela aurait dès le début de la guerre propagé la croyance aux armes-miracles ; cela n'aurait pourtant pas sauvé la poste polonaise.

Oscar ne prit pas de service. Ce Dr Michon qui portait un casque polonais sur sa tête de directeur ne recueillit pas mon serment ; en revanche, comme je dévalais l'escalier de la salle des guichets et lui filais entre les jambes, il me donna une gifle douloureuse ; l'instant d'après la gifle, jurant très fort et en polonais, il vaquait derechef à ses occupations défensives. Il ne me restait plus qu'à digérer le coup. Ces gens, y compris le Dr Michon, qui portait la responsabilité du tout, étaient excités ; ils craignaient l'avenir et pouvaient passer pour excusables.

L'horloge de la salle des guichets me dit qu'il était quatre heures vingt. Quand il en fut vingt et une, je pus admettre que les premières hostilités n'avaient pas abîmé le mécanisme. L'horloge marchait, et je ne savais pas si cette égalité d'humeur devait être interprétée comme un mauvais ou un bon présage.

En tout cas, je restai dans la salle des guichets. Je cherchai Jan et Kobyella, évitai le Dr Michon, ne trouvai ni mon oncle ni le concierge, constatai que le vitrage de la salle avait subi des dommages, que le crépi voisin de la porte principale avait des fissures et des trous, et pus être témoin quand on apporta les deux premiers blessés. L'un d'eux, un monsieur d'un certain âge aux cheveux gris encore partagés par une raie soignée, parlait sans arrêt et avec agitation, tandis qu'on pansait la plaie en séton qu'il avait au bras droit.

A peine la blessure légère était-elle enveloppée de blanc qu'il voulait se remettre debout, empoigner son fusil et se rejeter à plat ventre derrière les sacs de sable qui sûrement n'étaient pas à l'épreuve des balles. Une bonne chose pour lui, ce petit accès de faiblesse provoqué par la forte hémorragie qui le ramena par terre et lui ordonna ce repos sans lequel un monsieur d'un certain âge, quand il vient tout juste d'être blessé, ne saurait reprendre des forces. Surtout que le petit quinquagénaire sécot qui portait un casque, mais laissait paraître hors de sa pochette civile le triangle d'un mouchoir de gentleman, ce monsieur aux nobles gestes de chevalier fonctionnaire qui était docteur et s'appelait Michon, qui la veille avait soumis Jan Bronski à un sévère interrogatoire, donna l'ordre au monsieur blessé d'un certain âge d'observer le repos au nom de la Pologne.

Le second blessé gisait sur une paillasse, respirait lourdement et ne manifestait plus de passion pour les sacs de sable. Il criait à intervalles réguliers, bruyamment et sans fausse honte, parce qu'il avait une balle dans le ventre.

Juste au moment où Oscar voulait inspecter encore une fois la rangée des hommes alignés derrière les sacs de sable pour trouver enfin ceux qu'il cherchait, deux impacts d'obus, presque simultanés au-dessus et à côté de la porte principale, firent tinter la salle des guichets. Les armoires qu'on avait poussées devant l'entrée furent défoncées et libérèrent des piles de dossiers brochés qui littéralement s'envolèrent, perdirent contenance et atterrirent en glissant sur les dalles au sein de fiches que selon les principes d'une comptabilité régulière ils n'auraient jamais dû rencontrer. Inutile de dire que le reste des vitres vola en éclats, que des plaques de crépi grandes et petites tombèrent des murs et du plafond. On traîna encore un blessé au milieu de la salle parmi des nuages de plâtre et de chaux, puis, sur l'ordre du casque, on le hissa par l'escalier jusqu'au premier étage.

Oscar suivit les hommes véhiculant le postier gémissant. Il les suivit de marche en marche, sans que personne le rappelât, lui demandât des comptes ou même jugeât nécessaire — comme le Dr Michon l'instant d'avant — de le gifler d'une main rudement virile. Du reste, il prenait la peine de ne pas se mettre dans les jambes d'un défenseur de la poste.

Quand, suivant les hommes qui venaient lentement à bout de l'escalier, j'attrapai le premier étage, mon pressentiment se vérifia : on amenait le blessé dans ce local d'entrepôt sans fenêtre, donc abrité, où gîtaient les correspondances et que je m'étais réservé. On croyait aussi trouver dans les paniers à lettres, attendu que les matelas manquaient, des couches trop courtes à vrai dire, mais molles pour les blessés. Je regrettais déjà d'avoir assigné résidence à mon tambour dans un de ces paniers à linge roulants pleins d'un courrier impossible à acheminer. Le sang de ces facteurs ouverts et de ces guichetiers perforés n'allait-il pas filtrer à travers les dix, vingt épaisseurs de papier et donner à mon tambour une couleur qu'il connaissait à ce jour grâce au seul vernis ? Qu'est-ce que mon tambour avait à voir avec le sang de la Pologne ? Plût à Dieu qu'ils teignissent de raisiné leurs dossiers et leurs buvards ! Ils n'avaient qu'à vider le bleu de leurs encriers et les remplir de rouge ! qu'à teindre mi-partie en rouge, à la bonne façon polonaise, leurs mouchoirs et leurs chemises blanches amidonnées ! Pour eux, il y allait, somme toute, de la Pologne et non de mon tambour ! Mais si leur affaire était que la Pologne, au cas où elle serait perdue, le fût en blanc et rouge, fallait-il que mon tambour, rendu plus que suspect par un apport de couleur fraîche, fût perdu pareillement ?

Lentement s'ancra en moi cette pensée : il ne s'agit pas de la Pologne, il s'agit de mon instrument démoli. Jan m'avait attiré à la poste pour donner aux employés, à qui la Pologne ne suffisait pas comme drapeau, une enseigne qui les enflammât. Pendant la nuit, tandis que je dormais dans le panier à lettres roulant, mais sans rouler ni rêver, sûrement que les postiers de garde s'étaient chuchoté le mot d'ordre : un tambour mourant d'enfant a cherché refuge parmi nous. Nous sommes polonais, nous devons le protéger, surtout que l'Angleterre et la France ont conclu avec nous un traité de garantie.

Pendant que, devant la porte entrouverte de l'entrepôt, je parcourais le circuit d'abstractions inutiles qui entravaient ma liberté d'action, pour la première fois un tir de mitrailleuse se fit entendre dans la cour de la poste. Comme je l'avais prévu, la milice lançait sa première attaque à partir du poste de police de la rue des Rémouleurs. Un instant plus tard tout le monde fut sur pied : la milice avait réussi à dynamiter la porte de l'entrepôt des colis en haut de la rampe de chargement des autos postales. Immédiatement ils furent dans l'entrepôt des colis, puis à la réception des colis ; la porte du corridor menant à la salle des guichets était déjà ouverte.

Les hommes qui avaient hissé le blessé et l'avaient installé dans le panier à lettres où était caché mon tambour se ruèrent au-dehors. D'autres les suivirent. D'après le bruit, je conclus qu'on se battait dans le corridor du rez-de-chaussée, puis dans la réception des colis. La milice dut se retirer.

Sans en avoir l'air d'abord, puis plus résolument, Oscar entra dans l'entrepôt des lettres. Le blessé avait le visage gris jaunâtre ; il montrait les dents et roulait des prunelles derrière les paupières closes. Il crachait des filets de sang. Mais comme sa tête dépassait le bord du panier à lettres, il y avait peu de risque qu'il souillât le courrier. Oscar dut se hausser sur la pointe des pieds pour mettre la main dans la corbeille. Le séant de l'homme pesait sur l'endroit précis où était enfoui le tambour. Oscar parvint, en opérant d'abord avec précaution par égard pour l'homme et les lettres, puis en tirant plus fort, puis en arrachant et déchirant, à extraire plusieurs douzaines d'enveloppes de sous l'homme qui gémissait.

Aujourd'hui je pourrais dire que je sentais déjà le bord de mon tambour, quand des hommes gravirent l'escalier quatre à quatre, coururent le long du corridor. Ils revenaient, ils avaient refoulé la milice hors de l'entrepôt des colis, ils étaient vainqueurs provisoires ; je les entendis rire.

Caché derrière un des paniers à lettres, j'attendis près de la porte jusqu'à ce que les hommes fussent près du blessé. D'abord à grand bruit et en gesticulant, puis avec des jurons étouffés, ils le pansèrent.

A hauteur de la salle des guichets, deux obus antichars éclatèrent, puis deux encore ; ensuite, silence. Les salves des navires de ligne dans le port franc, en face de la Westerplatte, roulaient au loin, grognement débonnaire et égal — on s'y habituait.

Sans me faire remarquer des hommes qui soignaient le blessé, je me défilai du local pour lettres, plantai là mon tambour et me remis à chercher Jan, mon oncle et père présumé, et aussi le concierge Kobyella.

Au second étage se trouvait le logement de service du secrétaire des postes de première classe Naczalnik, qui devait avoir en temps utile envoyé sa famille à Bromberg ou Varsovie. J'examinai d'abord quelques pièces servant de magasin qui donnaient sur la cour et trouvai ensuite Jan et le père Kobyella dans la chambre d'enfants du logement Naczalnik.

Une agréable pièce claire, au papier gai, malheureusement blessé en quelques endroits par des balles perdues. En temps de paix on aurait pu se mettre aux deux fenêtres et s'amuser à observer la place Hévélius. Un cheval à bascule encore sans blessure, divers ballons, un château fort plein de soldats de plomb renversés à pied et à cheval, un carton ouvert plein de rails et de wagons de marchandises en miniature, plusieurs poupées plus ou moins éprouvées, des chambres de poupée où régnait le désordre, bref une profusion de jouets révélait que le secrétaire de première classe Naczalnik devait être le père de deux enfants largement gâtés, un garçon et une fille. Une chance que les gamins aient été évacués sur Varsovie ; cela m'évitait une rencontre avec un couple de frère et sœur du genre de ce que je connaissais avec les Bronski. Je me représentai, avec une ombre de satisfaction mauvaise, combien le gamin du secrétaire devait avoir eu mal au cœur de quitter son paradis enfantin plein de soldats de plomb. Peut-être avait-il fourré quelques uhlans dans la poche de sa culotte pour renforcer ultérieurement la cavalerie polonaise dans les combats livrés pour la citadelle de Modlin.

Oscar se répand sur les soldats de plomb et ne peut pas d'autant s'épargner un aveu : sur la tablette supérieure d'une étagère à jouets, livres d'images et jeux de société s'alignaient des instruments de musique en réduction. Une trompette jaune miel se dressait silencieuse à côté d'un carillon qui obéissait aux péripéties de la bataille : à chaque arrivée d'obus, il faisait bzimm. A l'extrême droite s'étalait de travers un accordéon peint de toutes les couleurs. Les parents avaient été assez snobs pour offrir à leur progéniture un vrai petit violon à quatre vraies cordes de violon. A côté du violon, calé par quelques bois de construction qui l'empêchaient de rouler, trônait — me croira qui voudra — un tambour de fer battu verni rouge et blanc.

Je n'essayai pas tout d'abord d'attraper le tambour par mes propres moyens. Oscar avait conscience de son envergure limitée et se permettait, quand sa taille de gnome tournait à l'impuissance, de demander les bonnes grâces des adultes.

Jan Bronski et Kobyella étaient allongés derrière des sacs de sable garnissant le tiers inférieur des fenêtres qui allaient jusqu'au plancher. La fenêtre de gauche dépendait de Jan, Kobyella tenait la fenêtre de droite. Je compris aussitôt que le concierge trouverait à peine le temps, présentement, de récupérer mon tambour à coup sûr de plus en plus aplati sous le blessé qui crachait le sang ; ni de le réparer ; car le père Kobyella avait du travail plein les bras : à intervalles réguliers, il tirait au fusil, par une meurtrière ménagée dans le parapet de sable, de l'autre côté de la place Hévélius, en direction du coin de la rue des Rémouleurs où, juste devant le pont de la Radaune, une pièce antichar avait pris position.

Jan se tenait recroquevillé, la tête cachée, et tremblait. Je le reconnus seulement à son élégant complet gris foncé, maintenant empoussiéré de chaux et de sable. Le lacet de son soulier droit, également gris, s'était dénoué. Je me baissai et refis la boucle. Quand je serrai la boucle, Jan tressaillit, glissa une paire d'yeux trop bleus par-dessus sa manche gauche et fixa sur moi un regard inconcevablement bleu et délavé. Bien qu'il ne fût pas blessé, comme Oscar s'en convainquit par un examen fugitif, il pleurait sans bruit. Jan Bronski avait peur.

J'ignorai ses pleurnicheries, je lui montrai le tambour de fer battu de Naczalnik fils évacué, et par des gestes explicites j'invitai Jan à s'approcher, en observant les règles de la prudence et en mettant à profit l'angle mort de la chambre, pour me descendre l'instrument. Mon oncle ne me comprit pas. Mon père présumé resta imperméable. L'amant de ma mère avait trop à faire avec la peur qui le remplissait : mes gestes d'appel à l'aide étaient de nature à grossir sa peur. Oscar aurait voulu lui crier ce qu'il fallait, s'il n'avait craint d'être découvert par Kobyella qui ne semblait songer qu'à son fusil.

Donc je me couchai à gauche, à côté de Jan, derrière les sacs de sable afin de reporter sur mon malheureux oncle et père présumé l'égalité d'humeur dont je jouissais habituellement. Quelque temps après, je crus observer qu'il était un peu plus calme. En marquant une respiration régulière, je réussis à recommander à son pouls une approximative régularité. Mais quand — beaucoup trop tôt, j'en conviens — j'attirai une seconde fois l'attention de Jan sur le tambour de Naczalnik junior en tournant sa tête avec lenteur et douceur, et finalement avec netteté dans la direction de l'étagère de bois surchargée de jouets, derechef il ne me comprit pas. La peur l'envahissait de bas en haut, refluait de haut en bas, trouvait en bas, peut-être à cause des semelles à renfort plantaire, une résistance si forte qu'elle voulait se donner de l'air ; mais elle était refoulée en désordre par l'estomac, la rate et le foie et prenait tant de place dans la pauvre tête de Jan que les yeux bleus faisaient saillie et montraient, dans leurs sclérotiques, un réseau compliqué de veinules qu'auparavant Oscar n'avait pas eu l'occasion d'observer chez son père présumé.

Il me coûta de la peine et du temps pour raffermir les yeux de mon oncle, rappeler son cœur à un minimum de tenue. Tout mon zèle en faveur de l'esthétique fut vain cependant, quand les gens de la milice engagèrent pour la première fois l'obusier moyen de campagne et, visant à travers le tube, en tir direct, mirent à genoux la grille de fer devant la poste en abattant l'un après l'autre les piliers de brique, avec une précision admirable qui démontrait le niveau élevé de leur entraînement ; finalement, la grille de fer était à plat ventre. Mon pauvre oncle Jan vécut cœur et âme la chute des quinze ou vingt piliers. Il en fut aussi démesurément touché que si on n'avait pas abattu simplement des socles, dans la poussière, mais encore des images divines, imaginaires certes, mais familières à l'oncle et nécessaires à son existence.

Ainsi seulement s'explique que Jan saluait chaque coup au but de l'obusier par un cri perçant qui, avec un peu plus d'application et de volonté, aurait possédé, comme mon cri vitricide, la vertu d'un diamant à couper le verre. Certes Jan criait avec zèle, mais de façon désordonnée ; tout ce qu'il finit par obtenir, ce fut que le père Kobyella renversa vers nous son corps osseux de concierge invalide, leva sa maigre tête d'oiseau sans sourcils et promena sur nos détresses solidaires le regard mouillé de ses pupilles grises. Il secoua Jan. Jan gémit. Il lui ouvrit sa chemise, examina précipitamment si le corps de Jan montrait une blessure — c'était à crever de rire —, le retourna ensuite, quand il n'eut rien trouvé, sur le dos, empoigna la mâchoire de Jan, la poussa de part et d'autre, la fit claquer, força le regard bleu Bronski de Jan à supporter en face l'étincellement gris mouillé des yeux Kobyella, jura en polonais, lui postillonna à la figure et pour finir lui lança le fusil que Jan avait laissé jusqu'alors inutilisé devant la meurtrière ménagée exprès pour lui ; car le fusil n'était même pas armé. La crosse de l'arme heurta sa rotule gauche avec un bruit sec. La douleur brève et, après tant de douleurs psychiques, pour la première fois corporelle, parut lui faire du bien. Il prit le fusil, faillit sursauter quand il l'eut dans les mains, éprouva bientôt dans le sang le froid du métal, et rampa cependant, sous les jurons et les encouragements de Kobyella, jusqu'à sa meurtrière.

Mon père présumé avait de la guerre, malgré l'opulente affectivité de sa fantaisie, une idée si précise et si réaliste qu'il lui était difficile, voire impossible, d'être brave, faute d'imagination. Sans avoir regardé le champ de tir qui s'offrait à lui par sa meurtrière et sans y avoir cherché un objectif convenable, il se mit à tirer ; il tint son fusil de travers, loin de lui, braqué par-dessus les toits des maisons de la place Hévélius, et lâcha précipitamment à l'aveuglette le contenu de son magasin ; puis il se recroquevilla de nouveau, les mains vides, derrière les sacs de sable. Le regard implorant que Jan, de sa cachette, jeta au concierge, était comme l'aveu grognon et embarrassé d'un écolier qui n'a pas fait ses devoirs. Kobyella claqua plusieurs fois de la mâchoire, puis se mit à rire très fort comme s'il ne pouvait plus s'arrêter. Il lança dans le tibia de Bronski, son supérieur hiérarchique en qualité de secrétaire des postes, quatre ou cinq coups de pied ; déjà il prenait son élan pour lui bourrer dans les côtes sa bottine informe mais, comme un tir de mitrailleuse dénombrait les carreaux supérieurs restants de la chambre d'enfants et rabotait le plafond, il laissa retomber sa chaussure orthopédique, se jeta derrière son fusil et, avec une hâte furieuse, comme s'il voulait rattraper le temps perdu par Jan, lâcha coup sur coup — ce qui doit être ajouté au gaspillage des munitions pendant la Seconde Guerre mondiale.

Le concierge ne m'avait-il pas remarqué ? Lui qui pouvait être dans d'autres circonstances si sévère et inabordable, comme ces invalides de guerre qui veulent imposer une certaine distance respectueuse, il me laissa dans cette mansarde éventée où l'air était chargé de plomb. Kobyella pensait-il par hasard : ceci est une chambre d'enfants, donc Oscar peut rester et jouer pendant les pauses du combat ?

Je ne sais pas combien de temps nous restâmes ainsi couchés : moi entre Jan et le mur de gauche de la chambre, tous deux derrière les sacs de sable, Kobyella derrière son fusil, tirant pour deux. Vers dix heures le feu se ralentit. Le silence devint tel que j'entendis bourdonner des mouches, perçus des voix et des commandements venant de la place Hévélius et prêtai par instants l'oreille au travail sourd des navires de ligne dans le port. Une journée de septembre, ciel clair à nuageux, le soleil peignait en camaïeu vieil or, tout était mince, sensible et cependant dur d'oreille. J'allais d'ici quelques jours avoir quinze ans. Et je souhaitais recevoir, comme chaque année en septembre, un tambour en fer battu, rien de moins qu'un tambour en fer battu ; méprisant tous les trésors de ce monde, je tournais mes pensées exclusivement et sans démordre vers un tambour de tôle rouge et blanc.

Jan ne bougeait pas. La lourde respiration de Kobyella était si régulière qu'Oscar le croyait déjà endormi, mettant à profit la pause pour faire un petit somme, parce qu'en fin de compte tous les hommes, même les héros, de temps en temps, ont besoin d'un petit somme. Moi seul étais d'attaque, braqué sur le tambour avec toute l'inexorabilité de mon âge. Non pas que le silence croissant et le bourdonnement mourant d'une mouche lasse m'aient à ce moment-là remis en tête le tambour du jeune Naczalnik. Même pendant l'échange de coups de feu, environné du vacarme des combats, Oscar ne l'avait pas perdu de vue. Mais à présent allait s'offrir l'occasion que toutes mes pensées m'interdisaient de manquer.

Oscar se leva lentement. Esquivant les éclats de verre, il se déplaça sans faire de bruit, mais résolument, vers l'étagère aux jouets. En imagination, à l'aide d'une chaise d'enfant surmontée de la boîte de constructions, il édifiait un échafaudage suffisamment haut et sûr pour le rendre maître d'un tambour battant neuf, quand la voix de Kobyella et, l'instant d'après, sa poigne sèche me rattrapèrent. Désespérément j'indiquai de la main le tambour si proche. Kobyella me tira violemment en arrière. Je tendis deux bras vers le tambour. L'invalide hésitait déjà, sur le point de lever un bras pour me rendre heureux, quand un tir de mitrailleuse piqua dans la chambre d'enfants, tandis que des projectiles antichars explosaient devant le portail. Kobyella me lança dans l'angle où était Jan Bronski, et s'étala de nouveau derrière son fusil, il rechargeait déjà pour la seconde fois que j'avais encore les yeux fixés sur le tambour.

Il gisait là, et Jan Bronski, mon doux oncle aux yeux bleus, ne leva pas même le nez quand le profil d'oiseau à l'appareil orthopédique et au glauque regard sans cils me balança dans le coin derrière les sacs de sable. Pleurer, Oscar ? Pas question ! Une rage s'accumulait en moi. Des vers blancs gras, bleuâtres, sans yeux, se multipliaient, quêtaient un cadavre qui valût la peine : la Pologne, est-ce que ça me concernait ? Qu'est-ce que c'était, la Pologne ? Ils avaient leur cavalerie, n'est-ce pas ? Eh bien, qu'ils montent à cheval ! Ils baisaient la main des dames et s'apercevaient toujours trop tard qu'ils n'avaient pas baisé les doigts las d'une dame mais l'embouchure d'un canon de campagne. Et poum ! Voilà qu'elle partait, la fille Krupp. Elle faisait plop ! imitait médiocrement les bruits de bataille des actualités, crachait d'indigestes pétards contre le portail principal de la poste, voulait faire une brèche, et faisait une brèche, et, par la salle des guichets défoncée, elle venait grignoter la cage d'escalier, pour que personne ne pût monter ni descendre. Son escorte à l'affût derrière les mitrailleuses, et les chevaliers servants des élégantes automitrailleuses de reconnaissance, qui portaient sur le dos de si jolis noms au pinceau, « Marche de l'Est », « Pays sudète », ceux-là, ils en voulaient pour leur argent et patrouillaient, pétaradants, blindés et reconnaissants, de long en large devant la poste ; ainsi deux jeunes personnes cultivées qui veulent visiter le château ; mais le château n'est pas encore ouvert. Ça rendait impatientes ces deux enfants gâtées, toujours avides de pénétrer ; ça les contraignait à lancer des regards pénétrants, d'un gris plombé et du même calibre, dans ce qu'elles voyaient des appartements, histoire de donner chaud, froid et peur aux châtelains.

Juste comme une des automitrailleuses — je crois que c'était la « Marche de l'Est » — débouchait à nouveau de la rue des Chevaliers, cap sur la poste, Jan mon oncle, qui depuis un bon bout de temps paraissait sans vie, poussa sa jambe droite contre la meurtrière ; il la leva dans l'espoir qu'une automitrailleuse la repérerait et tirerait dessus, ou bien qu'un projectile égaré ferait un geste, éraflerait son mollet ou son talon et lui infligerait cette blessure qui permet au soldat de battre en retraite d'une allure exagérément claudicante.

Cette posture, à la longue, devait être bien fatigante pour Jan Bronski. Il devait y renoncer de temps à autre. C'était seulement en se tournant sur le dos que, cramponné à deux mains au creux de son genou, il trouvait assez de force pour offrir, de façon plus persévérante et avec plus d'espoir de succès, son mollet aux projectiles perdus ou ajustés.

Si grande que soit aujourd'hui encore mon indulgence à l'égard de Jan, je compris cependant la fureur de Kobyella quand il vit son supérieur hiérarchique, le secrétaire des postes Bronski, dans cette attitude lamentable et désespérée. D'un sursaut, le concierge fut debout ; d'un bond il fut sur nous, et allez donc, et d'empoigner le tissu de Jan, et Jan avec le tissu ; pan à gauche ; à droite je te tiens, je t'ajuste ; je te lâche à gauche, et vlan du droit à la volée ; et, comme il allait placer un une-deux gauche-droite, punch décisif, sur Jan Bronski, mon oncle, père présumé d'Oscar — alors il y eut un bruit de cymbales, comme sans doute les anges le font à la gloire de Dieu, et un chant comme celui que l'éther pousse à la radio : mais le projectile ne toucha pas Jan, il atteignit Kobyella. Un obus venait de faire une grosse blague, les briques volèrent en gravillon, les tessons en verre pilé et le crépi en farine ; le bois fut passé au hachoir ; toute la chambre d'enfants sautillait bizarrement sur une jambe, les poupées de Käthe Kruse explosèrent, le cheval à bascule prit le branle à en désarçonner un cavalier, des malfaçons apparurent dans la boîte de trains Märklin, et les uhlans polonais occupèrent simultanément les quatre coins de la pièce. Finalement, l'étagère à jouets s'effondra : le carillon annonça la fête de Pâques, l'accordéon cria, la trompette fit couac. Tous préludèrent en même temps, comme je suppose, un orchestre qui répète : cric, crac, flac, hu, ding, dong, bing, pop, crrr, bzz, tut, en une cacophonie de sons suraigus et de basse fondamentale. Mais moi qui, comme il sied à un enfant de trois ans, me tenais dans l'angle mort de la chambre d'enfants, sous la fenêtre, avec mon ange gardien, tandis que l'obus explosait, je reçus dans mes mains le tambour — et il n'avait que de menues écailles à son vernis et pas un seul trou, le nouveau tambour en fer battu d'Oscar.

Quand je relevai les yeux de mon avoir frais gagné, et pour ainsi dire ni vu ni connu, tombé à mes pieds, je me vis contraint de venir en aide à Jan Bronski. Il n'arrivait pas à rejeter de sur lui le corps pesant du concierge. Tout d'abord j'admis que Jan aussi était touché ; car il gémissait avec beaucoup de naturel. Finalement, quand nous eûmes fait rouler de côté Kobyella qui gémissait avec un naturel égal, il se révéla que les dégâts subis par Jan étaient minimes. Des éclats de verre lui avaient seulement éraflé la joue droite et le dos d'une main. Une rapide comparaison me permit de constater que mon père présumé avait le sang plus clair que le concierge dont les jambes de pantalon prenaient à hauteur des cuisses une coloration riche et foncée.

Quant à savoir qui avait déchiré et retourné l'élégant veston gris de Jan, impossible. Etait-ce Kobyella ou l'obus ? Il lui pendait en guenilles aux épaules ; la doublure était décousue, les boutons défaits, les coutures fendues et les poches à l'envers.

Je plaide l'indulgence pour mon pauvre Jan Bronski : il commença par ramasser tout ce qu'un vilain coup de vent lui avait vidé de ses poches avant de traîner avec moi Kobyella hors de la chambre d'enfants. Il retrouva son peigne, les photos des êtres chers — il y avait là, en buste, ma pauvre mère —, son porte-monnaie même pas ouvert. A grand-peine et non sans danger, car l'ouragan avait balayé en partie la protection des sacs de sable, il entreprit de ramasser les cartes de skat dispersées. Il voulait les trente-deux et, comme il ne trouvait pas la trente-deuxième, il était malheureux. Quand Oscar la dénicha entre deux chambres de poupées ravagées et la lui tendit, il sourit, bien que ce fût le sept de pique.

Quand nous eûmes halé Kobyella hors de la chambre d'enfants et qu'il fut enfin dans le corridor, le concierge trouva la force de dire quelques paroles intelligibles pour Jan Bronski : « J'suis-t'y au complet ? » demanda, soucieux, l'invalide. Jan plongea une main dans la culotte, vérifia que c'était au complet et fit de la tête à Kobyella un signe affirmatif.

Nous étions tous heureux : Kobyella avait pu garder sa fierté virile ; Jan Bronski avait retrouvé les trente-deux cartes de skat, y compris le sept de pique ; Oscar, lui, avait un tambour neuf qui à chaque pas lui battait le genou tandis que le concierge, affaibli par la perte de sang, était transporté un étage plus bas, dans le local des lettres, par Jan et un homme que Jan appelait Victor.

Le château de cartes

Victor Weluhn nous aida à transporter le concierge qui, malgré l'hémorragie croissante, devenait de plus en plus lourd. Victor, qui était très myope, portait encore à ce moment ses lunettes et ne trébucha pas sur les marches de pierre de l'escalier. De profession, Victor était facteur, ce qui peut paraître incroyable pour un myope, et même facteur des mandats. Aujourd'hui, dès qu'il est question de lui, j'appelle Victor le pauvre Victor. De même que maman devint ma pauvre maman du fait d'une promenade en famille sur le môle, de même Victor, facteur des mandats, devint en perdant ses lunettes — et pour d'autres raisons — le pauvre Victor sans lunettes.

« Tu n'as pas vu encore une fois le pauvre Victor ? » demandé-je à mon ami Vittlar les jours de visite. Mais depuis ce voyage en tramway de Flingern à Gerresheim — dont nous aurons à reparler — nous avons perdu Victor Weluhn. Il reste à espérer que ses argousins le cherchèrent eux aussi en vain, qu'il a retrouvé ses lunettes ou bien des lunettes qui lui conviennent, même si, toujours myope, mais porteur d'un lorgnon, ce n'est plus au service de la poste polonaise mais de la poste fédérale qu'il régale les usagers de bulletins multicolores et d'espèces sonnantes.

« C'est affreux, hein », geignait Jan, qui avait pris Kobyella du côté gauche.

« Et qu'est-ce que ça va être, si les Anglais et les Français ne viennent pas ? » émit, soucieux, Victor, qui portait le concierge du côté droit.

« Mais ils viendront ! Rydz-Smigly l'a dit encore hier à la radio : nous avons la garantie : si ça pète, toute la France se lèvera comme un seul homme ! » Jan eut de la peine à conserver son assurance jusqu'au bout de la phrase : la vue de son propre sang sur le dos griffé de sa main ne remettait pas en question le traité de garantie franco-polonais, mais laissait place à la crainte que lui, Jan, pût se trouver exsangue avant que toute la France se levât comme un seul homme et, fidèle à la garantie donnée, donnât l'assaut à la ligne Siegfried.

« Sûrement qu'ils sont déjà en route. Et la flotte anglaise laboure déjà la Baltique ! » Victor Weluhn aimait les tournures fortes qui éveillent un écho ; il fit halte sur l'escalier, chargé qu'il était à droite du corps blessé du concierge, tandis qu'à gauche il levait bien haut une main théâtrale, aux cinq doigts éloquents : « Venez, fiers Britanniques ! »

Tandis que lentement, examinant toujours les relations franco-anglo-polonaises, Victor et Jan transportaient Kobyella à l'ambulance d'urgence, Oscar feuilletait mentalement les livres de Gretchen Scheffler aux passages correspondants. Keyser, *Histoire de la ville de Danzig :* « Pendant la guerre franco-allemande, en l'an soixante-dix-soixante et onze, l'après-midi du 21 août dix-huit cent soixante-dix, quatre navires de guerre français entrèrent dans la baie de Danzig, croisèrent dans la rade, et déjà braquaient leurs canons sur le port et la ville ; alors, pendant la nuit, la corvette à hélice *Nymphe,* sous les ordres du capitaine de corvette Weichmann, réussit à contraindre à la retraite l'escadre ancrée dans la baie de Putzig. »

Peu avant de parvenir au dépôt des lettres du premier étage, je me formulai l'opinion que la Home-Fleet, tandis que la poste polonaise et tout le plat pays de Pologne étaient assaillis, séjournait plus ou moins à l'abri dans quelque fjord de l'Ecosse septentrionale ; la grande armée française s'attardait à déjeuner et croyait avoir exécuté le traité de garantie franco-polonais en envoyant quelques patrouilles en avant de la ligne Maginot.

Devant le dépôt-ambulance nous fûmes interceptés par le Dr Michon, toujours coiffé d'un casque, et exhibant à la pochette de son veston le mouchoir du gentleman ; il était en compagnie de l'envoyé de Varsovie, un certain Konrad. Aussitôt la peur de Jan Bronski partit en flèche avec multiples variations, et fit croire qu'il était très grièvement blessé. Tandis que Victor Weluhn, qui était indemne et, avec ses lunettes, pouvait faire un tireur passable, était refoulé dans la salle des guichets, nous fûmes admis à pénétrer dans le dépôt, pièce sans fenêtre, médiocrement éclairée de chandelles, parce que l'usine électrique de la Ville de Danzig n'était plus disposée à fournir le courant à la poste polonaise.

Le Dr Michon n'était pas convaincu que Jan fût réellement blessé, mais il ne le tenait pas pour un défenseur apte à combattre ; aussi donna-t-il à son secrétaire l'ordre de surveiller les blessés en qualité de fonctionnaire-infirmier, et de veiller aussi sur moi — je crois bien qu'il me caressa de façon fugitive et, ma foi, désespérée — d'un œil attentif, afin que l'enfant n'allât pas se fourrer dans les actions militaires.

Impact de canon de campagne à hauteur de la salle des guichets. Dispersion générale. Le casque Michon, l'envoyé de Varsovie Konrad et le facteur des mandats Weluhn se ruèrent à leurs postes de combat. Jan et moi nous trouvâmes avec sept ou huit blessés dans une pièce close où s'amortissaient tous les bruits de la bataille. Même les bougies ne clignotaient pas spécialement quand le canon faisait rage. Le silence régnait malgré les râles ou à cause des râles. Jan avec précipitation et maladresse roulait autour de la cuisse de Kobyella des draps découpés en bandes ; puis il voulut se soigner lui-même ; mais la joue et le dos de la main de mon oncle ne saignaient plus. Une croûte bâillonnait les coupures ; néanmoins ça pouvait faire mal et alimenter l'angoisse de Jan qui dans cette étouffante pièce basse ne trouvait pas d'échappée. Il explora promptement ses poches, y trouva le jeu de cartes au complet : skat ! Jusqu'à ce que s'effondrât la défense, nous jouâmes au skat.

Trente-deux cartes à battre, couper, donner, jouer. Comme tous les paniers à lettres étaient déjà occupés par des blessés, nous assîmes Kobyella contre un panier ; finalement, comme il manquait à chaque instant de s'affaisser à la renverse, nous l'attachâmes avec les bretelles d'un autre blessé pour lui donner de la tenue, et nous lui interdîmes de laisser tomber ses cartes, car nous avions besoin de lui. Que faire, en effet, sans un troisième, au skat ? Ceux qui étaient dans les paniers n'arrivaient plus à reconnaître les noires des rouges, ils ne voulaient plus jouer au skat. A vrai dire, Kobyella non plus. Il voulait s'allonger. S'en foutre, laisser courir, voilà ce que voulait le concierge. Ses mains pour une fois inactives, clos ses yeux sans cils, il voulait regarder les derniers travaux de démolition. Pas question pour nous de tolérer ce fatalisme ; nous l'attachâmes, le contraignîmes à faire le troisième, tandis qu'Oscar faisait le deuxième — et personne ne s'étonna que le petit sût jouer au skat.

Oui, lorsque pour la première fois ma voix parla adulte et prononça « dix-huit ! », Jan, émergeant de ses cartes, me lança un regard bref, d'un bleu inconcevable. Moi : « Vingt ? » Jan illico : « Je suis. » Moi : « Deux ? Trois ? Vingt-quatre ? » Jan s'excusa : « Je passe. » Et Kobyella ? Il allait encore s'écrouler malgré les bretelles. Mais nous le remîmes d'aplomb, et attendîmes le bruit d'une arrivée d'obus au-dehors, loin de notre salle de jeu, jusqu'à ce que Jan, dans le silence qui éclata tout de suite après, pût chuchoter : « Vingt-quatre, Kobyella ! Tu n'entends pas que le gamin a poussé ? »

Je ne sais d'où, de quels abîmes resurgit le concierge. Il me parut qu'il levait les paupières à l'aide d'un cric. Enfin son regard noyé erra sur les dix cartes que Jan lui avait au préalable, sans chercher à tricher, discrètement placées dans la main. « Je passe », dit Kobyella. C'est-à-dire : nous le lûmes sur ses lèvres, car elles étaient trop sèches pour qu'il pût parler.

Je jouai le contrat à un cœur. Pour faire les premiers plis, Jan, qui avait contré, dut rappeler à l'ordre le concierge en lui donnant dans les côtes une bourrade affectueuse ; moyennant quoi il se reprit et fournit de la couleur ; car je commençai par leur enlever tous leurs atouts, sacrifiai le roi de cœur, coupé par Jan du valet de pique, repris la main en coupant l'as de carreau de Jan, parce que j'avais chicane à carreau, puis son dix de cœur avec mon valet — Kobyella défaussa carreau du neuf — et après je n'avais plus qu'à filer ma longue à cœur : partie à un, qui fait deux ; contre, qui fait trois, et un quatre ; cœur vaut huit et quatre douze ; par quatre égale quarante-huit : douze pfennigs ! C'est seulement au coup suivant — j'avais risqué un contrat aléatoire sans deux valets —, quand Kobyella, qui avait les deux autres valets mais avait passé à trente-trois, rafla le valet de carreau avec son valet de cœur, que la partie prit de l'animation. Le concierge, que sa levée avait comme qui dirait relevé, rentra de l'as de carreau ; je dus fournir, Jan cracha son dix, Kobyella fit le pli, tira le roi ; j'aurais dû couper, mais ne coupai pas, défaussai cœur du huit ; Jan chargea tant qu'il put, prit même la main du dix de pique ; puis je coupai, mais nom de Dieu Kobyella surcoupa du valet de pique ; celui-là, je l'avais oublié ou je pensais que c'était Jan qui l'avait en main ; mais c'était Kobyella, il surcoupa ; naturellement un pique suivit, je dus laisser passer. Jan chargea de son mieux ; puis enfin ils me rendirent la main à cœur, mais c'était trop tard : cinquante-deux à payer à gauche et à droite : partie sans deux valets, qui fait trois, qui fait soixante, perdu cent vingt, ou trente pfennigs. Jan me prêta deux florins en monnaie, je payai, mais Kobyella en dépit de la partie gagnée s'était encore effondré, il ne demanda pas à être payé et même l'obus antichar qui à cet instant, pour la première fois, explosa dans l'escalier, ne dit absolument rien au concierge ; pourtant c'était son escalier, qu'il avait inlassablement balayé et ciré depuis des années.

Mais Jan fut repris de son angoisse quand la porte de notre boîte aux lettres fut secouée et que les petites flammes des chandelles ne surent plus où donner de la pointe. Même quand un calme relatif fut revenu de l'escalier, et que le prochain obus antichar détona contre la façade, c'est-à-dire à bonne distance, Jan Bronski s'affola tandis qu'il battait les cartes, fit deux fois maldonne, mais je ne disais plus rien. Aussi longtemps que tirèrent ceux d'en face, Jan fut inaccessible à toute remarque ; il sursautait, ne fournissait pas la bonne couleur, oubliait même de retourner le talon, et braquait toujours vers l'extérieur une de ses petites oreilles bien faites, sensuellement charnues, tandis que nous attendions impatiemment qu'il voulût bien suivre le jeu.

Tandis que Jan perdait de sa concentration au skat, Kobyella, quand il n'était pas sur le point de s'écrouler et n'avait pas besoin d'une bourrade dans les côtes, était toujours dans le coup. Il ne jouait pas aussi mal qu'on aurait cru à le voir. Il s'écroulait toujours quand il avait gagné un coup ou bien contré, ou bien quand Jan m'avait gâché un sans-atout. Ça ne l'intéressait plus de gagner ou de perdre. Il ne jouait que pour jouer. Et quand nous payions et repayions il pendait de biais dans les bretelles d'emprunt et seule sa pomme d'Adam, qui pistonnait terriblement, avait licence de faire savoir que le concierge Kobyella n'était pas mort.

Oscar non plus ne se donnait pas grand mal pour jouer ce skat à trois hommes. Cela ne veut pas dire que les bruits et les secousses en rapport avec le siège et la défense de la poste excédaient mes nerfs. C'était bien plutôt cet abandon subit, pour la première fois, et selon moi limité dans le temps, de tout travestissement. Si jusqu'à ce jour je ne m'étais montré sans fard qu'au maître Bebra et à sa somnambule Dame Roswitha, voilà qu'à présent je me révélais à mon oncle et père présumé, et à un concierge invalide, comme un adolescent de quinze ans, voir bulletin de naissance, qui jouait au skat non sans témérité, mais non sans adresse ; mais de toute façon l'un et l'autre ne compteraient pas comme témoins. Mes efforts, conformes certes à ma volonté, mais sans aucun rapport avec mes facultés de gnome, aboutirent après une petite heure de skat à me donner d'âpres courbatures et de lancinants maux de tête.

Oscar avait envie d'abandonner ; les occasions ne lui auraient pas manqué de s'en aller dans le bref intervalle de deux explosions qui ébranlaient l'édifice, si un sentiment jusqu'alors inconnu de responsabilité ne lui avait ordonné de tenir bon et de combattre l'angoisse de son père présumé par l'unique moyen qui fût efficace : le skat.

Donc nous jouions et défendions à Kobyella de mourir. Il n'y arrivait pas. Car je prenais garde d'entretenir la circulation des cartes. Quand, par suite d'une détonation dans l'escalier, les chandelles tombèrent et perdirent leurs flammes, ce fut moi qui eus la présence d'esprit de faire ce qu'il fallait. Je pris dans la poche de Jan les allumettes, j'en profitai pour cueillir au passage les cigarettes à bout doré et je remis au monde la lumière ; j'allumai à Jan une Regatta calmante et redressai dans les ténèbres flamme après flamme, avant que Kobyella pût mourir à la faveur de l'obscurité.

Oscar colla sur son tambour neuf deux chandelles, mit les cigarettes à portée de sa main, dédaigna quant à lui le tabac ; mais il offrait régulièrement à Jan une cigarette après l'autre ; il en accrocha une à la bouche grimaçante de Kobyella. Du coup, les choses allèrent mieux, le jeu s'anima, le tabac eut un effet consolant, calmant, mais ne put empêcher que Jan perdît coup sur coup. Il suait et, comme toujours quand il était à ce qu'il faisait, chatouillait de la pointe de sa langue sa lèvre supérieure. Il se prit au jeu à tel point qu'il m'appela Alfred et Matzerath, et crut avoir pour partenaire, en Kobyella, ma pauvre maman. Et quand une voix cria dans le corridor : « Konrad a son compte ! », il me jeta un regard de reproche et dit : « Je t'en prie, Alfred, arrête la radio. On ne s'entend même plus ! »

Le pauvre Jan fut bien embêté quand la porte de l'entrepôt s'ouvrit et qu'on traîna dans la pièce Konrad qui avait plus que son compte.

« Porte, y a des courants d'air ! » protesta-t-il. Effectivement il y en avait. Les chandelles palpitaient de façon inquiétante ; le calme revint seulement quand les hommes qui avaient jeté Konrad en tas dans un coin refermèrent derrière eux. Nous avions tous trois un air fantastique. La lueur des chandelles nous frappait par-dessous, on aurait dit de puissants sorciers. Alors Kobyella poussa son cœur sans deux valets et dit, non, gargouilla vingt-sept, trente ; et ses yeux n'arrêtaient pas de rouler ; il avait dans l'épaule droite quelque chose qui voulait sortir, qui gigotait, qui s'agitait follement, qui enfin s'arrêta ; et Kobyella bascula vers l'avant, entraînant avec lui le panier à linge plein de lettres où était couché le mort sans bretelles. Jan, d'une seule poussée et de toutes ses forces, remit d'aplomb Kobyella et le panier ; et Kobyella, ainsi contraint de rester, râla : « Cœur », et Jan siffla entre ses dents : « Je contre » ; alors, alors Oscar comprit que la défense de la poste polonaise avait atteint son but, que les assaillants avaient déjà perdu la guerre à peine commencée ; même si au cours de la guerre ils réussissaient à occuper l'Alaska et le Tibet, les îles de Pâques et Jérusalem.

Le seul ennui, c'est que Jan ne put pas terminer son coup à sans-atout avec quatre valets, qui était dans la poche.

Il commença par la longue à cœur, m'appela Agnès, vit en Kobyella son rival Matzerath, tira ensuite d'un air finaud le valet de carreau — tout compte fait, je lui faisais plutôt l'illusion de ma mère que celle de Matzerath — puis valet de cœur — je ne voulais à aucun prix être confondu avec Matzerath. Jan attendit impatiemment que ce Matzerath, qui était en réalité concierge et s'appelait Kobyella, eût jeté sa carte ; cela prit du temps, mais alors Jan claqua l'as de cœur sur le plancher et ne put et ne voulut pas comprendre. Jamais il n'avait pu comprendre. Il avait toujours les yeux bleus, il sentait l'eau de Cologne, restait court et il ne comprit pas pourquoi Kobyella, soudain, laissa tomber toutes ses cartes d'un seul coup, fit basculer le panier à linge plein de lettres et le mort qui était dessus. D'abord ce fut le mort, puis un paquet de lettres et enfin tout le panier de belle vannerie qui basculèrent et nous distribuèrent un flot de courrier, comme si nous en étions les destinataires, comme si c'était notre tour de mettre de côté les cartes à jouer, et de lire les épîtres ou de collectionner des timbres. Mais Jan ne voulait pas lire, ni faire collection, il l'avait trop fait étant petit ; il voulait jouer, finir son coup à sans-atout, il voulait gagner, Jan, il voulait vaincre. Il ramassa Kobyella, remit le panier sur ses roues, laissa le mort par terre ; mais il ne remit pas les lettres en place, si bien que le panier n'était pas suffisamment lesté. Pourtant il montra de l'étonnement quand Kobyella, accroché au panier léger et mobile, montra qu'il n'avait pas d'assiette, pencha de plus en plus ; alors Jan, n'y tenant plus, lui cria : « Alfred, je t'en prie, ne gâche pas le jeu, tu entends ? On finit ce coup-ci et on rentre, hein ? »

Oscar se leva ; il était las. Il surmonta les douleurs croissantes qu'il ressentait dans les membres et la tête, appuya sur les épaules de Jan Bronski ses petites mains tenaces de tambour et se contraignit à parler à mi-voix, mais d'un ton impératif : « Laisse-le donc, papa. Il est mort et ne peut plus. Si tu veux, on va jouer au soixante-six. »

Jan, que je venais d'appeler mon père, lâcha la dépouille charnelle du concierge, darda sur moi un regard bleu et bleu qui fondait en eau et pleura non-non-non-non... Je le caressai, mais il criait toujours. Je lui donnai un baiser significatif, mais il ne pensait toujours qu'à son sans-atout inachevé.

« Je l'aurais gagné, Agnès. Ça y était. Je l'avais en poche. » C'était donc à moi qu'il adressait ses plaintes comme si j'avais été ma pauvre maman, et moi — son fils — j'entrai dans le rôle, lui donnai raison, jurai bien haut qu'il aurait gagné, que dans le fond il avait déjà gagné, il n'avait qu'à y croire et à s'en remettre à son Agnès. Mais Jan ne voulait croire ni ce que je lui disais, ni ce que disait maman. Il se mit à pleurer très fort d'abord, en une plainte bruyante, puis, tout en passant à un pleurnichement discret et sans modulations, il alla pêcher les cartes de skat que Kobyella ensevelissait comme une montagne refroidie ; il lui fouilla entre les jambes, l'avalanche de lettres en restitua quelques-unes ; Jan n'eut de cesse qu'il n'ait rassemblé les trente-deux. Il les nettoya du raisiné gluant qui suintait du pantalon de Kobyella, éplucha minutieusement carte après carte et mêla le jeu ; il allait redistribuer, quand enfin, derrière la peau de son front bien dessiné, voire noble, mais en vérité un peu trop lisse et imperméable, il comprit que dans ce monde il n'y avait plus de troisième pour le skat.

Il se fit alors un grand silence dans l'entrepôt des lettres. Dehors aussi on s'accommoda d'une minute mémoriale prolongée en l'honneur du dernier troisième au skat. Mais Oscar eut le sentiment que la porte s'ouvrait à petit bruit. Jetant par-dessus son épaule un regard plein d'une attente surnaturelle, il vit la face remarquablement aveugle et vide de Victor Weluhn. « J'ai perdu mes lunettes, Jan. Tu es encore là ? Il faudrait fuir. Les Français ne viendront pas. Ou alors trop tard. Viens avec moi, Jan. Conduis-moi, j'ai perdu mes lunettes ! »

Peut-être le pauvre Victor pensa-t-il s'être trompé de pièce. Car, faute de recevoir une réponse ou ses lunettes, ou les bras de Jan prêt à fuir, il retira son visage sans lunettes, ferma la porte, et je l'entendis la durée de quelques pas : Victor, à tâtons, fendant le brouillard, prenait la fuite.

Dieu sait quelle lueur d'esprit pouvait avoir traversé la petite tête de Jan : il se mit à rire doucement, tout en versant encore des larmes, puis il fut pris d'un rire sonore et joyeux, fit jouer sa langue fraîche, rose, pointue, prête à toute les tendresses, jeta en l'air le paquet de cartes, le rattrapa et enfin, comme un calme dominical régnait dans la pièce pleine d'hommes muets et de lettres, il entreprit, à gestes prudents, mesurés, en retenant son souffle, de bâtir un hypersensible château de cartes. A la base, sept de pique et dame de cœur ; sur les deux, carreau, le roi ; puis, à l'aide du neuf de cœur et de l'as de pique, avec le huit de trèfle en guise de couvercle, il bâtit la deuxième colonne à côté de la première. Puis il relia les deux piliers d'autres dix et valets placés de champ, avec des dames et des as en travers, en sorte que tout s'entraidât. Alors il décida de superposer au deuxième étage un troisième, et il le fit de ses mains ensorceleuses, que ma mère devait avoir connues vaquant à des simagrées analogues. Quand il accola à la dame de cœur le roi qui a le cœur rouge, l'édifice ne s'effondra pas ; non, il tenait debout, aérien, vibrant, haletant légèrement dans cette pièce pleine de morts et de vivants haletants qui retenaient leur souffle. Et il nous permit de joindre les mains ; au sceptique Oscar, qui coulait un regard à travers le château de cartes, comme il sied, il fit oublier la fumée âcre et la puanteur qui s'échappaient en spirales retenues par les fentes de la porte, entraient dans le dépôt des correspondances et donnaient l'impression que la petite pièce où s'érigeait le château de cartes ouvrait de plain-pied sur l'Enfer.

Ils avaient engagé des lance-flammes ; écœurés de l'assaut frontal, ils avaient décidé d'enfumer les derniers défenseurs. Ils avaient ainsi amené le Dr Michon à ôter son casque, à prendre un drap de lit et, comme cela ne lui paraissait pas encore suffisant, à tirer sa pochette de gentleman et, brandissant l'une et l'autre, à offrir la reddition de la poste polonaise.

Quelque trente hommes à demi aveugles, roussis, les bras en l'air et les mains à la nuque, quittèrent la poste par la sortie secondaire de gauche, s'alignèrent contre le mur de la cour et attendirent la lente venue des miliciens. Plus tard on raconta que pendant le bref laps de temps où les défenseurs étaient alignés dans la cour, mais où les miliciens n'étaient pas encore là, puisqu'ils étaient en route, trois ou quatre hommes avaient fui : par le garage de la poste, par le garage contigu de la police, ils avaient gagné les maisons vides, parce qu'évacuées, du Rähm. Là, ils avaient trouvé des vêtements, et même des insignes du Parti, ils s'étaient lavés, pomponnés pour sortir, puis ils s'étaient éclipsés un par un. Il y en avait un, à ce qu'on disait, qui était allé chez un opticien du fossé de la Vieille-Ville, il s'était fait arranger une paire de lunettes, attendu qu'il avait perdu les siennes pendant les combats dans la poste. Ainsi binoclé de frais, Victor Weluhn, car c'était lui, s'était offert un demi de bière sur le marché au Bois, et même un deuxième, parce que les lance-flammes lui avaient donné soif ; puis, avec ses lunettes neuves qui certes éclaircissaient un peu le brouillard devant ses yeux mais ne le supprimaient pas autant que les anciennes, il avait pris cette fuite qui continue encore à ce jour ; c'est dire si les poursuivants sont tenaces.

Mais les autres — je veux dire les quelque trente hommes qui ne se résolurent pas à fuir —, ils étaient déjà debout en face du portail latéral, contre le mur, au moment où Jan appuyait la dame de cœur contre le roi de cœur et retirait ses mains, extasié.

Que dire ? Ils nous trouvèrent. Ils ouvrirent la porte, crièrent : « Rausss ! », remuèrent de l'air, firent du vent, et firent s'effondrer le château de cartes. Ils n'en pinçaient pas pour ce genre d'architecture. Ils juraient par le béton. Ils bâtissaient pour l'éternité. Ils ne prirent pas garde à la mine écœurée, vexée, du secrétaire des postes Bronski. Et quand ils l'empoignèrent pour l'extraire, ils ne virent pas que Jan plongeait une fois encore la main dans les cartes et prenait quelque chose ; que moi, Oscar, je détachais les mégots de chandelles de mon tambour neuf, que je dédaignais les mégots de chandelles, car il y avait, braquées sur nous, trop de lampes de poche ; mais ils ne remarquèrent pas que nous étions éblouis par leurs torches et ne trouvions la porte qu'avec peine. Derrière leurs torches et leurs mousquetons braqués, ils criaient « Rausss ! ». Ils criaient toujours « Rausss ! » que Jan et moi étions déjà dans le corridor. Leurs « Rausss ! », c'était pour Kobyella, et pour Konrad de Varsovie et aussi pour Bobek et le petit Wischnewski, celui qui de son vivant avait été au guichet des télégrammes. Que ces derniers n'obéissent pas, ça leur faisait peur. Et c'est seulement quand ceux de la milice territoriale saisirent qu'ils se rendaient ridicules devant Jan et moi, parce que j'éclatai de rire, qu'ils cessèrent de brailler, dirent : « Ah bon ! » et nous conduisirent dans la cour où bras levés, les mains à la nuque, crevant de soif, se tenaient les trente, qui furent filmés par les actualités.

A peine nous avait-on fait franchir le portail, que les actualités promenaient en rond leur caméra fixée sur une voiture de tourisme, tournaient de nous ce bout de film qui fut montré plus tard dans tous les cinémas.

On me sépara de la troupe debout contre le mur. Oscar s'avisa qu'il était un gnome, que ses trois ans excusaient tout. Il fut repris de ses douleurs lancinantes dans la tête et les membres, se laissa tomber par terre avec son tambour en gigotant ; la crise était à demi subie, à demi simulée, mais il ne lâcha pas le tambour même pendant la crise. Quand ils le saisirent et le fourrèrent dans une auto de service de la SS territoriale, quand la voiture démarra, pour le remettre aux hôpitaux municipaux, Oscar vit que Jan, le pauvre Jan, braquait devant lui un sourire bête et bienheureux ; il tenait dans ses mains levées quelques cartes de skat et, de la main gauche, à l'aide d'une carte — il fallait bien, ma foi, que ce fût la dame de cœur —, il faisait à son fils et à Oscar enlevés un signe d'adieu.

Il gît à Saspe

Je relisais à l'instant le dernier paragraphe. Bien que je n'en sois pas autrement satisfait, ce n'en est pas moins la plume d'Oscar ; en effet elle a réussi à exagérer, sinon à mentir, avec concision et cohérence, à présenter, des choses, un rapport volontairement concis et cohérent, de temps à autre.

Pour nous en tenir à la vérité, je voudrais ici prendre à revers la plume d'Oscar et apporter une rectification : d'abord que la dernière partie de Jan, celle qu'il ne put jouer jusqu'au bout et gagner, n'était pas un sans-atout, mais un coup à carreau sans deux valets ; secondement qu'Oscar, en quittant la chambre des lettres, n'emporta pas seulement le tambour neuf, mais aussi le tambour crevé, tombé du panier à linge en même temps que le mort sans bretelles et que les lettres. En outre : à peine avais-je quitté la chambre des lettres avec Jan, parce que la milice nous y invitait en criant « Rausss » et en nous mettant sous le nez ses lampes de poche et ses mousquetons, qu'Oscar cherchant protection se plaça entre deux miliciens bonasses à l'air d'oncles-gâteaux, simula des larmes plaintives et montra Jan son père, avec des gestes qui firent de ce pauvre diable un gros méchant, qui avait entraîné dans la poste polonaise un enfant innocent afin de l'utiliser comme pare-balles de façon inhumaine, polonaise, quoi !

Grâce à ce tour de Judas, Oscar se promettait quelques satisfactions pour son tambour intact et son tambour détruit. L'événement lui donna raison : les miliciens bottèrent à Jan le bas des reins, le bourrèrent à coups de crosse, mais ils me laissèrent mes deux tambours ; et l'un d'entre eux, un milicien d'un certain âge qui portait autour du nez et de la bouche les rides soucieuses d'un père de famille, me gratouilla les joues, tandis qu'un autre gaillard, blond filasse et toujours hilare, dont pour ce motif on ne voyait jamais les yeux bridés, me prit sur son bras, ce dont Oscar fut péniblement affecté.

Aujourd'hui que j'ai honte parfois de cette attitude indigne, je me redis toujours : Jan ne s'est aperçu de rien, il était tout entier à ses cartes, il y est resté par la suite, rien d'autre ne pouvait plus l'en retirer, pas même l'inspiration la plus cocasse ou la plus diabolique des miliciens. Tandis que Jan se trouvait déjà dans le royaume éternel des châteaux de cartes et y habitait heureux une maison tributaire de la chance, nous étions, les miliciens et moi — car Oscar se comptait au nombre des miliciens —, entre des murs de brique, sur les dalles de corridors, sous des plafonds lambrissés de stuc, à ce point enchevêtrés aux cloisons et fausses cloisons qu'on pouvait craindre le pire le jour où tout ce collage, que nous appelons architecture, au gré de telles ou telles circonstances abandonnerait sa cohésion.

Naturellement, ce discernement tardif ne saurait être pour moi une excuse, surtout que moi — qui à la vue d'échafaudages songe toujours à des travaux de démolition —, la croyance en l'aptitude excessive des châteaux de cartes à fournir à l'homme un logement digne de lui ne m'était pas étrangère. A cela s'ajoute la tare familiale. En cet après-midi en effet j'étais fermement persuadé d'avoir en Jan Bronski non seulement un oncle, mais encore un père vrai, et non plus simplement supposé. Un avantage décisif, donc, par rapport à Matzerath : car Matzerath fut ou bien mon père ou bien rien du tout.

C'est du 1er septembre trente-neuf — et je présume que vous aussi, pendant ce malheureux après-midi, avez identifié en Jan Bronski, le bienheureux joueur de cartes, mon père —, c'est de ce jour que je date ma seconde grande faute.

Impossible de me le dissimuler, même quand je suis de l'humeur la plus piteuse : c'est mon tambour, non, c'est moi, le tambour Oscar, moi qui mis à la tombe d'abord ma pauvre maman, ensuite Jan Bronski, mon oncle et père.

Mais, comme tout le monde, les jours où un sentiment de culpabilité, importun, impossible à expulser de la chambre, m'écrase dans les oreillers de mon lit de clinique, je me représente ma propre ignorance ; c'est alors qu'elle devint à la mode et, aujourd'hui encore, il y en a beaucoup qui l'arborent comme ils feraient d'un chapeau amusant.

Oscar, l'habile ignorant, victime de la barbarie polonaise, fut transporté, fiévreux et les nerfs à vif, à l'hôpital municipal.

Matzerath fut informé. Il avait dès la veille au soir signalé ma disparition, bien qu'il ne fût pas encore établi que je lui appartenais.

Quant aux trente hommes, Jan en sus, aux bras levés et aux mains à la nuque, après que les actualités eurent tourné leur film, on les mit d'abord à l'école Victoria qui était évacuée, puis à la prison des candidats-fusillés et enfin, au début d'octobre, dans le sable fluide derrière le mur du cimetière abandonné, hors service, de Saspe.

D'où Oscar tire-t-il ces informations ? De Leo Schugger. Car naturellement il ne fut pas officiellement communiqué sur quel sable et devant quel mur les trente et un hommes furent fusillés, ni dans quel sable on les enfouit.

Hedwige Bronski reçut d'abord l'ordre d'évacuer le logement qu'elle avait sur le Ring et qui fut occupé par la famille d'un officier supérieur de la Luftwaffe. Pendant qu'aidée de Stephan elle faisait ses paquets et se préparait à partir pour Ramkau — elle y possédait quelques hectares de terres et de bois, et le logement du métayer —, parvint à la veuve une nouvelle que ses yeux, propres qu'ils étaient à refléter, mais non à concevoir les misères de ce monde, ne purent déchiffrer que lentement et avec l'assistance de son fils Stephan : alors elle vit noir sur blanc qu'elle était veuve.

C'était écrit :

Greffe du Tribunal du Groupe EberhardtStr. L 41/39.
Zoppot, le 6 oct. 1939.

Madame Hedwige Bronski,

Par ordre supérieur, il est porté à votre connaissance que le sieur Bronski, Jan, a été condamné à mort et exécuté pour activité de franc-tireur.

ZELEWSKI.
Inspecteur de la Justice militaire.

Vous voyez donc : pas question de Saspe. On avait eu pitié des familles. On voulait leur épargner les frais d'entretien d'une fosse commune, vaste et vorace de fleurs ; on se dispensa de l'entretien et d'une éventuelle exhumation en aplanissant le sol sablonneux de Saspe et en ramassant les douilles de cartouches sauf une — car il y en a toujours une d'oubliée — parce que des douilles éparses déparent tout cimetière décent, même quand il n'est plus en service.

Mais cette douille unique, qui est toujours oubliée et dont il s'agit, fut trouvée par Leo Schugger, à qui nul enterrement, si secret fût-il, ne demeurait caché. Lui qui m'avait connu à l'inhumation de ma pauvre maman, puis à celle d'Herbert Truczinski aux mille cicatrices, qui sûrement savait aussi où était enseveli Sigismond Markus — mais je ne le lui ai jamais demandé — était ravi et fondait presque de joie quand à la fin de novembre, juste comme je sortais de l'hôpital, il put me remettre la douille révélatrice.

Mais avant de vous conduire avec cet étui légèrement oxydé — qui peut-être avait contenu le plomb destiné à Jan Bronski — au cimetière de Saspe à la suite de Leo Schugger, je dois vous prier de comparer le lit de métal des hôpitaux municipaux de Danzig, division enfants, au lit de métal de l'hôpital psychiatrique où je me trouve ici. Tous deux sont laqués de blanc et pourtant différents. Le lit de la division enfants était plus petit quant à sa largeur, mais plus haut si l'on regarde à la hauteur des barreaux. Bien que je donne la préférence à la cage grillagée, courte et haute, de l'an trente-neuf, j'ai trouvé un repos de Spartiate dans mon lit d'aujourd'hui, fait pour adultes et objet d'un compromis ; et je m'en remets à la direction de l'établissement de rejeter ou d'accepter la requête que j'ai présentée depuis des mois en vue d'obtenir un lit-cage plus haut, quoique également métallique et laqué.

Au lieu qu'aujourd'hui je suis livré presque sans défense à mes visiteurs, il existait, les jours de visite à la division enfants, une clôture élevée qui me séparait du visiteur Matzerath, des ménages visiteurs Greff et Scheffler. Vers la fin de mon séjour à l'hôpital, ma grille divisa cette montagne ambulante, dans quatre jupes superposées, qui portait le nom de ma grand-mère Anna Koljaiczek, en tranches soucieuses, respirant lourdement. Elle vint, soupira, éleva de temps à autre ses grandes mains aux mille plis, montra ses paumes roses crevassées et laissa, lasses, ses mains et ses paumes retomber, claquer sur ses cuisses, tellement qu'aujourd'hui encore ce claquement reste présent à mes oreilles bien qu'il soit difficile à restituer sur mon tambour.

Dès la première visite, elle amena son frère Vincent Bronski lequel, cramponné à la grille du lit, parla sans arrêt, quoique à voix basse, de la reine de Pologne, de la Vierge Marie ; ou il la chanta ou il en parla en chantant. Oscar fut bien content qu'une infirmière se tînt à proximité pendant qu'ils étaient là tous deux. Car ils m'accusaient. Ils m'opposaient leurs yeux bleus de Bronski, attendaient de moi — qui m'efforçais de surmonter les suites de la partie de skat à la poste polonaise, de vaincre ma fièvre nerveuse — une indication, un mot de condoléances, une relation charitable des dernières heures que Jan avait vécues entre la peur et les cartes. Ils voulaient entendre un aveu, un mot d'absolution pour Jan ; comme si j'avais pu l'absoudre, comme si mon témoignage avait pu avoir du poids et de la force persuasive !

Qu'aurait dit ce rapport au tribunal du groupe Eberhardt ? Je soussigné Oscar Matzerath reconnais, la veille du 1er septembre, avoir guetté Jan Bronski sur le chemin de son domicile et l'avoir, par le moyen d'un tambour en mal de réparation, entraîné dans cette poste polonaise qu'il avait quittée parce qu'il ne voulait pas la défendre.

Oscar ne fit pas ce témoignage, ne déchargea pas son père supposé mais, dès qu'il se résolut à devenir un témoin intelligible, fut pris de convulsions si violentes qu'à la requête de l'infirmière-chef la durée des visites fut réduite, les visites de sa grand-mère et de son grand-père présumé Vincent interdites.

Lorsque les deux petits vieillards — ils étaient venus à pied de Bissau et m'avaient apporté des pommes — quittèrent la salle de la division enfants avec cette exagération de prudence et cette maladresse propres aux gens de la campagne, à mesure que s'éloignaient les quatre jupes oscillantes de ma grand-mère et le costume noir du dimanche de son frère, lequel sentait la bouse de vache, s'accrut ma faute, ma très grande faute.

Tout cela eut lieu en même temps. Pendant que Matzerath, les Greff, les Scheffler assiégeaient mon lit avec des fruits et des gâteaux, pendant qu'on venait me voir à pied de Bissau par Goldkrug et Brenntau, parce que la ligne Karthaus-Langfuhr n'était pas encore dégagée, pendant que les infirmières à l'étourdissante blancheur se chuchotaient des ragots d'hôpital et remplaçaient les anges dans la salle des enfants, la Pologne n'était pas encore morte, mais elle n'en avait plus pour longtemps ; après les célèbres dix-huit jours de campagne elle était morte, bien qu'il ne tardât pas à apparaître que la Pologne n'était toujours pas morte ; de même qu'aujourd'hui, en dépit des associations de réfugiés silésiens et prussiens-orientaux, la Pologne n'est pas encore morte.

O folle cavalerie ! — Aller à cheval cueillir la brimbelle ! Avec des lances à fanions rouges. Des escadrons de neurasthénie et de tradition. Des charges comme dans les livres d'images. A travers champs devant Lodz et Kutno. A Modlin, en guise de citadelle. Oh, quel chic pour galoper ! Toujours dans l'attente du rouge crépuscule. C'est seulement quand le premier plan et l'arrière-plan sont splendides que la cavalerie attaque, car la bataille est pittoresque. La mort sert de modèle aux peintres, debout d'abord, jambe d'appui-jambe libre, puis tout s'effondre, va cueillir la brimbelle, les gratte-cul ; ils culbutent et s'étalent ; ça donne le chatouillis sans lequel ne saurait galoper une cavalerie. Des uhlans, voici que ça les reprend, ils opèrent une conversion à coté des meules de paille — ça fait encore un tableau —, se reforment derrière un homme qui, en Espagne, s'appelle Don Quichotte ; pourtant c'est un Polonais pur sang, Pan Kiehot, d'une silhouette triste et noble, qui a fait le baise-main à tous ses uhlans à cheval, si bien qu'ils brûlent toujours d'envie de faire le baise-main à la mort, comme à une vieille dame, selon le bon genre ; mais auparavant il faut qu'ils se reforment, le soleil couchant dans le dos, car l'atmosphère leur tient lieu de réserves, les blindés allemands devant eux. Les étalons de l'élevage Krupp von Bohlen et Halbach, on n'a jamais rien chevauché de plus noble. Mais ce dernier chevalier métissé d'Espagnol et de Polonais, présomptueux à en mourir — bien doué Pan Kiehot, trop bien doué ! —, le voilà qui baisse sa lance à fanion, il vous lance sa blanche et rouge invitation au baisemain et crie au couchant, aux cigognes qui claquettent de leurs becs blanc et rouge, aux cerises qui crachent leurs noyaux, il crie à la cavalerie : « Nobles Polonais à cheval, ce ne sont pas des blindés d'acier, ce sont seulement des moulins à vent ou des brebis, je vous invite au baise-main ! »

Adonc s'élancèrent escadrons dans le flanc feldgrau de l'acier et donnèrent au couchant matière à se teindre d'encore plus de pourpre.

On voudra bien pardonner à Oscar cette envolée finale et identiquement le côté inspiré de cette description de bataille en rase campagne. Il serait peut-être plus adéquat de citer les chiffres de pertes de la cavalerie polonaise et de donner une statistique, commémoration sèchement pénétrante de la prétendue campagne de Pologne. Sur demande, je pourrais mettre ici un astérisque, annoncer une note en bas de page et laisser le poème comme il est où il est.

Jusqu'au 20 septembre environ j'entendis, de mon petit lit d'hôpital, les salves de batteries amenées sur les hauteurs des bois de Jeschkental et d'Oliva. Puis le dernier nid de résistance, la presqu'île de Hela, se rendit. La Ville libre de Danzig put fêter le retour de son gothique de brique dans le sein du Grand Reich allemand et faire un accueil délirant au Führer et chancelier du Reich Adolf Hitler, inlassablement debout dans sa Mercedes et saluant presque sans arrêt à angle droit ; regarder ces yeux bleus qui avaient en commun avec les yeux bleus de Jan Bronski un succès : le succès auprès des femmes.

A la mi-octobre, Oscar fut libéré des hôpitaux municipaux. L'adieu aux infirmières me fendit le cœur. Et quand une infirmière — je crois qu'elle s'appelait sœur Berni ou

Herni — lorsque sœur Herni ou Berni me remit mes deux tambours, le défoncé qui m'avait rendu coupable, et l'intact, que j'avais conquis pendant la défense de la poste polonaise, je m'aperçus crûment que pendant des semaines je n'avais plus pensé à mon instrument, et qu'en dehors des tambours de fer battu il existait encore au monde quelque chose : les infirmières !

Instrumenté de frais et doté d'un nouveau savoir, je quittai les hôpitaux municipaux la main dans la main de Matzerath pour me confier dans le Labesweg, sur les jambes encore incertaines du perpétuel enfant de trois ans, à la vie de tous les jours, à l'ennui de tous les jours, aux dimanches encore plus ennuyeux de la première année de guerre.

Un mardi de fin novembre — après des semaines de ménagement je retrouvais la rue pour la première fois — Oscar, qui s'en allait bougon en tambourinant pour lui tout seul, inattentif au temps froid et humide, rencontra au coin de la place Max-Halbe et du chemin de Brösen l'ancien séminariste Leo Schugger.

Nous nous regardâmes longtemps avec un sourire embarrassé, et ce fut seulement quand Leo tira des poches de sa jaquette ses gants glacés et fit glisser sur ses doigts et paumes les gaines jaunâtres et membraneuses que je compris qui j'avais rencontré, ce que m'apporterait cette rencontre — et Oscar fut pris de crainte.

Nous regardâmes encore les étalages des cafés Kaiser, suivîmes du regard quelques tramways des lignes 5 et 9, suivîmes à pied les maisons uniformes du chemin de Brösen, contournâmes plusieurs fois une colonne Litfass, y étudiâmes une affiche qui parlait de l'échange des florins danzigois contre des reichsmarks, grattâmes une affiche de Persil, trouvâmes sous le blanc et le bleu un peu de rouge. Ça nous suffit. Nous allions retourner vers la place, quand Leo Schugger poussa Oscar à deux gants dans une entrée d'immeuble, passa d'abord ses doigts gauches gantés derrière son dos, puis sous les basques de sa jaquette, fouilla dans sa poche de culotte, la fit sautiller, trouva quelque chose, vérifia sa trouvaille encore dans sa poche et, satisfait de son examen, retira de sa poche sa main fermée, laissa retomber la basque de son habit, exhiba lentement son poing ganté, l'allongea, poussa Oscar contre le mur du couloir. Il avait le bras très long et le mur ne recula pas. Il ouvrit enfin la membrane aux cinq doigts, juste comme je me disais : ça y est, le bras se décroche, se proclame indépendant, heurte ma poitrine, la traverse, ressort entre les omoplates et entre dans le mur de cette cage d'escalier qui sent le renfermé ; et Oscar ne verra jamais ce que Leo avait dans son poing, il retiendra seulement le texte du règlement de l'immeuble, qui se différenciait assez peu du texte du règlement affiché dans sa maison du Labesweg.

Juste devant mon costume marin, comme il pressait déjà un bouton frappé de l'ancre, Leo ouvrit le gant si vite que j'entendis craquer les jointures de ses doigts : sur le tissu raide, luisant, qui protégeait le dedans de sa main, apparut la douille.

Quand Leo referma le poing, j'étais prêt à le suivre. Le fragment de métal m'avait touché en plein. Côte à côte, Oscar à la gauche de Leo, nous descendîmes le chemin de Brösen sans nous arrêter désormais devant aucun étalage, devant aucune colonne Litfass. Nous traversâmes la rue de Magdebourg, laissâmes derrière nous les deux hautes maisons cubiques qui terminaient le chemin de Brösen et où brillaient la nuit les feux annonçant les décollages et atterrissages d'avions ; nous longeâmes la clôture de l'aérodrome, empruntâmes enfin la chaussée asphaltée plus sèche, afin de suivre les rails du tramway de la ligne 9, qui coulaient vers Brösen.

Nous ne disions pas un mot, mais Leo tenait toujours la douille dans sa main gantée. Quand je marquais une hésitation, parlais de retourner à cause de l'humidité et du froid, il ouvrait le poing, faisait sautiller le fragment de métal sur sa paume, m'entraînait cent pas et encore cent petits pas plus loin. Il devint même musicien quand, juste avant la propriété municipale de Saspe, je décidai de battre réellement en retraite. Il pivota sur le talon, prit la douille en mettant l'ouverture en haut, appuya le trou comme l'embouchure d'une flûte contre sa lèvre inférieure, très surplombante et qui bredouillait des patenôtres et réussit un son enroué, tantôt strident, tantôt comme qui dirait ouaté de brouillard, lequel se mêla à une pluie qui redoublait d'intensité.

Oscar eut froid. Ce n'était pas seulement la musique de douille ; mais le temps qui, comme par un fait exprès, s'accordait à l'ambiance, fit que je me donnai à peine la peine de dissimuler que j'avais misérablement froid.

Qu'est-ce qui m'entraînait vers Brösen ? Bon, c'était Leo, le preneur de rats, qui sifflait dans sa douille. Mais son sifflet évoquait bien autre chose. De la rade et de Neufahrwasser, qui se cachait dans une brume de novembre comme dans une buanderie, me parvenaient les sirènes des vapeurs et le hurlement affamé d'un torpilleur qui rentrait ou s'en allait ; ils nous parvenaient par-dessus Schottland, Schellmühl et la colonie du Reich, si bien que Leo Schugger entraîna sans peine à sa suite, avec accompagnement de cornes de brume, de sirènes et de douille-sifflet, un Oscar morfondu.

A la hauteur de la clôture en fil de fer qui prenait en direction de Pelonken et séparait l'aérodrome du nouveau terrain de manœuvre et des tranchées d'exercice, Leo Schugger s'arrêta, observa quelque temps, la tête de travers et en bavant par-dessus la douille, mon corps agité par le vent. Il aspira la douille, la retint de sa lèvre inférieure, ôta, comme par une inspiration, à grands coups de bras, son habit à manger de la tarte et me jeta par-dessus la tête et les épaules le tissu lourd qui sentait la terre mouillée.

Nous nous remîmes en route. Je ne sais si Oscar avait moins froid. Parfois Leo prenait d'un bond cinq pas d'avance, s'arrêtait, montrait, dans sa chemise froissée mais épouvantablement blanche, une allure qui aurait pu être d'un échappé de cachots moyenâgeux, de la tour de Justice par exemple. Dès que Leo apercevait Oscar empêtré de l'habit à manger de la tarte, il éclatait à chaque fois d'un rire qu'il achevait chaque fois d'un battement d'ailes, comme un corbeau croassant. Effectivement, je devais avoir l'air d'un drôle d'oiseau, sinon d'un corbeau, du moins d'une corneille, surtout que les basques de l'habit me suivaient d'assez loin et, pareilles à une traîne, épongeaient l'asphalte de la route. Je laissais derrière moi une large trace majestueuse qui, au deuxième coup d'œil que j'y jetai par-dessus mon épaule, remplit Oscar de fierté : cela évoquait un certain drame qui sommeillait en lui et n'avait encore pu s'exprimer, cela le symbolisait peut-être.

Dès la place Max-Halbe je soupçonnais que Leo ne pensait pas m'amener à Brösen ou Neufahrwasser. Le but de cette étape ne pouvait être, d'emblée, que le cimetière de Saspe et les tranchées d'exercice, à proximité immédiate desquels la police avait un stand de tir moderne.

De fin septembre à fin avril, les tramways des lignes desservant les plages ne circulaient que toutes les trente-cinq minutes. Quand nous laissâmes derrière nous les dernières maisons de Langfuhr, nous vîmes venir au-devant de nous une voiture sans remorque. L'instant d'après, nous fûmes rattrapés par la voiture qui avait dû attendre la rame montante à l'aiguillage de la rue de Magdebourg. Peu avant le cimetière de Saspe, lieu d'une seconde dérivation, nous fûmes d'abord dépassés par un tramway qui sonnait ; puis arriva à notre rencontre une voiture que depuis longtemps nous avions vue stationner dans le brouillard : en raison de la mauvaise visibilité elle avait à l'avant un feu allumé, d'un jaune mouillé.

Oscar avait encore dans l'œil le visage plat et renfrogné du wattman de la rame montante, quand Leo l'entraîna hors de la route asphaltée, sur un sol de sable friable où l'on pressentait déjà les dunes. Un mur délimitait un carré : c'était le cimetière. Du côté du sud, un portillon avec beaucoup de rouille tarabiscotée, à la fermeture simplement allusive, nous permit d'entrer. Malheureusement Leo ne me laissa pas le temps d'examiner les pierres tombales déplacées, les stèles inclinées ou déjà à plat ventre, simplement dégrossies derrière et sur les côtés pour la plupart, polies sur le devant, de granit noir de Suède ou de diabase. Cinq ou six pins cembros valétudinaires, grandis en lacets, tenaient lieu d'ornement au cimetière. De son vivant, maman, quand elle passait dans le tramway devant ces lieux en ruine, leur avait donné la préférence par-dessus tous autres lieux de repos. Maintenant, elle gisait à Brenntau. Là-bas le sol était plus riche : il y venait des ormes et de l'érable.

Par une porte ouverte, dépourvue de grille, du mur nord, Leo m'emmena hors du cimetière, avant que j'aie pu prendre pied dans cette décrépitude rêveuse. Juste derrière le mur, nous nous trouvâmes sur un sol de sable plat. Genêts, pins et églantiers s'étendaient en pente douce vers la côte, exagérément nets sur un fond de vapeurs mouvantes. En regardant du côté du cimetière, je remarquai aussitôt qu'un morceau du mur nord était crépi de frais.

Leo s'affairait devant le mur apparemment neuf qui faisait mal aux yeux comme sa chemise froissée. Il faisait des pas exagérément grands, semblait les compter, comptait à haute voix et, à ce qu'il parut à Oscar, en latin. Puis il chanta le texte qu'il devait avoir appris au séminaire. A quelque dix mètres du mur, Leo marqua un point, plaça ensuite un morceau de bois à peu de distance du mur crépi et, à ce que je croyais, réparé ; il fit tout cela de la main gauche, car de la droite il tenait la douille. Enfin, après avoir longuement cherché et arpenté, il plaça devant le morceau de bois le plus éloigné du mur ce métal quelque peu rétréci à l'avant, où avait logé un noyau de plomb jusqu'au moment où quelqu'un, l'index fléchi, avait cherché le point de déclenchement, sans le dépasser, donné congé au projectile et ordonné le déménagement mortel.

Nous étions plantés là, immobiles. Leo bavait et faisait des fils. Il joignit ses gants, bava d'abord un peu de latin psalmodié, puis se tut, car il n'y avait personne qui pût donner les répons. Leo se retourna ; il fixa un œil tourmenté d'impatience sur le mur en direction de la route de Brösen ; il tournait toujours la tête dans cette direction quand les tramways, vides pour la plupart, s'arrêtaient à la dérivation, s'esquivaient l'un l'autre en sonnant et prenaient leurs distances. Probable que Leo attendait le convoi funèbre. Mais ni à pied, ni par le tram, personne ne vint à qui son gant aurait pu présenter ses condoléances.

Une fois, des avions près d'atterrir grondèrent au-dessus de nous. Nous ne levâmes pas les yeux, subîmes le vacarme des moteurs et refusâmes de nous laisser convaincre que c'étaient là des appareils du type JU 52 qui se préparaient à prendre terre en clignotant du bout de leurs ailes.

Peu après que les moteurs nous eurent quittés — le silence était aussi pénible que le mur devant nous était blanc —, Leo Schugger plongea une main dans sa chemise ; il en tira quelque chose. L'instant d'après il était à côté de moi ; il ôtait son vêtement de corneille des épaules d'Oscar et détalait en direction des genêts-gratte-cutiers, puis sylvestres, vers la côte ; tout en s'éloignant à grandes enjambées, d'un geste nettement détaché, qui appelait l'attention, il laissa tomber quelque chose.

Quand Leo eut disparu définitivement — après avoir comme un fantôme évolué dans les premiers plans, il fut englouti par les langues laiteuses du brouillard collé au sol —, alors et alors seulement je me trouvai tout seul avec la pluie ; alors je ramassai le petit bout de carton qui m'attendait sur le sable : c'était une carte de skat, le sept de pique.

Peu de jours après la rencontre au cimetière de Saspe, Oscar rencontra au marché de Langfuhr sa grand-mère Anna Koljaiczek. Depuis qu'il n'y avait plus de douane ni de frontière politique à Bissau, elle pouvait à nouveau apporter au marché ses œufs, son beurre, ses choux verts et ses pommes d'hiver. Les gens achetaient beaucoup et facilement, car le rationnement des produits alimentaires était imminent et exigeait la constitution de réserves. Au même moment qu'Oscar aperçut sa grand-mère tapie derrière sa marchandise, il sentit la carte de skat à même la peau sous le manteau, le pull-over et le tricot. J'avais voulu d'abord déchirer le sept de pique quand, invité par un receveur à faire gratis le voyage de retour par le tramway, je revenais de Saspe à la place Max-Halbe.

Oscar ne déchira pas la carte. Il la donna à sa grand-mère. Elle faillit s'évanouir derrière ses choux verts quand elle le vit. Elle pensait peut-être qu'Oscar n'apportait rien de bon. Puis elle fit pourtant signe de s'approcher à l'enfant de trois ans qui se tenait à demi caché derrière des cageots à poissons. Oscar fit des manières ; il examina d'abord un flet vivant, étalé sur des varechs et long de près d'un mètre, il fit mine de regarder des écrevisses en provenance du lac d'Ottomin, lesquelles, par douzaines dans un petit panier, s'exerçaient activement à marcher en écrevisse ; alors Oscar pratiqua aussi cette démarche ; il s'approcha du stand de sa grand-mère en lui présentant le dos de son manteau de marin, et ne lui montra les boutons dorés à ancre que lorsqu'il heurta un des tréteaux de bois qui soutenaient son étalage, ce qui fit rouler les pommes.

Schwerdtfeger vint avec les briques chaudes enveloppées de

papier journal, les glissa sous les jupes de ma grand-mère, ramena comme jadis la pelle plate et les briques froides, fit un trait sur l'ardoise qu'il portait suspendue, passa au stand suivant, et ma grand-mère me tendit une pomme luisante.

Que pouvait lui offrir Oscar si elle lui donnait une pomme ? Il lui tendit d'abord la carte de skat et ensuite la douille qu'il n'avait pas voulu non plus laisser par terre à Saspe. Longtemps, sans comprendre, Anna Koljaiczek regarda les deux objets si différents. Alors la bouche d'Oscar se rapprocha de son oreille cartilagineuse de vieille femme en dessous du foulard de tête, et, abdiquant toute prudence, songeant à l'oreille rose, petite mais charnue de Jan, au long lobe bien dessiné : « Il gît à Saspe », chuchota Oscar ; et, renversant une hotte de choux verts, il détala.

Maria

Tandis que l'Histoire, dans un hourvari de communiqués spéciaux, conquérait les routes, voies d'eau et couches atmosphériques de l'Europe à la façon d'un véhicule bien graissé, à la course, à la nage et au vol, mes affaires, qui se limitaient à user simplement des tambours en fer battu laqué pour enfants, rampaient, traînaient, n'avançaient même plus du tout. Tandis que les autres jetaient aux quatre vents une profusion de métal coûteux, moi j'étais de nouveau à court de tôle. Certes, Oscar avait réussi à récupérer dans le naufrage de la poste polonaise un instrument neuf, portant à peine quelques éraflures, ce qui du moins avait conféré un sens à la défense de la poste polonaise ; mais que pouvait représenter pour moi, qui à ma meilleure époque mettais seulement huit petites semaines à transformer du fer battu en ferraille, que pouvait représenter pour Oscar le tambour en fer battu de M. Naczalnik junior ?

A peine libéré des hôpitaux municipaux, déplorant la perte de mes infirmières, je me mis à travailler violemment de la baguette. L'après-midi pluvieux au cimetière de Saspe n'interrompit pas mon travail ; au contraire, Oscar redoubla d'efforts et mit tout son entrain à détruire le dernier témoin de la honte subie devant les miliciens : le tambour.

Mais il résistait, répliquait, rendait coup pour coup quand je tapais dessus. Curieux : tandis que je battais ainsi à tour de bras, uniquement pour effacer une partie déterminée, délimitée de mon passé, je repensais toujours au facteur des mandats Victor Weluhn, bien qu'en raison de sa myopie il pût difficilement m'être témoin à charge. Mais ce myope n'avait-il pas réussi à s'enfuir ? Etait-ce à dire que les myopes y voient plus clair ; que Weluhn, que j'appelle le plus souvent le pauvre Victor, avait lu mes gestes en silhouette noire sur fond blanc, discerné mon acte de Judas, et emporté avec lui dans sa fuite et dans le monde entier le secret et la faute d'Oscar ?

Vers la mi-décembre seulement, les accusations de ma conscience laquée à flammes rouges et blanches perdirent en conviction : le vernis prenait des fissures, s'effeuillait. La tôle devenait friable, mince et crevait avant de devenir transparente. Comme toujours quand un objet souffre et qu'il a hâte d'en finir, le témoin oculaire voulait abréger le deuil, accélérer la fin. Oscar mit les bouchées doubles pendant les dernières semaines de l'Avent ; il travailla au point que Matzerath et les voisins se tenaient la tête, il voulut avoir déposé son bilan pour le soir de la Nativité ; pour la Noël, j'espérais un tambour neuf et sans faute.

Je l'eus. La veille du 24 décembre, je pouvais ôter de la bretelle et de mon âme un quelque chose de chiffonné, brinquebalant, rouillé, qui faisait songer à une auto écrasée ; de même la défense de la poste polonaise devait, à mon avis, avoir cessé d'exister pour moi.

Jamais créature humaine — si vous admettez d'en voir une en moi — n'a vécu pour Noël une pire déception qu'Oscar lorsqu'il trouva des cadeaux sous l'arbre de Noël : rien n'y manquait, sauf un tambour de fer battu.

Il y avait là une boîte de constructions que je n'ai jamais ouverte. Un cygne à bascule révélait une intention particulièrement affectueuse et devait faire de moi un Lohengrin. Probablement pour m'embêter, on avait osé mettre sur la table des cadeaux trois ou quatre livres d'images. Tout ce qui me parut utilisable, ce furent une paire de gants, des bottines à lacets et un pull-over rouge qu'avait tricoté Gretchen Scheffler. Atterré, Oscar promena ses regards de la boîte de constructions au cygne, photographia les Teddy-bear à prétentions comiques des livres d'images, de qui les pattes tenaient toutes sortes d'instruments. Il y avait même une de ces bestioles gentiment truquées qui tenait un tambour, elle avait l'air de savoir en jouer, l'air d'avoir commencé un solo de tambour, l'air d'être en plein en train de tambouriner. Moi j'avais un cygne, mais de tambour point ; j'avais probablement plus d'un millier de bois de construction, mais pas le moindre tambour ; j'avais des moufles pour les nuits d'hiver du pôle, mais rien dans les moufles que je pusse porter, rond, lisse, glacial et de tôle vernie, par la nuit hivernale, pour échauffer les oreilles du froid.

Oscar songea : Matzerath tient l'instrument encore caché. Ou bien Gretchen Scheffler, qui est venue avec son boulanger pour détruire notre oie de Noël, est assise dessus. Ils veulent voir d'abord comme je suis content de recevoir le cygne, les constructions et les livres d'images, en avoir pour leur argent avant d'en venir au véritable trésor. Je pliai, feuilletai comme un fou les livres d'images, me hissai sur le dos du cygne et m'y balançai, malgré une profonde sensation d'écœurement, au moins pendant une demi-heure. Puis, malgré l'appartement surchauffé, je me laissai essayer le pull-over, enfilai les bottines à lacets avec l'aide de Gretchen Scheffler — entre-temps les Greff étaient arrivés, parce que l'oie était prévue pour six personnes — et après que fut engloutie cette oie farcie de fruits et rôtie au four, magistralement accommodée par Matzerath, pendant le dessert — mirabelles et poires —, tenant en main désespérément un livre d'images que Greff avait ajouté aux quatre précédents ; après le potage, l'oie, le chou rouge, les pommes vapeur, les mirabelles et les poires, au souffle d'un poêle en faïence qui donnait à fond, nous chantâmes tous — et Oscar fit chorus — un cantique de Noël et encore une strophe, réjouis-toi, et Mon beau sapin roi des forêts drelin drelin din din ta verdure. Alors, enfin — déjà, dehors, les cloches étaient à l'œuvre — je voulus avoir mon tambour. Tous saouls. La musique à vent, dont faisait partie jadis aussi le musicien Meyn, sonnait à décrocher les glaçons des linteaux de fenêtres... mais je voulais l'avoir, et eux ne donnaient pas, rien à faire pour en démordre. Oscar : « Oui ! », les autres : « Non ! » — alors je criai ; je n'avais pas crié depuis longtemps déjà ; alors j'affûtai pour la première fois après une longue interruption ma voix en forme d'outil à rayer le verre et je tuai (pas les vases, pas de verres à bière, d'ampoules électriques), je n'ôtai pas à des lunettes leur pouvoir visuel, ne fendis pas de vitrine ; non ; ma voix en avait à tout ce qui s'étalait sur le monbeausapin, sphères rayonnant ambiance de fête, clochettes, bulles fragiles de verre soufflé, pointes : kling klang et klinglingling, toute la parure de l'arbre fut poussière. Par-dessus le marché se détachèrent assez d'aiguilles de sapin pour remplir plusieurs pelles à poussière. Mais les bougies continuaient à brûler, paisibles et consacrées, et Oscar n'eut pas de tambour pour autant.

Matzerath n'avait pas la moindre finesse. Je ne sais s'il voulait m'éduquer ou si simplement il n'avait pas pensé à me fournir à temps et largement de tambours. Tout tendait vers la catastrophe ; et seule la circonstance que, parallèlement au péril mortel qui me menaçait, un désordre croissant devenait indéniable dans le commerce de produits exotiques, voulut que — c'est toujours comme ça, dit-on, dans les cas désespérés — je reçusse à temps du secours.

Comme Oscar n'avait pas la taille suffisante et n'avait pas envie de débiter, au comptoir du Knäckebrot, de la margarine et du miel artificiel, Matzerath que, pour plus de simplicité, j'appelle désormais de nouveau mon père, embaucha Maria Truczinski, la plus jeune sœur de mon pauvre ami Herbert.

De Maria, elle n'avait pas que le prénom ; c'en était une aussi. Sans compter qu'elle parvint à remettre en peu de semaines notre commerce à flot. Elle montra, outre un sens amicalement rigoureux des affaires — à quoi Matzerath se soumit sans rechigner —, quelque perspicacité dans l'appréciation de ma situation.

Avant même que Maria prît place derrière le comptoir, elle m'avait à plusieurs reprises offert une cuvette usagée à la place du tas de ferraille avec lequel je montais et descendais les cent marches de l'escalier, battant ma coulpe devant mon abdomen.

Mais Oscar ne voulait pas de succédané. Il se refusait mordicus à tambouriner sur l'envers d'une cuvette. Mais à peine Maria eut-elle un pied dans la boutique qu'elle sut imposer sa volonté à Matzerath et que mes désirs furent pris en considération. A vrai dire Oscar n'était pas enclin à se rendre avec elle dans des magasins de jouets. L'intérieur de pareilles boutiques, encombrées d'objets multicolores, m'aurait certainement imposé des comparaisons douloureuses avec la boutique ravagée de Markus. Maria, douce et docile, me laissait attendre dehors ou bien s'occupait seule des achats. Elle m'apportait, selon les besoins, un nouvel instrument toutes les quatre ou cinq semaines ; pendant les dernières années de guerre, quand même les tambours en fer battu se firent rares et furent rationnés, elle devait offrir au commerçant du sucre ou un seizième de livre de café en grains, pour obtenir mon instrument sous le comptoir. Elle faisait tout cela sans soupirer, hocher la tête ou hausser les paupières, avec une gravité attentive, et avec autant de naturel qu'elle me mettait culottes, chaussettes et tabliers d'écolier lavés de frais et soigneusement raccommodés. Si au cours des années ultérieures les relations entre Maria et moi furent soumises à d'incessantes alternances ; si même elles ne sont pas encore absolument limpides aujourd'hui, la façon dont elle me remet le tambour est restée la même, quoique le prix des tambours en fer battu pour enfants soit aujourd'hui considérablement plus élevé qu'en l'an mil neuf cent quarante.

Aujourd'hui Maria est abonnée à un journal de mode. D'une visite à l'autre, elle se vêt avec plus d'élégance. Et en ce temps-là ? Maria était-elle belle ? Elle montrait un visage rond, frais lavé, le regard frais, mais non froid, de ses yeux un peu trop saillants, aux cils courts mais bien fournis, sous des sourcils très foncés qui se rejoignaient à la racine du nez. Les pommettes étaient nettement saillantes ; par grand froid, la peau s'y tendait douloureusement et faisait des crevasses ; mais elles donnaient au visage un équilibre des surfaces, à peine interrompu par le nez minuscule, mais non laid ou cocasse, bien dessiné malgré sa petitesse. Le front était rond, plutôt bas, et se marqua très tôt de rides verticales pensives au-dessus de la racine du nez couverte de villosités. Ronde aussi et légèrement bouclée cette chevelure brune, dont l'éclat aujourd'hui encore évoque celui des troncs d'arbres mouillés et qui, prenant aux tempes, enserrait le crâne petit, concret où, comme chez la mère Truczinski, l'occiput était à peine indiqué. Quand Maria mit la grande blouse blanche et s'installa derrière le comptoir de notre commerce, elle portait encore des nattes derrière ses oreilles bien irriguées, rudes et saines, dont malheureusement le lobe ne pendait pas dégagé, mais se rattachait directement, sans pli, par un signe de dégénérescence assez net pour qu'on pût en déduire le caractère de Maria, à la chair de la mâchoire inférieure.

Plus tard, à force de baratin, Matzerath imposa à la jeune fille une ondulation permanente : cela cachait les oreilles. Aujourd'hui Maria n'exhibe, sous une tête mousseuse à la mode, que ses lobes soudés ; mais elle pallie ce petit défaut par de grands clips d'un mauvais goût relatif.

De même que la tête de Maria, qu'on eût pu serrer dans sa main, affichait des pommettes fortes, des yeux largement dessinés de part et d'autre du nez court, presque inexistant, son corps, plus petit que moyen, exhibait des épaules un peu trop larges, des seins forts dont l'attache prenait sous le bras et un séant riche à la mesure de son bassin, lequel, en revanche, était porté par des jambes trop minces, quoique robustes, qui présentaient un jour en dessous des poils pubiens.

Peut-être Maria offrait-elle une trace de genu-valgum. Je trouvais, aussi, enfantines ses mains toujours rouges, en comparaison de ses proportions d'adulte, définitivement fixées ; je trouvais ses doigts boudinés. Jusqu'à ce jour elle n'a pu renier complètement ces pattoches. Mais ses pieds qui trimbalaient alors de gros brodequins de marche, qui souffrirent, ensuite, dans les Louis-Quinze élégants, mais passés de mode, de ma pauvre mère, ont, malgré la chaussure irrationnelle qu'elle portait de seconde main, perdu la cocasse rougeur de l'enfance et se sont adaptés aux modèles récents d'Allemagne occidentale et même d'Italie.

Maria ne parlait pas beaucoup. En revanche elle chantait volontiers en lavant la vaisselle de même qu'en pesant du sucre dans les sacs bleus d'une livre et d'une demi-livre. Après la fermeture, quand Matzerath faisait la caisse, et aussi le dimanche, et dès qu'elle s'accordait une demi-heure de repos, Maria prenait son harmonica ; c'était un cadeau de son frère Fritz, quand il fut appelé sous les drapeaux et incorporé au camp de Gross-Boschpol.

Maria jouait à peu près tout sur son harmonica. Des chansons de marche qu'elle avait apprises aux veillées de la Ligue des jeunes filles allemandes, des mélodies d'opérettes, des chansons à succès qu'elle entendait à la radio ou qu'elle connut par son frère Fritz, quand à Pâques quarante un voyage en service l'amena pour quelques jours à Danzig. Oscar se rappelle que Maria jouait *Gouttes de pluie* avec coup de langue et aussi *Le vent m'a dit une chanson* sans d'autant imiter Zarah Leander. Mais jamais Maria ne prenait son Hohner pendant les heures d'ouverture. Même quand il ne venait pas de clients, elle s'abstenait de musique et écrivait, en lettres rondes, enfantines, des étiquettes et des listes de denrées.

Même s'il est exact que ce fut elle qui dirigea la boutique, et reconquit une partie de la clientèle qui, après la mort de ma pauvre maman, s'était inscrite chez les concurrents, et en fit des clients habituels, elle conserva à l'endroit de Matzerath un respect confinant à la servilité ; cet idiot, qui n'avait jamais douté de lui-même, n'en éprouva même pas le moindre embarras.

« Tout compte fait, c'est moi qui ai mis cette petite dans la boutique et qui l'ai formée », tel était son argument quand Greff-légumes et Gretchen Scheffler voulaient l'asticoter.

Tels étaient dans leur simplesse les raisonnements de cet homme : ce n'était que lors de son occupation favorite, la cuisine, qu'il devenait plus différencié, voire sensible et, pour ce motif, respectable. Oscar doit lui accorder cela : ses côtes de porc fumées à la choucroute, ses rognons sauce moutarde, ses escalopes panées à la Viennoise, sa carpe à la crème et au raifort valaient d'être vus, flairés, goûtés. Il est vrai qu'il ne sut pas inculquer grand-chose à Maria quant aux affaires ; d'abord parce que la jeune fille avait un sens inné du commerce portant sur des sommes réduites ; deuxièmement parce que Matzerath n'avait qu'une vague idée des besoins du comptoir et s'entendait seulement aux achats en gros. Mais il est vrai aussi qu'il enseigna à Maria l'art de bouillir, rôtir, étuver ; car, bien qu'elle eût été deux ans bonne à tout faire dans une famille de fonctionnaires à Schidlitz, elle ne savait, quand elle débuta chez nous, pas même faire bouillir de l'eau.

Bientôt Matzerath put à loisir s'organiser comme du vivant de ma pauvre maman : il gouvernait à la cuisine, s'élevait d'un rôti dominical à l'autre et pouvait s'attarder, content et béat, des heures durant à laver la vaisselle ; il vaquait accessoirement aux achats, réservations et règlements de comptes — toujours plus laborieux au fil des années de guerre — avec les maisons de gros et l'Office économique, il cultivait non sans rouerie une correspondance avec le bureau des contributions, il décorait tous les quinze jours, non sans manifester du goût et de la fantaisie, la vitrine, procédait avec conscience à ses singeries du Parti et se trouvait ainsi, tandis que Maria montait au comptoir une garde inébranlable, occupé à plein temps.

Vous me demanderez : à quoi bon ces préparations, cette étude approfondie du squelette pelvien, des sourcils, lobes auriculaires, mains et pieds d'une jeune fille ? D'accord avec vous, je condamne cette anthropométrie. D'ailleurs Oscar est fermement convaincu d'avoir en tout cas réussi à déformer, sinon à brouiller pour l'éternité, l'image de Maria. Pour ce, encore une phrase, dernière et, je l'espère, lumineuse : Maria fut, abstraction faite de toutes les infirmières anonymes, le premier amour d'Oscar.

Je me rendis compte de cet état lorsqu'un jour, comme je le faisais rarement, j'écoutai mon tambour et dus remarquer avec quelle force neuve, quelle insistance et pourtant quelles précautions Oscar transmettait à l'instrument la contagion de sa flamme. Maria prenait ce tambourinage du bon côté. Pourtant je n'aimais pas particulièrement qu'elle prît son harmonica, fronçât vilainement le front au-dessus de sa guimbarde et crût devoir m'accompagner. Souvent, quand elle reprisait des chaussettes ou remplissait des sacs de sucre, elle laissait pendre ses mains, fixait sur moi le regard grave et attentif de son visage parfaitement paisible entre les baguettes de tambour et, avant de reprendre sa chaussette, passait une main molle, somnolente, sur mes boucles courtes.

Oscar, ordinairement rétif à tout contact si tendre qu'il fût, supportait, tolérait la main de Maria, prenait goût à cette caresse, à tel point que souvent, durant des heures et déjà plus exprès, il jetait sur la tôle des rythmes enjôleurs jusqu'à ce qu'enfin la main de Maria obéît et lui fît du bien.

Ajoutons que chaque soir Maria me mettait au lit. Elle me déshabillait, me lavait, m'aidait à enfiler mon pyjama, me recommandait de faire pipi avant d'aller dormir, récitait avec moi, bien qu'elle fût protestante, un Notre-Père, trois Je-vous-salue-Marie et de temps à autre Jésus-pour-toi-je-vis-Jésus-pour-toi-je-meurs et, finalement, d'un air amical et qui donnait sommeil, elle me couvrait.

Si belles que fussent ces dernières minutes avant d'éteindre la lumière — petit à petit je substituai au Notre-Père et au Jésus-pour-toi, par une délicate allusion, Salut-Etoile-de-la-Mer et Pour-l'amour-de-Marie — les préparatifs de chaque soir avant le repos nocturne m'étaient pénibles ; pour un peu, j'y aurais perdu mon self-contrôle et moi, qui d'ordinaire savais toujours garder la face, j'aurais dû montrer cette rougeur révélatrice des grandes fillettes et des jeunes hommes éperdus. Oscar l'admet : chaque fois que Maria me déshabillait de ses mains, me mettait debout dans le bac de zinc et, à l'aide d'un gant-éponge, de la brosse et du savon me lavait et grattait la poussière d'une journée de tambour adhérente à ma peau, quand je me rendais compte qu'à près de seize ans j'étais tout nu et en évidence en face d'une jeune fille allant sur dix-sept, je rougissais avec violence et de façon prolongée.

Mais Maria ne semblait pas remarquer le changement de ton de ma peau. Peut-être pensait-elle que c'étaient le gant-éponge et la brosse qui m'échauffaient ainsi ? Se disait-elle : c'est l'hygiène qui incendie Oscar ? Ou bien Maria avait-elle assez de décence et de tact pour voir mon couchant de chaque soir et pourtant ne pas le voir ?

Jusqu'à ce jour, je suis voué à cette coloration brusque, impossible à dissimuler, qui souvent dure cinq minutes ou davantage. A l'égal de mon grand-père l'incendiaire Koljaiczek, qui devenait incandescent au seul mot d'allumette, mon sang cuit dans mes veines dès qu'une personne quelconque, même inconnue de moi, qui se trouve à proximité, parle de petits enfants qu'on traite chaque soir dans la baignoire à l'aide du gant-éponge et de la brosse. Oscar est là comme un Peau-Rouge ; déjà les assistants sourient, me déclarent bizarre, voire vicieux : qu'importe à mon milieu social que l'on savonne, frictionne des bambins et qu'on aille leur promener un gant-éponge dans les endroits les plus secrets ?

Or Maria, cette enfant de la nature, se permettait en ma présence, sans en ressentir de gêne, les choses les plus osées. C'est ainsi que chaque fois, avant d'essuyer le plancher de la salle de séjour et de la chambre à coucher, elle ôtait en les enroulant depuis la cuisse les bas que lui avait donnés Matzerath, afin de les ménager. Un soir après la fermeture — Matzerath avait affaire à la permanence du groupe local du Parti, nous étions seuls — Maria ôta sa jupe et sa blouse. Elle se tenait là, debout dans sa minable combinaison bien propre, à la table de la salle de séjour ; elle se mit à nettoyer à l'essence quelques taches de sa jupe et de sa blouse en rayonne.

Comment se fit-il que Maria, dès qu'elle eut ôté ses vêtements de dessus, dès que se dispersa l'odeur d'essence, répandit une senteur agréable, naïvement étourdissante, de vanille ? Est-ce qu'elle s'en frottait ? Existait-il un parfum à bon marché qui suggérât cette orientation olfactive ? Ou bien cet arôme lui était-il propre, de même qu'une Mme Kater suppurait l'ammoniaque, que ma grand-mère Koljaiczek vaporisait sous ses jupes un beurre légèrement ranci ? Oscar, partisan d'aller au fond des choses, cherchait à toucher le fond de la vanille : Maria ne s'en frottait pas. C'était l'odeur de Maria. Oui, aujourd'hui encore je suis persuadé qu'elle n'avait pas du tout conscience du parfum qui émanait d'elle ; car, lorsque le dimanche il y avait chez nous, après le rôti de veau purée et le chou-fleur au beurre noir, un pudding à la vanille tremblotant parce que je tapais de ma bottine contre le pied de table, Maria, qui pourtant raffolait de pudding à la gelée, n'en prenait que peu et à contrecœur, au lieu qu'Oscar jusqu'à ce jour est toqué de cette sorte de pudding, la plus simple et peut-être la plus banale.

En juillet quarante, peu après que des communiqués spéciaux eurent annoncé le succès précipité de la campagne de France, commença la saison balnéaire de la Baltique. Tandis que Fritz, le frère de Maria, expédiait de Paris, où il était caporal-chef, les premières cartes postales illustrées, Matzerath et Maria décidèrent qu'Oscar devait aller à la mer, car l'air marin ne pouvait que faire du bien à sa santé. Maria irait avec moi pendant la pause de midi — le magasin restait fermé d'une heure à trois — à la plage de Brösen et, si elle y restait jusqu'à quatre heures, disait Matzerath, ça ne ferait rien, il aimait bien de temps en temps être derrière le comptoir pour se présenter à la clientèle.

On acheta pour Oscar un caleçon de bain bleu avec une ancre cousue dessus. Maria avait déjà un maillot vert brodé de rouge que sa sœur Guste lui avait offert pour sa confirmation. On bourra dans un sac de plage du temps de maman un vaste peignoir de bain pelucheux que maman avait aussi laissé, et puis, à titre superflu, un petit seau à sable, une petite pelle et divers petits moules à sable. Maria portait le sac de plage. Mon tambour, je le portais moi-même.

Oscar avait peur de passer en tramway devant le cimetière de Saspe. Ne devait-il pas craindre que la vue de ce lieu si muet et pourtant si éloquent ne lui gâtât pour de bon l'envie déjà médiocre qu'il avait de se baigner ? Comment se comportera l'esprit de Jan Bronski, se demandait Oscar, lorsque portant de légers vêtements d'été l'auteur de sa perte passera à proximité de sa tombe dans un tramway carillonnant ?

Le 9 s'arrêta. Le receveur annonça l'arrêt de Saspe. Je tenais de mon mieux mon regard braqué le long de Maria dans la direction de Brösen d'où arrivait, rampante, lentement grossie, la rame montante. Ne pas laisser vagabonder le regard ! Qu'y avait-il à voir là-bas ? Des pins rabougris, des grilles de fer à festons rouillés, un chaos de pierres tombales branlantes, dont seuls le chardon des plages et la folle avoine pouvaient lire encore les inscriptions. Autant valait regarder haut par la portière : là ils grondaient, les gros JU 52, comme seuls des trimoteurs et de grosses mouches bleues peuvent vrombir dans un ciel de juillet sans nuages.

Nous approchâmes à grands coups de sonnette, et la rame inverse nous boucha la vue. Tout de suite après la remorque, ma tête tourna d'elle-même : j'encaissai de plein fouet tout le cimetière à l'abandon, et même un bout du mur nord, dont la place blanche était à l'ombre, mais douloureusement visible...

Et puis, la halte dépassée, nous approchions de Brösen, et de nouveau je regardai Maria. Elle remplissait une légère robe d'été à fleurs. Autour de son cou rond, à l'éclat mat, sur des clavicules capitonnées s'alignait une enfilade de cerises de bois vieux rouge, de grosseur égale et simulant une maturité large. Fut-ce une idée ou bien une odeur réelle ? Oscar se pencha discrètement — Maria emportait à la Baltique son odeur de vanille —, il huma profondément l'arôme. A l'instant il eut surmonté la putréfaction de Jan Bronski. La défense de la poste polonaise était déjà devenue historique avant que la chair ne se fût détachée des os de ses défenseurs. Oscar, le survivant, avait dans les narines des odeurs tout autres que celle de son père présumé, jadis si élégant, maintenant poussière.

A Brösen, Maria acheta une livre de cerises, me prit par la main — elle savait qu'Oscar ne le permettait qu'à elle seule — et nous mena par le bois de pins à l'établissement balnéaire. Malgré mes presque seize ans — le maître-baigneur n'avait pas le coup d'oeil — je fus admis à la division Dames. Eau : dix-huit ; air : vingt-six ; vent : est ; beau temps persistant ; c'était écrit sur le tableau noir à côté du panneau de la Société de sauvetage, lequel diffusait les suggestions relatives à la réanimation des noyés, à côté de gauches dessins à l'ancienne mode. Les noyés avaient tous des caleçons à rayures, les sauveteurs des moustaches. Des chapeaux de paille flottaient sur une eau perfide.

Pieds nus, la fille de service marchait devant. Comme une pénitente, elle était ceinte d'une corde où pendait une forte clé qui ouvrait toutes les cabines. Planches. La balustrade le long des planches. Un tapis de coco râpeux longeait toutes les cabines. Nous eûmes la cabine 53. Le bois de la cabine était chaud, sec, d'une couleur naturellement blanc bleuâtre que je voudrais appeler aveugle. Près de la lucarne de la cabine, un miroir qui ne se prenait plus au sérieux.

D'abord Oscar dut se déshabiller. Je le fis en me tournant contre la cloison et m'y laissai de mauvaise grâce aider. Puis Maria me retourna de sa prise énergiquement réaliste, me tendit le caleçon de bain neuf et me fourra sans égards dans la laine neuve. A peine eut-elle fixé les bretelles qu'elle me laissa sur le banc de bois le long du fond de la cabine, me colla sur les cuisses tambour et baguettes et commença de se déshabiller avec promptitude et vigueur.

Je tapai d'abord un peu sur mon tambour, comptai les nœuds qui avaient sauté dans les planches du sol. Puis je laissai là le compte et le tambour. Je n'arrivais pas à comprendre pourquoi Maria, les lèvres drôlement retroussées, sifflait droit devant elle en quittant ses souliers, deux tons en haut, deux en bas, ôtait ses socquettes, sifflait comme un charretier de brasserie, dépouillait l'étoffe à fleurs, accrochait, en sifflant toujours, sa combinaison par-dessus la robe, laissait tomber le soutien-gorge et continuait à siffler à grand-peine, sans trouver une mélodie, quand elle rabattit jusqu'à ses genoux sa culotte, à vrai dire une culotte de gymnastique, la laissa couler sur ses pieds, sortit en faisant un pas de côté de ses jambières en accordéon et, du pied gauche, balança l'objet dans un coin.

Maria fit sursauter Oscar, avec son triangle poilu. Certes, il savait bien par sa pauvre maman que les femmes ne sont pas chauves par en bas, mais Maria n'était pas femme pour lui dans le même sens où sa maman s'était montrée femme à l'endroit d'un Matzerath ou de Jan Bronski.

Et je la reconnus aussitôt. Rage, pudeur, révolte, déception et une érection débutante, à demi grotesque, à demi douloureuse, de mon petit arrosoir dans mon caleçon de bain me firent abandonner tambour et baguettes par goût de la baguette neuve qui m'était poussée.

Oscar se leva, se jeta sur Maria. Elle le reçut avec ses poils. Il se laissa y enfouir son visage. Ça lui venait entre les lèvres. Maria riait et voulait le retirer. Mais moi j'en prenais toujours davantage, je remontais vers l'odeur de vanille. Maria riait toujours. Elle me laissa même à sa vanille ; cela semblait l'amuser, car elle riait toujours. C'est seulement quand mes pieds dérapèrent et que ce dérapage lui fit mal — car je ne lâchai pas les poils ou les poils ne me lâchèrent pas — seulement quand la vanille me mit les larmes aux yeux et que je goûtais déjà des lactaires poivrés ou autre chose de haut goût, mais non plus de vanille ; quand cette odeur de terre que Maria cachait derrière la vanille me retraça dans la tête la terre où se décomposait Jan Bronski et qu'elle m'empesta pour toujours du goût de ce qui est périssable, c'est alors seulement que je lâchai prise.

Oscar glissa par terre, sur les planches couleur d'aveugle de la cabine et pleurait toujours quand Maria, qui riait déjà de nouveau, le souleva, le prit sur son bras, le caressa et le serra contre ce collier de cerises en bois qu'elle avait gardé pour tout vêtement.

Hochant la tête, elle ôta ceux de ses poils que j'avais gardés sur les lèvres et s'étonna : « T'es un p'tit coquin ! Tu vas voir là-dedans, tu sais pas c'que c'est, et pis après tu pleures. »

Poudre effervescente

Est-ce que cela vous dit quelque chose ? Jadis on pouvait l'acheter à toute époque de l'année, en sachets plats. Maman vendait dans notre boutique un petit sachet de « Poudre effervescente Waldmeister », d'un vert écœurant. Un sachet à la couleur d'orange pas tout à fait mûre s'appelait « Poudre effervescente à goût d'orange ». Il y avait en outre une poudre à la framboise, et aussi une poudre qui, arrosée avec de l'eau du robinet, gonflait, sifflait, bouillonnait, s'agitait et qui, quand on buvait avant qu'elle ne fût calmée, offrait une saveur, oh ! lointaine, de citron, et en présentait aussi la couleur dans le verre, seulement plus prononcée : un jaune artificiel, vénéneux.

A part l'indication du goût, qu'y avait-il encore de marqué sur le sachet ? Il était écrit : « Produit naturel — Marque déposée — Préserver de l'humidité » — et, au-dessus d'une ligne pointillée : « Déchirer ici. »

Où pouvait-on encore acheter la poudre effervescente ? Non seulement dans la boutique de maman, mais dans tout magasin de produits exotiques — non pas chez café Kaiser et dans les coopératives. Là, et dans toutes les baraques de rafraîchissements, le sachet de poudre effervescente coûtait trois pfennigs.

Maria et moi, nous avions la poudre effervescente gratis. Quand nous ne pouvions pas attendre d'être à la maison, nous devions payer trois pfennigs à un produit exotique ou à une baraque de rafraîchissements ; ou même six pfennigs, parce que nous n'avions jamais notre compte et demandions deux sachets.

Qui inaugura la poudre effervescente ? L'éternelle question entre amoureux. Je dis que Maria a commencé. Maria n'a jamais prétendu qu'Oscar a commencé. Elle laissait la question ouverte et, si on avait insisté, elle se serait contentée de répondre : « C'est la poudre qui a commencé. »

Naturellement tout le monde donnera raison à Maria. Seul Oscar ne peut s'accommoder de cette sentence. Jamais je ne voudrais m'avouer qu'un sachet de poudre à trois pfennigs, prix de détail, pût séduire Oscar. J'avais alors seize ans et tenais à m'accuser moi-même, à la rigueur Maria, mais jamais de la vie une poudre à préserver de l'humidité.

Cela débuta peu de jours après mon anniversaire. Selon le calendrier, la saison balnéaire tirait à sa fin. Mais la météorologie voulait ignorer septembre. Après un mois d'août pluvieux, l'été donnait tout ce qu'il pouvait ; ses performances tardives se lisaient sur le tableau à côté du panneau de la Société de sauvetage : air 29 ; eau 20 ; vent sud-est ; plutôt clair.

Tandis que le caporal-chef Fritz Truczinski écrivait des cartes postales de Paris, Copenhague, Oslo et Bruxelles — ce gaillard-là était toujours en voyage de service —, Maria et moi acquîmes un certain bronzage. En juillet, nous avions notre place attitrée devant le mur du solarium dans le bain des familles. Comme Maria n'y était pas à l'abri des balourdises d'élèves à caleçons rouges du Conradinum (classe de seconde) et des déclarations pleines de détails fastidieux que lui faisait un rhétoricien du lycée Saint-Pierre, nous quittâmes à la mi-août le bain des familles et trouvâmes un asile plus paisible au bain des dames, près de l'eau. De grosses dames au souffle court, pareilles en cela aux courtes vagues de la Baltique, se répandaient dans les flots jusqu'aux varices de leurs creux poplités ; des petits enfants tout nus et mal élevés luttaient contre le destin, c'est-à-dire qu'ils bâclaient des châteaux de sable qui s'écroulaient tout le temps.

Le bain des dames : quand des femmes sont entre elles et ne se sentent pas observées, un jeune homme comme Oscar croyait alors devoir fermer les yeux et ne pas se rendre témoin involontaire de la féminité sans fard.

Nous étions couchés dans le sable, Maria en maillot vert bordé de rouge, moi en caleçon bleu. Le sable dormait, la mer dormait ; les moules, écrasées, n'écoutaient pas. L'ambre, qui paraît-il ôte l'envie de dormir, était ailleurs ; le vent qui, selon le tableau de la météo, venait du sud-est, s'assoupissait lentement ; le ciel tout entier, vaste, sûrement fatigué, n'arrêtait pas de bâiller ; Maria et moi nous étions aussi un peu las. Nous nous étions déjà baignés ; après le bain, non avant, nous avions grignoté quelque chose. Des noyaux de cerises, encore humides à côté de noyaux blanchis, légers, restés de l'année précédente, jonchaient le sable marin.

A la vue de tant d'existence périssable, Oscar faisait couler sur son tambour le sable mêlé de noyaux de cerises d'un an, de noyaux millénaires, de noyaux frais émoulus, et tentait de se mettre dans la peau de la mort qui joue avec des os. Sous la chair tiède, endormie de Maria, je me représentais des parties de son squelette — lui, à coup sûr, il ne dormait pas —, ma vie jouissait de l'échappée entre le cubitus et le radius ; je faisais des comptines sur les vertèbres, introduisais les mains dans les fosses iliaques et m'amusais du sternum.

En dépit de l'amusement que je me procurais en jouant la mort au sablier, Maria remua. Elle plongea une main à l'aveuglette, s'en remettant à son seul toucher, dans le sac de plage et chercha quelque chose, tandis que j'achevais d'ensevelir le tambour avec le reste du sable mêlé des derniers noyaux de cerises. Comme Maria ne trouvait pas ce qu'elle cherchait, son harmonica sans doute, elle retourna le sac : aussitôt, sur le peignoire de bain, il y eut non l'harmonica, mais un sachet de poudre effervescente Waldmeister.

Maria prit un air étonné. Peut-être fut-elle aussi étonnée que moi. Je fus réellement surpris et je me dis et répétai, je me dis encore aujourd'hui : comment le sachet de poudre, cette marchandise de peu, que s'achetaient seulement les enfants des chômeurs et des dockers, parce qu'ils manquaient de sous pour une vraie limonade, comment ce rossignol est-il tombé dans notre sac de plage ?

Oscar était encore à réfléchir que Maria eut soif. De même, contre ma volonté, je dus interrompre mes réflexions et convenir que j'avais soif. Nous n'avions pas de timbale ; de plus, pour accéder à l'eau potable il fallait au moins trente-cinq pas si Maria y allait ; quelque cinquante, si c'était moi. Si l'on projetait d'emprunter une timbale au maître-baigneur et de tourner le robinet d'eau à côté de sa baraque, il fallait souffrir le sable brûlant entre les montagnes de viande couchées sur le dos ou à plat ventre, luisantes de nivéa-huile.

Nous redoutions ce trajet. Nous laissâmes le sachet sur le tapis de bain. Enfin je m'en emparai avant que Maria ne voulût le prendre. Mais Oscar le remit sur le tapis afin que Maria pût le saisir. Maria ne le saisit point. Alors ce fut moi et je le donnai à Maria. Maria le rendit à Oscar. Je dis merci et lui en fis cadeau. Mais elle ne voulait pas accepter de cadeaux d'Oscar. Je dus le remettre sur le tapis. Il y resta un certain temps sans bouger.

Oscar constate que ce fut Maria qui, après une pause angoissante, le prit. Ce n'est pas tout : elle déchira une bande de papier, juste où il était écrit sous la ligne pointillée : « Déchirer ici. » Puis elle me tendit le sachet ouvert. Cette fois Oscar refusa en remerciant. Maria réussit à être vexée. Elle déposa résolument le sachet sur le tapis. Il ne me restait plus de mon côté, avant que du sable ait pu s'y introduire, qu'à le prendre et à l'offrir à Maria.

Oscar constate que ce fut Maria qui plongea un doigt dans le sachet, le retira, le tint vertical pour le montrer : au sommet apparaissait quelque chose de blanc bleuâtre, la poudre effervescente. Elle m'offrit le doigt. Naturellement je le pris. Bien que le gaz me montât au nez, mon visage parvint à refléter la délectation. Ce fut Maria qui mit sa main en creux. Et Oscar ne put s'empêcher de déverser un peu de poudre effervescente dans la conque rose. Elle ne savait que faire de ce petit tas. Dans sa main, le monticule lui paraissait excessivement neuf et étonnant. Alors je me penchai, rassemblai ma salive, la conduisis à la poudre, recommençai et me remis sur le dos quand je n'eus plus de salive.

Dans la main de Maria, il se produisit un grésillement et une écume. Alors le Waldmeister fit éruption comme un volcan. Cela bouillait, verdâtre, comme la fureur de je ne sais quel peuple exotique. Il se passa quelque chose que Maria n'avait pas encore vu et sûrement jamais encore ressenti, car sa main tressaillit, trembla ; sa main fut pour s'envoler, parce que Waldmeister la chatouillait, lui traversait la peau, parce que Waldmeister l'excitait, lui donnait une sensation, une sensation qui, une sensation que...

A mesure que l'amas vert grossissait, Maria devint rouge ; elle porta la main à sa bouche, lécha la paume d'une langue longue, le fit plusieurs fois et si désespérément que déjà Oscar était sur le point de croire que la langue n'abolissait pas la sensation Waldmeister, mais l'accroissait jusqu'à ce point, voire au-delà du point qui normalement limite toute sensation.

Puis la sensation décrut. Maria émit un petit rire, regarda alentour si Waldmeister avait agi sans témoins et, puisque les vaches de mer soufflant alentour dans leurs maillots de bain gisaient indifférentes et brun nivéa, elle se laissa retomber sur le tapis de bain ; sur ce fond si blanc, alors, sa rougeur pudique s'éteignit lentement.

Peut-être le temps balnéaire de cette heure méridienne aurait-il induit Oscar à faire la sieste si, au bout d'une brève demi-heure, Maria ne s'était pas à nouveau redressée pour tendre la main vers le sachet de poudre effervescente encore à demi plein. Je ne sais si elle fut en conflit avec elle-même avant de vider le reste de la poudre dans cette main creusée qui n'ignorait plus l'effet du Waldmeister. A peu près aussi longtemps qu'on en met à essuyer ses lunettes, elle tint le sachet à gauche et à droite la conque rose : elle demeurait immobile et partagée. Non pas qu'elle dirigeât son regard sur le sachet ou sur la main creusée, qu'elle hésitât entre le demi-plein et le vide ; le regard de Maria passait entre les deux et, ce faisant, elle faisait des yeux sombres et sévères. Mais c'était clair : combien plus faible le regard sévère que le sachet à demi plein ! Le sachet approcha de la main creusée, elle vint au-devant de lui, le regard perdit sa rigueur mouchetée de mélancolie, devint curieux et pour finir avide. Avec une laborieuse affectation de flegme, Maria mit en tas le reste de la poudre Waldmeister dans sa paume potelée, sèche en dépit de la chaleur, laissa tomber le sachet et le flegme, soutint de sa main libérée la main pleine, garda son regard gris encore fixé sur la poudre ; puis elle me regarda d'un œil gris, exigea d'un œil gris quelque chose de moi. Elle voulait ma salive ; pourquoi ne prit-elle pas la sienne ? C'est à peine si Oscar en avait encore ; elle en avait sûrement davantage ; la salive ne se renouvelle pas si vite, Maria n'avait qu'à prendre la sienne, elles se valaient bien, la sienne valait même peut-être mieux ; en tout cas Maria devait en avoir plus que moi, parce que je ne pouvais pas en produire si vite, et aussi parce qu'elle était plus grande qu'Oscar.

Maria voulait ma salive. D'emblée il était certain que seule ma salive entrait en ligne de compte. Elle ne retira pas de moi son regard impératif et j'attribuai à ses lobes d'oreilles adhérents la responsabilité de cette cruelle inflexibilité. Oscar fit mine d'avaler, s'imagina des choses qui d'habitude lui mettaient l'eau à la bouche mais, fut-ce l'air marin, l'air salin, l'air salin marin, mes glandes salivaires refusèrent le service ; je dus, sur l'invitation pressante du regard, me lever et me mettre en route. Il fallut, sans regarder à droite et à gauche, faire cinquante pas dans le sable chaud, escalader les marches encore plus chaudes menant à la baraque du maître-baigneur, trouver le robinet, tenir la tête de côté, bouche ouverte, en dessous, boire, se rincer la bouche, avaler, pour qu'Oscar retrouve de la salive.

Quand j'eus couvert la distance séparant la baraque de notre tapis blanc, si longue et jalonnée d'horribles spectacles, je trouvai Maria couchée à plat ventre. Elle avait logé sa tête entre ses bras croisés. Ses nattes s'allongeaient paresseuses sur son dos rond.

Je la poussai, car maintenant Oscar avait de la salive. Maria ne bougea pas. Je poussai encore. Rien à faire. J'ouvris avec précaution sa main gauche. Elle me laissa faire : la main était vide, comme si elle n'avait jamais vu de Waldmeister. Je redressai les doigts de la main droite : rose la paume, moite le fond des lignes, chaude et vide la main.

Maria s'était-elle servie de sa propre salive ? N'avait-elle pu attendre ? Ou bien avait-elle soufflé sur la poudre, étouffé la sensation avant de la sentir, frotté sa main au tapis de bain pour la polir, pour reconstituer la pattoche familière de Maria, avec une touche de superstition dans la Lune, un Mercure gras et un mont de Vénus au ferme capiton ?

Ce jour-là, nous ne tardâmes pas à rentrer à la maison. Oscar ne saura jamais si, ce jour-là, Maria fit déjà pour la seconde fois écumer la poudre effervescente ou bien si c'est seulement quelques jours plus tard que, par répétition, ce mélange de poudre et de ma salive devint notre vice commun.

Le hasard, ou bien un hasard obéissant à nos désirs, fit que, le soir de la journée balnéaire ci-dessus décrite, Matzerath — soupe aux myrtilles et purée de pommes de terre — nous informa en détail qu'il était devenu membre d'un club de skat au sein de son groupe local du Parti, qu'il rencontrerait deux fois par semaine, le soir, ses partenaires au restaurant Springer, que Sellke, le nouveau chef de groupe, parlait de venir quelquefois ; rien que pour ça fallait qu'il y aille et nous laisse, à son grand regret, seuls. Le mieux serait encore, les soirs de skat, de loger Oscar chez la mère Truczinski.

La mère Truczinski était d'accord, d'autant plus que cette solution lui plaisait mieux que la proposition que Matzerath lui avait faite la veille à l'insu de Maria. Ce n'aurait pas été moi qui aurais passé la nuit chez la mère Truczinski, mais Maria qui aurait dû s'installer, pour dormir, sur notre divan.

Auparavant, Maria avait dormi dans ce large lit où jadis mon ami Herbert enchâssait un dos couvert de cicatrices. Le lourd meuble était dans la petite chambre de derrière. La mère Truczinski avait son lit dans la salle de séjour. Guste Truczinski, comme par le passé, était serveuse au buffet froid de l'hôtel Eden, où elle logeait ; elle venait parfois à ses jours de liberté, demeurait rarement pour la nuit et, dans ce cas, couchait sur le divan. Si une permission ramenait Fritz Truczinski, chargé de cadeaux en provenance de pays lointains, le permissionnaire ou voyageur en service commandé dormait dans le lit d'Herbert, Maria dans le lit de la mère Truczinski, et la vieille femme s'accommodait du divan.

Cette ordonnance fut troublée par mes besoins. D'abord, je devais coucher sur le divan. Je repoussai ce plan en termes brefs et nets. Puis la mère Truczinski parla de me céder son lit de vieille femme et de se rabattre sur le divan. Alors, ce fut Maria qui protesta qu'elle ne voulait pas d'un inconfort qui troublerait le repos de sa vieille mère et se déclara prête sans ambages à partager avec moi l'ancien lit du garçon de café Herbert ; elle s'exprima ainsi : « Ça va toujours avec Oscar dans un lit. Il ne fait qu'un huitième de portion. »

Donc, à partir de la semaine suivante, deux fois par semaine, Maria porta ma literie de notre logement du rez-de-chaussée au second étage et nous fit place dans le lit à sa gauche, à moi et à mon tambour. La première nuit que Matzerath joua au skat, il ne se passa rien du tout, le lit d'Herbert me paraissait très grand. Je me couchai le premier, Maria plus tard. Elle avait fait sa toilette dans la cuisine et entra dans la chambre vêtue d'une chemise de nuit ridiculement longue et toute droite à l'ancienne mode. Oscar s'attendait à la voir nue et poilue ; il fut d'abord déçu, puis satisfait, parce que le tissu sorti du tiroir de la grand-mère faisait des allusions légères et agréables au drapé des infirmières.

Debout devant la commode, Maria défaisait ses nattes en sifflant. Toujours, quand Maria s'habillait ou se déshabillait, quand elle tressait ou défaisait ses nattes, elle sifflait. Même en se peignant, elle tirait de ses lèvres en cul de poule ces deux notes et n'arrivait pas à former une mélodie.

Dès que Maria déposa le peigne, elle cessa de siffler. Elle pivota, secoua encore ses cheveux, mit en quelques touches de l'ordre sur sa commode. L'ordre la rendit pétulante : à son père photographié et retouché, moustachu dans son cadre de bois d'ébène, elle jeta un baiser, bondit alors dans le lit avec un élan exagéré, fit jouer plusieurs fois les ressorts ; à son dernier sautillement, elle attrapa son édredon de plumes au passage et disparut sous la montagne jusqu'au menton. Elle ne me toucha pas, couché que j'étais sous mes propres plumes ; elle tendit encore de sous le duvet un bras rond où remontait la manche de sa chemise de nuit, chercha au-dessus de sa tête le cordon qui servait à éteindre la lumière, le trouva, éteignit et me dit seulement dans le noir, d'une voix beaucoup plus forte : « Bonne nuit ! »

La respiration de Maria devint vite régulière. Il est probable qu'elle ne se contenta pas de faire semblant, mais ne tarda pas à s'endormir réellement, car son rude labeur de chaque jour exigeait un sommeil comparable en intensité.

Des images remarquables s'offrirent longtemps encore à Oscar, et lui firent passer l'envie de dormir. Si épaisse que fût la noirceur entre les murs et le papier de camouflage, des infirmières blondes se penchaient sur le dos couturé d'Herbert ; la chemise froissée de Leo Schugger se développait également, parce que la suggestion en était inévitable, en une mouette, qui volait, qui volait et s'écrasait contre le mur d'un cimetière, lequel ensuite avait l'air crépi de frais et cætera. Quand une odeur croissante, fatigante, de vanille fit papilloter, puis se casser le film d'avant le sommeil, alors Oscar trouva une respiration paisible à l'égal de celle que Maria pratiquait depuis longtemps.

Trois jours plus tard, Maria me donna la même représentation décente d'une jeune fille qui se met au lit. Elle arriva en chemise de nuit, siffla en défaisant ses nattes, siffla encore en se peignant, reposa le peigne, ne siffla plus, mit de l'ordre sur la commode, jeta le baiser à la photo, exécuta le bond exagéré, le sautillement élastique, tendit les mains vers son duvet. Et elle aperçut — je l'observais de dos — elle vit un sachet — j'admirais ses beaux cheveux longs — elle découvrit sur la courtepointe un objet vert — je fermai les yeux, le temps d'attendre qu'elle se fût habituée à la vue du sachet de poudre effervescente — alors les ressorts crièrent sous une Maria allongée à la renverse, le commutateur fit clic, et, quand le déclic me permit de rouvrir les yeux, Oscar put se confirmer ce qu'il savait : Maria avait éteint la lumière, elle respirait en désordre dans le noir, elle n'avait pu s'habituer à la vue du sachet. Je me demande toutefois si l'obscurité qu'elle avait elle-même établie ne contribuait pas à intensifier l'existence de la poudre effervescente, à épanouir Waldmeister et n'incorporait pas à la nuit la mousse foisonnante du bicarbonate de soude.

Pour un peu Oscar croirait que l'obscurité était sa complice. Car au bout de quelques minutes — si l'on peut parler de minutes dans une chambre noire comme un four — je perçus un mouvement à la tête du lit. Maria cherchait à pêcher le cordon, le cordon mordit et l'instant d'après j'admirais derechef une longue chevelure tombant sur la chemise de nuit assise de Maria. Derrière la garniture à petits plis de l'abat-jour, l'ampoule diffusait une lumière combien égale et pauvre. Gonflé en tas et intouché, l'édredon de plumes s'accumulait encore au pied du lit. Le sachet placé sur la montagne n'avait pas osé bouger dans l'obscurité. La chemise de nuit ancestrale de Maria froufrouta, une manche s'éleva, entraînant la main potelée et Oscar rassembla sa salive dans sa bouche.

Ensemble, au cours des semaines suivantes, nous vidâmes plus d'une douzaine de sachets, la plupart de saveur Waldmeister, puis quand le Waldmeister manqua, à goût de citron et de framboise. Cela de la même façon : ma salive les portait à effervescence et ainsi nous provoquions une sensation que Maria savait apprécier toujours davantage. J'acquis une certaine pratique dans la collecte de salive ; j'employai des trucs qui me mettaient vite et avec abondance l'eau à la bouche et fus bientôt capable, avec le contenu d'un seul sachet, de faire trois fois de suite à Maria, presque coup sur coup, l'hommage de la sensation désirée.

Maria se montrait contente d'Oscar. Elle le serrait parfois contre elle, lui mettait même, après l'effervescent plaisir, deux ou trois baisers au hasard sur la figure et s'endormait presque toujours très vite, après qu'Oscar l'avait entendue rire encore brièvement dans l'obscurité.

J'éprouvais de plus en plus de difficulté à m'endormir. J'avais seize ans, un esprit agile et le besoin, hostile à mon sommeil, d'offrir à mon amour pour Maria d'autres possibilités plus insoupçonnées que celles de la poudre effervescente lesquelles, éveillées par ma salive, provoquaient toujours la même sensation.

Les méditations d'Oscar ne se limitaient pas au laps de temps qui suivait l'extinction de la lumière. Du matin au soir je ratiocinais derrière mon tambour ; je feuilletais les pages usagées de mon anthologie raspoutinienne, me rappelais d'anciennes orgies pédagogiques entre la Gretchen Scheffler et ma pauvre maman, questionnais aussi Goethe, *Affinités électives*, que je possédais en extraits à l'égal de *Raspoutine ;* j'empruntais donc au guérisseur son énergie élémentaire, l'aplanissais à l'aide du sentiment naturiste universel du prince des poètes ; tantôt je donnais à Maria les dehors de la tsarine, les traits de la grande-duchesse Anastasia, choisissais des dames dans l'escorte féodalement excentrique de Raspoutine ; mais bientôt, écœuré de ces vipères lubriques, j'apercevais Maria dans la céleste diaphanéité d'une Ottilie ou derrière la passion sagement maîtrisée de Charlotte. Oscar se voyait lui-même tantôt en Raspoutine, tantôt en assassin de ce dernier, souvant en Capitaine, plus rarement en époux hésitant de Charlotte. Une fois même je me vis — je dois l'avouer — en génie flottant, sous l'aspect connu de Goethe, au-dessus de Maria endormie.

Par une circonstance singulière, j'attendais de la littérature plus de suggestions que de la vie nue, réelle. Ainsi de Jan Bronski, que j'avais vu à satiété peloter ma pauvre maman, il n'y avait rien à apprendre. Certes je savais que ce tas, alternativement composé de maman et de Jan, ou de Matzerath et de maman, soupirant, exalté, enfin haletant de lassitude et se défaisant baveux, voulait dire amour. Pourtant Oscar ne voulait pas croire que cet amour fût l'amour. A partir de l'amour il cherchait un amour autre ; il en revenait sempiternellement à l'amour en tas et haïssait cet amour ; jusqu'au moment où il le pratiqua lui-même et dut plaider sa cause devant soi-même parce que c'était le seul amour possible et vrai.

Maria prenait sa poudre couchée sur le dos. Comme ses jambes commençaient à tressaillir et à gigoter aussitôt que la poudre entrait en effervescence, souvent, dès la première sensation, sa chemise de nuit trouvait moyen de remonter jusqu'aux cuisses. A la seconde effervescence, la chemise grimpait, la plupart du temps, sur le ventre et se roulait sous les seins. Spontanément, sans avoir eu la faculté préalable de méditer Raspoutine ou Goethe, après avoir durant des semaines garni la main gauche de Maria, je lui vidai le reste d'un sachet de poudre effervescente à saveur de framboise dans le creux du nombril, y coulai ma salive avant qu'elle pût protester et, quand l'ébullition commença dans le cratère, Maria perdit tous les arguments utiles à une protestation : car l'effervescence ombilicale était beaucoup plus riche que le creux de la main. C'était la même poudre, ma salive restait elle-même, la sensation n'était pas différente, mais plus forte, beaucoup plus forte. La sensation se produisit avec une telle effusion que Maria n'y put tenir. Elle se pencha en avant, voulut éteindre de sa langue les framboises qui bouillaient dans le pot de son nombril, comme elle avait coutume de tuer Waldmeister dans le creux de sa main, quand il avait rempli son office ; mais la langue n'était pas assez longue ; le nombril était aussi éloigné que l'Afrique ou la Terre de Feu. Moi j'étais tout près du nombril de Maria ; j'y enfonçai ma langue, cherchai des framboises et en trouvai de plus en plus ; je m'égarai dans ma cueillette, arrivai dans des régions où nul garde forestier ne demande si on a une autorisation de cueillette ; je me sentis tenu de cueillir chaque framboise, je n'avais plus que framboise en tête, ne sentais plus qu'une odeur de framboise, j'en avais tellement après les framboises qu'Oscar au passage se fit une remarque : Maria est satisfaite de ce zèle à cueillir. C'est pour ce motif qu'elle a éteint la lumière, pour ce motif qu'elle se livre en toute confiance au sommeil et te permet de poursuivre ta quête ; car Maria était riche en framboises.

Quand je n'en trouvai plus, je trouvai comme par hasard, ailleurs, des lactaires poivrés. Et comme ils poussaient, bien cachés, sous la mousse, ma langue n'y suffit plus ; il me vint un onzième doigt, attendu que les dix doigts me manquèrent à la fois. C'est ainsi qu'Oscar se trouva posséder une troisième baguette de tambour — c'était de son âge. Et je ne battais pas la tôle, mais la mousse. Et je ne savais plus si c'était moi qui battais, si c'était Maria, si c'était une mousse à elle ou à moi. Etait-ce que la mousse et le onzième doigt appartenaient à un autre et les lactaires à moi tout seul ? Est-ce que le monsieur d'en bas avait sa propre tête, sa volonté à lui ? Qui faisait l'amour : Oscar, lui ou moi ?

Maria, endormie du haut et, du bas, toute à son affaire, sentant innocemment la vanille et, sous la mousse, l'âpre lactaire. Maria voulait de la poudre effervescente et ne voulait pas de celui-là qui n'en faisait qu'à sa tête, qui faisait ce que personne ne lui avait montré, qui se levait quand j'étais couché, qui avait d'autres rêves que moi, qui ne savait ni lire ni écrire et cependant signait pour moi, qui aujourd'hui encore marche tout seul, qui dès ce jour-là se sépara de moi, qui est mon ennemi, avec qui je dois sans cesse faire alliance, qui me trahit et me laisse en plan, que je voudrais trahir et vendre, qui me fait honte, qui en a assez de moi, que je lave, qui me salit, qui ne voit rien et flaire tout, qui m'est à ce point étranger que j'ai envie de lui dire vous, qui a une mémoire à lui particulière, toute différente de celle d'Oscar : en effet, quand aujourd'hui, Maria pénètre dans ma chambre et que Bruno se retire discrètement dans le couloir, il ne reconnaît pas Maria ; il ne veut, il ne peut, il demeure absolument flegmatique, tandis que le cœur ému d'Oscar fait bredouiller ma bouche : « Ecoute, Maria, de tendres propositions : je pourrais m'acheter un compas et tracer autour de nous un cercle, mesurer de même l'inclinaison de ton cou pendant que tu lis, que tu couds, ou bien, comme à présent, que tu tournes les boutons de ma radio portative. Laisse donc la radio, tendres propositions : je pourrais me faire vacciner les yeux et retrouver le chemin des larmes. Chez le prochain boucher, Oscar pourrait faire passer son cœur au hachoir, si tu en faisais autant de ton âme. Nous pourrions aussi nous acheter un animal en peluche afin que mis entre nous deux il demeure tranquille. Si je pouvais admettre l'asticot et toi la patience, nous pourrions aller à la pêche et être plus heureux. Ou bien la poudre de jadis, effervescente, te souviens-tu ? Tu m'appelles Waldmeister, je me mets à bouillir, tu en redemandes, je te donne ton reste — Maria, poudre, tendres assiduités !

Pourquoi tournes-tu les boutons de la radio, écoutes-tu encore la radio, comme si tu étais portée sur les communiqués spéciaux ? »

Communiqués spéciaux

Le disque blanc de mon tambour se prête mal aux expériences. J'aurais dû le savoir. Ma tôle exige un bois toujours identique. Elle veut être interrogée à coups de baguettes, répondre par à-coups et laisser dans le vague les réponses. Mon tambour n'est donc pas une poêle à frire qui, artificiellement chauffée, saisit la viande crue, ni une piste de danse pour couples ne sachant pas s'ils sont du bois d'assemblage. C'est pourquoi jamais Oscar, même pas aux heures de la plus creuse solitude, n'a mis sur son tambour de la poudre effervescente, mêlé sa salive et organisé un spectacle qu'il n'a pas vu depuis des années et que je regrette fort. Certes Oscar ne put se refuser complètement une expérience avec ladite poudre, mais il procéda de façon plus directe, ne mit pas le tambour dans le coup ; je fus ainsi beau joueur car, sans mon tambour, je suis toujours désarmé.

Il fut tout d'abord malaisé de se procurer de la poudre effervescente. J'envoyai Bruno dans tous les magasins de produits exotiques de Grafenberg, lui fis prendre le tramway de Gerresheim. Je le priai aussi de chercher en ville ; même dans les pavillons de rafraîchissements de toutes sortes qu'on trouve au terminus des tramways, Bruno ne put obtenir de poudre effervescente. Les vendeuses encore jeunes ne connaissaient pas ça ; les vieux tenanciers de baraques l'évoquaient en propos verbeux, frottaient, au rapport de Bruno, leurs fronts pensifs, disaient : « Oh l'homme, qu'est-ce que vous voulez ? De la poudre effervescente ? Mais y a belle heure qu'y en a pus. Sous Guillaume, et encore sous Adolf, tout au début, c'était dans le commerce. Ça c'était le bon temps ! Mais si vous voulez une limonade ou un Coca-Cola ? »

Donc, mon infirmier but à mes frais plusieurs bouteilles de limonade et de Coca-Cola, mais ne me procura pas ce que je désirais. Pourtant Oscar avait besoin d'être tiré d'affaire. Bruno sut se montrer inlassable : hier il m'apporta un sachet blanc sans inscription ; la laborantine de la maison de santé, une certaine Mlle Klein, s'était déclarée compréhensive et prête à ouvrir ses boîtes, tiroirs et codex, à prendre ici quelques grammes, ici peu de grammes et enfin, après plusieurs essais, à doser une poudre effervescente dont Bruno relatait qu'elle pouvait bouillir, chatouiller, devenir verte et dégager un goût très discret de Waldmeister.

Aujourd'hui ce fut jour de visite. Vint Maria. Mais ce fut Klepp qui vint le premier. Nous rîmes ensemble trois quarts d'heure de suite à propos de quelque chose qui méritait l'oubli. Je ménageai Klepp et ses sentiments léninistes, je n'amenai pas la conversation sur un point d'actualité et ne mentionnai donc pas ce communiqué spécial qui, grâce à ma radio portative — cadeau de Maria il y a quelques semaines —, m'informait de la mort de Staline. Cependant Klepp semblait être au courant, car, sur sa manche de manteau à carreaux s'étalait, cousu d'une main maladroite, un brassard de deuil. Alors Klepp se leva, et Vittlar entra. Les deux amis devaient s'être encore un coup chamaillés, car Vittlar salua Klepp d'un air hilare et en lui faisant les cornes : « La mort de Staline m'a surpris ce matin comme je me rasais ! » lança-t-il sarcastique ; et il aida Klepp à mettre son manteau. Etalant sur son visage large une couche de piété graisseuse, Klepp souleva d'un doigt l'étoffe noire fixée à sa manche de manteau : « C'est pour ça que je porte le deuil », soupira-t-il ; et il attaqua, imitant la trompette d'Armstrong, les premières mesures funèbres de *New Orleans Fonction :* Traah trahdeda, traah deda da deda — puis il fila de côté par la porte.

Mais Vittlar resta ; il ne voulut pas s'asseoir, il préférait se brandiller devant la glace et nous échangeâmes des sourires d'intelligence pendant un quart d'heure, sans penser à Staline.

Je ne sais si je voulus faire de lui mon confident ou bien si j'avais idée de pousser Vittlar dehors. Je lui fis signe de venir contre mon lit, attirai à moi son oreille et chuchotai dans sa cuillère à grand lobe : « Poudre efferverscente ? Est-ce que ça te dit quelque chose, Gottfried ? » Un bond horrifié éloigna Vittlar de mes barreaux de lit ; il eut recours à son pathos courant, braqua sur moi un index en télescope et siffla entre ses dents : « Pourquoi veux-tu, Satan, m'induire en tentation à l'aide de poudre effervescente ? Ne sais-tu toujours pas que je suis un ange ? »

Et, de la démarche ailée d'un ange, non sans avoir au préalable consulté la glace au-dessus du lavabo, il partit. Les jeunes gens, hors de l'hôpital psychiatrique, sont réellement bizarres et inclinent au genre maniéré.

Alors ce fut Maria qui vint. Elle a commandé à sa couturière un nouvel ensemble de printemps ; elle le porte avec un élégant chapeau gris souris, complexe et raffiné, discrètement décoré de jaune paille, que même dans ma chambre, elle n'ôte pas de sa tête. Elle me donna un fugitif bonjour, me tendit sa joue, alluma tout de suite le poste de radio qu'elle m'a offert certes, mais qu'elle semble réserver à son propre usage ; car l'affreux boîtier de plastique doit, aux jours de visite, nous tenir lieu d'une partie de la conversation. « T'as-t'y eu l'information de c'matin ? C'est marrant. Hein ? » « Oui, Maria », répondis-je patiemment, « à moi non plus on n'a pas voulu cacher la mort de Staline, mais, s'il te plaît, éteins la radio. »

Maria obéit sans mot dire, s'assit, toujours chapeautée, et la conversation roula, comme d'habitude, sur Kurtchen.

« Tu te rends compte, Oscar, ce galopin ne veut plus porter de bas de laine, et avec ça on est en mars, et il va faire encore plus froid, ils l'ont dit à la radio. » Je dédaignai l'information radiophonique, mais pris le parti de Kurt dans l'affaire des chaussettes montantes. « Ce garçon a maintenant douze ans, Maria, il a honte des bas de laine à cause de ses camarades d'école. »

« Ben moi j'aime mieux sa santé, et il portera des bas jusqu'à Pâques. »

Ce terme fut fixé avec tant de détermination que je tentai prudemment de biaiser : « Alors tu devrais lui acheter un pantalon de ski, car les grands bas de laine sont réellement laids. Rappelle-toi quand tu avais cet âge. Dans notre cour du Labesweg ? Qu'est-ce qu'ils faisaient à Petit-Fromage qui lui aussi avait toujours des bas longs jusqu'à Pâques ? Nuchi Eyke, qui est resté en Crète, Axel Mischke, celui qui a sauté en Hollande juste avant la fin, qu'est-ce qu'ils ont fait à Petit-Fromage ? Ils lui ont barbouillé ses grands bas avec du goudron ; ils sont restés collés, et il a fallu mener Petit-Fromage aux hôpitaux. »

« C'était surtout la faute à Susi Kater et pas celle des bas ! » Maria jeta cela avec rage. Bien que Susi Kater soit partie dès le début de la guerre dans les auxiliaires de transmissions et que par la suite elle se soit, paraît-il, mariée en Bavière, Maria nourrissait à l'endroit de Susi, son aînée de quelques années, une rancune comme seules des femmes peuvent, savent en cultiver d'aussi tenaces de la jeunesse à l'âge d'être grand-mère.

Cependant le rappel de Petit-Fromage et des bas de laine enduits de goudron fit un certain effet. Maria promit d'acheter à Kurt un pantalon de ski. Nous pouvions donner à la conversation une autre tournure. Il y avait sur Kurt des rapports élogieux. Le Pr Könnemann, à la dernière réunion avec les parents, s'était exprimé sur son compte de façon flatteuse. « Rends-toi compte, il est deuxième de sa classe. Et il m'aide dans le commerce, je peux pas te dire comment. »

J'opinai de connivence, me fis décrire les dernières acquisitions pour le magasin de comestibles fins. J'encourageai Maria à fonder une succursale à Oberkassel. L'époque était favorable, disais-je, la conjoncture se maintenait — du reste, j'avais attrapé ça à la radio, puis je jugeai le moment venu de sonner Bruno. Il vint et me tendit le sachet blanc contenant la poudre effervescente.

Le plan d'Oscar était dûment prémédité. Sans autre explication, je demandai à Maria sa main gauche. D'abord elle voulut me donner la droite, rectifia ensuite, m'offrit, en secouant la tête et en riant, le dos de sa main gauche. Elle attendait peut-être un baise-main. Elle marqua de l'étonnement quand je tournai vers moi la paume et vidai entre Lune et Vénus la poudre du sachet. Mais elle le permit et sursauta seulement quand Oscar se pencha sur sa main et excréta sur le monticule de poudre une abondante salive.

« Mais laisse donc ces âneries, Oscar ! » s'écria-t-elle stupéfaite. Elle se leva d'un bond, s'écarta, épouvantée ; elle regardait foisonner la poudre qui dégageait une écume verte. Maria rougit en commençant par le front. Déjà je me livrais à l'espérance, mais en trois pas elle fut au lavabo, fit couler l'eau, une eau écœurante, d'abord froide, puis chaude, sur notre poudre effervescente. Ensuite elle se lava les mains avec mon savon. « Y a des jours où tu es vraiment impossible, Oscar. Qu'est-ce que M. Münsterberg va penser de nous ? » Plaidant pour nous l'indulgence, elle regarda Bruno qui, pendant la durée de mon expérience, avait pris position au pied du lit. Afin de ne pas offusquer Maria davantage, je renvoyai de la chambre l'infirmier. Quand il eut refermé la porte à fond, je priai Maria de revenir près de mon lit : « Te souviens-tu ? S'il te plaît, souviens-toi. Poudre effervescente ! Trois pfennigs le paquet ! Reviens en arrière : Waldmeister, framboises, comme ça moussait bien, comme ça bouillait, et la sensation, Maria, la sensation ! »

Maria ne se rappelait pas. Elle avait peur de moi, bêtement ; elle tremblait un peu, cachait sa main gauche, essayait spasmodiquement un autre sujet de conversation. Elle parla derechef des succès scolaires de Kurtchen, de la mort de Staline, de la nouvelle glacière installée chez Matzerath-comestibles-fins, du projet de succursale à Oberkassel. Quant à moi, je restai fidèle à la poudre ; je dis poudre, elle se leva, « poudre », mendiai-je, elle me dit un au revoir précipité, tapota son chapeau, ne sut pas si elle devait s'en aller, tourna le bouton de la radio qui cracha des parasites ; je les couvris en criant : « Poudre, Maria, souviens-toi ! »

Elle était devant la porte ; elle pleurait, elle secouait la tête ; elle me laissa tout seul avec le poste crachant et sifflant, et ferma la porte avec autant de précaution que si elle quittait un mourant.

Ainsi Maria ne peut plus se souvenir de la poudre. Mais pour moi, aussi longtemps que je vivrai et jouerai du tambour, la poudre ne cessera d'être effervescente ; car ce fut ma salive qui, en cet arrière-été de l'an quarante, anima Waldmeister et les framboises, éveilla des sensations, envoya ma chair en quête, me fit cueilleur de lactaires poivrés, morilles et autres, inconnus de moi, mais pareillement comestibles, qui me rendit père, oui m'sieurs dames, père, père dans un âge tendre, père par la salive, éveilleur de sensations, père cueilleur et fécondant ; début novembre il n'y avait plus de doute, Maria était enceinte, Maria était dans le second mois et le père, c'était moi, Oscar.

Je le crois encore aujourd'hui, car l'histoire avec Matzerath eut lieu beaucoup plus tard : trois semaines, non, quinze jours après que j'eus engrossé Maria endormie dans le lit de son frère Herbert aux cicatrices, à la face des cartes postales en franchise militaire de son frère cadet, le caporal-chef, dans la chambre obscure, entre les murs et le papier de camouflage, je trouvai Maria qui ne dormait plus, qui bien plutôt s'activait à aspirer l'air, sur notre divan ; sous Matzerath, elle était, et Matzerath était couché sur elle.

Oscar entra, venant du couloir de l'immeuble, descendant du grenier où il avait médité. Il entra, portant son tambour, dans la salle de séjour. Le couple ne me remarqua pas. Ils tournaient la tête vers le poêle de céramique. Ils ne s'étaient même pas déshabillés congrûment. Matzerath gardait son caleçon dans le creux des genoux. Son pantalon gisait en tas sur le tapis. La robe et la combinaison de Maria s'enroulaient par-dessus le soutien-gorge jusque sous les aisselles. Sa culotte frétillait à son pied droit qui pendait avec la jambe, vilainement tordu, au bord du divan. La jambe gauche était repliée, comme indifférente, contre le capiton du dossier. Entre les jambes, Matzerath. De la main droite il détournait la tête de Maria, de l'autre main il préparait les voies et se guidait lui-même dans l'axe. Entre les doigts écarquillés de Matzerath, Maria louchait de côté vers le tapis ; elle semblait en suivre le motif jusque sous la table. Matzerath s'était pris les dents à un coussin habillé de velours ; il ne lâchait le velours que pour parler. Car parfois ils parlaient, sans d'autant interrompre le travail. Seulement, quand le cartel sonna trois quarts, ils s'arrêtèrent tant que le carillon fit son devoir. Puis il dit, tout en la travaillant comme avant le carillon : « Il est moins le quart. » Et ensuite il voulut savoir si elle voulait bien qu'il opère. Elle dit oui plusieurs fois et le pria de faire attention. Il lui promit de faire bien attention. Elle lui ordonna, non, elle le pria instamment de faire particulièrement attention cette fois-là. Puis il s'informa si elle y était. Et elle dit qu'elle allait y être. Alors elle eut sans doute une crampe au pied qui lui pendait sur le bord du divan, car elle le lança dans l'air de la pièce, mais la culotte y resta suspendue. Alors il mordit à nouveau le velours du coussin, et elle cria : « Va-t'en. » Il voulut aussi s'en aller, mais il n'y avait plus moyen ; parce qu'Oscar était sur le couple avant que Matzerath s'en fût allé, parce que je lui avais collé le tambour sur les reins et que je battais la tôle, parce que je ne voulais plus rien entendre : « Va-t'en, va-t'en », parce que le vacarme de mon instrument couvrait le « va-t'en », parce que je ne tolérais pas qu'il s'en allât tout comme Jan Bronski s'en était jadis allé de maman ; car maman disait toujours à Jan « va-t'en », et « va-t'en » à Matzerath. Et alors ils se séparaient, et laissaient le sperme tomber n'importe où, sur une serviette exprès ou bien, quand il n'y en avait pas à portée de la main, sur le divan, sur le tapis peut-être. Mais moi je ne pouvais pas voir ça. Après tout, moi je ne m'en étais pas allé. Et je fus le premier à ne pas m'en aller. C'est pourquoi c'est moi le père et non ce Matzerath qui crut toujours et jusqu'à la fin qu'il était mon père. Mais mon père c'était Jan Bronski. Et j'avais hérité cela de Jan, de ne pas m'en aller avant que ce fût le tour de Matzerath, de rester dedans, de tout laisser dedans ; et le produit, c'était mon fils, et non le sien. Lui, il n'avait pas de fils ! Il n'était pas un père pour de bon ! Même s'il a dix fois épousé ma pauvre maman, épousé aussi Maria parce qu'elle était enceinte. Et il pensait que sûrement les gens de la maison et dans la rue le penseraient. Naturellement ils pensèrent que Matzerath avait fait un enfant à Maria et qu'il l'épousait maintenant qu'elle avait dix-sept ans et demi, et lui dans les quarante-cinq. Mais elle est bien avancée en sagesse pour son âge, et, en ce qui concerne le petit Oscar, il peut être content de l'avoir pour belle-mère, car Maria n'est pas une belle-mère pour ce pauvre enfant, c'est une véritable mère, bien qu'Oscar n'ait pas toute sa tête à lui et que sa place, à vrai dire, soit plutôt à Silberhammer ou à Tapiau, à l'asile.

Sur les instances de Gretchen Scheffler, Matzerath se résolut à épouser ma maîtresse. Si donc je le désigne comme mon père, alors qu'il est mon père présumé, je dois constater ceci : mon père épousa ma future femme, appela ultérieurement son fils Kurt l'enfant qui était mon fils Kurt, exigea donc que je reconnusse en son petit-fils mon demi-frère et que je tolérasse que ma bien-aimée Maria qui sentait la vanille entrât en qualité de belle-mère dans son lit qui puait le frai de poisson. Ainsi donc je me dis : ce Matzerath n'est pas même ton père présumé ; c'est un individu étranger, qui ne mérite ni ta sympathie ni ton aversion ; qui fait bien la cuisine ; qui, en sa qualité de bon cuisinier, a jusqu'à présent exercé comme ci comme ça sur toi la sollicitude paternelle, parce que ta pauvre maman t'a laissé en ce monde ; qui à la barbe des gens te fauche à présent la meilleure des femmes, fait de toi le témoin d'une noce, cinq mois plus tard d'un baptême, l'invité de deux fêtes familiales dont il te reviendrait mieux d'être l'ordonnateur, car tu aurais dû conduire Maria au bureau d'état civil ; c'est à toi qu'il eût convenu de choisir le parrain. Quand donc je regardais les rôles principaux de cette tragédie et constatais que la représentation de la pièce souffrait d'une fausse distribution des premiers rôles, je désespérais du théâtre : Oscar, le véritable interprète de caractère, s'était vu colloquer un rôle de figurant qu'on aurait aussi bien pu supprimer.

Avant de donner à mon fils le nom de Kurt, de l'appeler ainsi, comme il n'aurait jamais dû — car j'aurais donné à l'enfant le prénom de son grand-père Vincent Bronski —, avant de m'accommoder de Kurt, Oscar ne saurait passer sous silence comment, pendant la grossesse de Maria, il se défendit contre la naissance à laquelle il fallait s'attendre.

Le soir même du jour où je surpris le couple sur le divan, jouai du tambour à croupetons sur le dos moite de Matzerath et mis obstacle à la prudence réclamée par Maria, je tentai un effort désespéré pour reconquérir ma maîtresse.

Matzerath réussit à me faire lâcher prise quand il était déjà trop tard. Pour ce motif, il me gifla. Maria prit Oscar sous sa protection et fit à Matzerath le reproche de n'avoir pas fait attention. Matzerath se défendit comme un vieil homme. C'était la faute à Maria, dit-il en manière d'échappatoire, elle n'avait qu'à se contenter d'une fois, mais elle n'avait jamais son compte. Là-dessus Maria se mit à pleurer, dit que chez elle ça ne marchait pas à la vlan ça y est ; il n'avait qu'à s'en chercher une autre ; elle était inexpérimentée, mais sa sœur Guste, qui était à l' « Eden », s'y connaissait et lui avait dit que ça ne marchait pas comme ça, que Maria devait prendre garde : il y avait des hommes qui ne faisaient que jeter leur gourme et lui, Matzerath, c'était sûrement son genre ; elle ne voulait plus le faire avec lui, faudrait sonner. Mais quand même, il aurait dû faire attention ; il lui devait bien ce peu d'égards. Puis elle pleura, toujours assise sur le divan. Et Matzerath cria, en caleçon, qu'il ne pouvait plus entendre ces pleurnicheries ; et il se tint encore mal, c'est-à-dire qu'il essaya de caresser Maria sous sa robe : elle avait encore la fesse au vent, et cela rendit Maria furieuse.

Oscar ne l'avait encore jamais vue dans cet état. Des taches rouges lui vinrent au visage, et les yeux gris devinrent de plus en plus sombres. Elle appela Matzerath une queue-molle et une couille-en-bois ; là-dessus il attrapa son pantalon, y monta et se reboutonna. Il pouvait bien se tirer tranquillement, criait Maria, rejoindre ses chefs de cellule, encore des qui le faisaient à la seringue. Matzerath prit sa veste, puis la poignée de la porte et assura que désormais il changerait de ton, qu'il en avait jusque-là des bonnes femmes ; si elle était à ce point portée sur la chose, elle n'avait qu'à harponner un travailleur étranger, tiens, le Français qui livrait la bière ; pour lui l'amour c'était autre chose que ces cochonneries, il allait taper son skat ; là du moins il savait ce qui l'attendait.

Alors je me trouvai seul avec Maria dans la salle de séjour. Elle ne pleurait plus, mais remettait sa culotte d'un air pensif et en sifflant avec beaucoup de réserve. Elle passa un temps assez long à effacer les plis de sa robe qui avait souffert sur le divan. Puis elle alluma la radio ; elle fit mine d'écouter quand furent donnés les communiqués relatifs au niveau de la Vistule et de la Nogat ; quand, après avoir énoncé la cote de la Pegel et de la Mottlau inférieure, le speaker laissa présager un rythme de valse et que ce dernier se fit entendre, soudain et sans transition elle ôta de nouveau sa culotte, courut dans la cuisine, cogna une casserole, fit couler l'eau, j'entendis pouffer le gaz et supputai que Maria se décidait à prendre un bain de siège.

Afin d'échapper à cette évocation pénible, Oscar se concentra sur la valse. Si ma mémoire ne me fait pas défaut, je battis sur mon tambour quelques mesures de Strauss et y trouvai de l'agrément. Puis à la Maison de la Radio la valse fut interrompue et un communiqué spécial annoncé. Oscar misa sur une information de l'Atlantique et ne fut pas déçu. Plusieurs sous-marins avaient trouvé moyen de couler, à l'ouest de l'Irlande, sept ou huit navires jaugeant tant de tonnes brutes de registre. En outre, d'autres sous-marins avaient réussi à envoyer par le fond presque autant de tonnes brutes de registre. S'était particulièrement distingué un sous-marin commandé par le lieutenant de vaisseau Schepke — à moins que ce ne fût par le lieutenant de vaisseau Kretschmar — en tout cas c'était l'un des deux, ou bien un troisième lieutenant de vaisseau célèbre, qui avait le record des tonnes brutes et par-dessus le marché ou en sus avait mis à son tableau un destroyer anglais de la classe X-Y.

Tandis que, sur mon tambour, je reprenais avec des variations le chant *Contre l'Angleterre* qui suivit le communiqué, et le transformais presque en valse, Maria entra, une serviette-éponge sur le bras, dans la salle de séjour. Elle dit à mi-voix : « T'as entendu, Oscar, v'là déjà qu'on redonne un communiqué spécial. Si ça continue… »

Sans révéler à Oscar ce qui se passerait si ça continuait, elle s'assit sur une chaise où Matzerath avait l'habitude de poser sa veste sur le dossier. Maria roula en boudin la serviette-éponge humide et siffla assez fort et assez juste la fin du chant *Contre l'Angleterre*. Elle bissa la phrase finale quand la radio avait déjà fini ; elle éteignit la boîte à musique dès que se fit entendre à nouveau la valse immortelle. Elle laissa le boudin-éponge sur la table, s'assit et mit ses pattoches sur ses cuisses.

Il se fit alors un grand silence dans la salle de séjour ; seule l'horloge parlait de plus en plus fort, et Maria semblait se demander s'il ne vaudrait pas mieux rallumer le poste. Elle appuya sa tête contre le boudin-serviette, laissa ses bras pendre le long de ses genoux vers le tapis et pleura sans bruit, régulièrement.

Oscar se demanda si Maria éprouvait de la honte parce qu'il l'avait surprise dans une si pénible situation. Je résolus de l'égayer, me faufilai hors de la salle de séjour et trouvai dans la boutique obscure, entre les paquets de pudding et le papier-gélatine, un sachet qui, dans le corridor à demi obscur, se présenta comme un sachet de poudre effervescente à goût de Waldmeister. Oscar se réjouit d'être tombé juste, car pour le moment je croyais que Maria préférait le Waldmeister à toute autre saveur.

Lorsque j'entrai dans la salle de séjour, la joue droite de Maria reposait toujours contre la serviette roulée en éponge-boudin. De même, ses bras pendaient vacants entre ses cuisses. Oscar s'approcha par la gauche et fut déçu de voir qu'elle avait les yeux fermés et sans larmes. J'attendis patiemment qu'elle ouvrît ses paupières aux cils plus ou moins collés, montrai le sachet ; mais elle ne remarqua pas le Waldmeister et parut voir à travers le sachet et Oscar.

Les larmes l'auront aveuglée, pensai-je en manière d'excuse pour Maria, et je décidai, après une brève délibération *in petto,* de procéder directement. Oscar fila sous la table, se tapit contre les pieds que Maria tenait légèrement en dedans, saisit la main gauche dont les doigts effleuraient de leurs pointes le tapis ; je la tournai jusqu'à voir la paume, déchirai le sachet avec mes dents, versai la moitié du contenu dans la conque passive, y mis ma salive, observai le début de l'effervescence et reçus alors de Maria un coup de pied fort douloureux dans la poitrine, lequel envoya Oscar au tapis jusque sous le milieu de la table, qui était vaste.

Malgré la douleur je fus aussitôt debout et sortis de sous la table. Maria s'était levée aussi. Nous nous faisions face, haletants. Maria prit la serviette-éponge, s'essuya la main gauche à fond, jeta le chiffon à mes pieds et me traita de foutu fumier, de nain venimeux, de gnome vicieux, bon à passer au hachoir. Puis elle me saisit, me colla une mornifle derrière l'occiput, injuria ma pauvre maman qui avait mis au monde un môme pareil et, comme je voulais crier et visais tout le verre de la pièce et du monde entier, elle me bourra dans la bouche la serviette-éponge, plus dure à la dent qu'une viande de bœuf.

Quand Oscar devint rouge et bleu de congestion, alors elle me lâcha. J'aurais pu à présent pulvériser tous les verres, les carreaux et derechef la vitre de l'horloge. Mais je ne criai pas ; en revanche je donnai licence de m'envahir à une haine si bien ancrée qu'aujourd'hui encore, dès que Maria entre dans ma chambre, je la sens comme une serviette-éponge entre mes dents.

Lunatique comme elle pouvait l'être, Maria s'écarta, eut un rire bénin, ralluma d'un seul geste la radio et, sifflant la valse, revint à moi pour me caresser les cheveux en signe de réconciliation ; car j'aimais ça.

Oscar la laissa venir à courte distance et alors, à deux poings, de bas en haut, la frappa à l'endroit précis où elle avait introduit

Matzerath. Et, quand elle fit dévier mes poings avant le second coup, je plantai mes dents à ce même endroit maudit et tombai, serrant toujours, avec elle sur le divan. J'entendis bien que la radio annonçait encore un communiqué spécial, mais ça Oscar ne voulut pas l'entendre ; c'est pourquoi il vous taira qui a coulé quoi et combien ; car un violent spasme épileptique relâcha la prise de mes dents, et je restai gisant sur Maria qui pleurait de douleur, tandis qu'Oscar pleurait de haine et d'un amour devenant une inconscience, un évanouissement, une impression de plomb qui n'en finissait plus.

Hommage impuissant à Mme Greff

Lui, Greff, je ne l'aimais pas. Greff, lui, ne m'aimait pas. Même plus tard, quand il me construisit une machine à jouer du tambour, je n'ai pas aimé Greff. Même aujourd'hui qu'Oscar n'a plus la force de nourrir des antipathies aussi tenaces, je n'aime pas particulièrement Greff, bien qu'il n'existe plus.

Greff était marchand de légumes. Mais ne vous laissez pas abuser. Il ne croyait ni aux pommes de terre, ni au chou-rave ; il possédait cependant une compétence étendue de la culture légumière et se donnait volontiers pour jardinier, ami de la nature, végétarien. Mais c'est justement parce qu'il ne mangeait pas de viande que Greff n'était pas un vrai marchand de légumes. Il lui était impossible de parler récoltes comme on parle de récoltes. « Considérez s'il vous plaît cette pomme de terre extraordinaire », l'entendis-je souvent dire à ses clients. « Cette chair végétale gonflée, foisonnante, sans cesse à l'affût de formes nouvelles et cependant si chaste. J'aime la pomme de terre, parce qu'elle me parle ! » Naturellement, un vrai marchand de légumes ne doit jamais parler ainsi et mettre ses clients dans l'embarras. Ma grand-mère Anna Koljaiczek, qui, ma foi, avait blanchi parmi les champs de pommes de terre, même dans les meilleures années de production, n'a jamais ouvert la barrière de ses dents à autre chose qu'à une petite phrase de ce genre : « Ben c't'année les patates sont un peu plus grosses que l'an dernier. » Et pourtant Anna Koljaiczek et son frère Vincent Bronski étaient avec les pommes de terre en symbiose autrement étroite que Greff-légumes : lui, une bonne année de prunes le sauvait d'une mauvaise année de pommes de terre.

Tout chez Greff était exagéré. Etait-il absolument tenu de porter dans sa boutique un tablier vert ? Outrecuidante présomption que de sourire au client et de nommer cette salopette vert épinard, sur un ton de philosophie, « le tablier-vert-de-jardinier-du-Bon-Dieu ». Dc plus, il ne pouvait renoncer au scoutisme. Certes il avait dû en trente-huit dissoudre sa troupe — on avait enfilé les gamins dans des chemises brunes et de seyants uniformes noirs pour l'hiver. Cependant les anciens éclaireurs, en civil, ou dans leur nouvel uniforme, venaient souvent et régulièrement chez leur ancien chef-scout afin de chanter avec lui qui, devant son tablier vert, présent du Bon Dieu, chatouillait une guitare, des chants du matin, des chants du soir, des chants de marche, de lansquenets, de récolte, de Notre-Dame, des chants populaires intra et extranationaux. Comme Greff était devenu à temps membre du Corps motorisé national-socialiste et, depuis quarante et un, n'était plus seulement un marchand de légumes avoué, mais encore un chef d'îlot de la défense passive, qu'en outre il pouvait se référer à deux anciens éclaireurs qui avaient entre-temps fait leur chemin dans le Jungvolk, étaient devenus respectivement chef de main et chef de meute, on pouvait considérer comme autorisées par le district des Jeunesses hitlériennes les veillées chantantes que Greff organisait dans sa cave à pommes de terre. De même, Greff fut invité par le chef de district à la formation, Löbsack, à organiser des veillées pendant les stages au château de formation de Jenkau. En collaboration avec un instituteur, Greff, début quarante, eut mission de composer pour le district de Danzig-Prusse-Occidentale un recueil de chansons de jeunesse sous la devise « Chante avec nous ! ». Le livre n'était pas mal du tout. Le marchand de légumes reçut de Berlin une lettre signée du chef de Jeunesse du Reich et fut invité à Berlin à une réunion de chefs de chorale.

Greff, donc, était un homme breveté. Il ne savait pas

seulement toutes les strophes des chansons, non : il savait monter des tentes, allumer et éteindre des feux de camp de façon à ne pas provoquer d'incendies de forêts ; il marchait bravement sur un azimut, appelait par leurs prénoms les étoiles visibles, dévidait des histoires drôles ou bizarres, savait les légendes du pays vistulien, faisait des veillées-conférences sur le thème « Danzig et la Hanse », énumérait tous les grands maîtres de l'Ordre teutonique avec les dates, mais cela ne lui suffisait pas : il savait un tas de trucs sur la mission du germanisme dans les terres de l'Ordre et ne glissait que très rarement dans ses exposés un petit proverbe qui aurait trop senti son boy-scout.

Greff aimait la jeunesse. Il aimait les gars plus que les filles. Même il n'aimait pas du tout les filles, il n'aimait que les garçons. Souvent il aimait les garçons plus qu'on ne peut dire en chantant une chanson. Peut-être sa femme, la Greff, une schlampe au soutien-gorge toujours graisseux et aux culottes trouées, le contraignait-elle à chercher parmi des jeunes gens minces et bien débarbouillés la mesure plus pure de l'amour. Mais on pouvait soupçonner que l'arbre où la Greff laissait en toute saison fleurir sa lingerie crasseuse avait une autre racine. Je veux dire : la Greff tournait à la schlampe parce que le marchand de légumes et chef d'îlot n'avait pas su voir de l'œil qu'il fallait son insouciance plantureuse et passablement stupide.

Greff aimait le tonique, le musculeux, l'endurci. Quand il disait nature, il pensait conjointement ascèse. Quand il pensait ascèse, il voulait dire une sorte particulière d'hygiène corporelle. Greff avait le sens de son corps. Il le cultivait en détail, l'exposait à la chaleur et, non sans un vif esprit inventif, au froid. Au lieu qu'Oscar fusillait le verre à longue ou à courte portée en brisant à l'occasion des fleurs de givre et en faisant dégringoler des glaçons sonores, le marchand de légumes était homme à s'attaquer à la glace, l'outil en main.

Greff faisait des trous dans la glace. En décembre, janvier, février, il faisait des trous dans la glace avec un pic. Il prenait de bonne heure, alors qu'il faisait encore nuit, son vélo garé dans la cave, enveloppait le pic dans un sac à oignons, allait à Brösen, par Saspe ; de Brösen, par la promenade de la plage alors enneigée, il allait vers Glettkau, appuyait vers la mer entre Brösen et Glettkau et, tandis que crevait l'aube grisâtre, traversait en poussant son vélo la plage encombrée de glaçons, avançait ensuite deux ou trois cents mètres sur la Baltique gelée. Là-bas régnait le brouillard côtier. Personne, du rivage, n'aurait pu voir Greff déposer son vélo, défaire le pic du sac à oignons, demeurer un instant immobile, dévotieusement, écouter les sirènes de brume des cargos embâclés, puis ôter sa vareuse, exécuter quelques mouvements de gymnastique, puis enfin, avec vigueur et régularité, brandir le pic et dégager un trou circulaire dans la glace de la Baltique.

Il fallait à Greff trois bons quarts d'heure pour faire son trou. Ne me demandez pas d'où je le sais. Oscar était plus ou moins au courant de tout. Je savais donc aussi combien de temps il fallait à Greff pour trouer la banquise. Il suait, et sa sueur jaillissait, salée, de son haut front bombé dans la neige. Il s'y prenait adroitement, traçait le contour à fond et en cercle, le ramenait à son origine puis, sans gants, soulevait le glaçon épais de quelque vingt centimètres hors de la couche glacée qui s'étendait jusqu'à Hela et peut-être jusqu'à la Suède. Primordiale et grise, parsemée de copeaux glacés, l'eau était dans le trou. Elle fumait un peu, sans être une source chaude. Le trou attirait les poissons. C'est-à-dire qu'on prétend que les trous dans la glace attirent les poissons. Greff aurait pu pêcher des lamproies ou un merlu de vingt livres. Mais il ne pêchait pas ; il commençait à se déshabiller, à se mettre tout nu ; Greff, quand il se déshabillait, se mettait tout nu.

Pas question pour Oscar de faire courir le long de votre échine un frisson hivernal. Disons brièvement : deux fois par semaine, Greff-légumes, les mois d'hiver, prenait un bain dans la Baltique. Le mercredi il se baignait tout seul de très bonne heure. Il partait à six heures, arrivait sur place à la demie, piochait jusqu'à sept heures un quart, ôtait à gestes brefs et précipités ses vêtements, sautait dans le trou après s'être frotté le corps avec de la neige, et dans le trou il criait. Je l'entendis chanter quelquefois : « Oyez, oyez dans la nuit le vol des oies sauvages », ou bien « Nous aimons les tempêtes » ; il chantait, se baignait, criait au plus deux à trois minutes et, d'un bond, se dessinait sur la glace avec une effrayante précision : une chair écrevisse, fumante, qui galopait autour du trou, criait toujours, reprenait chaleur, rentrait dans ses habits et, sur son vélo, chez lui. Peut avant huit heures, Greff était rendu dans le Labesweg et ouvrait ponctuellement à huit heures son commerce de légumes.

Le second bain, Greff le prenait le dimanche en compagnie de plusieurs adolescents. Oscar ne veut pas avoir vu ça, il ne l'a d'ailleurs pas vu. Les gens racontèrent ça plus tard. Le musicien Meyn savait des histoires sur le marchand de légumes. Il les diffusait à son de trompe dans tout le quartier. L'une de ces histoires de trompe disait : Chaque dimanche, pendant les plus rudes mois d'hiver, le Greff se baignait en compagnie de plusieurs adolescents. Cependant Meyn n'allait pas jusqu'à soutenir que le marchand de légumes aurait contraint les adolescents à sauter, nus comme lui, dans le trou de glace. Greff était déjà satisfait, paraît-il, de les voir, demi-nus ou presque nus, se frotter réciproquement avec de la neige. Oui, les adolescents dans la neige faisaient tellement plaisir à Greff que souvent, avant ou après le bain, il chahutait, aidait à frotter de neige l'un ou l'autre, ou encore permettait à toute la horde de le frictionner. Le musicien Meyn prétend avoir vu, du haut de la promenade de Glettkau, malgré le brouillard côtier, Greff épouvantablement nu, chantant, criant, prendre sur ses bras deux de ses disciples nus et, tout nu avec son fardeau nu, cavalcader comme une troïka hurlante et déchaînée sur la glace épaisse de la Baltique.

On croira facilement que Greff n'était pas fils de pêcheur, bien que fussent nombreux à Brösen et Neufahrwasser les pêcheurs qui s'appelaient Greff. Greff-légumes était de Tiegenhof, mais Lina Greff, née Bartsch, avait fait la connaissance de son mari à Praust. Il y aidait un jeune vicaire entreprenant à s'occuper du Foyer des célibataires catholiques, et, à cause du même vicaire, Lina allait chaque samedi à la maison communale. Selon une photo qu'elle doit m'avoir donnée, car elle est encore aujourd'hui collée dans mon album, Lina, du temps de ses vingt ans, était robuste, ronde, gaie, bonasse, étourdie, bête.

Son père exploitait une grande entreprise maraîchère à Sankt-Albrecht. A vingt-deux ans et, comme elle le jurait à tout bout de champ plus tard, totalement inexpérimentée, elle épousa Greff sur les instances du vicaire ; puis avec l'argent de son père elle ouvrit sa boutique de légumes à Langfuhr. Comme elle recevait à bas prix de l'exploitation paternelle une grande partie de ses denrées, à commencer par presque tous les fruits, l'affaire marchait bien, presque toute seule, et Greff ne pouvait pas y faire grand dégât.

Oui, si le marchand de légumes n'avait pas eu ce goût puéril du bricolage, il n'aurait pas eu grand mal à trouver dans sa boutique bien placée, à l'écart de toute concurrence dans le faubourg populeux, une mine d'or. Mais quand pour la troisième ou quatrième fois le contrôleur des Poids et Mesures parut, vérifia la balance à légumes, confisqua les poids, mit la balance sous scellés et colla à Greff des amendes plus ou moins importantes, une partie de la clientèle habituelle s'en alla et fit ses achats sur le marché hebdomadaire. On disait : la marchandise de chez Greff est toujours de première qualité, pas chère du tout même, mais ce n'est pas une maison sérieuse ; les gars des Poids et Mesures s'y trouvaient encore un coup.

A côté de ça, je suis certain que Greff ne voulait pas voler le client. La preuve, c'est que la grande bascule à pommes de terre pesait au détriment de Greff depuis que le marchand de légumes y avait apporté quelques modifications. Ainsi, juste avant le début de la guerre, il inclut à cette bascule un carillon qui, selon le poids des pommes de terre pesées, faisait entendre un petit air. Pour vingt livres on avait en prime *le Vert Rivage de la Saale ;* pour cinquante livres *Sois toujours loyal et honnête ;* un demi-quintal de pommes de terre d'hiver tirait du carillon les notes naïvement assommantes de la chanson *Annette de Tharau.*

Je voyais bien que ces gags musicaux ne pouvaient plaire aux Poids et Mesures ; pourtant les marottes du marchand de légumes étaient à mon goût. Même Lina Greff passait à son époux ces étrangetés parce que, eh bien parce que le ménage Greff consistait précisément en ce que les deux partenaires se passaient toutes leurs étrangetés. Ainsi l'on peut dire que le ménage Greff était un bon ménage. Le marchand de légumes ne battait pas sa femme, ne la trompait jamais avec d'autres femmes, n'était ni buveur ni noceur ; c'était plutôt un homme gai, habillé avec soin, aimé de la jeunesse mais aussi de cette portion de la clientèle qui achetait au négociant la musique avec les pommes de terre, aimé pour sa nature sociable et serviable.

De même Greff regardait-il avec sérénité et indulgence sa Lina devenir d'année en année une schlampe plus malodorante. Je le voyais sourire lorsque des gens qui lui voulaient du bien appelaient la schlampe par son nom. Je l'entendis parfois dire à Matzerath, qui se trouvait choqué par la femme de Greff : « Naturellement, tu as absolument raison, Alfred. Elle est un peu négligée, la bonne Lina. Mais toi et moi, sommes-nous sans tache ? » Et il soufflait sur ses mains qu'il avait belles et soignées malgré les pommes de terre, et les frottait. Quand Matzerath revenait à la charge, Greff mettait à ces discussions un terme aussi catégorique qu'aimable : « Il se peut que tu voies juste ici et là, mais quand même elle a bon cœur. Je la connais, ma Lina. »

Il se peut qu'il l'ait connue. Mais elle le connaissait à peine, elle. Tout comme les voisins et clients, elle aurait pu ne jamais voir, dans les relations de Greff avec ces adolescents et jeunes gens qui souvent lui rendaient visite, rien d'autre que l'enthousiasme inspiré à de jeunes hommes par un ami et un éducateur, amateur, mais passionné de la jeunesse.

Moi, Greff ne pouvait ni m'enthousiasmer ni m'éduquer. Du reste Oscar n'était pas son genre. Si j'avais pu me résoudre à grandir, je serais peut-être devenu son genre : car mon fils Kurt, qui compte à présent treize ans, incarne dans toute son allure osseuse et dégingandée exactement le genre de Greff, bien qu'il tienne surtout de Maria, de moi pas grand-chose, et de Matzerath rien du tout.

Greff fut avec Fritz Truczinski, permissionnaire, témoin du mariage qui unit Maria Truczinski et Alfred Matzerath. Comme Maria, de même que l'époux, était de confession protestante, on alla seulement à l'état civil. C'était à la mi-décembre. Matzerath dit son oui en uniforme du Parti. Maria en était au troisième mois.

A mesure que Maria devenait plus grosse, à mesure prospérait la haine d'Oscar. Non pas que j'eusse quelque objection à l'endroit de la grossesse. Mais l'idée que le fruit de mes œuvres porterait un jour le nom de Matzerath m'ôtait toute joie d'attendre un héritier. C'est pourquoi j'entrepris, quand Maria en fut au cinquième mois, beaucoup trop tard assurément, la première tentative d'avortement. C'était le temps du Carnaval. Maria voulut fixer quelques guirlandes de papier et deux masques de clowns à nez en patate à cette barre de laiton au-dessus du comptoir, où pendaient lard et saucisses. L'échelle, d'ordinaire appuyée franchement aux rayons, s'accotait, branlante, au comptoir. Maria se tenait tout en haut, les mains chargées de guirlandes, Oscar tout en bas au pied de l'échelle. Utilisant comme leviers mes baguettes de tambour, aidant de l'épaule et d'un très ferme propos, je soulevai le pied de l'échelle, puis le poussai sur le côté : parmi les guirlandes et les clowns, Maria jeta un cri étranglé. Déjà l'échelle vacillait ; Oscar se jeta de côté et juste à côté de lui atterrirent Maria, du papier versicolore, un saucisson et des masques.

Il y eut plus de peur que de mal. Elle n'avait qu'une foulure à un pied. Elle dut se coucher et se ménager. Elle n'avait pas de dégâts ailleurs. Elle continua comme devant de prendre une tournure toujours plus informe et ne raconta même pas à Matzerath ce qui lui avait valu son pied foulé.

C'est seulement en mai, quelque trois semaines avant l'accouchement attendu, quand j'exécutai la deuxième tentative, qu'elle parla à demi-mot à son époux Matzerath. Au repas, en ma présence, elle dit : « Oscar est bien turbulent ces derniers temps et il m'a tapé sur le ventre. P't'êt' que d'ici après la naissance on pourrait le caser chez maman, où c'est qu'y a de la place. »

Matzerath entendit et crut. En réalité, une agression meurtrière m'avait fait voir Maria sous un jour neuf.

Pendant le repos de midi, elle s'était allongée sur le divan. Matzerath faisait l'étalage dans la boutique, après avoir lavé la vaisselle du déjeuner. Un grand calme régnait dans la salle de séjour. Une mouche peut-être, l'horloge comme d'habitude, à la radio un reportage en sourdine sur les victoires des parachutistes en Crète. J'écoutais seulement parce qu'ils faisaient parler le grand boxeur Max Schmeling. A ce que je crus comprendre, en prenant contact avec le sol rocheux de la Crète, il s'était esquinté son pied de champion du monde ; il devait à présent rester couché et se ménager ; tout comme Maria qui, après sa chute de l'échelle, avait dû garder le lit. Schmeling parlait avec calme, modestie ; puis, ce furent des parachutistes moins notables, et Oscar n'écouta plus : silence, peut-être une mouche, l'horloge comme d'habitude et, tout bas, la radio.

Assis sur mon petit banc, devant la fenêtre, j'observais l'abdomen de Maria sur le divan. Elle respirait lourdement et tenait les yeux clos. De temps à autre, je tapais sur mon tambour en rechignant. Mais elle ne bougeait pas et pourtant elle m'obligeait à respirer le même air que son ventre. Certes, il y avait encore l'horloge, la mouche captive entre les vitres et le rideau et, à l'arrière-plan, la radio avec la Crète, île pierreuse. Mais tout cela sombra en peu d'instants. Je ne voyais plus que le ventre, ne savais plus dans quelle chambre il se bombait, ni à qui il appartenait, ni qui avait fait enfler ce ventre. Je ne connaissais plus qu'un désir : faut qu'il disparaisse, ce ventre, c'est une erreur qui te bouche la perspective, tu dois te lever et faire quelque chose ! Donc je me levai. Tu dois voir ce qui peut être fait. Donc j'allai au ventre et pris quelque chose au passage. Tu devrais y faire un peu d'air, c'est une boursouflure maligne. Alors je levai ce que j'avais pris au passage, cherchai une place entre les mains de Maria : elles respiraient avec son ventre. Tu devrais te décider enfin, Oscar, sinon Maria va ouvrir les yeux. Je me sentis déjà observé, gardai le regard fixé sur la main gauche de Maria, laquelle tremblait légèrement, tandis qu'elle retirait sa main droite, que sa main droite manifestait une intention ; et je ne fus pas autrement étonné quand, de cette main droite, Maria tordit le poing d'Oscar et lui arracha les ciseaux. Je restai peut-être encore quelques secondes le poing levé, mais vide. J'entendis l'horloge, la mouche, la voix de l'annonceur à la radio qui annonçait la fin du reportage crétois. Je fis alors demi-tour et quittai notre salle de séjour avant que ne pût commencer l'émission suivante — musique gaie de deux à trois ; la vue d'un abdomen spacieux me rendait le séjour exigu.

Deux jours plus tard, Maria me pourvut d'un tambour neuf et on me mit chez la mère Truczinski, dans le logement du deuxième étage où ça sentait le café-ersatz et les pommes de terre sautées. Je dormis d'abord sur le sofa, car Oscar ne put consentir à dormir dans l'ancien lit d'Herbert où pouvait subsister le parfum de vanille de Maria. Au bout d'une semaine, le vieux Heylandt hissa dans l'escalier mon lit d'enfant. Je souffris que le châssis de bois fût monté à côté de cette couche qui, sous moi, Maria et notre poudre effervescente commune, avait gardé le silence. Oscar retrouva chez la mère Truczinski le calme ou l'indifférence. Je ne voyais plus le ventre, car Maria craignait de monter des escaliers. Je fuyais le logement du rez-de-chaussée, la boutique, la rue, même la cour de l'immeuble où, par suite des difficultés croissantes du ravitaillement, les élevages de lapins avaient reparu.

La plupart du temps, Oscar demeurait assis à regarder les cartes postales envoyées ou rapportées de Paris par le sergent Truczinski. En guise de ville de Paris, je me représentais ceci ou cela et, quand la mère Truczinski me remit une carte postale illustrée de la tour Eiffel, je me mis, prenant pour thème la hardie construction de fer, à battre Paris sur mon tambour, sur un air de musette, sans avoir auparavant jamais entendu de musette.

Le 12 juin, quinze jours trop tôt selon mes calculs, sous le signe des Gémeaux — et non sous celui du Cancer comme je l'avais calculé — naquit mon fils Kurt. Le père dans une année jupitérienne, le fils dans une année vénusienne. Le père dominé par Mercure dans la Vierge, ce qui rend sceptique et industrieux ; le fils pareillement dans Mercure, mais doté, grâce aux Gémeaux, d'un entendement froid, ambitieux. Ce qui chez moi tempérait la Vénus du signe de la Balance dans la maison de l'ascendant était, chez mon fils, aggravé par le Bélier dans la même maison ; son Mars devait par la suite me valoir des inconvénients.

La mère Truczinski, excitée et faisant la petite souris, me communiqua la nouvelle : « Tu te rends compte, Oscar, v'là-t'y pas que la cigogne a apporté un petit frère. Et moi qui disais, ben si c'est une Marielle, on va encore avoir des embêtements ! » A peine si j'interrompis mon solo de tambour à la face de la tour Eiffel et de l'Arc de triomphe, arrivage récent. La mère Truczinski ne paraissait pas attendre de moi un compliment à la mémé Truczinski. Bien que ce ne fût pas un dimanche, elle résolut de mettre un peu de rouge, recourut à son classique papier de paquet de chicorée, s'en frotta les joues pour les farder et quitta le logement avec sa peinture fraîche afin de descendre au rez-de-chaussée assister Matzerath, le père prétendu.

C'était, je l'ai dit, en juin. Un mois trompeur. Succès sur tous les fronts — si l'on veut inscrire comme succès des succès dans les Balkans — mais, en revanche, des succès plus grands encore étaient imminents à l'Est. Là, une armée gigantesque montait en ligne. Les chemins de fer avaient du travail. Même Fritz Truczinski, si à son aise jusqu'à présent à Paris, dut entreprendre en direction de l'Est un voyage qui ne finirait pas de sitôt et ne prêtait pas à confusion avec une permission. Oscar cependant, paisiblement assis devant les cartes postales glacées, s'attardait dans le doux Paris qu'effleurait l'été. Il battait à la légère *Trois Jeunes Tambours,* il n'avait rien de commun avec l'armée allemande d'occupation et ne redoutait donc nullement que des partisans ne le précipitassent du haut d'un pont dans la Seine. Non ; en civil je gravissais la tour Eiffel avec mon tambour, goûtais là-haut, comme il sied, le vaste panorama, me trouvais si bien et, malgré la verticale séduisante, si libre de pensées suicidaires que ce fut seulement à la descente, quand mes quatre-vingt-quatorze centimètres furent au pied de la tour, que je repris conscience que mon fils était né.

Ça y est ! Un fils ! me dis-je. Quand il aura trois ans, il aura un tambour de fer battu. Nous allons voir à voir qui est le père ici, ce M. Matzerath ou moi, Oscar Bronski.

Pendant les fortes chaleurs du mois d'août — je crois que justement on annonçait encore un coup la victorieuse conclusion d'une bataille d'encerclement, celle de Smolensk — mon fils Kurt fut baptisé. Mais comment se fit-il que ma grand-mère Anna et son frère Vincent Bronski fussent invités au baptême ? Si j'opte à nouveau pour la version qui fait de Jan Bronski mon père, du silencieux et de plus en plus bizarre Vincent mon grand-père paternel, il y avait assez de raisons à cette invitation. Car somme toute mes grands-parents étaient les arrière-grands-parents de mon fils.

Cette démonstration ne vint naturellement jamais illuminer Matzerath qui cependant avait lancé l'invitation. Même dans les moments les plus ambigus, par exemple après une partie de skat perdue de six longueurs, il se voyait lui-même deux fois géniteur, père et nourricier. Oscar revoyait ses grands-parents pour d'autres motifs. On avait colloqué aux deux petits vieillards la nationalité allemande. Ils n'étaient plus polonais et ne rêvaient plus qu'en langue kachoube. On les appelait nationaux-allemands de la minorité numéro trois. De plus, Hedwige Bronski, veuve de Jan, avait épousé un Germano-Balte de Ramkau, chef local de la paysannerie. Déjà les requêtes étaient parties aux termes desquelles Marga et Stephan Bronski reprendraient le nom de leur beau-père Ehlers. Stephan, âgé de dix-sept ans, s'était porté volontaire ; il se trouvait au camp d'entraînement de Gross-Boschpol comme fantassin et avait toute certitude de visiter les théâtres d'opérations européens pendant qu'Oscar, qui approchait de l'âge militaire, en était réduit à attendre derrière son tambour qu'une possibilité d'emploi fût offerte dans l'Armée, la Marine, éventuellement dans la Luftwaffe, à un tambourineur sur fer battu accusant trois années.

Ce fut le chef de paysans Ehlers qui prit les devants. Quinze jours avant le baptême il se présenta dans le Labesweg, Hedwige à son côté sur le siège, dans une voiture à deux chevaux. Il avait les jambes en O, souffrait de l'estomac et ne pouvait supporter la comparaison avec Jan Bronski. Plus petit d'une bonne tête, il était assis à la table de la salle de séjour à côté d'Hedwige aux yeux de vache. Son allure surprit jusqu'à Matzerath. La conversation n'arrivait pas à se nouer. On parla du temps qu'il faisait, on constata qu'à l'Est il se passait un tas de choses, que là-bas ça bardait ; autrement qu'en l'an du Seigneur quinze, dit Matzerath qui avait été dans le coup en l'an quinze. Ils se donnèrent beaucoup de mal pour ne pas parler de Jan Bronski, jusqu'au moment où je ruinai leurs calculs tacites en demandant avec une amusante moue enfantine, très haut et à plusieurs reprises, où c'est qu'il était l'oncle Jan, l'oncle d'Oscar. Matzerath prit son courage à deux mains, dit quelque chose d'aimable et de pensif à propos de son ancien ami et rival. Ehlers se mit aussitôt au diapason, avec un flot de paroles, bien qu'il n'eût jamais connu son prédécesseur. Puis Hedwige trouva même, outre quelques larmes authentiques qui très lentement roulèrent, le mot de la fin : « C'était un brave homme. N'aurait pas fait de mal à une mouche. Qui qu'aurait cru ça de lui, mourir comme ça, lui qu'était si peureux et pouvait tourner de l'œil à propos de rien du tout. »

Elle dit, et Matzerath dit à Maria, debout derrière lui, d'aller chercher des bouteilles de bière ; et il demanda à Ehlers s'il savait jouer au skat. Ehlers ne savait pas, il le regrettait fort, mais Matzerath fut assez bon prince pour passer ce petit travers au chef de paysans. Même il lui tapa sur l'épaule et assura, lorsque la bière était déjà dans les verres, que ça ne faisait rien s'il n'entendait rien au skat ; ça n'empêchait pas de rester bons amis.

Ainsi Hedwige Bronski se retrouva dans notre logement en qualité d'Hedwige Ehlers et au baptême de mon fils Kurt elle amena, en sus de son chef de paysans, son ci-devant beau-père Vincent Bronski et Anna, sœur dudit. Matzerath avait l'air d'être au courant. Il salua les deux vieillards d'une voix haute et cordiale dans la rue sous les fenêtres des voisins. Il entrait dans la salle de séjour, quand ma grand-mère tira de sous ses quatre jupes le cadeau de baptême, une oie de belle taille : « C'était pas la peine, mémé. Je serais aussi content si tu n'apportais rien et venais quand même. » Pourtant ma grand-mère y vit un cheveu ; elle voulait savoir ce que valait son oie. « Dis donc pas ça, Alfred. C'est pas une oie kachoube, c'est une oie nationale-allemande, et tu lui trouveras juste le même goût qu'avant-guerre ! »

Ainsi furent résolus tous les problèmes nationaux. Il n'y eut plus de difficulté qu'avant la cérémonie, quand Oscar refusa de mettre les pieds au temple protestant. Même quand ils firent descendre mon tambour du taxi, m'appâtèrent avec et m'assurèrent à satiété qu'on pouvait entrer avec un tambour dans un temple protestant, je demeurai du catholicisme le plus noir et j'aurais encore mieux aimé faire dans le conduit auditif du doyen Wiehnke une confession brève et complète que d'écouter un prêche de baptême protestant. Matzerath céda. Probable qu'il redouta les éclats de ma voix et les indemnités subséquentes. Ainsi je restai dans le taxi pendant qu'au temple on baptisait, je considérai l'occiput du chauffeur, examinai la face d'Oscar dans le rétroviseur, revécus mon propre baptême — tout ça ne nous rajeunit pas — et toutes les tentatives du Révérend Wiehnke pour expulser Satan du postulant Oscar.

Après le baptême, on mangea. On avait poussé deux tables l'une contre l'autre. On commença par la soupe de tortue. Cuillère et bord de l'assiette. Ceux de la campagne lapaient. Greff écartait le petit doigt. Gretchen Scheffler mordait la soupe. Guste faisait un sourire large au-dessus de sa cuillère. Ehlers parlait par-dessus la sienne. Vincent visait en tremblotant à côté de la sienne. Seules vieilles femmes, la grand-mère Anna et la mère Truczinski étaient pleinement adonnées à leurs cuillères, pendant qu'Oscar tombait, pour ainsi dire, à côté de sa cuillère. Il s'en allait, tandis que les restants continuaient à enfourner et il cherchait dans la chambre à coucher le berceau de son fils ; il voulait réfléchir à son fils, pendant que les autres, derrière leurs cuillères, se vidaient à mesure de leurs pensées et vidaient leurs assiettes à mesure qu'ils vidaient leurs cuillerées de soupe dans eux-mêmes.

Sur le panier à roulettes, un ciel bleu tendre de tulle. Comme le bord du panier était trop haut, je ne pus voir d'abord qu'un trognon bleu-rouge. Je grimpai sur mon tambour et pus alors considérer mon fils endormi qui tressaillait dans son sommeil. O fierté paternelle, toujours avide de grands mots ! A la vue du bébé, rien d'autre ne me vint à l'esprit que la phrase : quand il aura trois ans, on lui donnera un tambour. Comme mon fils ne donnait pas matière à scruter sa pensée, comme je ne pouvais qu'espérer qu'il appartînt comme moi à l'espèce des bébés doués d'acuité auditive, je lui promis encore, et encore une fois, le tambour de fer battu pour ses trois ans. Je descendis alors de mon tambour et tentai de nouveau ma chance avec les adultes dans la salle de séjour.

Ils étaient en train d'achever la soupe de tortue. Maria servait les petits pois en boîte, verts, sucrés, dans le beurre. Matzerath, responsable du rôti de porc, le servit de sa propre main, la jaquette tombée, en manches de chemise, il coupa les tranches et fit au-dessus de la viande tendre et juteuse un visage si ruisselant de tendresse éhontée que je dus détourner les yeux.

Greff-légumes était servi extra : asperges en boîte, œufs durs et crème au raifort ; il était végétarien, et ça ne mange pas de viande. Il prit cependant, comme tout le monde, un floc de purée, et l'arrosa non pas avec la sauce du rôti, mais avec du beurre noir que Maria attentive lui apporta de la cuisine dans un petit poêlon grésillant. Tandis que les autres buvaient de la bière, lui était au jus de pomme. On parla de la bataille d'encerclement de Kiev ; on récapitula sur ses doigts le compte des prisonniers. Le Balte Ehlers se montra à la hauteur dans cette opération : à chaque centaine de mille il levait un doigt puis, quand ses deux mains écarquillées firent le million, il continua de compter en décapitant ses doigts l'un après l'autre. Quand on eut épuisé le thème des prisonniers russes, dont le total croissant amenuisait la valeur et l'intérêt, Scheffler parla des sous-marins basés à Gotenhafen, et Matzerath dit à l'oreille de ma grand-mère qu'à Schidau on lançait deux sous-marins par semaine. Là-dessus Greff-légumes expliqua à tous les invités du baptême pourquoi les sous-marins doivent être mis à l'eau par le travers et non par la poupe. Il voulait se rendre directement explicite, il mimait tout avec des gestes qu'une partie des invités, fascinés par la construction des sous-marins, reproduisaient avec application et gaucherie. Vincent Bronski, en voulant faire de sa main gauche un sous-marin, renversa son verre à bière. Ma grand-mère, pour ce motif, partit à l'engueuler. Mais Maria versa de l'huile, dit que ça ne faisait rien, la nappe de toute façon irait demain à la lessive ; qu'il y ait des taches un jour de baptême, c'était bien naturel. Mais la mère Truczinski arrivait avec un torchon ; elle épongea la flaque de bière tandis que, de la main gauche, elle tenait la grande coupe de cristal pleine de pudding au chocolat couvert d'amandes pilées.

Ah là là ! Il y aurait pu avoir une autre sauce, ou pas de sauce du tout ! Mais le pudding était enrobé de sauce à la vanille. Epaisse, purulente : sauce vanille. Une sauce vanille toute banale, commune et pourtant unique en son genre. Rien au monde n'est plus gai et rien plus triste qu'une sauce à la vanille. La vanille embaumait doucement à la ronde et m'enveloppait de plus en plus, et aussi Maria, si bien qu'elle, la responsable de toute vanille, assise à côté de Matzerath la main dans la main, elle devint intolérable à ma vue.

Oscar se laissa glisser de sa grande chaise d'enfant, se cramponna pour le faire à la jupe de la femme Greff, resta par terre à ses pieds tandis qu'en haut elle travaillait de la cuillère, et pour la première fois il huma cette émanation particulière à Lina Greff qui sur-le-champ noya, engloutit, tua toute vanille.

Pour aigrelette qu'elle fût, je persistai dans la nouvelle direction olfactive jusqu'à ce que tous les souvenirs en liaison avec la vanille me parussent abolis. Lentement, sans bruit et sans secousse, je fus pris d'une libératrice envie de vomir. Tandis que m'échappaient la soupe de tortue, le rôti de porc par fragments, les petits pois intacts et les quelques cuillerées de pudding au chocolat sauce vanille, je compris mon impuissance, je nageai dans mon impuissance, étalai aux pieds de Lina Greff l'impuissance d'Oscar — et résolus de porter désormais, au jour le jour, mon impuissance chez Mme Greff.

Soixante-quinze kilos

Viazma et Briansk ; puis ce fut la boue. Oscar aussi, à la mi-octobre quarante et un, se mit à brasser la boue. On me pardonnera de mettre en parallèle les succès boueux du groupe d'armées du centre et les miens sur le théâtre également boueux de Mme Lina Greff. De même que là-bas, juste devant Moscou, tanks et camions s'enlisèrent, je m'enlisai. Là-bas, certes, les roues tournaient toujours, travaillaient la boue ; certes, je tins bon moi aussi — je parvins littéralement à battre en neige la boue greffienne — mais ni devant Moscou, ni dans la chambre à coucher du logement Greff on ne pouvait parler de gains de terrain.

Je ne peux toujours pas renoncer à cette comparaison : de même que de futurs stratèges auront tiré une leçon des opérations dans la boue, de même je tirai mes conclusions de la lutte contre le phénomène naturel Lina Greff. Il ne faut pas sous-estimer les efforts accomplis par l'arrière pendant la dernière guerre mondiale. Oscar avait alors dix-sept ans ; il acquit la maturité virile parmi les pièges indécelables du terrain de manœuvre Lina Greff. Pour laisser là les comparaisons militaires, je rapporte à présent les progrès d'Oscar à des notions artistiques. Je dis donc : si Maria, par un brouillard naïvement étourdissant de vanille, m'inculqua le sens de la forme petite, me familiarisa avec des lyrismes tels que la poudre effervescente et la cueillette des champignons, en revanche j'acquis, dans l'atmosphère âcrement ammoniacale, issue de relents multiples, qui environnait la Greff, ce large souffle épique qui me permet aujourd'hui de nommer d'un seul trait les victoires du front et les succès du lit. Musique ! De l'harmonica sentimental et si doux de Maria, je passai directement au pupitre du chef d'orchestre ; car Lina Greff m'offrait un orchestre échelonné en largeur et en profondeur comme on en trouve seulement à Bayreuth et à Salzbourg. Là j'appris les vents, les cymbales, les bois, les cordes pincées, l'archet, la basse générale et le contrepoint, le dodécaphonisme et le classique, l'attaque du *scherzo,* le tempo de l'*andante ;* mon pathos était à la fois rigoureusement net et mollement fluent ; Oscar tirait le maximum de la Greff et demeurait cependant mécontent, sinon insatisfait : tel est le propre de l'artiste authentique.

De notre magasin exotique au commerce de Greff-légumes, il n'y avait qu'un saut de chat. La boutique était de biais en face, bien placée, beaucoup mieux que le logement du boulanger Alexandre Scheffler dans le Kleinhammerweg. Cette situation plus favorable fut sans doute cause que je poussai plus avant l'étude de l'anatomie féminine que celle de mes maîtres Goethe et Raspoutine. Peut-être cette rupture de mon niveau culturel s'explique-t-elle, s'excuse-t-elle par la diversité de mes deux maîtresses. Tandis que Lina Greff ne prétendait pas m'enseigner, me livrant en toute simplicité passive sa richesse en guise de matériel éducatif intuitif et expérimental, Gretchen Scheffler prenait trop au sérieux sa vocation d'institutrice. Elle voulait enregistrer des succès patents, m'entendre lire à haute voix, regarder fonctionner en calligraphes mes doigts de tambour, voulait m'apprivoiser avec la bienveillante fée Grammaire et profiter elle-même de cette amitié. Quand Oscar lui refusa toutes marques visibles d'un succès, Gretchen Scheffler perdit patience, revint dès la mort de ma pauvre maman, après sept ans d'enseignement, à ses tricotages et, comme le ménage du boulanger demeurait stérile, elle ne me régalait plus qu'à intervalles, surtout aux fêtes carillonnées, de pull-overs, chaussettes et moufles maison. Entre nous il n'était plus question de Goethe et de Raspoutine, et seuls ces extraits des œuvres de ces deux maîtres que je rouvrais ici ou là, surtout dans le grenier-séchoir de l'immeuble locatif, permirent de ne pas laisser péricliter cette partie de mes études ; je me cultivais moi-même, formant ainsi mon propre jugement.

Lina Greff, égrotante, clouée au lit, ne pouvait m'échapper, me quitter, car si sa maladie était à longue échéance, elle n'était pas assez grave pour que la mort m'enlevât prématurément l'institutrice Lina. Mais comme en cette vallée de larmes rien ne dure, ce fut Oscar qui se sépara de la grabataire quand il put considérer comme achevé le cycle de ses études.

Vous direz : dans quel univers borné dut se former le jeune homme ! Entre un magasin de produits exotiques, une boulangerie et une boutique de légumes, il dut recueillir l'équipement de sa vie ultérieure, à l'âge d'homme. Si je dois admettre que les premières impressions, si décisives, d'Oscar lui furent données par un milieu de petits-bourgeois fort moisis, il eut cependant un troisième maître. Il était réservé à celui-ci d'ouvrir le monde à Oscar et de faire de lui ce qu'il est aujourd'hui, à savoir un type que faute de mieux j'intitule approximativement un cosmopolite.

Je veux parler ici, comme les plus attentifs parmi vous l'auront noté, de mon instituteur et maître Bebra, rectiligne descendant du Prince Eugène, rejeton issu de souche Louis-Quatorzienne, du lilliputien et clown musical Bebra. Quand je dis Bebra, je songe aussi à la dame qui l'accompagnait, la grande somnambule Roswitha Raguna, la belle immortelle, à laquelle souvent je dus penser en ces années sombres où Matzerath me prit Maria.

Quel âge pouvait avoir la signora ? me demandais-je. Est-ce une jeune fille dans la fleur de ses vingt ou de ses dix-neuf ans ? Ou bien est-elle cette gracile nonagénaire qui dans un siècle incarnera encore en petit format une éternelle jeunesse ?

Si je me rappelle bien, je rencontrai peu après la mort de ma pauvre maman ces deux êtres si proches de moi. Nous bûmes notre moka ensemble au café des Quatre-Saisons, puis nos chemins furent divergents. Il y avait des différences politiques appréciables. Bebra marchait avec le ministère de la Propagande, il était admis, ainsi que je pus le déduire sans peine de ses indications, dans les appartements privés de MM. Goebbels et Goering. Il tenta d'expliquer et de justifier ce déraillement de mille manières. Il parla du poste influent que détenait au Moyen Age le fou de cour, me montra des reproductions de maîtres espagnols où apparaissaient en grand arroi un Philippe ou un Carlos quelconques ; et au milieu de ces sociétés guindées on pouvait identifier des fous à fraise, barbiche et chausses à la tonne offrant quelque analogie de proportions avec Bebra, si ce n'était avec moi-même. Parce que ces images me plaisaient — car aujourd'hui je peux me dire un fervent admirateur du génial peintre Diego Vélasquez — je ne voulus pas faire un avantage à Bebra. Il n'arrêtait pas de comparer l'institution des fous à la cour de Philippe IV d'Espagne à sa propre situation à proximité du parvenu rhénan Goebbels. Il parlait de la dureté des temps, des faibles qui sont contraints de céder temporairement du terrain, de la résistance qui s'épanouissait en secret, bref il énonça jadis le slogan d' « émigration intérieure ». C'est pourquoi divergèrent les chemins d'Oscar et de Bebra.

Non pas que je fisse grise mine au maître. Pendant les années suivantes, je cherchai le nom de Bebra sur toutes les affiches de variétés et de cirques, le trouvai cité deux fois avec la signora Raguna, mais ne fis rien pour provoquer une rencontre avec mes amis.

Je comptais sur un hasard, mais le hasard se récusa ; car si le chemin de Bebra et le mien s'étaient croisés dès l'automne quarante-deux et non l'année suivante seulement, je ne serais jamais devenu le disciple de Lina Greff, mais l'apôtre du maître Bebra. D'un jour à l'autre, je traversais dès le matin le Labesweg, entrais dans la boutique de légumes, demeurais d'abord, par décence, une petite demi-heure à proximité du bricoleur de plus en plus bizarre que devenait le commerçant, le regardais monter ses mécaniques biscornues, carillonnantes, hurlantes et criardes, et le poussais du coude quand un client entrait ; car en ce temps-là Greff ne prenait presque plus garde à son entourage. Que s'était-il passé ? Qu'est-ce qui avait rendu si muet un jardinier et ami de la jeunesse jadis si ouvert, toujours prêt à plaisanter ? Qu'est-ce qui le vouait à la solitude, faisait de lui un original, un homme d'un certain âge un peu négligent dans le soin qu'il prenait de son extérieur ?

La jeunesse ne venait plus. Ce qui grandissait là ne le connaissait pas. Ses vassaux de l'époque scoutiste avaient été dispersés par la guerre sur tous les fronts. Il arrivait des lettres en provenance de secteurs postaux, puis seulement des cartes postales ; un jour, par une voie détournée, Greff reçut la nouvelle que son favori, Horst Donath, ci-devant éclaireur, puis chef de fanion dans le Jungvolk, était mort au combat comme sous-lieutenant, sur le Donetz.

Depuis ce jour, Greff vieillissait, ne prenait pas garde à sa tenue, versait totalement dans le bricolage, si bien qu'on trouvait dans sa boutique plus de sonnettes et de sirènes que de têtes de choux. D'ailleurs, la situation générale du ravitaillement y était pour quelque chose ; la boutique ne recevait plus que des livraisons rares et irrégulières et Greff n'était pas en mesure, comme Matzerath, de fournir un bon acheteur au marché de gros, où les relations comptent.

La boutique était revêche, et on aurait dû être content des appareils bruyants et insensés qui, grâce à Greff, ornaient et meublaient le local de façon grotesque, mais décorative. Moi, ces productions me plaisaient, ces créations issues du cerveau toujours plus déréglé du bricoleur. Quand aujourd'hui je regarde les figures de ficelles nouées de mon infirmier Bruno, je me rappelle l'exposition de Greff. Et de même que Bruno goûte l'intérêt souriant autant que sérieux que je porte à ses badinages artistiques, de même Greff, à sa manière distraite, se réjouissait s'il remarquait que l'une ou l'autre de ses machines à musique m'amusait. Lui, qui des années durant ne s'était pas soucié de moi, se montrait déçu quand après une petite demi-heure je quittais sa boutique transformée en atelier et rendais visite à sa femme Lina Greff.

Que dire de ces visites à la grabataire, lesquelles duraient le plus souvent deux heures à deux heures et demie ? Entrait Oscar. Elle faisait de son lit un signe : « Ah c'est toi, Oscar. Ben viens donc un peu sous les plumes si tu veux, parce qu'il fait froid dans la pièce et que Greff n'a pas beaucoup chargé le poêle. » Je me coulais près d'elle sous la couette, laissais par terre devant le lit mon tambour et les baguettes qui venaient de servir et ne permettais qu'à une troisième baguette, usée et filandreuse, de rendre visite à Lina en même temps que moi.

Ça ne veut pas dire que je me déshabillais pour me coucher avec Lina. En laine, en velours et en chaussures de cuir, je montais, et longtemps après, malgré un travail rudement échauffant, je ressortais, dans le même costume à peine dérangé, des plumes feutrées.

Après que j'eus plusieurs fois rendu visite au marchand de légumes juste au sortir du lit de Lina, encore affligé des exhalaisons de sa femme, un usage s'établit que je suivais bien volontiers. Tandis que j'étais encore attardé dans le lit de la Greff et pratiquais mes derniers exercices, le marchand de légumes entrait dans la chambre à coucher avec une cuvette d'eau chaude, la posait sur un petit tabouret, plaçait à côté la serviette et le savon et quittait la pièce sans mot dire, sans même déshonorer le lit d'un regard.

Le plus souvent Oscar s'arrachait aussitôt à la chaleur du nid offert, allait à la cuvette et soumettait à un nettoyage approfondi sa baguette de chef d'orchestre horizontal ; je n'étais pas sans comprendre que l'odeur de sa femme, fût-ce de seconde main, était intolérable à Greff.

Ainsi donc, frais lavé, j'étais le bienvenu auprès du bricoleur. Il me démontrait toutes ses machines et leurs différents bruits, et je m'étonne encore, aujourd'hui, que cette familiarité tardive n'ait pas fait éclore une amitié entre Oscar et Greff, que Greff me soit demeuré étranger et n'éveille chez moi qu'un sentiment de condoléance et non de sympathie.

En septembre quarante-deux — je venais justement, sans tambour ni trompette, de doubler mon dix-huitième anniversaire ; à la radio, la sixième Armée conquérait Stalingrad — Greff construisit la machine à tambouriner. Dans un châssis de bois, il suspendit en équilibre deux plateaux remplis de pommes de terre, puis ôta une pomme de terre du plateau de gauche : la balance s'inclina et déclencha un verrou qui libéra le mécanisme du tambour installé sur le châssis : et ra, et fla, et boum, et brr, des cymbales tintèrent, le gong grondait, et tout s'acheva sur un désaccord final, tragiquement clinquant.

La machine me plut. Sur ma demande, Greff la faisait marcher sans arrêt. Oscar en effet croyait que le marchand de légumes l'avait montée et fabriquée pour lui faire plaisir à lui, Oscar. A peu de temps de là, j'eus la trop nette révélation de mon erreur. Greff avait peut-être retenu mes suggestions, mais la machine était faite pour lui ; car son dernier couac à elle fut aussi son dernier couic à lui.

C'était de bonne heure, par un matin propret d'octobre, tel que seul le vent de nord-est en livre gratis à domicile. J'avais quitté de très bonne heure le logement de la mère Truczinski. Je débouchai dans la rue au moment précis où Matzerath relevait son rideau de fer. Je me plaçai près de lui quand il remonta les lattes vertes qui claquaient l'une sur l'autre, reçus d'abord en offrande un nuage de senteurs exotiques emmagasiné pendant la nuit à l'intérieur du magasin, et accusai réception du baiser matinal de Matzerath. Avant que Maria ne se laissât voir, je traversai le Labesweg, jetai vers l'ouest une ombre longue sur le pavage en têtes de chats ; car à droite, à l'est, au-dessus de la place Max-Halbe, le soleil se hissait tout seul, employant à cet effet le même genre de truc que le baron de Münchhausen quand, tirant sur sa propre natte, il se dégagea du marais.

Quiconque aurait connu comme moi Greff-légumes eût été pareillement étonné de trouver encore dans sa boutique, à pareille heure, porte close et rideau baissé. Certes, les années précédentes avaient fait de Greff un drôle de pistolet. Pourtant, jusqu'alors, il avait su s'en tenir à l'heure de l'ouverture. Peut-être qu'il est malade, pensait Oscar, mais ce fut pour rejeter cette idée aussitôt. En effet comment Greff qui, l'hiver précédent — moins régulièrement que par le passé, il est vrai —, avait fait des trous à coups de pic dans la glace de la Baltique pour s'y baigner, comment ce naturiste pouvait-il, malgré quelques traces de vieillissement, tomber malade d'un jour à l'autre ? La Greff usait assidûment du privilège de garder le lit. Je savais aussi que Greff méprisait les lits souples, qu'il dormait de préférence sur des lits de camp ou de durs bat-flanc. Il n'y avait pas de maladie qui pût enchaîner au lit ce marchand de légumes.

Je me mis devant la boutique fermée, regardai en arrière vers notre commerce, observai que Matzerath était à l'intérieur de la boutique ; alors je tambourinai discrètement, comptant sur l'ouïe sensible de la Greff, quelques mesures sur mon tambour de fer. Il ne fallut que peu de bruit ; et déjà s'ouvrait la deuxième fenêtre à droite à partir de la porte de la boutique. La Greff en chemise de nuit, la tête pleine de bigoudis, tenant un oreiller devant sa poitrine, se montra au-dessus d'une caisse garnie de bégonias. « Ben entre donc, Oscar. Qu'est-ce que t'attends, fait guère chaud dehors ! »

En manière d'explication, je tapai une baguette contre le rideau de tôle. « Albert ! » s'écria-t-elle, « Albert, où t'es ? Qu'est-ce qu'y a ? » Tout en continuant d'appeler son époux, elle évacua la fenêtre. Des portes claquèrent, je l'entendis faire du boucan dans la boutique, et tout de suite après elle se mit à crier. Elle criait dans la cave, mais je ne pouvais voir pourquoi elle criait, car le soupirail par où, les jours de livraison, toujours plus rarement depuis les années de guerre, on basculait les pommes de terre, était pareillement barré. Quand je collai un œil aux planches goudronnées placées devant le soupirail, je vis que l'électricité était allumée dans la cave. Je pus aussi distinguer la partie supérieure de l'escalier de la cave où gisait quelque chose de blanc, probablement l'oreiller de la Greff.

Elle devait avoir perdu l'oreiller sur l'escalier, car elle n'était plus dans la cave, mais errait à nouveau dans la boutique, puis dans la chambre à coucher. Elle décrocha le téléphone, cria, forma le numéro, cria ensuite dans le téléphone. Oscar ne comprit pas de quoi il s'agissait ; il attrapa seulement le mot d'accident et l'adresse, Labesweg 24, qu'elle répéta plusieurs fois en criant, puis elle raccrocha. L'instant d'après, sa chemise de nuit sans oreiller, mais avec bigoudis, obstruait en criant la fenêtre, se répandait avec tout son stock mammaire, bien connu de moi, dans la caisse aux bégonias, enfonçait les deux mains dans les plantes rougeâtres et criait par le haut. La rue en devint étroite. Oscar songea que ça y était, la Greff se mettait au vitricide ; mais aucune vitre ne sauta. Les fenêtres s'ouvrirent, des voisins se montrèrent, des femmes se lancèrent des questions, des hommes se précipitèrent, l'horloger Laubschad, d'abord à moitié seulement dans ses manches de veste, le vieux Heylandt, M. Reissberg, le tailleur Libischewski, M. Esch, sortant des portes voisines ; même Probst, pas le coiffeur, celui du marchand de charbon, vint avec son fils. Matzerath en blouse blanche accourut vent arrière, tandis que Maria, tenant Kurt sur le bras, demeurait sur la porte du magasin de produits exotiques.

Il me fut aisé de plonger dans l'assemblée d'adultes excités et d'échapper à Matzerath qui me cherchait. Lui et l'horloger Laubschad furent les premiers à passer à l'action. On tenta de parvenir dans le logement par la fenêtre. Mais la Greff ne laissa personne grimper, entrer encore moins. Tout en griffant, tapant et mordant, elle trouva le temps de crier encore plus fort, et même des choses partiellement compréhensibles. Il fallait attendre Police-Secours ; elle avait téléphoné depuis longtemps, il n'y avait plus besoin de téléphoner, elle savait bien ce qu'il fallait faire en pareil cas. Ils n'avaient qu'à s'occuper de leurs boutiques. C'était déjà assez moche. C'était la curiosité, rien d'autre, on voyait bien où étaient les amis quand on était dans le malheur. Et au milieu de son thrène elle dut m'avoir découvert, car elle m'appela et me tendit, quand elle eut refoulé les hommes, ses bras nus, et quelqu'un — Oscar croit encore à ce jour que ce fut l'horloger Laubschad — me souleva, voulut me passer à l'intérieur contre le gré de Matzerath qui pour un peu m'aurait cueilli juste avant les bégonias ; mais déjà Lina Greff me happait, me serrait contre sa chemise chaude et ne criait plus, elle pleurait seulement très haut, cherchait bruyamment sa respiration.

De même que les clameurs de Mme Greff avaient fouaillé le voisinage, le transformant en horde excitée, indécente et gesticulante, de même sa plainte grêle, aiguë fit du rassemblement qui s'était formé au pied des bégonias une masse muette, embarrassée, piétinante, qui osait à peine regarder la pleureuse en face et mettait tout son espoir, sa curiosité et son intérêt dans l'ambulance attendue.

Les gémissements de la Greff n'étaient pas agréables à Oscar. Je tentai de glisser plus bas pour n'être pas trop proche de ses cris douloureux. Je parvins à lâcher la prise que j'avais à son cou, à m'asseoir à demi sur le coffre à fleurs. Oscar se sentait par trop observé, parce que Maria, le gamin sur le bras, restait sur le pas de la porte du magasin. Je quittai donc cette posture assise et compris le côté épineux de ma situation ; ce qui m'importait ici, c'était Maria — quant aux voisins, je m'en moquais, je déhalai du littoral Greff, qu'agitait un trop violent séisme qui me rappelait le lit.

Lina Greff ne s'aperçut pas de ma fuite, ou bien elle ne trouva plus la force de retenir ce petit corps qui si longtemps lui avait offert un dédommagement. Lina pressentait peut-être aussi qu'Oscar lui échappait pour toujours, que ses cris avaient évoqué un bruit qui devenait comme un écran entre la grabataire et le tambour, qui avait effondré, en même temps, un mur qui me séparait de Maria.

J'étais dans la chambre à coucher des Greff. Mon tambour pendait de travers, mal accroché. Oscar connaissait bien la chambre, il aurait pu réciter par cœur le papier des murs, d'un vert satiné, en long et en large. Sur le tabouret demeurait encore la cuvette avec l'eau de savon grise de la veille. Tout avait sa place, et pourtant les meubles, usés, enfoncés et couverts de bignes me parurent frais ou du moins rafraîchis, comme si tout ce qui était là debout, raide, sur quatre pieds ou pattes le long des murs avait eu besoin du cri et ensuite du gémissement aigu poussé par Lina Greff pour trouver un éclat neuf épouvantablement froid.

La porte donnant sur la boutique était ouverte. Oscar, sans le vouloir, se laissa tirer dans ce local sentant la terre sèche et les oignons, que la lumière du jour, pénétrant par les fentes des volets, subdivisait en bandes où grouillait la poussière. Ainsi la plupart des machines à bruit et à musique de Greff demeuraient dans une demi-obscurité, sauf quelques détails : une clochette, des étais de contre-plaqué ; le bas de la machine-tambour apparaissait dans la lumière et me montrait les pommes de terre persévérant dans l'équilibre.

La trappe qui, exactement comme dans notre magasin, coiffait la cave juste derrière le comptoir béait. Rien ne calait le panneau de madriers que la Greff devait avoir soulevé dans sa hâte hurlante ; mais le crochet n'était pas engagé dans le ressort fixé au comptoir. Une légère poussée aurait permis à Oscar de faire basculer le couvercle, de condamner la cave.

Immobile, j'étais debout derrière les madriers exhalant une odeur de poussière et de moisissure, le regard braqué sur ce quadrilatère violemment éclairé qui encadrait une partie de l'escalier et un morceau de fond de cave bétonné. Dans ce carré se carrait, en haut à droite, une partie d'une estrade à gradins qui devait être une nouvelle acquisition de Greff, car jamais auparavant, lors de descentes occasionnelles à la cave, je ne l'avais vue. Oscar n'aurait pas si longtemps envoyé dans la cave un regard aussi fasciné si, du coin supérieur droit de l'image, étrangement raccourcis par la perspective, deux bas de laine pleins dans des bottines noires à lacets ne s'étaient pas introduits dans le cadre. Bien que je ne pusse voir les semelles, j'identifiai aussitôt les brodequins de marche de Greff.

Ce ne peut pas être Greff, me dis-je, qui est là debout dans la cave, prêt à partir en randonnée, car les souliers ne touchent pas terre, ils planent librement au-dessus de l'estrade ; sauf que les pointes des souliers, en extension vers le bas, touchent les planches, à peine, mais les touchent. Je me représentai donc un instant un Greff érigé sur la pointe de ses souliers ; cet exercice cocasse, quoique fatigant, était à sa portée de gymnaste et de naturiste.

Pour me convaincre de la justesse de mon hypothèse, et le cas échéant me payer convenablement la tête du marchand de légumes, je descendis avec précaution les marches abruptes de l'escalier et jouai sur mon tambour, si ma mémoire est bonne, ce machin qui provoquait et chassait la peur : « La Sorcière Noire est-elle là ? Ja, ja, ja ! »

Quand Oscar eut pris pied sur le sol bétonné, il laissa, par maints détours, son regard glisser tour à tour sur des paquets ficelés de sacs à oignons vides, des piles de cageots à fruits également vides, jusqu'à ce que, parcourant cette charpente jamais encore vue, il s'approchât du lieu où les brodequins de Greff étaient suspendus ou dressés sur les pointes.

Naturellement je sus que Greff était pendu. Les souliers pendaient, et avec eux des chaussettes vert foncé de gros tricot. Au-dessus du revers des bas, des genoux d'homme, nus, la cuisse poilue jusqu'à l'ourlet de la culotte ; alors, une démangeaison, un élancement partit lentement de mon sexe, longea le périnée, grimpa le long de mon échine abolie, s'accrocha dans ma nuque, m'inonda d'une sueur froide, me revint comme par un ressort entre les jambes, me ratatina ce que j'y ai, et qui n'est déjà pas grand ; déjà, par l'arc du dos voûté, cela me rattrapait la nuque, s'y rétrécissait — Oscar éprouve encore ce coup de poignard et cet étranglement quand on parle devant lui de pendre fût-ce du linge, ce n'étaient pas seulement les brodequins, les bas, les genoux et la culotte courte qui pendaient ; Greff en entier pendait par le cou et faisait par-dessus la corde une mine contrainte, bel exemple d'affectation théâtrale.

La sensation de coup de poignard cessa étonnamment vite. L'aspect de Greff se normalisa ; car, au fond, l'attitude d'un homme pendu est tout aussi normale et naturelle que par exemple l'aspect d'un homme marchant sur les mains, d'un homme debout sur la tête, d'un homme qui vraiment fait mauvaise figure au moment de monter un cheval quadrupède sous prétexte de cavalerie.

De plus, il y avait le décor. Alors seulement Oscar comprit la mise en scène dont Greff s'était entouré. Le cadre, l'ambiance où pendait Greff étaient recherchés, presque extravagants. Le marchand de légumes avait cherché une forme de mort en rapport avec lui, et il avait trouvé une mort bien pesée. Lui qui, sa vie durant, avait eu avec les employés des Poids et Mesures des difficultés et un pénible échange de correspondance, lui à qui plusieurs fois ils avaient confisqué sa balance et ses poids, lui qui avait dû payer l'amende pour pesée incorrecte de fruits et de légumes, il s'équilibrait au gramme près à l'aide de pommes de terre.

La corde luisante, mate, probablement frottée de savon, passait sur des poulies par-dessus deux poutres qu'il avait assemblées tout exprès pour son dernier jour en un échafaud qui n'avait d'autre raison d'être que d'être son dernier échafaud. A voir le luxe de bois d'œuvre premier choix, je conclus que le marchand de légumes n'avait pas voulu lésiner. Il pouvait avoir été laborieux, en ce temps de guerre où manquait le matériau de construction, de se procurer poutres et planches. Greff avait dû faire du troc : des fruits contre du bois. Aussi cet échafaud ne manquait-il pas d'étais superflus et d'entretoises décoratives. L'estrade en trois parties, à étages — Oscar avait pu en voir un coin depuis la boutique —, élevait le système à des hauteurs quasiment sublimes.

Comme dans la machine à tambouriner que le bricoleur avait dû prendre pour modèle, Greff et son équivalent en poids étaient suspendus à l'intérieur du bâti. En contraste flagrant avec les quatre poutres cornières blanchies à la chaux, une jolie petite échelle verte se trouvait entre lui et les productions agricoles pareillement suspendues. Il avait attaché les paniers à pommes de terre, au moyen d'un nœud savant comme savent en faire les éclaireurs, à la corde maîtresse. Comme l'intérieur du bâti était illuminé de quatre ampoules électriques peintes en blanc, mais fortes, Oscar, sans gravir l'estrade solennelle qu'il eût profanée, put lire, sur un petit écriteau de carton fixé aux paniers à pommes de terre par un fil noué d'un nœud scout, l'inscription : Soixante-quinze kilos (moins cent grammes).

Greff pendait en uniforme de chef-scout. A son dernier jour il avait réintégré l'uniforme des années d'avant-guerre. Il lui était devenu trop étroit. Il n'avait pas pu boutonner les deux boutons du haut et fermer la ceinture, ce qui donnait à ce costume pimpant par ailleurs un à-côté pénible. Greff avait croisé deux doigts de la main gauche selon l'usage scout. Avant de se pendre, le pendu s'était fixé au poignet droit le chapeau scout. Il avait dû renoncer au foulard. Comme il n'avait pas réussi son col de chemise mieux que sa culotte courte, le poil noir frisé de sa poitrine s'échappait de l'étoffe.

Sur les marches de l'estrade quelques asters et aussi, hétéroclites, des tiges de persil. Probablement avait-il lâché ces fleurs en faisant une jonchée, car la plupart des asters, avec quelques roses, avaient été libéralement employés à couronner les quatre petits portraits suspendus aux quatre poutres principales du bâti. A gauche, devant, pendait sous verre sir Baden-Powell, fondateur du scoutisme. A gauche, derrière, encadré, saint Georges. A droite au fond, sans verre, la tête du *David* de Michel-Ange. Encadré et sous verre, au poteau de droite, en avant, souriait la photo d'un joli garçon expressif, âgé de seize ans peut-être. Une vieille photo de son favori Horst Donath, qui fut tué sur le Donetz comme sous-lieutenant.

Peut-être mentionnerai-je encore les quatre lambeaux de papier gisant sur les marches de l'estrade parmi les asters et le persil. Ils gisaient de telle sorte qu'on pouvait sans peine les rassembler. Ce que fit Oscar ; il déchiffra une citation à comparaître devant le tribunal ; où était imprimé plusieurs fois le tampon de la police des mœurs.

Il me reste à relater qu'à ce moment la sirène importune de l'ambulance me tira des méditations que m'avait inspirées la mort d'un marchand de légumes. A l'instant ils dévalèrent pesamment l'escalier, grimpèrent sur l'estrade et portèrent la main sur Greff pendu. Mais à peine avaient-ils soulevé le négociant que les paniers de pommes de terre, faisant contrepoids, tombèrent encore : de même que dans la machine à tambouriner, un mécanisme libéré se mit à fonctionner. Greff l'avait adroitement logé en haut du bâti sous un revêtement de contre-plaqué. Tandis qu'en bas les pommes de terre dégringolaient sur l'estrade et en bas de l'estrade sur le sol bétonné, en haut c'était une batterie de cuivre, bois, bronze, verre, le martèlement d'un orchestre frénétique de tambourinaires qui exécutait le grand final d'Albert Greff.

Aujourd'hui, pour Oscar, c'est une des tâches les plus ardues que de reproduire sur son tambour les bruits de l'avalanche Parmentier — dont s'enrichirent au surplus quelques brancardiers —, le vacarme organisé de la tambourineuse mécanique de

Greff. C'est probablement parce que mon instrument influença de façon décisive la mise en scène de la mort de Greff que je réussis quelquefois à plaquer sur le fer battu d'Oscar un morceau parfaitement achevé pour tambour, traduisant la mort de Greff. Je l'appelle, quand mes amis ou l'infirmier Bruno m'en demandent le titre, soixante-quinze kilos.

Le Théâtre aux armées de Bebra

A la mi-juin quarante-deux, mon fils Kurt fut âgé d'un an. Oscar, le père, prit la chose avec flegme ; il se dit : encore deux petites années. En octobre quarante-deux, le marchand de légumes Greff se pendit à un gibet si achevé par sa forme que depuis je range le suicide parmi les morts sublimes. En janvier quarante-trois on parla beaucoup de la ville de Stalingrad. Comme Matzerath accentuait le nom de cette ville exactement comme auparavant Pearl Harbor, Tobrouk et Dunkerque, je n'attachai aux événements qui se déroulaient dans cette ville lointaine pas plus d'attention qu'à d'autres villes dont j'avais fait la connaissance par les communiqués spéciaux ; car les communiqués de la Wehrmacht et les communiqués spéciaux étaient pour Oscar une sorte de cours de géographie. Sinon comment aurais-je pu apprendre où coulent les fleuves Kouban, Mious et Don ; qui m'aurait mieux éclairci la position géographique d'Attou, Kiska et Adak dans les îles Aléoutiennes, sinon les rapports circonstanciés de la radio sur les opérations en Extrême-Orient ? Ainsi j'appris en janvier quarante-trois que la ville de Stalingrad est située sur la Volga ; mais la VIe armée me donnait peu de souci ; c'était plutôt Maria qui, à cette époque, avait une légère grippe.

Tandis que la grippe de Maria tirait à sa fin, les gars de la radio poursuivirent leurs cours de géographie : Rjev et Demiansk sont depuis lors pour Oscar des localités qu'il trouve tout de suite et les yeux fermés sur n'importe quelle carte d'URSS. A peine Maria fut-elle guérie que mon fils Kurt attrapa la coqueluche. Tandis que j'essayais de retenir les noms archidifficiles d'oasis violemment contestées du Sud-Tunisien, la coqueluche de Kurt prit fin avec l'Afrikakorps.

O doux mois de mai : Maria, Matzerath et Gretchen Scheffler préparaient le second anniversaire de Kurt. Oscar attribuait aussi à la fête imminente une certaine importance ; car à compter du douze juin quarante-trois il n'y en aurait plus que pour une petite année. Si j'avais été là le jour du second anniversaire de Kurt, j'aurais donc chuchoté à l'oreille de mon fils : « Attends, bientôt, toi aussi », en parodiant Goethe et Jules César. Mais il arriva que le douze juin quarante-trois Oscar avait secoué sur Danzig-Langfuhr la poussière de ses souliers et séjournait à Metz, vieille ville romaine. Oui, son absence se prolongea au point que le douze juin quarante-quatre il eut de la peine à rejoindre à temps, pour prendre part à la célébration du troisième anniversaire de Kurt, sa ville natale familière encore intacte.

Quelles affaires m'entraînèrent au loin ? Pour le dire sans détour voici : devant l'école Pestalozzi, qu'on avait transformée en caserne de la Luftwaffe, je rencontrai mon maître Bebra. Mais Bebra seul n'aurait pu m'induire à partir. Au bras de Bebra était la Raguna, la signora Roswitha, la grande somnambule.

Oscar venait du Kleinhammerweg. Il avait rendu visite à Gretchen Scheffler, un peu bouquiné la *Lutte pour Rome,* y découvrant que dès cette époque, celle du Bélisaire, il y avait des hauts et des bas, qu'en ce temps-là déjà on faisait de la géographie, on travaillait sur de grands espaces, on empochait ou encaissait victoires et défaites à des passages de fleuves et dans des villes.

Je traversai la prairie Fröbel, transformée, au cours des dernières années, en un camp de baraques pour l'organisation Todt. Mes pensées étaient à Taginae — c'est là qu'en cinq cent cinquante-deux Narsès défit Totila — mais ce n'était pas la victoire qui retenait mes pensées près du grand Arménien Narsès ; c'était plutôt l'allure du général qui m'avait séduit : Narsès était contrefait, bossu, petit, nain, gnome, lilliputien. Oscar avait peut-être une tête d'enfant de moins que Narsès, calculait Oscar. Je me trouvai devant l'école Pestalozzi, jetai un regard comparatif sur les décorations de quelques officiers d'aviation grandis trop vite, et me dis que Narsès n'en portait pas ; il n'en avait pas besoin. Et devant le portail principal de l'école, en plein milieu, le voilà en personne, ce grand général, une dame à son bras — une dame au bras de Narsès, pourquoi pas ? — minuscule à côté des géants de la Luftwaffe, au centre de leur cercle pourtant, environné d'un souffle d'Histoire, chenu parmi les héros frais émoulus du ciel. Qu'était-ce que cette caserne pleine de Totilas et de Tejas, d'escogriffes ostrogoths, à côté d'un seul nain d'Arménie appelé Narsès ? Et Narsès, à petits pas, se rapprocha d'Oscar, lui fit un signe, et la dame aussi. Bebra et la signora Roswitha Raguna me saluèrent — la Luftwaffe s'effaça respectueusement —, je mis ma bouche à l'oreille de Bebra et chuchotai : « Cher Maître, je vous prenais pour le grand stratège Narsès que j'estime bien au-dessus de ce charcutier de Bélisaire. »

Modestement, Bebra fit un signe de dénégation. Mais la Raguna s'esbaudit de ma comparaison. Quel joli mouvement de la bouche elle eut pour dire : « Je t'en prie, Bebra, avait-il tellement tort, notre jeune amico ? Ne charries-tu pas dans tes veines le sang du Prince Eugène ? E Lodovico quattordicesimo ? N'est-il pas ton ancêtre ? »

Bebra me prit par le bras, me tira à part, car la Luftwaffe nous admirait avec effronterie et nous regardait importunément comme un chien une saucisse. Quand finalement un sous-lieutenant et, tout de suite après, deux sergents rectifièrent la position devant Bebra — le maître portait sur son uniforme les insignes de capitaine et, sur la manche, une bande avec l'inscription Propaganda-Kompanie —, quand les gaillards décorés demandèrent à la Raguna des autographes, et les obtinrent, Bebra fit signe à sa voiture de service ; nous y montâmes et, en partant, nous dûmes accepter les applaudissements enthousiastes de la Luftwaffe.

Pestalozzistrasse, rue de Magdebourg, champ de manœuvre, Bebra avait pris place à côté du chauffeur. Dès la rue de Magdebourg, la Raguna prit prétexte de mon tambour. « Ainsi vous êtes toujours fidèle à votre tambour, cher ami ? » susurra cette voix de Méditerranée que de longue date je n'avais plus entendue. « Et où en est par ailleurs votre fidélité ? » Oscar fut lent à répondre, il lui épargna le long récit de ses aventures féminines, mais permit avec un sourire que la grande somnambule caressât d'abord le tambour, puis ses mains crispées sur le tambour, avec une tendresse de plus en plus méridionale.

Quand nous prîmes par le terrain de manœuvre, suivant les rails du tramway numéro 5, je donnai la réponse, c'est-à-dire que de la main gauche je caressai sa main gauche, tandis que de la main droite elle avait des bontés pour ma droite. Nous avions déjà dépassé la place Max-Halbe, Oscar ne pouvait plus descendre ; alors j'aperçus dans le rétroviseur de la voiture les yeux intelligents, marron clair, sans âge, de Bebra qui observaient nos caresses. Mais la Raguna retint mes mains que, par égard pour mon maître et ami, je voulais lui retirer. Bebra sourit dans le rétroviseur, ôta ensuite son regard, entama une conversation avec le chauffeur, tandis que de son côté Roswitha, par la chaude et caressante pression de ses mains, par sa bouche méditerranéenne, amorça un entretien qui me concernait, avec une suavité directe, coulait dans l'oreille d'Oscar, puis redevenait réaliste afin de masquer mes scrupules et mes essais de fuite. Colonie du Reich, direction clinique gynécologique ; et la Raguna fit à Oscar l'aveu qu'elle avait toujours pensé à lui depuis des années, qu'elle avait toujours gardé le verre du café des Quatre-Saisons, offert et dédié jadis après travail vocal, que Bebra était certes un ami excellent et un partenaire de premier ordre, mais qu'il ne pouvait songer au mariage. Bebra devait demeurer seul, répondit à une question de ma part la Raguna ; par-dessus le marché le bon Bebra, en sa qualité de directeur du Théâtre aux armées, trouvait à peine le temps de vaquer à d'éventuels devoirs conjugaux. En revanche, le Théâtre aux armées était prima ; avec ce programme, on aurait pu en temps de paix se produire au « Jardin d'Hiver » ou à la « Skala » ; est-ce que moi, Oscar, je n'éprouvais pas quelque envie, avec mon don divin, inexploité ? D'ailleurs j'avais l'âge à ça, une année à l'essai, elle pouvait en répondre ; mais moi, Oscar, j'avais peut-être des engagements ailleurs ? Non ? Tant mieux, on partait le jour même. C'était le dernier après-midi de représentation dans la Région militaire Danzig-Prusse-Occidentale. Maintenant on allait en Lorraine, puis en France. Il ne fallait, provisoirement, pas songer au front de l'Est ; ça, on venait de s'en tirer avec de la chance ; moi, Oscar, je pouvais dire que c'était une veine que l'Est ça soit passato ; maintenant on allait à Paris, pas d'erreur, est-ce que moi, Oscar, j'avais déjà fait un voyage à Paris ? Na, eh ben, amico, si la Raguna ne peut séduire votre dur cœur de tambour, eh bien laissez-vous séduire par Paris, andiamo !

La voiture s'arrêta au dernier mot de la grande somnambule. A intervalles réguliers, verts, prussiens, les arbres de l'avenue Hindenburg. Nous descendîmes. Bebra dit au chauffeur d'attendre. Je ne voulais pas entrer au café des Quatre-Saisons, car ma tête égarée exigeait de l'air frais. Nous nous répandîmes donc dans le parc Steffens. Bebra m'expliqua le sens et le but de la Propaganda-Kompanie. Roswitha me raconta de petites anecdotes quotidiennes de la Propaganda-Kompanie. Bebra savait parler de peintres de guerre, de correspondants de guerre et de son Théâtre aux armées. De sa voix méditerranéenne, Roswitha évoquait les noms jaillissants de villes lointaines que j'avais entendus à la radio quand il y avait des communiqués spéciaux. Roswitha distillait Palerme. Bebra chantait Belgrade. Roswitha lamentait comme une tragédienne : Athènes. Mais tous deux ensemble revenaient sans arrêt sur Paris, promettaient que ce Paris pourrait compenser toutes les villes ci-dessus nommées. Enfin Bebra, en service si j'ose dire, et dans les formes, en qualité de directeur et capitaine d'un Théâtre aux armées, me fit son offre : « Venez avec nous, jeune homme, jouez du tambour, décomposez les verres à bière et les ampoules électriques ! L'armée d'occupation allemande en douce France, dans le toujours jeune Paris, saura vous remercier et vous acclamer. »

Oscar demanda, par souci de la forme, le temps de la réflexion. Une bonne demi-heure, à l'écart de la Raguna, de mon ami et maître Bebra, j'arpentai les allées entre les taillis où verdissait le mois de mai, me frottai le front, tendis l'oreille, ce que je n'avais jamais fait, aux petits oiseaux de la forêt, fis comme si j'attendais un renseignement ou un conseil d'un rouge-gorge et dis, au moment où un gazouillis particulièrement sonore et remarquable se fit entendre dans la verdure : « La bonne et sage Nature me conseille, vénéré Maître, d'accepter votre proposition. Il vous est permis dorénavant de voir en moi un membre de votre Théâtre aux armées ! »

Nous allâmes quand même alors aux Quatre-Saisons, bûmes un moka au mince arôme et discutâmes les détails de ma fuite ; mais nous n'appelions pas cela une fuite, mais un départ.

Devant le café, nous repassâmes encore une fois les détails de l'entreprise. Puis je présentai mes hommages à la Raguna et mes respects au capitaine Bebra de la Propaganda-Kompanie ; ce dernier insista pour mettre à ma disposition sa voiture de service. Tandis qu'eux deux flânaient à pied par l'avenue Hindenburg, le chauffeur du capitaine, un caporal-chef d'un certain âge, me ramena à Langfuhr jusqu'à la place Max-Halbe ; je ne voulais ni ne pouvais arriver en auto dans le Labesweg : un Oscar motorisé par la Wehrmacht aurait fait trop d'esclandre et hors de propos.

Il me restait peu de temps. Bonsoir à Matzerath et Maria. Je demeurai assez longtemps devant le parc de mon fils Kurt, trouvai aussi, je crois bien, quelques pensées paternelles, tentai de caresser le marmot blond, mais Kurt ne voulut rien entendre. Maria en revanche voulut bien ; elle accueillit avec quelque étonnement des effusions tombées en désuétude depuis des années et me les rendit gentiment. C'est curieux : j'eus de la peine à me séparer de Matzerath. L'homme, dans la cuisine, faisait des rognons à la sauce moutarde ; il ne faisait qu'un avec sa cuillère à pot ; il était peut-être heureux, et je n'osai pas le déranger. Quand il allongea derrière lui une main aveugle et chercha quelque chose sur la table de cuisine, Oscar prévint son geste, prit la planchette où attendait le persil haché et la lui donna. J'admets encore aujourd'hui que Matzerath, quand j'eus quitté la cuisine, demeura longtemps étonné et confus, la planchette à la main ; car jamais auparavant Oscar n'avait donné, tenu ou ramassé quelque chose à Matzerath.

Je dînai chez la mère Truczinski, me laissai laver de ses mains, mettre au lit ; j'attendis qu'elle fût dans ses plumes et ronflât doucement, trouvai mes pantoufles, pris sur le bras mes vêtements, cherchai mon chemin à travers la chambre où la vieille souris ronflait, sifflait et vieillissait à mesure ; j'eus dans le corridor quelque tintouin avec la clé, parvins cependant à faire sortir le pêne de sa gâche, grimpai avec mon baluchon d'habits l'escalier du grenier ; je fouillai dans ma cachette, derrière une pile de tuiles et des paquets de papier journal qu'on y entreposait malgré le règlement de la défense passive ; en trébuchant sur le tas de sable et le seau, je trouvai là un tambour battant neuf que j'avais économisé à l'insu de Maria, et je trouvai la bibliothèque d'Oscar : Rapoustine et Goethe en un volumc. Devais-je emporter mes auteurs favoris ?

Tout en enfilant vêtements et chaussures, en ceignant le tambour, en logeant les baguettes derrière ses bretelles, Oscar négocia simultanément avec ses dieux Dionysos et Apollon. Tandis que le dieu de l'incessante ivresse me conseillait de ne pas emporter de lecture, ou bien à la rigueur une liasse de Raspoutine, le rusé et par trop raisonnable Apollon voulait me dissuader d'aller en France, non sans insister, quand il s'aperçut qu'Oscar avait résolu de partir, pour que je prisse un bagage complet. Je dus donc emporter ce bâillement distingué poussé par Goethe il y a des siècles ; mais par défi, et parce que je savais que les *Affinités électives* ne pouvaient résoudre tous les problèmes d'ordre sexuel, je pris aussi Raspoutine et ses mondaines nues malgré leurs bas noirs. Si Apollon cherchait l'harmonie, Dionysos l'ivresse et le chaos, Oscar était un petit demi-dieu intégrant le chaos, transportant la raison en état de transe, et qui, outre sa qualité de mortel, possédait un avantage sur tous les dieux de plein droit définis par la tradition : Oscar pouvait lire ce qui l'amusait ; les dieux, eux, se soumettent à leur propre censure.

Comme on peut s'habituer à un immeuble locatif et aux odeurs culinaires de dix-neuf locataires ! A chaque marche, à chaque étage, chaque porte de logement portant une plaque nominale, je disais adieu : Oh ! musicien Meyn, qu'ils avaient renvoyé comme inapte, qui jouait à nouveau de la trompette, buvait à nouveau du genièvre et attendait qu'on revienne le chercher — et plus tard ils vinrent bel et bien, mais il n'eut pas le droit d'emporter sa trompette. Oh ! informe Mme Kater, dont la fille Susi se disait auxiliaire des transmissions. Oh ! Axel Mischke, qu'as-tu en échange de ton fouet ? M. et Mme Wawuth, qui mangeaient toujours des choux-raves. M. Heinert était gastralgique, c'est pourquoi il était à Schichau et non dans l'infanterie. Et à côté les parents de Heinert, qui s'appelaient encore Heinowski. Oh ! la mère Truczinski ; la vieille souris dormait en paix derrière la porte palière. En collant mon oreille au bois, je l'entendis siffler. Petit-Fromage, il s'appelait en fait Retzel, était devenu sous-lieutenant, bien qu'étant enfant il ait dû porter toujours de grands bas de laine noire. Le fils Schlager, mort, le fils Eyke, mort, le fils Kollin, mort.

Mais l'horloger Laubschad vivait encore et ressuscitait les horloges défuntes. Et le vieux Heilandt vivait et redressait toujours des clous tordus. Et Mme Schwerwinski était malade, et M. Schwerwinski se portait bien, pourtant ce fut lui qui mourut le premier. Et en face au rez-de-chaussée, qui était-ce qui habitait ? Habitaient là Alfred et Maria Matzerath et un môme de presque deux ans nommé Kurt. Et qui était-ce qui, pendant le sommeil nocturne, quittait cet immeuble à l'haleine poussive ? C'était Oscar, père de Kurt. Qu'est-ce qu'il emportait dans la rue obscurcie ? Son tambour et son grand livre où il se cultivait. Pourquoi, entre toutes les maisons obscurcies, confiantes en la défense passive, demeura-t-il devant une maison obscurément confiante ? Parce que c'était le domicile de la veuve Greff à qui il était redevable non de sa culture, mais de quelques subtils tours de main. Pourquoi ôta-t-il son béret devant la maison noire ? Parce qu'il se remémorait Greff-légumes au poil frisé et au nez d'aigle, qui du même coup se pesa et se pendit, qui, pendu, avait toujours un poil frisé et un nez d'aigle, mais dont les yeux, abrités et pensifs d'habitude dans leurs orbites, saillaient dans un suprême effort. Pourquoi Oscar remit-il son béret marin à rubans flottants et s'éloigna-t-il couvert ? Parce qu'il avait rendez-vous à la gare de marchandises de Langfuhr. Serait-il à l'heure ? Il le fut.

C'est-à-dire qu'à la dernière minute j'atteignis le talus du chemin de fer près du passage inférieur du Brunshöferweg. Non pas que je me sois arrêté devant le proche cabinet du Dr Hollatz. Certes j'adressai une pensée d'adieu à sœur Inge, envoyai mes salutations à la boulangerie du Kleinhammerweg ; j'expédiai tout cela en marchant ; c'est seulement devant le portail du

Sacré-Cœur que je fus contraint à cette halte qui faillit me faire arriver trop tard. Le portail était clos. Cependant je me représentai trop nettement le Jésus nu, rose, sur la cuisse gauche de la Vierge Marie. De nouveau elle y était, là, ma pauvre maman. A genoux dans le confessionnal, elle déversait dans l'oreille du Révérend Wiehnke ses péchés de négociante en produits exotiques ; tout comme elle avait coutume de mettre du sucre dans des sacs bleus d'une livre et d'une demi-livre. Mais Oscar s'agenouillait devant l'autel latéral gauche, voulait montrer à l'Enfant-Jésus à jouer du tambour, et le garnement ne marchait pas, ne m'offrait pas de miracle. Oscar avait alors joué, et de nouveau il jura devant le portail clos : je lui apprendrai à jouer du tambour. Sinon aujourd'hui, demain.

Comme j'avais en vue un long voyage, je jurai aussi pour après-demain, et montrai au portail mon dos de tambour, certain que Jésus ne perdait rien pour attendre ; j'escaladai le remblai près du passage inférieur, larguai en route un peu de Goethe et de Raspoutine, apportai cependant sur la voie la majorité de mes biens culturels, trébuchai encore un jet de pierre entre les rails, par-dessus les traverses et le ballast et, tellement il faisait noir, je faillis culbuter Bebra qui m'attendait.

« Voici notre virtuose du métal ! » s'écria le capitaine et clown musical. Puis nous nous exhortâmes réciproquement à la prudence, franchîmes à tâtons voies et aiguillages, nous égarâmes parmi les wagons de marchandises du triage et trouvâmes enfin le train de permissionnaires où un compartiment avait été attribué au Théâtre aux armées de Bebra.

Oscar avait déjà bien des fois pris le tramway ; maintenant il allait aussi prendre le train. Quand Bebra me poussa dans le compartiment, la Raguna leva les yeux de je ne sais quel travail d'aiguille, sourit et me baisa la joue en souriant. Toujours souriante, mais sans ôter les doigts de son travail, elle me présenta le reste de la tournée : les acrobates Félix et Kitty. Kitty, blonde comme miel, non sans charme en dépit d'une peau grisâtre, pouvait avoir à peu près la taille de la signora. Son petit zézaiement augmentait son charme. L'acrobate Félix était sans doute le plus long de la troupe. Il mesurait bel et bien cent dix-huit centimètres. Le malheureux souffrait de sa taille extraordinaire. L'apparition de mes quatre-vingt-quatorze centimètres aggrava son complexe. Le profil de l'acrobate Félix présentait en outre quelque ressemblance avec celui d'un cheval pur-sang, ce pourquoi la Raguna l'appelait « Cavallo » ou « Félix Cavallo ». A l'exemple du capitaine Bebra, l'acrobate portait l'uniforme feldgrau, mais avec les insignes d'un simple caporal-chef. De même les dames étaient ensachées de drap feldgrau taillé en costume de voyage. Le travail d'aiguille que la Raguna tenait entre ses doigts se révéla être aussi de drap feldgrau : cela devint plus tard mon uniforme. Félix et Bebra avaient fourni l'étoffe, Roswitha et Kitty y travaillèrent tour à tour et retranchèrent petit à petit du feldgrau jusqu'à obtenir vareuse, pantalon et calot à ma convenance. Dans aucun magasin d'habillement de la Wehrmacht on n'aurait pu découvrir de chaussures à la pointure d'Oscar. Je dus m'accommoder de mes bottines civiles et ne reçus pas de boîtes à pinceaux.

Mes papiers furent falsifiés. L'acrobate Félix se révéla extrêmement adroit dans ce travail tout en finesse. Rien que par politesse, je ne pouvais protester ; la grande somnambule me donna pour son frère, nota bene, aîné : Oscarnello Raguna, né le 21 octobre 1912 à Naples. J'ai porté jusqu'à ce jour toutes sortes de noms. Oscarnello Raguna fut l'un d'entre eux et certes pas le plus cacophonique.

Et puis le train partit, comme on dit. Par Stolp, Stettin, Berlin, Hanovre, Cologne, vers Metz. De Berlin je ne vis autant dire rien. Cinq heures d'arrêt. Comme par hasard, il y avait alerte aux avions. Nous dûmes nous réfugier dans le Thomaskeller. Les permissionnaires étaient encaqués comme sardines, sous les voûtes. Il y eut un hourvari quand un feldgendarme essaya de nous canaliser. Quelques troupiers revenant du front de l'Est connaissaient Bebra et ses gens depuis les anciennes tournées. Il y eut des applaudissements, des sifflets. La Raguna envoyait des baisers. On nous invita à jouer. Une scène fut improvisée au bout de l'ancienne brasserie souterraine. Bebra pouvait difficilement dire non, surtout qu'un commandant de la Luftwaffe le priait cordialement et avec un garde-à-vous exagéré de faire quelque chose pour distraire les gars.

Pour la première fois, Oscar allait se produire dans une vraie représentation théâtrale. Bien que je n'entrasse pas en scène sans préparation — pendant le voyage Bebra avait répété mon numéro plusieurs fois avec moi —, je fus pris d'un tel trac que la Raguna jugea bon de me caresser un peu.

A peine avait-on apporté nos bagages d'artistes — les troupiers faisaient du zèle — que Félix et Kitty commencèrent leur numéro acrobatique. Tous deux étaient des gnomes-caoutchouc ; ils se nouaient, ressortaient d'eux-mêmes par l'autre bout, s'emmêlaient, se démêlaient, s'imbriquaient, échangeaient bras ou jambes et provoquaient, dans l'afflux de troupiers écarquillés, de violentes douleurs articulaires suivies de courbatures pour plusieurs jours. Tandis que Félix et Kitty s'enlaçaient et se délaçaient, Bebra fit son entrée de clown musical. Sur des bouteilles diversement remplies il joua les airs à succès de ces années de guerre ; il joua *Erika* et *Mamatchi, je voudrais un cheval,* fit retentir et luire hors des cols de bouteille *Etoiles du pays natal* et, comme le public ne rendait pas bien, il se rabattit sur son vieux morceau de bravoure : *Jimmy the tiger* fit rage entre les bouteilles. Cela ne plut pas seulement aux permissionnaires, mais à l'oreille exigeante d'Oscar ; et quand, après quelques tours de passe-passe minables, mais sûrs, Bebra annonça Roswitha Raguna, la grande somnambule, et Oscarnello Raguna, le tambour vitricide, les spectateurs étaient chauffés à point : Roswitha et Oscarnello étaient voués au succès. J'introduisais nos productions par un léger roulement, préparais les paroxysmes par un crescendo et, après l'exhibition, provoquais les applaudissements par un grand coup savamment calculé. Parmi le public, la Raguna désignait un troupier quelconque, même des officiers, priait de vieux caporaux-chefs tannés ou de timides aspirants insolents de s'asseoir près d'elle ; elle leur sentait le cœur — elle s'y connaissait — et révélait à la foule, outre les détails toujours exacts de leurs livrets militaires, quelques aperçus croustillants sur l'intimité des caporaux et aspirants. Elle s'y prenait avec délicatesse, montrait de l'esprit dans ses révélations, donnait à chacun des cœurs mis à nu — et pour finir — à ce que croyait le public — une bouteille de bière pleine. Elle priait le récipiendaire de lever la bouteille très haut pour qu'on la voie bien, puis faisait un signe à Oscarnello :

roulement de tambour crescendo, et c'était un jeu d'enfant pour ma voix, qui était à la mesure de bien d'autres tâches, de fracasser la bouteille dans une explosion : la face ahurie, aspergée de bière, d'un caporal-chef dur à cuire ou d'un aspirant laiteux mettait le point final. Alors c'étaient les applaudissements, une longue acclamation où se mêlaient les bruits d'une formidable attaque aérienne sur la capitale du Reich.

Ce n'était pas de classe mondiale, ce que nous présentions ; mais cela distrayait les gars, leur faisait oublier le front et la permission, cela déchaînait des fous rires à n'en plus finir. Lorsque au-dessus de nous les torpilles aériennes descendirent, secouèrent et ensevelirent l'abri avec son contenu, coupèrent l'éclairage de secours, que tout était pêle-mêle, il y avait toujours des rires qui fusaient à travers l'obscur cercueil puant : « Bebra », criaient-ils. « Nous voulons entendre Bebra ! » Et le bon, l'inusable Bebra répondait présent, jouait le clown dans le noir, arrachait à la masse enterrée des salves de rire. Quand on redemanda la Raguna et Oscarnello il corna : « La signora Raguna est trrrès fatiguée, chers soldats de plomb. Et le petit Oscarnello doit faire un petit somme pourrr le Reich Grrrand-Allemand et pour la victoire finale ! »

Quant à Roswitha, elle était couchée près de moi et avait peur. Mais Oscar n'avait pas peur et était près de la Raguna. Sa peur et mon courage unirent nos mains. Je tâtai sa peur, elle tâta mon courage. A la fin je fus pris d'une certaine inquiétude, mais elle reprit courage. Et quand j'eus pour la première fois chassé sa peur, mon courage viril redressa la tête une seconde fois. Tandis que mon courage comptait dix-huit belles années, elle fut reprise, je ne sais à quel âge, couchée pour je ne sais la quantième fois, de cette peur savante qui m'inspirait du courage. Car, à l'égal de son visage, son corps chichement mesuré, mais au complet, ne portait aucune trace des temps révolus. Courageuse hors du temps et anxieuse hors du temps, une Roswitha s'offrait. Et jamais personne ne saura si cette lilliputienne qui, dans le Thomaskeller obstrué, pendant une grande attaque aérienne de la capitale du Reich, perdit sa peur sous mon courage, jusqu'au moment où les équipes de la défense passive nous dégagèrent, avait dix-neuf ou quatre-vingt-dix ans ; car Oscar demeurera discret d'autant plus aisément qu'il ignore lui-même si cette première étreinte vraiment en rapport avec ses dimensions corporelles lui fut accordée par une courageuse vieille ou par une jeune fille que la peur inclinait aux abandons.

Inspection du béton ou la barbare barbe-mythe

Trois semaines durant, nous jouâmes chaque soir dans les vénérables casemates de Metz, ville de garnison et fondation romaine. Nous montrâmes le même programme deux semaines durant à Nancy ; Châlons-sur-Marne nous réserva pour une semaine un accueil hospitalier. Déjà quelques bribes de français voltigeaient sur la langue d'Oscar. A Reims, on pouvait encore admirer les dégâts de la Première Guerre mondiale. La ménagerie de pierre de la célèbre cathédrale, écœurée de l'humanité, vomissait sans arrêt de l'eau sur les pavés ; ce qui veut dire : il pleuvait à Reims tous les jours et même la nuit. En revanche nous eûmes ensuite à Paris un septembre rayonnant et doux. Au bras de Roswitha, je pus flâner sur les quais et célébrer mon dix-neuvième anniversaire. Bien que je connusse la métropole par les cartes postales du sergent Fritz Truczinski, Paris ne me déçut pas le moins du monde. Quand Roswitha et moi fûmes pour la première fois au pied de la tour Eiffel et que — moi quatre-vingt-quatorze, elle quatre-vingt-dix-huit centimètres de haut — nous regardâmes en l'air, nous fûmes pour la première fois conscients de notre singularité et de notre grandeur. Nous nous embrassions dans la rue, ce qui à Paris ne tire pas à conséquence.

O glorieuse fréquentation de l'Art et de l'Histoire ! Quand, toujours au bras de Roswitha, je visitai le dôme des Invalides, je songeai au grand petit empereur qui nous ressemblait tant, je parlai en style napoléonien. Comme l'autre avait dit au tombeau du grand Frédéric, qui n'était pas un géant non plus : « S'il était encore vivant, nous ne serions pas ici ! » je chuchotai tendrement à l'oreille de ma Roswitha : « Si le Corse était encore vivant, nous ne serions pas ici à nous embrasser sous les ponts, sur les quais, sur les trottoirs de Paris. »

Dans le cadre d'un programme colossal, nous parûmes à la salle Pleyel et au théâtre Sarah-Bernhardt. Oscar s'habitua aux proportions des scènes dans les grandes villes, affina son répertoire, s'adapta au goût exigeant des troupes d'occupation parisiennes. Je ne trucidais plus de bouteilles de bière vulgairement allemandes, non, je massacrais des vases choisis, aux courbes élégantes, des coupes immatérielles en verre soufflé tirées de châteaux français. Je construisais mon programme selon les critères de l'histoire de l'art, commençais par des verres d'époque Louis XIV, réduisais en verre pilé des produits Louis XV. Avec véhémence, commémorant la période révolutionnaire, je ravageais les coupes du malheureux Louis XVI et de sa femme sans tête Marie-Antoinette, un tantinet de Louis-Philippe, et pour finir je m'expliquais avec des produits de modern style français.

Même si la masse feldgrau du parterre et des galeries ne pouvait suivre l'historique déroulement de mes interprétations et applaudissait aux éclats comme s'ils avaient été de qualité courante, il y avait, quand même, de temps en temps, des officiers d'état-major et des journalistes venus du Reich qui, en sus des éclats, admiraient mon sens de l'histoire. Une espèce d'érudit en uniforme sut trouver, pour me louer, des tournures flatteuses quand, après un gala pour la Kommandantur, nous lui fûmes présentés. Oscar nourrit une gratitude spéciale à l'endroit d'une gazette importante du Reich qui séjournait au bord de la Seine ; le reporter se révéla spécialiste des affaires françaises et attira discrètement mon attention sur quelques petits lapsus, sinon même incohérences de style, qui déparaient mon programme.

Nous restâmes à Paris tout l'hiver. On nous cantonnait dans des hôtels de première classe, et je ne puis taire que Roswitha, tout au long de l'hiver, goûta et confirma de mon côté les avantages du lit à la française. Oscar fut-il heureux à Paris ?

Avait-il oublié ses chers absents, Maria, le Matzerath, la Gretchen et l'Alexandre Scheffler ? Oscar avait-il oublié son fils Kurt, sa grand-mère Anna Koljaiczek ?

Si je ne les avais pas oubliés, du moins je ne regrettais aucun de mes proches. Aussi n'envoyai-je à la maison aucune carte par la poste aux armées, je ne leur donnai aucun signe de vie ; je leur offris plutôt la possibilité de vivre une année sans moi. Dès mon départ j'avais décidé de revenir, car j'étais curieux de savoir comment la compagnie se serait arrangée de mon absence. Dans la rue, et même pendant la représentation, je cherchais sur les visages des soldats des traits connus. « Peut-être a-t-on retiré du front de l'Est et muté à Paris Fritz Truczinski ou Axel Mischke », supputait Oscar. Il crut deux ou trois fois avoir identifié parmi une horde de fantassins le fringant frère de Maria ; mais ce n'était pas lui : le feldgrau crée des mirages !

Seule la tour Eiffel me suggérait une nostalgie. Non pas que, monté en haut et séduit par le large, j'eusse éprouvé un élan vers le pays natal. Oscar avait si souvent gravi la tour Eiffel en cartes postales et en pensées qu'une ascension effective n'aurait pu provoquer qu'une redescente écœurée. Au pied de la tour Eiffel, mais sans Roswitha, seul sous l'amorce hardie de la construction métallique, j'étais aussi à croupetons sous quatre jupes. Le Champ-de-Mars devenait mon champ de pommes de terre kachoube, une pluie parisienne d'octobre tombait oblique et inlassable entre Bissau et Ramkau ; tout Paris, et même le métro, en de semblables jours sentait le beurre ranci ; je devenais silencieux, pensif ; Roswitha me maniait avec précaution, prenait garde à ma douleur, car elle était de nature sensible.

En avril quarante-quatre — tous les fronts annonçaient de brillantes opérations de raccourcissement — nous dûmes plier notre bagage d'artistes, quitter Paris et charmer le rempart de l'Atlantique avec le Théâtre aux armées de Bebra. La tournée commença par Le Havre. Bebra me parut taciturne, distrait. Pendant les représentations, il était toujours à la hauteur et mettait comme jadis les rieurs de son côté. Mais aussitôt le rideau tombé son visage redevenait de pierre, son visage ancien de Narsès. Au début, je crus voir en lui un jaloux et, pire encore, un jaloux capitulant devant la force de ma jeunesse. Roswitha éclaira discrètement ma lanterne. Elle ne savait rien de précis ; elle parlait seulement, à mots couverts, d'officiers qui après les représentations allaient trouver Bebra toutes portes closes. Il semblait que le maître était revenu de son émigration intérieure, qu'il travaillait à une action directe, qu'il se rangeait au sang de son ancêtre le Prince Eugène. Ses plans l'avaient éloigné de nous, placé dans un ensemble si vaste, que la liaison étroite d'Oscar avec Roswitha, son ancienne, n'amenait plus qu'un sourire las sur son visage ridé. Lorsqu'à Trouville — nous logions à l'hôtel Kursaal — il nous surprit étroitement enlacés sur le tapis de notre garde-robe commune, il fit un signe de refus, comme nous allions nous séparer, et dit à son miroir à maquillage : « Faites l'amour, mes enfants, embrassez-vous ; demain nous inspectons le béton, et dès après-demain le béton nous grincera entre les dents ; goûtez la joie des baisers ! »

C'était en juin quarante-quatre. Entre-temps nous avions fouillé le rempart de l'Atlantique de la Biscaye jusque là-haut en Hollande, mais restions la plupart du temps dans l'arrière-pays ; nous ne vîmes pas grand-chose des fameux fortins, et c'est seulement à Trouville que nous jouâmes pour la première fois sur le littoral. On nous offrit une visite du rempart. Bebra accepta. Dernière représentation à Trouville ; la nuit, nous fûmes transférés dans le petit village de Bavent, près de Caen, à quatre kilomètres des dunes. On nous cantonna chez des paysans. Beaucoup de pâturages, de haies, de pommiers. C'est là qu'on distille le calvados. Nous en bûmes et nous dormîmes bien, après. Un air vif entrait par la fenêtre, une mare à grenouilles coassa jusqu'au matin. Il y a des grenouilles qui savent jouer du tambour. Je les entendis dans mon sommeil et me sermonnai : tu dois rentrer, Oscar, ton fils Kurt aura bientôt trois ans, tu dois lui livrer le tambour que tu lui as promis ! Quand Oscar ainsi sermonné d'heure en heure s'éveilla père torturé, il tâta le lit près de lui, s'assura de sa Roswitha, perçut son odeur : la Raguna fleurait discrètement la cannelle, les clous de girofle pilés, la muscade aussi ; elle sentait les épices d'avant Noël et gardait cette odeur même en été.

Le matin, un camion blindé se présenta devant la ferme. Dans le portail, nous frissonnions tous un peu. Il était tôt, il faisait frais, nous jacassions contre le vent de mer. Nous montâmes : Bebra, la Raguna, Félix et Kitty, Oscar et ce jeune lieutenant Herzog qui nous menait à sa batterie à l'ouest de Cabourg.

Si je dis que la Normandie est verte, je tais ce bétail pie rouge qui, à gauche et à droite de la route rectiligne, sur des pâtures humides de rosée, légèrement brumeuses, vaquait à sa vocation ruminante, opposait à notre camion blindé un tel flegme que les plaques de blindages en eussent rougi de dépit si on ne les avait par avance couvertes d'un badigeon camouflé. Peupliers, haies, arbrisseaux rampants, premiers hôtels de plage, énormes, vides, aux volets battants ; nous prîmes par la Promenade, descendîmes et nous suivîmes le lieutenant qui marquait à Bebra un respect extérieur passablement arrogant, quoique strict, par les dunes, contre un vent chargé de sable et de ressac.

Ce n'était pas la douce mer Baltique qui m'attendait, vert bouteille, avec des sanglots de jeune fille. L'Atlantique répétait sa manœuvre éternelle : assaut à la marée, repli au jusant.

Et nous l'avions à portée de la main, le béton. Nous pouvions l'admirer et le caresser ; il demeurait immobile. « Attention ! » cria quelqu'un dans le béton. Et il jaillit grand comme ça du fortin qui avait la forme d'une tortue aplatie, gisait entre les dunes, s'appelait Dora-7 et dardait ses meurtrières, ses fentes de visée et ses métaux de petit calibre sur le jusant et la marée. Ce fut le caporal-chef Lankes qui vint au rapport du lieutenant Herzog, et de notre capitaine Bebra.

Lankes (il salue) : Dora-7, un caporal-chef, quatre hommes. Rien à signaler !

Herzog : Merci. Repos, caporal-chef Lankes. — Vous entendez, mon capitaine : rien à signaler. C'est ça depuis des années.

Bebra : Toujours jusant et marée ! Les productions de la Nature !

Herzog : C'est justement ça qui occupe notre personnel. C'est pourquoi nous bâtissons fortin après fortin. Les champs de tir se chevauchent. Faudra bientôt dynamiter quelques fortins histoire de faire de la place pour du béton neuf.

Bebra (auscultant le béton ; sa troupe fait comme lui) : Et vous y croyez, au béton, lieutenant ?

Herzog : Pas exactement. Ici on ne croit plus à rien du tout. Lankes ?

Lankes : P'faitement, mon lieutenant, à plus rien du tout !

Bebra : Cependant vous gâchez et coulez.

Herzog : En toute confiance. On s'y instruit. Avant, j'avais pas la moindre notion de bâtiment ; un peu étudiant, et allez-y donc. Après la guerre j'espère pouvoir utiliser mon expérience du ciment. Faudra tout rebâtir à l'arrière. Regardez voir le béton de tout près. (Bebra et sa troupe collent leurs nez au béton.) Que voyez-vous ? Des coquilles ! On a tout devant soi. Il n'y a qu'à prendre et à faire le mélange. Pierres, coquilles, sable, ciment... Que vous dirai-je, mon capitaine ? Un artiste et un acteur comme vous comprendra. Lankes ! Racontez voir au capitaine ce qu'on a coulé dans les fortins. On y a coulé des jeunes chiens. Dans chaque fondation de fortins est enseveli un jeune chien.

La troupe de Bebra : Un petit chien !

Lankes : N'y aura bientôt plus dans tout le secteur, des jeunes chiens, de Caen au Havre.

La troupe de Bebra : Plus de petits chiens !

Lankes : On travaille, hein ?

La troupe de Bebra : Oh ! oui, on travaille !

Lankes : Faudra bientôt prendre des jeunes chats.

La troupe de Bebra : Miaou !

Lankes : Mais les chats ça ne vaut pas les chiens. Il faut donc espérer que ça va bientôt barder.

La troupe de Bebra : La représentation de gala. (Ils applaudissent.)

Lankes : Y en a assez de répétitions. Et si nous sommes à court de chiens...

La troupe de Bebra : Oh ?

Lankes : ...plus moyen de bâtir des fortins. Les chats portent malheur.

La troupe de Bebra : Miaou, miaou !

Lankes : Mais si mon capitaine veut savoir en deux mots pourquoi les jeunes chiens...

La troupe de Bebra : Les petits chiens !

Lankes : Moi je peux vous dire : j'y crois pas !

La troupe de Bebra : Pouah !

Lankes : Mais les camarades, ici, y sont surtout de la campagne. Et ça se fait encore aujourd'hui ; quand on bâtit une maison ou une grange ou une église de village, alors y faut qu'on y mette un être vivant, et...

Herzog : Suffit, Lankes. Repos. — Comme vous l'avez entendu, mon capitaine, ici sur le rempart de l'Atlantique on sacrifie à la superstition pour ainsi dire. Exactement comme chez vous au théâtre, où l'on ne doit pas siffler avant la première, où les acteurs, avant de commencer, crachent par-dessus leur épaule...

La troupe de Bebra : Cratchi, cratchi ! (Ils se crachent réciproquement par-dessus l'épaule.)

Herzog : Mais blague à part. Faut bien laisser rigoler le personnel. Ainsi ces derniers temps ils se sont mis à disposer à l'entrée des fortins de petites mosaïques de coquilles et des ornements de béton. Et je dis au chef, que les tire-bouchons de béton chiffonnent : plutôt des tire-bouchons sur le béton, mon commandant, que dans la cervelle. Nous autres, Allemands, sommes des bricoleurs. Qu'y faire !

Bebra : Ainsi nous autres aussi nous contribuons à distraire l'armée en attente sur le rempart de l'Atlantique...

La troupe de Bebra : Le Théâtre aux armées de Bebra chante pour vous, joue pour vous, vous aide à remporter la victoire finale !

Herzog : Exact, votre point de vue et celui de votre personnel. Mais le théâtre tout seul ne suffit pas. Le plus souvent, nous sommes livrés à nous-mêmes, alors on se débrouille comme on peut. Quoi, Lankes ?

Lankes : P'faitement, mon lieutenant ! On se débrouille comme on peut !

Herzog : Je ne le lui fais pas dire. — Et si mon capitaine veut bien m'excuser. Il faut que j'aille à Dora-4 et Dora-5. Regardez le béton à votre aise, il en vaut la peine. Lankes vous montrera tout...

Lankes : ... trera tout, mon lieutenant !

Herzog et Bebra font le salut militaire. Herzog sort par la droite. La Raguna, Oscar, Félix et Kitty, qui jusqu'alors se tenaient derrière Bebra, se déploient. Oscar tient son tambour, la Raguna un panier où est le casse-croûte, Félix et Kitty grimpent sur le toit de béton du fortin et commencent à y pratiquer des exercices acrobatiques. Oscar et Roswitha jouent dans le sable près du fortin avec des pelles et des seaux d'enfant ; ils se marquent un amour réciproque, poussent des you-you et asticotent Félix et Kitty.

Bebra (flegmatique, après avoir considéré le fortin sous tous les angles.) : Dites voir, caporal-chef Lankes, quelle profession ?

Lankes : Peintre, mon capitaine. Mais c'est déjà loin.

Bebra : Vous voulez dire peintre en bâtiment.

Lankes : Bâtiment aussi, mon capitaine, mais plutôt artiste peintre.

Bebra : Oh ! oh ! Cela voudrait-il dire que vous êtes un émule du grand Rembrandt, voire de Vélasquez ?

Lankes : Entre les deux.

Bebra : Mais par Dieu ! A quoi bon gâcher du béton, couler du béton, surveiller du béton ? Votre place est à la Propaganda-Kompanie. C'est de peintres de guerre que nous avons besoin !

Lankes : Ça me dit rien, mon capitaine. J'suis un peu oblique pour les idées actuelles. Mais si mon capitaine avait une cigarette pour le caporal-chef ? (Bebra offre une cigarette.)

Bebra : Oblique, c'est-à-dire moderne ?

Lankes : Qu'ça veut dire, moderne ? Avant qu'ils la ramènent avec leur béton, l'oblique a été moderne quelque temps.

Bebra : Tiens ?

Lankes : Ben.

Bebra : Vous peignez des pâtes. Des couteaux peut-être ?

Lankes : Ça aussi. J'y mets le pouce, plein automatisme, et j'y colle des clous et des boutons de culotte, et avant trente-trois j'ai eu une époque, je collais du barbelé sur du cinabre. J'avais une bonne critique. Sont maintenant en Suisse, collection privée, fabricant de savon.

Bebra : Cette guerre, cette déplorable guerre ! Et aujourd'hui vous damez du béton ! Vous prêtez votre génie à des travaux de fortification ! Certes, de leur temps, le grand Léonard et Michel-Ange le faisaient déjà. Ils traçaient des machines à sabrer et édifiaient des boulevards, quand ils n'avaient pas une commande de madones.

Lankes : Ben vous voyez ! Ça cloche toujours quelque part. Quiconque est un artiste authentique doit s'exprimer. Là, si mon capitaine veut bien regarder les ornements au-dessus de l'entrée du fortin, ils sont de moi.

Bebra (après étude approfondie) : Etonnant ! Quelle richesse de formes ! Quelle expressivité rigoureuse !

Lankes : On pourrait appeler ce style : Formations structurelles.

Bebra : Est-ce que votre création, ce relief ou statue, a aussi un titre ?

Lankes : Je disais : Formations, et, ma foi, Formations obliques. C'est un nouveau style. Personne l'a fait avant.

Bebra : Cependant, et justement parce que c'est vous le créateur, vous devriez donner à l'œuvre un titre qui ne prêtât pas à confusion…

Lankes : Un titre ? Pour quoi faire ? S'y en a, c'est pour les catalogues d'expositions.

Bebra : Vous vous forcez, Lankes. Voyez en moi l'amateur d'art et non le capitaine. Cigarette ? (Lankes se sert.) Eh bien ?

Lankes : Si vous le prenez sur ce ton… Voilà ; Lankes s'est dit : si c'est la fin — et un jour ce sera la fin — comme ci ou comme ça — alors les fortins resteront debout, parce que les fortins restent toujours debout quand tout le reste dégringole. Et alors un temps viendra, je pense — (il jette la dernière cigarette). Mon capitaine, vous avez peut-être encore une cigarette ? Merci bien, à vos ordres ! — Et les siècles passent là-dessus comme qui dirait rien. Mais les fortins demeurent comme sont demeurées les pyramides. Alors, un beau jour, voilà que s'amène un soi-disant archéologue et il se dit : ben vrai c'était une époque peu artistique la période entre la Première et la Septième Guerre mondiale ; du béton massif, gris, par-ci par-là des tire-bouchons d'amateur, en style folklorique, au-dessus des entrées. Et voilà qu'il tombe sur Dora-4, Dora-5, 6, Dora-7, qu'il voit mes Formations structurelles obliques, qu'il se dit : Tiens,

tiens ! Intéressant. Je dirais même magique, menaçant, et cependant d'une intellectualité pénétrante. Ici s'est exprimé un génie, peut-être le seul génie du vingtième siècle, de façon non équivoque. Est-ce que cette œuvre a un nom ? Révèle-t-elle une signature ? — Si mon capitaine veut bien regarder en tenant la tête oblique, il y a, entre les Formations obliques travaillées en aspérités...

Bebra : Mes lunettes. Faites-moi la courte échelle, Lankes.

Lankes : Là, c'est écrit : Herbert Lankes, anno mil neuf cent quarante-quatre. Titre : LA BARBARE BARBE-MYTHE.

Bebra : Il se pourrait bien que vous ayez conféré là son épigraphe à notre siècle.

Lankes : Qu'est-ce que je vous disais !

Bebra : Peut-être, lors de travaux de restauration, d'ici cinq cents ou mille ans, trouvera-t-on dans le béton quelques petits os de chien.

Lankes : Ce qui ne peut qu'accréditer mon titre.

Bebra (ému) : Qu'est-ce que le temps, et que sommes-nous, cher ami ; n'étaient nos œuvres... Mais voyez donc : Félix et Kitty, mes acrobates. Ils font leurs tours sur le béton.

Kitty (depuis assez longtemps déjà, on se repasse entre Oscar et Roswitha, Félix et Kitty, un papier où l'on écrit quelque chose. Kitty avec un léger zézaiement) : V'voyez, m'sieur Bebra, on en peut faire des choses sur'l'béton. (Elle marche sur les mains.)

Félix : Et jamais il ne fut fait saut périlleux sur le béton. (Il fait une roulade.)

Kitty : Il nous faudrait une scène comme ça.

Félix : Sauf qu'il y a un peu de vent là-haut.

Kitty : En revanche il ne fait pas si chaud et ça pue moins que dans les vieux cinémas. (Elle se noue.)

Félix : Et cela nous a même inspiré un poème.

Kitty : Nous ? Non. C'est Oscarnello et la signora Roswitha.

Félix : Oui ! mais quand ils ne trouvaient pas les rimes, on a aidé.

Kitty : Manque pus qu'un mot, pis ça y est.

Félix : Comment s'appellent ces tiges sur la plage, Oscarnello voudrait savoir.

Kitty : Parce qu'ils sont à la rime.

Félix : Sans quoi il y aurait une grave lacune.

Kitty : Dites-moi, monsieur le soldat, comment s'appellent donc ces tiges ?

Félix : Il peut p't'êt'pas le dire, parce que des oreilles ennemies nous écoutent.

Kitty : On n'ira sûrement pas le raconter.

Félix : Ou bien alors seulement pour faire connaître une œuvre d'art.

Kitty : Y s'est donné du mal, Oscarnello.

Félix : Et il a une belle écriture en lettres Sütterlin.

Kitty : Je voudrais bien savoir où il a appris ça.

Félix : Seulement y sait pas comment s'appellent les tiges.

Lankes : Si mon capitaine me permet !

Bebra : Ne s'agit-il pas d'un secret de première importance pour l'issue de la guerre ?

Félix : Puisque Oscarnello veut le savoir.

Kitty : Sans quoi le poème ne fonctionnera pas.

Roswitha : Puisque nous sommes tous si curieux.

Bebra : Si je vous en donne l'ordre par voie hiérarchique.

Lankes : Bon. Nous avons bâti ça contre d'éventuels blindés et embarcations de débarquement. Et nous appelons ça, because l'aspect, asperges Rommel.

Félix : Asperges...

Kitty : ...Rommel. Est-ce que ça va, Oscarnello ?

Oscar : Ça va ! (Il écrit les mots sur le papier, donne le poème à Kitty qui lit sur le fortin. Elle se noue encore davantage et lit les vers suivants comme une fable à l'école.)

Kitty : SUR LE REMPART DE L'ATLANTIQUE.

Armés, camouflés, fonctionnels,
Nous plantons l'asperge Rommel.
Mais, ce faisant, chaussons nos pantoufles bourgeoises,
Rêvons d'escalopes viennoises
Et (les vendredis) du turbot :
Nous tendons vers le styl' chromo.

Nous dormons dans les barbelés,
Truffons de mines les W.-C.

Et cependant rêvons de jardins, de tonnelles,
De quilles et de tourterelles,
De frigidaire et de jets d'eau :
Nous tendons vers le styl' chromo.

Plus d'un dans l'herbe aura mordu ;
Maint cœur de mèr' sera fendu.
Sur sa robe taillée en soie parachutiste
La Mort coud un volant d'batiste,
Met une plume à son chapeau :
Nous tendons vers le styl' chromo.

(Tous applaudissent, Lankes aussi.)

Lankes : Voilà le jusant.

Roswitha : Il est donc temps de déjeuner ! (Elle balance le grand panier à casse-croûte, orné de nœuds de ruban et de fleurs artificielles.)

Kitty : Ah oui ! Pique-niquons en plein air !

Félix : C'est la Nature qui nous ouvre l'appétit !

Roswitha : O sainte action de manger qui sépare les peuples tant qu'on déjeune !

Bebra : Banquetons sur le béton. Ça fera une bonne base ! (Tous, sauf Lankes, grimpent sur le fortin. Roswitha déploie une gaie nappe à fleurs. Elle tire du panier intarissable des petits coussins à houppes et à franges. Une ombrelle rose avec du vert clair s'ouvre ; on dispose un phonographe minuscule avec haut-parleur. Assiettes, cuillères, couteaux miniatures, coquetiers, serviettes sont distribués.)

Félix : Je voudrais bien du pâté de foie !

Kitty : Avez-vous encore du caviar que nous avons sauvé de Stalingrad ?

Oscar : Tu ne devrais pas mettre si épais de beurre danois, Roswitha !

Bebra : Tu as raison, mon fils, de te préoccuper de sa ligne.

Roswitha : Si j'aime ça et que ça me réussit. Oh ! Quand je pense à la crème fouettée qu'on nous servait à Copenhague dans la Luftwaffe !

Bebra : Le chocolat hollandais est resté chaud dans la bouteille Thermos.

Kitty : J'adore ces gâteaux secs américains.

Roswitha : Mais seulement avec dessus de la confiture au gingembre d'Afrique du Sud.

Oscar : Ne sois pas si vorace, Roswitha, je te prie !

Roswitha : Eh ! quoi, tu prends bien du corned-beef gros comme le doigt, de cet infect corned-beef anglais !

Bebra : Eh bien, monsieur le soldat ? Vous plairait-il, une imperceptible tranche de cake avec de la confiture de mirabelles ?

Lankes : Si je n'étais pas en service, mon capitaine...

Bebra : Je vous en donne l'ordre par voie hiérarchique !

Kitty : Mais oui, quoi, hiérarchique.

Bebra : Je vous donne donc, caporal-chef Lankes, l'ordre hiérarchique de prendre un cake avec de la confiture de mirabelles française, un œuf mollet danois, du caviar soviétique et une tasse de chocolat authentiquement hollandais.

Lankes : P'faitement, mon capitaine. Prendre. (Il s'installe également sur le fortin.)

Bebra : N'auriez-vous pas encore un coussin pour monsieur le soldat ?

Oscar : Il peut prendre le mien. Je m'assiérai sur mon tambour.

Roswitha : Attention de ne pas attraper froid, mon chéri ! Le béton a ses traîtrises, et tu n'y es pas habitué.

Kitty : Il peut avoir aussi mon coussin. Je me noue un peu, ça fait glisser le pain d'épices.

Félix : Reste donc sur la nappe, pour ne pas mettre de miel sur le béton. C'est de la destruction du moral de l'armée. (Tous se marrent.)

Bebra : Ah, l'air marin nous fait du bien.

Roswitha : Je veux.

Bebra : La poitrine se dilate.

Roswitha : Je veux.

Bebra : Le cœur sort de sa gangue.

Roswitha : Je veux.

Bebra : L'âme se développe.

Roswitha : Comme on embellit à regarder la mer !

Bebra : Le regard devient libre et prend son essor...

Roswitha : Il vole...

Bebra : S'envole sur la mer infinie. Dites donc, caporal-chef Lankes, je vois là cinq fois quelque chose de noir sur le rivage.

Kitty : Moi aussi, avec cinq parapluies.

Félix : Six.

Kitty : Cinq ! Un, deux, trois, quatre, cinq !

Lankes : Ce sont les nonnes de Lisieux. On les a évacuées par ici avec leur école maternelle.

Kitty : Mais il n'y a pas de petits enfants ! Seulement cinq parapluies.

Lankes : Elles laissent toujours les mômes au village, à Bavent ; et, des fois, elles viennent à marée descendante et ramassent des coquillages et des crabes qui sont restés dans les asperges Rommel.

Kitty : Les pauvres !

Roswitha : Si on leur offrait du corned-beef et des gâteaux secs ?

Oscar : Oscar serait pour leur offrir des petits pains à la confiture de mirabelles, si c'était un vendredi où le corned-beef est défendu aux nonnes.

Kitty : Les voilà qui courent ! Elles marchent à la voile avec leurs parapluies !

Lankes : Elles font toujours comme ça quand elles ont assez ramassé. Alors elles se mettent à jouer. Devant c'est la novice, Agneta, une toute jeune qui ne sait pas encore ce qui est devant ou derrière — mais si mon capitaine avait encore une cigarette pour le caporal-chef ? Merci mille fois ! — Et celle qui est là derrière, la grosse, c'est la sœur-chef, la Scolastique. Elle ne veut pas qu'on joue sur la plage parce que c'est contraire aux règles de l'ordre.

(Les nonnes à parapluies courent à l'arrière-plan. Roswitha met le phono en marche ; on entend *la Troïka de Saint-Pétersbourg ;* les nonnes dansent sur la musique et font des you-you !)

Agneta : Houhou ! Sœur Scolastique !

Scolastique : Agneta, sœur Agneta !

Agneta : Haha ! Sœur Scolastique !

Scolastique : Revenez, mon enfant ! Sœur Agneta !

Agneta : J'peux pas ! Ça court tout seul !

Scolastique : Alors priez, ma sœur, pour une conversion !

Agneta : Douloureuse ?

Scolastique : Pleine de grâces !

Agneta : Joyeuse ?

Scolastique : Priez, sœur Agneta !

Agneta : Je ne fais que ça haha. Mais ça court toujours.

Scolastique (plus bas) : Agneta, sœur Agneta !

Agneta : Houhou ! Sœur Scolastique !

(Les nonnes disparaissent. De temps à autre, à l'arrière-plan, émergent seulement leurs parapluies. Fin du disque. A côté de l'entrée du fortin, le téléphone de campagne sonne. Lankes saute à bas du toit, décroche ; les autres mangent.)

Roswitha : Pourquoi faut-il que même ici, au sein de la Nature infinie, il y ait un téléphone !

Lankes : Ici Dora-7. Caporal-chef Lankes.

Herzog (porteur d'un téléphone et d'un câble, il vient lentement de la droite, s'arrête fréquemment et parle dans son téléphone) : Vous dormez, caporal-chef Lankes ! Il se passe quelque chose devant Dora-7. Ça se distingue très nettement.

Lankes : Ce sont les nonnes, mon lieutenant.

Herzog : Qu'ça veut dire, des nonnes ici. Et si ce ne sont pas des nonnes ?

Lankes : C'en sont. Ça se distingue très nettement.

Herzog : Jamais entendu parler de camouflage, non ? Cinquième colonne, non ? Les Anglais font ce coup-là depuis des siècles. S'amènent avec la Bible et tout d'un coup boum !

Lankes : Elles ramassent des crabes, mon lieutenant...

Herzog : Evacuez la plage immédiatement, compris ?

Lankes : P'faitement, mon lieutenant, mais elles ne font que ramasser des crabes.

Herzog : Vous allez vous coller derrière votre mitrailleuse, caporal-chef Lankes !

Lankes : Mais pisqu'elles ne font que ramasser des crabes, parce que c'est la marée descendante et parce que leur école maternelle...

Herzog : Je vous donne l'ordre en service...

Lankes : Oui, mon lieutenant ! (Lankes disparaît dans le fortin. Herzog sort à droite avec son téléphone.)

Oscar : Roswitha, bouche-toi les deux oreilles, ça va tirer comme dans les actualités.

Kitty : Oh ! Affreux ! Je me noue davantage.

Bebra : Je croirais volontiers que nous allons entendre quelque chose.

Félix : Relançons le phono. La musique adoucit les mœurs. (Il met le phono en marche : « The Platters » chantent *The Great Pretender.* Suivant la musique lente, tragiquement traînante, la mitrailleuse tire. Roswitha se bouche les oreilles. Félix fait un appui tendu renversé. A l'arrière-plan, trois nonnes avec parapluie s'élèvent vers le ciel. Le disque s'arrête, bisse, puis silence. Félix met fin à son appui tendu renversé. Kitty se dénoue. Roswitha range hâtivement dans le panier la nappe avec les reliefs du déjeuner. Oscar et Bebra l'y aident. On quitte le toit du fortin. Lankes apparaît à l'entrée.)

Lankes : Si mon capitaine avait encore une cigarette pour le caporal-chef.

Bebra (ses gens se défilent craintifs derrière lui) : Monsieur le soldat fume trop.

Les gens de Bebra : Fume trop !

Lankes : C'est à cause du béton, mon capitaine.

Bebra : Et si un jour il n'y a plus de béton ?

Les gens de Bebra : Plus de béton.

Lankes : Il est immortel, tandis que nous et nos cigarettes...

Bebra : Je sais, je sais, nous passons comme la fumée.

Les gens de Bebra (ils sortent lentement) : Comme la fumée !

Bebra : Tandis que dans mille ans on viendra encore voir le béton.

Les gens de Bebra : Dans mille ans !

Bebra : On trouvera des ossements de chiens.

Les gens de Bebra : Des osselets de chiens.

Bebra : Et aussi vos Formations obliques dans le béton.

Les gens de Bebra : LA BARBARE BARBE-MYTHE.

(Lankes reste seul ; il fume.)

Si Oscar prit à peine la parole pendant le déjeuner sur le

béton, il ne pouvait cependant omettre d'éterniser cette conversation sur le rempart de l'Atlantique, puisqu'on trouvait de telles paroles à la veille du débarquement ; d'ailleurs, nous retrouverons ce caporal-chef et artiste peintre Lankes, quand sur une autre feuille, il sera rendu hommage à l'après-guerre, cette apothéose du style chromo.

Le camion blindé d'infanterie nous attendait toujours sur la promenade de la plage. A longues foulées, le lieutenant Herzog retrouva ses protégés. Hors d'haleine, il s'excusa auprès de Bebra pour le petit incident. Il dit : « Zone interdite c'est zone interdite ! », aida les dames à grimper dans le véhicule, donna ses consignes au chauffeur, et ce fut le retour sur Bavent. Nous dûmes nous hâter, expédier le repas de midi ; car à deux heures nous avions une représentation dans la salle des chevaliers de ce gracieux petit château de Normandie, tapi derrière les peupliers à l'entrée du village.

Il nous resta tout juste une demi-heure pour essayer les éclairages, puis Oscar, d'un roulement de tambour, leva le rideau. Nous jouions pour des sous-officiers et hommes de troupe. Les rires tonnaient, rudes et fréquents. Nous forcions la note. Je fusillai un pot de chambre en verre où l'on avait mis une paire de saucisses viennoises avec de la moutarde. Barbouillé de blanc gras, Bebra versa des larmes de clown sur le vase brisé, pêcha les saucisses parmi les tessons, remit de la moutarde et les mangea, ce qui inspira aux feldgraus une gaieté bruyante. Kitty et Félix, depuis quelque temps, entraient en scène en culottes courtes de cuir et petits chapeaux tyroliens, ce qui donnait à leurs exploits d'acrobates une note particulière. Roswitha en fourreau lamé d'argent portait des gants vert pâle à crispins et des cothurnes tissés d'or à ses pieds minuscules. Elle tenait baissées constamment ses paupières bleuâtres, et sa voix de Méditerranée somnambulique témoignait de son magique pouvoir. Ai-je déjà dit qu'Oscar n'avait pas besoin de travesti ? Mon bon vieux béret marin marqué « SMS. SEYDLITZ », la chemise bleu marine sous la vareuse à boutons dorés frappés d'une ancre m'en dispensaient ; là-dessous dépassaient la culotte courte, des chaussettes enroulées sur mes bottines fort usagées et ce tambour verni rouge et blanc qui existait en cinq exemplaires encore dans mon bagage d'artiste.

En soirée, nous reprîmes le programme pour les officiers et les postières d'un bureau de transmissions de Cabourg. Roswitha était assez nerveuse ; certes elle ne commit pas de fautes ; au beau milieu de son numéro elle mit une paire de lunettes de soleil à bords bleus, changea de ton, devint plus directe dans ses prophéties. Par exemple elle dit à une Blitzmädel pâle qui se tortillait d'embarras qu'elle avait une liaison avec son supérieur hiérarchique. Révélation qui me fut pénible, mais qui trouva dans la salle suffisamment de rieurs, car le supérieur hiérarchique était sûrement à côté de la fille.

Après la séance, les officiers d'état-major du régiment logés dans le château donnèrent encore une réception. Tandis que Bebra, Kitty et Félix demeuraient, la Raguna et Oscar s'éclipsèrent discrètement, s'endormirent promptement après une journée riche en péripéties et ne furent réveillés qu'à cinq heures du matin par le début du débarquement.

Que dire à ce sujet ? Dans notre secteur, près de l'embouchure de l'Orne, ce furent des Canadiens. Il fallut évacuer Bavent. Nous avions déjà chargé nos bagages. Nous devions être repliés avec l'état-major régimentaire. Une cuisine roulante fumait dans la cour du château. Roswitha me pria d'aller lui chercher un gobelet de café, car elle n'avait pas encore déjeuné. Un peu nerveux, soucieux de ne pas manquer le départ du camion, je refusai, et même je l'envoyai promener quelque peu. Alors elle-même sauta à bas de la voiture, courut avec sa gamelle, sur ses talons hauts, en direction de la roulante et atteignit le café matinal en même temps qu'un obus de marine.

O Roswitha, je ne sais quel était ton âge, sais seulement que tu mesurais quatre-vingt-dix-neuf centimètres ; que par ta voix parlait la Méditerranée ; que tu sentais la cannelle et la muscade ; que tu lisais dans le cœur de tous les hommes ; ton propre cœur fut le seul où tu ne lus point, sinon tu serais restée près de moi au lieu d'aller chercher ce café trop chaud !

A Lisieux, Bebra réussit à obtenir un ordre de route pour Berlin. Quand il nous rejoignit devant la Kommandantur, il parla pour la première fois depuis le décès de Roswitha : « Nous autres nains et fous ne devrions pas danser sur un béton coulé et durci pour des géants ! Plût à Dieu que nous fussions restés sous les tribunes où personne ne soupçonnait notre présence ! »

A Berlin, je me séparai de Bebra. « Que ferais-tu dans tous ces abris sans ta Roswitha ! » me dit-il avec un mince sourire en toile d'araignée. Il me mit un baiser au front, me donna pour escorte, jusqu'à Danzig, Kitty et Félix munis de papiers officiels ; il me restitua les cinq tambours qui restaient dans nos bagages d'artistes. Ainsi pourvu, muni comme devant de mon livre, j'arrivai le 11 juin quarante-quatre, un jour avant le troisième anniversaire de mon fils, dans ma ville natale : toujours intacte et médiévale, d'heure en heure, elle menait toujours grand bruit de cloches diverses en grosseur, du haut de ses clochers de hauteurs diverses.

La succession du Christ

Parlons-en, du retour au foyer ! A 20 heures le train de permissionnaires arrivait à Danzig-Gare centrale. Félix et Kitty m'accompagnèrent jusqu'à la place Max-Halbe, me dirent adieu, ce qui tira des larmes à Kitty, puis ils se rendirent à leur bureau directeur de Hochstriess. Peu avant 21 heures, Oscar avec son paquet arpentait le Labesweg.

Le retour. Une mauvaise habitude largement répandue fait aujourd'hui un Ulysse moderne de tout jeune homme qui aura falsifié une petite traite, se sera pour la peine engagé dans la Légion étrangère, et sera revenu quelques années plus tard plein d'usage et raison pour raconter des histoires. Il y a bien des gens qui par inadvertance prennent place dans le mauvais train, vont à Oberhausen au lieu de Francfort, ont des aventures en cours de route — et pourquoi pas ? — et qui à peine rentrés chez eux, lancent à tous les vents les noms de Circé, Pénélope et Télémaque.

Oscar n'était pas un Ulysse, primo, parce qu'à son retour il ne trouva rien de changé. Sa bien-aimée Maria, qu'il aurait dû appeler Pénélope, n'était pas environnée d'un essaim de prétendants lubriques ; elle était toujours avec son Matzerath en faveur de qui elle avait tranché longtemps avant le départ d'Oscar. Ceux d'entre vous qui ont quelque teinture classique ne manqueront pas de songer que ma pauvre Roswitha, grâce à ses activités de somnambule, était une Circé qui rendait fous les hommes. Enfin, en ce qui touche mon fils Kurt, il n'avait pas levé le petit doigt pour son père ; il n'avait donc rien d'un Télémaque, même s'il ne reconnut pas Oscar.

S'il faut une comparaison — et je vois bien qu'en rentrant au foyer il faut subir des comparaisons — alors je serai pour vous le Fils prodigue de la Bible ; car Matzerath ouvrit la porte, m'accueillit comme un père et non seulement comme un père présumé. Oui, il sut se réjouir qu'Oscar fût revenu, trouva de vraies larmes muettes, si bien que dorénavant je ne m'appelai plus exclusivement Oscar Bronski, mais aussi Oscar Matzerath.

Maria m'accueillit avec plus de flegme, mais non sans affabilité. Assise à la table, elle collait des timbres d'alimentation pour l'Office économique et avait empilé, encore empaquetés sur la petite table de fumeur, quelques cadeaux d'anniversaire pour Kurt. Pratique comme elle était, elle pensa d'abord à mon bien-être, me déshabilla, me lava comme jadis. Elle ne me vit pas rougir et m'installa en pyjama à la table où entre-temps Matzerath m'avait servi des œufs au plat et des pommes de terre sautées. Je bus du lait, et tandis que je mangeais et buvais, l'interrogatoire commença : « Où étais-tu donc, on t'a cherché partout, et la police ils ont cherché comme des fous, et il a fallu aller au tribunal et jurer qu'on ne t'avait pas fait passer l'arme à gauche. Là, et maintenant te v'là. Mais y en a eu des tracasseries et y en aura encore, car faudra que tu te fasses renregistrer. Pourvu qu'y te mettent pas en maison de redressement. Tu l'aurais pas volé ! Tu te sauves et tu ne dis rien ! »

Maria voyait loin. Il y eut des tracasseries. Vint un fonctionnaire du ministère de la Santé. Il eut avec Matzerath un entretien confidentiel, mais Matzerath cria si bien qu'on put l'entendre : « Pas question. Je l'ai juré à ma femme sur son lit de mort, je suis le père, c'est pas la police sanitaire ! »

Je ne fus donc pas mis dans une maison de redressement. Mais à partir de ce jour, chaque quinzaine, il arriva un petit papier officiel qui exigeait de Matzerath une petite signature ; or Matzerath ne voulait pas signer, mais des rides soucieuses labouraient son visage.

Oscar a anticipé. Il faut repasser le visage de Matzerath, car le soir de mon arrivée il était rayonnant, se faisait moins d'idées que Maria, posait moins de questions aussi, se contentait de mon heureux retour, bref se comportait comme un vrai père. Quand on me mit à coucher chez la mère Truczinski, passablement ahurie, il dit : « Ce qu'il va être content, Kurt, de retrouver un petit frère. Et justement nous fêtons demain le troisième anniversaire de Kurt. »

Mon fils Kurt trouva sur sa table d'anniversaire, outre le gâteau à trois bougies, un pull-over rouge vineux de la main de Gretchen Scheffler, lequel ne l'intéressa pas. Il y avait un affreux ballon jaunâtre sur lequel il s'assit, fit adada, que finalement il creva à l'aide d'un couteau de cuisine. Puis il suça la blessure qui bavait, cette écœurante eau sucrée qui se dépose dans tous les ballons qu'on gonfle. A peine le ballon avait-il une bosse irrémédiable que Kurt entreprit de démâter le voilier et de le réduire à l'état d'épave. Il laissa intouchés, mais dangereusement maniables, la toupie d'Allemagne et le fouet.

Oscar, lui, il y avait longtemps qu'il préparait quelque chose pour l'anniversaire de son fils. Il accourait vers l'est en plein dans la conjoncture historique la plus frénétique pour ne pas manquer le troisième anniversaire de son héritier. Il se tenait à l'écart, assistait à l'œuvre de destruction, admirait ce garçon robuste, comparait ses propres dimensions corporelles à celles de son fils ; et je m'avouai, pensif : le jeune Kurt t'a dépassé pendant ton absence ; à ces quatre-vingt-quatorze centimètres que tu as su garder depuis bientôt dix-sept ans, il ajoute deux ou trois bons centimètres ; il est temps de l'initier au tambour et de mettre fin à cette croissance hâtive.

J'allai chercher au grenier, où j'avais logé derrière les tuiles mon bagage d'artiste et mon grand livre culturel, un instrument flambant neuf, sortant de la fabrique ; je voulus offir à mon fils, puisque les adultes n'y songeaient pas, la même chance que ma pauvre mère m'avait offerte à mon troisième anniversaire.

J'avais motif de penser que Matzerath, m'ayant vainement destiné au commerce, allait maintenant voir en Kurt un futur négociant en denrées exotiques. Et je dis alors : cela doit être évité ! N'allez pas voir en Oscar un ennemi déterminé du commerce de détail. Si l'on m'avait fait miroiter le contrôle d'un trust, l'héritage d'un royaume avec des dépendances coloniales, j'eusse agi de même. Oscar ne voulait pas recevoir de seconde main ; il ne voulait donc pas laisser son fils s'engager dans cette voie ; il voulait — et en cela résidait le sophisme — faire de lui le tambour permanent, resté sur ses trois ans d'âge, comme si recevoir un tambour de fer battu n'était pas pour un jeune être ambitieux aussi affreux que de reprendre un magasin de produits exotiques.

Tel est aujourd'hui le raisonnement d'Oscar. Mais en ce temps-là il ne connaissait qu'une volonté : il fallait mettre à côté du père-tambour un fils-tambour ; il fallait être deux pour jouer du tambour aux adultes en les regardant sous le nez ; il fallait fonder une dynastie de tambourineurs aptes à se reproduire ; mon œuvre devait être léguée, tôle peinte et vernis bicolore, de génération en génération.

Quelle vie nous attendait ! Nous aurions pu l'un à côté de l'autre ou dans des pièces différentes, côte à côte, mais aussi dans le Labesweg, moi dans la rue Louise, lui dans la cave, moi au grenier, Kurt à la cuisine, Oscar aux cabinets, le père et le fils auraient pu à l'occasion taper ensemble çà et là sur la tôle ; ils auraient pu tous deux s'introduire sous les jupes de ma grand-mère, de son arrière-grand-mère Anna Koljaiczek, y séjourner, y tambouriner, y humer l'odeur de beurre ranci. Assis devant la porte, j'aurais dit à Kurt : « Regarde ici, mon fils. C'est de là que nous venons. Et si tu es bien sage nous pourrons y retourner quelque temps et voir ceux qui nous attendent. »

Et Kurt aurait passé la tête sous les jupes, risqué un œil, et m'aurait poliment demandé des explications à moi son père.

« Cette belle dame », aurait dit Oscar à voix basse, « qui est là au milieu, qui joue avec ses belles mains, c'est ma pauvre maman, ta grand-mère, morte d'un plat d'anguilles et d'un cœur écœuré. »

« Encore, papa, encore ! » aurait insisté Kurt. « Qui est cet homme moustachu ? »

J'aurais mystérieusement baissé le ton : « C'est ton arrière-grand-père, le Joseph Koljaiczek. Prends garde à ses yeux flamboyants d'incendiaire, à l'outrecuidance polonaise ainsi qu'à l'astuce kachoube qui marquent la base de son nez. Remarque aussi les palmes entre ses orteils. En l'an treize, quand fut lancé le *Colombus*, il passa sous un train de bois flotté, nagea longtemps, puis il parvint en Amérique et y fut millionnaire. Mais parfois il prend la mer, revient à la nage et paraît en ces lieux où pour la première fois il trouva protection et contribua pour sa part à ma pauvre maman. »

« Mais ce beau monsieur qui jusqu'à présent se tenait caché derrière la dame qui est ma grand-mère et qui de ses mains lui caresse les mains ? Il a tout à fait tes yeux bleus, papa ! »

Alors j'aurais dû prendre mon courage à deux mains pour mentir à mon brave enfant : « Ce sont les merveilleux yeux bleus des Bronski, mon petit Kurt, qui te regardent. Ton regard à toi est gris. Tu le tiens de ta mère. Cependant tu es, comme ce Jan qui baise les mains de ma pauvre maman, comme son père Vincent, un Bronski absolument merveilleux, quoique puissamment kachoube. Un jour nous reviendrons, nous remonterons à la source qui sent le beurre ranci. Réjouis-toi ! »

Une véritable vie de famille n'aurait été possible, selon mes théories d'alors, qu'à l'intérieur de ma grand-mère Koljaiczek ou, comme je disais par plaisanterie, dans la baratte grand-maternelle. Même aujourd'hui où je réalise en moi, d'une pichenette, Dieu le père, le Fils et, ce qui est plus important encore, le Saint-Esprit en ma personne, où je vaque à la succession du Christ comme à mes autres occupations, je me représente les plus belles scènes de famille dans le cercle de mes aïeux.

Ainsi les jours de pluie : ma grand-mère envoie des invitations et nous nous rencontrons dans elle. Jan Bronski arrive ; il a mis des fleurs, des œillets, aux impacts que les balles ont faits dans sa poitrine de défenseur polonais. Maria, qui a reçu grâce à mes instances un mot d'invitation, s'approche timidement de ma mère et lui montre, pour faire sa cour, ces registres commerciaux que ma mère avait commencés, par Maria impeccablement continués, et maman éclate de son plus large rire kachoube et tout en l'embrassant, elle dit en clignant de l'œil : « Voyons, Marielle, en voilà une affaire ! On a bien toutes les deux épousé un Matzerath et nourri un Bronski ! »

Je dois m'interdire d'autres associations d'idées, comme la spéculation sur un fils engendré par Jan, porté par maman à l'intérieur de la grand-mère et né dans la baratte. Car il en résulterait moult conséquences. Il pourrait venir à mon demi-frère Stephan Bronski, qui n'est pas déplacé dans cette compagnie, l'idée très Bronski de jeter un regard, puis autre chose sur Maria. C'est pourquoi mon imagination se limite à une innocente rencontre de famille. Je renonce à un Tambour III, à un Tambour IV ; il me suffit d'Oscar et de Kurt ; sur mon tambour, je raconte aux personnes présentes la tour Eiffel qui en pays étranger me tenait lieu de grand-mère, et me réjouis quand les invités, et avec eux l'hôtesse Anna, s'esbaudissent de nos tambours et, suivant le rythme, se tapent réciproquement sur les genoux.

Pour grand que soit l'attrait de développer à l'intérieur de sa propre grand-mère le monde et les rapports qui le régissent, d'étager des supputations sur une base exiguë, il faut maintenant qu'Oscar — puisqu'à l'égal de Matzerath il n'est qu'un père hypothétique — en revienne aux événements du 12 juin quarante-quatre, au troisième anniversaire de Kurt.

Encore un coup : un pull-over, un ballon, un bateau à voiles, un fouet et une toupie d'Allemagne ; voilà ce qu'on avait donné au jeune homme et il devait en outre recevoir de moi un tambour verni rouge et blanc. A peine le voilier fut-il désemparé qu'Oscar s'approcha, tenant caché derrière son dos le présent de fer battu, tandis que son instrument usagé lui battait sur le ventre. Nous étions à un pas l'un de l'autre : Oscar, le Petit Poucet ; Kurt, le Petit Poucet plus deux centimètres. Il faisait une mine furieuse et concentrée — il en était encore à détruire le voilier — et, au moment précis où je brandis le tambour, il brisa le dernier mât du *Pamir ;* ainsi s'appelait ce jouet du vent.

Kurt laissa tomber l'épave, prit le tambour, le tint devant lui, le tourna ; ses traits se rassérénèrent un peu, mais demeurèrent tendus. C'était le moment de lui tendre les baguettes. Malheureusement il se méprit sur le sens de mon double mouvement, se sentit menacé, et repoussa le tambour dont le bord de tôle fit s'échapper de mes doigts les baguettes ; puis, comme je voulais me baisser pour les ramasser, il prit derrière lui quelque chose et, au moment où je lui offrais pour la seconde fois les baguettes, il me cingla du fouet destiné à la toupie ; son cadeau d'anniversaire me cingla, moi, non la toupie qui était faite exprès. Ainsi Caïn fouettait Abel jusqu'à ce que, tournant sur lui-même, il émît le bourdonnement harmonieux de la toupie d'Allemagne. Je poussai un cri de ténor, d'ange, de petit chanteur à la croix de bois, de castrat ; ainsi dut jadis chanter Abel ; et je tombai à la renverse sous le fouet de l'enfant Kurt.

Quand il me vit par terre, émettant un bourdonnement de détresse, il fit claquer encore plusieurs fois son fouet dans l'air de la chambre. Puis, tandis qu'il examinait à fond le tambour, il ne cessa pas de me guetter du coin de l'œil. Il commença par écailler le vernis bicolore en le heurtant au bord d'une chaise ; mon cadeau tomba sur le plancher, et Kurt chercha, trouva la coque massive du ci-devant voilier. Il tapa sur le tambour avec ce morceau de bois ; pas pour en tirer une batterie, mais pour le défoncer. Sa main n'essaya pas le moindre rythme. Il tapait sur sa tôle à une cadence monotone et gardait un air buté ; la tôle ne s'attendait pas à un traitement pareil, elle aurait préféré un jeu de baguettes alerte et léger, et ne s'accommodait pas de ce pilonnage massif. Le tambour fléchit, voulut rompre, se défit aux jointures, lâcha son vernis rouge et blanc pour se camoufler sous l'anonymat du gris fer ; il criait grâce. Mais le fils fut inexorable envers le cadeau du père. Et quand le père tenta encore une fois de s'interposer et de s'approcher de son fils malgré des douleurs nombreuses et simultanées, le fouet rentra en danse ; et le tambour abdiqua tout espoir d'être jamais travaillé par un virtuose sensible, énergique et suave, sans brutalité ni mièvrerie.

Quand Maria parut, le tambour était bon pour la ferraille.

Elle me prit sur le bras, baisa mes yeux pochés, mon oreille fendue, elle lécha le sang de mes mains zébrées.

Ah , si Maria n'avait pas embrassé l'enfant maltraité, attardé, déplorablement anormal ! Si elle avait reconnu le père outragé, et, dans ces blessures, l'amant. Quelle consolation j'aurais pu lui apporter ! Quel époux secret et véritable j'aurais pu être pour elle dans les mois sinistres qui vinrent alors !

Ce fut d'abord le tour de mon demi-frère — ce qui ne touchait pas Maria directement. Stephan Bronski venait d'être promu sous-lieutenant. Dès cette époque il s'appelait Ehlers d'après le nom de son beau-père. Ce qui lui arriva soudain dans le secteur de l'Arctique mit un point final à sa carrière d'officier. Tandis que Jan, père de Stephan, portait sous sa chemise une carte à jouer quand on le fusilla au cimetière de Saspe pour avoir défendu la poste polonaise, la tunique du sous-lieutenant était ornée de la croix de fer de IIe classe, de l'insigne de l'infanterie d'assaut et de la décoration dite de la Viande congelée.

Fin juin, la mère Truczinski eut une attaque de congestion cérébrale parce que le courrier lui avait apporté une mauvaise nouvelle. Le sergent Fritz Truczinski était tombé sans se relever pour trois raisons : le Führer, le Peuple et la Patrie. La chose eut pour théâtre le secteur central et, de ce lieu jusque dans le Labesweg, à Langfuhr, parvinrent : le portefeuille de Fritz avec les photos de jolies filles, généralement hilares, de Heidelberg, Brest, Paris, Kreuznach-les-Bains et Salonique ; ainsi que les croix de fer de Ire et de IIe classe, je ne sais plus quel insigne pour blessure, le brassard de corps-à-corps et les deux pattes d'épaules du Casseur de Blindés ; *item* quelques lettres d'un capitaine nommé Kanauer.

Matzerath se prodigua et bientôt la mère Truczinski alla mieux, même si elle n'alla plus jamais bien. Elle était clouée à sa chaise devant la fenêtre et voulait à tout prix apprendre de moi ou de Matzerath, quand il montait deux trois fois par jour pour apporter quelque chose, où cela pouvait bien être le « Secteur central », si c'était loin et si on pouvait y aller par le train un dimanche.

Matzerath, malgré toute sa bonne volonté, restait sec. Si bien que le soin me revint, puisque j'avais acquis grâce aux communiqués spéciaux et aux reportages du front quelque teinture de géographie, de servir à la mère Truczinski clouée, mais à la tête branlante, quelques arrangements pour tambour sur le thème d'un Secteur central qui devenait toujours plus élastique.

Quant à Maria, qui aimait beaucoup le fringant Fritz, elle devint pieuse. Au début, et pendant tout le mois de juillet, elle tâta de la religion qu'elle avait apprise ; elle allait le dimanche chez le pasteur Hecht au temple du Christ, et Matzerath l'accompagna parfois bien qu'elle préférât y aller seule.

L'office protestant laissait Maria sur sa faim. Au milieu d'une semaine — était-ce un jeudi, un vendredi ? — avant la fermeture, Maria laissa la boutique à Matzerath, prit ma main catholique, et nous partîmes par le Marché Neuf ; nous prîmes l'Elsenstrasse, la rue Notre-Dame, passâmes devant la boucherie Wohlgemuth, gagnant ainsi le parc de Kleinhammer — ça y est, se dit Oscar, on va à la gare de Langfuhr pour un petit voyage, peut-être à Bissau en Kachoubie — quand nous tournâmes à gauche ; au passage inférieur, nous attendîmes, par superstition, un train de marchandises, puis nous nous engageâmes sous le pont où suintait un liquide écœurant ; de l'autre côté, au lieu d'aller droit au Palais du Film, nous fîmes route le long du remblai. Je calculai : ou bien elle me traîne au cabinet du Dr Hollatz dans le Brunshöferweg, ou bien elle veut aller au Sacré-Cœur.

L'église regardait le remblai. Nous nous arrêtâmes un instant à mi-chemin du remblai et du portail ouvert. Après-midi déclinant en août ; un murmure d'insectes dans l'air. Derrière nous, entre les voies, des travailleuses ukrainiennes à foulards blancs piochaient et pelletaient le ballast. Nous regardions dans le ventre de l'église qui nous soufflait une fraîcheur ; tout au fond, comme une habile invite, luisait un œil enflammé : la lampe perpétuelle. Derrière nous, les Ukrainiennes firent une pause. Une corne mugit, un train s'approchait, venait, était là, toujours là, pas encore passé, parti ; appel de corne, et les Ukrainiennes reprirent leurs pelles. Maria restait indécise, ne sachant quel pied avancer le premier ; elle me laissait la responsabilité puisque j'étais depuis ma naissance et mon baptême en relations avec l'Eglise dispensatrice du Salut ; pour la première fois depuis des années, depuis nos deux semaines pleines de poudre effervescente et d'amour, elle se remettait entre les mains d'Oscar.

Nous laissâmes dehors le remblai, ses bruits, le mois d'août et ses murmures. J'étais pensif ; mes doigts tambourinaient distraitement sur mon instrument sous mon tablier ; cependant mon visage était livré à lui-même et à l'indifférence. Je me rappelais les messes, offices pontificaux, vêpres, et les confessions du samedi en compagnie de ma pauvre mère qu'un commerce excessif avec Jan Bronski avait rendue pieuse, qui se confessait légèrement chaque samedi, se fortifiait le dimanche par l'Eucharistie afin, allégée et fortifiée à la fois, de rencontrer Jan le jeudi dans la ruelle des Menuisiers. Comment s'appelait en ce temps-là M. le Curé ? M. le Curé s'appelait Wiehnke, était toujours doyen du Sacré-Cœur, prononçait *pianissimo* des sermons qu'on ne comprenait pas, chantait le Credo d'une voix si maigre et si éplorée que moi-même, à cette époque, j'aurais été pris d'un vague accès de foi, s'il n'y avait pas eu cet autel latéral gauche avec la Vierge, l'Enfant-Jésus et le Baptiste. Ce fut pourtant le souvenir de cet autel qui m'incita à tirer Maria, par l'ouverture béante du portail, puis par les dalles, du soleil à la nef.

Oscar prenait son temps ; il était assis bien tranquille et se laissait gagner par la fraîcheur croissante à côté de Maria dans les bancs de chêne. Des années avaient passé, et pourtant il me semblait que c'étaient les mêmes personnes qui, feuilletant méthodiquement le manuel de confession, attendaient l'oreille du Révérend Wiehnke. Nous nous tenions un peu à l'écart, en tirant vers la nef médiane. Je voulais faciliter le choix de Maria. D'une part elle n'était pas proche du confessionnal au point d'y perdre la tête et pouvait donc se convertir de façon tacite, non officielle ; d'autre part elle pouvait voir comment se passait la confession, prendre sa décision après examen et pénétrer ensuite dans l'armoire où s'ouvrait l'oreille du Révérend et discuter avec lui les détails de son transfert au sein de l'Eglise exclusive. Elle me fit de la peine, si petite, agenouillée et faisant pour la première fois, de travers, le signe de croix parmi l'odeur, la poussière, le stuc, les anges contournés, la lumière réfractée, les saints convulsés, devant, parmi, sous un catholicisme aux suaves douleurs. Oscar renseignait Maria, lui montrait comment s'y prendre, lui indiquait où résidaient, en son front, sa poitrine et ses articulations scapulaires le Père, le Fils et le Saint-Esprit ; comment joindre les mains pour émettre l'amen. Maria était docile ; ses mains demeurèrent jointes comme pour l'amen, et elle se mit à prier.

Au début Oscar essaya aussi d'évoquer en prières la mémoire de quelques défunts ; mais quand il implora le Seigneur en faveur de sa Roswitha et voulut négocier pour elle une quiétude éternelle et l'accès aux joies célestes, il se perdit à ce point parmi les détails terrestres, que le repos et les joies célestes aboutirent à un hôtel parisien. Alors je me sauvai dans la Préface, parce que là ça marche un peu comme on veut, *sursum corda, dignum et justum* — cela est digne et juste ; puis j'en restai là et regardai Maria de côté.

La prière catholique lui allait bien. Sa dévotion la rendait jolie à peindre. La prière allonge les cils, entraîne les sourcils à leur suite, échauffe les joues, alourdit le front, assouplit le cou et anime les ailes du nez. Le visage douloureusement épanoui de Maria m'induisait presque à un essai de rapprochement. Mais il ne faut pas déranger quiconque prie, même s'il est agréable à l'orante et propice à la prière de se savoir observée.

Je glissai donc à bas du bois poli et reposai sagement les mains sur le tambour qui faisait bomber mon tablier. Oscar s'éloigna de Maria, trouva les dalles, fila le long du chemin de croix de la nef latérale gauche, ne fit pas halte à saint Antoine — priez pour nous — car nous n'avions perdu ni un porte-monnaie, ni la clé de notre domicile ; je laissai à main gauche saint Adalbert de Prague qui fut occis par les anciens Borusses et ne connus de repos que, sautillant de dalle en dalle comme sur un échiquier, je n'eusse atteint le tapis évoquant l'autel latéral gauche.

Vous me croirez si vous voulez ; dans l'église néo-gothique du Sacré-Cœur-de-Jésus, et de même à l'autel latéral gauche, rien n'avait changé. L'Enfant-Jésus rose et nu était toujours assis sur la cuisse gauche de la Vierge que je n'appellerai pas Maria pour éviter les confusions avec notre Maria en voie de se convertir. Contre le genou droit de la Vierge se pressait toujours le jeune Baptiste, misérablement vêtu de sa toison chocolat. Comme jadis, la Vierge tenait l'index droit tourné vers Jésus et regardait Jean-Baptiste. Mais, après des années d'absence, Oscar s'intéressait moins à la fierté maternelle de la Vierge qu'à la constitution des deux garçons. Jésus avait sensiblement la taille de mon fils Kurt à son troisième anniversaire, c'est-à-dire deux centimètres de plus qu'Oscar. Jean, qui d'après les témoignages était l'aîné du Nazaréen, avait ma taille. Mais tous deux cultivaient cette même physionomie blasée qui m'était ordinaire grâce à mes trois ans à perpétuité. Rien n'avait changé. Ils avaient bien ce même air roublard quand j'allais au Sacré-Cœur, la main dans la main de ma pauvre mère.

Le tapis ; puis monter les marches, mais sans Introït. J'examinai tout le drapé, promenai ma baguette de tambour sur le gypse peint des deux nudistes ; elle avait plus de toucher que les dix doigts réunis ; j'opérai lentement, sans rien omettre : cuisses, ventre, bras, comptai les plis de lard, les fossettes — c'était exactement le module d'Oscar, ma chair saine, mes genoux robustes, un peu enveloppés, mes bras courts mais musculeux de tambourinaire. Et il se tenait bien comme un joueur de tambour, ce marmot. Assis sur la cuisse de la Vierge, il levait les bras et les poings comme s'il allait battre la caisse, comme si le tambour n'était pas Oscar, mais Jésus ; cette fois il attendait mon instrument, il avait envie d'offrir à la Vierge et à Jean un régal de rythmes sur la tôle.

Je fis comme j'avais fait des années auparavant ; je me séparai du tambour et mis Jésus à l'essai. Prudemment, par égard pour le plâtre peint, je plaçai l'instrument rouge et blanc d'Oscar sur la cuisse rose. Ce n'était que pour m'amuser ; je ne cultivais pas l'espoir insensé d'un miracle, mais celui de regarder une statue de l'impuissance. En effet, il avait beau être là et lever les poings, copier mes dimensions, simuler, en plâtre, l'enfant de trois ans que j'étais à grand-peine et au prix de quelles privations — il ne savait pas jouer du tambour, il savait seulement faire semblant. Il pensait probablement : si j'en avais un, je saurais ; et moi je lui disais : en voilà un et tu n'es pas fichu. Je lui mis en main les deux baguettes en me tire-bouchonnant de rire ; il avait dix doigts boudinés ; et vas-y donc, doux Jésus de plâtre, joues-en, du tambour ! Oscar se retira ; les trois marches, le tapis ; le voici en bas sur les dalles ; joue du tambour, Jésus. Oscar fait un grand pas en arrière pour prendre du champ et s'étouffe de rire parce que Jésus est là et ne sait pas jouer du tambour, bien qu'il le veuille peut-être. Déjà l'ennui commençait à me ronger comme un rat fait d'une couenne. Et voilà qu'il battait la caisse, qu'il jouait du tambour !

Rien ne bougea ; mais lui battait à gauche, à droite, puis à deux baguettes ; puis il croisa les baguettes ; son roulement n'était pas mal venu ; il agissait avec beaucoup de gravité, aimait le changement, était aussi bon dans le rythme simple que dans les effets compliqués ; mais il renonçait à tous les petits trucs ; il s'en tenait à son seul instrument. Il n'avait rien du mystique ni du lansquenet éméché, c'était un musicien à l'état pur ; il ne dédaignait même pas les succès à la mode. Il donna, entre autres, ce qu'alors tout le monde fredonnait : *Es geht alles vorüber* et naturellement *Lili Marlène ;* lentement il tourna vers moi, par saccades, sa tête bouclée et ses yeux bleus Bronski, fit un sourire assez outrecuidant et enchaîna avec les morceaux favoris d'Oscar : *Verre à vitre, vitre en miettes ;* il effleura l'*Emploi du Temps.* Ce gaillard-là coupait de Goethe son Raspoutine, exactement comme moi ; il montait avec moi sur la tour de Justice, se faufilait avec moi sous la tribune, prenait des anguilles sur le môle, escortait avec moi le cercueil rétréci au pied où gisait ma pauvre mère et, ce qui m'ahurit le plus, il savait retrouver à tout propos les jupes de ma grand-mère Anna. Alors Oscar s'approcha. Quelque chose l'attirait. Il voulut être sur le tapis, et non plus sur les dalles. Chaque marche de l'autel le remit à la suivante. Ainsi je montai jusqu'à lui. « Jésus », dis-je, en rassemblant les débris misérables de ma voix, « nous n'avions pas fait ce pari. Rends-moi tout de suite mon tambour. Tu as la croix, cela doit te suffire ! » Sans s'interrompre d'un seul coup, il acheva son solo, croisa les baguettes sur la tôle avec un excès de soin et me rendit, sans me contredire, ce qu'Oscar lui avait prêté à la légère.

J'allais, sans dire merci et le diable aux trousses, dégringoler les marches et fuir le catholicisme quand une voix agréable, quoique impérieuse, toucha mon épaule : « M'aimes-tu, Oscar ? » Sans me retourner, je répondis : « Pas que je sache. »

Lui, de la même voix, sans élever le ton : « M'aimes-tu, Oscar ? » Je répliquai d'un ton rogue : « Regrets. Pas trace. » Alors la voix me perça pour la troisième fois : « Oscar, m'aimes-tu ? » Jésus vit ma face : « Je te hais, mon bonhomme, toi et tout ton tralala ! »

Curieux : mon agression mit dans sa voix un air de triomphe. Il leva l'index comme une institutrice primaire et me donna une mission : « Tu es Oscar, le roc, et sur ce roc je bâtirai mon Eglise. Sois mon successeur ! »

Vous pouvez vous représenter mon indignation. La fureur me donna la chair de poule. Je lui brisai un de ses orteils de plâtre, mais il ne bougeait plus. « Dis-le encore une fois », grinça Oscar, « et je te gratte ta peinture ! »

Il ne vint pas une parole de plus ; ce qui vint, ce fut comme toujours le vieil homme qui traîne ses pantoufles par toutes les églises. Il salua l'autel latéral gauche, ne me vit pas, continua de traîner ses pantoufles. Il était déjà parvenu devant Adalbert de Prague quand je descendis les marches d'un pas chancelant. Le tapis, les dalles ; sans me retourner, je franchis le damier et rejoignis Maria : grâce à mes instructions, elle faisait correctement le signe de croix à la façon catholique.

Je la pris par la main, la conduisis au bénitier ; puis, dans l'axe de l'église, déjà presque sous le portail, je la fis encore une fois se signer en regardant le maître-autel ; mais quand elle voulut faire une génuflexion, je la tirai dehors, au soleil.

C'était au début de la soirée. Les Ukrainiennes avaient quitté le remblai. En revanche, juste devant la gare suburbaine de Langfuhr, un train de marchandises manœuvrait. Des moustiques étaient suspendus en grappes dans les airs. D'en haut, les cloches. Une rumeur de manœuvre ferroviaire s'imprégnait de carillon. Les moustiques restaient en grappes. Maria venait de pleurer. Oscar aurait voulu crier. Que devais-je répondre à Jésus ? J'aurais pu en charger ma voix. Qu'avais-je à faire de sa croix ? Mais je savais très bien que ma voix ne pouvait rien contre les vitraux de son église. Il n'avait qu'à continuer à bâtir son temple sur des gens nommés Pierre. « Prends garde, Oscar ; laisse intactes les fenêtres d'église ! » chuchotait en moi Satan. « Sinon tu y gâteras ta voix. » Et je me contentai de lever une fois le regard pour mesurer une de ces fenêtres néo-gothiques, puis je m'arrachai à cette contemplation muette ; ma voix ne se fit pas entendre ; je ne suivis pas les pas de Jésus, mais ceux de Maria.

Rue de la Gare, passage inférieur, tunnel suintant, par Kleinhammer, à droite rue Notre-Dame, boucherie Wohlgemuth, à gauche Elsenstrasse, Marché Neuf (où l'on bâtissait une citerne pour éteindre les incendies). Le Labesweg était une rue longue, et pourtant nous étions rendus. Oscar lâcha Maria et gravit quatre-vingt dix marches pour aller au grenier.

Là séchaient des draps pendus et, derrière eux, s'entassait le sable de la défense passive. Derrière le sable et les seaux d'eau, les paquets de papier journal et les piles de tuiles, j'avais mon livre et mon stock de tambours datant du Théâtre aux armées. Dans une boîte à chaussures je trouvai quelques ampoules électriques hors d'usage qui avaient cependant conservé leur forme de poires. Oscar prit la première, la tua ; il chanta aussi pour la deuxième : elle fut poussière ; à la troisième, j'ôtai d'abord délicatement sa partie la plus rebondie ; dans la quatrième j'inscrivis en calligraphie Jésus, puis je réduisis en poudre le verre et l'inscription. J'aurais voulu recommencer, mais je n'avais plus d'ampoules. Epuisé, je me laissai tomber sur le sable de la défense passive : Oscar avait encore sa voix ! Jésus avait un successeur éventuel. Ce furent les Tanneurs qui devinrent mes premiers apôtres.

Les Tanneurs

Si la succession de Jésus ne convient pas à Oscar du seul fait que le recrutement d'apôtres me présente d'insurmontables difficultés, l'appel entendu ce jour-là fit de moi le successeur, bien que je n'eusse pas foi en mon prédécesseur. Fidèle à la règle : qui doute croit, je ne réussis pas à ensevelir sous les doutes le petit miracle privé que m'avait offert l'église du Sacré-

Cœur ; bien au contraire j'essayai d'amener Jésus à recommencer son exhibition de tambour.

Plusieur fois Oscar se rendit sans Maria dans cette église de brique. Je filais à tous coups de chez la mère Truczinski : clouée à sa chaise, elle ne pouvait me retenir. Que pouvais-je attendre de Jésus ? Pourquoi restais-je la moitié de la nuit dans la nef de gauche, me laissais-je enfermer par le sacristain ? Pourquoi Oscar, embusqué devant l'autel latéral gauche, laissait-il geler ses oreilles, s'ankyloser ses membres ? Malgré une humilité grinçante, malgré des blasphèmes non moins grinçants, je n'arrivai à entendre ni mon tambour ni la voix de Jésus.

Miserere ! De ma vie je ne me suis entendu claquer des dents comme sur les dalles du Sacré-Cœur à minuit. Quel fou aurait trouvé meilleur grelot qu'Oscar ? J'imitais tout un secteur farci de mitrailleuses prodigues, puis j'avais entre les mâchoires toute l'administration d'une société d'assurances, y compris les dactylos et leurs machines. Ça claquait en tous sens. De quoi faire grelotter les colonnes, donner la chair de poule aux voûtes. Ma toux sautait à cloche-pied le motif en damier des dalles, remontant le chemin de croix, escaladait la nef médiane, faisait du trapèze volant dans le chœur, retentissait soixante fois comme une Société J.-S. Bach qui aurait travaillé la toux ; et quand je me laissais aller à espérer que la toux d'Oscar s'était enfilée dans les tuyaux d'orgue, voilà que l'on toussait dans la chaire, dans la sacristie et qu'enfin la toux s'éteignait derrière le maître-autel, dans le dos du gymnaste en croix et toussait brusquement son âme à Dieu. Tout est accompli, toussait ma toux ; mais en fait rien n'était accompli. L'Enfant-Jésus, raide et insolent, tenait mes baguettes, serrait sur sa cuisse de plâtre mon instrument dont il ne jouait pas. Cela ne me confirmait nullement dans ma vocation de successeur. J'aurais préféré avoir la confirmation écrite de ma succession par ordre supérieur.

De cette époque date chez moi l'habitude ou le vice, quand je visite des églises, même les plus célèbres cathédrales, de lancer à mon premier pas sur les dalles, même si je suis en parfaite santé, une quinte de toux appropriée au style du lieu : gothique, roman, baroque. Cela me permettra des années encore de reproduire sur mon tambour l'écho d'Ulm, de Francfort ou de Spire. Mais en cette lointaine époque où je me colorais d'un catholicisme sépulcral, on ne pouvait songer à visiter des églises que sous l'uniforme, en participant à des replis méthodiques, en notant par exemple dans son calepin : « Aujourd'hui évacué Orvieto ; façade d'église fantastique ; y revenir après la guerre avec Monique et regarder de plus près. »

Il me fut aisé de devenir un pilier d'église, puisque rien ne me retenait à la maison. Il y avait bien Maria, mais elle avait Matzerath. Il y avait mon fils Kurt. Mais le moutard devenait de plus en plus insupportable, me jetait du sable dans les yeux, me griffait, se retournait les ongles sur ma chair paternelle. Mon fils me montrait aussi deux poings dont les jointures étaient si blanches qu'à cette simple vue je saignais du nez.

Par extraordinaire, Matzerath me marqua une affection qui, pour maladroite qu'elle était, ne laissait pas d'être cordiale. Oscar, étonné, s'accommoda de ce que cet homme jusqu'alors indifférent le prît sur ses genoux pour le cajoler, le regarder, et même, une fois, pour l'embrasser ; les larmes en vinrent aux yeux de Matzerath et il dit, plus en aparté qu'à l'adresse de Maria : « Impossible. On ne peut pas donner son fils. Même si tous les médecins disent la même chose. On dirait qu'ils n'ont pas d'enfants. »

Maria, assise devant la table, collant comme chaque soir des tickets d'alimentation sur des feuilles de journal, leva les yeux : « Calme-toi, Alfred. Tu fais comme si ça ne me faisait rien. Mais s'ils disent qu'aujourd'hui on fait comme ça, alors je ne sais plus ce qu'il faut faire. »

L'index de Matzerath montra le piano qui, depuis la mort de ma pauvre mère, restait à court de musique : « Agnès n'aurait jamais fait ou permis ça. »

Maria jeta un œil sur le piano, haussa les épaules et ne les laissa retomber qu'en parlant : « Bien sûr, parce que c'était la mère et qu'elle espérait toujours que ça s'arrangerait. Mais tiens : il n'en est rien sorti, il est partout rejeté et ne sait ni vivre ni mourir ! »

Je ne sais si ce fut dans le portrait de Beethoven, toujours suspendu à notre mur au-dessus du piano et toisant d'un regard sinistre le sinistre Hitler, que Matzerath puisa sa force soudaine. « Non ! » cria-t-il. « Jamais ! » et il abattit son poing sur la table, sur les feuilles humides, collantes, se fit donner par Maria la lettre envoyée par la direction de l'établissement, la lut, relut, la re-relut, puis la déchira et en dispersa les lambeaux parmi les tickets de pain, de matières grasses, d'alimentation, les tickets pour voyageurs, les tickets pour travailleurs de force, pour super-travailleurs de force et parmi les tickets pour femmes enceintes et nourrices. Si, grâce à Matzerath, Oscar ne tomba pas entre les mains de ces médecins SS, il garda dans l'esprit et voit encore aujourd'hui, à peine a-t-il aperçu Maria, une charmante clinique implantée dans l'air salubre de la montagne ; dans cette clinique une claire salle d'opération, moderne, accueillante ; il voit, devant la porte capitonnée, Maria timide, mais au sourire confiant, me remettre à des médecins de premier ordre qui, pareillement, sourient et inspirent confiance, tandis que derrière leurs blouses blanches aseptisées, qui inspirent confiance, ils tiennent dissimulées, aseptisées, de foudroyantes seringues.

Donc le monde entier m'avait abandonné et seule l'ombre de ma pauvre mère, en paralysant les doigts de Matzerath quand il était sur le point de signer une lettre venue du ministère de la Santé du Reich, empêcha plusieurs fois que l'abandonné quittât le monde.

Oscar ne voudrait pas être ingrat. Il me restait mon tambour. Et aussi ma voix dont, informé comme vous êtes, vous n'attendez rien de nouveau et qui doit commencer à devenir fastidieuse pour ceux d'entre vous qui apprécient la variété ; mais pour moi la voix d'Oscar et le tambour me prouvaient mon existence avec une perpétuelle nouveauté ; tant que je briserais le verre, j'existerais.

En ce temps-là, Oscar brisait beaucoup. Désespérément. Toujours, quand je revenais du Sacré-Cœur à une heure tardive, je brisais quelque chose. Je rentrais à la maison sans chercher particulièrement ; j'entreprenais au hasard la fenêtre mal obscurcie d'une mansarde ou bien un bec de gaz fuligineux réglementairement peint en bleu alerte. Oscar passait un jour par le chemin Anton-Möller, pour gagner la rue Notre-Dame.

Un autre jour je remontais par le chemin d'Uphagen, faisais le tour du Conradinum et ébréchais bruyamment le portail vitré de l'école, puis je revenais à la place Max-Halbe par la colonie du Reich. Un des derniers jours du mois d'août, comme j'étais arrivé trop tard à l'église et trouvais la porte fermée, je décidai de faire un plus large circuit pour donner de l'air à ma fureur. Je remontai la rue de la Gare en cassant un bec de gaz sur trois, passai à droite du Palais du Film pour m'engager dans la rue Adolf-Hitler, je laissai en repos la façade de la caserne d'infanterie, à droite, mais passai mon humeur sur un tramway qui venait à ma rencontre du côté d'Oliva ; il était presque vide ; à son flanc gauche j'ôtai toutes les vitres mélancoliquement obscurcies.

C'est à peine si Oscar prit garde à son exploit ; il laissa le tramway s'immobiliser dans un vacarme de freins, laissa les gens descendre, jurer et remonter ; puis il chercha un dessert pour sa fureur. Cette époque était pauvre en friandises. Il n'arrêta la promenade de ses bottines qu'à l'extrémité du faubourg de Langfuhr, près de la menuiserie Berendt, devant les vastes baraquements de l'aérodrome : le bâtiment principal de la fabrique de chocolat Baltic reposait dans le clair de lune.

Cependant ma rage n'était plus si intense que je dusse me présenter à la fabrique dans les formes traditionnelles. Je pris mon temps, recomptai les vitres que dénombrait la lune, arrivai au même total. J'aurais pu commencer les présentations ; mais je voulus d'abord savoir ce que voulaient les J 3 qui étaient sur mes talons depuis Hochstriess, voire depuis les marronniers de la rue de la Gare. Il y en avait six ou sept devant ou dans l'abri du tramway à la halte de Hohenfriedberger Weg. Cinq autres gaillards étaient identifiables derrière les premiers arbres de la route de Zoppot.

Je décidai instantanément de remettre à plus tard la visite de la chocolaterie, d'éviter cette bande, de faire un détour et de prendre discrètement le Kleinhammerweg par le bidonville de la brasserie. Soudain Oscar entendit, venant du pont, leurs coups de sifflet codifiés en signaux. Il n'y avait plus de doute : j'étais visé.

En de pareilles situations, pendant le bref laps de temps où les poursuivants sont identifiés mais où la battue n'a pas encore débuté, on énumère voluptueusement les ultimes possibilités de sauvetage. J'aurais pu, en jouant du tambour, alerter un policier. J'aurais pu, grâce à ma stature, revendiquer l'appui des adultes. Mais Oscar, conséquent avec lui-même, déclina l'aide des passants, l'intervention d'un policier ; aiguillonné par la curiosité et l'égocentrisme, il fit ce qu'il y avait de plus bête : je cherchai un trou dans la palissade goudronnée de la chocolaterie. Je n'en trouvai pas. Je vis les J 3 quitter l'abri du tramway, les arbres de la route de Zoppot. Oscar longeait la palissade. Maintenant ils venaient aussi du côté du pont. Et il n'y avait toujours pas de trou dans la palissade. Mais quand je trouvai enfin une planche manquante et m'y enfilai en me faisant quelque part un accroc, je me trouvai de l'autre côté nez à nez avec quatre gars en blouses tempête, dont les pattes bosselaient les poches de leurs pantalons de ski. Ayant aussitôt reconnu le caractère inévitable de ma situation, je cherchai d'abord l'accroc que j'avais fait à ma vêture en franchissant la brèche. Il était à ma culotte, à droite et derrière. Je le mesurai en écartant deux doigts, et le trouvai déplorablement grand ; puis je jouai l'indifférence et attendis l'instant final où toute la bande se trouva réunie après avoir escaladé la palissade ; car le trou n'était pas à leur taille.

Cela se produisit dans les derniers jours du mois d'août. La lune mettait de temps à autre un nuage devant elle. Je comptai au moins vingt gars. Les plus jeunes quatorze ans, les plus âgés seize, presque dix-sept. En quarante-quatre nous eûmes un été sec et chaud. Quatre de ces pendards portaient l'uniforme d'auxiliaires de la Luftwaffe. Je me rappelle que quarante-quatre fut une bonne année de cerises. Ils se tenaient en petits groupes autour d'Oscar, se parlaient à mi-voix, utilisaient un jargon que je ne pris pas la peine de comprendre. Ils se donnaient des noms bizarres dont je retins la moindre partie. Par exemple, un gamin d'environ quinze ans, aux yeux de biche légèrement voilés, s'appelait La Glisse, quelquefois aussi La Danseuse. Celui d'à côté, c'était Poupoute. Le plus petit, mais sûrement pas le plus jeune de ces garnements, un qui zézayait et dont la lèvre supérieure avançait, on l'appelait Pique-la-Braise.

Un des auxiliaires de la Luftwaffe était Mister, un autre Poule-au-Riz, et ça lui allait très bien. Il y avait aussi des noms historiques : Cœur-de-Lion ; Barbe-Bleue (celui-là c'était une face de fromage blanc) ; des noms qui m'étaient familiers comme Totila et Teja ; et même des noms outrecuidants, comme Bélisaire et Narsès. J'examinai de plus près Störtebeker (ce fut un grand pirate de Lübeck) qui portait un vrai chapeau de feutre taupé, savamment creusé en mare aux canards, et un imperméable trop long : en dépit de ses seize ans, c'était lui le chef de la compagnie.

On ne s'intéressait pas à Oscar ; on voulait l'avoir à l'influence ; je m'assis sur mon tambour. J'étais à demi amusé, à demi vexé de m'abaisser à ce romantisme pubertaire, et j'avais les jambes lasses. Je regardai la lune, quasi pleine, et tentai d'expédier au Sacré-Cœur une part de mes pensées.

Peut-être qu'aujourd'hui il aurait joué du tambour et dit un mot. Et moi j'étais dans la cour de la chocolaterie Baltic, jouant aux gendarmes et aux voleurs. Peut-être m'attendait-il ; il avait peut-être décidé, après une brève introduction pour tambour, d'ouvrir à nouveau la bouche, de m'élucider la succession du Christ ; à présent il était déçu de ne pas me voir ; sûrement il haussait orgueilleusement les sourcils. Quels sentiments ces adolescents inspiraient-ils à Jésus ? Que devait faire Oscar, son image, son successeur et lieutenant, de cette horde ? Pouvait-il appliquer le Sinite parvulos à des J 3 qui s'appelaient Poupoute, La Danseuse, Barbe-Bleue, Pique-la-Braise et Störtebeker ?

Störtebeker s'approcha. A côté de lui Pique-la-Braise, son bras droit. Störtebeker : « Debout ! »

Oscar avait encore les yeux sur la lune et les idées devant l'autel latéral gauche du Sacré-Cœur ; il ne se leva pas, et Pique-la-Braise, sur un signe de Störtebeker, fit d'un coup de pied disparaître le tambour de sous mon séant.

Quand je me levai, je pris l'instrument et, pour le mieux préserver de dommages ultérieurs, je le mis sous mon tablier.

Joli garçon, ce Störtebeker, pensait Oscar. Les yeux un peu trop enfoncés et rapprochés, mais la bouche inspirée et mobile.

« D'où tu viens ? »

Ça y était, l'interrogatoire allait commencer et, comme cette formule ne me plaisait pas, je regardai derechef la lune, imaginai que la lune était un tambour — elle s'est toujours laissé faire — et cette mégalomanie me fit sourire.

« Il ricane, Störtebeker. »

Pique-la-Braise m'observait ; il proposa à son patron la pratique d'une activité qu'il appela « tanner ». D'autres à l'arrière-plan, Cœur-de-Lion, tout piqué de son, Mister, La Danseuse et Poupoute étaient pour tanner.

Toujours dans la lune, j'épelai le mot Tanner. C'est un joli mot, mais sûrement ça fait mal.

« Ici c'est moi qui décide quand on tanne ! » énonça Störtebeker, et la bande se tut ; puis il m'adressa la parole : « On t'a vu souvent dans la rue de la Gare. Qu'est-ce que t'y f'sais ? D'où tu viens ? »

Deux questions à la fois. Oscar devait se résoudre à répondre à l'une des deux s'il voulait rester maître de la situation. J'ôtai mon visage à la lune, regardai Störtebeker de mes yeux bleus pleins d'influence et dis tranquillement : « Je viens de l'église. »

Quelques murmures derrière l'imperméable de Störtebeker. On complétait ma réponse. Pique-la-Braise précisa que c'était l'église du Sacré-Cœur. « Comment t'appelles-tu ? »

Ça devait arriver. C'était dans l'air et dans les circonstances. Cette question occupe une place éminente dans la conversation des mortels. La réponse à cette question suffit à nourrir des pièces de théâtre de longueur variable, et même des opéras — voir *Lohengrin.*

Alors j'attendis que la lune reparût entre deux nuages, laissai, le temps de trois cuillerées de soupe, cette lumière reflétée par l'azur de mes yeux agir sur Störtebeker, et je me nommai. L'effet de ce nom m'inspira de l'envie, car le nom d'Oscar eût été salué par des éclats de rire ; Oscar dit : « Je m'appelle Jésus. » J'obtins ainsi un silence prolongé, puis Pique-la-Braise toussota : « Il faut le tanner, patron. »

Pique-la-Braise n'était pas seul à vouloir me tanner. Störtebeker, d'un claquement de doigts, donna licence de me tanner, et Pique-la-Braise me saisit, appuya son poing fermé contre mon humérus droit et lui imprima un va-et-vient latéral, sec, chaud, douloureux ; puis Störtebeker fit à nouveau claquer ses doigts.

Tanner, c'était ça. « Eh ben, comment tu t'appelles maintenant ? » Le patron au chapeau taupé prit un air excédé, fit du gauche un mouvement de boxeur qui rejeta en arrière la manche trop longue de son imperméable, exposa sa montre-bracelet au clair de lune et dit à voix basse en regardant le vide à ma gauche : « Une minute de réflexion. Alors Störtebeker dit qu'on peut y aller. »

Oscar pouvait toujours, durant une minute, regarder impunément la lune, chercher des échappatoires dans ses cratères et discuter avec lui-même l'opportunité de revendiquer la succession du Christ. L'expression « y aller » ne me plaisait pas du tout ; de plus, je ne tenais pas à marcher à la minute près pour ces gars-là ; donc après quelque trente-cinq secondes Oscar dit : « Je suis Jésus. »

Ce qui suivit fut prodigieux et pourtant je n'étais pour rien dans la mise en scène. A peine avais-je affirmé de nouveau ma vocation de successeur du Christ, avant que Störtebeker ait pu claquer des doigts et Pique-la-Braise me tanner —, il y eut alerte.

Oscar dit « Jésus », respira, et une clameur successive éveilla les sirènes de l'aérodrome tout proche, la sirène de la caserne d'infanterie de Hochstriess, celle du lycée Horst-Wessel juste avant le bois de Langfuhr, la sirène des grands magasins Sternfeld et, très loin, dans l'avenue Hindenburg, la sirène des Arts-et-Métiers. Il fallut fort peu de temps, et déjà toutes les sirènes du faubourg, comme autant d'archanges volubiles et pressants, firent écho au message que j'avais proclamé. La nuit s'enflait et retombait ; on en voyait trente-six chandelles ; le vacarme fracturait les oreilles des dormeurs ; quant à la lune que tout laisse froide, elle prenait la signification maléfique d'un météore impossible à peindre en bleu alerte.

Oscar savait que les sirènes étaient de son côté, mais elles rendirent Störtebeker nerveux. Une partie de sa bande était requise en service par l'alerte. Les quatre auxiliaires de la Luftwaffe durent sauter la palissade pour se rendre à leurs batteries de 88, entre le dépôt des tramways et l'aérodrome. Trois autres, parmi eux Bélisaire, étaient de garde au Conradinum et durent partir aussitôt. Störtebeker rallia le reste, une quinzaine de gars et, comme il ne se passait rien dans le ciel, il reprit l'interrogatoire : « Donc, si j'ai bien compris, t'es Jésus. — Bon. Autre question : comment tu fais pour les becs de gaz et les fenêtres ? Pas de détours, on connaît le truc ! »

Ces galopins ne connaissaient pas le truc. Ils avaient tout au plus observé par-ci par-là tel ou tel de mes succès vocaux. Oscar se prescrivit de traiter ces adolescents avec quelque indulgence ; de nos jours, on appelle ça des blousons noirs, ce qui est concis et raide. Je tentai d'excuser leur ambition directe, maladroite ; je me donnai une objectivité bénigne. C'était donc ça, les célèbres « Tanneurs » dont toute la ville parlait depuis quelques semaines, une bande de jeunes que les inspecteurs de police et plusieurs sections des patrouilles de la Jeunesse hitlérienne s'efforçaient de débusquer. Comme on devait le découvrir plus tard : des lycéens du Conradinum, du lycée Saint-Pierre et du lycée Horst-Wessel. Il existait aussi à Neufahrwasser une seconde bande de Tanneurs commandée par des lycéens, mais qui avait pour membres deux tiers et plus d'apprentis des chantiers de Schichau et de la fabrique de wagons. Les deux groupes coopéraient rarement, seulement quand ils exploraient le parc Steffens et l'avenue Hindenburg à la recherche de cheftaines du BDM revenant de l'auberge de jeunesse du Bischofsberg après les soirées éducatives. On évitait les conflits d'une bande à l'autre ; on délimitait avec précision les rayons d'action, et Störtebeker voyait dans le chef de Neufahrwasser un ami plutôt qu'un rival. La bande des Tanneurs était contre tout. Elle vidait les locaux de la Jeunesse hitlérienne, collectionnait les décorations et les insignes des permissionnaires qui faisaient l'amour dans les parcs avec leurs petites amies ; elle volait des armes, des munitions et de l'essence avec la complicité de ses auxiliaires de la Luftwaffe en service dans les batteries de DCA et, dès le début, la grande affaire fut de monter une attaque d'envergure contre l'Office du rationnement.

Sans rien connaître encore de l'organisation et des projets des Tanneurs, Oscar, esseulé et misérable comme il se sentait, éprouvait cependant parmi ces J3 un vague sentiment de sécurité familière. Déjà, en secret, j'adhérais à cette bande, j'éliminais l'obstacle constitué par la différence des âges —

j'allais sur vingt ans — et me disais : pourquoi ne pas donner à ces gars un échantillon de ton art ? La jeunesse est toujours avide d'apprendre. Toi aussi, tu as eu quinze et seize ans. Donne-leur un exemple, fais-leur une démonstration. Ils t'admireront, t'obéiront peut-être. Tu peux exercer sur eux ton influence aiguisée par maintes expériences ; obéis à ta vocation, groupe autour de toi des disciples et recueille la succession du Christ.

Peut-être Störtebeker eut-il le pressentiment que ma méditation avait une base sérieuse. Il me laissa prendre mon temps, et je lui en sus gré. Fin août, une nuit de lune, quelques nuages. Alerte aux avions. Deux, trois projecteurs sur le littoral. Probablement un avion de reconnaissance. On évacuait Paris. Devant moi, le bâtiment principal de la chocolaterie Baltic, avec toutes ses fenêtres. Après avoir couru longtemps, le groupe d'armées du centre s'arrêtait sur la Vistule. Certes Baltic ne travaillait plus pour les détaillants, mais produisait du chocolat pour la Luftwaffe. Oscar devait s'accommoder de l'idée que les soldats du général Patton promenaient leurs uniformes américains sous la tour Eiffel. Cela me fit de la peine. Oscar leva une baguette de tambour. Tant d'heures partagées avec Roswitha. Störtebeker avait vu mon geste ; son regard suivit la direction de la baguette et parcourut la fabrique de chocolat. Tandis qu'en plein jour, dans le Pacifique, on nettoyait de Japonais un atoll, ici la lune était présente à la fois dans toutes les fenêtres. Et Oscar dit à qui voulait l'entendre : « Maintenant Jésus chante et tue le verre. »

Avant que j'eusse porté le coup de grâce aux trois premières vitres, un bourdonnement de mouche se fit entendre dans le ciel au-dessus de moi. Tandis que les deux vitres suivantes abdiquaient le clair de lune, je me dis : c'est une mouche moribonde qui mène un tel tapage. Puis, de ma voix, je peignis en noir le reste des fenêtres à l'étage supérieur de l'usine, tandis que je constatais l'anémique pâleur de plusieurs projecteurs avant d'ôter aux fenêtres de l'étage médian et du rez-de-chaussée le miroitement des lumières postées dans la proche batterie du camp Narvik. Ce furent les batteries côtières qui ouvrirent le feu les premières. Un instant plus tard, les batteries Vieille-Ecosse,

Pelonken et Schellmühl reçurent l'ordre de tir. J'attaquai trois fenêtres du rez-de-chaussée, puis ce furent des chasseurs de nuit qui décollèrent de l'aérodrome et passèrent en rase-mottes sur l'usine. Avant que j'eusse achevé le rez-de-chaussée, la DCA cessa le feu et confia aux chasseurs de nuit le soin d'abattre un bombardier quadrimoteur festoyé par trois projecteurs au-dessus d'Oliva.

Au début, Oscar redoutait que la rencontre de son exhibition avec les efforts désordonnés de la défense au sol ne dispersât l'attention des jeunes gens et même ne la détournât de l'usine vers le ciel nocturne.

Je n'en fus que plus étonné quand, le travail achevé, toute la bande resta pétrifiée devant la chocolaterie veuve de vitres. Venant du chemin de Hohenfriedberg, des bravos et des applaudissements s'élevèrent comme au théâtre parce que le bombardier venait d'encaisser, parce qu'il tombait en flammes, plutôt qu'il n'atterrissait, à la joie du public, dans le bois de Jeschkental ; alors un petit nombre des membres de la bande, parmi eux Poupoute, se détournèrent de l'usine dévitrée. Mais ni Störtebeker ni Pique-la-Braise, dont l'assentiment m'était précieux, ne prirent garde à l'avion abattu.

Comme auparavant, il n'y avait plus que la lune et la menue monnaie d'étoiles dans le ciel. Les chasseurs de nuit atterrirent. Très loin, de vagues pompiers se firent entendre. Alors Störtebeker fit demi-tour, montrant la courbe méprisante de sa bouche ; il exécuta le mouvement de boxe qui dégageait sa montre-bracelet sous la manche trop longue de l'imperméable, ôta cette montre, et me la tendit sans un mot, mais avec un énorme soupir. Il eut envie de dire quelque chose, mais il dut attendre que les sirènes aient fini de signaler la fin d'alerte pour m'avouer, aux acclamations de ses gens : « Bien, Jésus. Si tu veux, tu es admis et tu peux être des nôtres. Nous sommes les Tanneurs, si ça te dit quelque chose ! »

Oscar soupesa la montre-bracelet et remit à Pique-la-Braise cet objet de haut luxe à chiffres phosphorescents qui marquait zéro heure vingt-trois. Pique-la-Braise consulta son patron du regard. Störtebeker, d'un signe de tête, donna son approbation.

Et Oscar dit, tout en mettant le tambour en position commode pour rentrer à la maison : « Jésus vous précède. Suivez-moi ! »

La crèche

On parlait alors beaucoup d'armes-miracles et de victoire finale. Nous, les Tanneurs, ne parlions ni des unes ni de l'autre, mais nous avions l'arme-miracle.

Quand Oscar prit le commandement de la bande, elle comptait trente à quarante membres. Je me fis d'abord présenter par Störtebeker le chef du groupe Neufahrwasser. Moorkähne, qui avait dix-sept ans, boitait ; il était fils d'un fonctionnaire de direction attaché au Bureau des pilotes de Neufahrwasser ; son handicap physique — la jambe droite plus courte de deux centimètres — l'avait empêché d'être conscrit ou auxiliaire de la Luftwaffe. Bien que Moorkähne exhibât consciemment et visiblement sa claudication, il était timide et parlait bas. Ce jeune homme à l'éternel sourire subtil passait pour le meilleur élève de première du Conradinum et, supposé que l'armée russe n'y vît pas d'objection, il avait tout espoir de passer brillamment son baccalauréat ; Moorkähne voulait faire une licence ès lettres.

Störtebeker me marquait un respect inconditionnel ; de même le boiteux vit en moi Jésus précédant les Tanneurs. D'emblée, Oscar se fit montrer par tous deux le dépôt et la caisse, car les deux groupes entassaient dans la même cave le produit de leurs expéditions. C'était un local sec et spacieux au sous-sol d'une villa discrètement chic de Langfuhr, dans le chemin de Jeschkental. Les parents de Poupoute, qui s'appelaient von Puttkamer, habitaient cet immeuble enlacé de multiples plantes grimpantes, qu'une pelouse en pente douce isolait de la rue. Je veux dire que M. von Puttkamer se trouvait dans la douce France à la tête d'une division, car il était décoré de la croix de chevalier et noble de souche prusso-polono-poméranienne ; dame Elisabeth von Puttkamer en revanche, de faible santé, séjournait depuis des mois en Haute-Bavière ; elle devait y guérir. Wolfgang von Puttkamer, que les Tanneurs appelaient Poupoute, régissait la villa ; car cette vieille bonne presque sourde qui vaquait dans les pièces du haut au bien-être du jeune monsieur nous demeura toujours invisible ; nous entrions dans la cave par la buanderie.

Dans le dépôt s'empilaient des boîtes de conserve, du tabac et plusieurs ballots de soie à parachute. Sous un rayon étaient suspendus deux douzaines de chronomètres réglementaires de la Wehrmacht que Poupoute, sur l'injonction de Störtebeker, devait tenir en marche et régler les uns sur les autres. Il devait aussi nettoyer les deux mitraillettes, le fusil d'assaut et les pistolets. On me montra un coup-de-poing antichar, des munitions de mitrailleuses et vingt-cinq grenades à main. Tout ce matériel, ainsi qu'un riche alignement de nourrices d'essence, était destiné à l'assaut de l'Office du rationnement. Ci-joint la teneur du premier ordre donné par Oscar : « Enterrer dans le jardin essence et armes. Donner les matraques à Jésus. Nos armes ne sont pas de ce genre ! »

Quand les gars me présentèrent une boîte à cigares pleine de décorations et d'insignes volés, je leur tolérai en souriant la possession de ces trophées. Mais j'aurais dû retirer aux gars les couteaux de parachutistes. Plus tard en effet ils firent usage des lames qui étaient bien en main et ne demandaient qu'à servir.

Puis on m'apporta la caisse. Oscar fit faire le compte, compta à son tour et fit inscrire une encaisse de deux mille quatre cent vingt reichsmarks soixante. C'était au début de septembre quarante-quatre. Quand à la mi-janvier quarante-cinq Koniev et Joukov exécutèrent leur percée sur la Vistule, nous nous vîmes contraints d'abandonner notre caisse du dépôt souterrain. Poupoute passa des aveux et, sur la table du tribunal régional parurent en liasses et en piles trente-six mille marks.

Suivant en cela ma nature, Oscar se tenait en retrait pendant les opérations. Au cours de la journée, le plus souvent seul et, dans le cas contraire, accompagné du seul Störtebeker, je cherchais un objectif rentable pour l'entreprise de la nuit. Ensuite je chargeais de l'organisation Störtebeker ou Moorkähne. Et par mes incantations je vitricidais — la voici nommée, l'arme-miracle —— à plus longue portée que jamais, sans quitter le logement de la mère Truczinski, tard dans la nuit, de la fenêtre de la chambre à coucher, la fenêtre sur la cour d'une imprimerie où étaient tirées des cartes de rationnement et même une fois, sur demande et à contrecœur, la fenêtre de la cuisine dans l'appartement d'un professeur dont les gars voulaient se venger.

C'était alors déjà novembre. Les V1 et V2 s'envolaient vers l'Angleterre. Et moi je lançais mon chant par-dessus Langfuhr le long de l'avenue Hindenburg ; sautant la gare centrale, la Vieille-Ville et la Ville-Droite, je rendais visite au musée de la rue des Bouchers, et faisais entrer mes hommes à la recherche de Niobé.

Ils ne la trouvèrent pas. Dans la pièce à côté, la mère Truczinski devenue impotente branlait le chef. Elle avait avec moi un souci en commun ; car si Oscar opérait par le chant à longue portée, sa pensée à elle voyageait au loin, explorait le ciel où devait être son fils Herbert, le front central où était resté son fils Fritz. Elle devait même chercher dans le lointain Düsseldorf sa fille Guste, qui au début de quarante-quatre avait épousé un Rhénan, car c'était là que le chef de salle Köster avait son domicile ; mais il résidait en Courlande ; Guste put le garder pendant à peine quinze jours de permission et faire ainsi connaissance avec lui.

C'étaient de calmes soirées. Oscar se tenait assis aux pieds de la mère Truczinski ; après une brève improvisation de tambour, il allait chercher sur le tuyau du poêle une pomme cuite, puis il disparaissait dans la chambre à coucher obscure, emportant ce fruit ridé pour vieilles femmes et petits enfants. Il relevait le papier de camouflage, ouvrait d'un empan la fenêtre, laissait entrer un peu de la nuit froide, puis il émettait son chant ajusté à longue portée. Mais il ne poussait pas la sérénade à une tremblante étoile, il ne cherchait rien sur la Voie lactée ; ce qu'il visait, c'était la place Winterfeld, pas le bâtiment de la Radio, mais la boîte d'en face où la direction régionale de la Jeunesse hitlérienne alignait ses bureaux.

Par temps clair, mon travail ne demandait pas une minute. Entre-temps, la pomme cuite s'était un peu refroidie devant la fenêtre ouverte. Tout en marchant, je rejoignais la mère Truczinski et mon tambour ; j'allais bientôt au lit et pouvais être sûr que les Tanneurs, pendant le sommeil d'Oscar, dévalisaient au nom de Jésus les caisses du Parti, volaient des cartes de rationnement et, ce qui était plus important, des tampons officiels, des formulaires imprimés ou une liste des membres du service de patrouille.

Non sans indulgence, je permettais à Störtebeker et à Moorkähne de faire toutes sortes de sottises avec des documents falsifiés. L'ennemi numéro un de la bande était une fois pour toutes le service de patrouille. Ils pouvaient bien, si l'envie les en tenait, kidnapper leurs rivaux, les tanner et même, ma foi, selon l'expression de Moorkähne qui s'en chargeait, leur casser les couilles.

Ces manifestations n'étaient qu'un prélude et ne laissaient rien filtrer de mes plans véritables ; j'évitais d'y prendre part ; je ne saurais donc témoigner si ce furent les Tanneurs qui, en septembre quarante-quatre, ligotèrent deux officiers supérieurs du service de patrouille, parmi eux le farouche Helmut Neitberg, et les noyèrent dans la Mottlau au-dessus du pont aux Vaches.

On raconta plus tard qu'il y aurait eu des contacts entre la bande des Tanneurs et les Pirates Edelweiss de Cologne ; que des maquisards polonais de la Tuchlerheide auraient influencé, voire dirigé, nos actions ; mais moi, qui en ma double qualité d'Oscar et de Jésus commandais la bande, je le conteste et renvoie cela au domaine de la légende.

De même, lors du procès, on allégua les relations que nous aurions eues avec les auteurs de l'attentat du 20 juillet, parce que le père de Poupoute, August von Puttkamer, touchait de près le maréchal Rommel et s'était suicidé. Poupoute qui, de toute la guerre, avait vu son père quatre ou cinq fois peut-être, fugitivement, avec des insignes de grades différents, entendit parler pour la première fois au procès de cette histoire d'officiers qui au fond nous était indifférente ; il pleura d'ailleurs si lamentablement que Pique-la-Braise, qui était à côté de lui sur le banc, dut le tanner devant les juges.

Une seule fois, au cours de nos activités, des adultes prirent contact avec nous. Des ouvriers des chantiers navals — communistes, comme je le sentis aussitôt — tentèrent de prendre barre sur nos apprentis de Schichau et de faire de nous un mouvement clandestin rouge. Les apprentis n'étaient pas contre. Mais les lycéens rejetèrent toute tendance politique. L'auxiliaire de la Luftwaffe Mister, philosophe cynique et théoricien de la bande, formula, pendant une assemblée, son opinion en ces termes : « Nous n'avons rien de commun avec des partis ; nous combattons contre nos parents et le reste des adultes, qu'ils soient pour ou contre ce qu'ils veulent. »

Même si Mister avait donné à son propos une pointe paradoxale, tous les lycéens l'approuvèrent. Il y eut une scission dans la bande des Tanneurs. Les apprentis de Schichau — j'en eus beaucoup de peine, car les gars étaient bien — fondèrent leur propre club mais, malgré les protestations de Störtebeker et de Moorkähne, prétendirent être dorénavant la bande des Tanneurs. Lors du procès — car leur bazar sauta en même temps que le nôtre — on mit à leur charge l'incendie du navire-école des sous-mariniers dans le terrain des chantiers. Plus de cent sous-mariniers et aspirants qui faisaient leurs classes périrent de façon atroce. Le feu éclata sur le pont, interdit aux équipages de sous-marins qui dormaient sous le pont de quitter les postes et, quand les aspirants, dix-huit ans à peine, voulurent sauter par les hublots dans l'eau du port, ils restèrent bloqués à hauteur des hanches ; l'incendie les prit à revers et il fallut les abattre à coups de fusil depuis les vedettes à moteur, parce qu'ils criaient trop fort et trop longtemps.

Ce n'est pas nous qui avons mis le feu. C'étaient peut-être les apprentis de Schichau, peut-être encore des membres de la formation Westerland. Les Tanneurs n'étaient pas des incendiaires, bien que leur directeur spirituel, à savoir moi, je dusse être de par le grand-père Koljaiczek porté sur la pyromanie.

Je me rappelle fort bien le monteur qui avait été déplacé des chantiers allemands de Kiel et qui vint nous voir peu avant la scission. Erich et Horst Pietzger, fils d'un docker de Fuchswall, l'amenèrent dans le sous-sol de la villa Puttkamer. Il inspecta attentivement notre dépôt, regretta de n'y pas trouver d'armes convenables, émit à contrecœur quelques tardifs éloges ; et quand ayant demandé le chef il fut renvoyé à moi par Störtebeker résolu et par Moorkähne hésitant, il fut pris d'un durable fou rire si insolent que pour un peu Oscar l'aurait livré aux Tanneurs pour tannage.

« Qu'est-ce que c'est que ce gnome ? » dit-il à Moorkähne en braquant sur moi le pouce par-dessus son épaule.

Avant que Moorkähne, avec un sourire embarrassé, ait pu répondre, Störtebeker, avec un calme inquiétant : « C'est notre Jésus. »

Le monteur, qui s'appelait Walter, supporta mal le nom de Jésus ; il se permit de se mettre en colère dans nos locaux : « Dites voir, vous avez-t'y une opinion politique ou bien est-ce que vous êtes des enfants de chœur en train de préparer une crèche pour la Noël ? »

Störtebeker ouvrit la porte de la cave, fit un signe à Pique-la-Braise, éjecta de la manche de sa veste un couteau de parachutiste et dit à la bande plutôt qu'au monteur : « On est des enfants de chœur en train de préparer une crèche pour la Noël. »

Mais rien de douloureux n'arriva au monteur. On lui banda les yeux et on le reconduisit hors de la villa. Nous fûmes bientôt entre nous, car les apprentis du chantier de Schichau firent sécession ; sous la conduite du monteur ils créèrent leur propre club, et je suis sûr que ce furent eux qui incendièrent le navire-école.

Störtebeker avait abondé dans mon sens. Nous n'avions pas de préoccupations politiques ; quand le service de patrouille, intimidé, ne quitta plus ses permanences ou se contenta de contrôler, à la gare centrale, les papiers de petites donzelles de mœurs légères, nous reportâmes notre activité sur les églises et nous mîmes à préparer, comme l'avait dit ce monteur extrémiste, des crèches pour la Noël.

Il fallait d'abord pourvoir au remplacement des apprentis débauchés. Fin octobre, Störtebeker assermenta deux enfants de chœur du Sacré-Cœur, les frères Félix et Paul Rennwand. Störtebeker avait fait leur connaissance par leur sœur Lucie. Malgré mes protestations, cette fille de bientôt dix-sept ans était présente à la cérémonie du serment. Les frères Rennwand durent mettre la main gauche à plat sur mon tambour dans lequel les gars, en bons excités qu'ils étaient, voyaient une sorte de symbole, et répéter mot à mot le serment des Tanneurs ; il était si bête et si maçonnico-cabalistique que je n'arrive plus de mémoire à le reconstituer bout à bout.

Oscar observa Lucie pendant le serment. Elle avait les épaules remontées, tenait dans sa main gauche un sandwich au saucisson qui tremblait légèrement, mordait sa lèvre inférieure et montrait un visage triangulaire, figé, de renarde, tandis que son regard brûlait le dos de Störtebeker ; et j'appréhendai l'avenir des Tanneurs.

Nous commençâmes à transformer notre sous-sol. De chez la mère Truczinski, je dirigeai, avec la collaboration des enfants de chœur, l'acquisition du mobilier. Sainte-Catherine nous fournit un Joseph en demi-grandeur, d'authentique seizième siècle ainsi qu'il fut établi, quelques candélabres d'église, des vases sacrés et une bannière du Saint-Sacrement. Une visite nocturne à l'église de la Trinité fournit un ange trompettiste en bois sans intérêt artistique et un tapis à figures pouvant servir de décoration murale. C'était une copie d'après un original plus ancien ; une dame y faisait des grâces avec une bête fabuleuse à elle soumise, appelée licorne. Störtebeker fit remarquer non sans raison que le sourire de la fille tissée sur le tapis était aussi cruellement badin que le sourire de Lucie, la fille à face de renarde ; je pensai que mon sous-chef n'était pas disposé à se laisser apprivoiser comme la fabuleuse licorne. Quand le tapis eut été fixé au mur du fond de la cave, où figuraient jadis toutes sortes d'enfantillages comme la « Main Noire » et la « Tête de Mort », quand enfin le motif de la licorne domina toutes nos délibérations, je me posai une question : pourquoi, Oscar, pourquoi puisque déjà Lucie vient ici rire sous cape derrière ton dos, pourquoi donnes-tu asile à cette seconde Lucie de tissage qui fait de tes subordonnés des licornes ? En personne naturelle ou en figure tissée, elle a jeté son dévolu sur toi, car toi seul, Oscar, es véritablement un être fabuleux ; tu es la bête unique, isolée, à la corne exagérément spiralée.

Ce fut pour nous une bonne affaire quand arriva le temps de l'Avent ; bientôt, à l'aide des figures grandeur nature, naïvement sculptées, que nous tirions des églises d'alentour, nous pûmes masquer le tapis de personnages en nombre suffisant pour refouler à l'arrière-plan le bestiaire de la fable. A la mi-décembre, Rundstedt lança son offensive des Ardennes ; mais nous aussi nous avions achevé les préparatifs de notre grand coup.

Plusieurs dimanches successifs, j'allai avec Maria, qui me tenait par la main, à la messe de dix heures ; à la consternation de Matzerath, elle nageait maintenant dans le catholicisme. Sur mon ordre, toute la bande des Tanneurs suivit les offices. Quand les lieux nous furent suffisamment familiers, nous entrâmes sans qu'Oscar dût casser de verre, grâce aux enfants de chœur Félix et Paul Rennwand, dans l'église du Sacré-Cœur. C'était pendant la nuit du 18 au 19 décembre.

Il neigeait, mais la neige ne tenait pas. Nous garâmes les trois voitures à bras derrière la sacristie. Rennwand junior avait la clé du grand portail. Oscar entra le premier ; un par un, il conduisit les gars au bénitier et leur fit faire une génuflexion dans l'axe de la nef médiane. Puis j'ordonnai de masquer la statue du Sacré-Cœur à l'aide d'une couverture volée au service de travail, afin que le regard bleu ne nous troublât pas pendant le boulot. La Glisse et Mister apportèrent les outils dans la nef latérale gauche devant l'autel gauche. Il fallut d'abord évacuer l'étable pleine de figures de crèche et de rameaux de sapins, on mit tout cela dans la nef médiane. Nos besoins étaient largement couverts en bergers, anges, brebis, ânes et vaches. Notre cave était peuplée de figurants ; il ne nous manquait plus que les premiers rôles. Bélisaire ôta les fleurs de l'autel. Totila et Teja roulèrent le tapis. Pique-la-Braise déballa les outils. Oscar, à genoux sur un prie-Dieu, surveillait le démontage.

On commença par scier le jeune Jean-Baptiste à la toison chocolat. Nous avions bien fait de prendre une scie à métaux. A l'intérieur du plâtre, des tiges métalliques grosses comme le doigt reliaient le Baptiste au nuage. Pique-la-Braise sciait. Il s'y prenait comme un lycéen, c'est-à-dire maladroitement. Une fois de plus, les apprentis de Schichau nous faisaient défaut. Störtebeker relaya Pique-la-Braise. L'ouvrage avançait mieux, et après une demi-heure de vacarme nous pûmes faire basculer le Baptiste, l'envelopper d'une couverture de laine et nous pénétrer du silence qui emplit les églises à minuit.

Le sciage de l'Enfant-Jésus, qui adhérait à la Vierge par toute la surface de son derrière, prit plus de temps. Il fallut quarante bonnes minutes à La Glisse, à Rennwand senior et à Cœur-de-Lion. Au fait, pourquoi Moorkähne n'était-il pas encore là ? Il devait arriver avec ses hommes directement de Neufahrwasser et nous retrouver dans l'église, afin que la mise en place du dispositif restât suffisamment discrète. Störtebeker était de mauvaise humeur ; il me sembla nerveux. Quand, à l'attente générale, le mot de Lucie fut prononcé, Störtebeker ne posa plus de question, arracha la scie aux mains inexpérimentées de Cœur-de-Lion et, travaillant avec une rage concentrée, il donna le coup de grâce à l'Enfant-Jésus.

L'auréole fut cassée quand on le bascula. Störtebeker me fit des excuses. Je réprimai difficilement l'excitabilité qui me gagnait aussi et fis ramasser dans deux casquettes les fragments de l'auréole. Pique-la-Braise croyait pouvoir réparer les dégâts avec de la colle. Le Jésus scié fut capitonné de coussins, puis roulé dans deux couvertures de laine.

Notre plan était de scier la Vierge au-dessus du bassin et de pratiquer une seconde entame entre la plante des pieds et le nuage. Nous voulions laisser le nuage à l'église et transporter seulement les deux moitiés de la Vierge, le Jésus en tout cas, et si possible le Baptiste dans notre cave Puttkamer. Contrairement à notre attente, nous avions évalué trop haut le poids de la masse de plâtre. Tout le groupe était coulé creux ; les parois n'avaient pas plus de deux doigts d'épaisseur ; seule l'armature de fer offrait des difficultés.

Les gars, surtout Pique-la-Braise et Cœur-de-Lion, étaient épuisés. Il fallut leur accorder une pause car les autres, y compris les Rennwand brothers, ne savaient pas scier. Toute la bande était assise çà et là sur les bancs et frissonnait de froid. Störtebeker, debout, cabossait son chapeau taupé qu'il avait ôté de sa tête pour entrer dans l'église. Cette atmosphère ne me plut pas. Il fallait faire quelque chose. Les gars étaient éprouvés par l'architecture sacrée, pleine de vide et de nuit. Il y avait aussi quelque nervosité due à l'absence de Moorkähne. Les deux

Rennwand semblaient avoir peur de Störtebeker, se tenaient à l'écart et parlaient à voix basse ; Störtebeker ordonna le silence.

Lentement, je crois, et avec un soupir je me levai de mon coussin à prières et marchai droit sur la Vierge restée en place. Son regard, précédemment tourné vers Jean, se dirigeait maintenant vers les degrés de l'autel tout poudrés de plâtre. Son index droit, qui auparavant montrait Jésus, désignait le vide, ou plutôt la nef latérale gauche noyée d'obscurité. Je montai les degrés un par un, puis je regardai derrière moi, cherchant les yeux enfoncés de Störtebeker ; ils étaient absents ; puis Pique-la-Braise le poussa du coude et le rendit accessible à ma demande. Il me regarda d'un air vaguement égaré que je ne lui avais jamais vu, ne comprit pas ; puis il comprit enfin ou seulement à demi car il s'approcha lentement, beaucoup trop lentement, mais prit d'un bond les marches de l'autel et me déposa sur la cicatrice blanche, anguleuse, où l'on identifiait de faux traits de scie, sur la cuisse gauche de la Vierge ; elle copiait à peu près la forme du derrière de l'Enfant-Jésus.

Störtebeker fit aussitôt demi-tour, fut d'un pas sur les dalles, faillit reprendre aussitôt sa rêverie ; mais il tourna la tête, rétrécit encore l'écart de ses yeux rapprochés ; on aurait dit deux feux de position. Comme le reste de la bande éparpillée dans les bancs, il exprima une réelle émotion quand il me vit assis à la place de Jésus : j'étais plein de naturel et digne d'adoration.

Il ne lui fallut pas longtemps pour saisir mon plan, et même pour en remettre. Il fit tourner vers moi et la Vierge les deux torches électriques que Narsès et Barbe-Bleue avaient servies pendant le démontage ; mais comme les rayons lumineux m'aveuglaient, il les fit mettre au rouge ; puis il appela les frères Rennwand, leur parla à voix basse. Ils ne voulaient pas, mais lui voulait. Pique-la-Braise s'approcha spontanément du groupe et montra ses poings prêts à tanner ; alors les frères cédèrent et disparurent, escortés de Pique-la-Braise et de Mister, l'auxiliaire de la Luftwaffe, dans la sacristie. Oscar attendit tranquillement, mit en place son tambour et ne fut pas étonné quand le long Mister revint en habits sacerdotaux et les frères Rennwand en costume d'enfants de chœur, rouge et blanc. Pique-la-Braise, dans le rôle de vicaire, avait sur les bras tout ce qu'exigeait une messe et déposa l'attirail sur le nuage ; puis il rentra dans l'ombre. Rennwand senior tenait l'encensoir, le cadet la clochette. Mister, bien que son travesti fût beaucoup trop ample pour lui, n'imitait pas mal le Révérend Wiehnke. Au début, il y mettait un cynisme de potache ; puis il se laissa prendre au jeu, au texte, à l'acte sacré, et ne nous produisit pas, à moi surtout, une niaise parodie, mais une messe qui, plus tard, devant le tribunal, fut toujours qualifiée messe, noire évidemment.

Les trois gars commencèrent par les prières au pied de l'autel. La bande s'agenouilla parmi les bancs et sur les dalles, fit le signe de croix, et Mister, qui possédait à peu près son texte, commença de chanter la messe, soutenu par la routine des enfants de chœur. Dès l'Introït je commençai délicatement à battre la tôle. Au Kyrie, je forçai l'accompagnement. *Gloria in excelsis Deo* — sur ma tôle je glorifiai Dieu, j'appelai à l'Oraison et, en guise d'Epître du jour, je donnai un assez long intermède de tambour. L'Alleluia fut d'une beauté saisissante. Au Credo je pris note que les gars croyaient en moi. Je baissai le ton à l'Offertoire, laissai Mister présenter l'offrande, mêler le vin à l'eau ; je partageai l'encensement avec le calice, regardai comment Mister s'y prenait pour le lavement des mains. *Orate, fratres ;* mon tambour battait dans la rouge lumière des lampes, puis ce fut la Transsubstantiation : Ceci est mon corps. *Oremus,* chanta Mister sous l'empire d'un céleste avertissement. — Les gars dans les bancs me servirent deux rédactions différentes du Notre-père, mais Mister réussit à réconcilier dans la Communion protestants et catholiques. Mon tambour introduisit le *Confiteor.* De son index, la Vierge montrait Oscar, le petit tambour. J'accédais à la succession du Christ. La messe allait comme sur des roulettes. La voix de Mister s'enflait et décroissait. Qu'il fut donc beau dans la bénédiction : indulgence, rémission et pardon ! Et quand il confia aux ténèbres de l'église la formule finale *Ite, missa est,* alors réellement eut lieu une libération spirituelle ; l'incarcération par le bras séculier ne pouvait atteindre une communauté de Tanneurs confirmée dans sa foi et fortifiée au nom d'Oscar et de Jésus.

J'avais déjà entendu les autos pendant la messe. Störtebeker, lui aussi, tourna la tête. Nous fûmes, lui et moi, les seuls à n'être pas surpris quand, par le portail principal, par la sacristie et aussi par le portail latéral droit, des voix nous parvinrent tandis que des talons de bottes claquaient sur les dalles sonores.

Störtebeker voulut me faire descendre de mon poste sur la cuisse de la Vierge. Je fis un signe négatif. Il comprit Oscar, fit oui de la tête, contraignit la bande à rester à genoux pour attendre la Kriminalpolizei. Les gars restèrent tapis au sol. Ils tremblaient ; plus d'un mit en terre le second genou ; mais tous attendirent sans mot dire qu'ils nous aient découverts en confluant par la nef médiane, la nef latérale gauche et la sacristie afin de cerner l'autel gauche.

Abondance de lampes de poche qui n'étaient pas au rouge, Störtebeker se leva, se signa, se plaça dans la lumière des lampes, remit à Pique-la-Braise toujours à genoux son chapeau taupé. L'imperméable marcha droit sur une ombre bouffie qui n'avait pas de lampe de poche, car c'était le Révérend Wiehnke ; de derrière l'ombre il tira quelque chose de maigre qui gigotait dans la lumière, Lucie Rennwand, et cogna sur le visage de la fille, triangulaire et renfrogné sous le béret basque, jusqu'au moment où, d'une bourrade, un policier le catapulta parmi les bancs.

« Nom de Dieu, Jeschke. » C'était l'exclamation d'un kripo qui me parvenait en haut de ma Vierge. « C'est le fils au chef ! »

Ainsi Oscar goûta la satisfaction discrète d'avoir eu, en la personne du fils du préfet de police, un subordonné valeureux ; puis, sans résistance, jouant son rôle d'enfant de trois ans pleurnichard suborné par des J3, il se laissa prendre sous l'aile, c'est-à-dire sur le bras du Révérend Wiehnke.

Seuls les kripos criaient. Les gars furent emmenés. Le Révérend Wiehnke dut me poser sur les dalles, car un éblouissement le contraignit de s'asseoir sur le premier banc venu. J'étais à côté de notre sac d'outils ; je découvris derrière les pinces-monseigneur et les marteaux le panier plein de sandwiches que La Glisse avait préparés avant l'affaire.

Je tirai à moi le panier, me dirigeai vers la maigre Lucie qui grelottait dans un maigre manteau, et je lui présentai les tartines. Elle me prit dans ses bras, s'accrocha sur la gauche le panier de sandwiches. Déjà elle avait une tartine entre les doigts, puis entre les dents. J'observais son visage rougi, battu, farci de coups : les yeux couraient sans arrêt derrière deux fentes au beurre noir, la peau était comme martelée ; c'était un triangle qui mâchait, poupée, Sorcière Noire. Elle mangeait le saucisson avec la peau ; tout en mangeant, son visage s'amincissait, toujours plus vorace, plus triangulaire, plus renard — un coup d'œil qui m'a profondément marqué. Qui m'effacera de la tête ce triangle ? Combien de temps encore le verrai-je en moi mâcher le saucisson, la peau, les hommes ; et sourire, d'un sourire triangulaire comme en ont, sur les tapis, les dames dresseuses de licornes ?

Quand Störtebeker fut emmené entre deux inspecteurs et qu'il nous montra son visage ensanglanté, je ne le regardai pas ; je ne le reconnaissais plus ; encadré par cinq ou six kripos, sur le bras de Lucie qui mâchait des tartines, on m'évacua, suivant la bande de mes ci-devant Tanneurs.

Qu'en restait-il ? Restait le Révérend Wiehnke, entre nos deux lampes-torches toujours réglées sur le rouge, parmi les vêtements sacerdotaux et les costumes d'enfants de chœur hâtivement jetés. Le calice et le ciboire restaient sur les marches de l'autel. Jean scié et le Jésus scié restaient près de la Vierge qui aurait dû, dans notre cave Puttkamer, faire équilibre au tapis de la Dame à la Licorne.

Oscar fut porté au-devant d'un procès que j'appelle encore aujourd'hui le second procès de Jésus ; il s'acheva par mon acquittement, donc par l'acquittement de Jésus.

La route des fourmis

Imaginez-vous, s'il vous plaît, dallé d'azur, un bassin de natation ; dans le bassin nagent des gens bronzés, sportifs. Au bord du bassin, devant les cabines, assis, pareillement bronzés, identiquement sportifs, des hommes et des femmes. Musique douce, peut-être, de haut-parleur. Sain ennui, un érotisme léger, qui n'engage à rien, tend les maillots de bain. Les dalles sont polies, mais personne ne glisse. Peu de pancartes d'interdiction ; elles sont superflues, parce que les baigneurs ne viennent que pour deux heures et font ce qui est défendu quand ils sont hors de l'établissement. De temps à autre quelqu'un plonge du tremplin de trois mètres, mais il ne saurait concentrer sur lui les regards des baigneurs, car ils s'absorbent tous dans des revues illustrées. Soudain un ange passe ! Non, pas un ange. C'est un jeune homme qui lentement, consciemment, posant sur les échelons une main après l'autre, monte l'échelle du plongeoir de dix mètres. Déjà retombent sur les genoux les illustrés avec reportages d'Europe et d'outre-mer ; des yeux montent avec lui, une jeune femme met la main en abat-jour, quelqu'un oublie ce qu'il pensait, un mot demeure inexprimé, un flirt à peine commencé s'achève par une phrase prématurément suspendue. Car le voilà, bien bâti et bien sexué, sur la planche ; il sautille, s'appuie à la courbe élégante de la balustrade de tubes, jette en bas un regard d'ennui, se détache de la balustrade par un gracieux élan de la hanche, s'avance audacieusement sur la planche en surplomb qui vibre élastique à chacun de ses pas, regarde l'eau ; son regard s'étrécit jusqu'au bassin d'azur, si petit, où, jaunes-verts-blancs-rouges-jaunes-verts-blancs-rouges-jaunes, les bonnets de bain des nageuses, sans trêve, se reforment. Là-bas doivent être ses amies, Doris et Erika Schüler, et aussi Jutta Daniels et son flirt qui jure avec elle. Elles font des signes, Jutta aussi. Tout en ménageant son équilibre, il répond. Elles crient quelque chose. Que veulent-elles ? Vas-y, disent-elles, saute, dit Jutta. Mais il n'y avait pas songé, il voulait seulement voir comment c'était là-haut, et redescendre ensuite, lentement, brassée par brassée. Et voilà maintenant qu'elles crient, très haut, pour que tout le monde l'entende : Saute ! Mais saute donc ! Saute !

C'est, vous devrez bien l'admettre, si près du ciel qu'on soit quand on est monté sur la girafe, une situation infernale. Cela nous arriva en dehors de la saison des bains, en janvier quarante-cinq, à la bande des Tanneurs et à moi. Nous avions osé monter là-haut, nous étions en tas près de la planche et, en bas, disposés en fer à cheval autour de la piscine sans eau : juges, assesseurs, témoins, huissiers.

Alors Störtebeker s'avança sur la planche élastique sans garde-fou. « Saute ! » cria le chœur des juges.

Mais Störtebeker ne sauta pas.

Alors, en bas, sur le banc des témoins, surgit une mince silhouette de fille qui portait une veste de laine tricotée façon Berchtesgaden et une jupe plissée grise. Un visage blanc, net — j'affirme encore aujourd'hui qu'il formait un triangle — qu'elle éleva comme un jalon marquant la cible ; et Lucie Rennwand ne cria pas ; elle murmura : « Saute, Störtebeker, saute ! »

Alors Störtebeker sauta, et Lucie se rassit sur le bois des témoins, tira sur les manches de son Berchtesgaden au tricot et cacha ses mains.

Voici Moorkähne, clopinant, sur la planche. Les juges l'invitèrent à sauter. Mais Moorkähne ne voulait pas ; il adressait à ses ongles un sourire embarrassé ; il attendit que Lucie retroussât ses manches, laissât paraître ses mains fermées et montrât le triangle encadré de noir où les yeux étaient comme un trait. Alors il sauta furieusement vers le triangle-cible et le manqua.

Pique-la-Braise et Poupoute, après s'être regardés de travers pendant la montée, en vinrent aux mains sur la planche. Poupoute fut tanné, et Pique-la-Braise ne le lâcha plus même quand il sauta.

La Danseuse, qui avait de longs cils soyeux, avant de sauter, ferma ses tristes yeux profonds de biche.

Avant de sauter, les auxiliaires de la Luftwaffe durent ôter leurs uniformes.

De même, les frères Rennwand ne furent pas admis à sauter en costume d'enfants de chœur. Jamais leur petite sœur, installée dans sa veste de minable laine de guerre au banc des témoins, jamais, bien qu'elle prodiguât ses encouragements au plongeon artistique, jamais Lucie n'aurait toléré ça.

Par un affront à l'Histoire, Bélisaire et Narsès sautèrent d'abord, puis Totila et Toja.

Barbe-Bleue sauta ; Cœur-de-Lion sauta ; puis sauta la piétaille des Tanneurs : Pif, Boschiman, Pétrolier, Pfeifer, La Moutarde, Yatagan et Tonnelier.

Stuchel aussi, un élève de seconde qui louchait à vous donner le mal de mer ; il n'était qu'à demi et par hasard membre de la bande des Tanneurs. Puis resta seul, sur la planche, Jésus ; le chœur des juges pria Oscar Matzerath de sauter, mais Jésus n'accéda pas à cette prière. Et quand au banc des témoins Lucie la justicière se leva, tenant sa tête de Mozart à la renverse entre ses maigres omoplates, et qu'elle chuchota sans remuer sa bouche pincée : « Saute, doux Jésus, saute ! » alors je compris quelle séduction réside en un tremplin de dix mètres.

Une portée de petits chats gris grattait le creux de mes genoux ; des hérissons s'accouplaient sous la plante de mes pieds ; des enfants d'hirondelles prirent leur essor sous mes bras ; devant moi je vis le monde, et non seulement l'Europe.

Américains et Japonais dansaient la farandole sur l'île de Luçon. Ils y perdaient leurs boutons de culotte. Cependant, à Stockholm, un tailleur cousait des boutons à un frac. Mountbatten fournissait aux éléphants de Birmanie des projectiles de tout calibre. En même temps, à Lima, une veuve apprenait à son perroquet à dire Caramba. Au milieu du Pacifique, deux porte-avions ornés comme des cathédrales gothiques lâchaient leurs appareils et se coulaient réciproquement. Mais les avions ne pouvaient plus rejoindre leur base et demeuraient comme des anges, flottant dans l'atmosphère. Cela ne dérangeait pas du tout un wattman de Haparanda qui justement avait congé. Il cassait des œufs dans une poêle, deux pour lui, deux pour sa fiancée dont il attendait l'arrivée avec le sourire et en combinant tout à l'avance. Naturellement on aurait pu prévoir que les armées de Koniev et de Joukov se remettraient en mouvement ; tandis qu'il pleuvait en Islande, ils perçaient le front de la Vistule, prenaient Varsovie trop tard et Kœnigsberg trop tôt ; cela n'empêchait pas une femme de Panama, laquelle avait cinq enfants et un seul mari, de laisser son lait brûler sur le gaz.

Le fil des événements faisait des boucles et parfois des nœuds ; mais, plus loin, déjà tricoté, il était l'Histoire.

Je fus frappé de ce que mille actions (se tourner les pouces, froncer les sourcils, baisser la tête, serrer des mains, faire des enfants, falsifier la monnaie, éteindre la lumière, se brosser les dents, fusiller et mettre à sec) étaient pratiquées partout, quoique avec une habileté inégale. J'en eus la tête éblouie.

C'est pourquoi je portai de nouveau mon attention sur le procès organisé en mon honneur au pied de la tour de dix mètres. « Saute, doux Jésus, saute », susurrait Lucie Rennwand, témoin pubère. Elle était assise sur les genoux de Satan, ce qui rehaussait encore sa virginité. Il lui faisait plaisir en lui offrant un sandwich-saucisson. Elle y mordait et pourtant restait chaste. « Saute, doux Jésus ! » Elle mâchait et me présentait son triangle intact.

Je ne sautai pas et ne sauterai jamais de la tour de dix mètres. Ce n'était pas le dernier procès d'Oscar. Plusieurs fois, et récemment encore, on a voulu m'induire à sauter. Au procès de l'Annulaire comme à celui des Tanneurs, il y avait foison de spectateurs au bord de la piscine sans eau, dallée d'azur. Ils étaient au banc des témoins pour se repaître de mon procès. Mais je fis demi-tour, étouffai les hirondelles, écrasai les hérissons, asphyxiai la portée de chats ; d'un pas mécanique, dédaignant l'exaltation du plongeon, je gagnai la balustrade, puis l'échelle, je descendis ; et chaque échelon me certifia que les tours de dix mètres ne sont pas là seulement pour qu'on y grimpe, mais qu'on peut aussi en descendre sans avoir sauté, avoué.

Maria et Matzerath m'attendaient au pied. M. l'Abbé Wiehnke me bénit sans qu'il lui fût rien demandé. Gretchen Scheffler m'avait apporté un petit manteau d'hiver et du gâteau. Kurt avait grandi et ne voulut reconnaître en moi ni son père ni son demi-frère. Ma grand-mère Koljaiczek tenait son frère Vincent par le bras. Celui-là connaissait le monde comme il va et tenait des propos confus.

Comme nous quittions le bâtiment du tribunal, un fonctionnaire en civil vint trouver Matzerath, lui remit une lettre et dit : « Vous devriez encore une fois y réfléchir, monsieur Matzerath. Cet enfant doit être retiré de la rue. Vous voyez bien quels éléments abusent de cet être sans défense. »

Maria pleurait en me remettant en bandoulière mon tambour que le Révérend Wiehnke avait gardé pendant le procès. Nous allâmes à l'arrêt du tramway de la gare centrale. Matzerath me porta pour la dernière partie du parcours à pied. Je regardai pardessus son épaule, cherchant dans la foule un visage triangulaire ; j'aurais voulu savoir si elle aussi avait dû sauter du tremplin de dix mètres à la suite de Störtebeker et de Moorkähne, ou bien si, comme moi, elle avait choisi l'échelle.

Jusqu'à ce jour je n'ai pu me déshabituer de chercher dans les rues et sur les places une gamine maigre, ni jolie ni laide, qui envoie sans scrupules les hommes à la tuerie. Même dans mon lit, à la maison de santé, je sursaute quand Bruno m'annonce un visiteur inconnu. Mon épouvante, c'est que Lucie Rennwand arrive et, dans le rôle du croque-mitaine et de la Sorcière Noire, m'invite au saut suprême.

Dix jours durant, Matzerath réfléchit : devait-il signer la lettre et l'envoyer au ministère de la Santé ? Quand, le onzième jour, il la mit signée à la boîte, la ville était déjà sous le feu de l'artillerie et l'on pouvait se demander si la poste trouverait encore l'occasion d'acheminer la lettre. Des pointes blindées de l'armée Rokossovski poussèrent jusqu'à Elbing. La IIe armée, von Weiss, prit position sur les hauteurs environnant Danzig. On commença à vivre dans les caves.

Comme nous le savons tous, notre cave se trouvait sous la boutique. On pouvait y accéder de l'entrée, par le couloir de l'immeuble, en face des cabinets ; on descendait dix-huit marches ; elle était après les caves Heilandt et Kater, avant la cave Schlager. Le vieux Heilandt était toujours là. Mais Mme Kater, et l'horloger Laubschad, les Eyke et les Schlager avaient déguerpi avec quelques baluchons. On raconta d'eux, plus tard, qu'avec Gretchen et Alexandre Scheffler ils avaient pris place à la dernière minute sur un navire de la Force par la Joie en partance pour Stettin ou Lübeck, et qu'ils avaient sauté sur une mine ; en tout cas, la moitié des logements et des caves était vide.

La nôtre bénéficiait d'une seconde entrée consistant, on le sait aussi, en une trappe située dans la boutique derrière le comptoir. Ainsi personne ne pouvait voir ce que Matzerath descendait à la cave ou en remontait. Autrement personne ne nous aurait permis de constituer les stocks que Matzerath avait su accumuler pendant les années de guerre. Le local chaud et sec regorgeait de comestibles : légumes secs, pâtes, sucre, miel artificiel, farine de froment et margarine. Des caisses de biscuits

Knäckebrot écrasaient des caisses de végétaline. Des boîtes de macédoine de Leipzig s'empilaient à côté de boîtes de mirabelles, de petits pois, de quetsches, sur des rayons que l'habile Matzerath avait confectionnés lui-même et fixés aux murs par des chevilles. Quelques poutres, vers le milieu de la guerre et sur le conseil de Greff, avaient été coincées verticalement entre le plafond de cave et le sol bétonné pour donner à l'entrepôt de vivres la sécurité d'un abri réglementaire. A plusieurs reprises, Matzerath avait été sur le point d'abattre les poutres, car Danzig, à l'exception d'attaques de harcèlement, ne subit aucun bombardement notable. Mais quand le chef d'îlot Greff ne fut plus là pour le rappeler à l'ordre, ce fut Maria qui réclama le maintien des poutres. Elle revendiqua le droit à la sécurité pour Kurt et quelquefois aussi pour moi.

Pendant les premières attaques aériennes de la fin janvier, le vieux Heilandt et Matzerath unissaient encore leurs forces pour transporter dans notre cave le fauteuil de la mère Truczinski. Puis, peut-être sur sa demande, peut-être par goût du moindre effort, on la laissa dans son logement devant la fenêtre. Après la grande attaque contre la Cité, Maria et Matzerath trouvèrent la vieille femme la mâchoire inférieure pendante et le regard révulsé, comme si un moucheron collant lui était entré dans l'œil.

On ôta de ses gonds la porte de la chambre à coucher, le vieux Heilandt prit dans son hangar des outils et quelques planches de caisses. Tout en fumant des cigarettes Derby, que Matzerath lui avait données, il se mit à prendre les mesures. Oscar l'aida dans ce travail. Les autres disparurent à nouveau dans la cave, parce que l'artillerie postée sur les collines avait rouvert le feu.

Le vieux voulait faire vite et confectionner une simple caisse non rétrécie au pied. Oscar en tenait plutôt pour la forme traditionnelle du cercueil et tint bon ; tandis qu'il sciait, il lui plaçait les planches avec une telle précision qu'il se résolut à adopter cet amincissement du pied qui peut être exigé par tout cadavre humain.

Pour finir, le cercueil était superbe. La femme Greff lava le corps de la mère Truczinski, prit dans l'armoire une chemise de nuit propre, coupa les ongles, mit de l'ordre au chignon, le fixa de trois aiguilles à tricoter ; bref, elle prit soin que dans la mort la mère Truczinski ressemblât à une souris grise qui, de son vivant, aimait boire du café de malt et manger de la purée.

Mais comme, pendant le bombardement aérien, la souris s'était recroquevillée dans son fauteuil et ne voulait être mise au cercueil que les genoux remontés, le vieux Heilandt, pendant que Maria sortait une minute avec Kurt sur le bras, dut lui casser les deux jambes afin de pouvoir clouer le cercueil.

Malheureusement, la peinture noire manquait ; nous n'avions que de la jaune. Aussi fut-ce dans une jaquette de bois naturel, mais rétrécie au pied, que la mère Truczinski descendit l'escalier. Oscar portait son tambour à l'arrière-garde et considérait le couvercle du cercueil où il lisait : Vitello-Margarine — Vitello-Margarine — Vitello-Margarine ; cette inscription trois fois superposée à intervalles réguliers confirmait à titre posthume les goûts de la mère Truczinski. De son vivant, elle avait préféré au meilleur beurre la bonne margarine Vitello exclusivement aux huiles végétales ; parce que la margarine est hygiénique, garde la santé, nourrit et rend gai.

Le vieux Heilandt tira la voiture à bras de chez Greff-légumes où était posé le cercueil ; rue Louise, rue Sainte-Marie, chemin Anton-Möller — deux maisons y brûlaient — en direction de la clinique gynécologique. Kurt était resté dans notre cave en compagnie de la veuve Greff. Maria et Matzerath poussaient, Oscar était sur la voiture ; il aurait eu envie de grimper sur le cercueil, mais on ne le lui permit pas. Les rues étaient encombrées de réfugiés venus de Prusse- Orientale et du delta. Impossible, pratiquement, de franchir le passage inférieur sous le chemin de fer. Matzerath proposa de faire un trou dans le jardin scolaire du Conradinum. Maria était contre. Le vieux Heilandt, qui avait le même âge que la mère Truczinski, fit un signe de dénégation. Il nous fallait renoncer en tout cas aux cimetières municipaux, car à partir de la halle des Sports l'avenue Hindenburg était réservée aux véhicules militaires. Nous ne pûmes donc ensevelir la vieille souris près de son fils Herbert ; mais nous choisîmes une petite place derrière la prairie de Mai, dans le parc Steffens, juste en face des cimetières municipaux.

Le sol était gelé. Tandis que Matzerath et le vieux Heilandt maniaient alternativement le pic et que Maria tentait de déterrer du lierre contre les bancs de pierre, Oscar se rendit indépendant et fut bientôt entre les arbres de l'avenue Hindenburg. Quel trafic ! Des blindés repliés des hauteurs et du delta se remorquaient l'un l'autre. Aux arbres — ce devaient être des tilleuls — pendaient des réservistes du Volkssturm et des soldats. Des écriteaux de carton à peu près lisibles sur le devant de leurs capotes d'uniforme disaient que ces hommes pendus aux arbres ou aux tilleuls étaient des traîtres. Je regardai en face plusieurs pendus au visage torturé, et procédai à des comparaisons d'ordre général, puis plus particulier, en prenant pour étalon de mesure Greff-légumes quand il était pendu. Je vis aussi des grappes de gamins en uniformes trop grands ; je crus plusieurs fois reconnaître Störtebeker — mais tous les gamins pendus se ressemblent — et pourtant je me disais : « Eh bien, ils ont pendu Störtebeker ; est-ce qu'ils ont mis aussi Lucie Rennwand au bout d'une corde ? »

Cette pensée donna des ailes à Oscar. Il détailla les arbres à gauche et à droite, à la recherche d'une maigre fille pendue. Puis il se faufila parmi les blindés sur l'autre côté de l'avenue ; mais là aussi ce n'étaient que des feldgraus, des vieillards du Volkssturm et des gamins qui ressemblaient à Störtebeker. Déçu, je trottinai jusqu'au café des Quatre-Saisons ; il était à demi détruit. Je battis en retraite à contrecœur. Quand je trouvai la tombe de la mère Truczinski et répandis avec Maria du lierre et des feuilles mortes sur le tertre, je gardais présente à l'esprit l'image nette et détaillée de Lucie pendue.

La voiture à bras de la veuve Greff ne fut pas ramenée au magasin de légumes. Matzerath et le vieux Heilandt la démontèrent et déposèrent les éléments devant le comptoir. Le négociant en produits exotiques, tout en mettant dans la poche du vieil homme trois paquets de cigarettes Derby, lui dit : « On aura peut-être encore besoin de la voiture, des fois. Ici, elle est à peu près à l'abri. »

Le vieux Heilandt ne dit rien, mais prit dans les rayons presque vides plusieurs paquets de nouilles et deux sacs de sucre. Puis il partit en traînant ses pantoufles de feutre qu'il avait gardées pour l'enterrement, sortit de la boutique et laissa à Matzerath le soin de garer dans la cave le misérable reste de marchandises qui était sur les rayons.

Maintenant, c'était à peine si nous sortions encore du trou. On disait que les Russes étaient déjà à Zigankenberg, à Pietzgendorf et aux portes de Schidlitz. En tout cas ils devaient être sur les hauteurs, car ils tiraient à zéro en plein dans la ville. La Ville-Droite, la Vieille-Ville, la Ville-au-Poivre, le faubourg, la Ville-Récente, la Ville-Neuve et la Ville-Basse, auxquels les maçons avaient travaillé sept cents ans, brûlèrent en trois jours. Ce n'était pas le premier incendie de Danzig. Il y avait eu déjà les Poméréliens, les Brandebourgeois, les Chevaliers teutoniques, les Polonais, les Suédois, encore les Suédois, les Français, les Prussiens et les Russes ; même les Saxons, un jour qu'ils faisaient de l'Histoire, avaient trouvé la ville digne d'être brûlée. Maintenant c'était l'œuvre commune des Russes, des Polonais, des Allemands et des Anglais. Et de recuire pour la centième fois les briques de l'architecture gothique, mais sans parvenir à en faire du biscuit. Y passèrent : la Häkergasse, la rue Longue, la rue Large, la Grande et la Petite rue des Drapiers, la rue Tobie, la rue des Chiens, le fossé de la Vieille-Ville, le fossé du faubourg, y passèrent les boulevards et le Pont-Long. La porte de la Grue était en bois ; sa combustion fut particulièrement splendide. Dans la rue des Culottiers, le feu se fit faire bonne mesure en tissu chatoyant. Notre-Dame brûla du dedans au dehors et un éclairage de fête illumina ses fenêtres ogivales. Ce qui subsistait de cloches non évacuées à Sainte-Catherine, à Saint-Jean, à Saintes Brigitte, Barbe, Elisabeth, à Saints-Pierre-et-Paul, à la Trinité et au Saint-Sacrement fondit dans les charpentes en flammes et s'égoutta sans tambour ni musique. Au Grand Moulin, on moulait des coqs rouges. Dans la rue des Bouchers, ça sentait le rôti du dimanche brûlé. Le Théâtre municipal donna en grande première la Rêverie de Koljaiczek, en un seul acte, mais à double sens. A l'hôtel de ville de la rive droite, on décida d'augmenter après le coup de feu la solde des pompiers. La rue du Saint-Esprit remonta au ciel. Le couvent des Franciscains fit un feu de joie franciscaine. La rue des Dames s'enflamma d'un zèle ardent. Il va de soi que le marché au Bois, le marché au Charbon et le marché au Foin fricassaient comme un rien. Dans la rue des Pannetiers, le four garda les petits pains brûlés. Dans la rue du Pot-au-Lait, le liquide se sauva. Seul, pour des raisons hautement symboliques, le bâtiment de l'Assurance-Incendie Prusse-Occidentale refusa de frire.

Oscar ne s'en faisait pas pour ces incendies. J'aurais mieux aimé rester dans la cave quand Matzerath se levait d'un bond pour aller au grenier regarder brûler Danzig, si je n'avais à la légère entreposé dans ce même grenier mes quelques biens personnels, aisément combustibles. Il fallait sauver mon dernier tambour en provenance du Théâtre aux armées ainsi que mon Goethe-Raspoutine. Je conservais aussi entre les pages du livre un éventail impalpable, délicatement historié, que ma Roswitha, la Raguna, savait de son vivant agiter avec tant de grâce. Maria resta dans la cave. Mais Kurt voulait grimper sur le toit avec moi et Matzerath pour voir le feu. Je fus scandalisé premièrement que mon fils fût aussi doué pour l'enthousiasme ; secondement Oscar se dit : il tient cela de son arrière-grand-père, de ton grand-père, l'incendiaire Koljaiczek. Maria garda le petit en bas ; je fus admis à monter avec Matzerath ; je ramassai mon saint-frusquin, jetai un regard par la fenêtre du séchoir et là je fus étonné : quel jaillissement de vivace énergie dans cette ville vénérable !

Quand les obus explosèrent à proximité, nous quittâmes le séchoir. Plus tard, Matzerath voulut remonter, mais Maria le lui défendit. Il obtempéra, et pleura en décrivant en long et en large l'incendie à la veuve Greff, restée en bas. Il fut encore une fois dans le logement où il alluma la radio ; mais rien ne se fit entendre. Pas même les crépitements de l'incendie qui ravageait la Maison de la Radio, et encore bien moins un communiqué spécial.

Décontenancé comme un enfant qui ne sait s'il doit continuer à croire au Père Noël, Matzerath, debout au milieu de la cave, tirait sur ses bretelles. Pour la première fois, il exprima des doutes relatifs à la victoire finale et, sur le conseil de la veuve Greff, ôta du revers de sa veste l'insigne du Parti. Mais il ne sut qu'en faire ; car le sol de la cave était bétonné ; la Greff ne voulait pas le lui prendre ; Maria était d'avis de l'enfouir dans les pommes de terre d'hiver, mais les pommes de terre, de l'avis de Matzerath, n'offraient pas une cachette suffisamment sûre ; monter là-haut, il n'osait pas, car ils allaient bientôt arriver, ils étaient en route, ils combattaient déjà dans Brenntau et dans Oliva quand il avait été au grenier. Il regrettait fort de n'avoir pas laissé le bonbon dans le sable de la défense passive ; s'ils le trouvaient ici avec ce bonbon dans la main... Du coup il le laissa tomber sur le béton, voulut mettre un pied dessus et jouer les durs, mais Kurt et moi nous étions déjà dessus ensemble. Je m'en emparai le premier et le gardai quand Kurt se mit à me taper dessus. Maria tentait de nous séparer. Je me demandais si ce seraient des Blancs-Russiens ou des Grands-Russiens, des Cosaques ou des Géorgiens, des Kalmouks ou des Tartares de Crimée, des Ruthènes ou des Ukrainiens, voire des Kirghizes, qui trouveraient sur Kurt l'insigne du Parti si Oscar cédait aux coups de son fils.

Quand, avec l'assistance de la veuve Greff, Maria nous sépara, je tenais victorieusement le bonbon dans ma main gauche fermée. Matzerath était content d'être débarrassé de cette décoration. Maria s'occupait de Kurt qui hurlait. L'épingle de l'insigne, ouverte, me piquait la paume. Cet objet n'avait aucun intérêt. Mais comme j'allais recoller la chose au bas du dos de Matzerath, sur son veston — son Parti, tout compte fait, ne me concernait pas — voici qu'ils étaient en même temps au-dessus de nous dans la boutique et, à entendre crier les femmes, très vraisemblablement dans les caves voisines.

Quand ils soulevèrent la trappe, l'épingle de l'insigne me piquait toujours. Que me restait-il à faire, sinon m'asseoir par terre devant les genoux tremblants de Maria et observer les fourmis sur le sol de béton ? Elles suivaient une route stratégique qui, partant des pommes de terre d'hiver, filait en diagonale à travers la cave jusqu'à un sac de sucre. Des Russes standards, légèrement métissés, estimai-je quand une demi-douzaine d'hommes dévalèrent l'escalier de la cave en roulant des yeux par-dessus des mitraillettes. Au milieu de tous ces cris, il était rassurant que les fourmis ne prissent pas garde à l'entrée en scène de l'armée russe ; elles ne songeaient qu'aux pommes de terre et au sucre, tandis que les autres, avec leurs pistolets-mitrailleurs, aspiraient d'abord à d'autres conquêtes. Les adultes mirent haut les mains, ce qui me parut normal. On connaissait cela par les actualités ; c'était ainsi que s'étaient rendus les défenseurs de la poste polonaise. Mais je ne pus m'expliquer pourquoi Kurt singea les adultes. Il aurait dû prendre exemple sur son père et, sinon sur son père, sur les fourmis. Comme trois des uniformes carrés entreprirent aussitôt de caramboler la veuve Greff, un certain mouvement s'instaura dans la compagnie. La Greff qui, après un long veuvage et le jeûne préalable, s'était à peine attendue à une cour aussi pressante, poussa d'abord des cris de surprise, mais s'adapta rapidement à cette position horizontale qu'elle avait presque oubliée.

J'avais déjà lu, chez Raspoutine, que les Russes aiment les enfants. Je devais en faire l'expérience dans notre cave. Maria tremblait sans motif et ne semblait pas comprendre pourquoi les quatre qui n'étaient pas après la Greff prenaient Kurt sur les genoux, n'allaient pas tous se relayer, mais caressaient Kurt, lui disaient dadada et lui gratouillaient les joues, à Maria aussi.

Quelqu'un me souleva du béton avec mon tambour et m'empêcha désormais d'observer les fourmis, de mesurer l'écoulement du temps selon le rythme de leur activité. Mon instrument me pendait sur le ventre et le gaillard trapu, aux pores dilatés, tambourina de ses gros doigts, non sans adresse pour un adulte, quelques mesures sur lesquelles on aurait pu danser. Oscar l'aurait volontiers payé de retour et fait quelques acrobaties techniques sur la tôle, mais il ne le pouvait pas, car l'insigne du Parti de Matzerath lui piquait toujours le creux de la main gauche.

Une atmosphère paisible et familière s'établissait dans notre cave. La Greff, de plus en plus silencieuse, passa successivement sous trois types et quand l'un d'eux eut son compte, mon fameux joueur de tambour me repassa à un homme suant, aux yeux légèrement bridés ; mettons que c'était un Kalmouk. Tandis qu'il me tenait déjà sur son bras gauche, de la main droite il reboutonnait sa braguette et il ne se formalisa point que son prédécesseur, mon tambourinaire, fît exactement l'inverse.

Mais pour Matzerath la situation manquait de variété. Toujours debout devant le rayon de macédoine de Leipzig en boîtes de fer-blanc, il tenait les mains en l'air et en montrait toutes les lignes ; mais personne ne voulait les lui lire. En revanche, la faculté d'adaptation des femmes se révélait étonnante : Maria se mettait à l'étude de la langue russe, ses genoux ne tremblaient plus ; elle riait même, et, si l'objet avait été à portée de sa main, elle aurait joué de l'harmonica.

Oscar, à l'épreuve des coups du sort, chercha de quoi remplacer les fourmis et se mit à observer plusieurs animaux aplatis, d'un gris brunâtre, qui se promenaient sur le bord du col de mon Kalmouk. J'avais envie d'attraper un de ces poux ; il en était question dans mes lectures, rarement chez Goethe, en revanche beaucoup plus souvent chez Raspoutine. Mais comme il était malaisé de saisir les poux d'une seule main, je tâchai de me débarrasser de l'insigne. Pour expliquer ma façon d'agir, Oscar dit : Attendu que le Kalmouk avait déjà sur la poitrine plusieurs décorations, je tendis latéralement la main fermée du côté de Matzerath.

On peut dire maintenant que je n'aurais pas dû le faire. Mais on peut dire aussi : Matzerath n'aurait pas dû tendre sa main.

Il la tendit. Je n'avais plus le bonbon. Une panique envahit petit à petit Matzerath quand il sentit entre ses doigts l'insigne de son Parti. Ayant de mon côté les mains libres, je ne voulus pas être témoin de ce que ferait Matzerath. Trop distrait pour attraper les poux, Oscar voulut se concentrer derechef sur les fourmis ; mais je saisis un bref mouvement que fit de la main Matzerath ; et à présent, comme il ne me vient pas d'autre excuse, je dis ce que je pensais alors : il aurait été plus raisonnable de garder tranquillement dans ma main fermée cet objet rond, multicolore.

Mais il voulait s'en débarrasser ; malgré l'imagination dont il avait souvent fait preuve comme cuisinier et décorateur de la devanture du magasin de produits exotiques, il ne trouva pas d'autre cachette que sa cavité buccale. Un simple geste bref peut peser lourd. Celui qu'il fit en portant sa main à sa bouche suffit à effrayer les deux Ivans paisiblement assis sur la couchette de l'abri, à gauche et à droite de Maria. Debout, ils braquaient leurs mitraillettes contre le ventre de Matzerath, et chacun pouvait voir que Matzerath essayait d'avaler quelque chose.

Si seulement il avait auparavant, à trois doigts, refermé l'épingle de l'insigne. Maintenant il s'étranglait avec ce bonbon rétif ; il devenait violacé ; ses yeux firent saillie ; il toussait, pleurait, riait et tous ces mouvements simultanés de l'âme l'empêchaient de garder les mains en l'air. Ça, les Ivans ne pouvaient pas le tolérer. Ils criaient, ils voulaient voir ses paumes. Mais Matzerath n'en avait qu'à sa respiration. Il ne pouvait même plus tousser, mais il se mit à danser et à faire avec ses bras des gestes de moulin à vent, balaya au passage quelques boîtes de macédoine posées sur les rayons ; l'effet produit fut que mon Kalmouk, qui jusqu'alors avait regardé la scène d'un œil paisible et légèrement bridé, me déposa délicatement par terre, passa une main derrière son dos, mit quelque chose à l'horizontale et tira en seringue, à hauteur de sa hanche, tout un chargeur avant que Matzerath eût péri étouffé.

L'irruption du Destin inspire d'étranges actions. Tandis que mon père présumé avalait le Parti et mourait, j'écrasais par mégarde entre mes doigts un pou que je venais de prendre au Kalmouk. Matzerath s'était effondré en travers de la route des fourmis. Les Ivans quittèrent la cave par l'escalier de la boutique et prirent au passage quelques paquets de miel artificiel. Mon Kalmouk partit le dernier, mais il ne prit pas de miel, parce qu'il était occupé à remettre un chargeur à sa mitraillette. La veuve Greff, ouverte et de travers, pendait entre des caisses de margarine. Maria serrait Kurt contre elle à l'écraser. Moi, j'avais dans la tête une phrase lue chez Goethe. Les fourmis se trouvèrent devant une situation nouvelle ; mais elles ne craignaient pas de faire un crochet et tracèrent leur route stratégique en contournant Matzerath recroquevillé ; car le sucre qui coulait de ce sac éventré n'avait pas perdu en saveur tandis que l'armée du maréchal Rokossovski occupait Danzig.

Dois-je ou ne dois-je pas ?

Vinrent d'abord les Rugiens, puis les Goths et les Gépides, ensuite les Kachoubes dont Oscar descend en ligne directe. Peu de temps après, les Polonais envoyèrent Adalbert de Prague. Il vint avec la croix, et les Kachoubes ou Borusses l'occirent avec la hache. Cela arriva dans un village de pêcheurs appelé Gyddanyzc. De Gyddanyzc on fit Danczik, Danczig devint Dantzig, qui plus tard s'écrivit Danzig ; et aujourd'hui Danzig s'appelle Gdansk.

Mais avant qu'on ait trouvé cette orthographe, après les Kachoubes, ce furent les ducs de Pomérélie qui vinrent à Gyddanyzc. Ils portaient des noms comme Subislaus, Sambor, Mestwin et Swantopolk. Le village devint une petite ville. Puis vinrent, de très loin, les Brandebourgeois, et ils détruisirent aussi quelque peu. Boleslav de Pologne voulut en faire autant ; et pareillement l'Ordre des Chevaliers teutoniques prit soin que son glaive séculier remît à neuf les dégâts à peine réparés.

Plusieurs siècles durant, un petit jeu de démolition et de reconstruction fut pratiqué par les ducs de Pomérélie, les Grands-Maîtres de l'Ordre, les rois et anti-rois de Pologne, les margraves de Brandebourg et les évêques de Wloclawek. Architectes et démolisseurs s'appelaient : Othon et Waldemar, Bogussa, Henri de Plotzke et Dietrich von Altenberg qui construisit le château de l'Ordre sur les lieux où, au vingtième siècle, sur la place Hévélius, on défendit la poste polonaise.

Vinrent les Hussites ; après avoir mis le feu en quelques endroits, ils se retirèrent. Puis les Teutoniques furent expulsés de la ville, leur château rasé, parce qu'on ne voulait pas de château dans la ville. On se fit polonais, et ça n'allait pas si mal. Le roi qui obtint ce résultat s'appelait Kazimierz, qui reçut l'épithète de Grand et fut le fils du second Wladyslaw. Puis vint Louis et, après Louis, Jadwiga. Elle épousa Jagellon de Lituanie, inaugurant ainsi la période des Jagellons. Wladyslaw II fut suivi d'un troisième Wladyslaw, puis d'un nouveau

Kazimierz ; mais celui-ci n'était pas un enthousiaste ; treize ans de suite, il gaspilla le bon argent des marchands de Danzig à guerroyer contre l'Ordre teutonique. Jean-Albert en revanche eut maille à partir avec les Turcs. Le successeur d'Alexandre fut Sigismond le Vieux, alias Zygmunt Stary. Dans le cours d'histoire, le chapitre de Sigismond-Auguste est suivi de celui sur Stefan Batory, dont les Polonais donnent volontiers le nom à leurs transatlantiques. Ce dernier assiégea et bombarda la ville un certain temps — voir manuel — mais ne put la prendre. Puis vinrent les Suédois qui firent de même. Ils se plurent tant à assiéger la ville qu'ils recommencèrent plusieurs fois coup sur coup. En ce temps-là, Hollandais, Danois, Anglais aimaient tant la baie de Danzig que plusieurs capitaines étrangers circulant dans la rade purent devenir des héros de la mer.

La paix d'Oliva. Quelle jolie sonorité paisible. Les grandes puissances remarquèrent alors, pour la première fois, que le pays des Polonais se prête merveilleusement au partage. Suédois, Suédois, encore des Suédois — redoute des Suédois, punch suédois, potences suédoises. Puis vinrent les Russes et les Saxons, parce que le pauvre roi de Pologne Stanislas Leszczynski se cachait dans la ville. A cause de ce seul roi, dix-huit cents maisons furent détruites ; et le pauvre Leszczynski s'enfuit en France, parce que son gendre Louis y habitait ; les bourgeois de la ville durent cracher un million.

Puis la Pologne fut partagée à trois reprises. Les Prussiens vinrent sans en être priés et, sur toutes les portes de la ville, par-dessus l'aigle royal polonais, ils repeignirent leur oiseau à eux, en changeant la couleur. Le maître d'école Johannes Falk eut à peine le temps de composer la chanson de Noël *O joyeuse nuit...* que déjà les Français étaient là. Le général de Napoléon s'appelait Rapp et, après un misérable siège, les Danzigois durent lui râper un fromage de vingt millions. Que la période française ait été épouvantable, il ne faut pas trop le croire sur parole. Mais elle ne dura que sept ans. Puis vinrent les Russes et les Prussiens, et leur artillerie incendia l'île des Docks. C'en était fini de l'Etat libre qu'avait imaginé Napoléon. Derechef, les Prussiens trouvèrent une occasion de peindre leur oiseau sur des portes ; ils s'y employèrent avec une application toute prussienne et cantonnèrent dans la ville le 4e régiment de grenadiers, la 1re brigade d'artillerie, la 1re section de sapeurs du génie et le 1er régiment de hussards de la Garde. On ne vit que passer à Danzig le 30e d'infanterie, le 18e d'infanterie, le 3e régiment de la Garde à pied, le 44e d'infanterie et le régiment de fusiliers numéro 33. En revanche, le célèbre régiment d'infanterie numéro 128 n'évacua la ville qu'en dix-neuf cent vingt. Pour ne rien omettre, disons encore que pendant la période prussienne la 1re brigade d'artillerie fut subdivisée en 1er groupe d'artillerie de forteresse et 2e groupe à pied du régiment d'artillerie numéro 1 de Prusse-Orientale. Vint en sus le régiment d'artillerie à pied poméranien numéro 2 qui fut plus tard remplacé par le régiment d'artillerie à pied numéro 16 de Prusse-Occidentale. Au 1er Hussards de la Garde succéda le 2e Hussards de la Garde. Par contre, le 8e Uhlans ne séjourna que peu de temps dans nos murs. Par compensation sans doute, le bataillon du train numéro 17 fut caserné hors des murs dans le faubourg de Langfuhr.

Du temps de Burckhardt, de Rauschning et de Greiser, il n'y avait dans l'Etat libre que la police verte. Sous Forster en trente-neuf il en fut tout autrement. De nouveau toutes les casernes de brique furent pleines de joyeux jeunes hommes en uniforme qui manipulaient toutes sortes d'armes. On pourrait maintenant énumérer les noms de toutes les unités qui, de trente-neuf à quarante-cinq, avaient leurs dépôts à Danzig et aux environs et furent embarquées à Danzig à destination du front de l'Arctique. Oscar s'en dispensera cependant et il lui suffira de dire : ensuite vint, comme nous venons de l'apprendre, le maréchal Rokossovski. A la vue de la ville intacte, il se souvint de ses grands précurseurs internationaux et commença par tout détruire à l'obus incendiaire, afin que ses successeurs pussent se dépenser généreusement à reconstruire.

Chose curieuse : cette fois-ci, après les Russes, ce ne furent ni des Prussiens, ni des Suédois, ni des Saxons, ni des Français qui vinrent : ce furent les Polonais.

Avec leurs baluchons ils arrivaient de Wilna, de Bialystok, de Lwow, et cherchaient des logements. Chez nous vint un monsieur qui s'appelait Fajngold ; il était seul dans la vie, mais il faisait toujours comme s'il était environné d'une famille nombreuse à laquelle il aurait commandé. M. Fajngold reprit aussitôt le commerce de denrées exotiques ; il montra à sa femme Luba, qui demeurait d'ailleurs invisible et ne répondait pas, la balance décimale, le réservoir de pétrole, la tringle de laiton pour pendre les saucisses, la caisse vide et, avec une joie triomphale, les stocks en cave. Maria, qu'il avait d'office engagée comme vendeuse et présentée de façon volubile à son épouse, l'imaginaire Luba, montra à M. Fajngold notre Matzerath qui depuis trois jours déjà gisait dans la cave sous une toile de tente ; nous n'avions pas pu l'enterrer en raison des nombreux Russes qui partout dans les rues essayaient des bicyclettes, des machines à coudre et des femmes.

Quand M. Fajngold vit le cadavre que nous avions retourné sur le dos, il joignit les mains au-dessus de sa tête, de la même façon expressive qu'Oscar avait observée des années auparavant chez le marchand de jouets Sigismond Markus. Il appela dans la cave non seulement sa femme Luba, mais toute sa famille : et à coup sûr il les vit tous présents, car il les appela par leur nom : Luba, Lew, Jakub, Berek, Léon, Mendel et Sonia. Il expliqua aux susnommés qui était là, gisant et mort ; et tout de suite après il nous expliqua à nous que tous ceux qu'il venait d'appeler gisaient pareillement par terre, avant de passer dans les crématoires de Treblinka ; y compris sa belle-sœur et le beau-frère de sa belle-sœur, qui avait cinq petits enfants ; et tous étaient là, gisants et morts, sauf lui, M. Fajngold, parce qu'il arrosait par terre avec de l'eau de Javel. Alors il nous aida à remonter Matzerath par l'escalier de la boutique ; il avait derechef toute sa famille autour de lui ; il priait sa femme Luba d'aider Maria à faire la toilette du cadavre. Mais elle n'aida point, ce dont M. Fajngold ne s'aperçut guère, parce qu'il était occupé à remonter les stocks dans la boutique. Cette fois, nous ne pûmes recourir à la Greff qui avait lavé la mère Truczinski ; elle avait des Cosaques plein son logement ; on les entendait chanter.

Le vieux Heilandt qui, dès les premiers jours de l'occupation, avait trouvé du travail comme cordonnier et ressemelait des bottes russes crevées par l'offensive, ne voulut d'abord pas faire l'office d'ébéniste funéraire. Mais quand M. Fajngold le fit venir dans le magasin et offrit au vieux Heilandt, en échange d'un moteur électrique tiré de son hangar, des cigarettes Derby tirées de notre réserve, il déposa les bottes, prit d'autres outils et ses dernières planches de caisses.

Nous habitions alors, avant d'en être expulsés et admis par M. Fajngold à occuper la cave, le logement de la mère Truczinski, totalement déménagé par des voisins et des immigrants polonais. Le vieux Heilandt prit la porte de la cuisine donnant sur la salle de séjour, attendu que la porte de la salle de séjour ouvrant sur la chambre à coucher avait fourni le cercueil de la mère Truczinski. En bas, dans la cour, il fumait des cigarettes Derby en montant la caisse. Nous restâmes à l'étage, et je pris l'unique chaise oubliée dans le logement ; j'y grimpai, ouvris les fenêtres aux carreaux ébréchés et fus peiné de voir que le vieux clouait la caisse sans la moindre sollicitude et sans y pourvoir à ce rétrécissement que prescrit le règlement.

Oscar ne revit plus Matzerath car, au moment où la caisse fut hissée sur la voiture à bras de la veuve Greff, il y avait déjà, cloués par-dessus, des couvercles de caisses de margarine Vitello, bien que Matzerath de son vivant n'eût jamais mangé de margarine ; il en avait horreur pour la cuisine.

Maria pria M. Fajngold de l'accompagner, car elle craignait les soldats russes qui traînaient les rues. Fajngold qui, assis en tailleur sur le comptoir, mangeait à la petite cuiller du miel artificiel dans un pot de carton, éleva d'abord des objections ; il craignait d'éveiller la méfiance de sa femme Luba. Mais par la suite il dut obtenir la permission de son épouse, car il se laissa glisser du comptoir, me donna le pot de miel que je remis à Kurt, lequel n'en laissa pas trace, tandis que M. Fajngold, aidé de Maria, enfilait une longue houppelande noire doublée de lapin gris. Avant de fermer la boutique et de recommander à sa femme de n'ouvrir à personne, il se superposa un gibus trop petit que jadis Matzerath avait porté en divers enterrements, noces et cérémonies.

Le vieux Heilandt refusa de tirer la voiture jusqu'aux cimetières municipaux. Il avait encore des bottes à ressemeler, disait-il, et il devait faire vite. Place Max-Halbe, où les ruines fumaient toujours, il obliqua sur la gauche par le chemin de Brösen, et je supposai qu'il prenait la direction de Saspe. Les Russes étaient assis devant les maisons dans le maigre soleil de février. Ils assortissaient des bracelets-montres, astiquaient au sable des cuillers d'argent, utilisaient des soutiens-gorge en guise de pare-oreilles. D'autres s'exerçaient à l'acrobatie sur vélocipède ; à l'aide de tableaux à l'huile, de grandes horloges, de baignoires, de postes de radio et de portemanteaux de vestiaire, ils avaient établi un gymkhana ; ils y décrivaient à vélo des huit, des escargots et des spirales, évitaient avec brio des objets tels que voitures d'enfants et suspensions préalablement jetées par la fenêtre ; leur adresse était saluée par des acclamations. Quand nous passions, le jeu cessait pour quelques secondes. Quelques-uns, qui portaient de la lingerie féminine par-dessus leurs uniformes, nous aidèrent à pousser. Ils voulurent aussi mettre la main sur Maria ; mais M. Fajngold, qui parlait russe et possédait un laissez-passer, les remit à leur place. Un soldat coiffé d'un chapeau de dame nous donna une cage à oiseau où logeait une perruche. Kurt, qui trottait à côté de la voiture, voulut aussitôt lui arracher les plumes. Maria, qui n'osait pas refuser le cadeau, mit la cage hors de la portée de Kurt, sur la voiture à côté de moi. Oscar, un peu interdit, mit la cage sur la caisse à margarine prolongée où gisait Matzerath. Assis tout à l'arrière, je laissai pendre mes jambes ballantes et regardai le visage de M. Fajngold ; il était ridé, pensif, voire renfrogné ; cela donnait l'impression que M. Fajngold vérifiait de tête un calcul compliqué et qu'il ne pouvait y parvenir.

Je battis un peu le tambour, histoire d'égayer l'atmosphère, pour chasser les idées noires de M. Fajngold. Mais il garda ses rides, le regard je ne sais où, peut-être dans la lointaine Galicie ; il voyait, mais pas mon tambour. Alors Oscar renonça ; on n'entendit plus que les roues de la voiture, et Maria qui pleurait.

L'hiver est vraiment doux, pensai-je quand nous eûmes derrière nous les dernières maisons de Langfuhr ; et je pris note que la perruche, à la vue de ce soleil d'après-midi sur l'aérodrome, lissait ses plumes.

Le champ d'aviation était gardé par des sentinelles, la route de Brösen barrée. Un officier parlait avec M. Fajngold qui, pendant l'entretien, tenait le gibus entre ses doigts écartés et montrait des cheveux rares, roussâtres, flottant au vent. L'officier tapota brièvement la caisse de Matzerath en guise de contrôle, taquina du doigt la perruche, puis nous donna le passage. Nous fûmes escortés ou surveillés par deux gamins de seize ans au plus, coiffés de képis trop petits et chargés de mitraillettes trop grandes.

Le vieux Heilandt tirait sans se retourner. Il avait le coup, sans ralentir la voiture, pour allumer d'une main des cigarettes tout en tirant. Il y avait des avions en l'air. On entendait aussi nettement les moteurs parce que c'était fin février, début mars. Quelques petits nuages courtisaient le soleil et se coloraient peu à peu. Les bombardiers partaient sur Hela ou revenaient de la presqu'île de Hela, parce que des débris de la XIe armée s'y battaient encore.

Le temps qu'il faisait et le ronron des avions me rendirent triste. Il n'y a rien de plus ennuyeux, de plus propice à l'écœurement qu'un ciel de mars sans nuage où se répand, puis expire le vacarme des avions. De plus, pendant tout le parcours, les deux petits Popofs s'efforcèrent en vain de garder le pas cadencé.

Peut-être quelques planches de la caisse hâtivement clouée s'étaient-elles disjointes pendant la course sur les pavés, puis sur l'asphalte criblé de nids de poules ; de plus nous marchions contre le vent ; en tout cas nous avions le dernier bonjour d'Alfred, et ça sentait le Matzerath défunt. Oscar fut bien content quand nous atteignîmes le cimetière de Saspe.

Impossible d'amener la voiture à la hauteur de la grille de fer forgé. Un T 34 placé en travers, incendié, barrait la route juste avant le cimetière. D'autres blindés montant sur Neufahrwasser avaient dû faire un détour, laissant leurs traces dans le sable à gauche de la route et culbutant en partie le mur du cimetière. Ils portèrent le cercueil, qui fléchissait en son milieu, le long des traces de chenilles ; puis ils franchirent laborieusement les éboulis du mur défoncé et usèrent leurs dernières forces entre des pierres tombales basculées ou branlantes. Le vieux Heilandt tirait tant qu'il pouvait sur sa cigarette et soufflait la fumée contre le bout du cercueil. Je portais la cage où logeait la perruche. Maria traînait derrière elle deux pelles. Kurt portait un pic, c'est-à-dire qu'il le faisait tournoyer en le traînant, heurtant le granit gris, au risque de s'assommer. Maria le lui prit ; robuste comme elle était, elle voulait aider les deux hommes à creuser.

Une chance que le sol soit ici sablonneux et non gelé, constatai-je ; puis je m'en fus derrière le mur nord chercher l'emplacement de Jan Bronski. Ç'aurait pu être ici ou là. On ne reconnaissait plus rien de précis ; les saisons changeantes avaient rendu gris et friable, comme toute maçonnerie à Saspe, le crépi dont jadis la blancheur était révélatrice.

Je revins par la grille de derrière, élevai mes regards tout au long des pins rabougris et pensai, pour n'avoir pas à penser à rien : voici maintenant qu'ils enterrent aussi Matzerath. Je cherchai et trouvai, en quelque mesure, un sens à la circonstance que les deux partenaires de skat, Bronski et Matzerath, avaient trouvé place dans le même sol de sable, encore que loin de ma pauvre maman. Tous les enterrements en rappellent d'autres !

Le sol de sable ne se laissait pas faire ; il aurait exigé des fossoyeurs plus exercés. Maria fit une pause. Haletante, elle s'appuya à son pic et se remit à pleurer quand elle vit Kurt qui lançait à longue portée des pierres sur la perruche dans sa cage. Kurt manquait le but ; il tirait de trop loin ; Maria pleurait très haut et avec sincérité parce qu'elle avait perdu Matzerath, parce qu'elle avait vu en Matzerath une chose qu'à son sens il figurait à peine, mais qui devait par la suite mériter l'amour durable de Maria. M. Fajngold prodigua les paroles de consolation et en profita pour faire aussi la pause ; le travail de la pelle lui portait au cœur. Le vieux Heilandt semblait chercher de l'or ; avec une régularité de pendule, il maniait la pelle, rejetait les déblais derrière lui et soufflait à intervalles mesurés la fumée de sa cigarette. A quelque distance, les deux gamins russes, assis sur le mur du cimetière, devisaient contre le vent. Par là-dessus, des avions, et un soleil qui ne cessait pas de mûrir.

Ils avaient creusé à un mètre de profondeur environ. Oscar se tenait là, debout, oisif, décontenancé parmi le granit vieillissant et les pins rabougris, entre la veuve de Matzerath et Kurt qui lançait des pierres sur la perruche.

Dois-je ou ne dois-je pas ? Tu es dans ta vingt et unième année, Oscar. Dois-tu ou ne dois-tu pas ? Tu es orphelin. Tu devrais enfin. Depuis que ta pauvre maman n'est plus, tu es un demi-orphelin. Tu aurais dû te décider à ce moment-là, déjà. Puis ils mirent dans l'écorce terrestre, non loin de la surface, ton père présumé Jan Bronski. Orphelin présumé à cent pour cent, tu étais déjà là, debout sur ce sable qui s'appelle Saspe, et tu tenais entre tes doigts une douille de cartouche légèrement oxydée. Il pleuvait, et un JU 52 se préparait à atterrir. Est-ce qu'alors déjà, dans le murmure de la pluie, puis dans le grondement de l'avion de transport qui atterrissait, tu n'as pas nettement perçu ce « dois-je-ne-dois-je-pas ? ». Tu te disais que c'était la pluie, le bruit des moteurs ; mais on peut prêter à n'importe quel texte cet air de monotonie. Tu voulais être sûr de ton affaire et n'être pas réduit à engager ta foi sur des hypothèses.

Dois-je ou ne dois-je pas ? Voici qu'ils font un trou pour Matzerath, ton second père présumé. A ta connaissance, tu n'as pas d'autres pères présumés. Pourquoi jongles-tu cependant avec ces deux bouteilles vert bouteille : dois-je, ne dois-je pas ? A qui veux-tu encore t'adresser ? Aux pins rabougris ? Mais eux-mêmes se demandent à quoi rime leur existence.

Alors je trouvai une maigre croix de fer forgé aux festons friables et aux lettres encroûtées ; on y lisait : Mathilde Kunkel, ou Runkel. Alors je trouvai dans le sable, entre les chardons et la folle avoine, des couronnes dont le métal rouillé s'effritait ; elles étaient grandes comme des assiettes ; peut-être figuraient-elles jadis des feuilles de chêne ou de laurier. Dois-je ? Ne dois-je pas ? Je les soupesai ; dois-je ? ne dois-je pas ? J'évaluai l'extrémité supérieure de la croix de fer, le diamètre était peut-être de quatre centimètres. Je m'accordai une distance de deux mètres et lançai. A côté. Dois-je recommencer ? La croix était trop oblique. Elle s'appelait Kunkel ou Runkel. Kunkel ? Runkel ? Oui ? Non ? J'en étais au sixième essai. Je m'en accordai sept et au septième, j'accrochai la couronne, je couronnai Mathilde. Des lauriers pour Fräulein Kunkel. Dois-je ? demandai-je à Frau Runkel. Oui, dit Mathilde. Elle mourut très tôt, à l'âge de vingt-sept ans, elle était née en soixante-huit. Moi, j'étais dans ma vingt et unième année quand je réussis mon lancer au septième essai. Ainsi, je réduisis l'alternative : « Dois-je, ne dois-je pas ? » à une proposition simple, couronnée, enfilée c'est gagné : « Je dois ! »

Comme Oscar, ayant sur la langue comme dans son cœur le nouveau « Je dois ! », se dirigeait vers les fossoyeurs, la perruche piailla parce qu'elle avait reçu une pierre, et des plumes jaunes s'envolèrent. Je me demandai quel problème moral pouvait avoir amené mon fils à lancer aussi longtemps des pierres sur une perruche jusqu'à ce qu'un ultime coup au but rendît la réponse.

Ils avaient poussé la caisse au bord de la tombe dont la profondeur atteignait environ un mètre vingt. Le vieux Heilandt était pressé, mais il lui fallut attendre ; Maria récitait les prières catholiques, tandis que M. Fajngold tenait son gibus devant sa poitrine et laissait errer ses yeux du côté de la Galicie. Kurt s'approcha aussi. Probablement qu'après avoir fait mouche, il avait pris une décision et s'approchait de la tombe pour tel ou tel motif, avec une résolution pareille à celle d'Oscar.

Cette incertitude me torturait. C'était mon fils, en effet, qui s'était décidé pour ou contre quelque chose. S'était-il résolu à reconnaître et à aimer en moi son vrai père ? Avait-il maintenant, trop tard, opté pour le tambour de fer battu ? Ou bien avait-il décrété : mort à mon père présumé Oscar, qui, grâce à l'insigne du Parti, a tué mon père présumé Matzerath, pour l'unique et suffisante raison qu'il en avait assez des pères en général ? Est-ce que lui non plus ne pouvait exprimer cette affection enfantine, souhaitable entre pères et fils, autrement qu'en essayant de m'assommer ?

Tandis que le vieux Heilandt laissait tomber, plutôt qu'il ne la descendit dans la fosse, la caisse où reposaient Matzerath, l'insigne du Parti dans le larynx de Matzerath et les munitions d'une mitraillette russe dans le ventre de Matzerath, Oscar se fit un aveu : il avait tué Matzerath de propos délibéré, parce que ce dernier n'était pas seulement son père présumé, mais aussi son père réel ; et aussi parce qu'il en avait assez de traîner un père à travers l'existence.

Il est donc faux que l'épingle de l'insigne ait été déjà ouverte quand je happai le bonbon sur le sol de la cave. L'épingle fut ouverte dans ma main, et non auparavant. Je donnai le bonbon rétif et barbelé à Matzerath, afin que les Russes trouvent sur lui la marque du Parti, afin qu'il mît le Parti sur sa langue et qu'il en crevât ; il fallait bien en finir.

Le vieux Heilandt prit la pelle et commença. Kurt l'aidait gauchement, mais avec ardeur. Je n'ai jamais aimé Matzerath. Sa sollicitude à mon égard était d'un cuisinier, non d'un père. C'était un bon cuisinier. S'il m'arrive quelquefois de regretter Matzerath, c'est que je retrouve entre mes dents ses quenelles de Kœnigsberg, ses rognons de porc sauce piquante, sa carpe au raifort et à la crème, sa matelote d'anguille à la verdure, ses côtes fumées choucroute et tous ses inoubliables rôtis du dimanche. On avait oublié de lui mettre dans son cercueil une cuiller à ragoût, à lui qui savait tourner ses sentiments en potages. On avait oublié de mettre dans sa tombe un trente-deux pour le skat. Il cuisinait mieux qu'il ne jouait au skat. Il jouait tout de même mieux que Jan Bronski, et presque aussi bien que ma pauvre mère. C'était sa personnalité, ce fut son drame. Je n'ai jamais pu lui pardonner l'intrigue avec Maria. Pourtant il la traitait bien, il ne l'a jamais battue et lui a cédé presque toujours quand elle tirait de rien une dispute. De même il ne me remit pas au ministère de la Santé du Reich et signa la lettre seulement quand le courrier ne fut plus distribué. Lors de ma naissance, sous les ampoules, il me destina au commerce. Pour n'avoir pas à prendre place derrière le comptoir, Oscar dut, pour dix-sept ans et plus, se mettre à battre une bonne centaine de tambours en fer battu laqué rouge et blanc. Le vieux Heilandt maniait la pelle et recouvrait Matzerath tout en fumant des cigarettes Derby. A présent Oscar aurait dû reprendre le commerce. Mais entre-temps, M. Fajngold avait occupé la place avec sa nombreuse famille invisible. J'héritais le reste : Maria, Kurt, et la responsabilité de tous deux.

Maria pleurait et priait toujours avec sincérité et catholicisme. M. Fajngold s'attardait en Galicie, ou bien résolvait de fastidieux problèmes d'arithmétique. Assis sur le mur du cimetière, les deux gamins russes causaient. Avec la régularité triste d'un pendule, le vieux Heilandt balançait sur les planches des caisses de margarine le sable du cimetière de Saspe. Oscar put encore lire trois lettres du mot Vitello, puis il ôta de son col le tambour ; il ne disait plus : Dois-je ou ne dois-je pas ? mais : A présent il le faut ! Et il jeta le tambour à l'endroit où suffisamment de terre recouvrait déjà le cercueil pour qu'il n'y eût pas de choc bruyant. J'y mis aussi les baguettes. Elles se plantèrent dans le sable. C'était mon tambour de l'époque des Tanneurs. Il provenait des stocks du Théâtre aux armées. Ce fut Bebra qui m'offrit ces instruments. Que penserait le maître ? Jésus avait battu ce tambour ; un Russe aux pores dilatés, bâti comme une armoire, avait fait de même. Il n'était plus bon à grand-chose. Quand une pelletée de sable toucha la peau du tambour, elle rendit un son. A la seconde pelletée, encore un petit son. Et à la troisième pelletée ce fut le silence. Un peu de vernis blanc resta visible, puis le sable vint tout niveler. Ce n'était plus que du sable, encore du sable ; le sable s'épaissit sur mon tambour, s'accumula, grandit — et moi aussi je commençai à grandir ; une forte hémorragie nasale en fut le symptôme.

Kurt remarqua le sang le premier. « Il saigne, il saigne ! » cria-t-il. M. Fajngold revint de Galicie, Maria sortit de ses prières ; même les deux jeunes Russes, toujours assis sur le mur à causer en regardant du côté de Brösen, tournèrent brièvement les yeux.

Le vieux Heilandt laissa la pelle dans le sable, prit le pic et appuya ma nuque sur le fer bleu-noirâtre. La fraîcheur fit son effet. L'hémorragie nasale diminua quelque peu. Déjà le vieux Heilandt avait repris sa pelle et il ne restait plus beaucoup de sable à côté de la tombe. Alors le saignement de nez cessa complètement. Mais je continuai à grandir ; cela se manifestait en moi par des grincements, une rumeur sourde coupée de craquements.

Quand le vieux Heilandt eut achevé la tombe, il prit sur une autre tombe une croix de bois vermoulue, sans inscription, et la planta dans le tertre à mi-distance entre la tête de Matzerath et mon tambour enseveli. « Ça y est ! » dit le vieux. Et il prit sur son bras Oscar qui ne pouvait pas marcher ; et l'emporta. Les autres, y compris les jeunes Russes à mitraillettes, le suivirent hors du cimetière, par-dessus le mur renversé, le long des traces de chenilles, jusqu'aux rails du tramway où le tank s'était mis en travers. Par-dessus mon épaule, je regardai le cimetière de Saspe. Maria portait la cage de la perruche, M. Fajngold portait les outils, Kurt ne portait rien, les deux gamins russes portaient des képis trop petits et des mitraillettes trop grandes ; le décor était de pins rabougris.

Après le sable, la route asphaltée. Sur l'épave du tank était assis Leo Schugger. Très haut, des avions venant de Hela, partant pour Hela. Leo Schugger prenait garde de ne pas noircir ses gants blancs au contact du T 34 incendié. Le soleil, au milieu de nuages gonflés, tombait sur la tour de Zoppot. Leo Schugger se laissa glisser à bas du tank et rectifia la position.

La vue de Leo Schugger mit le vieux Heilandt en joie : « Tiens ! On n'a jamais vu ça ! Le monde s'écroule, mais le Leo Schugger, lui, pas moyen de l'abattre ! » De sa main libre il tapota gentiment l'habit noir à manger de la tarte, puis il éclaira M. Fajngold : « C'est notre Leo Schugger. Il veut nous faire ses condoléances et nous serrer la pince. »

Ainsi fut fait. Leo fit voltiger ses gants volubiles puis, avec le bredouillement saliveux qui lui était habituel, il exprima ses condoléances. Enfin il demanda : « Avez-vous vu le Seigneur, avez-vous vu le Seigneur ? » Personne n'avait vu celui-là. Maria fit don à Leo, je ne sais pourquoi, de la cage où logeait la perruche.

Quand Leo Schugger vint saluer Oscar que le vieux Heilandt avait couché sur la voiture, son visage parut se défaire, un vent mystique enfla ses vêtements. Une danse le prit aux jambes. « Le Seigneur ! Le Seigneur ! » cria-t-il en secouant la perruche dans la cage. « Voyez ! Le Seigneur grandit, voyez donc, le Seigneur grandit ! »

Puis il fut projeté en l'air avec la cage, et se mit à courir, à voler, à danser comme un fou. Il fuyait, s'effaçait, s'enfonçait au loin avec l'oiseau criard, devenu oiseau lui-même, prenant enfin son vol. Il disparut, voletant à travers champs, en direction de Rieselfelder. Et à travers l'aboiement des deux mitraillettes, on l'entendait encore qui criait : « Il grandit ! Il grandit ! » Quand les deux jeunes Russes durent recharger il criait toujours : « Il grandit ! »

Et même quand à nouveau crépitaient les mitraillettes, alors qu'Oscar dévalait déjà le toboggan toujours accéléré d'un évanouissement énorme, j'entendis encore l'oiseau, la voix, le corbeau... Leo annonçant au monde : « Il grandit, grandit, grandit... »

Désinfectant

Des rêves hâtifs m'ont hanté la nuit dernière. Cela se passait comme aux jours de visite quand mes amis viennent me voir. Les rêves se renvoyaient l'ascenseur et partaient après m'avoir raconté ce que les rêves jugent digne d'être raconté : des histoires idiotes pleines de répétitions, de monologues auxquels l'auditeur ne peut se soustraire parce qu'ils sont présentés de façon insistante avec des gestes de mauvais acteurs. Lorsqu'au moment de déjeuner j'essayai de raconter les histoires à Bruno, je ne pus me débarrasser d'elles : j'avais tout oublié. Oscar n'a pas le don du rêve.

Tandis que Bruno desservait le déjeuner du matin, je demandai en douce : « Mon cher Bruno, quelle est exactement ma taille ? »

Bruno plaça la soucoupe de confiture sur la tasse à café et m'exprima un souci : « Voyons, monsieur Matzerath, vous n'avez encore pas mangé de confiture. »

Ce reproche, je le connais. Il surgit toujours après le déjeuner. Chaque matin il faut que Bruno m'apporte cette tombée de confiture de fraises, à seule fin que je la recouvre aussitôt d'un papier journal que je plie en forme de toit. Je ne peux ni voir ni manger la confiture. C'est pourquoi je ripostai avec calme et netteté : « Tu sais, Bruno, ce que je pense de la confiture. Dis-moi plutôt combien je mesure. »

Bruno a des yeux de poulpe éteint. Il décoche au plafond ce

regard préhistorique chaque fois qu'il lui faut réfléchir ; puis il parle dans la même direction. Donc ce matin il dit au plafond : « C'est pourtant de la confiture de fraises ! » Après un assez long silence pendant lequel mon propre silence laissait en suspens la question relative à la taille d'Oscar, le regard de Bruno quitta le plafond et se cramponna aux barreaux de mon lit ; puis vint la réponse : un mètre vingt et un.

« Ne voudrais-tu pas, mon cher Bruno, pour plus de méthode, vérifier ? »

Sans déplacer le regard, Bruno tira un double mètre de la poche fessière de son pantalon, rejeta presque avec brutalité ma couverture, rabattit sur ma nudité ma chemise qui avait remonté et déplia l'aune d'un jaune agressif, cassée à la longueur d'un soixante-dix. Il la posa sur moi, la fit coulisser, contrôla. Ses mains accomplissaient le travail en détail, mais ses yeux restaient à l'époque des dinosaures. Enfin il fit comme s'il lisait le résultat après avoir immobilisé le mètre sur ma personne : « Toujours un mètre et vingt et un centimètres ! »

Pourquoi fit-il pareil vacarme en rassemblant son mètre et en desservant le déjeuner ? On dirait que ma mesure ne lui plaît pas.

Quand Bruno quitta la chambre en emportant le plateau où le mètre jaune d'œuf était mitoyen du rouge révoltant de la confiture, une fois dans le corridor il colla encore une fois son œil au judas de la porte — son regard me rendit antédiluvien — puis il me laissa enfin seul avec mon mètre et les vingt et un centimètres.

Oscar est donc aussi grand que ça ! Pour un nain, un gnome, un Lilliputien, c'est presque trop grand. Quelle hauteur atteignait ma Roswitha, la Raguna, au vertex ? Quel niveau sut converver le maître Bebra qui descendait du Prince Eugène ? Aujourd'hui je pourrais regarder de haut même Kitty et Félix. C'étaient pourtant eux tous, jadis, qui toisaient Oscar — quatre-vingt-quatorze centimètres jusqu'à sa vingt et unième année — avec une amicale envie.

Je commençai à grandir quand, à l'enterrement de Matzerath au cimetière de Saspe, je reçus cette pierre à l'occiput.

Oscar dit pierre. Je consens donc à compléter le récit de ce qui eut pour théâtre le cimetière.

Après qu'un jeu m'eut démontré que le dois-je-ne-dois-je-pas était suranné, et que j'eus adopté le je-dois-il-le-faut-je-le-veux, je me dépouillai de mon tambour, le jetai avec les baguettes dans la tombe de Matzerath, et décidai de grandir. Je ressentis aussitôt un bourdonnement d'oreilles qui allait croissant. C'est alors seulement que je fus atteint à l'occiput par un caillou gros comme une noix que mon fils Kurt avait lancé de toute la force de ses quatre ans et demi. Le coup ne me surprit pas ; je m'attendais à quelque entreprise de ce genre. Je tombai rejoindre mon tambour dans la fosse de Matzerath. Le vieux Heilandt, de sa poigne sèche de vieil homme, me tira du trou, mais il y laissa le tambour et les baguettes. Quand le saignement de nez fit son apparition, il me coucha par terre, la nuque sur le fer de son pic. Le saignement, on le sait, prit fin rapidement ; mais la croissance fit des progrès, si minimes, d'ailleurs, que seul Leo Schugger s'en aperçut et le proclama par ses cris et son envol d'oiseau.

Fin de ce complément d'information, superfétatoire du reste ; car la croissance s'était instaurée dès avant le jet de la pierre et ma chute dans la tombe de Matzerath. Pour Maria et pour M. Fajngold il n'y eut cependant, et d'emblée, qu'une seule cause à ma croissance en quoi ils virent une maladie : la pierre dans l'occiput, la chute dans la fosse. Avant même d'avoir quitté le cimetière, Maria flanqua une raclée à Kurt. J'en eus de la peine, car il n'était pas inadmissible que Kurt eût lancé la pierre exprès pour accélérer ma croissance. Peut-être voulait-il avoir enfin un père adulte, ou bien un ersatz de Matzerath ; jamais il n'a reconnu ni honoré en moi son père.

Pendant l'année presque entière que dura ma croissance, il y eut abondance de médecins des deux sexes pour confirmer le diagnostic imputant la faute à la pierre, à la malheureuse chute. La nosographie de mes troubles s'écrivit donc ainsi : Oscar Matzerath est un Oscar contrefait parce qu'une pierre l'a touché à l'occiput, etc.

Il y aurait lieu ici de se rappeler mon troisième anniversaire. Quelle était l'opinion de mes parents sur le début de mon histoire proprement dite ? A l'âge de trois ans, Oscar Matzerath tomba de l'escalier de la cave sur le sol de béton. Cette chute mit fin à sa croissance, etc.

En revenant du cimetière de Saspe, nous trouvâmes de nouveaux locataires installés chez la mère Truczinski. Une famille polonaise de huit personnes peuplait la cuisine et les deux pièces. Ces intrus étaient gentils ; ils voulaient bien nous recueillir jusqu'à ce que nous ayons trouvé autre chose. Mais M. Fajngold était opposé à cet entassement ; il parla de nous rendre la chambre à coucher et de se cantonner, provisoirement, dans la salle de séjour. Là ce fut Maria qui dit non. Elle trouvait qu'il n'était pas convenable, pour une jeune veuve, de cohabiter de si près avec un monsieur seul. Fajngold, qui ne s'était pas encore aperçu qu'il n'avait à ses côtés ni sa femme Luba ni sa famille, et qui souvent sentait derrière son dos son énergique épouse, se rendit aux raisons de Maria. Par égard pour la décence et pour Mme Luba, on s'arrangea autrement. Il parla de nous céder la cave. Il aida aux travaux d'aménagement, mais ne put tolérer que j'allasse aussi dans la cave. Parce que j'étais malade, malade à faire pitié, on m'installa un lit de fortune dans la salle de séjour à côté du piano de ma pauvre mère.

Il était difficile de trouver un médecin. La plupart avaient quitté la ville en temps utile avec les transports de troupes. Dès janvier la caisse-maladie de Prusse-Occidentale avait été évacuée vers l'Ouest, ce qui, dans l'esprit de nombreux médecins, avait ôté au concept de patient presque tout support réel. Après avoir longtemps cherché, M. Fajngold découvrit, à l'école Hélène-Lange, où gisaient pêle-mêle des blessés de la Wehrmacht et de l'Armée rouge, une doctoresse d'Elbing qui y amputait à tour de bras. Elle promit de passer, vint au bout de quatre jours, s'assit près de mon lit de douleur, fuma, en m'examinant, trois ou quatre cigarettes successives et s'endormit à la quatrième.

M. Fajngold n'osa pas la réveiller. Maria, du coude, la poussa timidement. Mais la doctoresse ne revint à elle qu'au moment où la cigarette finissante lui brûla l'index gauche. Elle se leva aussitôt, écrasa du pied le mégot sur le tapis et dit avec une nervosité laconique : « Excusez. Pas fermé l'œil de trois semaines. J'étais à Käsemark avec un transport de petits enfants de Prusse-Orientale. Pas moyen de prendre le bac. Réservé aux troupes. Dans les quatre mille. Tous couic. » Puis, aussi brièvement qu'elle avait évoqué les petits enfants couic, elle caressa ma joue de petit enfant grandissant, se planta dans la face une nouvelle cigarette, retroussa sa manche gauche, tira de sa serviette une ampoule et, tout en se faisant une injection remontante, dit à Maria : « Je ne peux pas vous dire ce qu'a le gamin. Faudrait le mettre en clinique. Mais pas ici. Tâchez de partir direction ouest. Les genoux, les poignets et les épaules sont enflés. Ça gagne aussi la tête. Faites des compresses froides. Je vous laisse quelques comprimés, s'il souffre et ne peut pas dormir. »

J'admirai cette doctoresse concise qui ne savait pas ce que j'avais et voulait bien l'admettre. Pendant les semaines suivantes, Maria et M. Fajngold me firent plusieurs centaines de compresses froides ; j'en eus quelque soulagement, mais cela n'empêcha pas mes genoux, poignets et épaules, ma tête aussi, d'enfler encore et d'être douloureux. C'était surtout ma tête qui horrifiait Maria et aussi M. Fajngold, car elle gagnait en largeur. Maria me donna des comprimés qui bientôt manquèrent. Lui, avec une règle et un crayon, se mit à tracer des courbes de température. Cela l'entraîna à tenter des expériences. Dans des constructions imaginaires, il intégrait ma fièvre qu'il mesurait cinq fois par jour avec un thermomètre troqué au marché noir contre du miel artificiel. Sur les tableaux de M. Fajngold, cela se traduisait par une sierra déchiquetée — je songeais aux Alpes, à la Cordillère des Andes — pourtant, ma température avait des humeurs modérées : le matin, j'avais le plus souvent trente-huit un ; le soir je grimpais à trente-neuf ; trente-neuf quatre fut mon record pendant ma période de croissance. A travers ma fièvre, je voyais et entendais toutes sortes de choses. J'étais sur un manège forain, je voulais descendre et ne pouvais pas. Avec une foule de petits enfants j'étais assis dans des autos de pompiers, des cygnes creux, sur des chiens, des chats, des cochons et des cerfs ; je tournais, tournais, tournais, je voulais descendre et ne pouvais pas. Tous les petits enfants pleuraient ; ils voulaient comme moi descendre des autos de pompiers, des cygnes creux, de sur les chats, chiens, cerfs et cochons, ils ne voulaient plus faire de tours de manège ; mais ils ne pouvaient pas. Le Père céleste se tenait à côté du tenancier du manège et payait toujours le tour suivant. Et nous faisions une prière : « Ah ! Notre Père, nous savons bien que Tu as beaucoup de petite monnaie, que Tu aimes nous faire faire des tours de chevaux de bois afin de nous montrer la sphéricité de ce monde. Mais, s'il Te plaît, rentre Ton porte-monnaie, dis stop, halte, fertig, repos, basta, suffit, on ferme, stoï. Nous avons le vertige, pauvres petits enfants que nous sommes ; on nous a, quatre mille, menés à Käsemark sur la Vistule, mais nous ne l'avons pas franchie, parce que Ton manège... »

Mais le Bon Dieu, Notre-Père, tenancier du manège, souriait comme dans les livres avec sa barbe. Il tirait de son porte-monnaie encore une pièce pour que le manège emportât encore les quatre mille petits enfants, parmi eux Oscar, dans les autos de pompiers et sur les animaux. Et chaque fois que mon cerf — je crois encore aujourd'hui que j'étais à califourchon sur un cerf — me faisait repasser devant Notre-Père et industriel forain, ce dernier avait un autre visage : c'était Raspoutine qui vérifiait entre ses dents de guérisseur la pièce blanche qu'il versait, hilare, pour le tour suivant ; c'était Goethe, prince des poètes, qui tirait des écus de sa bourse de fine broderie ; et sur chacun, à l'avers, on voyait son profil de Bon Dieu. Puis c'était à nouveau Raspoutine, dionysiaque ; et après, M. von Goethe, apollinien. Une once de folie avec Raspoutine, puis, pour des raisons rationnelles, Goethe. Les extrémistes autour de Raspoutine, les forces de l'Ordre avec Goethe. La masse se rebellait avec Raspoutine, se nourrissait de citations goethéennes imprimées sur l'éphéméride... Enfin elle courbait le dos, non que la fièvre cédât, mais parce qu'un homme charitable se penchait sur ma fièvre, M. Fajngold se penchait et stoppait le manège. Il décommandait les pompiers, les cygnes et les cerfs, envoyait au rebut les sous de Raspoutine, renvoyait Goethe chez les Mères infernales, laissait quatre mille petits enfants franchir d'un coup d'aile la Vistule et monter aux cieux. Il prenait Oscar, l'ôtait de son lit, et l'asseyait sur un nuage de lysol ; c'est-à-dire qu'il me désinfectait.

D'abord, ce fut à cause des poux ; ensuite cela devint une habitude. Il découvrit les poux d'abord sur Kurt, puis sur moi, puis sur Maria et sur lui-même. C'était probablement un legs du Kalmouk qui avait pris à Maria le Matzerath. M. Fajngold jeta les hauts cris quand il découvrit les poux. Il appela sa femme et ses enfants, suspecta de vermine toute sa famille, troqua des paquets de désinfectants très variés contre du miel artificiel et des flocons d'avoine et se mit à désinfecter chaque jour sa personne, toute sa famille, Kurt, Maria et moi, y compris mon lit de douleur. Il nous frottait, nous aspergeait et nous poudrait. Tandis qu'il aspergeait, poudrait et frottait, ma fièvre était dans sa fleur ; et il parlait d'abondance. J'appris de lui les wagons entiers de carbol, d'eau de Javel et de lysol qu'il avait pulvérisés, semés et répandus quand il était encore désinfecteur au camp de Treblinka. Chaque jour, à deux heures, le désinfecteur Mariusz Fajngold avait ordre d'arroser d'eau coupée de lysol les rues du camp, les baraques, les douches, les crématoires, les ballots de vêtements, ceux qui attendaient la douche, ceux qui sortaient de la douche, les pieds les premiers, tout ce qui sortait des fours, tout ce qui devait y entrer. Et il m'énumérait les noms, car il les connaissait tous : il me parlait de Bilauer qui, un jour de canicule, au mois d'août, avait conseillé au désinfecteur de ne pas arroser les rues du camp de Treblinka au lysol, mais au pétrole. Ainsi fit donc M. Fajngold. Bilauer avait l'allumette. Tous prêtèrent serment au vieux Lew Kurland, de la ZOB. L'ingénieur Galenski força la porte de l'armurerie. Ce fut Bilauer qui abattit le commandant SS Kutner. Sztulbach et Warzuski sautèrent sur les mines. Les autres tombèrent sur les Trawniks. D'autres court-circuitèrent la clôture électrique et y restèrent. Mais le sergent SS Schöpke, celui qui racontait toujours de bonnes blagues quand il conduisait les gens à la douche, restait debout sous le porche du camp et tirait. En vain. Car les autres lui tombèrent dessus : Adek Kawe, Motel Lewit et Henock Lerer, et aussi Hersz Rotblat et Letek Zagiel et Tobias Baran avec sa Déborah. Lolek Begelmann criait : « Faut emmener Fajngold avant que les avions arrivent. » Mais M.

Fajngold attendait encore sa femme Luba. Elle ne venait déjà plus quand il l'appelait. Alors ils le prirent à droite et à gauche. A gauche le Jakub Gelernter et à droite le Mordechaï Szwarcbard. Devant lui courait le petit Dr Atlas qui déjà, au camp de Treblinka, et plus tard dans les forêts autour de Vilna, avait recommandé de bien arroser de lysol, et qui affirmait : le lysol vaut mieux que la vie ! M. Fajngold ne pouvait que confirmer cette opinion. Il avait arrosé des morts ; pas un mort, des morts, à quoi bon préciser un nombre. Il y en avait des morts qu'il avait aspergés de lysol ! Et il en savait des noms ! Ça finissait par être fastidieux pour moi qui nageais dans le lysol. Ce qui me préoccupait, ce n'était pas la vie ou la mort de cent mille noms, mais de savoir si la vie, la mienne, et sinon ma vie, ma mort pourrait être à temps et suffisamment désinfectée par les antiseptiques de M. Fajngold.

Par la suite ma fièvre décrut et ce fut avril. Puis ma fièvre repartit de plus belle. Le manège tournait, et M. Fajngold répandait du lysol sur les morts et les vivants. Puis à nouveau ma fièvre décrut, et avril s'acheva. Début mai, mon cou se raccourcit, le thorax prit de l'ampleur, se développa en hauteur si bien que de mon menton, sans avoir à baisser la tête, je pouvais frotter la clavicule d'Oscar. Encore une poussée de fièvre et une recrudescence de lysol. J'entendis Maria, perdue dans un flot de lysol, chuchoter ces mots : « Pourvu qu'il ne grandisse pas de travers, qu'il n'ait pas une bosse. Pourvu qu'il ne devienne pas hydrocéphale ! »

M. Fajngold rassurait Maria ; il lui parlait de gens de sa connaissance que ni la bosse ni l'hydrocéphalie n'avaient empêchés de réussir. Il savait qu'un certain Roman Frydrych, ayant porté sa bosse en Argentine, avait ouvert là-bas un commerce de machines à coudre qui devint par la suite une grosse affaire, et qu'il s'était fait un nom.

Le récit des succès de Frydrych le bossu n'eut aucun effet sur Maria ; en revanche le narrateur, M. Fajngold, en conçut un tel enthousiasme qu'il résolut de transformer notre commerce de denrées exotiques. A la mi-mai, peu après la fin de la guerre, des articles nouveaux parurent dans la boutique. Les premières machines à coudre et pièces de rechange pour machines à coudre y firent leur apparition ; mais les comestibles subsistèrent encore quelque temps, ce qui facilita la transition. C'était l'âge d'or ! On ne payait pas encore en numéraire, ou si peu. On troquait ; le miel artificiel, les flocons d'avoine, les derniers sachets de levure du Dr Oetker, le sucre, la farine et la margarine se transformaient en bicyclettes, les bicyclettes et leurs pièces de rechange en moteurs électriques, ces derniers en outils ; les outils devenaient fourrures et, comme par enchantement, M. Fajngold transmutait les fourrures en machines à coudre. Kurt se rendait utile dans ce petit jeu de tric-trac-troc. Il amenait des clients, faisait l'intermédiaire, bref il s'habituait à sa nouvelle branche beaucoup plus vite que Maria. On se serait cru au temps de Matzerath. Maria, au comptoir, servait ceux de nos clients qui étaient restés dans le pays et s'efforçait de connaître, dans un polonais laborieux, les désirs de la nouvelle clientèle immigrée. Kurt était doué pour les langues. Kurt était partout. M. Fajngold pouvait faire confiance à Kurt. Kurt, qui n'avait pas encore cinq ans, devint un spécialiste : parmi le stock de machines mauvaises ou médiocres qui s'étalaient par centaines au marché noir de la rue de la Gare, il décelait aussitôt les excellentes Singer et Pfaff, et M. Fajngold savait apprécier les capacités de Kurt. Quand à la fin de mai, la grand-mère Anna Koljaiczek vint à pied de Bissau à Langfuhr en passant par Brenntau et se jeta sur le divan en soufflant pesamment, M. Fajngold couvrit d'éloges le jeune Kurt et même s'exprima en termes flatteurs sur le compte de Maria. Quand il raconta de long en large à ma grand-mère l'histoire de ma maladie, tout en insistant sur le rôle essentiel de ses désinfectants, il trouva même moyen de louanger Oscar, parce que j'avais été bien sage et n'avais jamais crié.

Ma grand-mère voulait avoir du pétrole ; il n'y avait plus de lumière à Bissau. Fajngold raconta ses expériences pétrolières du camp de Treblinka, et aussi ses nombreuses missions de désinfection. Il dit à Maria de remplir de pétrole deux litres, y ajouta un paquet de miel artificiel et tout un assortiment de désinfectants ; puis il écouta, tout en hochant distraitement la tête, la liste de tout ce qui avait brûlé à Bissau et à Bissau-Carrière pendant les combats. Ma grand-mère était aussi au courant des dégâts subis par Viereck, qu'on appelait à nouveau Firoga comme jadis. Et pour Bissau on disait Bysewo, comme avant la guerre. Quant à Ehlers, qui était le chef de paysans à Ramkau, un type capable, qui avait épousé la femme du fils de son frère, Hedwige, la femme de Jan qui était resté à la poste, eh bien, les ouvriers agricoles l'avaient pendu à la porte de son bureau. Un peu plus, et ils pendaient aussi Hedwige, parce que, veuve d'un héros polonais, elle avait épousé le chef de paysans, et parce que Stephan était arrivé sous-lieutenant et que Marga avait été de la Ligue des jeunes filles allemandes.

« Ma foi, dit ma grand-mère, le Stephan ils ne pouvaient plus rien lui faire ; il a été tué là-haut dans la mer Glaciale. Mais la Marga, ils voulaient la prendre et la mettre dans un camp. Alors le Vincent a ouvert la bouche et il a parlé comme jamais il ne l'avait fait. Maintenant l'Hedwige est chez nous avec Marga et elle aide à la culture. Mais le Vincent, de parler ça l'a pas arrangé. Je crois bien qu'il fera plus long feu. M'est avis que ça le tient au cœur et partout, et aussi dans la tête, rapport que ça lui a fichu un coup, parce qu'il a cru qu'il allait y passer. »

Telle fut la plainte d'Anna Koljaiczek. Elle se tenait la tête, caressait ma tête grossissante, et s'éleva ainsi au plan de la réflexion générale. « C'est ça, les Kachoubes, mon petit Oscar. Ça les prend toujours à la tête. Mais vous, vous vous en irez là-bas où ça va mieux ; seule restera la mémé. Car les Kachoubes, pas moyen de les faire partir ; faut qu'ils restent sur place et rentrent leurs têtes, que les autres puissent taper dessus ; parce que nous autres on n'est pas des bons Polonais et pas des bons Allemands ; quand on est kachoube, ça suffit pas, ni pour les Fritz ni pour les Polonais. Ils veulent toujours du cent pour cent. »

Ma grand-mère éclata de rire, et cacha le bidon de pétrole, le miel et les désinfectants sous ses quatre jupes qui, malgré un paroxysme d'événements militaires, politiques et historiques, n'avaient rien cédé de leur teinte pomme de terre.

Quand elle fut pour s'en aller, M. Fajngold la pria de patienter encore un instant ; il voulait lui présenter sa femme Luba et le reste de la famille. Comme Mme Luba ne venait pas, Anna Koljaiczek dit : « Laissez donc. Moi aussi j'arrête pas d'appeler : " Agnès, ma fille, viens aider ta vieille mère à essorer le linge. " Et elle vient pas plus que votre Luba. Et le Vincent qui est mon frère, la nuit, quand il fait noir, il va sur le devant de la porte, tout malade qu'il est, et il réveille les voisins ; parce qu'il appelle très fort son fils Jan qui était à la poste et qui y est resté. »

Elle était déjà sur le pas de la porte et nouait son fichu ; alors, de mon lit, j'appelai : « Babka ! Babka ! », ce qui veut dire grand-mère, grand-mère. Elle se retourna, releva un peu ses jupes comme si elle voulait m'y fourrer et m'emporter, quand probablement elle se rappela les bidons, le miel et les désinfectants qui occupaient déjà la place ; et elle partit, partit sans moi, sans Oscar.

Début juin, les premiers convois furent acheminés vers l'Ouest. Maria ne dit rien, mais je m'avisai qu'elle aussi disait adieu aux meubles, à la boutique, à l'immeuble locatif, aux tombes de part et d'autre de l'avenue Hindenburg, et au tertre du cimetière de Saspe.

Avant de redescendre à la cave en compagnie de Kurt, le soir, parfois elle demeurait assise à côté de mon lit, devant le piano de ma pauvre maman ; de la main gauche, elle tenait son harmonica, et de la droite tentait d'accompagner sa petite chanson avec un seul doigt.

La musique faisait souffrir M. Fajngold ; il priait Maria de cesser et, à peine avait-elle écarté de sa bouche l'harmonica et voulait-elle rabattre le couvercle du piano, qu'il la priait de jouer encore un peu.

Puis il la demanda en mariage. Oscar avait vu venir le coup. M. Fajngold appelait de plus en plus rarement sa femme Luba. Quand, par un soir d'été plein d'insectes et de bourdonnements, il fut certain de son absence, il fit son offre à Maria. Elle et les deux enfants, y compris Oscar malade, il les prendrait. Il lui offrit le logement et une participation aux affaires.

Maria avait alors vingt-deux ans. Sa beauté initiale, comme fortuite, s'était affermie, voire durcie. Les dernières années de guerre et les derniers mois d'après-guerre lui avaient ôté l'ondulation permanente qu'avait payée Matzerath. Elle ne portait plus de nattes comme de mon temps ; ses cheveux longs lui pendaient sur les épaules et lui donnaient l'air d'une jeune fille un peu grave, un peu marquée d'amertume. Et cette jeune fille dit non, déclina l'offre de M. Fajngold. Debout sur notre ancien tapis, Maria tenait Kurt sur son bras gauche ; du pouce droit, elle montra le poêle de faïence. M. Fajngold et Oscar l'entendirent parler : « Ça se peut pas. Tout ça c'est fichu, passé. Nous allons en Rhénanie chez ma sœur Guste. Elle est mariée à un chef de l'hôtellerie. Il s'appelle Köster ; il nous accueillera provisoirement, tous les trois. »

Dès le lendemain, elle fit les demandes. Trois jours plus tard nous avions nos papiers. M. Fajngold ne dit plus un mot. Il ferma la boutique. Tandis que Maria faisait les paquets, il demeura dans la boutique sombre, assis sur le comptoir à côté de la balance, sans avoir le cœur de manger du miel à la cuiller à même le pot. Quand Maria vint lui dire adieu, il se laissa glisser de son siège, alla chercher la bicyclette et la remorque et offrit de nous accompagner à la gare.

Oscar et les bagages — nous avions droit à cinquante livres par personne — furent chargés sur la remorque dont les deux roues étaient garnies de caoutchouc. M. Fajngold poussait la bicyclette. Maria tenait Kurt par la main ; quand nous prîmes à gauche au coin de l'Elsenstrasse, elle se retourna une fois encore. Il me fut impossible de revoir le Labesweg, parce que tourner la tête me faisait très mal. Donc la tête d'Oscar demeura immobile entre ses épaules. Seuls mes yeux, qui avaient gardé leur mobilité, saluèrent la rue Sainte-Marie, le ruisseau de Striess, le parc Kleinhammer, le passage inférieur, toujours suintant, toujours écœurant, vers la rue de la Gare, mon église du Sacré-Cœur, intacte, et la gare suburbaine de Langfuhr qu'on appelait désormais Wrzeszcz, ce qui était presque impossible à prononcer.

Il fallut attendre. Quand le train déboucha, c'étaient des wagons de marchandises. Il y avait du monde, beaucoup trop d'enfants. Contrôle et pesée des bagages. Des soldats jetèrent dans chaque wagon une balle de paille. Il n'y avait pas de musique. Il ne pleuvait pas non plus. Clair à nuageux, vent d'est.

Nous prîmes place dans le quatrième wagon à partir de la

queue. M. Fajngold, ses minces cheveux roussâtres flottant à la brise, était debout sur les voies en dessous de nous ; quand la locomotive révéla son arrivée par un choc, il s'approcha et tendit à Maria trois paquets de margarine et deux de miel artificiel ; quand des commandements polonais, des cris et des pleurs annoncèrent le départ, il joignit aux provisions encore un paquet de désinfectant — le lysol est plus précieux que la vie. Déjà le train s'ébranlait, nous laissions en arrière M. Fajngold ; comme de juste, comme il est d'usage quand un train part, il devint toujours plus petit, ses cheveux roussâtres flottant au vent, plus petit ; ce n'était plus qu'un geste d'adieu, et puis plus rien.

Croissance dans le wagon de marchandises

Cela me fait mal encore aujourd'hui. Je viens d'en tomber à la renverse dans les oreillers. Mes chevilles et mes genoux deviennent perceptibles, me font grincer — c'est-à-dire que mes grincements de dents doivent couvrir les grincements qui se produisent dans mes os et mes jointures. Je regarde mes dix doigts ; il faut bien admettre qu'ils sont enflés. Un ultime essai sur mon tambour : non seulement les doigts d'Oscar sont un peu enflés, mais ils sont momentanément inaptes à cette activité ; les baguettes leur échappent.

Le stylo refuse à son tour d'obtempérer à mes ordres. Il va falloir que je demande à Bruno des compresses fraîches. Ensuite, quand mes mains, mes pieds et mes genoux seront enveloppés de frais, et mon front voilé d'une serviette, je munirai mon infirmier Bruno de papier et d'un crayon ; car je n'aime pas prêter mon stylo. Bruno est-il capable d'écouter et disposé à le faire ? Je me demande si ses notes rendront exactement compte de ce voyage en wagon de marchandises qui commença le 12 juin quarante-cinq. Bruno est assis devant la petite table sous la peinture aux anémones. Le voici qui tourne la tête, me montre cette face de sa personne que l'on appelle la face et regarde simultanément, sans me voir, à gauche et à droite de moi. Pour faire croire qu'il attend, il met le crayon en travers de sa bouche aigre.

Admettons qu'il attende effectivement mes paroles, le signal de commencer à prendre des notes ; ses pensées gravitent cependant autour de ses créations de ficelles nouées. Il va nouer des ficelles, tandis que la tâche d'Oscar demeure de débrouiller en paroles les embrouillaminis de ma préhistoire. Maintenant Bruno écrit :

Je soussigné Bruno Münsterberg, natif d'Altena dans le Sauerland, célibataire et sans enfants, suis infirmier à la division privée du présent hôpital psychiatrique. M. Matzerath, en pension ici depuis plus d'un an, est mon patient. J'ai d'autres patients dont il ne saurait être question ici. M. Matzerath est mon patient le plus inoffensif. Il ne se met jamais dans des états qui m'obligent à appeler d'autres infirmiers. Il écrit un peu trop et joue du tambour de même. Afin de ménager ses doigts surmenés, il m'a prié aujourd'hui d'écrire à sa place et de ne pas faire de nœuds. Cependant j'ai mis de la ficelle dans ma poche et, tandis qu'il raconte, je vais commencer les membres inférieurs d'une figure que, suivant en cela le récit de M. Matzerath, j'appellerai « le Réfugié de l'Est ». Ce ne sera pas la première figure que j'emprunte aux histoires de mon patient. A ce jour, j'ai exécuté en ficelles nouées sa grand-mère, que j'appelle « Pomme de terre en quatre robes des champs » ; son grand-père le flotteur que je baptisai, non sans hardiesse, « Christophe Colomb » ; par la grâce de mes ficelles, sa pauvre maman devint « La belle piscivore » ; ses deux pères Matzerath et Jan Bronski me fournirent un groupe appelé « Deux skatologues » ; j'ai mis en ficelle aussi le dos couturé de son ami Herbert Truczinski, et ce fut le haut-relief « Surface inégale ». De même divers bâtiments : poste polonaise, tour de Justice, Théâtre municipal, passage de l'Arsenal, musée de la Marine, cave à légumes Greff, école Pestalozzi, établissement balnéaire de Brösen, église du Sacré-Cœur, café des Quatre-Saisons, chocolaterie Baltic, plusieurs blockhaus du Mur de l'Atlantique, la tour Eiffel, la gare du Nord-Est à Berlin, la cathédrale de Reims et bien entendu l'immeuble locatif où M. Matzerath vit le jour. De même, de boucle en boucle, j'ai fait couler la Vistule et la Seine, reproduit les ornements funéraires de Saspe et de Brenntau, brisé les vagues de la Baltique, les lames de l'Océan. J'ai refait en ficelle les champs de pommes de terre kachoubes et les herbages de Normandie. Le paysage ainsi constitué, que j'appelle brièvement « Europe », a été par mes soins peuplé de groupes tels que : Les Défenseurs de la poste, les Négociants en produits exotiques, Hommes sur la tribune, Hommes devant la tribune, Ecoliers avec sachets de bonbons, Gardiens de musée expirants, Criminels juvéniles préparant la Noël, Cavalerie polonaise devant crépuscule, Fourmis faisant l'histoire, Théâtre aux armées jouant pour sous-officiers et soldats, Hommes debout désinfectant Hommes gisants au camp de Treblinka. Et maintenant je m'attaque à la figure du Réfugié de l'Est qui, très probablement, se transformera en un Groupe de Réfugiés de l'Est.

M. Matzerath partit de Danzig, qui à l'époque s'appelait déjà Gdansk, le 12 juin quarante-cinq à onze heures du matin. Il était accompagné de la veuve Maria Matzerath, que mon patient désigne comme son ancienne maîtresse, et de Kurt Matzerath, qui serait le fils de mon patient. En outre, il y aurait eu, dans le wagon de marchandises, trente-deux autres personnes, parmi elles quatre franciscaines en habit de leur ordre et une jeune fille à foulard en qui M. Oscar Matzerath prétend avoir reconnu Lucie Rennwand. Sur mes questions réitérées, mon patient admet, en revanche, que cette jeune fille s'appelait Régina Raeck ; cela ne l'empêche pas de parler d'un anonyme visage triangulaire de renarde qu'il continue de nommer Lucie ; cela ne m'empêchera pas, moi, de l'inscrire sous le nom de Mlle Régina. Régina Raeck voyageait avec ses parents, ses grands-parents et un oncle malade qui, en sus de sa famille, emportait vers l'Ouest un cancer de l'estomac de nature maligne, parlait d'abondance et, dès le départ, se déclara ancien social-démocrate.

Dans la mesure où mon patient se le rappelle, le parcours jusqu'à Gdynia, qui quatre ans durant s'appela Gotenhafen, s'effectua paisiblement. Deux dames d'Oliva, plusieurs enfants et un monsieur âgé de Langfuhr auraient pleuré jusque peu après Zoppot, tandis que les nonnes se mettaient à prier.

A Gdynia, le train eut cinq heures d'arrêt. Deux femmes avec six enfants furent encore mis dans le wagon. Le social-démocrate aurait protesté parce qu'il était malade ; il réclamait un traitement préférentiel en qualité de social-démocrate d'avant la guerre. Mais l'officier polonais qui dirigeait le convoi le gifla parce qu'il ne voulait pas se serrer et lui donna à entendre dans un allemand élégant qu'il ne savait pas ce que ça voulait dire « social-démocrate ». Pendant la guerre il avait dû séjourner en divers lieux d'Allemagne et tout ce temps le mot social-démocrate n'avait pas touché son oreille. Le social-démocrate gastralgique ne parvint plus à expliquer à l'officier polonais le sens, la vocation et l'histoire du parti social-démocrate allemand parce que l'officier quitta le wagon, poussa les portes à coulisse et les verrouilla du dehors.

J'ai oublié d'écrire que tout le monde était assis ou couché sur la paille. Quand le train se remit en marche à la fin de l'après-midi, quelques femmes s'écrièrent : « On retourne à Danzig. » Mais c'était une erreur. Le train fut seulement mis sur une voie de garage ; puis il fut acheminé sur Stolp. Le voyage jusqu'à Stolp aurait duré quatre jours, parce que le train fut constamment arrêté en rase campagne par d'anciens partisans et des bandes de J 3 polonais. Ces jeunes gens ouvraient les portes, laissaient entrer un peu d'air frais et emportaient avec l'air usagé une partie des bagages. Chaque fois que les jeunes gens envahissaient le wagon de M. Matzerath, les quatre nonnes se levaient et élevaient les crucifix pendus à leurs robes. Les quatre crucifix faisaient aux jeunes gens une profonde impression. Ils se signaient avant de balancer sur le ballast les sacs à dos et les valises des voyageurs.

Quand le social-démocrate mit sous le nez des gars un papier sur lequel, à Danzig ou Gdansk, des autorités polonaises lui avaient certifié qu'il avait été membre cotisant du parti social-démocrate de trente et un à trente-sept, les gars ne se signèrent pas ; ils lui arrachèrent des doigts le papier et lui volèrent ses deux valises et le sac à dos de sa femme ; de même, le joli pardessus d'hiver à gros carreaux sur lequel était couché le social-démocrate fut exposé à l'air frais de la Poméranie.

Cependant, M. Matzerath affirme que les jeunes gens lui auraient fait une favorable impression de discipline. Il attribue cela à l'influence de leur chef qui, malgré sa jeunesse, tout juste seize printemps, aurait déjà fait figure de personnalité ; il fit songer M. Matzerath, à ses grandes douleur et satisfaction simultanées, au chef de la bande des Tanneurs, ce fameux Störtebeker.

Quand ce jeune homme si pareil à Störtebeker voulut arracher, et finalement arracha des mains de Mme Maria Matzerath le sac tyrolien, M. Matzerath tira du sac, au dernier moment, l'album de photos de famille qui par bonheur y était placé sur le dessus. Le chef de bande commença par se mettre en colère. Mais quand mon patient ouvrit l'album et lui montra une photo de sa grand-mère Koljaiczek, le gars, sans doute par une pieuse pensée pour sa propre grand-mère, laissa tomber le sac de Mme Maria, porta deux doigts à sa chapska, lança en direction de la famille Matzerath : « Do widzenia ! » et quitta le wagon avec sa bande en saisissant, au lieu du sac Matzerath, la valise d'autres voyageurs.

Dans le sac à dos qui, grâce à l'album de photos, resta en possession de la famille, se trouvaient, outre quelques pièces de lingerie, les registres et les certificats d'impôts sur le chiffre d'affaires du commerce de produits exotiques, les livrets de Caisse d'épargne et un collier de rubis qui avait jadis appartenu à la mère de M. Matzerath et que mon patient avait caché dans un paquet de désinfectant ; de même, cet ouvrage culturel constitué pour moitié d'extraits de Raspoutine, pour l'autre moitié d'écrits de Goethe, prit-il part à la caravane vers l'Ouest.

Mon patient affirme que pendant tout le voyage il eut sur les genoux la plupart du temps l'album de photographies et, à l'occasion, l'ouvrage culturel ; il les aurait feuilletés et, malgré de violents élancements dans les membres, aurait goûté grâce à eux maintes heures agréables ou pensives.

Supplémentairement, mon patient voudrait dire ceci : les secousses et cahots, les franchissements d'aiguilles et de croisements, la station couchée sur l'essieu avant, constamment vibrant, d'un wagon de marchandises auraient stimulé sa croissance. Il n'aurait plus gagné en largeur, mais en longueur. Les articulations enflées, quoique non enflammées, purent se détendre. Même ses oreilles, son nez et son organe sexuel, à ce que j'entends, auraient marqué un allongement sensible sous l'influence des chocs. Tant que le transport roulait, M. Matzerath ne ressentait, semble-t-il, aucune douleur. C'est seulement quand le train s'arrêtait, parce qu'à nouveau des partisans ou des J 3 voulaient effectuer une visite, qu'il aurait à nouveau éprouvé des tiraillements et des élancements qu'il traitait par l'effet lénifiant du susdit album.

En dehors du Störtebeker polonais, plusieurs bandits juvéniles et même un partisan d'un certain âge se seraient intéressés aux photos de famille. Le vieux guerrier s'assit, s'offrit une cigarette, tourna méthodiquement les pages de l'album, commença par le portrait du grand-père Koljaiczek et suivit, carré par carré, l'ascension illustrée de la famille jusqu'aux instantanés qui montrent Mme Maria Matzerath avec son fils Kurt à un an, deux ans, trois et quatre ans. Mon patient le vit même sourire à la vue de mainte idylle familiale. Cependant quelques insignes du Parti, trop aisément identifiables sur les complets de feu M. Matzerath, sur les revers de veston de M. Ehlers, qui était chef de paysans à Ramkau et avait épousé la veuve du défenseur de la poste Jan Bronski, choquèrent le partisan. De la pointe d'un couteau à casser la croûte, sous les yeux de cet homme critique et à la vive satisfaction de ce dernier, mon patient déclare avoir gratté les insignes photographiés.

Ce partisan — sur ce point, M. Matzerath prétendait m'instruire — aurait été, à l'opposé de maints partisans de pacotille, un partisan authentique. Ce qui veut dire : les vrais partisans ne sont pas partisans à titre temporaire, mais à titre permanent et définitif ; ils remettent en selle les gouvernements tombés et par la suite, toujours avec l'aide d'autres partisans, ils font faire la culbute aux gouvernements qu'ils ont remis en selle. Les partisans incorrigibles, ceux qui prennent le maquis contre eux-mêmes, sont, d'après la thèse de M. Matzerath — c'est sur ce point qu'il pensait m'éclairer particulièrement —, parmi tous les forcenés de politique ceux qui sont le plus doués de facultés artistiques, parce qu'ils réprouvent aussitôt ce qu'ils ont créé.

Je peux reprendre cette observation à mon compte. Ne m'arrive-t-il pas fréquemment d'écraser à coups de poing mes créatures de ficelle nouée au moment où le plâtre vient de leur conférer du tonus ? Je songe ici tout spécialement à la commande que mon patient me fit il y a des mois : je devais, à l'aide de simple ficelle, unir le guérisseur russe Raspoutine et le prince des poètes allemands Goethe en une seule personne qui, sur la demande expresse de mon patient, devait en outre lui ressembler de façon frappante. Je ne sais pas combien de kilomètres de ficelles j'ai déjà noués pour ramener à une synthèse définitive ces deux figures extrêmes. Mais, à l'instar de ce partisan que M. Matzerath me vante comme un exemple, je reste indécis et mécontent ; ma main gauche dénoue ce qu'a noué ma main droite, et ce qu'a formé ma main droite succombe sous mon poing gauche.

Il faut dire que M. Matzerath n'arrive pas à maintenir son récit en ligne droite. Sans parler des quatre nonnes qu'il qualifie tantôt de franciscaines, tantôt de Petites Sœurs des pauvres, il y a surtout cette jeune personne qu'il ramène à deux noms et à un seul visage de renarde, triangulaire à ce qu'il prétend. Il y aurait de quoi me contraindre à enregistrer deux versions différentes, ou davantage, de ce voyage d'Est en Ouest. Mais ce n'est pas mon métier ; aussi m'en tiendrai-je au social-démocrate. Pendant tout le voyage il conserva le même visage et même, jusque peu avant Stolp, il n'aurait pas cessé de répéter à tous ses compagnons de route que jusqu'en l'an trente-sept il avait été comme qui dirait un partisan, risquant sa santé à coller des affiches, sacrifiant ses loisirs ; il aurait été un des rares sociaux-démocrates qui collaient des affiches même par temps de pluie.

C'est ce qu'il aurait dit quand, peu avant Stolp, le convoi fut arrêté pour la énième fois, parce qu'une bande plus nombreuse annonçait sa visite. Comme il n'y avait presque plus de bagages, les gars se mirent à ôter les vêtements des voyageurs. Les jeunes gens furent assez raisonnables pour se limiter aux vêtements de dessus pour hommes. Cela excédait la compréhension du social-démocrate. Il exprima l'opinion qu'un tailleur adroit pourrait tirer des amples vêtements des nonnes plusieurs excellents costumes. Le social-démocrate était, comme il le proclama avec ferveur, un athée. Mais les jeunes bandits, sans le proclamer avec ferveur, adhéraient à la Sainte Eglise apostolique et romaine, dispensatrice du Salut, et ne voulaient pas avoir les opulents tissus de laine des nonnes, mais le complet droit en fibre de bois de l'athée. Il ne voulait pas retirer sa veste, son gilet et son pantalon ; il évoqua sa brève, mais brillante carrière de colleur d'affiches social-démocrate ; comme son évocation n'en finissait pas et qu'il se débattait pendant qu'on allait le déshabiller, une ancienne botte de la Wehrmacht lui fut appliquée sur l'estomac.

Le social-démocrate fut pris de vomissements violents, prolongés et, à la fin, sanguinolents. Son complet en souffrit, et les gars cessèrent de s'y intéresser, bien que l'étoffe souillée eût pu être sauvée par un nettoyage chimique. Ils renoncèrent aux vêtements d'hommes, mais ôtèrent à Mme Maria Matzerath une blouse de rayonne bleu clair. Puis ils ôtèrent à la jeune fille qui s'appelait Régina Raeck, et non Lucie Rennwand, sa veste de tricot style Berchtesgaden. Puis ils repoussèrent la porte du wagon sans la refermer complètement, et le train repartit, tandis que le social-démocrate commençait à mourir.

Deux ou trois kilomètres avant Stolp, le transport fut mis sur sur une voie de garage et y resta toute la nuit, une nuit étoilée mais fraîche, à ce qu'il paraît, pour un mois de juin.

Ce fut cette nuit-la que mourut, selon M. Matzerath, sans décence et blasphémant Dieu à haute voix, appelant au combat la classe ouvrière et criant pour finir, comme dans les films, vive la liberté, avant de succomber à un vomissement qui remplit le wagon d'horreur, ce social-démocrate qui aimait trop son complet droit.

Il ne dit ensuite plus rien selon mon patient. Dans le wagon, le silence se fit et dura. Mme Maria claquait seulement des dents parce qu'elle avait froid sans blouse et qu'elle avait mis le dernier reste de linge sur son fils Kurt et sur M. Oscar. Sur le matin, deux nonnes qui avaient du cœur au ventre s'avisèrent que la porte du wagon était restée ouverte ; elles nettoyèrent le wagon et jetèrent sur la voie la paille mouillée, le caca des enfants et des adultes ainsi que le vomi du social-démocrate.

A Stolp, le train fut inspecté par des officiers polonais. En même temps furent distribuées une soupe chaude et une boisson comparable à une infusion de malt. Le cadavre qui était dans le wagon de M. Matzerath fut confisqué pour éviter le risque d'infection; des infirmiers l'emportèrent sur une planche d'échafaudage. A la requête des nonnes, un officier supérieur permit encore à la famille une courte prière. Il fut aussi permis d'enlever au mort ses souliers, ses chaussettes et son complet. Pendant la scène du déshabillage — le cadavre fut ensuite couvert avec des sacs à ciment — mon patient observa la nièce du cadavre déshabillé. De nouveau, avec un mélange de répulsion violente et de fascination, la jeune fille, bien qu'elle s'appelât Raeck, lui rappela cette Lucie Rennwand que j'ai modelée en ficelle nouée et que j'appelle Mangeuse de sandwiches. Quand elle vit dépouiller son oncle, la jeune fille du wagon ne prit pas un sandwich-saucisson pour le manger avec les peaux; en revanche, elle prit part au pillage, hérita de son oncle le gilet et l'enfila pour remplacer la veste de tricot disparue. Cet équipage était relativement seyant. Elle prit quelque part un miroir de poche pour se voir; puis — et cela motive la panique rétrospective qu'éprouve aujourd'hui encore mon patient — elle prit, dans son miroir, M. Matzerath et sa place couchée; de ses yeux en trait de crayon coupant un visage triangulaire, elle aurait fixé sur le reflet un regard lisse, froid, scrutateur.

Le voyage de Stolp à Stettin dura deux jours. Certes, il y avait encore beaucoup d'arrêts involontaires. Lentement on s'habituait aux visites d'adolescents armés de mitraillettes et de poignards pour parachutistes. Cependant les visites devenaient de plus en plus courtes, parce qu'il n'y avait autant dire plus rien à tirer des voyageurs.

Mon patient affirme avoir gagné pendant le voyage de Danzig-Gdansk à Stettin, en une semaine donc, neuf, si ce n'est dix centimètres de taille. L'étirement aurait surtout concerné la jambe et la cuisse, sans changer grand-chose au thorax et à la tête. Mais, et bien que le patient fût en décubitus dorsal, il fallut constater l'apparition d'une gibbosité légèrement déportée à gauche et vers le haut. M. Matzerath admet également que ses douleurs s'accrurent après Stettin — entre-temps, le personnel ferroviaire allemand avait pris en charge le convoi — et qu'il lui fut désormais impossible de les oublier en feuilletant l'album de famille. Il dut crier à plusieurs reprises et longtemps de suite ; mais ses cris ne provoquèrent aucun dommage au vitrage d'une gare quelconque — Matzerath : « Ma voix avait perdu tout pouvoir vitricide » — ils rassemblèrent seulement les quatre nonnes devant son grabat et les tinrent plongées dans leurs prières.

Une bonne moitié des compagnons de voyage, parmi eux la parenté du social-démocrate, avec Mlle Régina, quitta le transport à Schwerin. Ce fut au regret de M. Matzerath. La vue de la jeune fille lui était devenue familière et nécessaire en sorte qu'après son départ il fut pris de convulsions et d'une forte fièvre concomitante. Selon les dires de Mme Maria Matzerath, dans son délire il aurait appelé à grands cris une certaine Lucie, se serait qualifié lui-même d'animal fabuleux et de licorne et aurait marqué la crainte et la joie qu'il avait à sauter d'un tremplin de dix mètres.

A Lünebourg, M. Matzerath fut transféré dans un hôpital. Dans sa fièvre, il y fit connaissance avec quelques infirmières, mais fut bientôt confié à la clinique universitaire de Hanovre. On y parvint à faire tomber sa fièvre. M. Matzerath voyait rarement Mme Maria et son fils Kurt. Il ne les revit chaque jour qu'au moment où elle trouva une place comme femme de ménage à la clinique. Mais il n'y avait pas de logement à la clinique pour Mme Maria et le petit Kurt ; pas davantage à proximité de la clinique. La vie dans le camp de réfugiés devenait de plus en plus insupportable. Chaque jour Mme Maria devait passer trois heures dans des trains bondés, souvent sur le marchepied. En dépit de leurs appréhensions, les médecins acceptèrent que le patient fût placé aux hôpitaux municipaux de Düsseldorf. Sa sœur Guste, qui, pendant la guerre, avait épousé un maître d'hôtel domicilié en ces lieux, mit à la disposition de Mme Matzerath une chambre de son trois-pièces et cuisine, attendu que le maître d'hôtel n'exigeait pas de place : il était prisonnier en Russie.

Le logement était bien situé. Par toutes les lignes de tramway qui partent de la gare de Bilk vers Benrath et Wersten, on pouvait commodément atteindre les hôpitaux municipaux sans avoir à prendre une correspondance.

M. Matzerath resta là d'août quarante-cinq à mai quarante-six. Depuis plus d'une heure, il me parle de plusieurs infirmières à la fois. Elles s'appellent Monique, Helmtrude, Walburga, Ilse et Gertrude. Il se rappelle une masse de ragots d'hôpital et attribue une importance exagérée aux petits à-côtés de la profession et au costume d'infirmière. Il n'a pas un mot pour la nourriture d'hôpital, qui était misérable à cette époque, ni pour les salles mal chauffées. Ce ne sont qu'infirmières, histoires d'infirmières, milieu infirmières. On se disait, on se chuchotait, il paraissait que, sœur Ilse avait dit à l'infirmière-chef, alors l'infirmière-chef avait osé contrôler pendant le repas de midi les logements des élèves-infirmières ; on avait volé quelque chose ; une infirmière de Dortmund — Gertrude, à ce qu'il dit — était soupçonnée à tort. Et les histoires avec les jeunes médecins ; tout ce qu'ils voulaient avoir des infirmières, c'étaient des tickets de cigarettes ; cela, il me le narre en détail. Il trouve digne de relation l'enquête provoquée par l'avortement d'une laborantine, pas d'une infirmière, laquelle s'y était prise seule ou bien avec l'aide d'un médecin-assistant. Je ne comprends pas mon patient qui dilapide son esprit en des banalités pareilles.

M. Matzerath me prie maintenant de le décrire. Je suis bien content de déférer à ce désir et d'escamoter en partie les histoires qu'il traîne en longueur et drape de paroles sentencieuses sous prétexte qu'elles roulent sur des infirmières.

Mon patient mesure un mètre vingt et un centimètres. Il porte sa tête, qui serait trop grosse pour un homme normal, entre les épaules sur un cou littéralement rabougri. Le regard est luisant, intelligent, mobile ; souvent il se voile d'un rêve bleu. Ses cheveux châtain foncé, bien fournis, sont légèrement ondulés. Il aime à mettre en évidence ses bras qui sont robustes en comparaison de son corps, et ses mains qui, dit-il, sont belles.

Quand M. Oscar joue du tambour, ce que la direction de l'établissement lui permet chaque jour trois à quatre heures au plus, on dirait que ses doigts deviennent indépendants et appartiennent à un autre corps qui serait mieux proportionné. M. Matzerath s'est colossalement enrichi grâce aux disques, et il y gagne encore aujourd'hui. Des gens intéressants viennent le voir aux jours de visite. Avant son procès, c'est-à-dire avant qu'il ait été placé ici, je connaissais son nom, car M. Oscar Matzerath est un artiste en vue. Personnellement, je crois qu'il est innocent et je me demande s'il restera chez nous ou bien s'il sortira et se produira avec autant de succès qu'auparavant. Voilà que je dois le mesurer, bien que je l'aie déjà fait il y a deux jours...

Sans m'astreindre à relire ce qu'a noté mon infirmier Bruno, Oscar reprend la plume.

Bruno vient à l'instant de me mesurer avec son double mètre. Il a laissé l'instrument sur moi et a quitté ma chambre en proclamant à haute voix le résultat. Il a même laissé tomber par terre l'ouvrage de nœuds auquel il travaillait en douce tandis que je poursuivais mon récit. Je suppose qu'il veut appeler Mlle Hornstetter, la doctoresse.

Mais avant que la docteresse ne vienne confirmer la mesure prise par Bruno, Oscar vous dit : pendant les trois jours que je passai à conter à mon infirmier ma croissance, j'ai gagné — si c'est un gain ! — deux bons centimètres de longueur corporelle.

Dorénavant, donc, Oscar mesure un mètre vingt-trois. Maintenant il va raconter ce qui lui advint après la guerre quand il sortit des hôpitaux municipaux de Düsseldorf. C'était alors un jeune homme parlant et lisant couramment, écrivant difficilement, contrefait mais jouissant, d'ailleurs, d'une santé passable ; et je devais commencer — c'est toujours ce qu'on croit en quittant un hôpital — une vie nouvelle, une vie d'adulte.

Livre troisième

Pierres à briquet et pierres tombales

Somnolente, bonne, adipeuse : Guste Truczinski, en devenant Guste Köster, n'avait pas eu besoin de changer, surtout qu'elle n'avait subi Köster que pendant les quinze jours de leurs fiançailles, peu avant qu'il ne s'embarquât à destination du Front arctique, et ensuite pendant la permission qu'il avait obtenue pour leur mariage ; encore était-ce sur les couchettes des abris antiaériens. Aucune nouvelle de Köster n'était arrivée depuis la capitulation des armées de Courlande ; pourtant, quand on demandait à Guste ce que devenait son époux, elle répondait avec assurance, le pouce en direction de la porte de la cuisine : « Il est en captivité chez Popov. Quand y rentrera, tout va changer. »

Les changements tenus en réserve dans le logement de Bilk touchaient Maria et, conséquemment, la carrière de Kurt. Quand je quittai l'hôpital, quand j'eus pris congé des infirmières en promettant d'occasionnelles visites, et quand j'eus pris le tramway pour gagner Bilk où habitaient les sœurs et mon fils, je trouvai, au deuxième étage de l'immeuble locatif incendié depuis le toit jusqu'au troisième, une centrale de marché noir que dirigeaient Maria et mon fils ; il avait six ans et comptait sur ses doigts.

Maria, fidèle à elle-même et à Matzerath jusque dans le marché noir, faisait dans le miel artificiel. Elle puisait dans des seaux dépourvus de toute inscription et collait la denrée sur la balance. A peine fus-je entré et adapté à l'exiguïté du logis, qu'elle me contraignit à faire des paquets d'un quart de livre.

Kurt, assis derrière une caisse à Persil comme derrière un

comptoir, regardait son père revenu guéri ; mais le regard toujours hivernal de ses yeux gris était fixé sur quelque chose qui devait être visible à travers moi et mériter la réflexion. Il tenait devant soi un papier, alignait dessus d'imaginaires colonnes de chiffres ; après tout juste six semaines de fréquentation scolaire dans des classes surpeuplées et mal chauffées, il avait l'air d'un penseur et d'un arriviste.

Guste Köster buvait du café. Du vrai café, nota Oscar, lorsqu'elle m'en avança une tasse. Tandis que je travaillais le miel artificiel, elle regarda ma bosse avec curiosité, non sans pitié pour sa sœur Maria. Elle eut quelque peine à rester assise et à ne pas caresser ma bosse. Pour toutes les femmes une bosse qu'on caresse signifie bonheur ; pour Guste, le bonheur c'était le retour de Köster qui devait tout changer. Elle se retint, caressa par compensation sa tasse à café et fit entendre ces soupirs que je devais retrouver chaque jour des mois suivants : « Vous pouvez y compter ; quand Köster sera de retour, tout va changer ici, et en un tournemain ! » Guste réprouvait le marché noir, mais ne dédaignait pas le véritable café qu'on y gagnait avec le miel artificiel. Quand venaient des clients, elle quittait la salle de séjour, traînait à la cuisine et y menait grand bruit de vaisselle en manière de protestation.

Il venait beaucoup de clients. Dès neuf heures, après le petit déjeuner, le carillon commençait : point — trait — point. Tard le soir, vers dix heures, Guste débranchait la sonnette malgré les fréquentes protestations de Kurt qui, à cause de l'école, ne travaillait qu'à mi-temps.

Les gens disaient : « Miel artificiel ? »

Maria inclinait doucement la tête et demandait : « Un quart ou une demie ? » Mais il y avait aussi des gens qui ne voulaient pas de miel artificiel. Alors ils disaient : « Pierres à briquet ? » Sur quoi Kurt, qui avait classe alternativement le matin ou l'après-midi, émergeait de ses colonnes de chiffres, cherchait à tâtons la poche d'étoffe sous son pull-over, et sa voix provocante de gamin claironnait dans l'air de la chambre : « Trois ou quatre, siou plaît ? Prenez-en plutôt cinq. Elles vont bientôt passer à vingt-quatre. La semaine dernière, c'était dix-huit ; ce matin j'ai dû monter à vingt ; si vous étiez venu il y a deux heures, quand je rentrais de l'école, j'aurais encore pu dire vingt et un. »

Kurt était sur quatre pâtés de maisons en long et six en large le seul négociant en pierres à briquet. Il avait un fournisseur, mais il ne le révéla jamais ; en revanche, chaque soir avant d'aller se coucher, il répétait en guise de prière du soir : « J'ai un fournisseur ! »

A titre de père, j'aurais pu revendiquer le droit d'être informé. Quand, sans le moindre mystère, bien plutôt avec le sentiment de sa valeur, il énonçait : « J'ai un fournisseur ! » je lançais aussitôt la question : « Où tu les as, les pierres ? Dis voir tout de suite où tu les as. »

Le refrain de Maria, pendant ces mois où je cherchais le fournisseur, fut : « Laisse donc ce gamin, Oscar. D'abord ça ne te regarde pas, et d'une ; je lui demanderai, moi, s'il le faut, et de deux. Et de trois : ne te donne pas les airs d'être le père. Y a quèques mois t'étais seulement pas capable de faire ouf ! »

Quand j'insistais et cherchais trop opiniâtrement le fournisseur de Kurt, Maria collait sa main à plat sur un seau à miel et se montrait stupéfaite jusqu'aux coudes, tout en attaquant simultanément Oscar et Guste, mon alliée occasionnelle dans la recherche des sources : « Vous êtes chouettes ! Vous allez lui gâcher le métier, à ce môme. Et avec ça vous en vivez, de ce qu'il rapporte en liquide. Quand je pense aux vagues calories qu'Oscar touche comme supplément de maladie et qu'il bouffe en deux jours, tiens, ça me rend malade ; y a de quoi se marrer ! »

Oscar l'admettra volontiers : j'avais à l'époque un appétit miraculeux, et la source de Kurt, qui rapportait plus que le miel artificiel, permit à Oscar, après le maigre régime de l'hôpital, de reprendre des forces.

Ainsi le père dut-il observer le silence de la confusion ; muni d'un honnête argent de poche par la grâce enfantine de Kurt, il quittait le plus souvent possible le logement de Bilk pour ne pas voir sa honte.

Tous les critiques bien nantis du miracle économique prétendent aujourd'hui, avec un enthousiasme qui n'a d'égale que leur capacité d'oubli : « C'était une fameuse époque, avant la réforme monétaire ! Ça marchait ! Les gens n'avaient rien dans le ventre et quand même ils faisaient la queue aux théâtres. Et les fêtes improvisées avec de l'eau-de-vie de pomme de terre étaient tout simplement fabuleuses, beaucoup plus réussies que les parties que l'on organise aujourd'hui à base de mousseux et de Dujardin. »

Ainsi parlent les romantiques de l'occasion perdue. Je devais faire chorus à ces lamentations, car en ces belles années où jaillissait la source où mon fils Kurt puisait ses pierres à briquet, je pus me cultiver presque gratuitement dans le petit monde des apôtres du rattrapage et de la culture. Je suivais des cours à l'université populaire. Je devenais un habitué du « British Center », autrement dit de la « Brücke ». Je discutais avec des catholiques et des protestants la question de la responsabilité collective et me sentais coupable au même titre que tous ceux qui allaient pensant : « Finissons-en maintenant, après quoi ce sera une bonne chose de faite ; et encore après, quand on remontera la pente, on n'aura plus besoin d'avoir mauvaise conscience. »

En tout cas, je suis redevable à l'université populaire de mon niveau culturel : il est modeste certes, mais ses lacunes sont grandioses. En ce temps-là je lisais beaucoup. Je ne me contentais plus de la lecture qui pouvait me suffire avant ma croissance : fifty Raspoutine et fifty Goethe ; ne parlons pas de l'*Annuaire de la Flotte* de Köhler entre mil neuf cent quatre et seize. Je ne sais plus ce que je lisais. Je lisais aux cabinets. Pendant les heures de queue devant le théâtre, coincé entre des jeunes filles à nattes rococo, je lisais ; elles aussi. Je lisais pendant que Kurt vendait des pierres à briquet ; je lisais tout en conditionnant du miel artificiel. Et quand il y avait délestage, je lisais entre des chandelles ; grâce à Kurt, nous en avions.

J'ai honte de dire que la lecture de ces années ne me profita pas, qu'elle passait tout droit. Quelques bribes de mots, quelques lambeaux de textes me restèrent. Et le théâtre ? Des noms d'acteurs : la Hoppe, Peter Esser ; l'r de la Flickenschildt, des étudiantes en art dramatique soucieuses d'améliorer l'r de la Flickenschildt sur les théâtres d'essai ; Gründgens tout de noir vêtu, dans le rôle du Tasse, ôtant de sa perruque la couronne de laurier prescrite par Goethe, sous prétexte que le laurier corrode les boucles ; et le même Gründgens, pareillement de noir vêtu, en Hamlet. Et la Flickenschildt qui prétend : Hamlet est gras. Et le crâne de Yorick, voilà qui me fit une forte impression, parce que Gründgens en tirait des considérations étonnantes. Puis ils jouèrent *Devant la porte*, devant un public ému, dans des salles non chauffées, et Beckmann dans le rôle de l'homme aux lunettes brisées figurait pour moi le mari de Guste, Köster, celui dont le retour allait tout changer au foyer en tarissant la source des pierres à briquet.

Aujourd'hui que j'ai cela derrière moi, que je sais qu'une ivresse d'après-guerre n'est qu'une ivresse et qu'elle provoque le mal aux cheveux, aujourd'hui je sais apprécier l'enseignement que Gretchen Scheffler me donnait entre les souvenirs de ses voyages et ses tricots-maison : pas trop de Raspoutine, Goethe sans excès, l'*Histoire de la Ville de Danzig* de Keyser en courtes formules, l'armement d'un navire de ligne coulé depuis belle lurette, la vitesse en nœuds de tous les torpilleurs japonais engagés à Tsoushima, enfin Bélisaire et Narsès, Totila et Toja, la lutte pour Rome de Félix Dahn.

Dès le printemps de quarante-sept j'envoyai au diable l'université populaire, le British Center et le pasteur Niemoeller et, du deuxième balcon, je congédiai Gustaf Gründgens qui était toujours au programme dans *Hamlet*.

Il n'y avait pas encore deux ans que, devant la tombe de Matzerath, je m'étais résolu à grandir, et déjà la vie des adultes me paraissait monotone. Je rêvais de mes trois ans perdus. Inébranlablement, je voulais mesurer de nouveau quatre-vingt-quatorze centimètres, moins que mon ami Bebra, moins que la défunte Roswitha. Oscar était en peine de son tambour. De longues promenades le conduisaient aux abords des hôpitaux municipaux. Comme de toute façon il devait voir une fois par mois le Pr Irdell qui trouvait son cas intéressant, il retournait sans cesse dire bonjour aux infirmières qu'il connaissait. Même si les gardes-malades n'avaient pas de temps à lui consacrer, il se sentait bien parmi les étoffes blanches, toujours pressées, porteuses de guérison ou de mort ; il se sentait presque heureux.

Les infirmières m'accueillaient gentiment, faisaient des plaisanteries enfantines, dépourvues de malice, à propos de ma bosse, me donnaient quelque chose de bon à manger et m'initiaient à leurs histoires d'hôpital, un écheveau infini, embrouillé, qui me berçait d'une agréable lassitude. J'écoutais, je donnais des conseils, je pouvais même atténuer de menus différends, car j'avais la sympathie de l'infirmière-chef. Parmi vingt à trente filles cachées sous l'uniforme d'infirmière, Oscar était le seul homme et, chose bizarre, le seul homme désiré.

Bruno l'a déjà dit : Oscar a de belles mains éloquentes, des cheveux légèrement ondulés et, bleus bleus bleus, toujours ses yeux fascinants de Bronski. Il se peut que ma bosse, mon thorax étroit et bombé prenant sous le menton, soulignent par contraste la beauté de mes mains, de mes yeux, l'agrément de ma chevelure. En tout cas, quand je stationnais dans leur salle de garde, il arrivait fréquemment que les infirmières prennent mes mains, jouent avec mes doigts, caressent mes cheveux et se disent l'une à l'autre en sortant : « Quand on voit ses yeux, on pourrait oublier le reste. »

J'étais donc supérieur à ma bosse et très certainement j'aurais décidé de faire des conquêtes dans les hôpitaux si j'avais encore eu mon tambour, si j'avais été sûr de posséder encore mon prestige éprouvé de joueur de tambour. Confus, hésitant, méfiant à l'égard de certains élans de mon corps, après de si tendres approches, j'esquivais l'action principale. Je quittais les hôpitaux. J'allais faire un tour au jardin, je suivais d'un bout à l'autre la clôture de treillage métallique ; les mailles étroites, régulières, ceignaient tout le terrain ; elles m'inspiraient une indifférence que j'exprimais en sifflotant. Je regardais passer les tramways allant à Wersten et à Benrath ; je m'ennuyais agréablement sur les promenades à côté des pistes cyclables, et souriais aux efforts de la Nature : elle jouait le Printemps et, suivant le programme, faisait éclater les bourgeons comme des pétards.

En face, notre peintre du dimanche à tous mettait chaque jour un peu plus de vert frais dans les arbres du cimetière de Wersten. Les cimetières m'ont toujours attiré. Ils sont soignés, nets, logiques, virils, vivants. Dans un cimetière, on peut prendre courage, prendre des résolutions ; dans un cimetière, la vie reçoit des contours nets — je ne veux pas parler ici des bordures de tombes — et, si l'on veut, un sens.

Le long du mur nord du cimetière courait une voie appelée le Bittweg. Sept entreprises de monuments funéraires s'y faisaient concurrence. De grosses maisons comme C. Schnoog ou Julius Wöbel ; dans les intervalles, les boutiques des artisans qui s'appelaient R. Haydenreich, Kühn et Müller, J. Bois et P. Korneff. Des composés de baraques et d'ateliers d'artistes. Sur les toits, de grandes enseignes repeintes à neuf ou à peine encore lisibles portaient sous le nom de la firme des inscriptions de ce genre : Vente de pierres tombales — Monuments funéraires et bordures — Pierres naturelles et artificielles — Art funéraire. Sur le toit de la boîte de Korneff, j'épelai : P. Korneff, tailleur de pierre et sculpteur sur pierres tombales.

Entre l'atelier et la clôture de fil de fer limitant le chantier s'alignaient, disposés à intervalles réguliers sur des socles simples ou doubles, les monuments funéraires pour tombes à une, deux, trois, quatre places, ces dernières étant dites caveaux de famille. Juste derrière la clôture, subissant par temps ensoleillé le motif à losanges projeté par le treillage, les coussins de calcaire coquillier pour petites bourses, des plaques polies de diabase avec palmes réservées en pierre mate, les pierres tombales pour enfants, typiques, hautes de quatre-vingts centimètres, ceintes sur leur pourtour d'une gorge creusée au ciseau, taillées dans un marbre silésien légèrement panaché, avec des reliefs nichés dans le tiers supérieur et figurant le plus souvent des roses brisées. Puis une série de dalles vulgaires, grès rouge du Main, récupérées sur des façades de banques ou de grands magasins démolis par les bombes, qui célébrait ici sa résurrection ; si l'on peut dire une chose pareille à propos de pierres tombales. Au milieu de l'exposition, le clou : trois socles, deux motifs latéraux et une grande stèle avantageusement profilée composaient un monument de marbre blanc bleuâtre du Tyrol. Au fronton s'enlevait en bosse ce que les tailleurs de pierre appellent un corpus. C'était un corpus, tête et genoux à gauche, avec couronne d'épines et trois clous, imberbe, les mains ouvertes ; la blessure au flanc, stylisée, saignait de cinq gouttes, je crois.

Des corpus orientés à gauche et fixés sur des monuments funéraires, il y en avait à foison dans le Bittweg ; avant le début de la saison de printemps, ils étaient souvent plus de dix à écarter les bras. Mais le Jésus-Christ de Korneff m'avait particulièrement séduit parce que c'était lui qui ressemblait le plus à mon athlétique gymnaste suspendu, muscles saillants, thorax dilaté, au-dessus du maître-autel dans l'église du Sacré-Cœur. Je passais des heures le long de cette clôture. Avec un bâton, je jouais des gammes fausses le long du treillage ; je désirais je ne sais quoi ; je pensais à tout et à rien.

Korneff demeura longtemps caché. Par une des fenêtres de l'atelier sortait un tuyau de poêle plein de coudes et de genoux qui pour finir dépassait le toit plat. La fumée jaune d'un mauvais charbon s'en échappait avec parcimonie, retombait sur le carton bitumé, léchait pauvrement les fenêtres, dévalait le long du chéneau et se perdait parmi les pierres brutes et les friables plaques de marbre venues de la Lahn. Devant la porte coulissante de l'atelier stationnait sous plusieurs toiles de tente, comme qui dirait camouflée contre les attaques aériennes, une autoplateau à trois roues. Des bruits sortaient de l'atelier ; le bois battait le fer, le fer mordait la roche ; le marbrier était au travail.

En mai, plus de toiles de tente sur le trois-roues ; la porte coulissante était ouverte. Je voyais en gris sur gris, à l'intérieur de l'atelier, des pierres placées sur le banc de sciage, la potence d'une polisseuse, des rayons chargés de maquettes en plâtre et enfin Korneff. Il marchait courbé et les genoux fléchis. Il tenait la tête raide et en avant. Des emplâtres roses, salis de noir gras, bariolaient sa nuque. Korneff arrivait porteur d'un râteau et, comme c'était le printemps, passait le râteau dans son exposition de pierres tombales. Il y mettait du soin, laissait dans le gravier des traces alternées et ramassait aussi des feuilles mortes de l'année précédente collées sur quelques monuments. Quand il fut tout près de la clôture, passant un râteau prudent entre les coussins de calcaire coquillier et les plaques de diabase, sa voix me surprit : « Dis donc, mon gars, on ne veut plus de toi chez toi, ou bien ? »

« Vos pierres tombales me plaisent extraordinairement »,

dis-je, flatteur. « Faut pas dire ça tout haut, dit-il, sinon on en a tout de suite une sur le ventre. »

Maintenant il s'efforçait de mouvoir sa nuque raide ; d'un regard oblique, il me photographia, ou plutôt il encadra ma bosse : « Qu'est-ce qu'y t'ont fait ? Ça te gêne pas pour dormir ? »

Je le laissai finir de rire et lui expliquai ensuite qu'une bosse n'était pas obligatoirement une gêne, que je la dominais en quelque sorte, qu'il y avait même des femmes et des filles qui aimaient la bosse, qui s'adaptaient aux proportions et possibilités particulières d'un homme bossu et qui, disons-le rondement, étaient portées sur la bosse.

Korneff, le menton sur le manche de son râteau, réfléchissait : « C'est bien possible, j'ai entendu dire ça. »

Puis il me raconta le temps où il était dans l'Eifel à tirer du basalte. Il avait eu une femme dont la jambe de bois, la gauche je crois, pouvait se détacher ; c'était un peu comme ma bosse, bien qu'on ne pût détacher mon compteur à gaz. Le marbrier se souvenait en long, en large et en détail. J'attendis patiemment qu'il eût fini et que la femme eût rattaché sa jambe, puis je le priai de me faire visiter son atelier.

Korneff ouvrit le portail de tôle qui marquait le milieu de la clôture, son râteau engageant montra la porte coulissante, et je fis grincer sous moi le gravier jusqu'à plonger dans l'odeur de soufre, de chaux et d'humidité.

De lourdes massues de bois piriformes, aplaties au sommet, marquées de creux où paraissait la fibre, révélateurs d'une frappe toujours identique, reposaient sur des surfaces dégrossies, déjà dressées à quatre pans. Des ciseaux à dégrossir, des burins emmanchés de bois, des pieds-de-biche fraîchement reforgés, bleuis par la trempe, les longs racloirs élastiques pour travailler le marbre, la pâte à polir séchant sur des tabourets carrés ; mise de champ sur des bois ronds, prête à partir, une stèle de travertin mat, polissage terminé — gras, jaune, caséeux, poreux —, destinée à un caveau double.

« Ça, c'est la masse, ça c'est la gouge, ça c'est le ciseau à bout rond, ça c'est le fermoir et ça », Korneff soulevait une planche large d'une main et longue de deux brasses dont il tenait l'arête dans l'axe de son œil vérificateur, « c'est le traçoir ; ça guide les poinçons quand ils ne mordent pas. »

Ma question ne fut pas de pure courtoisie : « Vous employez des apprentis ? »

Korneff égrenait ses doléances : « J'aurais du travail pour cinq. Mais on n'en trouve pas. Au jour d'aujourd'hui, ils apprennent tous le marché noir, les Jules ! » Comme moi, le marbrier était contre ces obscurs trafics qui empêchent maint jeune homme doué d'apprendre un métier régulier. Tandis que Korneff me montrait diverses meules émeri grosses ou fines et leur effet de poli sur une dalle de Solnhofen, je caressais une pensée. Des pierres ponces, de la pierre de laque pour l'égrisage, du tripoli pour tripolir ce qui était mat, et derechef, mais déjà plus luisante, ma petite idée. Korneff me montra des calques d'écriture, parla d'inscriptions en creux et en saillie, de dorure ; la dorure, ce n'était pas ce qu'on en racontait : avec un bon vieil écu on pouvait dorer le cheval et le cavalier. Cela fit se dessiner à mes yeux le monument équestre de l'empereur Guillaume, à Danzig ; il marchait en direction de la sablière ; maintenant, le soin de le dorer revenait à des fonctionnaires polonais. Cependant, malgré le groupe équestre doré à la feuille, ma petite idée prenait de la valeur ; je jouais avec elle. Quand Korneff me montra la machine à ponctuer tripode pour les travaux de sculpture et tapota d'un revers de médius les divers modèles en plâtre de crucifix orientés à gauche ou à droite, je formulai mon idée : « Alors, vous embaucheriez un apprenti ? » Ma petite idée était en route : « Vous cherchez un apprenti, ou bien ? » Korneff frottait l'albuplast qui couvrait sa nuque à furoncles. « C'est-à-dire, est-ce que le cas échéant vous me prendriez comme apprenti ? » La question était mal posée, et je rectifiai aussitôt : « Ne sous-estimez pas mes forces, cher monsieur Korneff ! Seules mes jambes sont faiblardes. Mais j'ai de la pince ! » Enthousiasmé de ma propre décision et décidé à jouer le tout pour le tout, je découvris mon bras gauche et offris à Korneff de tâter un muscle petit certes, mais tenace comme une viande de bœuf. Comme il ne voulait pas tâter, je happai un burin qui traînait sur un calcaire coquillier et, à titre de démonstration, je fis rebondir le métal à six pans sur mon biceps comme sur une balle de tennis ; je mis fin à cette exhibition quand Korneff mit en marche la polisseuse. Dans un rugissement, le disque d'acier au carborundum attaqua le socle de travertin prévu pour la dalle du caveau double. Enfin, les yeux sur la machine, il cria par-dessus le bruit : « Réfléchis une nuit, mon gars. Ici, c'est pas du gâteau. Et si t'es toujours d'avis, alors tu peux venir, tu serais comme qui dirait praticien. »

Obéissant au marbrier, je réfléchis à mon idée nuitamment pendant une semaine. A longueur de journée, je comparais aux pierres à briquet de Kurt les pierres tombales du Bittweg. J'écoutais les reproches de Maria : « Tu es à nos crochets, Oscar. Fais quelque chose : thé, cacao ou lait en poudre ! » Mais je ne faisais rien. J'acceptais les louanges de Guste qui, prenant comme exemple Köster absent, appréciait ma réserve touchant le black-market. Mais je ne pouvais souffrir l'attitude de mon fils Kurt : tout en notant sur le papier des colonnes de chiffres inventés, il affectait de ne pas me voir ; j'avais fait de même, des années durant, avec Matzerath.

Nous étions à table pour déjeuner. Guste avait débranché la sonnette, afin que nul client ne pût nous surprendre en train de manger des œufs brouillés au lard. Maria dit : « Tu vois, Oscar, nous pouvons nous permettre ça parce que nous ne restons pas les deux pieds dans le même sabot. » Kurt soupirait. Les pierres à briquet étaient retombées à dix-huit. Guste mangeait beaucoup sans rien dire. Je faisais de même. Je trouvais ça bon. Cependant, et peut-être à cause de l'arrière-goût de ces œufs en poudre, je me sentais malheureux. Quand je mordis un fragment cartilagineux, inclus dans le lard, j'éprouvai un brusque besoin de bonheur qui me monta jusqu'au bord des oreilles. Au mépris de ce que j'avais appris, je voulais du bonheur. Tout mon scepticisme ne pesait pas lourd comparé à ma soif de bonheur. Je voulus être heureux sans mesure et, tandis que les autres, satisfaits de leurs œufs en poudre, continuaient à manger, j'allai au placard comme s'il eût contenu le bonheur. Je fouillai mon casier et trouvai ; non pas le bonheur mais, derrière l'album de photos, sous mon livre, les deux paquets de désinfectant de M. Fajngold. Du bout des doigts, je saisis, dans l'un des paquets, non pas le bonheur, mais le collier de rubis de ma pauvre maman ; il était parfaitement désinfecté. Il y a des années, Jan Bronski, par une nuit d'hiver qui sentait la neige, l'avait dérobé dans une devanture à laquelle Oscar avait fait un trou rond. En ce temps-là, Oscar était encore heureux et sa voix brisait le verre. Et j'emportai le bijou. C'était le tremplin, c'était la route. Je pris le tramway jusqu'à la gare centrale. « Si ça marche », pensais-je alors. Je délibérai longuement et vis clair. Mais le manchot et le Saxon, que les autres appelaient le stagiaire, n'avaient une idée juste que de la seule valeur vénale. Ils ne savaient pas qu'ils m'ouvraient toute grande la porte du bonheur quand en échange du collier de ma pauvre maman ils me donnèrent une serviette de vrai cuir et quinze cartouches de cigarettes Lucky Strike.

L'après-midi, j'étais de retour à Bilk au sein de ma famille. Je déballai : quinze cartouches, une fortune, des Lucky Strike en paquets de vingt. Je goûtai l'ahurissement des autres, poussai vers eux la montagne de tabac blond. Je dis : c'est pour vous, et maintenant fichez-moi la paix. Les cigarettes valent bien qu'on me fiche la paix ; de plus, à partir d'aujourd'hui, chaque matin, je veux une boîte à fricot pleine de déjeuner que j'emporterai chaque jour dans ma serviette sur le lieu de mon travail. Soyez heureux avec le miel artificiel et les pierres à briquet, dis-je sans colère et sans regret ; mon art à moi, ce sera autre chose. Désormais, j'écris mon bonheur sur des pierres tombales ou, pour parler métier, je le burine sur des pierres tombales.

Korneff m'embaucha comme praticien pour cent marks mensuels. Ce n'était pas cher et pourtant ce n'était pas volé. Au bout d'une semaine il apparut déjà que mes forces ne suffisaient pas aux gros travaux de taille. Je devais dégrossir une dalle de granit belge sortant de la carrière pour un caveau quadruple et, au bout d'une heure brève, je pouvais à peine tenir encore le ciseau ; quant à la masse, je la maniais à tort et à travers. Je dus aussi laisser à Korneff l'égrisage tandis que, grâce à mon adresse, je me cantonnai dans le piquetage fin, les dentures, la vérification d'un plan à l'équerre, le traçage des quatre pans et le dégagement des bordures. Un bois carré était placé debout, coiffé en T de la planchette où j'étais assis ; le burin dans la main droite, de la gauche, en dépit de Korneff qui aurait voulu faire de moi un droitier, je faisais toquer et sonner massues de bois, maillets, masses de fer, marteaux ; les soixante-quatre pointes de diamant du marteau à piqueter mordaient à la fois la pierre et la fatiguaient. C'était le bonheur. Cela ne valait pas mon tambour ; ce bonheur n'était qu'un ersatz ; le bonheur, ça n'existe peut-être qu'en ersatz ; le bonheur succède au bonheur, par sédimentation : marbre, grès, grès de l'Elbe, grès du Main, grès du bain, grès du sein, du sien, du nôtre, grès de Kirchheim, bonheur de Grenzheim. Bonheur dur : carrare. Bonheur panaché, fragile : albâtre. L'acier-chrome pénètre avec bonheur dans la diabase. Dolomite : bonheur vert. Bonheur doux : tuf. Bonheur bigarré de la Lahn. Bonheur poreux : basalte. Bonheur solidifié de l'Eifel. Le bonheur giclait comme un volcan, se déposait en poussière et me pinçait sous la dent.

J'avais la main la plus heureuse quand je gravais les inscriptions. Sur ce point, je battais Korneff. J'exécutais la partie ornementale de la sculpture : feuilles d'acanthe, roses brisées pour pierres tombales d'enfants, palmes, symboles chrétiens tels que XP ou INRI, gorges, baguettes, oves, filets et doubles filets. Oscar enjolivait des pierres tombales à tout profil et à tous les prix. Quand j'avais travaillé huit heures une plaque polie de diabase, sans cesse à nouveau matie sous mon haleine, pour lui inculquer une inscription de ce genre : Ici repose en Dieu mon cher époux — à la ligne — Joseph Esser — à la ligne — né le 3.4.1885 décédé le 22.6.1946 — à la ligne — la mort est la porte de la vie — ; quand je relisais enfin le texte, je goûtais un ersatz de bonheur. C'était un moment agréable dont je remerciais Joseph Esser, décédé à l'âge de soixante et un ans. J'en faisais hommage aux petits nuages verts de diabase qui sautaient devant mon burin, tandis que je m'appliquais tout exprès à fignoler les O de l'épitaphe essérienne ; la lettre O, qu'Oscar aimait particulièrement, était bien régulière et sans raccords, en revanche, je la faisais toujours un peu trop grande.

Je débutai comme praticien à la fin mai. Début octobre, Korneff eut deux nouveaux furoncles, et nous eûmes à poser dans le cimetière Sud la dalle de travertin commandée pour Hermann Webknecht et Else Webknecht, née Freytag. Jusqu'à ce jour le marbrier, ne se fiant pas à mes forces, ne m'avait jamais emmené dans des cimetières. Son aide habituel dans les travaux de pose était un manœuvre de la maison Julius Wöbel, presque sourd mais utilisable par ailleurs. Sans cesse, j'offrais en vain ma collaboration pour les travaux au cimetière ; j'aimais y aller, bien qu'à cette époque je n'eusse pas à prendre de résolutions. Par chance, début octobre, un boom se produisit chez Wöbel ; il ne pouvait se passer d'un seul homme avant le début des gelées ; Korneff en fut réduit à me prendre.

A nous deux nous plaçâmes la dalle de travertin sur des tréteaux à l'arrière du trois-roues ; puis nous la mîmes sur des rouleaux de bois dur ; elle fut poussée jusque sur le plateau de charge ; suivit le socle ; les arêtes furent protégées par des sacs à ciment vides en papier. Nous chargeâmes les outils, le ciment, le sable, le gravier, les bois ronds et les caisses pour le déchargement ; je verrouillai le panneau abattant ; Korneff était déjà au volant et lançait le moteur, quand il glissa par la portière latérale sa tête et sa nuque à furoncles et cria : « Viens donc, gamin. Va chercher ta boîte à fricot et monte ! »

Lent circuit autour des hôpitaux municipaux. Devant le portail principal, de blanches nuées d'infirmières. Parmi elles, une que je connaissais : sœur Gertrude. Je lui fis un signe, elle répondit. Du bonheur, pensai-je, je devrais l'inviter, même si maintenant je ne l'aperçois plus — parce que nous prenions la direction du Rhin, de Kappeshamm — l'inviter à n'importe quoi, peut-être au cinéma ou bien à voir Gründgens au théâtre. Tiens, voilà déjà l'édifice de briques jaunes ; l'inviter, mais pas forcément au théâtre ; et le crématoire diffuse sa fumée au-dessus d'arbres à demi dépouillés ; ça ne vous ferait pas de mal, sœur Gertrude, de changer un peu de crémerie ? Autre cimetière, autres maisons de pierres tombales : Bentz et Kranich, Pottgiesser pierres naturelles, Böhm Art funéraire, Gockeln entretien de tombes et horticulture funéraire. Devant le portail, tour d'honneur pour sœur Gertrude ; à la porte, contrôle ; ce n'est pas si simple d'entrer au cimetière ; administration à casquette de cimetière : travertin pour caveau double, numéro soixante-dix-neuf, canton huit, Webknecht Hermann, main à la casquette, donner les boîtes à fricot à réchauffer au crématoire ; et, devant l'ossuaire, Leo Schugger.

Je dis à Korneff : « N'est-ce pas un certain Leo Schugger, là, avec ses gants blancs ? »

Korneff, tâtant ses furoncles derrière lui : « C'est Willem la Bavoche et pas Leo Schugger ; il habite ici ! »

Cette information n'était pas pour me satisfaire. Après tout, j'avais bien été à Danzig auparavant, et maintenant j'étais à Düsseldorf, et je m'appelais toujours Oscar : « Chez nous, il y en avait un qui était dans les cimetières ; il était exactement comme ça et s'appelait Leo Schugger et avant, quand il s'appelait seulement Leo, il était au séminaire. »

Korneff, main gauche à ses furoncles, tournant de la main droite le volant devant le crématoire : « C'est bien possible. J'en connais un tas qui ont le même air, qui étaient d'abord au séminaire, qui maintenant vivent dans les cimetières et ont changé de nom. Mais lui c'est Willem la Bavoche ! »

Nous passâmes devant Willem la Bavoche. Il nous salua d'un gant blanc, et je me sentis comme chez moi dans le cimetière Sud.

Octobre, allées de cimetière ; le monde perd ses cheveux et ses dents, je crois ; sans trêve des feuilles jaunes descendent au sol d'une démarche balancée. Silence, moineaux, promeneurs, le moteur du trois-roues se tourne vers le canton huit, qui est encore très loin. Par-ci par-là de vieilles femmes avec des arrosoirs et des petits-enfants ; soleil sur le granit noir de Suède, sur les obélisques, les colonnes symboliquement brisées ; même de vrais dommages de guerre ; un ange vert-de-grisé derrière un buis ou quelque végétal semblable. Femme, la main de marbre devant ses yeux, qu'éblouit son propre marbre. Jésus-Christ en sandales de pierre bénit les ormes ; au canton quatre, un second Christ bénissant un bouleau. Vastes pensées entre le canton quatre et le canton cinq : la mer. Et la mer rejette sur la plage, entre autres choses, un cadavre. Du casino de Zoppot, une musique de violons, et les débuts timides d'un feu d'artifice au bénéfice des aveugles de guerre. Oscar, trois ans, se penche sur les épaves, espérant que ce sera Maria, ou peut-être sœur Gertrude que je devrais enfin inviter. Mais c'est Belle-Lucie, Pâle-Lucie, s'il faut en croire le feu d'artifice qui maintenant culmine. Elle a, comme toujours quand elle veut faire le mal, sa veste tricotée de Berchtesgaden. Quand je la lui ôte, la laine est mouillée. Mouillée aussi la veste qu'elle porte sous la veste. Et je lui ôte encore une veste de Berchtesgaden. Tout à la fin, comme le feu d'artifice a jeté tout son feu et que seuls persistent les violons, je trouve sous la laine, dans la laine, son cœur enveloppé dans un maillot de gymnastique de la Ligue des jeunes filles allemandes ; c'est le cœur de Lucie, une froide, minuscule pierre tombale où est écrit : « Ci-gît Oscar — Ci-gît Oscar — Ci-gît Oscar… »

« Eh bien, mon gars, tu dors ! » Korneff interrompit mes belles pensées alluviales, don de la mer, qu'illuminait un feu d'artifice. Nous prîmes à gauche, et le canton huit, presque neuf, sans arbres, avec peu de pierres tombales, s'ouvrit devant nous, plat et avide. De la monotonie des tombes encore non décorées parce que trop récentes, se détachaient nettement les cinq dernières inhumations : montagnes pourrissantes de fleurs brunies, de couronnes où pendaient des rubans délavés par la pluie.

Nous trouvâmes presque aussitôt le numéro soixante-dix-neuf au début du quatrième rang, tout près du canton sept, assez régulièrement garni d'arbres à croissance rapide et de pierres banales, en majorité des marbres de Silésie. Nous nous approchâmes par-derrière avec la voiture, nous déchargeâmes les outils, le ciment, le gravier, le sable, le socle et la dalle de travertin qui avait un miroitement gras. Le trois-roues fit un saut quand, à l'aide de rouleaux, nous fîmes glisser ce fardeau sur la caisse. Korneff retira la croix de bois provisoire dressée à la tête de la tombe et qui portait écrit sur la barre transversale H. Webknecht et E. Webknecht. Je lui passai la pioche et il commença à creuser les deux trous, un mètre soixante de profondeur selon le règlement, qui devaient recevoir les piliers de béton. Cependant j'allais au canton sept chercher de l'eau pour préparer le béton. J'avais fini quand, arrivé à un mètre cinquante, il dit ça y est. Je pus commencer à tasser le béton dans les trous, tandis que Korneff, assis sur la dalle de travertin, reprenait bruyamment haleine et tâtait sa nuque à l'endroit des furoncles. « Ça va y être. Je sens bien que ça va y être et qu'ils vont crever. » Je bourrais le béton et ne pensais plus à rien.

Venant du canton sept, un enterrement protestant traversait en rampant le canton huit, allant au canton neuf. Quand la colonne par trois vint à notre hauteur, Korneff se laissa glisser de la dalle et, depuis le pasteur jusqu'aux plus proches parents, nous levâmes nos casquettes selon le règlement du cimetière. Derrière le cercueil marchait toute seule une petite femme noire et mal bâtie. Ensuite ils étaient tous plus grands et plus robustes. « N'achève pas de boucher ! » gémit Korneff, « je crois bien qu'ils vont crever avant qu'on ait posé la dalle. »

Cependant le convoi funèbre était arrivé sur le canton neuf où il se recueillait et émettait la voix d'un pasteur, alternativement croissante et décroissante. Nous aurions pu à présent poser le socle, car le béton s'était contracté. Mais Korneff se coucha à plat ventre sur la dalle de travertin, introduisit sa casquette entre son front et la pierre, dégagea sa nuque en rejetant en arrière le col de sa veste et de sa chemise, tandis que, au canton huit, des détails biographiques nous parvenaient touchant le défunt du canton neuf. Je dus grimper sur la dalle et sur le dos de Korneff ; tableau : il y en avait deux l'un contre l'autre. Un traînard qui portait une couronne trop grande se hâta vers le canton neuf et vers le prêtre qui lentement tirait à sa fin. Après avoir d'un seul coup arraché l'albuplast, j'essuyai avec une feuille de hêtre la pommade antiseptique. Je vis les deux indurations de grosseur presque égale, d'un brun goudronneux tirant sur le jaune. « Prions, mes frères », disait le vent du canton neuf. Je pris cela pour un encouragement, détournai la tête de côté, pressai et tirai en mettant d'abord des feuilles de hêtre sous mes pouces. « Notre Père... » Korneff grinça : « Fallait tirer, pas appuyer. » Je tirai. « Que Votre nom... » Korneff se mit à réciter aussi la prière : « ... que Ton royaume arrive. » Alors j'appuyai quand même, puisque tirer ne donnait rien. « Que Votre volonté soit faite, au ciel comme... » S'il n'y eut pas une détonation, ce fut par miracle. Et encore une fois : « Donne-nous aujourd'hui... » Korneff avait repris le fil du texte : « Faute et non tentation... » C'était plus que je ne pensais. « Règne, Puissance et Grandeur. » J'expulsai le reste. « Eternité. Amen. » Tandis que je tirais encore une fois, Korneff : « Amen ! » et encore une fois je pressai : « Amen ! »

Là-bas, au canton neuf, on commençait à se faire des condoléances. Korneff dit encore : « Amen ! » Couché à plat sur le travertin, il soupira de soulagement : « Amen ! » et ajouta : « T'as encore du béton pour sous le socle ? » J'en avais. Lui : « Amen ! »

J'étalai les dernières pelletées en guise de liaison entre les deux piliers. Alors Korneff descendit de l'épitaphe et se fit montrer par Oscar les feuilles de hêtre polychromes et le contenu pareillement polychrome des deux furoncles. Nous remîmes d'aplomb nos casquettes, saisîmes la pierre et posâmes le monument funéraire de Hermann Webknecht et Else Webknecht, née Freytag, tandis que le convoi funèbre s'évaporait au canton neuf.

Fortuna Nord

En ce temps-là, pour se payer une pierre tombale, il fallait en laisser les moyens derrière soi. Point n'était besoin de léguer un diamant ou un rang de perles long comme le bras. Pour cinq quintaux de pommes de terre, on avait déjà une dalle de taille adulte en calcaire coquillier de Grenzheim. Un monument en granit belge sur trois socles pour deux personnes nous valut du tissu pour deux complets avec gilet. La veuve du tailleur qui avait le tissu nous proposa de troquer une bordure en dolomite contre la façon des complets, car elle employait encore un ouvrier.

Il advint ainsi que Korneff et moi, un soir après le travail, nous prîmes le 10 en direction de Stockum pour rendre visite à la veuve Lennert et nous faire prendre nos mesures. Oscar portait alors, non sans ridicule, un uniforme de chasseur de chars remanié par Maria ; bien qu'elle eût déplacé les boutons, mes dimensions particulières m'empêchaient de fermer la veste.

Le compagnon-tailleur, que la veuve Lennert appelait Anton, me monta un complet sur mesure de draperie bleu foncé à petites rayures : veston droit, doublé gris cendre, les épaules bien travaillées sans truquage, la bosse moins dissimulée que décemment mise en valeur, le pantalon à revers, mais pas trop haut ; c'était toujours Maître Bebra qui me servait de modèle vestimentaire. Pour ce motif, point de passants pour la ceinture au pantalon, des boutons pour bretelles ; le gilet luisant derrière, mat devant, doublé de vieux rose. Il y fallut cinq essayages.

Pendant que le compagnon était encore après le croisé de Korneff et mon droit, un trafiquant de chaussures cherchait une dalle au mètre cube pour sa mère, décédée par bombe en quarante-trois. L'homme parlait d'abord de nous offrir des bons d'achat, mais nous voulûmes avoir la denrée. En échange du marbre silésien avec bordure en artificiel et transfert de sépulture, Korneff reçut une paire de chaussures de ville marron et une paire de pantoufles à semelles de cuir. Pour moi ce fut une paire de bottines à lacets noires, à l'ancienne mode, mais d'une merveilleuse souplesse. Pointure trente-cinq : elles donnaient à mes pieds déficients une tenue solide et élégante.

Maria s'occupa des chemises ; je lui mis une liasse de Reichsmarks sur la balance où elle pesait le miel : « Ah ! dis donc ! Si tu voulais m'acheter deux chemises, dont une à petites rayures, une cravate grise et une marron ? Le reste est pour Kurt et pour toi, ma chère Maria, qui ne penses jamais à toi et toujours aux autres. »

Une fois, étant d'humeur généreuse, j'offris à Guste un parapluie à manche de vraie corne et un jeu à peine usagé de cartes à jouer d'Altenburg ; elle aimait bien se tirer les cartes, mais répugnait à emprunter un jeu chez les voisins quand elle voulait savoir quand rentrerait Köster.

Maria se hâta d'exécuter ma commande. Le riche surplus de mon argent fournit un imperméable pour elle et, pour Kurt, un sac d'écolier en cuir-imitation qui, si laid qu'il fût, remplit provisoirement son office. A mes chemises et à mes cravates, elle ajouta trois paires de chaussettes grises que j'avais oublié de commander.

Quand Korneff et Oscar prirent livraison de leurs complets, nous demeurâmes plantés devant la glace dans l'atelier du tailleur, très embarrassés et fortement impressionnés l'un par l'autre. Korneff osait à peine remuer son cou labouré de cicatrices de furoncles. Ses bras partis de ses épaules tombantes pendaient devant lui et il essayait de rectifier ses jambes torses. Quant à moi, surtout quand je croisais les bras sur la poitrine — ce qui accroissait mes côtes horizontales supérieures —, que j'utilisais comme jambe d'appui ma chétive jambe droite et fléchissais négligemment la jambe gauche, le vêtement neuf me donnait un je ne sais quoi d'intellectuel et de démoniaque. Goûtant avec un sourire la stupéfaction de Korneff, je m'approchai du miroir. J'étais si près de la surface qui possédait mon portrait inversé que j'aurais pu l'embrasser ; il me suffit de me souffler au nez et de dire sur le ton du badinage : « Holà ! Oscar ! Il te manque une épingle de cravate. »

Une semaine plus tard, un dimanche après-midi, quand j'entrai aux hôpitaux municipaux pour ma visite aux infirmières, battant neuf, content de moi et tout ce qu'il y a de tsoin-tsoin, j'étais déjà possesseur d'une épingle de cravate en argent avec une perle.

Les bonnes filles eurent le souffle coupé quand elles me virent sur une chaise dans leur salle de garde. C'était au déclin de l'été quarante-sept. Les bras dûment croisés devant mon thorax, je jouais avec mes gants de peau. Il y avait plus d'un an que je travaillais chez Korneff comme praticien spécialisé dans les cannelures à la gouge. Je posai une jambe de mon pantalon pardessus l'autre en prenant garde aux plis. La bonne Guste prenait soin de mon complet sur mesure comme s'il avait été coupé pour Köster quand il rentrerait et changerait tout. Sœur Helmtrude voulut toucher l'étoffe ; j'accédai à ce désir. J'achetai pour Kurt un manteau de loden gris souris à l'occasion de son septième anniversaire, au printemps de quarante-sept ; à cette occasion, on but à la maison une liqueur aux œufs de notre fabrication. J'offris aux infirmières, auxquelles s'était jointe sœur Gertrude, des bonbons qu'une plaque de diabase nous avait valus, plus vingt livres de cassonade. A mon avis, Kurt allait à l'école beaucoup trop volontiers. L'institutrice, en bel état de neuf et, par Dieu, sans aucun rapport avec la Spollenhauer, disait du bien de lui ; il était intelligent, mais un peu renfermé. Que des infirmières peuvent être joyeuses quand on leur offre des bonbons ! Quand je me trouvai un instant seul dans la pièce avec sœur Gertrude, je m'enquis de ses dimanches libres.

« Aujourd'hui par exemple, je suis libre à cinq heures. Mais pour ce qu'on s'amuse en ville ! » dit, résignée, sœur Gertrude.

J'émis l'opinion qu'on pouvait toujours essayer. Cela ne lui dit rien tout d'abord : elle aurait mieux aimé rattraper le sommeil qu'elle avait en retard. Alors je me montrai pressant, je fis mon invitation et, comme elle tardait toujours à se décider, je conclus sur un ton mystérieux : « Un peu d'initiative, sœur Gertrude ! On n'est jeune qu'une fois. Ce ne sont pas les tickets de gâteaux qui manquent ! » En guise d'accompagnement à ce texte, je tapotais d'un geste légèrement stylisé le tissu devant ma poche intérieure. Puis je lui offris encore un bonbon et fus pris, par extraordinaire, d'un doux effroi quand cette robuste fille de Westphalie, qui n'était pas du tout mon type, fit entendre ces mots, tournée vers l'armoire aux onguents : « Bon, si vous voulez. Disons à six heures, mais pas ici ; disons place Cornelius. »

Jamais je n'aurais cru sœur Gertrude capable de me donner rendez-vous dans le hall d'entrée ou devant le portail principal des hôpitaux. Je l'attendis donc à six heures sous l'horloge automatique de la place Cornelius, laquelle à cette époque était démolie depuis la guerre et ne donnait pas l'heure. Elle fut ponctuelle, comme je pus m'en assurer grâce à la montre pas trop précieuse que j'avais acquise quelques semaines auparavant. Pour un peu, je ne l'aurais pas reconnue. Si je l'avais vue descendre à la halte du tramway située en face obliquement à cinquante pas de distance, je me serais esquivé, déçu ; car sœur Gertrude ne vint pas en sœur Gertrude, en blanc avec la broche de la Croix-Rouge, mais dans un costume civil quelconque de la coupe la plus médiocre, en Mlle Gertrude Wilms de Hamm ou Dortmund, ou bien de quelque part entre Dortmund et Hamm.

Elle ne s'avisa pas de ma mauvaise humeur. Si elle était presque en retard, dit-elle, c'est que l'infirmière-chef, par pur esprit de chicane, lui avait donné quelque chose à faire juste avant cinq heures.

« Eh bien, mademoiselle Gertrude, puis-je vous faire quelques propositions ? Peut-être commencerons-nous gentiment par le salon de thé et après comme vous voulez : cinéma peut-être. Pour le théâtre il n'y a plus moyen d'avoir des billets. Ou bien, si on allait danser ? »

« C'est ça, allons danser ! » dit-elle d'enthousiasme. Et trop tard elle songea, mais alors elle cacha difficilement sa frayeur, que je ferais une figure impossible comme partenaire de danse, en dépit de mes beaux habits.

Non sans une satisfaction maligne — pourquoi n'avait-elle pas gardé pour venir ce costume d'infirmière que j'aimais tant ? — je confirmai le plan qu'elle venait d'approuver et, comme elle manquait d'imagination, elle oublia bientôt sa frayeur. Je mangeai une portion, elle trois portions d'un gâteau qui devait avoir été fait avec du ciment ; je payai avec des tickets et du numéraire, puis nous prîmes place dans un tramway allant à Gerresheim ; au dire de Korneff, il devait y avoir un dancing en bas de Grafenberg.

Nous fîmes le dernier bout de chemin à pied ; le tramway s'arrêtait au pied de la rampe. Un soir de septembre comme on en trouve dans les livres. Les sandales à semelles de bois sans tickets de Gertrude claquetaient comme le moulin au bord du ruisseau. Cela me rendit joyeux. Les gens qui descendaient la côte se retournaient sur nous. Mlle Gertrude trouvait cela pénible. Moi, j'y étais habitué et n'y prenais pas garde ; somme toute, c'étaient mes tickets de gâteau qui lui avaient valu trois portions de tarte au ciment à la conditorei Kürter.

Le dancing s'appelait Wedig et portait en sous-titre : Château des Lions. Dès la caisse il y eut des sourires discrets et, quand nous entrâmes, les têtes se tournèrent. Sœur Gertrude en costume civil était mal à son aise ; si le garçon et moi ne l'avions retenue, elle aurait trébuché sur un tabouret. Le garçon nous mit à une table proche de la piste et je commandai deux boissons glacées en ajoutant à voix basse, perceptible au seul garçon : « Mais avec alcool, s'il vous plaît. »

Le Château des Lions se composait pour l'essentiel d'une salle qui jadis avait dû servir de manège. Des serpentins et des guirlandes datant du dernier carnaval drapaient les régions supérieures, le plafond très endommagé. Des lumières tamisées, colorées, gravitaient, jetant des reflets sur les cheveux strictement gominés de jeunes négociants du noir, parfois élégants, et sur les blouses de satin des filles qui semblaient toutes se connaître.

Quand les boissons glacées avec alcool furent servies, j'achetai au garçon dix cigarettes américaines, en offris une à Gertrude, une au garçon qui se la colla derrière l'oreille et, après avoir donné du feu à ma cavalière, j'exhibai le fume-cigarette d'Oscar, qui était d'ambre, et j'y fumai une Camel, mais pas plus loin que la moitié. Les tables voisines se calmèrent. Quand j'écrasai dans le cendrier le formidable mégot de Camel, sœur Gertrude le happa d'une main exercée et le mit dans la poche latérale de son sac à main de toile cirée.

« Pour mon fiancé à Dortmund, dit-elle, il fume comme un cinglé. »

Je fus content de n'être pas son fiancé, content aussi que la musique commence. La formation de cinq hommes : « Don't fence me in. » Des mâles à semelles de crêpe traversèrent la piste en diagonale sans se heurter, pêchèrent des filles qui en se levant donnaient leurs sacs à main en garde à des copines. Il y avait quelques couples à la danse fluide comme un ballet. On mâchait beaucoup de chewing-gum. Quelques danseurs s'interrompaient pour plusieurs mesures, tenant par le bras les filles qui continuaient à piétiner en mesure avec impatience ; des bribes d'anglais servaient de lien au vocabulaire rhénan. Avant de reprendre la danse, on se refilait de petits objets : dans le vrai marché noir il n'y a pas de congé.

Nous laissâmes passer cette danse, de même le fox qui suivit. Oscar regardait discrètement les jambes des hommes. Il invita sœur Gertrude, toute déconcertée, à un tour de danse quand l'orchestre attaqua *Rosamonde.*

Me remémorant puissamment les habiletés chorégraphiques de Jan Bronski, je me lançai dans un tango. J'avais deux têtes de moins que sœur Gertrude, je connaissais le côté grotesque de notre accouplement et voulais même le renforcer. Elle se laissait conduire avec résignation. Je la tenais par le séant, paume de la main droite en dehors. Je sentis trente pour cent de laine. La joue contre son corsage, je poussai la robuste Gertrude à reculons, suivant ses pas, réclamant la piste, le bras gauche étendu rigide, d'un coin à l'autre du parquet. Ça marchait mieux que je n'aurais osé l'espérer. Je me permis des variations. Sans lâcher le corsage par en haut, je me cramponnai tantôt à gauche, tantôt à droite, à la solide prise qu'offrait sa hanche, et je tournai autour d'elle sans abandonner la posture classique du tango, où il s'agit de donner l'impression que la cavalière va tomber à la renverse, que le danseur qui veut la renverser tombe en avant par-dessus elle ; et pourtant personne ne tombe, parce qu'ils sont d'excellents danseurs de tango.

Bientôt, nous eûmes des supporters. J'entendis des exclamations : « J'te l'avais bien dit, c'est Jimmy ! Vise un peu Jimmy ! Hello Jimmy ! Comme on, Jimmy ! Let's go, Jimmy ! »

Malheureusement je ne pouvais voir le visage de sœur Gertrude et je dus me contenter d'espérer qu'elle prendrait ces encouragements avec un flegme orgueilleux comme une ovation de la jeunesse, qu'elle accepterait les applaudissements à la façon dont les infirmières savent subir les flatteries souvent maladroites des patients.

Quand nous regagnâmes nos places, les applaudissements continuèrent. Le jazz-band exécuta un triple ban où le batteur se mit particulièrement en évidence. On criait « Jimmy » sur l'air des lampions et « T'as vu ces deux-là ? ». Alors sœur Gertrude se leva, bredouilla quelque chose comme « aller aux toilettes », prit son sac à main où était le mégot pour le fiancé de Dortmund et, rouge tomate, se fraya, en se cognant partout aux tables et aux chaises, un chemin précipité dans la direction des toilettes, à côté de la caisse.

Elle ne revint pas. Le fait qu'avant de s'éloigner elle avait vidé d'un long trait sa boisson glacée m'enseigna que vider un verre signifie adieu : sœur Gertrude me laissait tomber.

Et Oscar ? De commander au garçon, comme il enlevait discrètement le verre vidé rubis sur l'ongle, un alcool sans boisson glacée. Une cigarette américaine fumait au bout de l'ambre. Ça coûterait ce que ça coûterait. Oscar avait le sourire. Un sourire douloureux certes, mais un sourire. Il croisa les bras en haut, les jambes de son pantalon en bas, fit osciller négligemment une fine bottine noire à lacets, pointure trente-cinq ; il goûtait la supériorité morale de l'homme abandonné.

Les jeunes habitués du Château des Lions étaient bien gentils ; ils clignaient de l'œil au passage sur le parquet de danse, en tournant un swing. « Hello », lançaient les jeunes gens ; et les filles « Take it easy ». Un signe de mon fume-cigarette remerciait ses tenants de l'humanité vraie. Et je souris avec indulgence quand l'homme des drums exécuta un roulement riche qui me rappela le vieux temps des tribunes ; puis il exécuta un solo de timbale, tambour plat, cymbales et triangle et annonça que les dames allaient choisir leurs cavaliers.

Les musiciens suaient en jouant *Jimmy the Tiger*. C'était en mon honneur, bien que personne au Château des Lions ne pût connaître ma carrière de tambour sous tribune. En tout cas la gamine frétillante, aux cheveux ébouriffés rougis de henné, qui m'avait choisi comme cavalier me chuchota au creux de l'oreille, d'une voix éraillée par le tabac et dans un broiement de chewing-gum : « Jimmy the Tiger. » Et tandis que, parmi la jungle et ses dangers, nous dansions un Jimmy frénétique, le tigre évoluait sur ses semelles de crêpe ; cela dura dix minutes. Roulement de tambour, applaudissements, et roulement bis ; parce que j'avais une bosse bien habillée, la jambe alerte et que je faisais bonne figure dans le rôle de Jimmy the Tiger. J'invitai à ma table la personne qui me voulait du bien, et Helma — c'était son nom — me demanda la permission d'amener son amie Hannelore. Hannelore était laconique, sédentaire et buvait beaucoup. Helma en tenait plutôt pour les cigarettes made in USA, et je dus en redemander au garçon.

Excellente soirée. Je dansai *Hebaberiba, In the Mood, Shoeshine boy*. Entre-temps je causais, prenant soin des deux filles qui se contentaient de peu. Elles me racontaient qu'elles travaillaient toutes deux au Central du téléphone interurbain de la place Graf-Adolf, mais que bien d'autres filles du Central venaient chez Wedig, le samedi et le dimanche. Elles, en tout cas, elles étaient là chaque week-end quand elles n'étaient pas de service. Je promis de revenir aussi, puisque Helma et Hannelore étaient si gentilles, et parce qu'on s'entendait encore mieux de près que de loin avec les demoiselles du téléphone. C'était un jeu de mots ; elles le comprirent tout de suite.

Pendant assez longtemps je ne retournai plus aux hôpitaux.

Quand je fis de nouveau une apparition occasionnelle, sœur Gertrude avait été mutée à la section gynécologique. Je ne la vis plus, si ce n'est de loin, m'adressant un salut. Je devins un pilier du Château des Lions. Les filles m'aimaient bien, mais sans excès. Grâce à elles, je fis la connaissance de quelques occupants britanniques ; j'y chipai une centaine de mots anglais ; je me liai d'amitié avec quelques musiciens. On se disait tu ; mais je sus me dominer : jamais je ne pris place à la batterie. J'étais satisfait du petit bonheur que me procurait la gravure de lettres dans l'atelier de marbrerie Korneff.

Pendant le rude hiver quarante-sept-quarante-huit, je gardai le contact avec les filles du téléphone. Je reçus, à peu de frais tout compte fait, un peu de chaleur de la silencieuse et sédentaire Hannelore. Je parvins de justesse à garder mes distances, et nous en restâmes aux bagatelles qui n'engagent à rien.

En hiver, le marbrier soigne son matériel. On reforge les outils ; sur quelques vieux blocs, on dégage la surface où sera l'inscription ; où l'arête manque, on fait un filet, une gorge. Korneff et moi remplîmes à nouveau de pierres tombales le chantier que la saison d'automne avait éclairci ; nous coulâmes quelques pierres artificielles faites de chutes de calcaire coquillier. Je m'essayai aussi à des travaux faciles de sculpture exécutés avec la machine à piqueter ; je travaillais en relief des têtes d'anges, des têtes de Christ à la couronne d'épines, des colombes du Saint-Esprit. Quand il neigeait, je prenais la pelle ; quand il ne neigeait pas, je dégelais la conduite d'eau de la polisseuse.

A la fin de février quarante-huit — le carnaval m'avait amaigri ; j'avais pris peut-être un air intellectuel, car au Château des Lions quelques filles m'appelaient « docteur » — peu après le mercredi des Cendres, les premiers paysans de la rive gauche du Rhin parurent et inspectèrent notre chantier de pierres tombales. Korneff était absent. Il faisait, comme tous les ans, sa cure antirhumatismale en travaillant à Duisbourg devant un haut fourneau. Quand, au bout de quinze jours, il revint, tout desséché et sans furoncles, j'avais déjà pu vendre à des conditions aventageuses trois pierres tombales, dont une pour caveau triple. Korneff plaça encore deux dalles en calcaire coquillier de Kirchheim, et, à la mi-mars, nous commençâmes les travaux de pose. Un marbre de Silésie allait à Grevenbroich ; les deux pierres de Kirchheim sont dans un cimetière villageois proche de Neuss ; le grès rouge du Main avec les têtes d'anges sculptées par moi peut encore être admiré au cimetière de Stomml. La diabase avec le Christ à la couronne d'épines pour le caveau triple fut chargée fin mars ; et nous partîmes à petite allure, car le trois-roues était surchargé, en direction de Kappes-Hamm et du pont de Neuss. De Neuss, par Grevenbroich, vers Rommerskirchen. Mais nous prîmes à droite la route de Bergheim-Erft, laissâmes derrière nous Rheydt et Niederaussem, et, sans avoir rompu un essieu, nous portâmes la dalle énorme avec le socle au cimetière d'Oberaussem, situé sur une colline en pente douce vers le village.

Quel panorama ! A nos pieds, le bassin de lignite de l'Erftland. Les huit cheminées de l'usine Fortuna fumant dans le ciel. L'usine neuve, sifflante, environnée de vapeurs blanches, toujours sur le point d'exploser : la centrale thermique de Fortuna-Nord. Au-dessus d'elle, les terrils avec leurs téléphériques et leurs chapelets de wagonnets basculants. Toutes les trois minutes, un train électrique, chargé de coke ou vide. En étoile autour de la centrale, grands comme des jouets pour géants, chevauchant le coin gauche du cimetière, en colonne par trois jusqu'à l'horizon, filant vers Cologne, les pylônes de la haute tension. D'autres colonnes couraient au loin vers la Hollande et la Belgique : c'était un nœud au centre du monde.

Nous dressions la stèle de diabase pour la famille Flies.

Le fossoyeur, avec son auxiliaire qui remplaçait en ces lieux Leo Schugger, commençait une exhumation à trois rangées de nous. Ils prenaient leurs outils.

La centrale fournissait du courant au titre des réparations.

Le vent nous apportait les odeurs typiques d'une exhumation trop précoce. Non, ce n'était pas écœurant ; nous étions en mars. Des champs de verdure printanière s'étendaient entre les montagnes de coke. Le fossoyeur portait des lunettes en fil de fer et se disputait à mi-voix avec son Leo Schugger. Puis la sirène de Fortuna s'époumona une longue minute. Ne parlons pas de la femme exhumée ; seule la haute tension continuait le travail, car nous fîmes une pause ; et la sirène bascula, tomba par-dessus bord et s'engloutit — tandis que, sur les toits d'ardoise grise du village frisait la fumée de midi ; et, tout de suite, les cloches de l'église : prie et travaille — l'industrie et la religion, main dans la main. Changement d'équipe à Fortuna. Nous mangions des tartines de pain beurré avec du lard ; mais une exhumation ne souffre pas de retard ; et le 220000 volts continuait sa course vers les pays vainqueurs, éclairait la Hollande, tandis qu'ici on tombait de coupure en délestage — mais la femme revoyait le jour !

Tandis que Korneff creusait les trous d'un mètre cinquante pour les fondations, elle fut ramenée à l'air frais ; il n'y avait pas longtemps qu'elle gisait au fond ; elle était dans le noir depuis l'automne précédent et paraissait déjà avancée.

Partout on travaillait à des améliorations ; les démontages progressaient dans la Ruhr et sur le Rhin ; j'avais passé l'hiver à flirter au Château des Lions.

Pendant cet hiver, la femme s'était gravement analysée. Maintenant, tandis que je tassais le béton et que nous posions le socle, il fallait la persuader pièce par pièce de souffrir son exhumation. C'est pour cela qu'avait été apporté le coffre de métal galvanisé ; rien, pas un débris ne pouvait se perdre.

A la distribution des briquettes, à Fortuna, les enfants couraient derrière les remorques surchargées et ramassaient les briquettes tombées. Le cardinal Frings avait dit en chaire : En vérité je vous le dis : chiper du charbon n'est pas un péché. Mais moi, je n'avais besoin de combustible pour personne.

Je ne crois pas que la femme avait positivement froid dans l'air proverbialement frais de mars, d'autant qu'elle avait encore pas mal de peau, quoique trouée et avec beaucoup de mailles filées, et même des restes d'étoffe et des cheveux avec permanente. Les garnitures du cercueil valaient aussi le transfert. Il y avait même de petits bouts de bois qui allaient partir pour un autre cimetière où l'on n'enterrait pas des paysans et des mineurs de Fortuna. Non, l'évacuée voulait regagner la grande ville où il se passe toujours quelque chose, avec dix-neuf cinémas en même temps. Le fossoyeur disait bien qu'elle n'était pas d'ici : « La vieille était de Cologne, et mét'nant elle va à Mülheim, su' l'aut' rive du Rhin », dit-il, et il en aurait dit davantage, mais à nouveau la sirène émergea pour une minute. Profitant de la sirène, je m'approchai de l'exhumation ; je zigzaguai en louvoyant contre la sirène ; je voulais être témoin.

J'emportai avec moi quelque chose ; ce fut, quand j'arrivai près de la caisse galvanisée, une pelle. Machinalement, je la mis en action. Je pris quelque chose sur le fer de ma pelle. C'était une pelle provenant de l'ancien service de travail du Reich. Ce que je pris, c'était ou ç'avait été les médius et l'annulaire de la femme évacuée. Ils ne s'étaient pas détachés d'eux-mêmes ; c'était plutôt le cric, une brute, qui les avait sectionnés. Mais ils me parurent avoir été beaux et adroits. De même la tête de la femme, déjà déposée dans la caisse, montrait une certaine régularité qui avait traversé le dur hiver d'après-guerre quarante-sept-quarante-huit ; on pouvait à ce propos parler encore d'une beauté, mais en ruine.

La tête et les doigts de la femme me touchaient de plus près, à une fibre plus humaine que la beauté de la centrale thermique Fortuna-Nord. Je la regardais comme j'avais goûté le jeu de Gründgens. Admettons que le 220 000 volts m'inspirait un sens goethéen de l'universel ; mais les doigts de la femme touchèrent mon cœur.

J'aurais préféré que ce fût un homme ; cela eût mieux convenu à la résolution que j'allais prendre et accrédité la comparaison qui fit de moi Yorick et de la femme un Hamlet, c'est-à-dire un homme. Yorick, acte V, le fou : « Je le connaissais, Horatio. » Scène I, moi qui, sur toutes les scènes du monde, prête mon crâne à Hamlet, afin que Gründgens ou sir Laurence Olivier en Hamlet ratiocinent dessus : « Ah ! Pauvre Yorick ! Où sont tes bons mots, tes saillies ? » Moi donc, Oscar, je tenais les doigts de Hamlet sur mon fer de pelle du service de travail.

C'était sur le sol ferme du bassin de lignite de Basse-Rhénanie, parmi les tombes des mineurs, des paysans et de leurs proches. A mes pieds, les toits d'ardoise du village d'Oberaussem ; je mettais ce cimetière au centre du monde. Vis-à-vis, imposante et semi-divine, la centrale thermique Fortuna-Nord ;

les champs étaient ceux d'Elseneur, l'Erft était le Belt ; cette pourriture était au royaume de Danemark. Les anges du 220 000 volts chantaient dans les câbles et s'en allaient par trois vers Cologne, sa gare centrale et son monstre gothique ; leur aile céleste survolait les champs de raves. « Le reste est silence. » Et on le recouvre de terre, de même que nous recouvrions de diabase une famille Flies.

Mais pour moi, Oscar Matzerath-Bronski-Yorick, commençait un âge nouveau. Sans m'en douter encore, je considérais les doigts momifiés de Hamlet — « Il est trop gras, il a le souffle court » — je laissais Gründgens, acte III, scène I, poser la question d'être ou de ne pas être. Mais cette question me parut stupide : ce qu'il fallait peser, c'était du concret.

Mon fils, les pierres à briquet de mon fils ; mes pères présumés terrestres, puis célestes ; les quatre jupes de ma grand-mère ; la beauté de ma pauvre maman perpétuée par les photos ; le labyrinthe de cicatrices sur le dos de Herbert Truczinski ; les papiers de lettres qui buvaient le sang à la poste polonaise ; l'Amérique — hélas, qu'est l'Amérique en comparaison du tramway 9 qui allait à Brösen ?

J'opposai l'odeur de vanille de Maria, parfois perceptible encore, à l'ectoplasme d'un visage triangulaire : Lucie Rennwand ; je priai M. Fajngold, qui désinfectait même la mort, de chercher dans la trachée de Matzerath l'introuvable insigne du Parti ; et je parlai à Korneff, ou plutôt je parlai aux pylônes.

Ma résolution mûrissait lentement. Pourtant je sentais encore le besoin de trouver une formule théâtrale qui fît de moi, Yorick, un vrai citoyen. Quand Korneff m'appela parce que nous devions rejointoyer le socle et la dalle de diabase, je lui dis à voix basse — avec une légère intonation de Gründgens, bien que le rôle de Yorick ne fût pas dans mes cordes —, je lançai par-dessus le fer de ma pelle : « Epouser ou pas, là est la question. »

Depuis cette péripétie survenue au cimetière qui fait face à Fortuna-Nord, je renonçai au restaurant-dancing du Château des Lions, gérant Wedig, et coupai les communications avec les téléphonistes de l'interurbain ; tout leur charme avait résidé dans l'établissement rapide et satisfaisant de communications.

En mai, je pris des billets de cinéma pour Maria et pour moi. Après la représentation, nous allâmes dans un restaurant où le menu était passable et je causai avec Maria. Elle se faisait bien du souci : la source de pierres à briquet tarissait, le commerce de miel artificiel était en baisse ; depuis des mois, mes faibles moyens — telle fut son expression — subvenaient aux besoins de toute la famille. Je tranquillisai Maria : Oscar faisait cela de bon cœur ; rien ne lui plaisait comme de supporter une grosse responsabilité ; je lui fis compliment de sa bonne mine et risquai finalement ma demande en mariage.

Elle demanda le temps de la réflexion. Des semaines durant, ma question de Yorick n'obtint pas de réponse, ou bien des réponses évasives ; finalement, ce fut la réforme monétaire qui répondit.

Maria fit valoir un tas de raisons, caressa ma manche, m'appela « mon cher Oscar », dit aussi que j'étais trop bon pour ce monde-ci, me demanda de la comprendre et de lui garder une amitié intacte ; puis elle me fit toutes sortes de bons vœux touchant mon avenir de marbrier ; mais, sur ma question nette et réitérée, elle refusa de m'épouser.

C'est pourquoi Yorick ne devint pas un soutien de la société, mais un Hamlet : un fou.

Madone 49

La réforme monétaire vint trop tôt ; elle fit de moi un fou en me contraignant à réviser le budget moral d'Oscar ; il fallut désormais tirer de ma bosse, sinon un capital, du moins mon entretien.

J'aurais pourtant fait un bon citoyen. La période qui suivit la réforme monétaire offrait toutes les prémices — on l'a vu depuis — de cette nouvelle Restauration qui pour l'instant fleurit ; elle aurait pu développer chez Oscar les tendances bourgeoises. Marié, je me fusse attelé à la reconstruction ; j'aurais maintenant une moyenne entreprise de marbrerie, je donnerais le salaire et le pain à trente compagnons, manœuvres et apprentis. Je serais cet homme qui rend présentables les façades des immeubles commerciaux et des palais d'assurances en y collant des plaques de calcaire coquillier et de travertin : homme d'affaires, homme d'ordre, homme de ménage ; mais Maria refusa ma main.

Alors Oscar se souvint de sa bosse et se consacra aux beaux-arts ! Avant que Korneff, dont la réforme monétaire remettait en question l'existence fondée sur les pierres tombales, ne m'eût lock-outé, je donnai mes huit jours et fus à la rue. Quand je n'étais pas occupé à me tourner les pouces dans la cuisine de Guste Köster, j'usais lentement mon élégant complet sur mesure ; je traînais quelque peu ma paresse. Je n'avais pas de prises de bec avec Maria mais, craignant d'en avoir, je quittais tôt le matin le logement de Bilk. Je rendais une visite aux cygnes de la place Graf-Adolf, puis à ceux du Hofgarten et séjournais, petit, rêveur, pas aigri le moins du monde, dans le parc, de biais en face de l'Office du travail et de l'Académie des beaux-arts qui, à Düsseldorf, sont contigus.

Quand on reste assis, toujours assis sur un banc de parc, on devient en bois et on a besoin de se confier. Vieillards en liaison avec les conditions atmosphériques, femmes d'âge vénérable qui lentement redeviennent des fillettes bavardes, saison variable, cygnes noirs, enfants qui se poursuivent en criant, et couples d'amoureux qu'on aurait envie d'observer jusqu'au moment prévisible où ils devront se séparer. Beaucoup laissaient tomber du papier. Ça voltige un petit peu, ça roule sur le sol, et un homme à casquette payé par la ville embroche ça sur un bâton pointu.

Oscar, assis, prenait garde de pocher également les deux genoux de son pantalon. Certainement j'avais remarqué les deux jouvenceaux maigres et la fille à lunettes avant que la grosse au manteau de cuir cerné d'un vieux ceinturon de la Wehrmacht ne m'adressât la parole. L'idée de me parler vint probablement aux jouvenceaux vêtus de noir à la façon des anarchistes. Avec leurs airs dangereux, ils éprouvaient quand même une gêne à s'adresser directement et sans détour à moi, un bossu dont la grandeur cachée était visible. Ils purent persuader la grosse au manteau de cuir. Elle vint. Elle était montée sur colonnes, les jambes écartées. Elle bégaya jusqu'à ce que je l'invitasse à prendre un siège. Comme une brume venait du Rhin, elle avait, une fois assise, de la buée sur ses carreaux. Elle parla, parla, jusqu'à ce que je la priasse d'essuyer ses lunettes. Je l'invitai à formuler sa demande, disant que je comprenais son embarras. Alors elle fit signe d'approcher aux deux jouvenceaux ténébreux. Sans en être priés, ils se qualifièrent artistes peintres, dessinateurs, sculpteurs, à la recherche d'un modèle. Enfin ils me donnèrent à entendre, non sans passion, qu'ils croyaient voir en moi un modèle. Comme j'agitais précipitamment les pouces et les index, ils avancèrent aussitôt les possibilités de gain d'un modèle académique : l'Académie des beaux-arts payait un mark quatre-vingts l'heure, et même deux marks pour le nu — ça n'entrait sans doute pas en ligne de compte, dit la grosse.

Pourquoi Oscar dit-il oui ? Fut-ce la séduction de l'art ? L'appât du gain ? L'art et le gain me plaisaient ; c'est ce qui permit à Oscar de dire oui. Je me levai, quittai mon banc de parc. J'abandonnai pour toujours la possibilité d'exister sur un banc de parc ; et je suivis la fille à lunettes qui marchait comme un grenadier et les deux jouvenceaux qui allaient courbés en avant comme s'ils portaient sur leur dos leur génie. Nous passâmes devant l'Office du travail et entrâmes rue des Glacières dans l'édifice partiellement détruit de l'Académie des beaux-arts.

Le Pr Kuchen — barbe noire, yeux de charbon, feutre mou noir, des bordures noires sous les ongles ; il me faisait songer au buffet noir de mes jeunes années — vit en moi le même excellent modèle que ses élèves avaient remarqué sur un banc dans le parc.

Pendant assez longtemps il m'examina sous tous les angles, et fit rouler ses yeux de charbon. Il souffla puissamment, une poussière noire lui sortit des narines, et il dit, tout en étranglant de ses ongles noirs un invisible ennemi : « L'art est réquisitoire, expression, passion ! L'art, c'est le fusain noir qui s'écrase sur le papier blanc ! »

A cet art écrasant je fournis le modèle. Le Pr Kuchen me

conduisit à l'atelier de ses élèves, m'éleva de ses propres mains sur le disque tournant, le fit tourner ; ce n'était pas pour donner le tournis à Oscar, c'était pour rendre mes proportions saisissables de toutes parts. Seize chevalets se braquèrent sur le profil d'Oscar. Encore un bref topo du professeur qui soufflait par les narines du fusain pulvérisé : il lui fallait de l'expression. Il tenait particulièrement au mot expression ; il disait par exemple : une ténébreuse expression de désespoir ; il prétendait qu'Oscar, c'est-à-dire moi, exprimait expressivement l'image détruite de l'homme, accusatrice, provocante, extra-temporelle, et cependant en communion expresse avec la folie de notre siècle. Il fulmina encore par-dessus les chevalets : « Ne le dessinez pas, ce stropiat, écorchez-le, crucifiez-le, clouez-le au fusain sur le papier ! »

C'était sans doute le signal du départ. Derrière les chevalets le fusain grinça seize fois ; il cria en s'écrasant, il s'usa contre la meule de mon expression — ce qui en l'occurrence voulait dire ma bosse —, il croqua ma bosse, l'enregistra en noir. Tous les disciples du Pr Kuchen cernaient ma bosse d'un noir si épais qu'inévitablement ils versaient dans l'outrance et surestimaient les dimensions de ma bosse ; il leur fallait prendre des feuilles de plus en plus grandes et ma bosse ne venait quand même pas sur le papier.

Alors le Pr Kuchen donna aux seize écraseurs de fusain le conseil de ne pas commencer par le contour surexpressif de ma bosse. Il paraît qu'elle faisait éclater tous les formats. Ils feraient mieux d'esquisser d'abord ma tête dans le cinquième supérieur de la feuille, le plus à gauche possible.

J'ai de beaux cheveux châtains brillants. Ils firent de moi un tzigane hirsute. Aucun des seize écraseurs ne s'avisa qu'Oscar avait les yeux bleus. Quand, pendant la pause — car chaque modèle a droit à une pause d'un quart d'heure après trois quarts d'heure de pose — je regardai les cinquièmes supérieurs gauches des seize feuilles, je fus étonné du réquisitoire social qui rayonnait de mon visage émacié ; mais je fus quelque peu affecté de ne pas retrouver l'éclat de mes yeux bleus : à l'endroit où devait s'épanouir un clair rayonnement de séduction, des touches de fusain superlativement noires roulaient, se ramassaient, s'éparpillaient, me poignardaient.

Invoquant la liberté d'interprétation qui est le privilège des artistes, je me dis : ces jeunes fils de muses et ces filles éperdues ont reconnu en toi le Raspoutine ; découvriront-ils jamais en toi le Goethe qui sommeille, et le coucheront-ils sur le papier d'une touche légère, en maniant avec mesure un crayon d'argent ? Ni les seize disciples, si doués fussent-ils, ni le Pr Kuchen, si personnel que fût son trait de fusain, à ce qu'on en disait, ne parvinrent à transmettre à la postérité un portrait recevable d'Oscar. Seulement je gagnais bien, j'étais traité avec respect. Je passais chaque jour six heures sur le disque tournant. J'étais braqué tantôt face au lavabo toujours obstrué, tantôt le nez vers les fenêtres grises, bleu ciel, nuageuses de l'atelier, parfois contre un paravent ; je répandais autour de moi de l'expression, ce qui me rapportait à l'heure un mark et quatre-vingts pfennigs.

Après quelques semaines, les disciples réussirent quelques dessins acceptables. Ils s'étaient un peu modérés dans l'esquisse expressive. Ils n'exagéraient plus à l'infini les dimensions de ma bosse. A l'occasion, ils me mettaient sur le papier de la tête aux pieds, des boutons de veste du thorax jusqu'au point extrême où ma bosse tendait au maximum le tissu de mon complet. Sur maintes feuilles à dessin, il y avait même place pour un décor de fond. Malgré la réforme monétaire, les gars avaient reçu de la guerre une marque si forte qu'ils édifiaient derrière moi des ruines où béaient, noires, des fenêtres-réquisitoires. Ils me plantaient, réfugié désespéré en carence de vitamines, entre des souches d'arbres fauchés par les obus. Leur fusain déchaîné déroulait derrière moi une clôture de fil exagérément barbelé ; ils me faisaient surveiller par des miradors menaçants, à l'affût à l'arrière-plan ; on me mettait en main une gamelle vide ; des fenêtres de cellules répandaient derrière moi ou au-dessus de moi leur charme graphique ; on déguisait Oscar en forçat — tout cela au nom de l'expression artistique.

Tout ce noir n'était appliqué qu'à un Oscar tzigane aux cheveux de nuit ; on me faisait voir toute cette misère avec des yeux charbonneux qui n'étaient pas les miens. Alors moi, qui savais que le dessin ne peut rendre les barbelés, je gardais tranquillement l'immobilité du modèle. Je fus pourtant soulagé quand les sculpteurs qui, comme chacun sait, doivent se débrouiller sans décors d'époque, me prirent comme modèle, comme modèle nu.

Cette fois ce ne fut pas un disciple qui m'adressa la parole, ce fut le maître en personne. Le Pr Maruhn était lié d'amitié avec mon professeur de fusain, le maître Kuchen. Un jour que, dans l'atelier privé de Kuchen, une pièce noirâtre pleine de fusain écrasé dans des cadres, je tenais la pose afin que ce barbu fluvial au trait inimitable me couchât sur le papier, il reçut la visite du Pr Maruhn. C'était un quinquagénaire trapu et bas sur pattes qui, si son béret basque n'avait pas attesté sa qualité d'artiste, n'aurait pas été sans ressembler à un chirurgien.

Maruhn, je le vis aussitôt, était un amoureux des formes classiques ; à cause de mes proportions, il m'adressa un regard hostile. Il plaisanta son ami : ainsi donc, Kuchen ne trouvait pas son compte avec les modèles tziganes qu'il avait croqués jusqu'à présent, et qui lui avaient valu dans les milieux artistiques le surnom usuel de Romanichel ? Il allait tâter aussi des avortons ? Avait-il l'intention, après une victorieuse période tzigane qui s'était bien vendue, de barbouiller une période pygmée qui se vendrait mieux encore et aurait encore plus de succès ?

Le Pr Kuchen traduisit les railleries de son ami en de furieux tracés de fusain : c'était là le portrait le plus poussé au noir où il eût jamais écrasé Oscar. On n'y voyait que du noir, sauf un vague crépuscule sur mes pommettes, le nez, le front, et sur mes mains, que Kuchen faisait toujours trop grandes, qu'il chargeait de nodosités rhumatismales et écrasait expressivement dans le plan central de ses orgies charbonneuses. Cependant, sur ce dessin qui plus tard fit quelque bruit dans les expositions, j'ai des yeux bleus, c'est-à-dire clairs, non pas des yeux brillants d'un éclat sinistre. Oscar attribue ce détail à l'influence du sculpteur Maruhn qui n'était pas un magnat du charbon, mais un classique sensible à la goethéenne luminosité de mes yeux. Ce fut donc probablement le regard d'Oscar qui poussa le Pr Maruhn, exclusif amoureux de l'harmonie, à voir en moi un modèle de sculpture, son modèle.

Une clarté poussiéreuse emplissait l'atelier de Maruhn ; il

était presque vide et on n'y voyait aucun travail achevé. Pourtant il y avait partout des armatures de modelage pour les travaux envisagés. Elles étaient si parfaitement agencées que le fil de fer, les tiges de fer et les tuyaux de plomb nus recourbés, avant même d'avoir reçu la pâte à modeler, prophétisaient une harmonie future accomplie.

Je posais le nu pour le sculpteur cinq heures par jour et touchais deux marks de l'heure. A la craie, il marquait sur le disque tournant un point indiquant où, désormais, mon pied droit servant d'appui devait prendre racine. Une verticale élevée de la malléole interne de la jambe d'appui devait rejoindre le creux de mon cou juste entre les clavicules. La jambe gauche était la jambe libre. Mais ce n'était qu'une façon de s'exprimer. Je devais la porter de côté, légèrement fléchie, avec négligence ; mais pas question de la remuer pour rire. La jambe libre était aussi enchaînée au disque par un tracé de craie.

Durant les semaines où je posai pour le sculpteur Maruhn, il ne put trouver pour mes bras une pose adéquate et invariable. D'abord je devais laisser pendre le bras gauche et ramener le droit par-dessus la tête ; puis je dus croiser les deux bras sur la poitrine, les croiser sous ma bosse, mettre les mains aux hanches ; il y avait mille possibilités, et le maître les essaya toutes sur moi et sur l'armature aux tubes flexibles.

Quand enfin, après un mois consacré à chercher frénétiquement la pose, il décida de me figurer en argile soit les mains croisées derrière l'occiput, soit sans bras du tout, comme torse, il était à ce point épuisé d'avoir construit et remanié des armatures qu'il plongea, certes, la main dans la caisse à pâte, prit même un peu d'élan, mais, pour finir, laissa la matière informe retomber dans la caisse avec un floc mou. Puis il s'assit sur un tabouret devant l'armature ; il me regarda, il regarda mon armature d'un œil écarquillé ; ses doigts désespérément tremblaient : l'armature était trop parfaite !

Il poussa un soupir résigné, simula une céphalée puis, sans d'autant marquer de rancune à Oscar, il renonça. L'armature bossue, avec sa jambe d'appui et sa jambe libre, ses bras levés en tuyaux de plomb, ses doigts de fil de fer croisés sur la nuque de fer, prit place dans le coin où étaient garées toutes les autres armatures précocement achevées. Sans bruit, sans ricaner, conscients plutôt de leur propre inutilité, les barreaux de bois, appelés aussi papillons, qui auraient dû porter la charge de pâte à modeler tremblotaient dans la cage spacieuse de mon thorax ajouré.

Ensuite nous bûmes du thé en papotant encore une petite heure que le maître me paya comme une heure de pose. Il parla du temps jadis où, jeune Michel-Ange, il accrochait par quintaux et sans complexes l'argile plastique aux armatures et achevait des figures qui presque toutes avaient été détruites par la guerre. Je racontai comment Oscar s'était occupé de marbrerie et d'inscriptions funéraires. Nous parlâmes boutique, puis il me conduisit dans la salle où travaillaient ses élèves afin qu'ils vissent en moi un modèle de sculpture et bâtissent des armatures copiées sur Oscar.

Parmi les dix élèves du Pr Maruhn six, à condition de considérer les cheveux comme des organes sexuels, étaient des filles. Quatre étaient laides et douées. Deux étaient jolies, bavardes : de vraies filles. Je n'ai jamais éprouvé de gêne à poser le nu. Oui ; Oscar goûta même l'étonnement des deux plasticiennes jolies et bavardes quand pour la première fois elles me détaillèrent sur le disque tournant et constatèrent, non sans une légère irritation, qu'en dépit de ma bosse, en dépit de ma taille médiocre, Oscar portait sur lui un appareil génital qui, en cas de besoin, aurait pu se mesurer à l'attribut viril dit normal.

Les disciples du Pr Maruhn s'y prenaient autrement que le maître. En deux jours ils avaient déjà mis d'aplomb leurs armatures. Ils étaient effleurés par l'aile du génie. Possédés d'une hâte géniale, ils plaquaient l'argile entre les tuyaux de plomb agencés d'une main prompte et inexperte. Mais ils n'avaient pas mis suffisamment de papillons en bois dans ma bosse. A peine le grumeau moite était-il en place dans les armatures que déjà l'Oscar fraîchement construit fléchissait à dix exemplaires ; la tête me tombait entre les pieds, la pâte tombait mollement des tubes de plomb, ma bosse glissait jusqu'au creux de mes genoux. Alors je mesurai le mérite du maître Maruhn qui savait si bien construire les armatures que par la suite il n'avait pas besoin de vile matière pour étoffer ses squelettes.

Il y avait même des larmes chez les filles laides, mais douées pour la sculpture, quand l'Oscar-pâte se séparait de l'Oscarmature. Les filles jolies, mais bavardes, riaient quand, symbole de l'instabilité temporelle, la chair me tombait des os. Après plusieurs semaines, les apprentis sculpteurs réussirent cependant quelques braves plastiques d'abord en argile, puis en plâtre et simili-marbre, en vue de l'exposition semestrielle. J'eus ainsi l'occasion d'établir une succession toujours renouvelée de parallèles entre les filles laides et douées et les autres, jolies et bavardes. Tandis que les punaises, non sans habileté, reproduisaient avec soin ma tête, les membres, la bosse, mais par une pudeur singulière négligeaient mes parties sexuelles ou les stylisaient bêtement, les jolies personnes aux grands yeux, aux belles et maladroites mains dispersaient peu leur attention sur les proportions de mon corps, mais prodiguaient leur zèle à reproduire au quart de poil mes considérables génitoires. Pour ne pas oublier les quatre jeunes hommes sculpturaux, disons qu'ils me traitaient dans le style abstrait. A l'aide de planchettes cannelées, ils me réduisaient à un modelé cubique. Quant à la chose que négligeaient les filles laides et que les jolies filles rendaient avec un vérisme charnel, leur sec intellect masculin l'érigeait dans l'espace en forme de poutre quadrangulaire sur deux cubes égaux comme si c'était l'organe ithyphallique d'un dieu papou tiré d'une boîte de constructions.

Etaient-ce mes yeux bleus, étaient-ce les radiateurs paraboliques que les sculpteurs plaçaient autour d'Oscar nu ? De jeunes peintres, venant voir les jolies filles de la sculpture, découvrirent soit dans le bleu de mes yeux, soit dans l'éclat crustacé de ma peau irradiée, un charme pittoresque. Ils me ravirent à l'atelier du rez-de-chaussée où travaillaient sculpteurs et graphiciens, m'entraînèrent dans les étages supérieurs et je servis désormais de modèle aux couleurs qu'ils mélangeaient sur leurs palettes.

Au début, les peintres subirent excessivement l'impression de mon regard bleu. Il paraît qu'il était si bleu, mon regard, que le pinceau de peintre me voyait en bleu tout entier. La saine carnation d'Oscar, ses cheveux châtains ondulés, sa bouche fraîche, bien irriguée, se fanaient, prenaient des tons macabres de bleu moribond ; çà et là, accélérant encore la putréfaction, un vert comateux, un jaune émétique s'inséraient entre mes chairs bleues.

Oscar changea de couleur quand, pendant le carnaval qui fut célébré une semaine durant dans les sous-sols de l'Académie, il découvrit Ulla et l'amena aux peintres en guise de muse.

Etait-ce le Lundi gras ? Ce dut être le Lundi gras que je me décidai à prendre part à la fête, d'y aller déguisé et de mêler à la foule un Oscar déguisé.

Quand elle me vit devant la glace, Maria dit : « Reste donc chez nous, Oscar. Ils vont t'aplatir. » Elle m'aida cependant à me costumer. Elle tailla dans des chutes d'étoffes que sa sœur Guste, d'une aiguille bavarde, me cousit aussitôt, un costume de fou. Je songeais d'abord à un style de Vélasquez. J'aurais bien aimé être aussi Narsès, peut-être le Prince Eugène. Enfin je fus debout devant la glace. Des faits de guerre lui avaient procuré une fente diagonale qui déformait un peu l'image reflétée. Quand apparut tout le costume multicolore, bouffant, tailladé, cousu de grelots, mon fils Kurt fut pris d'un fou rire et d'une quinte de toux. Je me dis in petto, et j'étais plutôt malheureux : Maintenant tu es Yorick le fou, Oscar. Mais où trouver un roi dont tu serais le fou sarcastique ?

A peine dans le tramway qui devait me conduire au Ratinger Tor, à proximité des Beaux-Arts, je fus frappé : le peuple, tout ce qui, déguisé en cow-boy et en Espagnole, négligeait le bureau ou le comptoir, le peuple n'avait pas envie de rire ; il avait plutôt peur. On se tenait à distance et ainsi je pus trouver une place assise dans le tramway bondé. Devant l'Académie des beaux-arts, des policiers brandissaient leurs matraques lavables qui n'étaient pas des accessoires de cotillon. La « Mare aux Muses » — ainsi s'appelait la fête des artistes — avait fait le plein ; mais la foule essayait de prendre d'assaut l'édifice et avait avec la police une explication colorée, voire sanglante.

Quand Oscar agita la clochette de sa main gauche, la foule s'écarta. Un policier que sa profession rendait apte à reconnaître ma grandeur vraie me salua de haut en bas, s'enquit de mes désirs et m'accompagna en faisant tourbillonner sa matraque jusqu'aux sous-sols où avait lieu la fête. La viande y bouillait, mais n'était pas encore à point.

Il ne faut pas s'imaginer qu'une fête d'artistes est une fête célébrée par des artistes. La majorité des étudiants des Beaux-Arts, le visage grave, attentif quoique peint, se tenait derrière des comptoirs originaux, mais un peu branlants ; ils vendaient de la bière, du mousseux, des saucisses viennoises et des schnaps mal servis pour se procurer un à-côté. La fête d'artistes proprement dite avait pour officiants des citoyens qui, une fois par an, jettent l'argent par les fenêtres, vivent comme des artistes et font la fête comme des artistes

Après avoir, une heure durant, dans les escaliers, dans les coins, sous les tables, effrayé des couples sur le point de trouver un charme à l'inconfort, je me liai d'amitié avec deux Chinoises qui devaient avoir dans les veines du sang grec, car elles pratiquaient un amour qui fut chanté dans l'île de Lesbos. Bien que toutes deux n'y allassent pas de main morte, elles me laissèrent tranquille aux passages décisifs, m'offrirent un spectacle qui présentait des côtés amusants, burent avec moi du mousseux tiède puis, avec ma permission, elles tâtèrent le point extrême de ma bosse, ce qui leur porta bonheur. Cela confirme une fois de plus ma thèse selon laquelle une bosse porte bonheur aux femmes.

Cependant le commerce des femmes, à mesure qu'il se prolongeait, me rendait de plus en plus morose. Des idées m'agitaient, la politique m'inspirait des soucis. Avec du champagne, je traçai sur la table le blocus de Berlin, le pont aérien en pointillé. La vue des deux Chinoises qui n'arrivaient pas à se rejoindre me rendit sceptique quant à la réunification de l'Allemagne, et je fis ce que je ne fis jamais : Oscar, sous les traits de Yorick, chercha le sens de la vie.

Quand mes compagnes furent au bout de leur latin et n'eurent plus rien de curieux à me montrer, elles se mirent à pleurer, ce qui marqua de traces révélatrices leurs visages fardés de Chinoises. Je me levai, chaussé à la tonne, tailladé, bouffant et tintant de grelots. Pour deux tiers, j'avais envie de rentrer à la maison, mais l'autre tiers cherchait encore une petite aventure carnavalesque ; et je vis — non ce fut lui qui m'adressa la parole — le caporal-chef Lankes.

Vous en souvenez-vous ? Nous nous rencontrâmes sur le Mur de l'Atlantique au printemps de quarante-quatre. Il surveillait le béton et fumait les cigarettes de mon maître Bebra.

L'escalier, où se pelotait une foule intense, s'offrit à ma montée. J'étais en train de me donner du feu quand un index m'interviewa, et un ancien caporal-chef de la dernière guerre mondiale dit : « Eh ! p'tite tête ! t'as pas une cigarette pour ma pomme ? »

Ne pas s'étonner si je le reconnus aussitôt à ces propos, non moins qu'à son costume feldgrau. Cependant, jamais je n'aurais repeint à neuf cette connaissance si le caporal-chef et peintre sur béton n'avait pas eu la muse en personne assise sur son genou feldgrau.

Laissez-moi d'abord parler au peintre ; je décrirai la muse après. Je ne fis pas que lui donner la cigarette, j'actionnai aussi mon briquet et, tandis que mon interlocuteur commençait à expulser de la fumée, je dis : « Vous souvenez-vous, caporal-chef Lankes ? La tournée Bebra ? La barbare barbe ? »

Le peintre sursauta de frayeur quand je lui parlai en ces termes. Il ne laissa pas tomber sa cigarette, mais seulement la muse qui était sur son genou. Je rattrapai cette chose complètement saoule, aux longues jambes, et la lui rendis. Tandis que Lankes et Oscar échangeaient des souvenirs et vitupéraient le lieutenant Herzog que Lankes qualifiait de casse-pieds, pendant qu'ils évoquaient le maître Bebra et les nonnes qui cherchaient des crabes entre les asperges Rommel, je fus émerveillé de l'aspect que présentait la muse. Elle était venue déguisée en ange et portait un chapeau de papier mâché travaillé au moule, du genre de celui qui sert à emballer les œufs d'exportation ; en dépit d'un état avancé d'intoxication éthylique, en dépit de ses ailes brisées, elle respirait encore faiblement le charme artisanal d'une habitante des cieux.

« Ça, c'est Ulla », expliqua le peintre Lankes. « Elle a appris la couture, mais maintenant elle donne dans l'art ; moi je suis contre, parce qu'avec la couture elle gagne quelque chose, mais avec l'art rien du tout. »

Alors Oscar, qui gagnait bien sa vie dans l'art, s'offrit à faire admettre la couturière Ulla comme modèle et comme muse à l'Académie des beaux-arts. Cette proposition inspirait à Lankes un tel enthousiasme qu'il prit d'un seul coup trois cigarettes dans mon paquet et proposa de son côté de nous inviter à son atelier d'artiste; mais il faudrait que je paie le taxi, ajouta-t-il, restrictif.

Nous partîmes aussitôt, laissant derrière nous le carnaval. Je payai le taxi. Lankes, qui avait son atelier dans la Sittarder Strasse, nous fit du café sur un réchaud à alcool; cela ranima la muse. Après qu'elle eut vomi à l'instigation de mon index droit, elle eut l'air presque à jeun.

Alors seulement je vis le regard constamment ahuri de ses yeux bleu clair et j'entendis sa voix; elle était un tantinet pépiante, sèchement métallique, mais non sans une certaine grâce touchante. Quand le peintre Lankes lui soumit ma suggestion et lui intima, plus qu'il ne le lui proposa, de poser à l'Académie des beaux-arts, elle refusa d'abord; elle ne voulait être ni modèle ni muse à l'Académie, elle voulait seulement être à Lankes.

Mais ce dernier, brièvement et sans un mot, à la façon des peintres doués, la gifla plusieurs fois d'une main largement ouverte; il posa de nouveau sa question et eut un rire satisfait, jovial, quand en sanglotant et en pleurant exactement comme un ange, elle se déclara prête à fournir aux peintres des Beaux-Arts un modèle bien payé et si possible une muse.

Il faut se représenter qu'Ulla, extra-mince, gracile et fragile, mesure un mètre soixante-dix-huit, qu'elle évoque à la fois Cranach et Botticelli. Nous posions un double nu. La chair de la langouste a sensiblement la même teinte que la longue chair lisse d'Ulla, que recouvre un délicat duvet infantile. Ses cheveux sont plutôt pauvres, mais longs et blond paille. Les poils pubiens, frisés et roussâtres, ne couvrent qu'un triangle réduit. Ulla se rase sous les bras chaque semaine.

Comme il fallait s'y attendre, les habituels étudiants en Beaux-Arts ne savaient par quel bout nous prendre. A elle ils faisaient les bras trop longs, à moi la tête trop grosse; ils tombaient aussi dans le travers de tous les débutants : ils ne savaient pas nous cadrer dans le format.

C'est seulement quand Ziege et Raskolnikoff nous découvrirent que furent créés des tableaux où l'essence de la muse et d'Oscar fut bien rendue.

Elle, dormant ; moi, l'éveillant en sursaut : Faune et Nymphe.

Moi accroupi ; elle penchée sur moi — elle avait toujours un peu froid à ses seins menus — caressant mes cheveux : La Belle et le Monstre.

Elle couchée ; moi entre ses jambes, jouant avec un masque de cheval cornu : La Dame à la Licorne.

Tout cela dans le style de Ziege ou de Raskolnikoff, tantôt en couleurs, tantôt en un camaïeu gris distingué, soit détaillé d'un pinceau raffiné, soit flanqué sur la toile — c'était la manière de Ziege — d'une spatule géniale, ou bien le halo de mystère enveloppant Ulla et Oscar simplement suggéré, et c'était Raskolnikoff qui inventait le surréalisme avec notre coopération. Alors le visage d'Oscar devenait un cadran jaune miel comme celui de notre ancienne horloge ; alors, dans ma bosse, s'ouvrait une floraison mécanique de roses qu'Ulla devait cueillir ; ou bien, à mi-chemin du sourire d'Ulla et de ses longues jambes, j'étais assis dans son corps ouvert, entre la rate et le foie, occupé à feuilleter un livre. On aimait aussi nous affubler de costumes : Ulla devenait Colombine et moi un mime triste maquillé au blanc gras. Ce fut l'apanage de Raskolnikoff — on l'appelait ainsi parce qu'il parlait constamment de faute et d'expiation — de peindre l'œuvre-maîtresse : j'étais assis sur la cuisse gauche légèrement duvetée d'Ulla — tout nu, comme un bébé contrefait — elle faisait la madone ; Oscar posait le petit Jésus.

Ce tableau fit par la suite le tour de nombreuses expositions ; il avait pour titre : Madone 49. Sous forme d'affiche il fit son petit effet ; ma bonne bourgeoise de Maria la vit ; cela provoqua un scandale domestique. Pourtant il fut payé un bon prix par un industriel rhénan. Je veux croire qu'il est encore exposé aujourd'hui dans la salle de conférences d'un immeuble commercial et qu'il influence des membres de comités directeurs.

Je m'amusais des insanités brillantes que l'on commettait avec ma bosse et mes proportions. De plus, comme nous étions très demandés, Ulla et moi touchions deux marks cinquante de l'heure pour poser le couple nu. Ulla aussi se trouvait bien aise d'être modèle. Le peintre Lankes, aux grandes mains pleines de gifles, la traitait mieux depuis qu'elle rapportait régulièrement de l'argent à la maison ; il la battait seulement quand ses géniales abstractions exigeaient une main courroucée. Ainsi était-elle une muse même pour ce peintre qui jamais ne l'utilisait comme modèle optique ; seules les gifles qu'il lui distribuait donnaient à sa patte de peintre la véritable puissance créatrice.

A vrai dire, la fragilité larmoyante d'Ulla — qui était au fond la ténacité d'un ange — m'induisait aussi à des violences. Je ne pouvais pas toujours me dominer. Quand elle avait envie du fouet, je l'invitais dans une conditorei. Ou bien, non sans un certain snobisme que je devais à la fréquentation des artistes, je la promenais sur la Königsallee comme une haute plante rare sous les yeux des badauds que ravissait le contraste de nos proportions ; je lui achetais des bas lilas et des gants roses.

Autre chanson avec Raskolnikoff ; sans la toucher, il entretenait avec Ulla les relations les plus intimes. Il la faisait poser sur la plaque tournante assise et les jambes largement écartées ; mais il ne prenait pas son pinceau : il s'asseyait à la distance de quelques pas sur un petit tabouret et, tout en murmurant avec insistance des paroles de péché et d'expiation, il dardait un regard fixe dans cette direction. Quand le sexe de la muse devenait humide et s'entrebâillait, Raskolnikoff, à cette seule vue, sentait exulter l'effet libérateur ; il se dressait d'un bond en renversant le tabouret et, sur son chevalet, il troussait la Madone 49 à coups de pinceau grandioses.

Raskolnikoff me photographiait aussi quelquefois, quoique pour d'autres motifs. Il était d'avis qu'il me manquait un je ne sais quoi. Il parlait de la vacuité béante entre mes mains. Il me colla successivement entre les doigts les objets que lui inspirait son imagination fortement teintée de surréalisme. Par exemple il arma Oscar d'un pistolet : Jésus devait viser la madone. Il me fallut tenir un sablier, un miroir qui me défigurait atrocement, car il était convexe. Des ciseaux, des arêtes de poisson, un téléphone, des têtes de mort, des avions, chars de combat et transatlantiques en miniature : je les tenais à deux mains et pourtant — Raskolnikoff le remarquait très vite — la vacuité restait béante.

Oscar redoutait le jour où le peintre apporterait cet objet qui seul était destiné à prendre place entre mes mains. Quand à la fin il apporta le tambour, je criai : « Non ! »

Raskolnikoff : « Prends ce tambour, Oscar, je t'ai reconnu ! »

Moi, tremblant : « Plus jamais. C'est du passé ! »

Lui, sinistre : « Rien n'est passé, tout revient, faute, expiation, et encore faute ! »

Moi, avec la dernière énergie : « Oscar a expié, faites-lui grâce du tambour, je veux bien de n'importe quoi, mais pas de cet instrument ! »

Je pleurais quand la muse Ulla se pencha sur moi. Aveuglé par les larmes, je ne pus empêcher qu'elle me donnât un baiser, un épouvantable baiser de muse. Vous tous qui avez reçu le baiser de la muse, vous pouvez comprendre aisément qu'aussitôt après ce baiser significatif Oscar prit le tambour, cet instrument de fer battu qu'il avait aboli des années auparavant en l'ensevelissant dans le sable au cimetière de Saspe. Mais je ne battais pas le tambour. Je posais seulement et — ma foi, il faut bien l'avouer — je figurais sur la caisse gauche de la Madone 49 en petit Jésus jouant du tambour.

C'est dans cet équipage que Maria me vit sur l'affiche artistique annonçant une exposition. Elle y alla à mon insu. Je pense qu'elle resta longtemps immobile devant l'image pour accumuler de la colère ; car lorsqu'elle me demanda des comptes elle me battit avec la règle de mon fils Kurt. Depuis quelques mois, elle avait un travail bien payé dans un commerce de comestibles fins, d'abord comme vendeuse et très vite, quand elle eut fait la preuve de ses capacités, comme caissière. Elle se donnait les airs d'une personne bien acclimatée à l'Ouest ; elle n'était plus une réfugiée de l'Est trafiquant au marché noir. C'est pourquoi elle mit une conviction passable à me traiter de sagouin, de putassier, de sujet dévoyé ; elle cria aussi qu'elle ne voulait plus voir cet argent infect que je gagnais à mes cochonneries ; moi non plus, elle ne voulait plus me voir.

Certes, elle reprit cette dernière phrase peu de temps après. Il ne fallut pas plus que quinze jours pour qu'elle incorporât derechef au budget du ménage une part importante de mon salaire de modèle. Cependant je résolus de renoncer à partager un logement avec elle, sa sœur Guste et mon fils Kurt. J'aurais bien voulu partir très loin, m'établir à Hambourg, si possible au bord de la mer ; mais Maria, qui s'accommoda très vite de me voir déménager, sut avec l'appui de Guste me persuader de chercher une chambre non loin d'elle et de Kurt, en tout cas à Düsseldorf.

Le Hérisson

Accepté, rejeté, éliminé, intégré, rejeté, rappelé : c'est seulement en qualité de sous-locataire qu'Oscar apprit l'art de remonter dans le passé en jouant du tambour. J'y fus aidé par la chambre, par le Hérisson, par le dépôt de cercueils qui était dans la cour et par M. Münzer ; sœur Dorothée s'offrit comme stimulant.

Connaissez-vous Perceval ? Je ne le connais pas très bien, moi non plus. Je n'en ai retenu que l'histoire des trois gouttes de sang sur la neige. Cette histoire est vraie, car je l'ai vécue. Elle est vraie probablement pour quiconque a une idée. Mais Oscar écrit ses propres mémoires ; c'est pourquoi cette histoire colle à son être de façon presque suspecte.

J'étais toujours au service de l'art. Je me laissais peindre en bleu, en vert, en jaune et couleur de terre ; je me laissais croquer au fusain et placer devant des arrière-plans. Pendant tout le semestre d'hiver, en compagnie de la muse Ulla, je fécondai l'Académie des beaux-arts. Notre bénédiction s'étendit au semestre d'été qui suivit ; mais déjà était tombée la neige qui reçut les trois gouttes de sang dont la vue me pétrifia comme ce fou de Perceval ; ce fou d'Oscar le connaît assez mal pour s'identifier à lui sans effort.

Mon image approximative, vous la voyez nettement : la

neige, c'est le vêtement professionnel d'une infirmière ; la Croix-Rouge que la plupart des infirmières, donc également sœur Dorothée, portent au milieu de la broche qui retient leur col, luisait à mes yeux à la manière des trois gouttes de sang.

J'étais là, fasciné, le regard fixe.

Mais avant d'être là, fasciné, dans l'ancienne salle de bains du logement Zeidler, il s'agissait de trouver cette chambre. Le semestre d'hiver allait se terminer, les étudiants donnaient congé de leurs chambres, rentraient chez eux pour Pâques et revenaient ou ne revenaient pas. Ma collègue, la muse Ulla, m'aidait à chercher une chambre ; elle m'accompagna au bureau universitaire. Là, on me donna plusieurs adresses et un mot de recommandation de l'Académie des beaux-arts.

Avant de visiter les logements, j'allai voir Korneff à son atelier du Bittweg, ce que je n'avais pas fait depuis assez longtemps. Ce fut l'affection qui m'y conduisit. D'ailleurs, je cherchais aussi du travail pour les vacances semestrielles ; le peu d'heures où je posais encore, avec et sans Ulla, chez quelques professeurs à titre de modèle privé, pouvaient difficilement me nourrir pendant les six semaines suivantes ; il fallait aussi gagner le loyer d'une chambre meublée.

Je trouvai Korneff inchangé. Il avait à la nuque deux furoncles presque guéris et un qui n'était pas encore mûr ; courbé sur une dalle de granit belge qu'il avait dégrossi, il était occupé à l'égriser coup par coup. Nous causâmes un peu. Par manière d'allusion, je jouai avec quelques ciseaux à tailler les inscriptions, tout en promenant un regard circulaire sur les pierres en chantier, polies et poncées, qui attendaient leurs épitaphes. Deux pierres banales, calcaire coquillier, et un marbre de Silésie pour caveau double semblaient vendus et aspiraient à la main d'un graveur compétent.

Je fus content pour le marbrier qui, lors de la réforme monétaire, avait connu une passe difficile. Mais dès ce moment nous nous étions consolés par une sentence : même une réforme monétaire aussi optimiste ne pouvait détourner les gens de mourir et de commander une pierre tombale.

Cela était avéré. Les gens recommencèrent à mourir et à commander. De plus, il venait des commandes qui n'existaient pas avant la réforme monétaire : des boucheries faisaient revêtir leurs façades et jusqu'à l'intérieur des boutiques ; on prenait pour cela du marbre polychrome de la Lahn ; dans le grès ou le tuf endommagés de maint établissement bancaire ou grand magasin, on retaillait des carrés quil fallait regarnir, histoire de redonner confiance aux clients.

Je louai Korneff de son activité ; je lui demandai s'il venait à bout de tout ce travail. Il fut d'abord évasif, puis il admit que parfois il souhaitait avoir quatre mains. Il finit par me proposer de venir travailler chez lui à mi-temps ; tarif : dans le calcaire quarante-cinq pfennigs la lettre en creux, cinquante-cinq dans le granit et la diabase ; la lettre en saillie était à soixante et soixante-quinze pfennigs.

J'attaquai aussitôt un calcaire coquillier. Je retrouvai rapidement le tour de main et gravai en creux : Aloys Küfer, né le 3 septembre 1887, décédé le 10 juin 1946 ; en quatre heures à peine j'avais exécuté les trente-deux signes et touchai en partant quatorze marks quarante, voir tarif.

C'était un bon tiers du loyer mensuel que je m'étais accordé. Je ne voulais ni ne pouvais y mettre plus de quarante marks. Oscar s'était fait un devoir de continuer à subvenir au budget domestique de Bilk en faveur de Maria, du gamin et de Guste Köster ; ma contribution serait modeste, mais réelle.

Parmi les quatre adresses que m'avaient aimablement fournies les types du bureau universitaire, je donnai la préférence à la suivante : Zeidler, Jülicherstrasse 7 ; c'était à peu de distance de l'Académie.

Début mai. Tiédeur, brume rhénane. Je me mis en chemin avec suffisamment d'argent liquide. Maria m'avait repassé mon complet. Je présentais bien. La maison où Zeidler habitait un trois-pièces au troisième étage se dressait décrépie derrière un marronnier poussiéreux. Comme la Jülicherstrasse n'était que ruines pour une bonne moitié, on pouvait difficilement parler de maisons voisines et de vis-à-vis. A gauche, une montagne hérissée de fers en T, couverte de verdure et de pissenlits, laissait présumer l'existence préalable d'un bâtiment à quatre étages contigu à la maison Zeidler. A droite, on avait réussi à remettre en état jusqu'au second étage un immeuble en partie détruit. Mais les moyens financiers n'avaient pas tout à fait suffi. Il restait à réparer la façade lacunaire largement fissurée, en granit noir de Suède poli. A l'inscription : « Schornemann, Pompes Funèbres » manquaient plusieurs lettres, je ne sais plus lesquelles. Par bonheur, les deux palmes en creux marquant le granit toujours impeccablement poli étaient demeurées intactes ; cela contribuait à donner au magasin, vaille que vaille, un air de respectabilité pieuse.

Le dépôt de cercueils de cette entreprise déjà plus que septuagénaire s'ouvrait sur la cour et je devais y trouver bien souvent, de la fenêtre de ma chambre qui donnait sur le derrière, matière à méditation. Je regardais les ouvriers ; par beau temps, ils sortaient du hangar, sur un affût roulant, quelques cercueils et mettaient mille trucs en œuvre pour rafraîchir le poli de ces boîtes, toutes effilées en pointe au pied selon une forme depuis longtemps familière.

Ce fut Zeidler lui-même qui ouvrit à mon coup de sonnette. Il se tenait là, petit, trapu, asthmatique ; il avait tout du hérisson ; il portait des lunettes à culs de bouteille, cachait la moitié inférieure de son visage sous une mousse de savon floconneuse et tenait le blaireau contre sa joue droite ; il avait l'air d'un alcoolique et, d'après son accent, d'un Westphalien.

« Si la chambre vous plaît pas, dites-le de suite. Je suis en train de me raser et faut encore que je me lave les pieds. »

Zeidler n'aimait pas les circonlocutions. Je regardai la chambre. Elle ne pouvait me plaire. C'était une salle de bains hors de service, garnie à moitié de carreaux émaillés vert turquoise et, pour le reste, d'un papier de tenture convulsif. Pourtant je ne dis pas que la chambre ne pouvait me plaire. Sans égard pour la mousse de savon qui séchait sur Zeidler, et pour ses pieds non lavés, je tapotai la baignoire, voulus savoir si ça n'irait pas sans baignoire ; de toute façon, elle n'avait plus de tuyau d'évacuation.

Zeidler secoua en souriant sa tête grise de hérisson et tenta vainement de faire de la mousse avec son blaireau. Telle fut sa réponse, et je me déclarai prêt à louer la chambre avec baignoire quarante marks par mois.

Quand nous fûmes dans le couloir, une espèce de boyau mal

éclairé où plusieurs pièces donnaient par leurs portes aux badigeons variés, en partie vitrées, je voulus savoir qui habitait encore le logement Zeidler.

« Ici, c'est l'infirmière. Mais ça ne vous regarde pas. De toute façon vous la verrez pas. Elle fait que dormir, et encore pas toujours. »

Je ne veux pas dire qu'Oscar sursauta au mot « infirmière ». Il hocha la tête et n'osa pas s'informer des autres chambres ; il savait où était sa chambre avec baignoire : à main droite, barrant le couloir sur la largeur de la porte.

Zeidler toucha du doigt le revers de son veston : « Vous pouvez cuisiner chez vous si vous avez un réchaud à alcool. Je veux bien aussi dans la cuisine, si le fourneau n'est pas trop haut pour vous. »

C'était sa première allusion à la taille d'Oscar. Le mot d'introduction de l'Académie, qu'il avait rapidement survolé, fit son effet, parce qu'il était signé du directeur, le Pr Reusser. Je dis oui et amen à toutes ses recommandations ; je pris note que la cuisine était à gauche à côté de ma chambre, promis de faire laver mon linge à l'extérieur, car il craignait la buée pour le papier de la salle de bains ; je pus lui faire cette promesse avec quelque certitude : Maria s'était déclarée prête à laver mon linge.

A présent j'aurais dû partir, aller chercher mes bagages, remplir la fiche de domiciliation. Mais Oscar n'en fit rien. Il ne pouvait se séparer de ce logement. Sans aucune raison il pria son futur logeur de lui indiquer les toilettes. D'un revers de pouce, le logeur montra une porte de contre-plaqué ; elle rappelait les années de guerre et d'immédiat après-guerre. Quand Oscar se disposa à faire aussitôt usage des toilettes, Zeidler, à qui le savon tombait en plaques et donnait des démangeaisons, tourna lui-même le bouton électrique de ces lieux.

Quand je fus dedans, je fus dépité ; Oscar n'avait besoin de rien du tout. Cependant j'attendis avec endurance d'avoir un peu d'eau à lâcher. En raison de la faible pression vésicale, je dus me donner beaucoup de mal — et puis j'étais trop près de la lunette de bois — pour ne pas mouiller la lunette et le dallage de ces lieux exigus. Zeidler m'attendait dans le corridor. Il avait sans doute flairé quelque bizarrerie de ma part. « Vous êtes un drôle de type. Pas encore signé le contrat de location, vlà déjà que vous allez au chose ! »

Il s'approcha de moi avec son blaireau froid, encroûté de savon sec, en mitonnant sûrement un quolibet idiot ; puis il m'ouvrit la porte sans me raser davantage. Tandis qu'Oscar s'engageait à reculons dans la cage d'escalier, passait devant le Hérisson et gardait un œil sur le Hérisson, je notai que la porte des cabinets s'intercalait entre la porte de la cuisine et cette porte à vitre dépolie derrière laquelle, parfois, irrégulièrement, une infirmière avait son gîte nocturne.

Quand Oscar, porteur de son bagage où était appendu le tambour neuf, cadeau du peintre de madones Raskolnikoff, sonna derechef à la fin de l'après-midi en brandissant les formulaires de changement de domicile, le Hérisson rasé de frais, qui entre-temps avait dû se laver les pieds, m'introduisit dans la salle de séjour des Zeidler.

Cela sentait le cigare froid et le cigare plusieurs fois rallumé. Par là-dessus les émanations de plusieurs tapis empilés en rouleaux dans les coins de la pièce : peut-être des tapis précieux. Cela sentait aussi les vieux almanachs. Mais je ne vis pas d'almanachs ; cette odeur venait aussi des tapis. Par extraordinaire, les confortables fauteuils de cuir ne sentaient rien par eux-mêmes. Cela me déçut : si Oscar ne s'était encore jamais assis dans un fauteuil de cuir, il n'en avait pas moins une idée *a priori* de l'odeur du cuir où l'on s'assied, et si réelle que je suspectai les chaises et les fauteuils Zeidler d'être recouverts en simili.

Dans un de ces fauteuils lisses, inodores et, je m'en assurai plus tard, de cuir authentique, était assise Mme Zeidler. Elle portait un tailleur gris de coupe sportive qui lui allait comme ci comme ça. La jupe avait remonté sur ses genoux et montrait trois doigts de lingerie. Comme Mme Zeidler ne rectifiait pas sa tenue et — à ce que crut remarquer Oscar — avait les yeux marqués par des larmes récentes, je n'osai pas entamer un entretien destiné à me présenter et à lui souhaiter le bonjour. Mon inclination de buste fut muette et, à son dernier stade, s'orienta de nouveau vers Zeidler qui m'avait présenté à sa femme par un revers de pouce et un bref toussotement.

La pièce était grande et parallélépipédique. Le marronnier planté devant la maison y projetait son ombre et la faisait paraître plus grande et plus petite. Je déposai près de la porte la valise et le tambour et, tenant à la main les formulaires, je m'approchai de Zeidler, assis entre les fenêtres. Oscar n'entendit pas son propre pas. Il marchait — je l'ai vérifié depuis — sur quatre tapis superposés de dimensions décroissantes ; leurs bords à frange ou sans frange, de couleurs différentes, formaient un escalier multicolore dont le premier degré, brun rougeâtre, prenait au pied des murs ; le second degré, vert ma foi, disparaissait encore en grande partie sous des meubles : un lourd buffet, une vitrine pleine de verres à liqueur par douzaines, le vaste lit conjugal. Le bord du troisième tapis, qui était bleu, apparaissait déjà d'un coin à l'autre. Le quatrième tapis, une moquette d'un rouge vineux, avait pour mission de porter la table à rallonges recouverte de toile cirée protectrice et quatre chaises rembourrées de cuir, garnies de rivets métalliques à intervalles réguliers.

Comme il y avait, pendus aux murs, plusieurs tapis impropres à cet usage, sans préjudice de ceux qui traînaient roulés dans les coins, Oscar admit qu'avant la réforme monétaire le Hérisson trafiquait de tapis et qu'après la réforme ils lui étaient restés pour compte.

Le seul tableau pendu entre deux descentes de lit de style oriental, à mi-chemin des fenêtres, était un portrait sous verre du prince Bismarck. Le Hérisson remplissait un fauteuil sous le Chancelier et avait avec ce dernier comme un air de famille. Il m'ôta de la main le formulaire de changement de domicile et l'examina d'un œil attentif, critique, impatient. La question, faite à voix basse par sa femme, s'il y avait quelque chose qui n'allait pas, lui inspira un accès de colère qui le rapprocha davantage encore du Chancelier. Son fauteuil le vomit. Debout sur quatre tapis, il tenait le formulaire par le travers ; il s'emplit d'air, ce qui gonfla son gilet ; puis, d'un bond, il fut sur les tapis un et deux et déversa sur sa femme, qui avait pris entre-temps un ouvrage de couture, une phrase dans le genre de : « Quic'est quiparlicisansqu'onluidemanderienrienàdiryaquemoimoimoi ! Plusunmot ! »

Comme Mme Zeidler observait une attitude paisible, ne dit pas un mot et continua de piquer l'aiguille dans son travail, un problème se posa pour le Hérisson qui piétinait les tapis : couronner puis conclure sa colère de façon plausible. D'un seul pas, il fut devant la vitrine ; il l'ouvrit avec tant de force qu'il y eut un tintement ; puis, avec précaution, de ses doigts largement écartés il prit huit verres à liqueur, retira de la vitrine, sans faire de dégâts, ses mains chargées, puis, à petits pas mesurés, comme s'il voulait s'amuser lui-même de son adresse tout en divertissant sept invités, il évolua vers le poêle à feu continu de briques vertes et fracassa son chargement fragile contre la froide porte de fonte.

L'étonnant, c'est que pendant cette scène qui requérait une certaine adresse au tir, il garda dans le champ de ses lunettes sa femme qui s'était levée et qui, à proximité de la fenêtre de droite, essayait d'enfiler une aiguille. Cet exercice difficile fut réussi une seconde après le massacre des verres ; il y fallait une main paisible. Mme Zeidler revint à son fauteuil encore chaud et s'y rassit de telle sorte qu'à nouveau sa jupe remonta et révéla trois doigts de lingerie rose. Le Hérisson avait suivi d'un regard malveillant, quoique soumis, la démarche de sa femme : gagner la fenêtre, enfiler l'aiguille, regagner le fauteuil. A peine était-elle rassise que, plongeant un bras derrière le fourneau, il en ramena une pelle à poussière et une balayette ; il balaya les éclats, les recueillit dans un papier journal déjà couvert à moitié d'éclats de verres à liqueur et qui n'aurait pas suffi à un troisième massacre.

Si le lecteur s'imagine qu'Oscar le vitricide se serait reconnu dans le Hérisson vitricide, je ne saurais donner absolument tort au lecteur ; moi aussi, jadis, j'aimais dans ma colère à réduire en poudre le verre — mais personne ne m'a jamais vu prendre la balayette et la pelle plate !

Après avoir éliminé les traces de sa colère, Zeidler se remit dans son fauteuil. Oscar lui tendit à nouveau le formulaire que le Hérisson avait bien dû laisser tomber pour puiser à deux mains dans la vitrine.

Zeidler signa le formulaire et me donna à entendre que l'ordre devait régner chez lui, sinon où c'est qu'on irait ; il y avait quinze ans qu'il était représentant, en tondeuses pour coiffeurs, est-ce que je savais ce que c'était, une tondeuse ? Oscar n'était pas sans le savoir et fit dans l'air quelques mouvements explicatifs susceptibles de persuader Zeidler que les tondeuses n'avaient pas de secrets pour moi. Il avait les cheveux bien coupés en brosse, ce qui le qualifiait comme représentant. Après m'avoir expliqué son système de travail — une semaine en tournée, puis deux jours à la maison — il perdit tout intérêt pour Oscar. Il ne faisait plus que se balancer, plus hérisson que jamais, dans le cuir clair qui crissait sous lui ; un éclair jaillit de ses culs de bouteille, et il dit avec ou sans motif : yayayayayaya. Il était temps de m'en aller.

Oscar prit congé premièrement de Mme Zeidler. Cette femme avait la main froide, sans os, mais sèche. Le Hérisson, de son fauteuil, me fit un signe qui m'adressait à la porte où était le bagage d'Oscar. J'avais déjà les mains prises quand sa voix me parvint : « Qu'est-ce que vous avez donc là qui brinquebale sur votre valise ? »

« C'est mon tambour de fer battu. »

« Vous voulez donc jouer du tambour ici ? »

« Pas précisément. Jadis je tambourinais souvent. »

« Ma foi, vous pouvez bien. De toute façon je ne suis jamais là. »

« C'est à peine s'il existe une possibilité que je me remette jamais à jouer du tambour. »

« Et alors, comme ça, pourquoi vous êtes resté si petit ? »

« Une chute malheureuse a entravé ma croissance. »

« Allons bon, vous n'allez pas nous faire des embêtements, avec des crises et cætera ! »

« Pendant ces dernières années, mon état de santé n'a cessé de s'améliorer. Regardez seulement comme je suis agile. »

Alors Oscar exécuta pour M. et Mme Zeidler quelques culbutes et autres quasi-acrobaties que j'avais apprises au temps du Théâtre aux armées. Mme Zeidler riait discrètement ; lui, il avait l'air d'un hérisson qui se serait encore tapé sur les cuisses, quand j'étais déjà dans le corridor et que, longeant la porte à vitre dépolie de l'infirmière, la porte des cabinets et celle de la cuisine, je portais dans ma chambre mon bagage, tambour inclus.

C'était au début de mai. A dater de ce jour je fus tenté, envahi, conquis par le mystère de l'infirmière : les gardes-malades femmes me rendaient malade ; d'une maladie probablement incurable, car même aujourd'hui que j'ai tout cela derrière moi, je contredis mon infirmier Bruno quand il affirme tout bonnement que seuls des hommes peuvent en vérité soigner les malades ; selon lui, la manie qu'ont les patients de se faire soigner par des infirmières n'est qu'un symptôme morbide de plus ; tandis que l'infirmier soigne laborieusement le malade et parfois le guérit, l'infirmière suit la méthode féminine : à force de séduction elle mène le patient à la guérison ou à la mort qu'elle assaisonne d'un érotisme léger.

Ici s'achève la citation de Bruno auquel je ne donne tort qu'à contrecœur. Quiconque, tous les trois ou quatre ans, s'est fait confirmer sa vie par des infirmières ne permet pas de sitôt à un infirmier revêche, même s'il est sympathique, de lui déflorer ses infirmières par pure jalousie professionnelle.

Cela commença par ma chute dans l'escalier de la cave, à l'occasion de mon troisième anniversaire. Je crois qu'elle s'appelait sœur Lotte et qu'elle était de Praust. La sœur Inge du Dr Hollatz m'a conservé plusieurs années. Après la défense de la poste polonaise, je fus voué à plusieurs infirmières simultanées. Un seul nom m'en est demeuré : sœur Erni ou Berni. Infirmières anonymes à Lunebourg, à la clinique universitaire de Hanovre. Puis celles des hôpitaux municipaux de Düsseldorf, en tête sœur Gertrude. Et puis celle-ci, la dernière, sans que j'aie besoin d'entrer à l'hôpital. En dépit d'une excellente santé, voilà qu'Oscar était livré à une infirmière, comme lui sous-locataire du logement Zeidler. Désormais le monde fut pour moi peuplé d'infirmières. Quand je partais de bon matin tailler des inscriptions chez Korneff, mon arrêt de tramway s'appelait Hôpital Sainte-Marie. Il y avait toujours, devant le portail de brique ou sur le terre-plein exagérément fleuri, des infirmières qui sortaient ou entraient. Des infirmières, donc, qui avaient un service fatigant derrière ou devant elles. Ensuite c'était dans le tramway. Souvent il m'était possible de partager la baladeuse avec quelques infirmières harassées, ou du moins lasses ; ou bien j'étais avec elles sur le même quai. Au début, je les humais avec répugnance ; bientôt je recherchai leur odeur. Je me mettais à côté, parfois au milieu de leurs uniformes.

Puis c'était le Bittweg. Par beau temps, je sculptais dehors, entre les échantillons de pierres tombales ; je les voyais passer par deux, par quatre ; elles avaient une heure de repos, elles bavardaient. Oscar était contraint de relever le nez, de négliger son travail ; chaque nez levé me coûtait vingt pfennigs.

Affiches de cinéma : il y a toujours eu en Allemagne beaucoup de films avec infirmières. Maria Schell me racolait ; j'allais dans les cinémas. Elle portait l'uniforme, riait, pleurait, soignait avec dévouement, jouait en souriant, toujours coiffée du bonnet d'infirmière, une musique grave ; puis elle s'adonnait au désespoir, manquait de déchirer sa chemise de nuit ; après une tentative de suicide, elle sacrifiait son amour — Borsche, en médecin —, restait fidèle à sa profession et gardait par conséquent sa coiffe et sa broche de la Croix-Rouge. Pendant que le cerveau et le cervelet d'Oscar riaient et injectaient à la bande filmée un chapelet ininterrompu d'indécences, les yeux d'Oscar versaient des larmes ; j'errais à demi aveugle dans un désert de blanches samaritaines anonymes, je cherchais sœur Dorothée ; tout ce que je savais d'elle, c'est qu'elle avait loué chez Zeidler le cabinet situé derrière la porte à vitre dépolie.

Quelquefois j'entendais son pas quand elle revenait de son service de nuit. Je l'entendais aussi vers neuf heures du soir quand elle avait terminé son service de jour et regagnait sa chambre. Oscar ne restait pas toujours vissé à sa chaise quand il entendait l'infirmière dans le corridor. Souvent il tripotait la poignée de la porte. Qui aurait pu y résister ? Qui ne jette un bref regard quand passe quelque chose qui peut-être passe exprès pour lui ? Qui reste sur sa chaise quand le moindre bruit provenant de la pièce voisine semble avoir pour unique objet de faire se dresser les gens assis ?

Pire encore : le silence. Nous l'avions éprouvé devant cette figure de proue de bois, silencieuse et passive. Un premier gardien de musée gisait dans son sang. On dit que Niobé l'avait tué. Alors le directeur chercha un nouveau gardien, car il ne fallait pas fermer le musée. Quand le second gardien fut mort, on cria que Niobé l'avait tué. Alors le directeur de musée eut quelque peine à trouver un troisième gardien — ou bien en était-il à chercher le onzième ? Peu importe son numéro d'ordre. Un jour, le gardien, péniblement trouvé, était mort. On cria : Niobé, Niobé peinte en vert, c'est Niobé au regard d'ambre, Niobé en bois, nue, qui ne bouge, ne grelotte, ne sue, ne respire point, qui n'a même pas de vrillettes, parce qu'elle a été injectée, parce qu'elle est précieuse et historique. Une sorcière fut brûlée pour elle, un tailleur d'images eut la main coupée, des navires coulèrent : elle s'échappa à la nage. Niobé était en bois, mais incombustible ; elle tuait et restait précieuse. Elle réduisit au silence, sans bruit, des lycéens, des étudiants, un prêtre âgé et tout un chœur de gardiens de musée. Mon ami Herbert Truczinski fut pour la saillir et en creva ; mais Niobé demeura sèche et se drapa de silence épaissi.

Quand l'infirmière, le matin de très bonne heure, vers six heures, quittait sa chambre, le corridor et le logement du Hérisson, il se faisait un grand silence, bien que présente elle n'eût fait aucun bruit. Oscar, pour y tenir, devait faire grincer son lit de temps à autre, pousser une chaise ou faire rouler une pomme contre la baignoire.

Vers huit heures, un froissis se produisait. C'était le facteur qui laissait tomber le courrier par la fente aux lettres sur le plancher du corridor. En dehors d'Oscar, Mme Zeidler attendait aussi ce froissis. Elle ne prenait qu'à neuf heures son service de bureau chez Mannesmann et me laissait la préséance ; aussi était-ce Oscar qui réagissait le premier. J'y allais sans bruit bien que je susse qu'elle m'entendait ; je laissais ouverte la porte de ma chambre afin de n'avoir pas besoin d'allumer ; je ramassais le courrier d'un seul coup ; le cas échéant je mettais dans la poche de mon pyjama la lettre que Maria m'envoyait chaque semaine et où elle parlait d'elle-même, de l'enfant et de sa sœur Guste, avec une écriture soignée ; puis j'examinais rapidement le reste des envois. Tout ce qui arrivait pour les Zeidler ou pour un certain M. Münzer, qui logeait à l'autre bout du corridor, je le laissais à nouveau glisser sur le plancher avant de me relever ; Oscar retournait, flairait, palpait le courrier de l'infirmière : ce qui le tracassait en premier lieu, c'était l'expéditeur.

Sœur Dorothée recevait du courrier rarement, mais encore plus souvent que moi. Son nom était Dorothée Köngetter ; mais je ne l'appelais que sœur Dorothée, oubliant de temps à autre son nom de famille : s'agissant d'une infirmière, il est tout à fait superflu. Elle recevait du courrier de sa mère qui habitait Hildesheim. Des lettres et cartes postales venaient des hôpitaux les plus divers d'Allemagne fédérale. C'étaient des infirmières avec qui elle avait fait son stage. A présent la liaison entre collègues se maintenait vaille que vaille grâce aux cartes postales ; sœur Dorothée recevait des réponses niaises et vides, à ce qu'Oscar put constater au vol.

Je tirai encore quelques lumières sur sa vie antérieure, des cartes postales qui en général figuraient au recto des façades d'hôpitaux enguirlandées de lierre : elle avait travaillé quelque temps à l'hôpital Saint-Vincent de Cologne, dans une clinique privée d'Aix-la-Chapelle et aussi à Hildesheim. Sa mère écrivait aussi de cette ville. Donc sœur Dorothée était originaire de Basse-Saxe, ou bien c'était comme Oscar une réfugiée de l'Est, arrivée juste après la guerre. J'appris en outre qu'elle travaillait tout près, à l'hôpital Sainte-Marie, qu'elle devait être étroitement liée d'amitié avec une sœur Beata, car beaucoup de cartes postales évoquaient cette amitié et envoyaient aussi des salutations pour cette Beata.

Elle me troublait cette amie. Oscar se livrait à des spéculations. Je rédigeai des lettres à Beata ; j'y demandais son intercession dans l'une, dans la suivante je passais Dorothée sous silence ; je voulais approcher d'abord Beata, puis me tourner vers son amie. J'ébauchai cinq ou six lettres ; quelques-unes étaient déjà sous enveloppe ; j'allai à la poste, mais je n'en expédiai aucune.

Peut-être dans mon affolement aurais-je cependant un jour expédié une telle épître à sœur Beata si, un lundi — Maria commençait alors sa liaison avec son employeur, Stenzel, ce qui me laissait singulièrement froid —, je n'avais trouvé dans le courrier cette lettre qui retourna en jalousie une passion où l'amour ne manquait point.

Le cachet de l'expéditeur me dit qu'un certain Dr Werner, hôpital Sainte-Marie, avait écrit une lettre à sœur Dorothée. Le mardi arriva une seconde lettre. Le jeudi apporta la troisième. Que se passa-t-il ce jeudi-là ? Oscar se replia sur sa chambre, se laissa tomber sur une des chaises de cuisine marquées à l'inventaire, tira de sa poche la lettre hebdomadaire de Maria — malgré son nouvel adorateur, Maria continuait à écrire ponctuellement, proprement et en détail —, ouvrit même l'enveloppe, lut sans lire. Il entendit dans le couloir Mme Zeidler, et aussitôt après sa voix ; elle appelait M. Münzer qui ne répondait pas. Pourtant il devait être chez lui, car la femme Zeidler ouvrit la porte de sa chambre, lui tendit le courrier ; et elle n'arrêtait plus de lui parler.

La voix de Mme Zeidler cessa de me parvenir avant qu'elle se fût tue. Je m'abandonnai à la folie que diffusait le papier des murs avec ses verticales, ses horizontales, ses diagonales, ses courbes multipliées. Je me vis en Matzerath, partageant avec lui le pain suspect des cocus. Je me laissai aller à déguiser mon Jan Bronski en séducteur à bon marché, au maquillage satanique. Il entrait en scène tantôt dans son traditionnel paletot à col de velours, tantôt dans la blouse médicale du Dr Hollatz, aussitôt après en Dr Werner, chirurgien, pour séduire, pour corrompre, pour profaner, pour outrager, pour frapper, pour supplicier — bref, pour faire tout ce qui sied à un séducteur vraisemblable.

Aujourd'hui je laisse errer un pâle sourire quand je me rappelle l'idée qui me vint, idée folle, idée jaune comme le papier de tenture : je voulais faire médecine le plus vite possible. Je voulais devenir médecin, et à l'hôpital Sainte-Marie. Je voulais chasser le Dr Werner, lui faire abattre son jeu, le convaincre d'incurie, voire d'homicide par négligence lors d'une opération du larynx. Jamais, la preuve en serait faite, ce M. Werner n'avait étudié la médecine. Pendant la guerre, il travaillait dans un hôpital de campagne, il y avait acquis de vagues connaissances : à la porte l'escroc ! Et Oscar devenait médecin-chef, si jeune et pourtant à un poste si lourd de responsabilités ! C'était un nouveau Pr Sauerbruch qui, accompagné de sœur Dorothée, son assistante d'opération, s'avançait avec une escorte en uniforme blanc par les couloirs sonores, passait la visite, décidait à la dernière minute de pratiquer une intervention. — Une chance que ce film n'ait jamais été tourné !

Dans l'armoire

Personne ne doit s'imaginer qu'Oscar n'était plus là que pour des infirmières ! J'avais mes occupations professionnelles. Le semestre d'été avait commencé à l'Académie des beaux-arts ; je dus renoncer à mon travail occasionnel chez le marbrier. Oscar avait pour fonction de rester immobile moyennant un bon salaire ; il devait mettre à l'épreuve les styles anciens et à l'essai des styles nouveaux, en compagnie de la muse Ulla. On supprimait notre qualité objective, on nous récusait, nous reniait ; on jetait sur les toiles et les feuilles à dessin des lignes, des quadrangles, des spirales, tout un bric-à-brac extrinsèque bon pour des papiers de tentures ; on donnait à des motifs usuels où se retrouvait tout, sauf Oscar et Ulla, et qui manquaient de mystère, des titres charlatanesques : Entrelacs ascendants. Hymne au temporel. Rouge dans Espaces neufs.

Tel était surtout le travail des nouveaux inscrits qui ne savaient pas encore bien dessiner. Mes vieux amis des ateliers Kuchen et Maruhn, les maîtres-disciples Ziege et Raskolnikoff, étaient trop riches en noir et en couleur pour chanter la pauvreté en blêmes arabesques et en courbes anémiques.

Mais la muse Ulla qui, les jours où elle devenait terrestre, avait du goût pour les métiers d'art, s'emballait sur les nouveaux papiers peints ; ce fut au point qu'elle oublia rapidement le peintre Lankes qui l'avait abandonnée et déclara trouver jolies, drôles, cocasses, fantastiques, énormes et même chic les compositions décoratives qu'exécutait en différents formats un peintre déjà âgé qui s'appelait Meitel. Elle se fiança sur-le-champ avec cet artiste enclin à préférer des formes comme celle des œufs de Pâques. Mais cela n'a pas grande signification, elle trouva par la suite bien d'autres occasions de fiançailles. Pour l'instant, à ce qu'elle me révéla lors de sa visite d'avant-hier en m'apportant des bonbons, elle est encore au seuil de ce qu'elle a toujours appelé une liaison sérieuse.

Au début du semestre, Ulla ne voulut plus s'offrir en modèle qu'à la dernière tendance artistique. Son peintre en œufs de Pâques, Meitel, lui avait mis cette puce à l'oreille ; en cadeau de fiançailles, il lui avait donné un vocabulaire qu'elle essayait en parlant d'art avec moi. Elle parlait de rapports, de constellations, d'accents, de perspectives, de structures ruisselantes, de processus en fusion, de phénomènes érosifs. Elle qui, du matin au soir, ne faisait que manger des bananes et boire du juice of tomate, elle parlait de cellule-mère, d'atomes colorés qui, non contents, dans leur rasance dynamique, de trouver leur site naturel dans leurs champs de force, allaient jusqu'à... Tels étaient les propos d'Ulla quand nous faisions la pause ou quand nous prenions un café occasionnel dans la Ratinger Strasse. Même quand les fiançailles avec le dynamique peintre en œufs de Pâques tournèrent court et qu'après un épisode-éclair avec une lesbienne elle se rabattit sur un élève de Kuchen et sur l'univers objectif, ce vocabulaire lui resta ; il imposait à son petit minois un tel effort que deux petites rides acérées, presque fanatiques, encadraient sa bouche de muse.

Indiquons ici que l'idée de Raskolnikoff — peindre la muse Ulla en infirmière à côté d'Oscar — ne fut pas exclusivement de son cru. Après la Madone 49 il nous peignit en « Enlèvement d'Europe » — le taureau, c'était moi. Et tout de suite après cet Enlèvement qui fut très contesté fut créé le tableau : « Le Fou guérit l'Infirmière. »

Un mot que je prononçai incendia l'imagination de Raskolnikoff. Sombre, rouquin, perfide, il méditait en nettoyant ses pinceaux. Tout en braquant sur Ulla un regard extatique, il parlait de faute et d'expiation. Alors je lui conseillai de voir en moi la faute et en Ulla l'expiation ; ma faute était visible à l'œil nu ; l'expiation pouvait être costumée en infirmière.

Si cet excellent tableau porta par la suite un nom déconcertant, ce fut l'affaire de Raskolnikoff. J'aurais appelé cette peinture « La Tentation » parce que ma main droite peinte saisit la poignée d'une porte, l'abaisse et ouvre une pièce où se tient une infirmière. Le tableau de Raskolnikoff pourrait tout aussi bien s'appeler « La Poignée de la Porte ». S'il était de mon ressort de rebaptiser la tentation, je recommanderais l'expression Poignée de la Porte ; car cette excroissance saisissable a besoin d'être l'objet d'une tentative, sinon d'une tentation. J'essayais chaque jour la poignée de la porte vitrée de la chambre où logeait sœur Dorothée, aux heures où je savais le Hérisson Zeidler en voyage, l'infirmière à l'hôpital et Mme Zeidler à son bureau chez Mannesmann.

Alors Oscar délaissait sa chambre à baignoire désaffectée, prenait le corridor du logement Zeidler, se plaçait devant la chambre de l'infirmière et donnait une poignée de main à celle de la porte.

Jusqu'à la mi-juin, en dépit de mes essais presque journaliers, la porte n'avait pas voulu céder. J'étais sur le point de voir en l'infirmière une personne qu'un travail plein de responsabilités avait rendue tellement ordonnée qu'il me semblait sage de renoncer à l'espoir d'une porte restée par mégarde ouverte. De là aussi ma réaction automatique de refermer aussitôt la porte, lorsqu'un jour je ne la trouvai pas fermée à clé.

A coup sûr Oscar demeura plusieurs minutes pétrifié dans sa peau trop courte ; il se permit tant de pensées à la fois, et si diverses, que son cœur peinait à y mettre l'ordonnance d'un plan approximatif.

Je refaçonnai mes pensées comme ceci : Maria et son amant ; Maria a un amant ; l'amant a offert à Maria une cafetière ; l'amant et Maria vont à l'Apollo le samedi soir ; Maria tutoie son amant seulement après la fermeture ; dans le magasin, Maria dit vous à son amant, propriétaire du magasin. Quand j'eus examiné Maria et son amant sous divers angles, je réussis à esquisser dans ma pauvre tête l'amorce d'un règlement — et j'ouvris la porte à vitre dépolie.

Je m'étais déjà préalablement figuré ce local comme une pièce sans fenêtre ; jamais la partie supérieure vitrée n'avait révélé une trace de la lumière du jour. A droite, comme dans ma chambre, je saisis le bouton de l'électricité. Pour les dimensions de ce cabinet, qui ne méritait pas le nom de chambre, l'ampoule de quarante watts suffisait largement. Il me fut désagréable de me trouver aussitôt reflété en buste dans une glace. Oscar ne se déroba pas à son portrait inversé, pauvre en indications nouvelles. Les objets disposés sur la table de toilette égale en largeur au miroir m'attirèrent fortement ; Oscar se mit sur la pointe des pieds.

L'émail blanc de la cuvette portait des marques bleu noir. La plaque de marbre où la cuvette s'enfonçait jusqu'à son bord en saillie présentait aussi quelques défauts. Le coin gauche manquant reposait devant la glace et lui montrait ses veines. Les traces feuilletées d'une colle, visibles sur les cassures, révélaient une gauche tentative de restauration. Je pensai au mastic que Korneff fabriquait lui-même et grâce auquel le marbre le plus lacuneux de la Lahn se transformait en plaques résistantes que l'on collait sur la façade des grandes boucheries.

Ma familiarité avec la roche calcaire m'ayant fait oublier l'odieuse image déformée que me présentait le miroir narquois, je pus enfin qualifier l'odeur que dès son entrée Oscar avait jugée *sui generis*.

Ça sentait le vinaigre. Plus tard, et encore il y a peu de semaines, j'excusais l'odeur importune en supposant que l'infirmière s'était lavé les cheveux la veille ; c'était le vinaigre qu'elle avait mélangé à l'eau de rinçage. Mais il n'y avait pas de vinaigre sur la toilette. De même je ne crus pas pouvoir identifier du vinaigre dans des récipients portant d'autres étiquettes. Je me répétais que sœur Dorothée n'aurait pas fait chauffer de l'eau dans la cuisine de Zeidler avec l'autorisation préalable du Hérisson pour se laver les cheveux à fond dans son cabinet, alors qu'elle trouvait à l'hôpital Sainte-Marie des salles de bains ultramodernes. A vrai dire, l'infirmière-chef ou l'intendance pouvaient bien avoir interdit aux infirmières l'usage de certaines installations sanitaires, et sœur Dorothée se voyait contrainte à laver ses cheveux ici, dans la cuvette émaillée, devant le miroir inexact.

S'il n'y avait pas de bouteille de vinaigre sur la toilette, j'y trouvai pourtant des flacons et des boîtes en nombre suffisant sur le marbre transi. Un paquet d'ouate et un paquet entamé de serviettes hygiéniques ôtèrent sur le moment à Oscar le courage de porter ses investigations sur le contenu des petites boîtes. Pourtant, aujourd'hui, je suis d'avis qu'elles renfermaient d'inoffensifs produits de beauté, des pommades anodines.

Le peigne de l'infirmière avait été planté dans la brosse à cheveux. Il me fallut prendre sur moi pour l'arracher aux soies et le regarder en plein. Je fis bien. A ce moment, Oscar fit sa découverte la plus importante : l'infirmière avait des cheveux blonds, peut-être blond cendré ; mais il faut y regarder à deux fois avant de conclure sur des cheveux morts, arrachés par le peigne. Donc notons simplement : sœur Dorothée avait des cheveux blonds.

En revanche, le riche chargement du peigne laissait soupçonner que l'infirmière perdait ses cheveux. Le responsable de cette affection pénible à une âme féminine, source assurée d'amertume, était à première vue la coiffe d'infirmière, mais je n'accusai pas la coiffe. Sans coiffe il ne saurait y avoir d'hôpital bien tenu.

Si désagréable que fût pour Oscar l'odeur du vinaigre, le fait que sœur Dorothée perdait ses cheveux ne m'inspira qu'une floraison d'amour et de sollicitude, poivrée de compassion. Il fut caractéristique de mon état que je trouvai sur-le-champ plusieurs lotions activant la pousse des cheveux ; j'avais l'intention de les remettre à l'infirmière à la première occasion favorable. A la seule pensée de cette rencontre — Oscar se la représentait par un chaud ciel d'été, air calme, parmi des champs de blé — j'ôtai du peigne les cheveux orphelins, les mis en un faisceau, les nouai sur eux-mêmes ; je soufflai sur la mèche pour en éloigner la poussière et les pellicules et la glissai avec précaution dans un compartiment rapidement évacué de mon portefeuille.

Oscar, pour mieux manipuler son portefeuille, avait déposé le peigne sur la plaque de marbre ; je le repris quand j'eus dans la poche de ma veste mon portefeuille et ma proie. Je le tins à contre-jour devant l'ampoule afin de le rendre transparent et parcourus les deux râteliers de dents grosses et fines ; il manquait deux dents au groupe fin ; je promenai un ongle de mon index gauche contre les sommets des dents grosses. Ce temps perdu à un amusement réjouit Oscar : il vit luire quelques rares cheveux que j'avais pris la précaution de ne pas ôter afin de n'éveiller aucun soupçon.

Le peigne reprit définitivement sa place dans la brosse à cheveux. Je m'éloignai de la toilette qui me polarisait trop exclusivement. En allant au lit de l'infirmière je heurtai une chaise où était accroché un soutien-gorge.

Oscar ne pouvait remplir les deux empreintes négatives de ce support usé sur les bords et décoloré avec autre chose qu'avec ses deux poings. Ils ne suffirent pas à faire le plein. Ils s'agitaient, étrangers, malheureux et trop durs, trop nerveux dans la double coupe que j'aurais épuisée jour après jour à la petite cuiller pour en connaître le contenu. Je l'aurais fait jusqu'à en avoir envie de vomir.

Je songeai au Dr Werner et retirai mes poings du soutien-gorge. J'oubliai aussitôt le Dr Werner et pus prendre position devant le lit de sœur Dorothée. C'était donc ça ! Oscar se l'était fréquemment imaginé, et maintenant c'était cet affreux châssis, identique à celui qui encadrait mon repos et mes insomnies éventuelles : du bois peint en brun. J'aurais souhaité un lit de métal laqué blanc à boules de laiton au lieu de ce meuble lourd. Immobile, la tête lourde, incapable de toute passion, même de jalousie, je demeurai quelque temps debout devant ce tabernacle du sommeil ; puis, je me retournai pour fuir ce spectacle déplaisant. Jamais Oscar n'aurait pu se représenter la sœur Dorothée dormant dans cette tombe odieuse.

Je repris le chemin de la toilette dans l'intention peut-être d'ouvrir les petites boîtes contenant les pommades supposées. Mais l'armoire m'intima l'ordre de prendre garde à ses dimensions, de qualifier son badigeon brun noir, de suivre le profil de sa moulure et finalement de l'ouvrir ; toutes les armoires brûlent d'être ouvertes.

Je rabattis verticalement le clou qui retenait les portes en guise de serrure. Aussitôt, sans mon aide, les battants de bois s'écartèrent avec un soupir et me donnèrent un angle de vue si large que je dus reculer de quelques pas pour observer froidement l'intérieur par-dessus mes bras croisés. Oscar ne voulait pas se perdre dans les détails comme pour la table de toilette, ni émettre comme pour le lit un jugement grevé de préjugés ; il voulait s'offrir à l'armoire avec la fraîcheur d'un premier jour, parce que l'armoire l'accueillait à bras ouverts.

Pourtant, cet incorrigible esthète ne put se refuser totalement à la critique : en effet, un barbare avait scié précipitamment les pieds de l'armoire en faisant sauter des éclats, afin de la poser à plat sur les planches.

L'intérieur du meuble était impeccablement rangé. A droite, en pile dans trois compartiments profonds, le linge de corps et les blouses. Le blanc et le rose alternaient avec un bleu clair certainement bon teint. Deux poches de toile cirée à carreaux rouges et verts pendues près des casiers à linge sur la face interne du battant de porte renfermaient en haut les bas reprisés, en bas les bas affectés de mailles filées. Comparés aux bas que Maria recevait en cadeau de son patron et ami, les tricots contenus dans les sacs me parurent plus épais et plus solides sans être moins fins. Dans la partie spacieuse de l'armoire, à gauche, étaient suspendus à des cintres des costumes d'infirmière mats, amidonnés, luisants. Dans le casier à chapeaux, au-dessus, s'alignaient, périssables, réservées au contact d'une main prévenante, les petites coiffes d'infirmière, d'une sobre beauté. Je ne jetai qu'un bref regard aux vêtements civils ; le choix facile et le bon marché me confirmèrent dans mon espoir inavoué : sœur Dorothée n'accordait qu'un médiocre intérêt à cette partie de son trousseau. De même les trois ou quatre couvre-chefs en forme de pots de fleurs qui pendaient négligemment l'un sur l'autre et écrasaient mutuellement leurs burlesques imitations de fleurs à côté des coiffes, me firent-il dans l'ensemble l'effet d'un gâteau raté. Toujours dans le casier à chapeaux, une maigre douzaine de livres à dos de couleur se serrait contre une boîte à chaussures pleine de restes de laine.

Oscar mit la tête en biais et dut se rapprocher pour lire les titres. Avec un sourire indulgent je constatai, tout en remettant ma tête à la verticale, que la brave sœur Dorothée lisait des romans policiers. Mais suffit pour la partie civile de l'armoire. Attiré à proximité par les livres, je gardai cet emplacement favorable. Plus encore, je me penchai à l'intérieur et je dus réprimer un désir toujours grandissant de pouvoir en être, d'être contenu par l'armoire à laquelle sœur Dorothée confiait une part appréciable de son aspect extérieur.

Je dus pousser de côté les pratiques souliers sport qui, sur la planche inférieure, attendaient, bien astiqués, de sortir sur leurs talons plats. Comme par un fait exprès, l'armoire était rangée de telle sorte qu'Oscar pouvait s'y asseoir sur ses talons, les genoux remontés, sans froisser aucun vêtement ; la place était suffisante, l'abri douillet. Je m'y introduisis, car je m'en promettais beaucoup.

Mais je ne trouvai pas d'emblée la concentration. Oscar se sentait observé par le mobilier et l'ampoule de la chambre. Pour donner à mon séjour un tour plus intime, je tentai de refermer les portes. Il y eut des difficultés ; les verrous des portes étaient usés et permettaient aux portes de bâiller du haut ; il passait de la lumière, pas assez cependant pour me déranger. En revanche l'odeur s'accrut ; une odeur de vieux, de propreté ; non plus une odeur de vinaigre, mais une odeur pénétrante de produits antimites ; une bonne odeur.

Oscar appuya le front au premier vêtement professionnel de sœur Dorothée, un tablier à manches qui fermait au cou. Aussitôt il retrouva toutes les salles de garde ouvertes. Ma main droite, à la recherche d'un appui, saisit derrière moi quelque chose au-delà des vêtements civils et, sans lâcher l'objet lisse et souple qu'elle venait de happer au hasard, trouva enfin un liteau de bois saillant cloué horizontalement et bloquant le fond de l'armoire. Oscar avait déjà ramené sa main sur sa droite ; il aurait pu être satisfait ; alors je me montrai ce que j'avais saisi derrière moi.

Je vis une ceinture de cuir verni noir, mais dans ces demi-ténèbres elle me parut grise. Ç'aurait pu être une autre chose grise et lisse, allongée, que j'avais vue sur le môle de Neufahrwasser : ma pauvre mère en manteau de demi-saison bleu marine à applications framboise, Matzerath en paletot, Jan Bronski avec son collet de velours ; au béret marin d'Oscar le ruban marqué « SMS Seydlitz » ; le paletot et le col bondissaient devant moi et maman que gênaient ses talons hauts. Au bout des pierres se dressait le sémaphore au bas duquel était assis un pêcheur muni d'une corde à linge et d'un sac à pommes de terre plein de sel et qui remuait. Nous voulions savoir ce qui était dans le sac et pourquoi l'homme trempait une corde à linge ; mais le type de Neufahrwasser ou de Brösen rit et cracha une chique brune dans l'eau où elle resta longtemps à se balancer sur place, jusqu'à ce qu'une mouette l'emportât. Une mouette emporte tout ; ce n'est pas une douce colombe, pas une infirmière.

Ce serait trop simple si l'on pouvait ramasser dans un chapeau toute blancheur, la mettre dans une armoire. On pourrait dire la même chose du noir. En ce temps-là, je n'avais pas peur de la Sorcière Noire. Je pouvais rester sans crainte dans une armoire ou ailleurs, sur le môle de Neufahrwasser.

Ici, je tenais la ceinture vernie ; là-bas je tenais autre chose de noir et de glissant qui n'était pas une ceinture, et je cherchais une comparaison. Je songeais à la Sorcière Noire mais en ce temps-là cela ne me donnait pas la chair de poule. Ce fut le Vendredi-Saint que nous allâmes à Brösen et aboutîmes sur le môle. Et quand le type ramena sa ligne et fit claquer sur les pierres la tête de cheval, maman blêmit. De petites anguilles vert de mer tombèrent de la crinière, et il extirpa du cadavre, comme des vis, les plus grandes, les plus sombres. Et quelqu'un creva un lit de plumes, et les mouettes arrivèrent parce qu'à deux ou trois les mouettes viennent à bout d'une petite anguille ; une grosse, c'est plus dur.

Le gars mit un bout de bois entre les dents du cheval ; et il fourra dans la gueule un bras poilu et fouilla, et encore, comme je l'avais fait dans l'armoire. Il en tira quelque chose qui ressemblait à une ceinture de cuir verni ; puis il en sortit deux d'un coup et les fit tourbillonner dans l'air avant de les assommer sur les pierres ; jusqu'à ce que le petit déjeuner de ma mère lui remontât aux dents : café au lait, blanc et jaune d'œuf, un peu de marmelade et des grumeaux de pain blanc ; si copieux que les mouettes se mirent en biais pour descendre d'un étage, les pattes écartées.

Sans parler des cris et de l'œil mauvais. C'est connu, les mouettes ont le regard méchant. Jan Bronski avait peur des mouettes et tenait ses deux mains sur ses yeux bleus chavirés. Pas moyen de les chasser ; elles n'écoutaient pas mon tambour ;

elles avalaient tandis qu'avec une fureur sacrée j'improvisais maints rythmes nouveaux.

Quant à maman, tout lui était égal. Elle ahanait, mais rien ne venait plus, car elle ne mangeait pas beaucoup afin de devenir mince. C'est pourquoi elle allait deux fois par semaine à la gymnastique de l'Organisation féminine ; en vain, parce qu'elle mangeait en cachette.

Quand l'homme extirpait une anguille, elle était couverte de granules blancs, parce qu'elle avait fouillé le cerveau du cheval. Mais aussitôt elle était brandie, assommée, et la semoule tombait. Alors l'anguille montrait son vernis, luisait comme une ceinture vernie telle que sœur Dorothée, en civil, en portait une, à ses jours de sortie.

Nous rentrâmes chez nous. Matzerath aurait voulu attendre le bateau finnois de dix-huit cents tonnes. Le type laissa la tête de cheval sur le môle. Ce cheval noir se couvrit instantanément de blancheur et de cris.

C'était un nuage de cris, un nuage de mouettes ; on ne voyait plus le cheval ; ça valait mieux, mais on savait ce qui était derrière ce nuage de folie blanche.

Le finlandais chargé de bois apportait une autre diversion ; mais il était rouillé comme la grille du cimetière de Saspe.

Ma pauvre maman ne regardait rien. Elle avait son compte. Avant, elle jouait sur notre piano et chantait « Petite mouette, vole vers Helgoland ! ». Elle ne le chanta jamais plus, ni autre chose.

D'abord elle ne voulut plus manger de poisson ; puis elle se mit à en manger, du très gras, jusqu'à n'en vouloir plus, de l'anguille et de la vie.

Surtout elle en avait assez des hommes, peut-être assez d'Oscar ; en tout cas, elle qui avait été si gloutonne, elle se montra soudain réservée, sobre, et se fit ensevelir à Brenntau.

Je tiens ça d'elle : vouloir m'assouvir et devoir m'accommoder du néant. M'assouvir sur Dorothée et devoir me passer d'elle. Je ne l'avais jamais vue, et sa ceinture vernie me plaisait médiocrement. Pourtant je ne pouvais me détacher de ce fétiche qui n'obéissait plus, qui devenait multiple. De ma main libre, je déboutonnai ma braguette pour retrouver l'image de sœur

Dorothée qu'avaient brouillée les anguilles et le bateau finlandais.

Petit à petit, Oscar s'éloigna du môle. La blancheur des mouettes le conduisit au monde blanc où régnait sœur Dorothée, cette moitié d'armoire qui logeait ses vêtements vides et encore séduisants. Quand enfin je la vis nettement et crus reconnaître quelques détails de son visage, soudain, avec un cri cacophonique, les battants de l'armoire s'ouvrirent, une clarté brusque m'éblouit, et Oscar dut à grand-peine éviter de souiller le tablier à manches de sœur Dorothée.

Pour ménager une transition, je battis par jeu quelques mesures de tambour contre la paroi du fond — ce que je n'avais pas fait depuis des années. Je quittai l'armoire et m'assurai de sa propreté : non, je n'avais rien à me reprocher. La ceinture vernie avait encore son éclat, sauf quelques places mates qu'il fallait frotter après avoir soufflé dessus ; ensuite la ceinture évoquait à nouveau les anguilles qu'en ma prime jeunesse on prenait sur le môle de Neufahrwasser.

Je, c'est-à-dire Oscar sortit de la chambre de sœur Dorothée en ôtant le courant à l'ampoule de quarante watts qui m'avait regardé pendant toute ma visite.

Klepp

J'étais donc dans le corridor, ayant dans mon portefeuille un amas de cheveux blond fauve. Une seconde, je tâtai laborieusement la mèche à travers le cuir, la doublure, le gilet, la chemise et le tricot, mais j'étais trop fatigué ; ce genre morose d'autosatisfaction érotique ne me disposait plus à voir dans ce butin autre chose que le déchet d'un peigne.

Oscar dut reconnaître alors qu'il avait cherché de tout autres indices. Ce que j'avais voulu démontrer pendant mon séjour dans le cabinet de sœur Dorothée, c'était que le Dr Werner devait être identifiable quelque part dans la pièce, fût-ce par une de ses enveloppes de lettres que je connaissais.

Oscar avoue qu'il ôta un par un les romans policiers du compartiment à chapeaux, qu'il les ouvrit, chercha une dédicace ou un signet, voire une photo. Je connaissais la plupart des médecins de l'hôpital, de vue mais pas de nom ; mais je ne trouvai aucun portrait du Dr Werner.

Il n'avait pas l'air de connaître la chambre de sœur Dorothée et, s'il l'avait jamais vue, il n'avait pas réussi à y laisser de traces. Oscar aurait donc eu matière à se réjouir. N'avais-je pas sur le docteur une avance considérable ? L'absence de toute trace n'apportait-elle pas la preuve que les relations entre le médecin et l'infirmière n'existaient qu'à l'hôpital, en service ? Si ce n'étaient pas des relations de service, elles ne jouaient donc que dans le sens docteur-infirmière ?

La jalousie d'Oscar se cherchait un motif. S'il est vrai que la moindre trace du Dr Werner m'aurait donné un choc fort, j'en aurais éprouvé une satisfaction aussi forte, imcomparablement supérieure à ma petite aventure brève dans l'armoire.

Je ne sais plus comment je regagnai ma chambre. Pourtant je me souviens d'avoir entendu, derrière la porte qui au bout du corridor fermait la chambre d'un certain M. Münzer, une toux artificielle qui s'efforçait de retenir l'attention. Que m'importait ce M. Münzer ? N'avais-je pas mon compte avec la sous-locataire du Hérisson ? Qu'est-ce qui pouvait se cacher derrière un nom pareil ? Fallait-il m'imposer un second fardeau ? Oscar ne prit pas garde à la toux engageante ; ou plutôt : je ne compris pas ce qu'on me demandait et ce fut seulement rendu dans ma chambre que je saisis que ce M. Münzer, qui m'était inconnu et indifférent, avait toussé pour m'attirer dans sa chambre.

Pendant un instant je fus peiné, je l'avoue, de n'avoir pas réagi à l'invite de la toux. Ma chambre me parut à la fois si exiguë et si désertique qu'une conversation même extorquée avec ce M. Münzer qui toussait aurait eu pour moi la saveur d'une bonne action. Mais je ne trouvai pas le courage d'établir des relations avec le monsieur qui logeait derrière la porte au fond du corridor. J'aurais pu tousser aussi, mais c'était trop tard. Je me livrai aux inflexibles angles droits de ma chaise de cuisine. Comme chaque fois que je suis assis sur une chaise, une certaine agitation me saisit. Je pris sur mon lit un manuel de médecine que j'avais acquis contre du bon argent et laissai tomber le coûteux bouquin par terre où il se fit des bignes et des plis ; je pris sur la table le tambour, don de Raskolnikoff ; je le tenais, mais je ne pus y porter les baguettes et verser des larmes qui en tombant sur le disque verni blanc m'auraient procuré un soulagement arythmique.

Il y aurait lieu d'amorcer ici un Traité de l'Innocence perdue. Oscar, trois ans, tambour, s'y opposerait à Oscar bossu, silence. Mais cela ne répondrait pas aux faits. Oscar, tambour, a déjà plusieurs fois perdu son innocence, mais il l'a retrouvée ou elle a repoussé. L'innocence est comparable à une mauvaise herbe foisonnante. Songez à toutes les innocentes grand-mères qui furent d'infâmes nourrissons haineux. Non, le petit jeu de ta faute-ma faute ne leva pas Oscar de sa chaise de cuisine ; ce fut plutôt l'amour inspiré par sœur Dorothée qui me commanda de reposer le tambour non tambouriné, de quitter la chambre, le couloir, l'appartement et l'escalier Zeidler pour me rendre à l'Académie des beaux-arts, bien que le Pr Kuchen m'eût convoqué seulement pour la fin de l'après-midi.

Quand je quittai ma chambre d'un pas mal assuré, pris le corridor et ouvris bruyamment, avec lenteur et application, la porte du logement, j'épiai un instant la porte de M. Münzer. Il ne toussa pas. Confus, écœuré, satisfait et affamé, las de la vie et assoiffé de vivre, souriant par-ci, près de pleurer par-là, je quittai le logement, puis la maison de la Jülicher Strasse.

Peu de jours après, je mis en œuvre un plan dûment prémédité qu'à force de le rejeter, j'avais préparé en détail. Ce jour-là, je n'avais rien à faire de la matinée. A trois heures seulement Oscar et Ulla devaient poser pour le peintre Raskolnikoff. Il en avait, des idées ! Je serais Ulysse qui, à son retour, offre sa bosse à Pénélope. En vain j'essayais de détourner l'artiste de cette idée. A cette époque, il pillait avec succès les dieux et les demi-dieux. Ulla se sentait à l'aise dans la mythologie. Alors je cédai. Je fus Vulcain, Pluton avec Proserpine et finalement, cet après-midi-là, je devais me faire peindre en Ulysse. Mais l'important pour moi est de relater la matinée. Oscar ne vous décrira donc pas à quoi la muse Ulla ressemblait en Pénélope. Disons : le silence régnait dans le logement

Zeidler. Le Hérisson était en voyage d'affaires avec ses mécaniques à couper les poils ; sœur Dorothée était de service de jour, donc elle était partie dès six heures ; Mme Zeidler était encore couchée quand juste après huit heures le courrier fut distribué.

Aussitôt j'inspectai les envois. Il n'y avait rien pour moi — la lettre de Maria datait de deux jours seulement — mais au premier coup d'œil je découvris une enveloppe postée de la ville qui portait, bien reconnaissable, l'écriture du Dr Werner.

Je commençai par remettre cette lettre avec les autres envois destinés à M. Münzer et aux Zeidler. Je rentrai dans ma chambre et attendis que la femme Zeidler eût gagné le couloir, porté sa lettre au sous-locataire Münzer, puis retrouvé la cuisine, sa chambre à coucher. A peine dix minutes plus tard, elle quittait le logement, la maison, car son travail commençait à neuf heures dans les bureaux de chez Mannesmann.

Par précaution, Oscar attendit, enfila ses vêtements avec une lenteur marquée, se nettoya les ongles en observant un calme apparent ; enfin il se résolut à l'action. J'allai à la cuisine et mis sur le plus grand brûleur du réchaud à gaz une casserole d'aluminium pleine d'eau. Je mis d'abord le brûleur à fond ; puis dès que la vapeur se dégagea je tournai le robinet pour mettre le plus petit feu. Gardant avec soin mes idées à proximité de l'action entreprise, je fus en deux pas devant la chambre de sœur Dorothée et ramassai la lettre que la Zeidler avait glissée à moitié sous la porte dépolie. De retour dans la cuisine, je tins avec précaution le verso de l'enveloppe au-dessus de la vapeur jusqu'à ce que je pusse l'ouvrir sans l'endommager. Bien entendu, Oscar avait éteint le gaz avant d'oser tenir au-dessus de la casserole la lettre du Dr E. Werner.

Je ne lus pas la missive du médecin dans la cuisine, mais étendu sur mon lit. J'éprouvai d'abord quelque déception. Ni l'apostrophe initiale ni la fioriture finale ne révélaient rien des relations existant entre le médecin et l'infirmière : « Chère Mademoiselle Dorothée ! » et : « Votre dévoué Erich Werner. »

A la lecture je ne pus pas découvrir un seul mot nettement tendre. Werner regrettait de n'avoir pu parler à sœur Dorothée la veille, bien qu'il l'eût aperçue devant la porte de la clinique privée Hommes. Pour des raisons que le Dr Werner ne s'expliquait pas, sœur Dorothée fit demi-tour quand elle eut surpris le médecin s'entretenant avec sœur Beata — l'amie de Dorothée, par conséquent. Le médecin Werner demandait seulement une explication ; la conversation avec sœur Beata avait exclusivement trait au service. Comme elle, sœur Dorothée, le savait bien, il s'efforçait toujours de garder ses distances avec cette Beata qui ne se contrôlait pas parfaitement. Que cela ne fût pas facile, Dorothée devait le comprendre, car elle connaissait Beata ; cette dernière étalait souvent sans retenue des sentiments auxquels lui, Werner, ne répondait jamais. La dernière phrase de la lettre était ainsi conçue : « Croyez, je vous prie, que la possibilité de me parler vous est à tout moment offerte. » En dépit du ton formaliste, froid, de l'arrogance même de ces lignes, il ne me fut pas difficile de démasquer le style épistolaire du Dr E. Werner et de voir en cette lettre ce qu'elle voulait être : une ardente lettre d'amour.

Mécaniquement, sans aucune précaution, je remis la feuille dans l'enveloppe, humectai de ma langue la gomme que peut-être le Dr Werner avait léchée, et me mis à rire. Un instant plus tard, toujours hilare, je tapotais alternativement, de ma main à plat, mon front et mon occiput ; puis, tout en continuant ce manège, je pus mettre la main sur la poignée de ma porte, l'ouvrir, gagner le couloir et glisser la lettre à demi sous la porte peinte en gris et vitrée de lait qui fermait les appartements de sœur Dorothée.

J'étais encore à croupetons avec un ou deux doigts sur la lettre quand, de la chambre à l'autre bout du corridor me parvint la voix de M. Münzer. Je compris chaque mot de son appel qu'il lança lentement comme une dictée : « Ah, cher monsieur, voudriez-vous, s'il vous plaît, m'apporter un peu d'eau ? »

Dressant l'oreille, je pensai que l'homme devait être malade. Mais je m'avisai instantanément que l'homme derrière la porte n'était pas malade et qu'Oscar se persuadait de cet état morbide à seule fin d'avoir quelque motif d'apporter de l'eau ; en effet un simple appel sans aucune justification ne m'aurait jamais attiré dans la chambre d'un inconnu.

D'abord, je voulus apporter l'eau encore tiède qui était dans la casserole d'aluminium. Mais je vidai sur l'évier cette eau usée, je fis cascader de la fraîche et portai la casserole devant la porte derrière laquelle créchait le M. Münzer dont la voix avait besoin de moi et d'eau, ou peut-être d'eau seulement.

Oscar frappa, entra et se heurta d'emblée à l'odeur si caractéristique de Klepp. Si je qualifie cette émanation d'aigrelette, je passe sous silence son épaisseur douceâtre. Par exemple, l'air qui environnait Klepp n'avait rien de commun avec l'atmosphère acétique de la chambre d'infirmière. Aigre-doux serait également impropre. Ce M. Münzer ou Klepp, comme je le nomme aujourd'hui, un homme empâté, paresseux, non dépourvu cependant de mobilité, légèrement suant, superstitieux, pas lavé mais non pas clochard, ce flûtiste et clarinettiste de jazz toujours retenu de mourir par quelque empêchement, avait l'odeur d'un cadavre qui ne cesserait pas de fumer des cigarettes, de sucer des pastilles de menthe et d'exhaler des relents d'ail. C'est ce qu'il sentait déjà jadis, ce qu'il sent aujourd'hui. Il porte avec lui la joie de vivre et le sens de la mort et m'en inonde aux jours de visite. Cela contraint Bruno, après son départ circonstancié et annonciateur d'un revoir, à ouvrir largement porte et fenêtre pour organiser un courant d'air.

Aujourd'hui Oscar est grabataire. En ce temps-là, dans le logement Zeidler, je trouvai Klepp dans les restes d'un lit. Il pourrissait de fort bonne humeur, tenait à portée de sa main un réchaud à alcool de style ancien et d'aspect tout à fait baroque, une bonne douzaine de paquets de spaghetti, des boîtes d'huile d'olive, de la sauce tomate en tube, du sel en grumeaux moites sur un papier journal et une caisse de bière en bouteilles qui, je devais l'apprendre, était tiède. Il urinait, couché, dans les bouteilles à bière ; ensuite il refermait, comme il m'en informa en confidence moins d'une heure après, les récipients verdâtres, la plupart remplis jusqu'au goulot, et dont la capacité répondait à la sienne ; il les rangeait à part, strictement séparés afin d'éviter, quand il avait soif de bière, toute confusion avec les bouteilles qui étaient encore à bière au sens propre. Il avait l'eau courante dans sa chambre ; avec un peu d'initiative il aurait pu faire pipi dans le lavabo, mais il était trop paresseux ou, pour mieux dire, trop empêché par lui-même de se lever pour quitter un lit si péniblement fait à son corps et pour aller chercher de l'eau fraîche dans sa casserole à spaghetti.

Comme Klepp, je veux dire M. Münzer, prenait la précaution de faire bouillir les pâtes dans la même eau — bouillon recuit, de plus en plus glaireux, qu'il conservait comme la prunelle de ses yeux — il parvenait, soutenu par le stock de bouteilles à bière vides, à garder le lit fréquemment plus de quatre jours d'affilée. Le point critique intervenait quand le bouillon des spaghetti s'était réduit à un résidu de saumure gluante. Certes, Klepp aurait pu alors se consacrer au jeûne. Mais les bases idéologiques de cet exercice lui faisaient encore défaut. D'ailleurs, son ascèse était calculée par périodes de quatre à cinq jours ; sinon Mme Zeidler, qui lui apportait le courrier, ou bien une casserole à spaghetti plus grande et un réservoir d'eau assorti au stock de spaghetti, auraient pu le rendre encore plus indépendant de son milieu.

Quand Oscar viola le secret postal, Klepp gisait dans son lit depuis cinq jours, indépendant : avec le résidu de son eau de nouilles, il aurait pu coller des affiches sur des colonnes Litfass. C'est alors qu'il entendit mon pas irrésolu dans le couloir. Après que l'expérience lui eut appris qu'Oscar ne réagissait pas à des accès truqués de toux provocante, il s'efforça, le jour où je lus la lettre froidement passionnée du Dr Werner, de prononcer : « Ah ! cher monsieur, voudriez-vous, s'il vous plaît, m'apporter un peu d'eau ? »

Et je pris la casserole, vidai l'eau tiède, tournai le robinet et le laissai bruire jusqu'à mi-hauteur de la casserole ; encore une giclée, et je lui apportai de l'eau fraîche comme un cher monsieur que j'étais, comme il l'avait supposé. Je me présentai, me nommai Matzerath, marbrier en lettres.

Pareillement poli, il éleva son buste de quelques degrés et se nomma : Egon Münzer, musicien de jazz ; mais il me pria de l'appeler Klepp, car son père s'appelait déjà Münzer. Je compris trop bien son désir. Je préférais me nommer Koljaiczek ou simplement Oscar, et ne portais que par humilité le nom de Matzerath ; rarement je me décidais à me nommer Oscar Bronski. Il me coûta donc peu d'appeler simplement et directement Klepp ce gros jeune homme couché — trente ans à vue d'œil, mais il était plus jeune. Il m'appela Oscar, parce que le nom de Koljaiczek était trop difficile.

Nous nous répandîmes dans une conversation à laquelle nous nous efforçâmes initialement de garder un libre tour. Nous effleurâmes les sujets les plus légers. Je voulus savoir s'il tenait notre destin pour immuable. Il le tenait pour cela. S'il était d'avis que tous les hommes devaient mourir ? Il tenait pour certaine la mort finale de tous les hommes, mais n'était pas sûr que tous les hommes dussent naître. Il parlait de lui comme d'une naissance survenue par erreur, et Oscar se sentit avec lui une parenté nouvelle. Tous deux, nous croyions également au ciel. Cependant, quand il disait ciel, il faisait entendre un rire légèrement crasseux et se grattait sous sa couverture : on aurait dit que M. Klepp de son vivant songeait déjà aux obscénités qu'il ferait dans le ciel. Quand nous vînmes à parler de politique, il se passionna presque et me nomma plus de trois cents maisons princières d'Allemagne auxquelles il voulait donner sur-le-champ la dignité, la couronne et le pouvoir ; il attribuait à l'Empire britannique la région de Hanovre. Quand je lui demandai ce qu'il pensait de l'ancienne Ville libre de Danzig, il ne savait malheureusement pas où c'était ; mais il proposa d'y mettre un comte du pays de Berg qui, selon lui, descendait en ligne directe de Jan Wellem ; cela suffirait pour cette petite ville qu'il regrettait de ne pas connaître. Enfin — nous tendions précisément à définir la notion de vérité, et nous étions en bonne voie — grâce à d'habiles questions à côté j'appris que M. Klepp payait déjà depuis trois ans un sous-loyer à Zeidler. Nous déplorâmes de n'avoir pu nous connaître plus tôt. J'en imputai la faute au Hérisson qui ne m'avait pas suffisamment informé — de même qu'il n'avait pas eu l'idée de me confier, relativement à l'infirmière, autre chose que cette pauvre indication : là, derrière la porte à vitre dépolie, habite une infirmière.

Oscar prit garde de ne pas importuner M. Münzer ou Klepp du récit de ses ennuis. Je ne demandai donc aucun détail sur l'infirmière, mais je me préoccupai en premier lieu de lui : « A propos de santé, dis-je, n'êtes-vous pas bien portant ? »

Klepp souleva de nouveau son buste de quelques degrés.

Quand il se rendit compte qu'il n'arriverait pas à former un angle droit, il se laissa retomber en arrière et m'informa qu'il restait couché pour savoir si, à la fin, il se portait bien, moyennement ou mal. D'ici quelques semaines il espérait avoir reconnu qu'il se portait moyennement.

Alors se produisit l'événement que je redoutais et avais tâché d'empêcher par une conversation longue et ramifiée. « Ah, cher monsieur, s'il vous plaît, mangez donc avec moi une portion de spaghetti. » Nous mangeâmes donc des spaghetti bouillis dans l'eau fraîche que j'avais apportée. Après s'être tourné sur le côté, Klepp fit sa cuisine sans un mot, avec la sûreté de gestes d'un somnambule. Il versa l'eau avec précaution dans une grande boîte de conserve puis, sans modifier notablement la position de son buste, il plongea la main sous le lit, en tira une assiette huileuse encroûtée de sauce tomate résiduelle, parut un instant indécis, harponna de nouveau quelque chose sous le lit, exhiba un papier journal roulé en boule, en essuya l'assiette d'un geste circulaire, puis fit à nouveau disparaître le papier sous le lit, souffla sur le disque graisseux comme s'il voulait en ôter un dernier grain de poussière et, d'un geste empreint d'une quasi-noblesse, me tendit la plus sordide des assiettes en priant Oscar de se servir largement.

« Après vous », dis-je, pour l'inviter à commencer. Après m'avoir muni d'un méchant couvert qui collait aux doigts, il entassa sur mon assiette avec une cuiller à soupe et une fourchette une forte part de spaghetti, fit, en dessinant des arabesques, avec des gestes précieux, jaillir un long ver de sauce tomate sur l'amas viscéral, y mit une bonne dose d'huile en boîte, accommoda pareillement la casserole, secoua du poivre sur les deux portions, effectua le mélange de sa part et m'invita du regard à préparer identiquement mon repas. « Ah, cher monsieur, pardonnez-moi de n'avoir pas chez moi de parmesan râpé. Je vous souhaite cependant un bon appétit. Ainsi soit-il. »

Jusqu'à ce jour, Oscar n'a pu comprendre comment il eut alors l'affreux courage de manier cuiller et fourchette. Par miracle, ce mets me parut succulent. Ces spaghetti à la Klepp devinrent même pour moi un étalon gastronomique que de ce jour j'appliquai à quelque menu qui me fût servi.

Pendant le manger, je trouvai le loisir d'expertiser en détail et discrètement la chambre du grabataire. L'attraction de la pièce était un trou de cheminée ouvert, circulaire, juste sous le plafond ; il soufflait comme une haleine noire. Dehors, devant les deux fenêtres, l'air était venteux. En tout cas c'étaient apparemment des coups de vent qui, par le conduit de fumée, pulvérisaient dans la chambre de Klepp des nuages de suie. Ils se déposaient, funèbres, sur le mobilier. Comme tout le mobilier, à l'exception de quelques rouleaux de tapis de provenance zeidlérienne dûment recouverts de papier d'emballage, se composait du seul lit, on pouvait l'affirmer avec assurance : dans cette chambre, rien ne pouvait être plus noirci que le drap de lit jadis blanc, l'oreiller où reposait la tête de Klepp, et une serviette de toilette que le grabataire s'étalait sur le visage quand un coup de vent déléguait dans la pièce un nuage de suie.

Comme celles de la salle de séjour-chambre à coucher des Zeidler, les deux fenêtres de la pièce donnaient sur la Jülicher Strasse, sur le feuillage vert grisâtre du marronnier préposé à la façade de l'immeuble. Seul ornement : entre les fenêtres, fixé avec deux punaises, le portrait en couleurs, emprunté à quelque illustré, d'Elisabeth d'Angleterre. Sous le portrait, pendue à un piton, une cornemuse dont le motif écossais se distinguait encore à peine sous le culottage de suie. Tandis que je regardais la photo en songeant moins à Elisabeth et à son Philip qu'à Dorothée balancée entre Oscar et le Dr Werner, Klepp m'expliqua qu'il était un partisan enthousiaste et féal de la Maison royale d'Angleterre. C'est pourquoi il avait pris des leçons de cornemuse avec les pipers d'un régiment écossais de l'armée d'occupation, d'autant qu'Elisabeth était colonelle de ce régiment ; il l'avait vue aux actualités, en jupette écossaise à carreaux de haut en bas, passer ce régiment en revue.

Chose curieuse, j'eus un relent de catholicisme. Je révoquai en doute que l'Elisabeth pût s'entendre à la musique de cornemuse, insinuai quelques remarques touchant la misérable fin de Marie Stuart, bref Oscar fit savoir à Klepp qu'il tenait Elisabeth pour piètre musicienne.

Je me serais attendu à une explosion de royalisme. Mais il

sourit d'un air supérieur et me requit de fournir une déclaration qui pût le convaincre qu'on pouvait faire confiance au petit homme — ainsi me nomma le gros — en matière de musique.

Longuement, Oscar regarda Klepp. Il m'avait touché à une fibre qu'il ignorait. L'étincelle jaillit de ma tête à ma bosse. C'était comme un Jugement Dernier de mes vieux tambours démolis. Les mille ferrailles que j'avais jetées, et l'instrument qui gisait au cimetière de Saspe ressuscitèrent, se dressèrent à nouveau, célébrèrent leur résurrection totale. Je les entendis, ils m'emplirent la tête, m'entraînèrent à quitter la chambre après avoir demandé à Klepp de m'excuser un instant. Je filai par le corridor, passai en flèche devant la porte au vitrage laiteux — le rectangle à demi aboli de la lettre gisait toujours sur le plancher —, me lançai dans ma chambre où m'attendait le tambour que m'avait donné le peintre Raskolnikoff quand il peignait la Madone 49.

Et je pris le tambour. Je l'avais en main avec les deux baguettes, je me retournai ou fus retourné. Je quittai ma chambre, dépassai d'un bond le cabinet maudit, rentrai comme le survivant d'une longue odyssée dans la cuisine à spaghetti de Klepp. Je m'assis sur le bord du lit sans faire de manières, mis bien en place mon instrument blanc et rouge, fis jouer dans l'air mes baguettes. De prime abord, je fus un peu embarrassé et ne regardai pas en face l'ahurissement de Klepp. Puis, comme par hasard, je laissai une des baguettes tomber sur la tôle, ah ! et la tôle répondit, et aussitôt suivit la seconde baguette. Et je commençai à jouer du tambour en suivant l'ordre : au commencement était le commencement.

Le papillon entre les ampoules annonçait ma naissance à son de tambour.

L'escalier de la cave, dix-neuf marches, plan, plan, plan ; ma chute quand fut célébré, légendaire, mon troisième anniversaire.

L'emploi du temps de l'école Pestalozzi ; à l'endroit, rataplan ; à l'envers, plan-rata.

La tour de Justice, planplan, planplan.

J'installai mon tambour sous les tréteaux de la politique.

Anguilles, mouettes, tapis tapés du Vendredi-Saint.

Le cercueil de ma pauvre mère ; j'étais assis dessus ; il se terminait en pointe. Tambour voilé.

Le dos d'Herbert Truczinski.

Quand je pris pour thème la défense de la poste polonaise de la place Hévélius — tactactactac, pan pan — je remarquai de loin un mouvement au chevet du lit et, du coin de l'œil, je vis que Klepp s'était redressé. Il tira sous son oreiller une ridicule flûte de bois, la mit à ses lèvres et produisit des sons à ce point suaves, surnaturels, si conformes au jeu de mon tambour que je pus le conduire au cimetière de Saspe et le présenter à Leo Schugger. Quand ce dernier eut achevé son pas de danse, je fis mousser pour Klepp et avec Klepp la poudre effervescente de mon premier amour ; je le conduisis jusque dans la jungle de Mme Lina Greff ; je fis ronfler la machine à tambouriner de Greff-légumes qui pesait soixante-quinze kilos ; j'emmenai Klepp au Théâtre des armées avec la tournée Bebra. Jésus parla par l'organe de mon tambour ; Störtebeker et tous les Tanneurs sautèrent du plongeoir — Lucie était assise en bas —, je permis aux fourmis et aux Russes d'occuper mon tambour. Mais je ne conduisis pas Klepp une fois encore au cimetière de Saspe où j'avais jeté mon tambour dans la tombe de Matzerath ; j'attaquai mon grand thème qui ne veut jamais finir :

Les champs de pommes de terre kachoubes, une pluie d'octobre ; ma grand-mère assise dans ses quatre jupes. Le cœur d'Oscar faillit se briser quand la flûte de Klepp fit ruisseler la pluie d'octobre, quand sous la pluie la flûte de Klepp sut retrouver sous quatre jupes mon grand-père l'incendiaire Joseph Koljaiczek, quand la même flûte célébra et démontra l'engendrement de ma pauvre mère.

Nous jouâmes plusieurs heures. Quand nous eûmes fait suffisamment de variations sur la fuite de mon grand-père le long des trains de bois, nous mîmes fin au concert en évoquant, par un hymne, la possibilité que l'incendiaire disparu pût être le héros d'un merveilleux sauvetage. Nous étions un peu las, mais heureux.

Klepp étrangla dans sa flûte la dernière note et jaillit de son lit creusé en baignoire. Des relents de cadavre le suivirent. Mais il ouvrit les fenêtres toutes grandes, obtura le conduit à fumée avec un papier journal, déchira le portrait en couleurs d'Elisabeth d'Angleterre, déclara close l'ère royaliste. Il fit jaillir l'eau dans le lavabo : il se lava. Klepp se lavait ; Klepp se mettait à se laver ; il lavait tout ; ce n'était plus un lavage, c'était un lavement ; et quand lavé, il quitta l'eau, que gros, ruisselant, nu et près d'éclater il fut debout devant moi, le sexe pendant vilainement de travers, quand il me prit à bras tendus — Oscar ne pesait pas lourd, il est resté léger —, quand, alors, il éclata d'un rire qui sauta jusqu'au plafond, alors je compris que le tambour d'Oscar n'était pas ressuscité seul. Klepp était aussi un autre Lazare — et nous échangeâmes des congratulations et nous baisâmes sur les joues.

Le même jour — nous sortîmes vers le soir pour boire de la bière et manger du boudin aux oignons — Klepp me proposa de fonder avec lui un orchestre de jazz. Je demandai le temps de la réflexion ; mais Oscar avait déjà décidé non seulement de renoncer à sa profession de tailleur de lettres chez le marbrier Korneff, mais encore à poser avec la muse Ulla ; je deviendrais batteur de jazz.

Sur le tapis de coco

Ainsi Oscar fournit-il à son ami Klepp les motifs de se lever. S'il est vrai que Klepp exultait de joie en sortant de ses draps pestilentiels, qu'il se traita par l'eau du robinet et devint tout à fait l'homme à dire « Hop là ! » et « A nous l'univers ! » aujourd'hui que c'est au tour d'Oscar d'être grabataire je voudrais affirmer ceci : Klepp veut se venger ; il veut me rendre odieux le lit-cage de l'hôpital psychiatrique parce que je lui ai gâché le séjour dans le lit où il cuisait des spaghetti.

Une fois par semaine, je dois m'accommoder de sa visite, de ses tirades optimistes sur le jazz, de ses manifestes musicommunistes. Après avoir été dans son lit un fidèle royaliste partisan de la Maison d'Angleterre, à peine lui avais-je retiré son lit et sa cornemuse élisabéthaine, qu'il devint membre cotisant du parti communiste allemand. Il cultive encore à l'heure présente ce dada illégal en buvant de la bière, en exterminant des boudins, et en prêchant à des bonshommes inoffensifs accoudés à des comptoirs et livrés à l'étude des étiquettes collées sur des bouteilles, les collectivités heureuses d'un jazz-band travaillant à plein temps et d'un kolkhoze soviétique.

Aux rêveurs éveillés s'ouvrent de nos jours peu de possibilités. Une fois brouillé avec son lit, Klepp put devenir tovaritch, et même tovaritch illégal, ce qui rehaussait le charme de la chose. Fan de jazz, telle était sa deuxième confession. Il aurait pu, troisièmement, puisqu'il était baptisé protestant, se convertir au catholicisme.

Il faut laisser à Klepp ceci : il a su garder ouverts les accès de toutes les opinions confessionnelles. Sa prudence, sa lourde chair luisante et son humour qui vit de hasards lui ont fourni une recette astucieuse pour mêler au mythe du jazz les enseignements de Marx. Si, un jour, un prêtre orienté à gauche, genre prêtre-ouvrier, traversait sa route et qu'il entretînt une discothèque riche en musique de Dixieland, on verrait alors un marxiste jazzomane recevoir les sacrements le dimanche et mêler l'odeur corporelle ci-dessus décrite aux émanations d'une cathédrale néo-gothique.

Puisse mon lit me préserver ! Klepp cherche à m'en tirer par de chaudes promesses. Il remet au tribunal mémoire sur mémoire, il collabore avec mon avocat, réclame la révision du procès : il veut l'acquittement d'Oscar, la liberté d'Oscar — Libérez Os-car ! — pour l'unique raison qu'il ne veut pas me laisser mon lit !

Cependant je ne regrette pas d'avoir transformé l'ami gisant, sous-locataire de Zeidler, en un ami debout, piétinant, courant même parfois. En dehors des heures pensives que je consacrais à sœur Dorothée, ma vie privée était devenue sans souci. « Hello, Klepp ! » disais-je en lui tapant sur l'épaule, « fondons un jazz-band ! » Et il caressait ma bosse qu'il aimait presque à l'égal de son ventre. « Oscar et moi fondons un jazz-band », proclamait-il au monde. « Il ne nous manque plus qu'un bon guitariste qui sache aussi le banjo. »

En effet, il faut ajouter au tambour et à la flûte un second instrument mélodique. Une contrebasse à cordes pincées, d'un point de vue purement optique, n'aurait pas été mal non plus, mais il était déjà difficile alors de trouver un contrebassiste ; c'est pourquoi nous nous appliquions à chercher le guitariste qui nous manquait. Nous allions beaucoup au cinéma. Nous nous faisions, comme je le relatais au début, photographier deux fois par semaine ; nous faisions toutes sortes d'âneries avec les photos d'identité en prenant de la bière et du boudin aux oignons. C'est alors que Klepp connut Ilse la rousse, lui donna, trop à la légère, une photo et dut pour ce seul motif l'épouser. Seulement, nous ne trouvions pas de guitariste.

Grâce à mes occupations de modèle, je connaissais bien la Vieille-Ville de Düsseldorf, ses vitrages en culs de bouteille, son odeur de moutarde, de fromage et de bière, sa bamboche rhénane ; mais il me fallut pour la bien connaître la voir en compagnie de Klepp. Nous cherchâmes le guitariste aux alentours de l'église Saint-Lambert, dans tous les bistrots et surtout dans la Ratinger Strasse, à la « Licorne » où Bobby faisait la musique de danse. Parfois il nous incorporait à sa formation avec flûte et tambour ; et il s'inclinait devant mon instrument, bien qu'il fût lui-même un excellent batteur en dépit d'un doigt en moins à la main droite.

Si nous ne trouvâmes pas de guitariste à la « Licorne », j'y acquis du moins quelque routine. J'avais déjà mon expérience du Théâtre aux armées ; j'aurais pu en fort peu de temps faire un batteur passable si, à l'occasion, sœur Dorothée ne m'avait pas massacré mon inspiration.

La moitié de mes pensées restait près d'elle. Ç'aurait été encore acceptable, si l'autre moitié était restée au complet à proximité de mon instrument. Mais voici ce qui en était : une pensée commençait au tambour et s'achevait à la broche marquée de la Croix-Rouge que portait sœur Dorothée. Klepp, qui s'entendait magistralement à couvrir mes couacs avec sa flûte, était toujours soucieux quand il me voyait ainsi perdu pour moitié dans mes pensées : « Tu as faim, peut-être ? Dois-je commander du boudin ? »

Klepp flairait derrière le mal de ce monde une fringale ; c'est pourquoi il croyait pouvoir guérir toute souffrance à l'aide d'une portion de boudin. En ce temps-là, Oscar mangeait force boudin frais sauté aux oignons et buvait là-dessus de la bière pour faire croire à son ami Klepp qu'il souffrait de la faim et non pas de sœur Dorothée.

De coutume, nous quittions de très bonne heure le logement Zeidler et prenions le petit déjeuner dans la Vieille-Ville. J'allais à l'Académie seulement quand nous avions besoin d'argent pour le cinéma. Entre-temps, la muse Ulla s'était pour la troisième ou quatrième fois fiancée avec le peintre Lankes ; elle n'était pas sortable, car Lankes recevait alors ses premières grosses commandes d'industriels. Mais la pose sans muse n'amusait pas Oscar ; on recommençait à le croquer, à le rater épouvantablement. Aussi m'adonnai-je totalement à mon ami Klepp. Je ne retrouvais plus le calme auprès de Kurt et de Maria. On y rencontrait tous les soirs, à demeure, son patron, un monsieur marié, le nommé Stenzel.

Un jour de l'automne quarante-neuf que Klepp et moi quittions nos chambres et nous rencontrions dans le corridor sensiblement à la hauteur de la porte vitrée de lait, Zeidler nous interpella de la porte de sa pièce de séjour-dormir qu'il avait entrouverte.

Il poussa devant lui un rouleau étroit mais volumineux de tapis et nous demanda de l'aider à le placer et à le fixer. Le tapis était un chemin de coco mesurant huit mètres vingt. Comme le couloir du logement Zeidler n'avait que sept mètres quarante-cinq de longueur, Klepp et moi dûmes couper les soixante-quinze centimètres d'excédent. Nous le fîmes assis par terre ; le découpage des fibres de coco se révéla un dur travail. Cela fait, le chemin de coco était trop court de deux centimètres. Comme le tapis avait exactement la largeur du corridor, Zeidler nous pria, parce qu'il était censé ne pouvoir guère se pencher, d'unir nos forces pour clouer le tapis sur les planches. Oscar eut l'inspiration de tirer sur le tapis tout en le clouant. Nous arrivâmes ainsi à carotter les deux centimètres, sauf un résidu négligeable. Pour clouer, nous utilisâmes des clous à large tête plate, attendu que les clous à tête étroite n'auraient pas tenu dans le tressage lâche du tapis de coco. Ni Oscar ni Klepp ne s'écrasèrent le pouce. Cependant nous tordîmes quelques clous. Mais la responsabilité en incombait à la qualité des clous : c'était un stock Zeidler datant d'avant la réforme monétaire. Quand le chemin de coco fut pour une moitié fixé aux planches, nous déposâmes nos marteaux en croix l'un sur l'autre et regardâmes Zeidler sans insistance déplacée, mais avec un intérêt expectatif. Il disparut donc dans son séjour-dortoir, revint avec des verres à liqueur de sa réserve et une bouteille de double-six. Nous bûmes à la résistance du coco à l'usure puis nous énonçâmes rétrospectivement, sans insistance, mais plutôt avec un intérêt soutenu que la fibre de coco donne soif. Joie des petits godets : ils recevraient deux fois du double-six avant qu'une colère familière du Hérisson ne les réduisît en verre pilé. Quand Klepp lâcha par mégarde un verre à liqueur vide sur le tapis de coco, il ne fut pas cassé et ne rendit aucun son. Nous décernâmes au coco une louange unanime. Quand Mme Zeidler qui, de la porte du dortoir de séjour, regardait le travail, fit à notre exemple le panégyrique du coco parce que le coco préservait de dommages les verres à liqueur qui tombaient, le Hérisson prit la mouche et prit feu. Il tapa du pied sur la moitié encore libre du tapis de coco, happa les trois verres, disparut avec eux dans le séjour à coucher Zeidler ; nous entendîmes tinter la vitrine — il prenait un supplément de verres, car il n'avait pas son compte avec trois seulement — et tout de suite après Oscar entendit une musique familière : devant son œil intérieur surgit le poêle à feu continu des Zeidler ; huit petits verres gisaient en miettes au pied du poêle, et Zeidler se penchait pour prendre la balayette et la pelle plate afin de ramasser les éclats qu'avait faits le Hérisson. Mme Zeidler demeura sur le pas de la porte quand le bruit de verre cassé se produisit derrière elle. Elle s'intéressait fort à notre ouvrage, d'autant que nous avions en hâte repris nos marteaux quand le Hérisson avait, lui, pris la mouche. Zeidler ne reparut point, mais la bouteille de double-six demeurait. Nous fûmes d'abord un peu gênés de boire au goulot successivement devant Mme Zeidler. Mais elle nous fit un signe de tête amical sans pouvoir nous amener à lui offrir de boire un coup à la bouteille. Nous travaillâmes néanmoins fort proprement ; les clous s'enfonçaient tour à tour dans le tapis de coco. Quand Oscar cloua le tapis devant le cabinet de l'infirmière, les vitres dépolies vibrèrent à chaque coup de marteau. Il en fut douloureusement touché, et dut reposer le marteau le temps de souffrir un instant. Mais à peine eut-il dépassé la porte de sœur Dorothée que derechef il se sentit mieux, et le marteau de même. Comme tout a une fin, le clouage du tapis de coco finit par en avoir une. Les clous alignés couraient d'un angle à l'autre, enfouis jusqu'au cou, affleurant la surface torsadée, tourbillonnée de fibres de coco. Nous déambulâmes complaisamment dans le corridor, dans un sens, puis dans l'autre ; notre ouvrage reçut nos louanges ; puis nous précisâmes qu'il n'était pas facile, à jeun, sans avoir déjeuné du tout, de poser et de clouer un tapis de coco. Nous fîmes si bien que Mme Zeidler s'aventura finalement sur le coco neuf, je dirai même vierge, le traversa pour se rendre à la cuisine, nous versa de l'eau sur du café et nous cassa des œufs dans la poêle. Nous les mangeâmes dans ma chambre. La femme Zeidler déguerpit ; elle devait aller à son bureau chez Mannesmann. Nous laissâmes ouverte la porte de ma chambre. Quelque peu vannés, tout en mâchant, nous regardions notre œuvre ; le tapis de coco venait à nous comme un fleuve. A quoi bon tant de phrases pour un tapis de coco dont la valeur d'échange n'avait pas survécu à la réforme monétaire ? Oscar répond par anticipation à cette question justifiée : c'est sur ce tapis de coco, la nuit suivante, que pour la première fois je rencontrai sœur Dorothée.

Tard, après minuit, je rentrai plein de bière et de boudin. J'avais laissé Klepp dans la Vieille-Ville. Il cherchait le guitariste. Je trouvai le trou de la serrure, le tapis de coco, trouvai le verre dépoli obscur, trouvai ma chambre et mon lit, le moyen de sortir de mes vêtements, mais je ne trouvai pas mon pyjama, il était à la lessive chez Maria ; en revanche, je trouvai ce morceau de coco long de soixante-quinze centimètres que nous avions retranché du tapis trop long ; je le disposai en descente de lit, retrouvai mon lit, mais ne trouvai pas le sommeil.

Pas besoin de vous raconter à quoi pensa Oscar, ni ce qu'il agita dans sa tête sans y penser quand il ne trouva pas le sommeil. Je crois aujourd'hui avoir trouvé la raison de mon insomnie. Avant de me mettre au lit, j'avais été debout, pieds nus, sur ma descente de lit neuve amputée du tapis. Les fibres de coco s'insinuèrent par mes pieds nus, gagnèrent le système vaso-moteur : même alors que j'étais couché depuis longtemps, je me sentais encore debout sur des fibres de coco. C'est pourquoi je ne pus fermer l'œil; rien n'est plus énervant, insomnifère et plus propice à la réflexion que de se tenir nu-pieds sur une natte en fibre de coco.

Longtemps après minuit, vers trois heures du matin, Oscar, debout et couché, était toujours sans sommeil sur la natte et dans son lit à la fois, quand j'entendis dans le couloir une porte, puis une autre. Ce doit être, pensai-je, Klepp qui rentre au logis sans guitariste, mais farci de boudin; mais je savais que ce n'était pas Klepp qui manœuvrait une porte, puis une autre. Suivant le fil de mes pensées, je me dis : si c'est en vain que tu es au lit à sentir sous la plante de tes pieds la fibre de coco, tu feras bien de quitter ce lit et de te mettre debout en bonne et due forme, et non seulement en imagination, sur la natte de coco qui est devant ton lit. Ainsi fit Oscar. Il y eut des suites. A peine étais-je sur la natte que les soixante-quinze centimètres que j'avais sous les pieds me rappelèrent le tapis du corridor, long de sept mètres quarante-trois. Eus-je pitié du fragment amputé, ou bien était-ce que je songeais au retour de Klepp sans y croire ? Oscar se pencha et, comme il n'avait pas trouvé son pyjama, prit deux coins de la descente de lit en fibre de coco, écarta les jambes, mit les pieds nus sur les planches, ramena la natte en avant, la souleva et mit devant son corps nu haut d'un mètre vingt et un les soixante-quinze centimètres de fibre. De la sorte il voila sa nudité avec décence, mais l'influence de la fibre se faisait sentir à présent de ses genoux à ses clavicules. La sensation s'accrut encore lorsque, suivant son vêtement fibreux, Oscar sortit de sa chambre obscure, gagna le corridor obscur, et se trouva ainsi sur le tapis.

A l'instigation fibreuse du coco, je me hâtai vers un lieu où il n'y avait pas de coco par terre, c'est-à-dire vers les cabinets.

Il y faisait aussi noir que dans le couloir et dans la chambre d'Oscar, mais les lieux étaient occupés. Cela me fut révélé par une petite exclamation féminine. Ma pelisse de coco heurta les genoux d'une personne assise. Comme je ne me disposais nullement à quitter les cabinets — car le tapis de coco menaçait mes arrières — la personne assise devant moi voulut me refouler hors des cabinets : « Qui êtes-vous ? Qu'est-ce que vous voulez ? Allez-vous-en ! » Ce n'était pas la voix de Mme Zeidler. Puis, sur un ton plus dolent : « Qui êtes-vous ? » « Eh bien sœur Dorothée, devinez ! » risquai-je sur le ton du badinage afin d'atténuer le caractère épineux de notre rencontre. Mais elle ne voulut pas deviner. Elle se leva, lança ses mains en avant dans le noir, passa par-dessus ma tête, chercha ensuite plus bas, saisit mon tablier fibreux, ma pelisse de coco, poussa un cri — il faut toujours que les femmes poussent des cris — et me prit pour quelqu'un d'autre. Sœur Dorothée se mit à trembler et murmura : « O mon Dieu, le Diable ! » Cela m'arracha un rire étranglé, mais sans malveillance. Elle le prit pour le ricanement du Diable. Ce mot de Diable me déplaisait. Quand elle redemanda d'une toute petite voix : « Qui êtes-vous ? », Oscar répondit : « Je suis Satan, venu voir sœur Dorothée ! » Elle : « O mon Dieu, pour quoi faire ? »

Lentement, je m'adaptais au rôle. Satan faisait le souffleur : « Parce que Satan aime sœur Dorothée. » « Non non non, je ne veux pas ! » lança-t-elle, puis elle tenta de s'évader. Mais elle s'enferma de nouveau dans les fibres sataniques de mon vêtement de coco — sa chemise de nuit devait être fort légère —, ses dix doigts entrèrent en contact avec le fourré trompeur ; elle en reçut un choc et ses genoux fléchirent. Certes ce n'était qu'une faiblesse passagère. A l'aide de ma pelisse tenue devant moi, je la rattrapai dans sa chute et pus la soutenir le temps nécessaire pour prendre une décision en rapport avec mon rôle de Satan. Je donnai un peu de mou, ce qui lui permit de descendre à genoux. Je pris garde que ses genoux ne touchassent point les dalles froides des cabinets mais le coco du couloir ; puis je la laissai venir en arrière, la tête du côté de l'ouest où était la chambre de Klepp. Je l'allongeai dans l'axe du tapis ; la face postérieure de son corps touchait le tapis de coco sur une longueur d'au moins un mètre soixante. Je la recouvris du même matériau ; mais, n'ayant à ma disposition que soixante-quinze centimètres, je la recouvris à partir du menton jusqu'en haut des cuisses. Comme c'était encore trop bas, je remontai le coco de dix centimètres, jusque sur sa bouche ; mais le nez de sœur Dorothée demeura libre, si bien qu'elle pouvait respirer librement. Du reste elle soufflait avec force quand Oscar, à son tour, s'allongea sur sa descente de lit pour lui imprimer une oscillation fibreuse. Il ne cherchait pas un contact direct avec sœur Dorothée ; il voulait seulement laisser agir la fibre. Cependant je repris la conversation avec sœur Dorothée qui se sentait toujours un peu faible, répétait à voix basse : « Mon Dieu, mon Dieu » et redemandait sans cesse le nom et l'origine d'Oscar. Elle frissonnait entre le tapis et la natte chaque fois que je me nommais Satan, sifflais entre mes dents le nom de Satan et décrivais en slogans rapides mon domicile infernal. Ce faisant, je me démenais de mon mieux sur ma descente de lit. Il n'y avait pas à s'y tromper, cela s'entendait parfaitement : les fibres de coco procuraient à sœur Dorothée la même sensation que jadis la poudre effervescente à ma chère Maria ; seulement la poudre m'amenait jadis à vaincre sans histoire, tandis que sur la natte de coco j'enregistrai une honteuse faillite.

Je ne pus parvenir à jeter l'ancre. Ni des trucs purement intellectuels, ni les soupirs de sœur Dorothée qui murmurait, haletait, gémissait : « Viens, Satan, viens ! » ne purent émouvoir une ardeur flaccide. Je disais pour gagner du temps : « Voilà Satan, il arrive », et j'y mettais une vibration exagérément satanique. En même temps je dialoguais avec Satan. Je le priais : Ne sois pas un rabat-joie ! Je l'implorais : S'il te plaît, épargne-moi ce ridicule ! Je le flattais : Rappelle-toi Maria, mieux encore, la veuve Greff, ou les fantaisies parisiennes que je pratiquais avec la délicate Roswitha ! Mais il me donnait une réponse négative et ne craignait pas de se répéter : J'ai pas envie, Oscar. Quand Satan n'a pas envie, la Vertu triomphe. Je crois que vraiment Satan n'avait pas envie.

Il me refusait donc son appui, invoquait des proverbes de calendrier éphéméride, tandis que je m'échinais à entretenir le mouvement de la natte et écorchais la peau de la pauvre Dorothée. Enfin, à son appel avide : « Viens, Satan, mais viens donc ! » je tentai de répondre en visant dans le mille avec un pistolet non chargé. Elle voulut venir en aide à Satan, dégagea ses deux bras de sous la natte et voulut m'enlacer. Elle rencontra ainsi ma bosse et ma peau qui n'était pas une fibre rêche mais une chaude peau humaine. Ce n'était pas le Satan dont elle avait envie. Elle cessa de haleter : « Viens, Satan, viens ! » mais toussota et posa sur un autre ton sa question timide : « Pour l'amour du Ciel, qui êtes-vous, que voulez-vous ? » Alors je dus rendre les armes et admettre qu'aux termes de mes papiers officiels je m'appelais Oscar Matzerath, que j'étais son voisin de chambre et que j'aimais sœur Dorothée avec une ardente ferveur.

Si un esprit malintentionné pense que sœur Dorothée m'aura jeté d'une bourrade sur le tapis du corridor, ce n'en est pas moins vrai — et Oscar peut le relater avec une satisfaction mitigée de mélancolie : sœur Dorothée n'ôta ses bras de ma bosse qu'avec une lenteur pensive, à regret, ce qui faisait songer à une caresse infiniment triste. Elle se mit aussitôt à pleurer et à sangloter, mais sans violence. Je m'aperçus à peine qu'elle s'échappait de sous la natte de coco, de sous moi, qu'elle m'échappait, me faisait glisser par terre ; le tapis du couloir étouffa le bruit de ses pas. J'entendis une porte s'ouvrir, une clé tourner ; aussitôt six rectangles dépolis reçurent de l'intérieur la lumière de la réalité.

Oscar gisait. Il se couvrait de la natte où persistait quelque chaleur des simulacres sataniques. Mes yeux collaient aux rectangles éclairés. De temps à autre, une ombre y glissait. Elle va à l'armoire, me disais-je, et maintenant à la commode. Oscar risqua une tentative qu'un chien n'aurait pas désavouée. Je rampai avec ma natte jusqu'à la porte, grattai le bois, me redressai à genoux, fis courir une main suppliante sur les carreaux inférieurs ; mais sœur Dorothée laissa la porte close. Elle ne cessait d'aller et venir entre l'armoire et la commode à glace. Je le savais. Je me l'avouai : sœur Dorothée faisait sa valise et fuyait ; elle me fuyait.

Même le timide espoir qu'au moment de quitter sa chambre elle me montrerait son visage à la lumière électrique dut être enseveli. D'abord l'obscurité se fit derrière le verre dépoli, la clé tourna, la porte fut ouverte, des chaussures pesèrent sur le tapis de coco. Je tendis la main, heurtai une valise, la tige d'un bas.

Alors, avec un de ces rudes souliers de marche que j'avais vus dans l'armoire, sœur Dorothée me porta à la poitrine une ruade qui m'envoya au tapis. Quand Oscar se reprit encore une fois pour mendier « Sœur Dorothée », déjà la porte du logement faisait claquer sa serrure : une femme m'avait abandonné.

Tous ceux qui comprennent ma douleur diront maintenant : Va te recoucher, Oscar. Que cherches-tu dans le corridor après cette humiliante histoire ? Il est quatre heures du matin. Tout nu, couché sur un tapis de coco, tu te voiles médiocrement d'une natte fibreuse. Ton cœur saigne. Tu as les mains et les genoux écorchés. Tu as mal au sexe. Ta honte crie jusqu'au ciel. Tu as réveillé M. Zeidler. Il a réveillé sa femme. Les voici qui ouvrent la porte de leur chambre de séjour à coucher ; ils te voient. Va te coucher, Oscar, il est bientôt cinq heures !

Ce furent exactement les mêmes conseils que je me prodiguai alors, couché sur le tapis. J'avais froid, mais je restai couché. Je tentais de ressusciter le corps de sœur Dorothée. Je ne sentais que les fibres de coco ; j'en avais même entre les dents. Puis un trait de lumière tomba sur Oscar : la porte du séjour Zeidler s'ouvrit d'une largeur de main. Parut la tête de Hérisson, au-dessus d'elle une tête pleine de bigoudis métalliques : la femme Zeidler. Ils eurent un air ahuri ; il toussa ; elle rit ; il m'appela ; je ne répondis pas ; elle rit encore ; il réclama le silence ; elle voulut savoir ce que j'avais ; il dit que ça ne se passerait pas comme ça ; elle dit que la maison avait de la tenue ; il menaça de me mettre à la porte ; je me tus : la mesure n'était pas encore comble. Ils vinrent à moi avec de petits yeux méchants-méchants ; il était résolu à passer sa colère sur autre chose que des verres à liqueur, il était penché sur moi, et Oscar attendait la colère du Hérisson — mais Zeidler ne put donner cours à sa colère, parce qu'il y eut du bruit dans l'escalier.

Une clé incertaine explora la porte du logement et trouva finalement le trou de la serrure : Klepp entra. Il ramenait quelqu'un d'aussi saoul que lui : Scholle, le guitariste enfin trouvé.

Tous deux calmèrent Zeidler et madame, se penchèrent sur Oscar, ne posèrent pas de questions, me prirent, me portèrent dans ma chambre avec le satanique fragment de coco.

Klepp me frictionna pour me réchauffer. Le guitariste apporta mes vêtements. Tous deux m'habillèrent et séchèrent mes larmes. Sanglots. Le matin eut lieu devant la fenêtre. Moineaux. Klepp me ceignit de mon tambour et me montra son flûteau de bois. Sanglots. Le guitariste épaula sa guitare. Moineaux. Des amis m'entouraient. Ils me prirent entre eux deux, emmenèrent Oscar sanglotant qui se laissa faire ; hors du logement, hors de la maison de la Jülicher Strasse ; vers les moineaux ; loin de la fibre de coco. Ils m'escortèrent par les rues matinales, par le Hofgarten, devant le planétarium, jusqu'à la rive du fleuve Rhin qui charriait vers la Hollande une eau grise et portait des bateaux où flottait du linge.

De six heures à neuf heures du matin, par ce jour brumeux de septembre, le flûtiste Klepp, le guitariste Scholle et le batteur Oscar furent assis par terre sur la rive droite du fleuve Rhin, répétèrent, burent à la même bouteille. Leurs regards incertains cherchaient les peupliers de l'autre rive. Ils donnèrent aux chalands qui remontaient de Duisbourg avec un chargement de houille et peinaient contre le courant, tantôt une allègre musique, tantôt une lente et triste musique de Mississippi ; puis ils cherchèrent un nom pour le jazz-band qu'ils venaient d'instituer.

Quand un vague soleil colora les brumes matinales et que la musique traduisit le désir d'un déjeuner circonstancié, Oscar se leva. Il avait mis son tambour entre lui-même et la nuit écoulée. Il tira de sa poche de veste un argent qui promettait le petit déjeuner et fit connaître à ses amis le nom de l'orchestre nouveau-né : « The Rhine River Three. » Et nous allâmes déjeuner.

La Cave aux Oignons

Nous aimions les prairies bordant le Rhin ; de même le cafetier-restaurateur Ferdinand Schmuh aimait les rives rhénanes entre Düsseldorf et Kaiserswerth. Nous répétions nos morceaux le plus souvent en amont de Stockum. Schmuh cherchait des moineaux et les tirait avec son fusil de petit calibre parmi les haies et les broussailles du talus riverain. C'était son dada, son loisir. Quand Schmuh avait des ennuis d'affaires, il mettait sa femme derrière le volant de la Mercedes ; ils longeaient le fleuve et garaient la voiture en amont de Stockum ; il s'en allait ensuite sur ses pieds plats, le fusil baissé, par les prairies, en remorquant sa femme qui aurait mieux aimé rester dans la voiture ; il l'asseyait sur une borne et disparaissait entre les haies. Nous jouions du rag-time, lui faisait parler la poudre. Tandis que nous cultivions la musique, Schmuh tirait des moineaux.

Scholle qui, comme Klepp, connaissait tous les cafetiers de la Vieille-Ville, disait dès que ça pétaradait dans la verdure :

« Schmuh tire les moineaux. »

Comme Schmuh n'est plus, autant faire tout de suite sa nécrologie : Schmuh était un bon tireur, peut-être un brave homme. Lorsque Schmuh tirait les moineaux, il avait dans la poche gauche de sa veste ses cartouches de petit calibre et, dans la poche droite gonflée, des graines pour oiseaux. Il ne les distribuait pas avant de tirer, mais après — jamais Schmuh ne tuait plus de douze moineaux en un après-midi — il les répandait parmi les moineaux avec de grands gestes généreux.

Quand Schmuh vivait encore, il nous parla, par une matinée de novembre assez fraîche de l'an quarante-neuf. Nous répétions au bord du Rhin depuis des semaines. Sa voix n'était pas discrète, mais exagérément sonore : « Comment puis-je tirer ici, si vous faites de la musique et chassez les oiseaux ! »

« Oh ! » dit Klepp en manière d'excuse — et il présenta arme avec sa flûte — : « Vous êtes le monsieur si musicien qui tiraillez dans les haies en suivant si exactement le rythme de nos mélodies ; mes respects, monsieur Schmuh ! »

Schmuh, tout content d'être appelé par son nom, voulut savoir d'où Klepp le connaissait. Klepp prit un air ahuri : ben voyons, tout le monde connaissait Schmuh. On entendait dire dans les rues : Voilà Schmuh, c'est Schmuh, vous n'avez pas vu Schmuh, où est donc Schmuh aujourd'hui, Schmuh tire les moineaux.

Devenu grâce à Klepp un Schmuh d'intérêt public, Schmuh offrit des cigarettes, demanda nos noms, voulut entendre un morceau de notre répertoire et entendit un Tiger-rag à l'issue duquel il fit signe à sa femme qui, assise en manteau de fourrure sur une pierre, regardait pensivement couler les flots du Rhin. Elle vint dans sa fourrure et nous dûmes rejouer. Nous la régalâmes de High Society et elle, dans sa fourrure, dit quand nous eûmes fini : « Dis donc, Ferdy, c'est tout juste ce que tu cherches pour ta cave. » Il parut incliner à une opinion semblable, crut pareillement nous avoir cherchés et trouvés ; mais il commença par faire ricocher sur l'eau du Rhine River quelques cailloux plats pour se donner le temps de calculer avant de faire son offre. Musique dans la Cave aux Oignons de neuf heures du soir à deux heures du matin, dix marks par tête et par soirée, mettons douze ; Klepp dit dix-sept pour que Schmuh pût dire quinze ; mais Schmuh dit quatorze marks cinquante, et nous topâmes là.

Vue de la rue, la Cave aux Oignons ressemblait aux nombreux cafés-restaurants-miniatures modernes qui se distinguent des restaurants plus anciens par des tarifs plus élevés. La raison de ces tarifs plus élevés pouvait être cherchée dans la décoration intérieure extravagante de ces boîtes qu'on appelait communément cabarets d'artistes ; leurs noms devaient y être aussi pour quelque chose ; ils s'appelaient « Le Ravioli » (décent), « Tabou » (existentialiste), « Paprika » (ardent) — ou bien encore « la Cave aux Oignons ».

On avait peint, d'une main sciemment gauche, l'enseigne « Cave aux Oignons » et le portrait naïf d'un oignon sur une enseigne émaillée qui, à la vieille façon allemande, pendait devant la façade à une potence de fer forgé toute tarabiscotée. Des culs de bouteille vert bouteille vitraient l'unique fenêtre. Devant la porte de fer peinte au minium qui, dans les mauvaises années, avait dû clore un abri antiaérien, se tenait le portier emballé d'une rustique peau de mouton. Il n'était pas permis à n'importe qui de pénétrer dans la Cave aux Oignons. Surtout les vendredis qui sont jours de paie, il fallait refouler les habitués de la Vieille-Ville pour qui la Cave aux Oignons eût été trop chère. Mais quiconque avait licence d'entrer trouvait derrière la porte au minium cinq marches de béton, les descendait, puis franchissait une plate-forme d'un mètre sur un mètre. L'affiche d'une exposition Picasso donnait à ce palier un tour pittoresque et original. On descendait encore des marches, quatre cette fois, et on arrivait devant le vestiaire. « Prière de payer après ! » disait un petit écriteau de carton. Le jeune homme préposé à la garde des habits — presque toujours un sectateur barbu des Beaux-Arts — n'acceptait jamais l'argent d'avance. La Cave aux Oignons était chère, mais c'était aussi une maison sérieuse.

Le tenancier recevait ses hôtes en personne, à grand renfort de gestes et grandes palpitations de sourcils, comme si chaque nouveau client donnait lieu à une cérémonie initiatique. Le tenancier s'appelait, comme nous le savons, Ferdinand Schmuh. A l'occasion il tirait des moineaux, et il possédait le don de voir venir cette société qui se développa rapidement à Düsseldorf — et même ailleurs, mais moins vite — après la réforme monétaire.

La Cave aux Oignons proprement dite — et à cela on reconnaît le night-club qui marche — était une vraie cave, plutôt humide. Nous la comparerons à un long tube, mesurant quatre mètres sur dix-huit, que deux poêles à tuyaux deux fois originaux avaient pour charge de chauffer. A vrai dire, cette cave, au fond, n'était pas une cave. On lui avait ôté le plafond afin de l'agrandir aux dépens du rez-de-chaussée. Ainsi la seule fenêtre de la Cave aux Oignons n'était pas une vraie fenêtre de cave, mais l'ancienne fenêtre d'un logement. Cela ne portait qu'un mince préjudice à l'aspect sérieux de ce night-club à la mode. On aurait pu regarder par la fenêtre, si elle n'eût été garnie de culs de bouteille, une galerie avait été construite dans la cave agrandie, et l'on y accédait par une échelle à poules extrêmement originale. On doit donc reconnaître la Cave aux Oignons pour un night-club sérieux, bien qu'elle ne fût pas une cave — pourquoi pas ?

Oscar oubliait de vous informer que l'échelle à poules conduisant à la galerie n'était pas non plus une véritable échelle à poules, mais plutôt une sorte de coupée de navire, parce qu'à gauche et à droite de cette échelle dangereusement abrupte on pouvait se tenir à deux cordes à linge absolument originales ;

l'ensemble branlait quelque peu ; cela faisait songer à une croisière et majorait les prix.

Des lampes de mineur chargées au carbure éclairaient la Cave aux Oignons, y répandaient une odeur de carbure — ce qui derechef majorait les prix — et replaçaient l'hôte payant de la Cave dans la galerie d'une mine, disons de potasse, à neuf cent cinquante mètres sous terre : des piqueurs aux torses nus travaillent la roche, attaquent une veine, le scraper ramène la pierraille, les perceuses rugissent, remplissent les wagonnets ; loin derrière, où la galerie bifurque vers Friedrichshall-Deux, une lumière oscille, c'est le chef porion qui arrive ; il dit : « Glück auf ! » et balance une lampe à carbure exactement identique à celles qui, pendues aux parois non crépies, vaguement blanchies à la chaux, de la Cave aux Oignons, éclairaient, puaient, majoraient les prix et diffusaient une atmosphère si originale.

Les sièges inconfortables, de vulgaires caisses, étaient tendus de sacs à oignons ; mais les tables de bois proprement astiquées reluisaient ; de la mine, elles ramenaient le client dans des salles à manger paysannes comme on en voit au cinéma.

C'était tout ! Et le comptoir ? Pas de comptoir ! Garçon, la carte ! Ni carte, ni garçon. Il ne reste plus qu'à nommer les trois « The Rhine River Three », Klepp, Scholle et Oscar, assis sous l'échelle à poules qui était une coupée de navire. Ils venaient à neuf heures, sortaient leurs instruments et commençaient la musique vers dix heures. Comme il n'est encore que neuf heures quinze, on parlera de nous après. Il faut encore démonter le petit business de Schmuh, ajuster Schmuh, comme Schmuh à l'occasion ajustait les moineaux.

Dès que la cave était pleine de clients — à moitié pleine, le compte y était — Schmuh, le directeur, ceignait l'écharpe. L'écharpe, soie bleu cobalt, était imprimée exprès. Il en est question ici parce que ce rite avait une signification. Le motif imprimé figurait des oignons jaune d'or. Quand Schmuh s'entourait de cette écharpe, on pouvait dire que la Cave aux Oignons était ouverte, pas avant.

Les clients : hommes d'affaires, médecins, avocats, artistes, gens de théâtre, de journal, de cinéma, de sport, même de hauts fonctionnaires du Land ou de la Ville, bref tout ce qui de nos jours se réclame du nom d'intellectuel, assis avec épouses, amies, secrétaires, décoratrices, avec petites amies masculines aussi, sur les caisses tendues de serpillières. On causait tant que Schmuh n'avait pas sa charge d'oignons dorés ; le ton était retenu, la conversation languissante, presque gênée. On essayait de nouer une conversation ; on n'y arrivait pas ; malgré les meilleures intentions, on passait à côté des vrais problèmes. On aurait bien voulu vider son sac, se débonder une bonne fois, sortir un bon coup ses tripes, son cœur, ses poumons, mettre de côté la tête, montrer la vérité crue, l'homme à nu — mais il n'y avait pas moyen. Çà et là s'esquisse le contour d'une carrière manquée, d'un ménage détruit. Ce monsieur là-bas, tête massive et mains souples, presque délicates, semble avoir des difficultés avec son fils à qui le passé paternel ne convient pas. Les deux dames en vison qui font encore de l'effet à la lumière du carbure prétendent avoir perdu la foi. Nous ignorons encore tout du passé du monsieur à tête massive, quelles difficultés le fils prépare au père à cause de ce passé ; c'est — qu'on me pardonne la comparaison — comme avant de pondre un œuf : on pousse, on pousse...

Dans la Cave aux Oignons, on poussait en vain tant que le directeur Schmuh ne faisait pas une brève apparition avec l'écharpe exclusive. Alors il recevait avec des remerciements le « Ah ! » général, disparaissait pour quelques minutes derrière un rideau masquant le fond de la Cave où étaient les toilettes et la resserre, et revenait.

Pourquoi ce « Ah ! » plus joyeux de demi-délivrance quand il s'offre de nouveau à la vue de ses clients ? Curieux : le tenancier d'un night-club en vogue disparaît derrière un rideau, prend quelque chose dans la resserre, engueule un tantinet à mi-voix la dame des toilettes qui est là, lisant un illustré, surgit à nouveau devant le rideau, et il est accueilli, ovationné comme le Sauveur ou comme un super-oncle d'Amérique !

Schmuh circulait entre ses clients, un petit panier au bras. Ce petit panier était garni d'une serviette de table à carreaux bleus et jaunes. Sur la serviette, des planchettes de bois taillées en profils de cochons et de poissons. L'hôtelier Schmuh distribuait parmi ses clients les planchettes soigneusement astiquées. Il exécutait alors des courbettes et distillait des compliments révélant qu'il avait passé sa jeunesse à Budapest et à Vienne. Le sourire de Schmuh ressemblait à la copie d'une copie faite de Mona Lisa qui, paraît-il, était présumée authentique.

Les clients recevaient les planchettes avec gravité. Beaucoup faisaient un échange. Celui-ci préférait le profil du cochon, celui-là — ou bien, s'il s'agissait d'une dame — celle-là préférait au porc domestique le mystère plus attractif du poisson. Ils flairaient les planchettes, les faisaient circuler. L'hôtelier Schmuh, après avoir servi aussi la galerie, attendait que chaque planchette eût trouvé le repos.

Alors — et tous les cœurs l'attendaient — il ôtait la serviette avec un geste de mage : un second napperon couvrait la corbeille. Sur ce napperon, difficiles à identifier du premier coup d'œil, reposaient les couteaux de cuisine.

Comme pour les planchettes, Schmuh faisait la tournée avec les couteaux. Mais il exécutait son circuit plus vite, accroissait le suspense, ce qui lui permettait de majorer ses prix. Il ne faisait plus de compliments, ne tolérait pas qu'on échangeât les couteaux de cuisine. Une certaine hâte bien dosée inspirait ses gestes. Il lançait : « A vos marques ! Prêts ! Partez ! », arrachait du panier le napperon, plongeait la main dans le panier, distribuait, partageait, répartissait, dispersait parmi le peuple. Il était le Dispensateur, il fournissait les clients, il leur donnait des oignons ; des oignons comme ceux qui, jaunes d'or et quelque peu stylisés, ornaient son écharpe ; des oignons de race vulgaire, des bulbes, pas de tulipes, mais comme ceux qu'achète la ménagère, ceux que vend la marchande des quatre-saisons ; des oignons comme en plantent et récoltent le fermier, la fermière et la fille de culture ; des oignons pareils à ceux qu'ont peints, avec plus ou moins de vérisme, les petits maîtres hollandais de natures mortes ; c'étaient des oignons de ce genre que le cafetier Schmuh distribuait à ses clients. Quand tout le monde avait le sien, on n'entendait plus que le ronflement des tuyaux de poêle, le sifflet des lampes à carbure. Il se faisait un grand silence après la grande distribution. Et Ferdinand Schmuh s'écriait : « S'il vous plaît, Messieurs-Dames ! » Il rejetait par-dessus l'épaule gauche un pan de son écharpe, comme un skieur attaquant la descente, et donnait ainsi le signal.

On épluchait les oignons. On dit qu'ils ont sept peaux. Les dames et les messieurs épluchaient les oignons avec les couteaux de cuisine. Ils ôtaient à leurs oignons la première peau, la troisième, la blonde, la jaune, la brun rouille, la peau, ma foi, couleur pelure d'oignon. Enfin l'oignon apparaissait, vitrifié, vert, blanchâtre, humide, sécrétant une eau gluante ; l'oignon sentait ; ça sentait l'oignon. Alors ils coupaient l'oignon avec plus ou moins d'adresse sur les planchettes à profil de cochon ou de poisson ; ils coupaient en long, puis en large, faisaient gicler le suc qui se mariait à l'atmosphère. Les vieux messieurs qui ne savaient pas se servir d'un couteau de cuisine devaient prendre garde de ne pas s'entailler les doigts. Quand la chose leur arrivait, ils ne s'en apercevaient pas. En revanche les dames étaient plus adroites, surtout celles qui tenaient leur ménage ; celles-là savaient comment se coupe l'oignon pour les pommes au four ou le foie sauté aux oignons ; mais dans la Cave aux Oignons de Schmuh il n'y avait ni les unes ni l'autre, il n'y avait rien à manger, et quinconque voulait manger devait s'adresser ailleurs, au « Poisson » par exemple ; mais pas à la Cave aux Oignons, car là on ne faisait que couper des oignons. Et pourquoi ça ? Parce que tel était le nom de la cave, parce que c'était sa spécialité, parce que l'oignon haché, quand on y regarde de près... Non, les clients de Schmuh ne voyaient rien non plus, ils avaient les yeux pleins de larmes. Non pas que leurs cœurs fussent trop pleins ; il n'est pas dit que les yeux débordent tout de suite quand le cœur est plein ; beaucoup n'y arrivent jamais, surtout depuis quelques décennies ; c'est pourquoi notre siècle sera dénommé plus tard le siècle sans larmes, bien qu'il ait apporté partout tant de souffrances. Et voilà pourquoi, justement, les gens qui en avaient les moyens allaient chez Schmuh, dans la Cave aux Oignons, se faisaient servir pour quatre-vingts pfennigs une planchette à hacher et un couteau de cuisine, et un vulgaire oignon de jardin ou de plein vent pour douze marks, pourquoi ils le hachaient menu-menu, jusqu'à ce que le jus fît son effet. Quel effet ? Celui que le monde et la souffrance du monde ne produisaient plus ! La sphérique, l'humaine larme.

Alors on pleurait. Avec discrétion, avec rage, à tire-larigot. Ça coulait et ça lavait tout. C'était la pluie, la rosée virginale. Oscar songe à des vannes qui s'ouvrent. Digues enfoncées par marée de pleine lune. Quelle est donc cette rivière qui déborde chaque année sans que les gouvernements fassent rien ?

Après le cataclysme à douze marks quatre-vingts l'homme parle. Avec quelque réserve d'abord, comme étonnés de leur langage nu, les clients de la Cave, après avoir consommé les oignons, se répandaient les uns sur les autres, se questionnaient, se laissaient retourner comme des manteaux. Oscar, assis avec Klepp et Scholle sous l'approximative échelle à poules, gardait les yeux secs. Il restera discret ; foin des révélations autocritiques, confessions, révélations et aveux ! Il ne vous racontera que l'histoire de Mlle Pioch qui n'arrêtait pas de perdre son M. Vollmer. Elle en gardait le cœur gros et les yeux secs, et c'est pourquoi elle revenait toujours dans la coûteuse Cave aux Oignons de Schmuh.

Nous nous rencontrâmes, disait Mlle Pioch après avoir pleuré tout son saoul, dans le tramway. Je venais de mon magasin — elle est propriétaire-gérante d'une excellente librairie — la voiture était complète et Willy — c'est M. Vollmer — me marcha rudement sur le pied droit. Je ne pouvais plus me tenir debout ; nous nous aimâmes au premier regard. Puisque je ne pouvais plus marcher non plus, il m'offrit son bras, m'accompagna ou plutôt me porta chez moi. A partir de ce jour, il soigna amoureusement mon ongle de pied, devenu bleu noirâtre par l'effet de sa chaussure. Il fut aussi très amoureux autrement, jusqu'à ce que l'ongle se détachât de mon gros orteil droit et que rien ne s'opposât plus à la croissance d'un ongle neuf. A partir du jour où l'ongle tomba, l'amour de Willy perdit en chaleur. Nous souffrions tous deux de cette déperdition. Alors Willy, qui avait toujours de l'affection pour moi — et puis, nous avions tant de traits communs — me fit cette épouvantable proposition : Laisse-moi t'écraser le gros orteil gauche jusqu'à ce qu'il devienne bleu-rouge puis bleu-noir. Je cédai ; il le fit. Ainsi je retrouvai la plénitude de son amour, et je pus la goûter jusqu'au jour où l'ongle de mon gros orteil gauche tomba à son tour comme une feuille d'automne. De nouveau notre amour connut son automne. A présent, Willy parlait de m'écraser encore un coup l'orteil droit dont l'ongle entre-temps avait repoussé. Mais je ne le lui permis pas. Je dis : si ton amour est réellement grand et authentique, il doit pouvoir survivre à l'ongle d'un orteil. Il ne me comprit pas et me quitta. Des mois après, nous nous rencontrâmes au concert. Après l'entracte, il s'assit à côté de moi sans en être prié, parce que la place restait libre. Quand débuta le cœur de la Neuvième, je lui tendis mon pied droit dont j'avais préalablement retiré la chaussure. Il marcha dessus. Pourtant je ne troublai pas l'audition. Sept semaines plus tard Willy me quittait encore. Nous pûmes deux fois encore fêter nos retrouvailles, car je lui présentai deux fois encore mon gros orteil, une fois le gauche, une fois le droit. Aujourd'hui l'un et l'autre sont estropiés. Les ongles ne veulent plus repousser. De temps à autre, Willy me rend visite ; il reste assis devant moi sur le tapis, regarde avec émotion, avec une vive compassion pour moi et pour lui-même, mais sans amour et d'un œil sec, les deux victimes de notre amour. Quelquefois je lui dis : Viens, Willy ; nous irons chez Schmuh dans la Cave aux Oignons ; nous pleurerons une bonne fois. Mais jamais, à ce jour, il n'a voulu venir ; le malheureux ignore la consolation des larmes.

Plus tard — Oscar vous le révèle pour satisfaire votre curiosité — M. Vollmer qui, d'ailleurs, vendait des appareils radio, vint aussi à la cave. Mlle Pioch et lui pleurèrent, et, à ce que Klepp m'a rapporté hier pendant la visite, ils se seraient mariés l'autre jour.

Si le véritable tragique de l'humaine existence se manifestait de long en large ou du mardi au samedi — la Cave aux Oignons n'ouvrait pas le dimanche — après consommation des oignons, il était réservé aux clients du lundi de jouer sinon les grands tragédiens, du moins les bornes-fontaines. Le lundi, c'était moins cher. Schmuh cédait alors à la jeunesse des oignons à demi-tarif.

C'étaient surtout des étudiants en médecine des deux sexes. Mais aussi des étudiants des Beaux-Arts, surtout de ceux qui par la suite voulaient devenir professeurs de dessin ; ils donnaient pour des oignons une partie de leurs bourses d'études. Mais d'où, je vous le demande un peu, tous ces lycéens et toutes ces lycéennes tiraient-ils l'argent de leurs oignons ?

Les jeunes ne pleurent pas comme les vieux. La jeunesse a de tout autres modèles. Pas besoin du souci de l'examen ou du baccalauréat. Naturellement, on parlait beaucoup, dans notre cave, d'histoires fils-père et de tragédies mère-fille. Quoique la jeunesse se sentît incomprise, c'est à peine si elle y trouvait matière à pleurer. Oscar se réjouissait que la jeunesse pleurât par amour, et non seulement par appétit sexuel. Gérard et Gudrun : au début, ils étaient toujours en bas ; plus tard seulement ils pleurèrent ensemble sur la galerie.

Elle grande, solide, une joueuse de handball, étudiante en chimie. Un beau nœud de cheveux sur la nuque. Un regard gris, quoique maternel, le même qu'avant la fin de la guerre on vit des années durant sur les affiches de l'Organisation féminine. Elle était extrêmement soignée. Si laiteux, sain et lisse que fût son front, elle portait cependant sur son visage la trace lisible de son malheur. De la pomme d'Adam à la joue, en passant par le menton rond et fort, une barbe que la malheureuse tentait de raser laissait des traces abominables. L'épiderme délicat ne supportait sans doute pas le rasoir. Gudrun pleurait son malheur : des rougeurs, des crevasses, des points échauffés où sans trêve renaissait sa barbe de femme à barbe.

Gérard ne vint que plus tard dans la Cave aux Oignons. Comme Mlle Pioch et M. Vollmer, ils firent connaissance dans un wagon, mais ce fut un wagon de chemin de fer. Il était assis en face d'elle. Tous deux revenaient des vacances trimestrielles. Il l'aima aussitôt, malgré la barbe. A cause de sa barbe, elle n'osa pas l'aimer. Cependant elle admira — ce qui parachevait son malheur — le menton de Gérard : la peau en était lisse comme un derrière d'enfant ; le jeune homme n'avait pas de barbe du tout, ce qui le rendait timide avec les jeunes filles. Cependant Gérard adressa la parole à Gudrun et, quand ils descendirent du train à la gare centrale de Düsseldorf, ils s'étaient au moins liés d'amitié. Depuis ce voyage, ils se voyaient chaque jour, ils échangeaient des idées ; mais jamais il ne fut fait mention entre eux de la barbe absente et de la barbe qui repoussait toujours. Gérard ménageait Gudrun ; à cause de sa peau martyrisée, il ne l'embrassait jamais. Ainsi leur amour demeurait-il chaste bien que l'un et l'autre ne fissent pas grand cas de la chasteté, puisque, somme toute, elle faisait de la chimie et lui sa médecine. Quand un ami commun leur recommanda la Cave aux Oignons, tous deux, sceptiques comme le sont chimistes et carabins, esquissèrent un sourire dédaigneux. Pourtant, à la fin, ils y allèrent pour y faire des observations, à ce qu'ils affirmèrent l'un à l'autre.

Rarement Oscar a vu des jeunes gens pleurer de cette façon. Ils revenaient toujours. Ils économisaient sur leur nourriture les six marks quarante, ils pleuraient la barbe manquante et l'autre barbe qui ravageait l'épiderme délicat de la jeune fille. Parfois ils essayaient de fuir la Cave aux Oignons. Ils manquaient un lundi. Mais ils étaient là le lundi suivant et s'avouaient, en pleurant et en écrasant entre leurs doigts leur oignon haché menu, que dans leur chambre d'étudiant ils avaient essayé tous deux avec un oignon à bon marché, mais que ce n'était pas la même chose. On pleurait beaucoup plus facilement en société. Un sentiment de solidarité authentique vous envahissait quand à gauche, à droite et en haut sur la galerie, les collègues de telle et telle faculté, et même les étudiants des Beaux-Arts et les collégiens versaient des larmes.

Dans le cas de Gérard et de Gudrun, il y eut même une guérison post-lacrymale progressive. Probablement les larmes firent-elles fondre leurs complexes. Ils s'assimilèrent l'un à l'autre, comme on dit. Il se mit à baiser sa peau écorchée, elle sa peau douce et lisse. Et un beau jour on ne les vit plus dans la Cave aux Oignons : ils n'en avaient plus besoin. Oscar les rencontra quelques mois plus tard sur la Königsallee, et d'abord il ne les reconnut pas. Le glabre Gérard étalait une barbe rousse, et la couenne grise de Gudrun n'était plus qu'un léger duvet sur la lèvre supérieure ; ça lui allait très bien ; le menton et les joues de Gudrun étaient glabres, lisses, luisants, sans aucune trace de végétation. Mariés, tous deux continuaient leurs études... Oscar les entend qui, dans cinquante ans, racontent des histoires à leurs petits-enfants. Elle, Gudrun : « C'était au temps où votre pépé n'avait pas encore de barbe. » Lui, Gérard : « C'était au temps où votre mémé souffrait encore de sa barbe et où chaque lundi nous allions tous deux à la Cave aux Oignons. »

Mais, me direz-vous, que fabriquent les trois musiciens toujours assis sous l'échelle à poules ? Fallait-il à cette cave, en supplément des pleurs, des sanglots et des claquements de dents, une vraie musique à statu permanent ?

Dès que les clients avaient vidé leurs glandes lacrymales et ce qu'ils avaient sur le cœur, nous saisissions nos instruments. Notre musique facilitait le retour à des conversations banales, orientait les clients vers la sortie et faisait de la place pour de nouveaux clients. Klepp, Scholle et Oscar étaient contre les oignons. Du reste, dans le contrat passé par nous avec Schmuh figurait une clause nous interdisant de consommer des oignons de la même manière que les clients. Et puis nous n'avions pas besoin d'oignons. Scholle, le guitariste, n'avait pas motif de se plaindre ; on le voyait toujours heureux et satisfait, même si en plein milieu d'un rag-time deux cordes de son banjo cassaient d'un seul coup. Pour mon ami Klepp, les notions pleurer et rire sont aujourd'hui encore parfaitement indistinctes. Quand on pleure, il trouve cela drôle ; je ne l'ai jamais vu rire comme à l'enterrement de sa tante, qui avant qu'il ne fût marié, lui lavait ses chemises et ses chaussettes. Et Oscar ? Il aurait bien eu de quoi pleurer, Oscar. Ne lui fallait-il pas se laver de sœur Dorothée et d'une vaine nuit si longue, si longue, sur un tapis de coco si long, si long ? Et ma chère Maria, ne me donnait-elle pas sujet de me plaindre ? Son patron, le nommé Stenzel, n'avait-il pas ses entrées dans le logement de Bilk ? Kurt, mon fils, ne disait-il pas « Oncle Stenzel », puis « Papa Stenzel » à ce négociant en épicerie fine qui accessoirement s'occupait des fêtes de Carnaval ? Et derrière ma chère Maria, ils gisaient bien loin sous le sable friable de Saspe, sous le limon de Brenntau : ma pauvre mère, ce fou de Jan Bronski, le maître queux Matzerath qui avait besoin de soupes pour exprimer ses sentiments. Il aurait fallu tous les pleurer. Mais Oscar se comptait au nombre des heureux qui peuvent pleurer sans oignons. Mon tambour m'y aidait. Il fallait un petit nombre de mesures bien définies pour tirer des larmes à Oscar. Elles valaient bien, ni plus ni moins, celles qu'on payait très cher dans la Cave aux Oignons.

Schmuh lui-même prenait garde de ne pas toucher aux oignons. Les moineaux qu'il tirait dans les haies à ses moments de loisir lui suffisaient comme soupape. Il arrivait souvent que Schmuh, après avoir étalé en ligne sur un papier journal les douze moineaux abattus, versait des larmes sur les douze paquets de plumes encore tièdes parfois ; et il pleurait encore en semant à la volée des graines pour oiseaux sur les prairies rhénanes. Dans sa boîte, une seconde possibilité s'offrait à lui d'éliminer sa douleur. C'était devenu chez lui une habitude, une fois par semaine, d'injurier grossièrement la dame des cabinets. Il usait fréquemment de termes surannés tels que : ribaude, jeanneton, drôlesse, fille de petit métier, donzelle, réprouvée, infâme. On entendait Schmuh brailler : « A la porte ! Hors de ma vue, gueuse ! » Il congédiait sans préavis la dame des cabinets, et en engageait une nouvelle. Mais au bout de quelque temps il éprouva des difficultés ; il ne trouvait plus de dames des cabinets. Il fut donc dans l'obligation de concéder l'emploi à des femmes qu'il avait déjà mises à la porte une ou plusieurs fois. Les dames des cabinets revenaient, d'autant mieux qu'une bonne partie des injures de Schmuh échappaient à leur entendement, et parce qu'on y gagnait bien sa vie. Les larmes menaient les gens au buen retiro plus souvent que dans d'autres établissements hôteliers. L'homme qui pleure est aussi plus généreux que l'homme aux yeux secs. Les messieurs surtout, quand, la face écarlate, déliquescente et boursouflée, ils « s'excusaient un moment », puisaient profondément et de bon cœur dans leurs porte-monnaie. De plus, la dame des cabinets vendait aux clients de la Cave les célèbres foulards de la Cave aux Oignons portant en diagonale l'inscription « Dans la Cave aux Oignons ». Ces foulards étaient amusants à voir ; on pouvait s'en servir pour éponger ses larmes, ou on se les nouait sur la tête. Les messieurs de la clientèle les faisaient coudre en fanions triangulaires, les suspendaient à la custode de leur voiture et, pendant les mois de vacances, ils portaient la Cave aux Oignons de Schmuh à Paris, sur la Côte d'Azur, à Rome, Ravenne, à Rimini, jusque dans l'Espagne lointaine.

Une autre tâche incombait à notre musique : de temps à autre, quand surtout quelques clients avaient débité deux oignons coup sur coup, il se produisait dans la cave des éruptions qui auraient pu trop aisément tourner en orgie. D'une part, Schmuh n'aimait pas ce dévergondage suprême ; dès que certains messieurs dénouaient leurs cravates, que diverses dames trifouillaient leur corsage, il nous ordonnait d'envoyer la musique, de contrarier en musique les prodromes de l'impudicité. D'autre part, c'était toujours Schmuh lui-même qui déchaînait l'orgie jusqu'à un certain point, en offrant à des clients particulièrement allergiques un second oignon tout de suite après le premier.

La plus violente éruption, à ma connaissance, qui ait eu pour théâtre la Cave aux Oignons devait être pour Oscar sinon un tournant de son existence, du moins un événement marquant. L'épouse de Schmuh, la folâtre Billy, ne venait pas souvent à la Cave. Quand elle y venait, c'était en des compagnies que Schmuh voyait d'un mauvais œil. Ainsi vint-elle un soir avec le critique musical Woode et l'architecte-fumeur de pipe Wackerlei. Ces deux messieurs appartenaient au fonds de roulement de notre clientèle ; mais les ennuis qu'ils véhiculaient étaient de nature ennuyeuse : Woode pleurait pour des raisons religieuses — il voulait se convertir, ou bien, déjà converti, il songeait à se reconvertir —, le fumeur de pipe Wackerlei pleurait une chaire d'université qu'il avait après 1920 refusée à cause d'une Danoise farfelue, mais la Danoise en avait pris un autre, un Sud-Américain ; elle en avait six enfants, cela offensait Wackerlei et lui éteignait sa pipe. Ce fut Woode, un homme assez caustique, qui persuada l'épouse de Schmuh de hacher un oignon. Elle le fit, versa des pleurs, se mit à se déboutonner, déboutonna Schmuh par la même occasion, raconta des choses qu'Oscar aura le tact de vous taire, et il fallut des hommes robustes quand Schmuh voulut se jeter sur son épouse. Car enfin il y avait des couteaux de cuisine sur toutes les tables. On retint le furieux le temps qu'il fallut à cette tête légère de Billy pour disparaître avec ses amis Woode et Wackerlei.

Schmuh demeurait énervé, atterré. Je vis cela à ses mains toujours en mouvement qui sans arrêt remettaient en place son écharpe. Il disparut plusieurs fois derrière le rideau pour engueuler la dame des cabinets et revint enfin avec un panier plein, pour annoncer d'une voix étranglée et avec une bonne humeur exagérée qu'il était, lui Schmuh, d'humeur bienfaitrice, qu'il offrait une tournée d'oignons gratis ; il fit aussitôt la distribution.

A ce moment, Klepp lui-même, qui pourtant goûtait comme une excellente blague toute situation humaine si pénible fût-elle, eut un regard rêveur, sinon attentif, et mit sa flûte à portée de sa main. Nous savions combien il était dangereux d'offrir deux fois coup sur coup à cette société sensible et raffinée la possibilité de larmes libératrices.

Schmuh, quand il nous vit prêts, nous interdit d'envoyer la musique. Les couteaux de cuisine commencèrent leur travail de dissection. Les premières pelures, si belles dans leur teinte bois de rose, furent écartées sans façon. La chair vitreuse des oignons, striée de vert pâle, vint sous les couteaux. Par extraordinaire, les premières larmes ne coulèrent pas chez les dames. Des messieurs dans la force de l'âge, le propriétaire d'une minoterie, un hôtelier qu'accompagnait son petit ami discrètement fardé, un agent général à particule, toute une tablée de confection pour hommes séjournant dans la ville pour un congrès, et cet acteur au crâne poli que nous appelions le Grinceur parce qu'en pleurant il grinçait des dents, tous se mirent à pleurer avant que les dames ne viennent à la rescousse. Mais dames et messieurs ne versèrent pas dans les effusions rédemptrices qu'avait provoquées le premier oignon. Ils furent pris de crises : le Grinceur grinçait effroyablement, le minotier tapait sur le bois de la table sa grosse tête grise bien peignée, l'hôtelier mélangeait sa crise à celle de son joli petit ami. Schmuh, placé à côté de l'escalier, laissait pendre son châle et scrutait d'un œil mauvais, non sans satisfaction, la société à demi déchaînée.

Alors, une dame d'un certain âge lacéra sa blouse en présence de son gendre. Tout à coup le petit ami de l'hôtelier, dont on avait déjà remarqué le petit genre exotique, se trouva debout sur une table, torse nu, puis, d'un joli bronze naturel, sur la table voisine, et se mit à danser comme cela doit se faire en

Orient et annonça le début d'une orgie qui, à vrai dire, si elle commença violemment, ne mérite pas, faute d'idées, ou faute d'idées autres que niaises, une description détaillée.

Schmuh ne fut pas le seul déçu. Oscar, excédé, levait aussi les sourcils. Quelques gentilles scènes de strip-tease ; des messieurs mettaient des culottes de femme, des amazones accaparaient des cravates et des bretelles, çà et là un couple disparaissait sous la table ; on pourrait, à la rigueur, citer le Grinceur qui de ses dents déchira un soutien-gorge, le mâcha et sans doute l'avala en partie.

Ce fut probablement l'épouvantable vacarme, les youhou ! et les ouah ! qui ne voulaient à peu près rien dire, qui déterminèrent Schmuh déçu — il craignait peut-être aussi la police — à quitter son poste près de l'escalier. Il se pencha vers nous sous l'échelle à poules, toucha Klepp, puis moi, et cria entre ses dents : « Musique ! Jouez, je vous dis ! Musique, qu'on en finisse avec ce mic-mac ! »

Mais il devint alors patent que Klepp — ma foi, il se contentait de peu — s'amusait bien. Un fou rire le secouait ; impossible de se mettre à la flûte. Scholle, qui voyait en Klepp son maître, l'imitait en tout ; il riait donc aussi comme un fou. Il ne restait qu'Oscar — et Schmuh pouvait compter sur moi. Je pris sous le banc mon tambour de tôle, allumai flegmatiquement une cigarette et me mis à jouer.

Sans l'avoir prévu, je me fis comprendre sur mon instrument. J'oubliai toutes les routines de la musique de café. Oscar ne joua donc pas de jazz. Je n'aimais du reste pas être pris pour un batteur véhément. Certes j'étais à la hauteur comme drummer, mais je n'étais pas un pur-sang du jazz. J'aime la musique de jazz comme j'aime la valse viennoise. Je savais jouer les deux, mais je savais autre chose. Quand Schmuh me pria de faire ma rentrée de tambour, je ne jouai pas ce que je savais, mais ce que savait mon cœur. Oscar retrouva les baguettes de ses trois ans.

Mon tambour reprit les voies anciennes, montra l'univers sous un angle qui était celui de mes trois ans. Je mis en laisse cette société d'après-guerre incapable d'accéder à l'orgie véritable. C'est-à-dire que je la conduisis, par le chemin Posadowski, au jardin d'enfants de tante Kauer. Ça y était : ils avaient la bouche ouverte, la mâchoire pendante, ils se prenaient par la menotte, ils tournaient les pointes des pieds en dedans, ils attendaient leur preneur de rats, ils m'attendaient, moi.

Et je quittai ma place sous l'échelle à poules. Je me mis à leur tête. J'offris d'abord à ces messieurs-dames, en guise d'échantillon « J'fais, j'fais des gâteaux » puis, quand je pus enregistrer partout une gaieté enfantine, je battis : « La Sorcière Noire est-elle là ? » Elle me faisait peur à l'occasion, jadis ; aujourd'hui, de plus en plus, elle m'épouvante, énorme, noire comme poix. Immense, je la fis gronder à travers la Cave, et j'obtins ce que le cafetier Schmuh n'obtenait qu'avec des oignons : les dames et les messieurs pleurèrent de grosses larmes d'enfant. Tous avaient grand-peur ; tremblants, ils criaient pitié.

Pour les rassurer, et aussi pour les réintroduire dans leurs vêtements et sous-vêtements, velours et soie, je battis : « Verts, verts, verts, tous mes habits sont verts » et de même « Rouges, rouges, rouges, tous mes habits sont rouges », et « Bleus, bleus, bleus... » et « Jaunes, jaunes, jaunes... ». Toutes les couleurs et toutes les nuances y passèrent jusqu'à ce que je retrouvasse une société vêtue avec décence. Alors je mis mon école maternelle en formation de promenade.

Je leur fis traverser la Cave aux Oignons, comme si ç'avait été le chemin de Jeschkental, comme pour gravir la Butte-aux-Pois, pour contourner l'affreux monument de Gutenberg. Sur la prairie Saint-Jean, je fis fleurir des pâquerettes que les messieurs-dames eurent la permission de cueillir avec une jubilation enfantine.

Puis je permis à toutes les personnes présentes de laisser sur place quelque chose en souvenir du joyeux après-midi de jeux. C'était une petite commission ; nous approchions alors de la sombre Gorge-du-Diable, tout en ramassant des faines. Mon tambour dit : Maintenant vous pouvez, mes enfants. Et ils satisfirent un petit besoin enfantin, dans leur culotte, tous, les messieurs-dames, et Schmuh aussi : dans sa culotte ; et mes amis Klepp et Scholle : chacun dans la leur ; même la lointaine dame des cabinets. Tous mouillèrent leur culotte et s'accroupirent pour mieux s'écouter faire pss pss.

Quand cette musique eut expiré — Oscar avait accompagné

l'orchestre enfantin d'un léger roulement sourd — je passai par un grand coup direct à l'exubérance joyeuse. J'attaquai *presto vivace :*

Verre à vitre, vitre en miettes,
J'bois la bière sans eau,
Mère Lapin ouvre sa f'nêt'
Et joue du piano...

Ainsi je conduisis toute la compagnie jasante, rieuse et babillarde d'abord au vestiaire, où un étudiant barbu stupéfait aida la clientèle enfantine à mettre ses manteaux ; puis mon tambour les escorta sur l'escalier de béton ; ils passèrent devant le portier en peau de mouton et sortirent sur l'air de « Qui veut voir les bonnes laveuses ».

Poudré d'étoiles comme une légende, le ciel froid d'une nuit printanière en l'an cinquante recouvrit les messieurs-dames. Longtemps encore ils remplirent la Vieille-Ville de leurs jeux enfantins sans retrouver le chemin de leurs domiciles ; puis les agents les aidèrent à récupérer leur âge, leur dignité, et le souvenir de leurs numéros de téléphone.

Souriant, hilare, Oscar rentra dans la Cave aux Oignons en flattant son tambour de tôle. Schmuh battait toujours des mains ; les jambes écartées, le fond de culotte humide, il restait debout à côté de l'échelle à poules. Il se sentait aussi bien, ma foi, dans le jardin d'enfants de tante Kauer que dans les prairies rhénanes, quand il portait son âge et tirait les moineaux.

Sur le Mur de l'Atlantique

Par cet extra, j'avais voulu rendre service à Schmuh, le patron de la Cave aux Oignons. N'empêche qu'il ne me pardonna pas, comme il disait, mon foutu solo de tambour en zinc qui avait changé ses clients bons payeurs en des enfants d'une bonne humeur débridée, faisant dans leurs culottes — et pleurant sans oignons.

Oscar essaie de le comprendre. Ne devait-il pas en effet redouter ma concurrence ? Un nombre sans cesse accru de clients refusaient les oignons traditionnels, réclamaient Oscar et son tambour, l'homme qui sur son tambour faisait revivre l'enfance de chaque client, quel que fût son âge avancé.

Après s'être limité à congédier sans préavis les dames des cabinets, Schmuh renvoya ses musiciens et engagea un violoniste debout qu'avec un peu d'indulgence on pouvait prendre pour un tzigane.

Mais à peine étions-nous balancés que plusieurs clients, parmi les meilleurs, menacèrent de s'abstenir désormais ; aussi Schmuh dut-il au bout de peu de semaines cuisiner un compromis : le violoniste debout fonctionnerait trois fois par semaine. Trois fois par semaine ce furent nous qui fîmes la musique. Nous exigeâmes un cachet plus élevé : vingt marks par soirée, et nous l'obtînmes ; ajoutons à cela un afflux grossissant de pourboires. Oscar prit un livret de Caisse d'épargne et se fit une joie de toucher les intérêts.

Ce livret ne devait que trop tôt me tirer de la gêne, car la mort vint ; elle prit l'aubergiste Ferdinand Schmuh et nous ôta notre gagne-pain.

Je l'ai déjà dit ci-dessus : Schmuh tirait les moineaux. Parfois il nous emmenait dans sa Mercedes et nous faisait regarder quand il tirait les moineaux. Malgré d'occasionnelles hostilités provoquées par mon tambour et où Klepp et Scholle, mes fidèles partisans, se trouvaient impliqués, nos relations avec Schmuh demeuraient amicales ; mais, voir plus haut, la mort vint.

Nous montâmes en voiture. L'épouse de Schmuh, comme toujours, était au volant. Klepp à côté d'elle. Schmuh entre Oscar et Scholle. Il tenait sur ses genoux la carabine et la caressait parfois. Nous allâmes jusque devant Kaiserswerth. Rideaux d'arbres sur les deux rives. L'épouse de Schmuh resta dans la voiture et déplia un journal. Klepp s'était pourvu de raisins secs et en mangeait avec une certaine régularité. Scholle qui, avant de se mettre guitariste, avait été étudiant en je ne sais quoi, déclamait par cœur des poèmes sur le Rhin. Ce dernier se montrait sous un jour poétique ; à la grande confusion du calendrier, il portait, en plus des chalands habituels, des feuilles d'automne qui filaient en gondole sur Duisbourg. Si la carabine de Schmuh n'avait pas de temps à autre dit son mot, l'après-midi en bas de Kaiserswerth eût été paisible.

Quand Klepp fut venu à bout de ses raisins secs, il s'essuya les doigts dans l'herbe. Schmuh avait fini. Aux onze boules de plumes refroidies sur le papier journal, il ajouta le douzième moineau, encore palpitant, dit-il. Déjà le chasseur enveloppait sa proie — Schmuh, pour des raisons impénétrables, rapportait toujours chez lui ce qu'il avait tué — quand juste devant nous, sur un morceau de racine rejeté par le flot, un moineau se posa. Il le fit de façon si ostensible, il était si gris et si brun, avec la gorgerette si noire, c'était un si bel exemplaire de moineau que Schmuh ne put résister : lui qui ne tuait jamais plus de douze moineaux dans son après-midi, voici qu'il en tua un treizième. Cela, Schmuh n'aurait pas dû le faire.

Quand il eut joint le treizième aux douze, nous partîmes et trouvâmes l'épouse de Schmuh endormie dans la Mercedes noire. Schmuh monta le premier devant, puis Scholle et Klepp derrière. J'aurais dû monter ; mais non, je dis que je voulais encore me promener un peu, je prendrais le tramway, pas besoin de s'en faire pour moi. Donc ils partirent sans Oscar, qui avait rudement bien fait, en direction de Düsseldorf.

Je suivis lentement, de loin. Pas loin. Il y avait là une dérivation pour travaux. La dérivation longeait un trou à grève. Et dans le trou à grève, à quelque sept mètres en contrebas de la route, la Mercedes noire gisait les roues en l'air.

Des ouvriers de la gravière avaient retiré de la voiture les trois blessés et le cadavre de Schmuh. L'ambulance était déjà en route. Je dévalai le talus. J'eus bientôt mes chaussures pleines de gravier, je m'occupai un peu des blessés qui malgré leur douleur posaient des questions ; je ne leur dis pas que Schmuh était mort. Son regard fixe, ahuri, indiquait le ciel aux trois quarts couvert. Le journal contenant son butin de l'après-midi avait jailli par la portière. Je comptai douze moineaux ; impossible de trouver le treizième. Je cherchais toujours quand l'ambulance fut dirigée au bas de la gravière.

L'épouse de Schmuh, Klepp et Scholle avaient des blessures légères : contusions, quelques côtes enfoncées. Quand, par la suite, j'allai voir Klepp à l'hôpital et lui demandai la cause de l'accident, il me raconta une étonnante histoire : comme ils roulaient lentement, à cause du sol défoncé par la dérivation, le long du trou à grève, tout à coup une centaine, voire des centaines de moineaux auraient surgi des haies, des buissons, des arbres fruitiers, environnant la voiture, heurtant le pare-brise ; l'épouse de Schmuh avait pris peur. C'est ainsi que la seule force des moineaux avait provoqué l'accident et la mort de Schmuh, industriel hôtelier.

On prendra comme on voudra le récit de Klepp. Oscar reste sceptique, d'autant qu'à l'enterrement de Schmuh il n'y avait pas plus de moineaux au cimetière Sud que jadis, quand j'y allais en qualité de marbrier et tailleur de lettres. Tandis que, tenant à la main un gibus de location, je marchais derrière le cercueil avec le convoi funèbre, je vis au canton 9 le marbrier Korneff qui, aidé d'un ouvrier inconnu, plaçait une dalle de diabase sur un caveau double. Quand le cercueil où gisait le cafetier Schmuh passa à bras d'homme devant le marbrier pour gagner le canton 10 fraîchement tracé, il ôta sa casquette selon le règlement, mais il ne me reconnut pas, sans doute à cause du gibus ; mais il se frotta la nuque, ce qui permettait de conclure à des furoncles mûrissants ou trop mûrs.

Enterrements ! J'en ai tant vus dans tant de cimetières ! J'ai même dit quelque part : les enterrements rappellent toujours d'autres enterrements. Inutile donc de détailler l'enterrement de Schmuh, les pensées rétrospectives d'Oscar. Schmuh entra sous terre sans qu'il se passât rien d'extraordinaire. Je ne saurais toutefois vous dissimuler qu'après l'enterrement — on se dispersa sans cérémonie, puisque la veuve était à l'hôpital — je fus abordé par un monsieur qui se nommait le Dr Dösch.

Le Dr Dösch dirigeait une agence de concerts. Mais l'agence ne lui appartenait pas. En outre, le Dr Dösch se présenta comme un monsieur client de la Cave aux Oignons. Je ne l'avais jamais remarqué. Cependant il aurait été présent quand j'avais réduit la clientèle de Schmuh à une nursery jasante et ravie. Oui, Dösch lui-même, sous l'empire de mon tambour, à ce qu'il m'affirma en confidence, avait retrouvé son enfance heureuse. Ce qu'il voulait maintenant, c'était me lancer et lancer — comme il disait — mon « truc énorme ». Il avait pleins pouvoirs pour me présenter un contrat atomique ; je pouvais signer sur-le-champ. Devant le crématoire, où le Leo la Bredouille de service, qui à Düsseldorf s'appelait Willem la Bavoche, attendait le cortège avec ses gants blancs, il tira de sa poche un papier qui, en échange de sommes formidables, m'engageait à donner des récitals exclusifs dans de grandes salles, seul en scène devant deux à trois mille places assises occupées, sous le nom d' « Oscar Tambour ». Dösch fut inconsolable quand je refusai de signer aussitôt. J'invoquai le décès de Schmuh ; je dis que, vu la nature personnelle des relations que j'avais entretenues avec Schmuh de son vivant, je ne pouvais pas chercher comme ça tout de suite, encore au cimetière, un nouveau patron ; je voulais réfléchir un peu, faire peut-être un petit voyage. Je le reverrais ensuite et, le cas échéant, je signerais ce qu'il appelait un contrat de travail.

S'il est vrai que je ne signai pas de contrat au cimetière, il est également vrai qu'Oscar se trouvait dans une situation financière si incertaine que je fus contraint d'accepter et d'empocher une avance que le Dr Dösch m'offrit discrètement en dehors du cimetière, sur le parvis où il avait garé sa voiture, et cachée dans une enveloppe où était aussi sa carte de visite.

Et je partis en voyage. Je trouvai même un compagnon. J'aurais préféré faire ce voyage avec Klepp. Mais Klepp était à l'hôpital et n'avait plus envie de rire depuis qu'il s'était rompu quatre côtes. J'aurais encore bien souhaité la compagnie de Maria. Les vacances n'étaient pas achevées, on aurait pu emmener Kurt. Mais elle était toujours à la colle avec son patron, ce Stenzel qui se fait appeler par Kurt « Papa Stenzel ».

Je partis donc avec le peintre Lankes. Vous connaissez Lankes comme caporal-chef et comme fiancé intermittent de la muse Ulla. Quand, mon avance et mon livret de Caisse d'épargne en poche, je rendis visite au peintre Lankes dans son atelier de la Sittarder Strasse, j'espérais trouver chez lui mon ancienne collègue Ulla ; je voulais faire le voyage avec la muse.

Chez le peintre, je trouvai Ulla. Il y a déjà quinze jours, me confia-t-elle sur le pas de la porte, que nous nous sommes fiancés. Avec Hänschen Krages, ça n'allait plus ; elle avait dû se défiancer ; est-ce que je connaissais Hänschen Krages ?

Oscar déplora profondément n'avoir pas connu le dernier fiancé d'Ulla. Puis il fit sa généreuse proposition de voyage. Mais il dut souffrir que Lankes s'interposât sans qu'Ulla ait pu accepter, s'imposât comme compagnon de voyage d'Oscar, et proposât, voire opposât à la muse, la muse Ulla aux longues jambes, des gifles parce qu'elle ne voulait pas rester à la maison ; elle se mit à pleurer.

Pourquoi Oscar ne se défendit-il pas ? Pourquoi, puisqu'il voulait faire le voyage avec Ulla, ne prit-il pas le parti de la muse ? Sous quelque aspect séduisant que je me figurasse un voyage aux côtés délicatement duvetés de la muse Ulla, je craignais cependant une trop étroite cohabitation avec une muse. Avec les muses, il faut garder ses distances, me disais-je, sinon le baiser de la muse devient une habitude domestique, bourgeoise. J'aime mieux faire le voyage avec le peintre Lankes qui bat sa muse quand elle veut l'embrasser.

Le choix de notre but de voyage ne souleva pas de longue discussion. Seule la Normandie entrait en ligne de compte. Nous voulions visiter les blockhaus entre Caen et Cabourg. C'était là-bas que nous avions fait connaissance pendant la guerre. Les seules difficultés provinrent des visas. Mais Oscar ne perdra pas un mot avec des histoires de visas.

Lankes est un avare. Il gaspille en les jetant sur des toiles mal préparées des couleurs à bon marché ou le produit de sa mendicité ; en revanche il est ménager de papier-monnaie et de métal monnayé. Il ne s'achète jamais de cigarettes, mais il fume sans arrêt. Pour mieux faire comprendre le côté sympathique de son avarice, voici : dès qu'on lui a donné une cigarette, il prend dans la poche gauche de son pantalon une pièce de dix pfennigs, l'expose à l'air un bref instant puis la fait glisser dans sa poche droite où, selon l'heure du jour, elle rejoint un nombre plus ou moins grand de piécettes semblables. Il aime beaucoup fumer et un jour qu'il était bien luné il me confia : « D'un jour sur l'autre, je mets de côté dans les deux marks de tabac. »

Ce dommage de guerre que Lankes a racheté l'an passé à Wersten, il a pu l'acquérir grâce aux cigarettes de ses proches ou lointaines connaissances ; pour mieux dire, il l'a d'abord fumé.

C'est avec ce Lankes que je partis pour la Normandie. Nous prîmes un rapide international. Lankes aurait mieux aimé faire de l'auto-stop. Mais comme c'était moi qui payais et faisais l'invitation, il dut céder. De Caen à Cabourg, nous prîmes le car. On longeait des peupliers ; derrière, les haies traçaient le cadastre des prairies. Des vaches pie-rouge donnaient au pays un air de réclame pour chocolat au lait. Seulement il n'aurait pas fallu montrer sur papier glacé les dommages de guerre encore visibles dans chaque village, y compris celui de Bavent où j'avais perdu ma Roswitha.

A partir de Cabourg, nous prîmes à pied le long de la plage vers l'embouchure de l'Orne. Il ne pleuvait pas. Au pied du Home, Lankes dit : « Nous y sommes, vieux ! Donne-moi une cigarette. » Tandis qu'il faisait passer la pièce d'une poche à l'autre, son profil de loup toujours projeté en avant indiquait un des nombreux blockhaus demeurés intacts dans les dunes. Un de ses bras immenses prit à gauche son sac à dos, le chevalet de campagne et la douzaine de cadres ; l'autre me prit à droite et m'entraîna dans le béton. Une petite valise et le tambour formaient tout le bagage d'Oscar.

Le troisième jour de nos vacances sur la côte de la Manche — nous avions entre-temps vidé l'intérieur du blockhaus Dora-7 du sable que le vent y avait accumulé, effacé les vilaines traces laissées par des couples d'amoureux en mal d'abri, meublé le local d'une caisse et de nos sacs de couchage —, Lankes rapporta de la plage une superbe merluche. Des pêcheurs la lui avaient donnée. Il leur avait fait le portrait de leur bateau, ils lui avaient refilé la merluche.

Comme nous appelions toujours le blockhaus Dora-7, il ne faut pas s'étonner si Oscar, tout en vidant le poisson, consacrait ses pensées à sœur Dorothée. Le foie et la laitance lui couvrirent les deux mains. J'écaillai le poisson à contre-soleil, ce qui fournit à Lankes l'occasion d'une pochade à l'aquarelle. Nous étions assis par terre à l'abri du vent derrière le blockhaus. Le soleil d'août donnait sur le dôme de béton. Je commençai à piquer le poisson de gousses d'ail. Le vide ci-devant occupé par la laitance, le foie et les entrailles fut farci d'oignons, de fromage et de thym ; mais je ne jetai ni le foie ni la laitance ; ces deux friandises furent placées dans la gueule du poisson que je tins ouverte au moyen d'un citron.

Lankes, le nez en l'air, prospectait la région. D'un pas de propriétaire, il disparut successivement dans Dora-4, Dora-3 et la suite. Il revint chargé de planches dont il alimenta le feu, et de grandes boîtes en carton qu'il utilisa pour peindre.

Nous entretînmes toute la journée sans peine notre petit feu de cuisine ; la plage crachait tous les deux pas des morceaux de bois flotté légers comme la plume et jetant des ombres variables. Un fragment de grille de balcon que Lankes avait descellé dans une villa abandonnée fut étendu sur les braises. J'enduisis le poisson d'huile d'olive et le disposai sur le gril chaud, préalablement huilé. Je pressai des citrons sur la merluche grésillante et la laissai lentement venir à point, car il ne faut jamais forcer la cuisson d'un poisson.

Nous dressâmes la table sur plusieurs bidons vides ; posé dessus, un carton bitumé plusieurs fois replié sur lui-même les surplombait. Nous avions fourchettes et assiettes de métal. Pour offrir une diversion à Lankes — il rôdait comme une mouette charognarde autour du poisson qui mitonnait lentement —, je pris dans le blockhaus mon tambour. Je l'imprimai dans le sable et fis voltiger les baguettes en variations infinies. Je modulais les bruits du ressac et de la marée montante apportés par le vent : la tournée Bebra visitait le béton. Du pays kachoube en Normandie. Félix et Kitty, les deux acrobates, se nouaient, se dénouaient sur le blockhaus, récitaient contre le vent un poème dont le refrain annonçait en pleine guerre un prochain âge de félicité... et, les vendredis, de turbot. « Nous approchons du style chromo », déclamait Kitty avec son accent de Saxe ; et Bebra, mon philosophe et capitaine de Compagnie de propagande, hochait la tête en signe d'approbation. Roswitha, ma Raguna de la mer Latine, prenait le panier de pique-nique, mettait le couvert sur le béton, sur Dora-7 ; le caporal-chef

Lankes mangeait du pain blanc, buvait du chocolat, fumait les cigarettes du capitaine Bebra... « Merde, Oscar. » C'était le peintre Lankes qui me rappelait aux réalités. « Je voudrais savoir peindre comme tu joues du tambour ; donne-moi une cigarette ! »

Je quittai mon tambour, fournis une cigarette à mon compagnon, examinai le poisson et le trouvai bon : les yeux blancs se liquéfiaient. Lentement, sans omettre aucun endroit, je pressai le dernier citron sur la peau en partie brunie, en partie éclatée.

« J'ai la dent ! » émit Lankes. Il montrait ses longues dents jaunes et pointues et tambourinait à deux poings, comme un singe, sur sa poitrine, sous la chemise à carreaux.

« Tête ou queue ? » proposai-je à sa réflexion, tandis que je faisais glisser le poisson sur un papier-parchemin qui servait de nappe. « Tu me conseillerais quoi ? » Lankes éteignit sa cigarette et garda le mégot.

« En tant qu'ami, je te dirais : prends la queue. En tant que cuisinier je peux seulement te recommander la tête. Mais ma mère, qui mangea beaucoup de poisson, te dirait maintenant : Monsieur Lankes, prenez la queue, vous savez ce que vous avez. En revanche le médecin conseillait à mon père... »

« M'en fous, du médecin », fit Lankes, méfiant.

« Le Dr Hollatz conseillait à mon père de ne manger toujours que la tête de la merluche, qu'on appelait chez nous dorsch. » Lankes gardait sa méfiance.

« Alors je prends la queue. Tu veux m'entorser. »

« Tant mieux pour Oscar. J'apprécie la tête. »

« Alors je prends la tête, puisque tu y tiens. »

« Quelle douloureuse incertitude, Lankes ! » Je voulais ainsi mettre fin au dialogue.

« A toi la tête, je prends la queue. »

« De quoi, p'tite tête ? Je t'ai possédé, hein ? »

Oscar reconnut que Lankes l'avait possédé. Je savais bien qu'il ne goûterait ma cuisine qu'à la condition d'avoir entre les dents, avec le poisson, la certitude de m'avoir mis dedans. Je le qualifiai de gros malin, de veinard, de profiteur, puis nous attaquâmes la merluche.

Il prit la tête. J'exprimai sur la chair blanche de la queue le reste de jus de citron ; elle s'effritait ; les gousses d'ail, molles comme du beurre, s'en détachèrent.

Lankes, des arêtes entre les dents, me guettait et surveillait la queue : « Laisse-moi voir goûter ta queue. » Je fis oui de la tête, il prit un échantillon et demeura indécis. Puis Oscar goûta de sa tête et le rassura derechef : comme toujours il avait happé le meilleur morceau.

Avec le poisson, nous buvions du bordeaux rouge. Je le déplorai ; j'aurais préféré un blanc sec dans les tasses à café. Lankes balaya mes scrupules. Il rappela qu'à Dora-7, quand il était caporal-chef, on n'avait jamais bu autre chose que du vin rouge jusqu'au début de l'invasion : « Merde, ce qu'on pouvait être pleins quand le truc a démarré ! Kowalski, Scherbach et le petit Leuthold qui sont maintenant là derrière au cimetière de Cabourg, ils ne se sont aperçus de rien quand ça s'est mis à camphrer. De l'autre côté, à Arromanches, c'étaient des Anglais et, dans notre secteur, une masse de Canadiens. Nous n'avions pas nos bretelles qu'ils étaient déjà là qui disaient : How are you ? »

Puis, brandissant la fourchette et crachant des arêtes : « Tiens, ce matin à Cabourg, j'ai vu Herzog, le casse-pieds que tu connais depuis que vous êtes venus ici en visite. Il était lieutenant. »

Bien sûr, Oscar se souvenait du lieutenant Herzog. Lankes me raconta à travers son poisson que le Herzog revenait chaque année à Cabourg avec des cartes et des instruments d'arpentage, parce que les blockhaus l'empêchaient de dormir. Il passerait aussi chez nous, à Dora-7, pour faire des relevés.

Nous en étions encore au poisson. Il révélait progressivement son arête axiale, quand arriva le lieutenant Herzog. Il portait un short kaki, se tenait debout sur des mollets gras et des tennis, et du poil gris brun flottait au col de sa chemise ouverte. Naturellement, nous restâmes assis. Lankes nomma son ami et collègue Oscar. Il disait à Herzog : Mon lieutenant en retraite. Le lieutenant en retraite entreprit aussitôt de soumettre Dora-7 à une inspection détaillée, mais il attaqua le béton par l'extérieur, ce que Lankes lui permit. Il remplissait des tablettes, transportait avec lui un binoculaire dont il importunait le paysage et le front de marée. Il caressa les fentes de tir de Dora-7, tout près de nous, avec autant de délicatesse que s'il avait voulu faire une bonne manière à sa femme. Quand il prit ses dispositions pour inspecter l'intérieur de Dora-7, notre bungalow de vacances, Lankes le lui interdit : « Dites donc, Herzog, j'sais-t'y ce que vous voulez ? Qu'est-ce que vous branlez dans tout ce béton ? Il y a beau temps que c'est *Passé,* ce qui était alors d'actualité. »

Passé est un des mots favoris de Lankes. Il a pour principe de répartir le monde en *Passé* et en actuel. Mais le lieutenant en retraite trouvait que rien n'était *Passé,* que l'addition était à refaire, qu'on n'en avait jamais fini de préciser ses responsabilités devant l'Histoire et c'est pourquoi il voulait à présent inspecter l'intérieur de Dora-7 : « Compris, Lankes ! »

Déjà l'ombre de Herzog se profilait sur notre table et notre poisson. Il voulut nous contourner pour entrer dans ce blockhaus dont l'entrée portait toujours en fronton les ornements de béton dus à la main créatrice du caporal-chef Lankes.

Herzog ne dépassa pas notre table. Par en bas, du poing qui tenait la fourchette, mais sans utiliser cette dernière, Lankes souleva le lieutenant Herzog, du cadre de réserve, et l'étendit dans le sable marin. Puis il hocha la tête, déplora d'être interrompu dans son repas de poisson, se leva, ramassa en tampon de la main gauche la chemise du lieutenant à l'endroit du sternum, le traîna à l'écart en laissant une trace régulière sur le sable et le lança à bas de la dune, si bien que nous ne le vîmes plus ; en revanche, il fallait l'entendre. Herzog ramassa ses instruments de mesure que Lankes lui avait jetés à sa suite puis, jurant et conjurant tous les fantômes de l'Histoire, il s'éloigna.

« Dans le fond, il n'avait pas tellement tort, le Herzog. Même si c'est un pénible. Si on n'avait pas été aussi saouls quand ça s'est mis à barder, qui sait ce qu'il serait advenu des Canadiens ? »

Je ne pus qu'approuver d'un hochement de tête. La veille, à marée basse, parmi les coquillages et les carapaces de crabes vides, j'avais trouvé un bouton d'uniforme canadien éloquent par lui-même. Oscar conserva le bouton dans son portefeuille comme s'il avait trouvé une monnaie étrusque rare.

La visite du lieutenant Herzog, si courte fût-elle, avait ranimé des souvenirs : « Tu te rappelles, Lankes, le jour que nous visitions votre béton avec la troupe du Théâtre aux armées, et que nous déjeunions sur le blockhaus ? Il soufflait une petite brise comme aujourd'hui. Tout à coup il y eut six ou sept nonnes cherchant des crabes parmi les asperges Rommel ; et toi, Lankes, tu reçus l'ordre d'évacuer la plage ; tu pris pour ce faire une mitrailleuse meurtrière. »

Lankes se rappelait. Il suçait des arêtes. Il savait même encore les noms : sœur Scolastique, sœur Agneta. Il me décrivit la novice comme un visage rose avec beaucoup de noir autour. Sa peinture fut si frappante qu'elle recouvrit largement, sans l'abolir, l'image toujours présente à mon esprit de mon infirmière, la sœur séculière Dorothée. Cette impression fut encore renforcée quand, peu d'instants après la description, une jeune nonne cingla vers nous, venant de Cabourg ; elle était rose avec beaucoup de noir autour, il n'y avait pas à s'y tromper. Ce ne fut pas un événement qui me surprit assez pour que j'y visse un miracle.

Elle tenait un parapluie noir comme en portent les vieux messieurs ; il l'abritait du soleil. Au-dessus des yeux s'arrondissait une visière de celluloïd d'un vert agressif, comme en portent à Hollywood les gens de cinéma. Quelqu'un l'appelait dans les dunes. Il devait y avoir encore d'autres nonnes éparses dans la nature. « Sœur Agneta ! » criait quelqu'un. « Sœur Agneta, où êtes-vous donc ? »

Et sœur Agneta, cette jeune échappée visible au-dessus de l'arête toujours plus apparente de notre merluche, répondait : « Ici, sœur Scolastique. Ici on ne sent pas le vent ! »

Lankes ricanait et hochait complaisamment sa face de loup, comme s'il eût d'avance commandé cette mobilisation catholique, comme si rien au monde ne pouvait le surprendre.

La jeune nonne nous aperçut. Elle s'arrêta sur notre gauche non loin du blockhaus. Son visage rose aux narines circulaires dit entre ses dents légèrement avancées, impeccables d'ailleurs : « Oh ! »

Lankes tourna la tête et le cou sans mouvoir le buste : « Alors, ma sœur, on fait un petit tour ? »

Elle répondit très vite : « Nous allons une fois par an au bord de la mer. Mais je vois la mer pour la première fois. Elle est si grande ! »

A quoi l'on ne pouvait rien opposer. Jusqu'à ce jour, cette description de la mer m'apparaît la seule juste.

Lankes pratiqua les lois de l'hospitalité, piqua un morceau de poisson dans ma part et l'offrit : « Un petit bout de poisson, ma sœur ? Il est encore chaud. »

Son français facile m'étonna. Oscar s'essaya aussi dans la langue étrangère : « Il n'y a pas à vous gêner. C'est vendredi aujourd'hui. »

Mais cette allusion à la sévère règle monastique ne suffit pas à faire partager notre repas à la jeune fille adroitement dissimulée sous l'habit religieux.

« Vous habitez toujours ici ? » demanda-t-elle avec curiosité. Elle trouva notre blockaus joli et un peu bizarre. Malheureusement, franchissant la crête de la dune, la supérieure et cinq autres nonnes à parapluies noirs et visières vertes s'introduisirent dans le tableau. Agneta prit sa course et, à ce que la brise d'est me transmit avec fioritures, elle se fit semoncer d'importance et rentra dans le rang.

Lankes rêvait. Il tenait sa fourchette à l'envers dans sa bouche et regardait fixement le groupe aux vêtements flottants sur la dune :

« C'est pas des nonnes, c'est des bateaux à voiles. »

« Les bateaux à voiles sont blancs » fis-je observer.

« C'en est des noirs. » On ne discutait pas facilement avec Lankes. « Celle qui est à l'extrême gauche, c'est le navire amiral. Agneta, c'est une corvette rapide. Bon vent ; formation en colonne, du foc à la brigantine, misaine, grand-mât et artimon, toutes voiles dehors, cap sur l'horizon, l'Angleterre. Tu te rends compte ? Au petit matin, les Tommies ouvrent l'œil, regardent par la fenêtre, qu'est-ce qu'ils voient ? vingt-cinq mille nonnes arborant le grand pavois, et voici déjà qu'elles lâchent la première bordée... »

Je vins à la rescousse : « Une nouvelle guerre de religion ! » Le navire amiral devrait s'appeler *Marie-Stuart* ou *De Valera,* mieux encore : *Don Juan.* Une nouvelle Armada plus maniable tire vengeance de Trafalgar. On dirait : « Mort aux puritains ! » Et cette fois les Anglais n'auraient pas de Nelson en réserve. En avant l'invasion : l'Angleterre a cessé d'être une île !

La conversation prenait au goût de Lankes une tournure excessivement politique. Il m'interrompit : « Tiens, les nonnes font vapeur. »

« Voile ! » rectifiai-je.

Voile ou vapeur, elles faisaient route sur Cabourg. Elles se protégeaient du soleil avec des parapluies. Une seule restait en arrière, se penchait et ramassait, puis laissait tomber. Le reste de l'escadre — pour s'en tenir à cette comparaison — louvoyait lentement contre le vent, cap sur les ruines incendiées de l'hôtel de la Plage.

« Elle a chassé sur son ancre ou endommagé son gouvernail. » Lankes s'attachait au vocabulaire nautique. « C'est-y pas la corvette rapide, l'Agneta ? »

Corvette ou frégate, c'était la novice Agneta qui se rapprochait en ramassant et en rejetant des coquillages.

« Qu'est-ce que vous ramassez donc là, ma sœur ? » Or Lankes le voyait bien.

« Des coquilles ! » Elle détailla le mot et se pencha.

« Vous pouvez donc ? Ce sont pourtant des biens de cette terre. »

Je suppléai la novice. « Erreur, Lankes. Des coquilles, jamais. »

« Alors c'est des biens d'aubaine, des biens en tout cas, et les nonnes ne doivent rien posséder. C'est ça, la pauvreté. Pas vrai, ma sœur ? »

Sœur Agneta montra dans un sourire ses dents avancées. « Je ne rapporte guère de coquilles. Elles sont destinées au jardin d'enfants. Les petits les aiment bien comme jouets. Ils n'ont encore jamais été à la mer. »

Agneta se tenait devant l'entrée du blockhaus et coulait à l'intérieur un furtif regard de nonne.

« Notre pavillon vous plaît-il ? » dis-je pour mettre du liant. Lankes y alla plus franchement : « Visitez donc la villa. C'est gratuit, ma sœur ! »

Ses chaussures à lacets grattaient le sable sous le tissu de premier choix. Parfois même elle soulevait le sable marin dont le vent saupoudrait ensuite notre poisson. Moins sûre d'elle-même, elle nous examina de ses yeux nettement couleur de noisette ; elle regarda notre table :

« Cela ne se peut sûrement pas. » C'était provoquer nos protestations.

« Ben quoi, ma sœur ! » Le peintre balayait toutes les difficultés et se levait de son siège. « Y a une jolie vue. Par les meurtrières on peut voir toute la plage. »

Elle hésitait toujours ; sûrement ses chaussures étaient déjà pleines de sable. Lankes tendit une main vers l'entrée du blockhaus. Son motif ornemental en béton jetait des ombres fortes, décoratives. « Le ménage y est fait ! »

Ce fut peut-être le geste engageant du peintre qui détermina la nonne à entrer. « Mais un instant seulement ! » Telles furent les paroles décisives. Elle passa prestement devant Lankes et entra dans le blockhaus. Il essuya ses mains à son pantalon — un geste typique de peintre — et, avant de disparaître à son tour, il proféra une menace : « Surtout ne me prends pas de mon poisson ! »

Oscar avait son compte de poisson. Je m'écartai de la table. Je fus livré au vent de sable, aux bruits forcenés de la marée, ce monstre immortel. Du pied, je ramenai à moi mon tambour ; puis je le battis ; je m'efforçai de quitter ce paysage de béton, ces légumes Rommel.

Tout d'abord, et avec une réussite toute partielle, j'essayai de l'amour. Moi aussi, jadis, j'aimais une sœur. Pas une bonne sœur, plutôt une infirmière. Dans le logement Zeidler, elle habitait derrière une porte aux vitres dépolies. Elle était très belle, mais je ne la vis jamais. Un tapis de coco vint s'interposer. Il faisait très sombre dans le couloir de chez Zeidler. C'est pourquoi je sentis plus nettement le coco des fibres que le corps de sœur Dorothée.

Quand il fut avéré que ce thème débouchait à tous coups sur le tapis de coco, je tentai de soumettre à la sublimation rythmique mon ancien amour pour Maria, de le planter comme une vigne vierge foisonnante devant la paroi de béton. Cette fois, ce n'était plus sœur Dorothée qui traversait mon amour pour Maria : la mer soufflait un air de carbol, les mouettes évoluaient vêtues en infirmières, le soleil luisait comme une broche de la Croix-Rouge.

A vrai dire Oscar fut bien content d'être dérangé dans sa rêverie. La supérieure, sœur Scolastique, revint avec ses cinq nonnes. Elles semblaient lasses et tenaient de travers leurs parapluies désespérés. « N'auriez-vous pas vu une jeune religieuse, notre jeune novice ? Elle est encore si enfant. C'est la première fois qu'elle voit la mer. Elle doit s'être égarée. Où êtes-vous donc, sœur Agneta ? »

Il ne me restait plus rien d'autre à faire que d'orienter cette fois l'escadron vent arrière sur l'embouchure de l'Orne, Arromanches, Port-Winston où jadis les Anglais avaient pris sur la mer leur port artificiel. Toutes ensemble, elles n'auraient pas trouvé place dans notre blockhaus. Certes je fus tenté un instant de faire au peintre Lankes la bonne surprise de cette visite ; mais l'amitié, le dégoût, la malice m'incitèrent de concert à tendre le pouce vers l'estuaire de l'Orne. Les nonnes obéirent à mon pouce. Sur la crête de la dune, ce n'étaient plus que six taches noires, flottantes, qui décroissaient. Leur piteux appel : « Sœur Agneta ! Sœur Agneta ! » se mêla de vent, puis finit par se perdre dans les sables.

Lankes sortit du blockhaus le premier. Le typique geste du peintre : il s'essuya les mains aux jambes de son pantalon, s'étira au soleil, me réclama une cigarette, la mit dans la pochette de sa chemise et s'attaqua au poisson froid. « Ça donne faim », expliqua-t-il de façon allusive, et il pilla la queue qui pourtant m'appartenait.

« Elle est certainement malheureuse à l'heure qu'il est. » En formulant contre Lankes cette accusation, je détaillai et goûtai le mot malheureuse.

« De quoi ? Y a pas de quoi être malheureuse. »

Lankes ne pouvait concevoir que sa façon bien à lui de cultiver les bonnes manières pourrait rendre quelqu'un malheureux.

« Qu'est-ce qu'elle fait ? » demandai-je ; mais j'aurais voulu poser une autre question.

« Elle coud », déclara Lankes en faisant avec sa fourchette un geste d'explication. « S'a un peu déchiré sa cotte ; répare les dégâts. »

La couturière sortit du blockhaus. Elle ouvrit aussitôt son parapluie et dit d'une voix de tête nasillarde qui me parut affectée : « On a vraiment une belle vue dans votre blockhaus. On y voit toute la plage et la mer. »

Elle resta en arrêt devant les débris de notre poisson.

« Puis-je ? »

Double hochement de tête.

« L'air marin ouvre l'appétit », ajoutai-je pour l'encourager. Elle fit à son tour un oui de la tête. Ses mains rougies et crevassées, rappelant les durs travaux du couvent, piochèrent dans notre poisson ; elle porta l'aliment à sa bouche, mangea. Elle était grave, concentrée, rêveuse ; on aurait cru qu'avec le poisson elle mâchait derechef un aliment antérieur.

Je la regardai sous sa coiffe. Elle avait oublié dans le blockhaus sa visière verte de journaliste. De menues perles de sueur s'alignaient égales sur son front lisse ; on aurait dit une madone dans le cadre blanc empesé. Lankes redemanda une cigarette bien qu'il n'eût pas fumé la précédente. Je lui jetai le paquet. Tandis qu'il en mettait trois dans la pochette de sa chemise et une quatrième entre ses lèvres, sœur Agneta tourna sur elle-même, lança au loin son parapluie et se mit à courir. Je vis alors qu'elle était pieds nus. Elle gravit la dune et s'éloigna vers le ressac.

« Laisse-la courir », dit Lankes, prophétique. « Elle reviendra ou pas. »

Je ne pus qu'un instant me tenir tranquille à regarder la cigarette du peintre. Je grimpai sur le blockhaus et observai la plage que la marée montante avait raccourcie.

« Alors ? » Lankes voulait savoir.

« Elle se déshabille. » Il ne put m'arracher d'autres informations. « Probable qu'a veut se baigner histoire de se rafraîchir. »

Cet exercice me parut dangereux à marée haute et si tôt après avoir mangé. Elle y était déjà jusqu'aux genoux, s'immergait petit à petit ; elle avait un dos rond. L'eau n'est guère chaude fin août, mais cela ne semblait pas l'effrayer : elle nageait, nageait avec adresse, pratiquait diverses nages et coupait les vagues en plongeant.

« Laisse-la nager et descends de ce blockhaus à la fin ! » Je regardai derrière moi et vis Lankes couché sur le dos souffler des nuages de fumée. L'arête ivoirine de la merluche luisait au soleil et s'imposait à la table.

Quand je sautai à bas du béton, Lankes ouvrit ses yeux de peintre et dit : « Nom de Dieu ! Ça fait un tableau du tonnerre : Marée de nonnes. Ou bien : Nonnes à marée montante. »

« Salaud ! » criai-je. « Et si elle se noie ? »

Lankes ferma les yeux : « Alors le tableau s'intitule : Nonnes noyées. »

« Et si elle revient et tombe à tes pieds ? »

Les yeux ouverts, le peintre statua : « Alors elle et le tableau s'appelleront : Nonne tombée. »

Avec lui, c'était tout ci ou tout ça, tête ou queue, noyée ou tombée. A moi, il prenait mes cigarettes ; il avait jeté le lieutenant à bas de la dune ; il me mangeait mon poisson ; une enfant vouée au ciel, il lui montrait l'intérieur de notre blockhaus et, tandis qu'elle allait nageant vers le large, son pied bourru, pataud, esquissait des tableaux dans l'air ; il donnait même les formats et les titres : Nonnes à flot. Flot de nonnes. Nonnes noyées. Nonnes tombant. Vingt-cinq mille nonnes. Format oblong : Nonnes à la hauteur de Trafalgar. Format en hauteur : Victoire des nonnes sur Lord Nelson. Nonnes par vent debout. Nonnes filant grand largue. Nonnes courant la bouline. Du noir, beaucoup de noir, du blanc mourant et du bleu sur fond de glace : l'Invasion, ou bien : La barbare barbe — c'était le vieux titre de son œuvre bétonnée du temps de la guerre.

Quand nous rentrâmes en Rhénanie, le peintre Lankes exécuta des nonnes en série, en long et en large ; il sut trouver un marchand de tableaux qui en pinçait pour les nonnes, exposa quarante-trois motifs de nonnes, en vendit vingt-sept à des collectionneurs, à des industriels, à des musées ; des critiques jugèrent à propos de le comparer, lui Lankes, à Picasso.

Le succès qu'il obtint me persuada de chercher la carte de visite du Dr Dösch, l'imprésario. Si l'art de Lankes, à supposer qu'il en fût un, criait après le bifteck, le mien aussi criait après sa récompense. Il s'agissait à présent de monnayer les expériences du tambour Oscar. Il les avait accumulées dans la tirelire de fer battu de ses trois ans, avant la guerre et pendant les années de guerre. Maintenant qu'on était après-guerre, il fallait les transmuter en espèces sonnantes.

L'annulaire

« Ma foi », disait Zeidler, « vous voulez donc pus travailler ? » Ce qui le chiffonnait, c'est que Klepp et Oscar passaient tout leur temps dans la chambre de Klepp ou d'Oscar et ne faisaient pour ainsi dire rien. Certes, avec le reliquat de l'avance que le Dr Dösch m'avait faite au cimetière sud, quand on enterrait Schmuh, j'avais payé le terme d'octobre pour les deux chambres, mais une ombre financière menaçait d'épaissir les mélancolies de novembre.

Cependant nous recevions des offres à suffisance. Nous aurions pu jouer du jazz dans tel restaurant-dancing ou telle boîte de nuit. Mais Oscar ne voulait plus jouer de jazz. Klepp et moi, nous avions des controverses. Il disait que ma nouvelle manière de jouer du tambour n'avait rien à voir avec le jazz. Je ne disais pas le contraire. Alors il me qualifiait de traître à l'idée du jazz.

Il fallut que Klepp, début novembre, trouvât un nouveau batteur — Bobby de la « Licorne », un type bien — et du même coup un engagement dans la Vieille-Ville, pour que nous fussions à nouveau sur le pied de notre vieille amitié, même si, justement alors, Klepp commença à tenir des propos communisants ; car pour ce qui est de sa pensée...

Une seule porte me restait ouverte : celle de l'agence que dirigeait le Dr Dösch. Il n'était pas question de remettre les pieds chez Maria, surtout que son monsieur sérieux, le nommé Stenzel, parlait de divorcer et de donner son nom à Maria par la suite. De loin en loin, je gravais une épitaphe chez Korneff dans le Bittweg ; j'allais à l'Académie où je me laissais négrifier et abstraire par de bouillants apôtres de l'Art. Souvent, mais sans aucune intention, je rendais visite à la muse Ulla. Elle venait de rompre ses fiançailles avec le peintre Lankes peu après notre retour du Mur de l'Atlantique : Lankes ne faisait plus que peindre des tableaux de nonnes qu'il vendait très cher et, du coup, il ne voulait même plus gifler la muse Ulla.

Mais la petite carte du Dr Dösch gisait muette et insistante sur ma table à côté de la baignoire. Quand un beau jour je la déchirai et la jetai, parce que je ne voulais pas avoir affaire au Dr Dösch, je m'aperçus avec horreur que je pouvais réciter par cœur, comme un poème, le numéro de téléphone et l'adresse exacte de l'agence. Je le répétai trois jours durant. Le numéro de téléphone m'empêchait de dormir. C'est pourquoi, le quatrième jour, j'entrai dans une cabine téléphonique, formai le numéro, obtins Dösch à l'appareil. Il fit comme s'il avait d'une heure à l'autre attendu mon appel et me pria de passer à l'agence le jour même dans l'après-midi ; il voulait me présenter au patron : le patron attendait M. Matzerath.

L'agence « Ouest » était au huitième étage d'un building d'affaires tout neuf. Avant de prendre l'ascenseur, je me demandai si le nom de l'agence ne couvrait pas d'abominables sous-entendus politiques. S'il y a une agence « Ouest », il existe à coup sûr une agence « Est » dans un building semblable. Une certaine habileté avait déterminé le choix de ce nom, car aussitôt je donnai la préférence à l'agence « Ouest ». Quand je quittai l'ascenseur au huitième étage, j'avais l'impression rassurante d'avoir pris le chemin de la bonne agence. Moquettes, beaucoup de laiton, éclairage indirect, tout insonorisé, une harmonieuse distribution de portes et de secrétaires à longues jambes véhiculait dans un crissement de soie l'odeur des cigares du patron ; pour un peu, je me serais sauvé.

Le Dr Dösch m'accueillit à bras ouverts. Oscar fut bien aise de n'être pas positivement embrassé. La machine à écrire d'une fille à pull-over jade se tut quand j'entrai, puis rattrapa le temps qu'elle avait perdu au moment de mon entrée. Dösch m'annonça au bureau du patron. Oscar prit place sur le sixième antérieur gauche d'un fauteuil capitonné rouge anglais. Puis une porte à deux battants s'ouvrit, la machine à écrire retint son souffle, je fus comme aspiré de mon fauteuil, les portes derrière se fermèrent. A travers une salle claire s'élançait un tapis. Il m'emporta jusqu'à un meuble d'acier qui me dit : voici Oscar devant le bureau du patron, combien de quintaux pèse-t-il ? Je levai mes yeux bleus, cherchant le chef derrière la plaque de chêne infiniment vide. Et dans un fauteuil roulant qui, comme ceux des dentistes, pouvait se remonter et se tourner, je trouvai, paralysé, vivant seulement par ses yeux et ses doigts, vivant encore, mon ami et maître Bebra.

Ah ! mon Dieu, il avait encore sa voix ! Elle parla : « Ainsi l'on se revoit, monsieur Matzerath. Ne disais-je pas, il y a déjà bien des années, quand vous préfériez encore affronter le monde du bas de vos trois ans : des gens comme nous ne peuvent se perdre ? Seulement je constate, à mon profond regret, que vous avez modifié vos proportions de façon déraisonnablement radicale et désavantageuse. Ne mesuriez-vous point tout juste quatre-vingt-quatorze centimètres ? »

Je fis oui ; j'étais proche des larmes. Au mur, derrière le fauteuil roulant qu'un moteur actionnait avec un ronron continu, unique ornement, dans un cadre de rocaille, le portrait en buste grandeur nature de ma Roswitha, de la grande Raguna. Sans suivre mon regard, mais sans en méconnaître la cible, Bebra parla. Sa bouche demeurait presque immobile : « Ah oui, la bonne Roswitha ! Le nouvel Oscar serait-il à son goût ? Sans doute à peine. Elle gardait sa flamme à un autre Oscar, âgé de trois ans, joufflu et pourtant plein d'amoureuse fureur. Elle l'adorait, ainsi qu'elle le disait sur le ton du théâtre plutôt que de l'aveu. Il n'empêche qu'un jour il ne voulut pas aller chercher du café ; elle y fut elle-même et y perdit la vie. Ce n'est pas, à ma connaissance, le seul meurtre que perpétra cet Oscar joufflu. N'est-il pas vrai que de son tambour il accompagna sa pauvre mère à la tombe ? »

Je fis oui : Dieu merci, je pouvais pleurer. Je gardai les yeux sur Roswitha. Déjà le maître ajustait la seconde flèche : « Et qu'en fut-il de cet employé des postes, Jan Bronski, en qui l'enfant Oscar daignait voir son père supposé ? Il le remit aux valets de police. Ils le tuèrent d'un plomb au cœur. Peut-être pouvez-vous, monsieur Oscar Matzerath, vous qui osez paraître sous un aspect nouveau, m'informer de ce qu'il advint du second père supposé du jeune tambour, le négociant Matzerath, produits exotiques ? »

Alors j'avouai ce meurtre aussi ; je reconnus m'être débarrassé de Matzerath, décrivis sa mort par asphyxie — mon œuvre — et ne me défilai plus derrière cette mitraillette russe. Je dis : « C'était moi, maître. J'ai fait ceci, j'ai fait aussi cela, j'ai provoqué cette mort, je ne suis pas innocent de cette mort même. — Pitié ! »

Bebra rit. Je ne sais comment. Son fauteuil roulant trembla, un souffle secoua ses cheveux de gnome au-dessus des cent mille rides qui faisaient son visage.

J'implorai encore miséricorde. Pour ce faire, je donnai à ma voix une suavité dont je connaissais l'efficace ; mes mains, que je savais belles et efficaces aussi, je les jetai devant mon visage : « Pitié, cher maître, pitié ! »

Alors, s'étant ainsi fait mon juge, son rôle achevé, il pressa un bouton d'un petit tableau de commandes couleur d'ivoire qu'il tenait entre ses genoux et ses mains.

Le tapis derrière moi déposa la jeune fille au pull-over jade. Elle tenait un dossier et l'ouvrit sur la plaque de chêne qui, placée à la hauteur de mes clavicules sur un entrelacs de tubes d'acier, m'empêchait de voir ce qu'étalait la fille au pull-over. Elle me tendit un stylo : je devais acheter par une signature la pitié de Bebra.

J'osai pourtant lancer des questions vers le fauteuil roulant. Il me fut difficile d'apposer aveuglément mon paraphe à la place que désignait un ongle verni.

« C'est un contrat de travail », fit entendre Bebra. « Il y faut votre nom en toutes lettres. Inscrivez : Oscar Matzerath, afin que nous sachions à qui nous avons affaire. »

A peine eus-je signé que le ronron du moteur électrique quintupla ; je relevai les yeux de mon stylo et vis un fauteuil roulant qui, lancé à toute vitesse, se rapetissait, se repliait sur lui-même et disparaissait par une porte latérale.

Plus d'un sera tenté de croire que ce contrat en double expédition, signé deux fois de ma main, m'achetait mon âme ou bien m'obligeait à d'affreux méfaits. Que non pas ! Quand avec le Dr Dösch j'étudiai le contrat dans le bureau attenant, je compris vite et sans peine : la mission d'Oscar consistait à paraître tout seul en public avec son tambour de fer battu, à jouer du tambour comme je l'avais fait au temps de mes trois ans et plus tard, une fois encore, dans la Cave aux Oignons de Schmuh. L'agence s'engageait à préparer mes tournées, à battre la caisse avant l'entrée en scène d' « Oscar Tambour ».

Tandis que la campagne publicitaire démarrait, je vécus d'une seconde et généreuse avance que m'accorda l'agence « Ouest ». De temps à autre, je passais au building, me présentais à des journalistes, me laissais photographier. Un jour je m'égarai dans cette immense boîte : elle sentait partout la même chose, avait partout le même aspect. Quand on touchait, on aurait dit quelque objet souverainement indécent, recouvert d'un préservatif isolant extensible à l'infini. Le Dr Dösch et la fille au pullover m'abreuvaient de prévenances ; seulement je ne revis plus le maître Bebra.

Dès la première tournée, j'aurais certes pu me payer un logement meilleur. Mais je restai chez Zeidler par affection pour Klepp. Je tentai de radoucir mon ami qui me reprochait de fréquenter des capitalistes. Je ne cédai pas. Je n'allai plus jamais avec lui dans la Vieille-Ville ; plus de bière, plus de boudin frais aux oignons. Pour me préparer à mes futurs voyages en chemin de fer, je me restaurais au buffet de la gare, qui est de premier ordre.

Oscar ne trouve pas ici la place de narrer ses succès en long et en large. Une semaine avant le début de la tournée, surgit la première de ces affiches scandaleusement efficaces qui préparèrent mon succès en annonçant mon récital comme l'exhibition d'un thaumaturge, d'un guérisseur, d'un Messie. Je sévis premièrement dans des villes de la Ruhr. Les salles où je paraissais contenaient quinze cents à deux mille personnes. Devant un rideau de velours noir, tout seul, j'apparaissais en scène, assis. Un projecteur me montrait du doigt. J'étais en smoking. Je jouais du tambour, mais mes supporters n'étaient pas de juvéniles fans du jazz. C'étaient des adultes au-dessus de quarante-cinq ans qui m'écoutaient, s'attachaient à moi. Pour être précis, je dois dire que les personnes de quarante-cinq à cinquante-cinq ans composaient mon public pour un quart. C'étaient les jeunes aficionados. Un autre quart consistait en promotions de cinquante-cinq à soixante ans. Des vieux et des vieilles formaient largement la moitié de mon public, d'ailleurs la plus vibrante. Je m'adressais à des vieillards chargés d'années, et ils répondaient à mon appel quand je faisais parler le tambour de mes trois ans. Ils étaient contents-contents, seulement ils ne s'exprimaient pas dans le langage des vieillards. Ils jasaient, ils gazouillaient « Rachou, Rachou ! » dès que je leur racontais sur ma tôle quelque épisode prodigieux de la carrière miraculeuse du fabuleux Raspoutine. A vrai dire, cela leur passait par-dessus la tête. J'avais un succès bien supérieur en traitant des sujets qui, sans avoir besoin d'une action dramatique, décrivaient de simples états. Je les intitulais : Les premières dents de lait : La mauvaise coqueluche — J'ai des bas de laine qui me grattent — Qui rêve de feu mouille son lit.

Cela plaisait aux braves vieux. Ils y mordaient à fond. Ils avaient mal, parce que leurs dents de lait perçaient. Deux mille têtes chenues avaient une vilaine toux parce que je répandais la coqueluche. Ah ! Comme ils se grattaient quand je leur enfilais de longs bas de laine ! Mainte vieille dame, maint vieux monsieur irriguait son linge de corps et son siège capitonné, parce que je faisais rêver d'incendie les petits enfants. Je ne sais plus si c'était à Wuppertal ou à Bochum, non, c'était à Recklinghausen : je jouais devant d'anciens mineurs, le syndicat subventionnait le spectacle et je me disais que les vieux compagnons, après tant d'années de corps à corps avec la houille noire, supporteraient bien un petit épouvantail noir. Oscar battit donc sur son tambour la « Sorcière Noire ». L'effet fut énorme : mille cinq cents mineurs ayant derrière eux le grisou, les galeries noyées, la grève et le chômage, lancèrent en l'honneur de la Sorcière Noire une si formidable clameur que — et c'est pourquoi je mentionne cette anecdote — derrière d'épais rideaux, plusieurs vitres de la salle des fêtes tombèrent en miettes. Par ce détour, j'avais retrouvé ma voix vitricide, mais j'en fis un usage parcimonieux pour ne pas gâter mon business.

Car ma tournée fut un business. Quand je revins et fis les comptes avec le Dr Dösch, il fut avéré que mon tambour en zinc était une mine d'or.

Sans que j'eusse demandé à voir le maître Bebra — j'avais déjà cessé de nourrir l'espoir de jamais le revoir — le Dr Dösch m'annonça que Bebra m'attendait.

Ma seconde entrevue avec le maître prit un cours différent de la première. Oscar n'eut pas à rester debout devant le meuble d'acier. Il trouva un fauteuil roulant construit à ses cotes, mû électriquement, réglable, installé en face du fauteuil du maître. Nous y demeurâmes longtemps silencieux, écoutant une revue de presse relative au tambour d'Oscar et enregistrée au magnétophone par le Dr Dösch. Bebra semblait satisfait. Moi, les élucubrations des gazetiers me furent plutôt pénibles. Ils me dressaient en idole, m'attribuaient des guérisons. Mon tambour éliminait les trous de la mémoire, à ce qu'il paraît ; le mot « oscarisme » surgit pour la première fois ; bientôt il devait être comme un cri de ralliement.

Ensuite, la fille au pull-over me servit le thé. Elle mit sur la langue du maître deux pilules. Nous causâmes. Il ne m'accusait plus. C'était comme il y a des années à Danzig, au café des Quatre-Saisons ; il ne manquait que la signora, notre Roswitha. Quand je fus contraint d'admettre que le maître Bebra s'était endormi pendant les volubiles descriptions du passé oscaristique, je m'amusai encore un petit quart d'heure avec mon fauteuil à roulettes. Je le fis évoluer sur le parquet à gauche, à droite et en rond, je le fis grandir et rentrer en lui-même et j'eus quelque peine à me séparer de ce meuble universel qui m'offrait, par ses possibilités infinies, l'occasion d'un vice anodin.

Ma seconde tournée tomba à l'avent de Noël. Je construisis mon programme en conséquence et fus exalté par les feuilles quotidiennes, tant catholiques que protestantes. En effet je parvenais à transmuer des vétérans du péché, des pécheurs durs à cuire, en de petits enfants chantant des noëls avec une maigre petite voix émouvante. « Jésus pour toi je vis ; Jésus pour toi je meurs » entonnaient deux mille cinq cents hommes ; à leur âge, on ne les aurait jamais crus capables d'un zèle aussi enfantin. Je réajustai mon programme au cours de ma troisième tournée qui courut pendant le Carnaval. Aucun Carnaval dit « des enfants » n'aurait pu être plus charmant et plus cocasse ; mes auditions transformaient chaque mémé tremblotante en une naïve fiancée du pirate, et chaque pépé branlant en un chef comanche qui faisait peng-peng.

Après le Carnaval, je signai les contrats avec l'éditeur de disques. L'enregistrement se fit dans des studios insonores ; l'atmosphère extrêmement stérile me causa d'abord quelques difficultés, puis je fis placarder aux parois du studio des gros plans de petits vieux comme on en trouve dans les hospices et sur les bancs de parcs ; mon tambour retrouva la même efficacité que lors des récitals dans des salles qu'enfiévrait une chaleur humaine.

Les disques s'enlevaient comme des petits pains, Oscar devint riche. Quittai-je pour autant ma misérable salle de bains désaffectée du logement Zeidler ? Du tout. Pourquoi ? A cause de mon ami Klepp, à cause de la chambre inoccupée, derrière la porte aux vitres dépolies, où jadis avait respiré sœur Dorothée, je ne quittai pas ma chambre. Que fit Oscar de tout cet argent ? Il fit à Maria, à sa Maria, une offre.

Je dis à Maria : si tu donnes à Stenzel son billet de sortie, si non seulement tu ne l'épouses pas mais le mets purement et simplement à la porte, je t'achète un commerce de comestibles fins, installation moderne, dans la meilleure situation au centre des affaires ; car enfin, ma chère Maria, tu es faite pour les affaires et non pour le premier Stenzel venu.

Je ne m'étais pas trompé sur le compte de Maria. Elle laissa tomber le Stenzel, édifia avec mes fonds un magasin de comestibles fins hors-classe dans la Friedrichstrasse et voici tout juste une semaine — Maria m'en fit part, hier, avec joie et non sans gratitude — elle put ouvrir à Oberkassel une succursale de ce commerce fondé il y a trois ans.

Fut-ce au retour de ma septième ou huitième tournée ? C'était en pleine canicule. A la gare centrale je hélai un taxi et gagnai directement le building d'affaires. Là, comme à la gare, les chasseurs d'autographes m'attendaient comme un essaim de mouches : des retraités et des grand-mères qui auraient mieux fait de surveiller leurs petits-enfants. Je me fis aussitôt annoncer au patron, trouvai les portes ouvertes, le tapis qui filait vers le meuble d'acier ; mais, derrière la table, ce n'était pas le maître, un fauteuil roulant qui m'attendaient ; c'était le sourire du Dr Dösch.

Bebra était mort. Depuis des semaines déjà il n'y avait plus de Maître Bebra. Déférant à son désir, on ne m'avait pas informé de son état critique. Rien, pas même sa mort, ne devait interrompre ma tournée. Quand à peu de temps de là on ouvrit son testament, j'héritai une fortune rondelette et le portrait en buste de Roswitha ; cependant je dus enregistrer quelques pertes pécuniaires, car je décommandai sans préavis deux tournées établies par contrat et me vis intenter une action en dédit.

Sans parler des quelques milliers de marks, la mort de Bebra m'atteignit durement et pour assez longtemps. Je mis sous clé mon tambour. Il fut à peine possible de m'arracher à ma chambre. Pour comble, mon ami Klepp se maria pendant ces semaines-là ; il prit pour épouse une rousse qui vendait des cigarettes parce qu'un jour il lui avait donné une photo de lui. Peu avant la noce à laquelle je ne fus pas invité, il donna congé de sa chambre, émigra à Stockum, et Oscar demeura seul sous-locataire de Zeidler.

Mes rapports avec le Hérisson s'étaient quelque peu modifiés. Quand presque tous les journaux se mirent à imprimer mon nom en caractère d'affiche, il me témoigna de la considération ; il me donna même, contre une assez forte somme, la clé de la chambre vide où avait logé sœur Dorothée ; par la suite je louai la chambre afin qu'il ne pût en disposer.

Ainsi ma tristesse avait-elle sa route marquée. J'ouvrais les deux portes de chambre, j'allais de la baignoire de mon logis, par le tapis de coco du corridor, au cabinet de sœur Dorothée, demeurais l'œil fixe devant l'armoire vide, me laissais railler par la glace de la commode, m'adonnais au désespoir devant le lourd lit dépourvu de draps, me sauvais dans le corridor et fuyais la fibre de coco en regardant ma chambre où je ne pouvais tenir plus de cinq minutes.

Un réfugié de Prusse-Orientale ayant la bosse des affaires,

après avoir perdu ses latifundia de Masurie, comptant sur la clientèle des âmes veuves, avait ouvert dans la Jülicher Strasse un commerce portant le nom simple et caractéristique de « location de chiens ».

J'y empruntai Lux, un rottweiler robuste, un peu trop gras, d'un noir luisant. J'allais me promener avec lui afin de n'être pas réduit à courir de ma baignoire à l'armoire vide de sœur Dorothée dans le logement Zeidler.

Le chien Lux me conduisit souvent au bord du Rhin. Il y aboyait aux bateaux. Le chien Lux me conduisit souvent à Rath, dans le bois de Grafenberg. Il y aboyait après les amoureux. A la fin de juillet cinquante et un, le chien Lux me conduisit à Gerresheim, une banlieue de Düsseldorf qui nie avec peine ses origines villageoises au moyen de quelques industries, d'une verrerie assez importante. Immédiatement derrière Gerresheim, il y avait des jardins ouvriers entre lesquels, à côté desquels, derrière lesquels des clôtures délimitaient des pâturages et voguaient des champs de céréales, de seigle je crois.

Ai-je déjà dit que la journée était chaude quand le chien Lux me conduisit à Gerresheim entre les champs de céréales et les jardins ouvriers ? A peine avions-nous dépassé les dernières maisons que je détachai la laisse. Il resta cependant à mes pieds ; c'était un chien fidèle, un chien d'une fidélité particulière puisqu'en sa qualité de chien à louer il devait être fidèle à de nombreux maîtres.

En d'autres termes, le chien Lux m'obéissait. Il n'avait rien d'un basset. Je trouvais exagérée cette obéissance canine : j'aurais voulu le voir galoper. Je lui donnai même un coup de pied pour le faire galoper. Mais il se tapit, la conscience troublée, pencha son cou noir et lisse et fixa sur moi ses regards de chien avec une fidélité proverbiale.

« Va-t'en, Lux ! ordonnai-je. Va-t'en ! »

Lux obéit plusieurs fois, mais si peu de temps que ce fut pour moi une agréable surprise quand, soudain, il resta parti assez longtemps, disparut dans les céréales qui en ces lieux étaient du seigle et ondulaient au vent ; mais quoi, au vent ? L'air était immobile et le temps orageux.

Lux doit être après un lapin, me dis-je. Peut-être éprouve-t-il simplement le besoin d'être seul, d'être chien, de même qu'Oscar voudrait être quelque temps homme sans le chien.

Je ne pris pas garde à ce qui m'entourait. Ni les jardins ouvriers, ni Gerresheim et la ville plate qui s'étendait derrière dans la brume pâle n'attiraient mes yeux. Je m'assis sur un rouleau à câble vide que je peux désormais appeler tambour à câble ; car à peine Oscar avait-il pris place sur le métal qu'il se mit à y battre le tambour avec ses dix doigts. Il faisait chaud. Mon complet me pesait, il n'était pas d'un tissu estival. Lux était dans la nature et y restait. Le tambour à câble ne pouvait certes pleinement remplacer mon tambour de fer, mais quand même : lentement je chavirais dans le passé. Quand je n'y pus tenir, que sans trêve les images des années récentes renouvelèrent à mes yeux le milieu hospitalier, alors je pris deux bouts de bois mort et me dis : Minute, Oscar. On va bien voir ce que tu es, quelle est ton origine.

Et voici que se rallumèrent les deux ampoules de soixante watts qui avaient éclairé l'heure de ma naissance. Le papillon de nuit palpitait par intervalles ; au loin, un orage remuait de gros meubles ; j'entendis parler Matzerath et, aussitôt après, maman. Il me léguait son commerce. Ma mère me promettait des jouets ; à trois ans, je devais recevoir un tambour en fer battu ; et c'est pourquoi Oscar s'efforça d'expédier le plus vite possible ses trois premières années : manger, boire, rendre, grossir ; se laisser peser, langer, baigner, brosser, vacciner, admirer, appeler par son nom ; sourire sur demande, jubiler sur commande ; s'endormir quand c'était l'heure, s'éveiller avec ponctualité ; faire en dormant cette tête que les adultes qualifient d'angélique. J'eus plusieurs fois la diarrhée, j'attrapai maint refroidissement, ramassai la coqueluche, la gardai pour moi tout seul quelque temps, ne la quittai qu'après avoir assimilé son rythme difficile et l'avoir pour toujours enregistré dans mes poignets ; car, vous le savez, le morceau « Coqueluche » était à mon répertoire, et quand Oscar battait la coqueluche devant deux mille personnes, ça faisait tousser deux mille petits vieux et petites vieilles.

Devant moi, Lux gémissait et se frottait à mes genoux. Ah ! Ce chien de louage que j'avais engagé pour fuir ma solitude ! Il était là, bien à quatre pattes, remuait la queue ; c'était un chien ;

il en avait le regard et tenait dans sa gueule baveuse quelque chose : un bâton, une pierre, ce qu'un chien peut trouver précieux.

Lentement je resurgis de mon importante préhistoire. La douleur au palais, annonciatrice des premières dents de lait, s'abolit. Las, je m'appuyai en arrière. J'étais un bossu adulte, habillé avec recherche, un peu trop chaudement, ayant bracelet-montre, carte d'identité, une liasse de billets dans le portefeuille. J'avais déjà une cigarette aux lèvres, une allumette devant et laissais au tabac le soin de relayer dans ma bouche la saveur de la petite enfance.

Et Lux ? Lux se frottait à moi. Je le repoussai, lui soufflai au nez la fumée de ma cigarette. Il n'aimait pas ça, mais il resta quand même à se frotter contre moi. Son regard me léchait. Sur les fils télégraphiques voisins, je cherchai des hirondelles en guise de palliatif aux chiens importuns. Mais il n'y avait pas d'hirondelles, et Lux ne voulait pas lâcher pied. Son museau passa entre mes jambes de pantalon et toucha aussi juste que si le loueur de chiens de Prusse-Orientale l'avait dressé tout exprès.

Je le heurtai deux fois de mes talons. Il prit sa distance ; il était là, quadrupède tremblant, qui me tendait son museau, le bout de bois ou la pierre, de façon aussi indéfectible que si ç'avait été mon portefeuille que je sentais dans ma poche, ou bien le tic-tac de ma montre à mon poignet.

Que tenait-il donc ? Etait-ce si important, si curieux ?

Je plongeai les doigts entre les dents chaudes. Je l'eus tout de suite ; je reconnus ce que je tenais ; pourtant je fis comme si je cherchais un mot qui pût désigner cette trouvaille faite par Lux dans le champ de seigle.

Il y a des parties du corps humain qui, une fois détachées, éloignées du centre, se laissent examiner avec une facilité, une précision accrues. C'était un doigt, un doigt de femme. Un annulaire. De femme. Un doigt de femme portant une bague de bon goût. Entre le métacarpien et la première phalange, là était la section. Nette, lisible : le tendon du muscle extenseur.

C'était un beau doigt mobile. La pierre de la bague, sertie de six griffes d'or, me parut être une aigue-marine ; c'en était une, je le sus par la suite. L'anneau lui-même était si mince, si usé en un point que je vis dans l'objet un vieux bijou de famille. Bien qu'il y eût de la crasse, ou plutôt une bordure de terre sous l'ongle, comme si le doigt avait dû gratter ou creuser la terre, la coupe de l'ongle et l'état de la commissure donnaient une impression soignée. Maintenant que je l'avais ôté de la gueule tiède du chien, le doigt était froid ; une certaine pâleur jaunâtre confirmait ce froid.

Depuis des mois, Oscar portait à sa pochette un petit mouchoir de gentleman exhibé en triangle. Il prit ce carré de soie, l'étala, y coucha l'annulaire, reconnut que la face interne jusqu'à la troisième phalange portait des lignes significatives : zèle, goût de parvenir, et même quelque ambitieuse opiniâtreté chez le possesseur du doigt.

Après avoir soigneusement enveloppé le doigt dans le petit mouchoir, je me levai, tapotai l'encolure du chien Lux et me mis en route avec le mouchoir et le doigt qu'enveloppait le mouchoir. Je voulais rentrer à Gerresheim, puis chez moi, faire du doigt ceci et cela. J'allai jusqu'à la première clôture de jardin ouvrier. C'est alors que Vittlar m'adressa la parole ; il était vautré dans l'enfourchure d'un pommier, m'avait observé, avait observé aussi le manège du chien.

Le dernier tramway ou adoration d'un bocal

Déjà sa voix : ce nasillement snob, maniéré. Il était couché dans la fourche du pommier et disait : « Vous avez un excellent chien, meussieu ! »

Moi, un peu déconcerté : « Qu'est-ce que vous faites là dans ce pommier ? » Il minauda dans sa fourche, étira son long buste : « Ce ne sont que des pommes à cuire, ne craignez rien s'il vous plaît. »

Alors je dus le remettre à sa place : « Je me fiche pas mal de vos pommes à cuire ! Et qu'ai-je à craindre ? »

« Eh bien », susurra-t-il, « vous pourriez me prendre pour le serpent du Paradis, car dès cette époque il y avait déjà des pommes à cuire ».

Moi, furieux : « Bavardage allégorique ! »

Lui, avec une ruse subtile : « Croiriez-vous par hasard que seul le fruit à couteau vaille la peine que l'on pèche ? »

J'étais sur le point de m'en aller. Rien n'aurait pu, sur le moment, m'être plus insupportable qu'une discussion relative aux variétés pomologiques du Paradis. Alors il vint sur moi, sauta lestement à bas de la fourche ; il se tenait là, debout, flottant, contre la clôture : « Qu'est-ce donc que votre chien vous rapporta du seigle ? »

Pourquoi lui avoir répondu : « C'était une pierre ? »

La conversation prit la tournure d'un interrogatoire : « Et vous mîtes la pierre dans votre poche ? »

« J'aime bien avoir des pierres dans ma poche. »

« Selon moi, ce que le chien vous rapporta ressemblait plutôt à un petit bâton. »

« Voici mon dernier mot : c'était une pierre, même si c'était ou pouvait être dix fois un bâton. »

« Donc c'était un bâton ? »

« En ce qui me concerne : bâton ou pierre, à cuire ou à couteau… »

« Un petit bâton mobile ? »

« Le chien veut rentrer, je m'en vais ! »

« Un petit bâton couleur chair ? »

« Occupez-vous donc de vos pommes ! Viens, Lux ! »

« Un petit bâton portant une bague, couleur chair, et mobile ? »

« Qu'est-ce que ça peut vous faire ? Je suis un promeneur qui ai emprunté un chien. »

« Voyez-vous, je voudrais aussi emprunter quelque chose. Pourrais-je une seconde mettre à mon petit doigt cette jolie bague qui brillait à votre petit bâton et faisait de ce petit bâton un annulaire ? — Mon nom : Vittlar. Gottfried von Vittlar. Je suis le dernier de notre race. »

C'est ainsi que je fis la connaissance de Vittlar ; le jour même, nous fûmes amis. Aujourd'hui encore, je l'appelle mon ami et c'est pourquoi je lui disais il y a quelques jours — il était venu en visite : « Je suis heureux, cher Gottfried, que la dénonciation à la police ait été faite par toi, mon ami, et non pas par un corniaud quelconque. »

S'il y a des anges, ils ont sûrement l'aspect de Vittlar : long, efflanqué, vif, pliant, prêt à embrasser le plus infécond de tous les becs de gaz plutôt qu'une tendre fille qui se referme sur sa proie.

On ne remarque pas Vittlar au premier coup d'œil. Selon sa façon de se présenter, et selon ce qui l'environne, on voit en lui un fil, un épouvantail à moineaux, un portemanteau, une fourche d'arbre. C'est pourquoi je ne l'avais pas remarqué lorsque j'étais assis sur le tambour à câble et qu'il était vautré dans son pommier. Même le chien n'avait pas aboyé ; car les chiens ne flairent ni ne voient les anges ; donc ils ne sauraient aboyer après.

Avant-hier, je lui fis une prière : « Voudrais-tu avoir la bonté, cher Gottfried, de m'adresser une copie de la dénonciation que tu adressas au tribunal voici deux ans, et qui fut le point de départ de mon procès ? »

Voici cette copie ; je lui donne la parole pour déposer devant le tribunal.

Je soussigné Gottfried von Vittlar étais couché ce jour-là dans la fourche d'un pommier du jardin ouvrier de ma mère qui, chaque année, donne autant de pommes à cuire qu'on peut mettre de compote dans les sept bocaux que nous possédons à cet effet. J'étais donc couché dans la fourche des grosses branches, l'iliaque gauche logé au point le plus bas de la fourche, qui est un peu moussu. Mes jambes indiquaient la verrerie de Gerresheim. Je regardais — où ça ? — droit devant moi, et j'attendais qu'un objet s'offrît à ma vue.

L'accusé, qui est aujourd'hui mon ami, entra dans mon champ de vision. Un chien l'accompagnait, tournait autour de lui, se comportait à la façon d'un chien et s'appelait, comme l'accusé le révéla par la suite, Lux ; c'était un rottweiler qu'on pouvait louer dans un établissement *ad hoc* proche de l'église Saint-Roch.

L'accusé s'assit sur le tambour à câble vide qui se trouve depuis la fin de la guerre devant le jardin ouvrier de ma mère Alice von Vittlar. Comme le Tribunal n'est pas sans le savoir, on peut qualifier de petite et même de contrefaite la taille de l'accusé. Cela me frappa. Je fus encore plus étrangement touché du comportement de ce petit monsieur bien vêtu. Il tambourinait avec deux branches mortes sur la rouille du tambour à câble. Si l'on considère que l'accusé est joueur de tambour professionnel et, comme il est établi, qu'il exerce cette profession en quelque lieu qu'il aille ou se trouve ; que d'ailleurs le tambour à câble, comme son nom l'indique, peut induire à tambouriner même un profane, on pourra dire sans crainte : par une orageuse journée d'été, l'accusé Oscar Matzerath prit place sur le tambour à câble placé devant le jardin ouvrier de Mme Alice von Vittlar et, à l'aide de deux branches mortes de saule de longueur inégale, il y produisit des bruits ordonnés selon un rythme.

J'ajouterai que le chien Lux disparut pour quelque temps dans un champ de seigle bon à couper. Si l'on me demandait la longueur de ce temps, je ne saurais que répondre, attendu que je perds toute notion du temps dès que je suis allongé dans la fourche de notre pommier. Si nonobstant cela je dépose que le chien demeura quelque temps invisible, c'est que je déplorai son absence parce que je goûtais son poil noir et ses oreilles tombantes.

Quant à l'accusé — je crois pouvoir l'avancer — il ne déplora pas l'absence du chien. Quand le chien ressortit du champ de seigle bon à couper, il portait quelque chose dans sa gueule. Non pas que je pusse identifier cet objet ! Je pensai à un bâton, à une pierre, plutôt qu'à une boîte de conserve ou même à une cuillère de métal. C'est seulement quand l'accusé retira de la gueule du chien le *corpus delicti* que je reconnus clairement ce dont il s'agissait. Depuis le moment où le chien frotta son museau chargé à la jambe gauche, je crois, de l'accusé jusqu'au moment, hélas ! mal défini, où l'accusé lui mit les doigts dans la gueule, il se passa — estimation prudente — plusieurs minutes.

Quelque peine que se donnât le chien pour attirer l'attention de son maître-locataire, ce dernier n'en continuait pas moins à tambouriner de cette façon monotone, prenante, mais déconcertante qu'ont les enfants. Quand le chien en fut réduit à un procédé douteux, et qu'il introduisit son museau entre les jambes de l'accusé, ce dernier lâcha les baguettes de saule et — mon souvenir est précis — donna au chien un coup de son pied droit. Le chien exécuta un demi-cercle et revint à la rescousse en tremblant à la façon des chiens pour présenter encore son museau chargé.

Sans se lever, assis par conséquent, l'accusé plongea sa main — la gauche cette fois — entre les dents du chien. Débarrassé de sa trouvaille, le chien Lux recula de plusieurs mètres. Cependant l'accusé demeura assis. Il tenait dans sa main l'objet trouvé. Il ferma la main, l'ouvrit, la referma ; quand il la rouvrit, quelque chose étincela sur l'objet trouvé. Quand l'accusé se fut habitué à l'aspect de l'objet, il le tint verticalement entre le pouce et l'index à hauteur de ses yeux.

A ce moment seulement, je nommai l'objet un doigt ; quand je pris en considération l'étincellement, je nuançai le concept : c'était un annulaire. Ainsi donnai-je son nom à un des plus intéressants procès de l'après-guerre : en effet, on m'appelle, moi, Gottfried von Vittlar, le témoin numéro un du procès de l'annulaire.

Comme l'accusé restait tranquille, je le restai pareillement. Oui, son calme était contagieux. Et quand l'accusé enveloppa soigneusement le doigt bagué dans le petit mouchoir qui jusqu'alors fleurissait à sa pochette, j'éprouvai de la sympathie pour cet homme installé sur le tambour à câble : il a de l'ordre, pensai-je, j'aimerais le connaître.

Je lui adressai donc la parole quand il fit mine de s'éloigner avec son chien de louage en direction de Gerresheim. Il réagit d'abord de mauvaise grâce, presque avec arrogance. Jusqu'à ce jour je ne puis comprendre comment mon interlocuteur, sous prétexte que j'étais perché dans un pommier, voulut voir en ma personne le symbole du serpent. Il suspecta aussi les pommes à cuire de ma mère en disant que certainement elles étaient de nature paradisiaque.

Après tout, le Malin a peut-être l'habitude entre autres de se poster de préférence sur la fourche des grosses branches. Moi, tout ce qui m'y incitait, ce n'était rien d'autre qu'un facile ennui qui me faisait rechercher dans le pommier plusieurs fois par semaine une position couchée. Mais peut-être l'ennui est-il le Mal en personne. Qu'est-ce qui amenait l'accusé aux portes de Düsseldorf ? La solitude, à ce qu'il m'avoua plus tard. Mais la solitude n'est-elle pas le prénom de l'ennui ? Je me livre à ces réflexions pour expliquer l'accusé, et non pour le charger. Ce fut justement sa variété de Mal, son tambour qui dissolvait le Mal en rythme, qui me le rendit sympathique en sorte que je lui parlai et me liai d'amitié avec lui. De même, cette dénonciation qui nous a valu de comparaître, moi à la barre des témoins, lui au banc des prévenus devant le Tribunal est-elle un jeu de notre invention, un petit truc inédit pour distraire, pour alimenter notre ennui et notre solitude.

Sur ma demande, non sans quelque hésitation, l'accusé retira la bague de l'annulaire avec facilité, et la passa à mon auriculaire gauche. Elle était à ma taille et me fit plaisir. Bien entendu, je quittai ma fourche d'arbre avant de procéder à l'essayage. Nous étions de part et d'autre de la clôture. Nous échangeâmes nos noms, engageâmes la conversation en touchant quelques sujets d'ordre politique, puis il me donna la bague. Il garda le doigt qu'il maniait avec mille précautions. Nous tombâmes d'accord que c'était un doigt de femme. Tandis que je portais la bague et la faisais jouer à la lumière, l'accusé se mit à battre sur la clôture, de sa main gauche libre, un rythme de danse gai et entraînant. Or la clôture de bois qui enserre le jardin ouvrier de ma mère est d'une inconsistance telle qu'elle répondait en claquetant et en vibrant à l'appel de l'accusé. Je ne sais combien de temps nous restâmes ainsi ; nous nous comprenions par le seul regard. Au milieu de ce jeu innocent, nous entendîmes à hauteur moyenne les moteurs d'un avion. C'était probablement un appareil qui cherchait à atterrir à Lohhausen. Nous aurions tous deux désiré savoir si l'avion atterrissait avec deux ou quatre moteurs. Cependant nos regards demeurèrent croisés ; il ne fut nullement question de préciser le type de l'avion. Plus tard, quand nous trouvâmes de-ci de-là l'occasion de pratiquer ce jeu, nous l'appelâmes l'Ascèse de Leo Schugger ; car l'accusé prétend avoir eu jadis un ami de ce nom avec lequel il pratiquait ce jeu, de préférence dans des cimetières.

Quand l'avion eut trouvé le sol — je ne saurais dire réellement si c'était un bi ou un quadrimoteur — je restituai la bague. L'accusé la renfila sur l'annulaire, reprit pour l'emballage son petit mouchoir de poche et m'invita de suite à l'accompagner.

C'était le vingt-sept juillet mil neuf cent cinquante et un. A Gerresheim, au terminus du tramway, nous prîmes un taxi. L'accusé eut souvent l'occasion, depuis lors, de se montrer généreux à mon endroit. Nous rentrâmes en ville, fîmes attendre le taxi devant la location de chiens, rendîmes le chien Lux, reprîmes le taxi. Il nous fit traverser la ville par Bilk, Oberbilk, jusqu'au cimetière de Wersten. Arrivé là, M. Matzerath dut débourser plus de douze marks. Alors nous nous rendîmes à l'entreprise de monuments funéraires du marbrier Korneff.

Ce lieu était fort sale, et je fus content quand, au bout d'une heure, le marbrier eut achevé d'exécuter l'ordre de mon ami. Tandis que mon ami me présentait, avec un luxe de détails et non sans effusion, l'outillage et les diverses sortes de pierres, M. Korneff, sans perdre un mot, faisait un moulage du doigt. Je le regardai d'un œil pendant son travail. Le doigt devait être préparé ; c'est-à-dire qu'on l'enduisit de graisse, qu'un fil fut disposé suivant le contour ; puis on enroba de plâtre la matrice et on la sépara en deux parties à l'aide du fil avant que le plâtre eût fini de durcir. Pour moi qui suis décorateur de profession, la confection d'un moule en plâtre n'est pas une nouveauté ; mais le doigt, dès que le marbrier le prit en main, était affecté d'un je ne sais quoi d'inesthétique ; en revanche, cette impression disparut quand, le moulage achevé, l'accusé reprit le doigt, le nettoya de la graisse et le remit avec soin dans son linceul. Mon ami paya le marbrier. Ce dernier ne voulut d'abord pas accepter d'honoraires ; il voyait en M. Matzerath un collègue. Il ajouta que jadis M. Oscar lui avait pressé ses furoncles et n'avait rien demandé non plus pour sa peine. Quand le moulage fut pris, le marbrier ouvrit le moule, joignit à l'original sa reproduction en relief, promit d'exécuter d'ici quelques jours d'autres copies à l'aide du moule ; puis il nous reconduisit jusqu'au Bittweg à travers son exposition de pierres tombales.

Un second trajet en taxi nous mena à la gare centrale. L'accusé m'invita à un dîner très étoffé dans l'excellent buffet de la gare. Il parlait familièrement aux maîtres d'hôtel, d'où je conclus que M. Matzerath devait être un habitué du buffet. Nous mangeâmes de la poitrine de bœuf avec du raifort frais, du saumon du Rhin, du fromage et bûmes là-dessus une bouteille de mousseux. Quand la conversation revint sur le doigt et que je conseillai à l'accusé de le considérer comme la propriété d'autrui, de le déposer aux objets trouvés, d'autant qu'à présent il en possédait la copie en plâtre, l'accusé déclara nettement et fermement qu'il se tenait pour le légitime possesseur du doigt. En effet, lors de sa naissance, on lui avait promis — en code, il est vrai, sous le vocable de baguette de tambour — un doigt semblable. Il pouvait également invoquer les cicatrices de son ami Herbert Truczinski qui, longues d'un doigt, auraient prophétisé l'annulaire. Et puis il y avait encore cette douille de cartouche qui se trouvait au cimetière de Saspe : à ce qu'il paraît, elle aurait eu les dimensions et la signification d'un annulaire futur.

Si, au début, la démonstration de mon nouvel ami me faisait sourire, je dois cependant reconnaître qu'un homme intelligent pourrait comprendre sans difficulté l'enchaînement : baguette de tambour, cicatrice, douille, annulaire.

Après le dîner, un troisième taxi nous déposa à nos domiciles. Nous prîmes date et quand, trois jours après, je rendis comme convenu visite à l'accusé, il m'avait préparé une surprise.

Il commença par me montrer son logement, c'est-à-dire ses chambres ; car M. Matzerath habitait en sous-location. A l'origine, il n'avait loué qu'une ci-devant salle de bains fort médiocre ; plus tard, quand son art lui eut apporté le renom et l'aisance, il paya un second loyer pour un cabinet sans fenêtre qu'il appelait la chambre de sœur Dorothée ; et même il ne craignit pas de verser pour une troisième chambre qu'avait occupée jadis un certain M. Münzer, musicien et collègue de l'accusé, une somme phénoménale car M. Zeidler, le locataire du logement, poussait impudemment ses sous-loyers à la hausse, attendu qu'il connaissait la brillante situation de M. Matzerath.

La surprise était préparée dans la chambre dite de sœur Dorothée. Sur la plaque de marbre de la commode-toilette à glace trônait un bocal égal en grandeur à ceux que ma mère Alice von Vittlar utilise pour y faire des conserves de compote. Mais ce bocal recelait, nageant dans l'alcool, l'annulaire. L'accusé me montra fièrement plusieurs gros livres de sciences qui l'avaient guidé dans la confection de sa conserve. Je feuilletai vaguement ces volumes, flânai à peine sur les illustrations, mais je reconnus que l'accusé était parvenu à sauvegarder l'aspect du doigt. De même le bocal avec son contenu, placé devant la glace, faisait-il très chou ; l'effet décoratif obtenu était intéressant ; l'œil d'un décorateur professionnel ne pouvait s'y tromper.

Quand l'accusé se fut assuré que je m'étais familiarisé avec le spectacle du bocal, il me révéla qu'à l'occasion il adorait ce bocal. Curieux, et même goguenard, je lui demandai un échantillon. En contrepartie, il me munit d'un crayon et de papier pour en établir le procès-verbal.

Ci-joint quelques paroles de l'accusé, mes questions, ses réponses. L'adoration d'un bocal : j'adore. Qui, je ? Oscar ou je ? Je, pieusement ; Oscar, distraitement. Effusion continue et ne pas craindre les répétitions. Je, avec clairvoyance, parce que sans souvenirs ; Oscar, avec clairvoyance, parce qu'il est plein de souvenirs. Froid, ardent, tiède, c'est moi. Coupable si on insiste. Innocent si on ne demande rien. Coupable car, faux pas car, devins coupable malgré, me tins pour quitte de, éclatai de rire à voir, pleurai de avant sans, blasphémai en paroles, tu en blasphémant, parle pas, ne tais pas, adore. J'adore. Quoi ? Verre. Quoi, verre ? Bocal. Quoi dans bocal ? Dans bocal, doigt. Quoi, doigt ? Annulaire. De qui ? Blonde. Qui, blonde ? Taille moyenne. Un mètre soixante ? Soixante-trois. Signe particulier ? Envie. Où ? Bras, face interne. Gauche, droite ? Droite. Annulaire, côté ? Gauche. Fiancée ? Oui, quoique célibataire. Confession ? Réformée. Vierge ? Vierge. Née quand ? Sais pas. Quand ? Près Hanovre. Quand ? Décembre. Sagittaire ou Capricorne ? Sagittaire. Caractère ? Inquiet.

Bonne ? Travailleuse, bavarde, aussi. Réfléchie ? Econome, sobre, quoique gaie. Timide ? Gourmande, sincère et bigote. Pâle, rêve de voyages, menstruation irrégulière, paresseuse, en souffre et en parle ; pas beaucoup d'idées, passive, attend de voir venir, écoute, hoche la tête, croise les bras, baisse les paupières en parlant, écarquille les yeux quand on lui parle, gris clair, du marron près de la pupille, reçu bague cadeau supérieur hiérarchique, qui marié, elle n'en voulait pas, accepté, épouvantable aventure, coco, Satan, Blanc, voyage, déménagement, retour ; ne peut s'en défaire ; jalousie sans fondement ; maladie, par elle-même ; mort par suicide ; non, zut, sais pas, veux pas ; cueillait coquelicots ; et puis voilà qu'arrive ; non, elle était déjà là, compagne. Et puis zut... Amen ? Amen.

J'ajoute à ma déposition cette prière, si confuse qu'elle puisse paraître à la lecture. Encore n'est-ce qu'un abrégé. On n'aura pas été sans observer que les données relatives à la personne recouvrent en grande partie les conclusions de l'enquête sur l'infirmière. Dorothée Köngetter. Il n'est pas de mon office de mettre ici en doute. la déclaration de l'accusé, aux termes de laquelle il n'a pas assassiné l'infirmière, qu'il n'avait même jamais vue face à face.

Ce qui parle en faveur de l'accusé, c'est la remarquable ferveur de mon ami quand il s'agenouilla devant le bocal posé sur une chaise et qu'il se mit à jouer du tambour calé entre ses genoux.

Souvent encore, pendant un an et davantage, il me fut donné de voir l'accusé prier et jouer du tambour. En échange de considérables émoluments il fit de moi le compagnon de ses voyages. Il m'emmenait dans ses tournées qu'après une interruption prolongée, il reprit peu après la découverte de l'annulaire. Nous parcourûmes toute l'Allemagne de l'Ouest ; nous avions aussi des offres dans la zone Est et même à l'étranger. Mais M. Matzerath voulait se cantonner dans les frontières fédérales afin, selon ses propres paroles, de ne pas entrer dans le cycle infernal des concerts, récitals et festivals. Jamais, avant la représentation, il ne jouait du tambour ou adorait le bocal. C'est seulement après sa vacation sur scène et après un dîner gargantuesque, que nous nous retrouvions dans sa chambre d'hôtel. Il battait le tambour et priait, je posais les questions et notais ; par la suite, nous comparions la prière à celle des jours ou semaines précédents. Il y a certes des prières plus copieuses ou plus brèves. Il arrivait également que les mots, parfois, s'entrechoquaient avec véhémence ; le lendemain, c'était un fleuve pensif et lent, aux longs méandres. Cependant toutes les prières que j'ai recueillies et que je remets ci-joint au Tribunal n'en disent pas plus que la rédaction première incorporée à ma déposition.

Pendant cette année de voyages, je fis la rapide connaissance, entre deux tournées, de quelques relations et parents de M. Matzerath. C'est ainsi qu'il me présenta sa belle-mère, Maria Matzerath, que l'accusé vénère avec toutefois quelque retenue. Le même après-midi, je fus également salué par le demi-frère de l'accusé, Kurt Matzerath, un lycéen bien élevé de onze ans. De même, la sœur de Mme Maria Matzerath, Mme Augusta Köster, me fit une impression favorable. Selon ce que me déclara l'accusé, ses rapports familiaux avaient été plus que détruits pendant les premières années de guerre. C'est seulement lorsque M. Matzerath installa pour sa belle-mère un grand commerce de comestibles fins qui fait aussi les agrumes, et qu'à plusieurs reprises il y alla de ses deniers quand l'affaire fut en difficulté, qu'un lien vraiment amical s'établit de belle-mère à beau-fils.

M. Matzerath me fit aussi connaître quelques anciens collègues, surtout des musiciens de jazz. Si gai et si raffiné que me parût ce M. Münzer que l'accusé nomme familièrement Klepp, je n'eus pas jusqu'à ce jour assez de cran et de volonté pour cultiver plus avant ces relations.

Si, grâce aux libéralités de l'accusé, je n'avais plus besoin de poursuivre l'exercice de ma profession, cependant, par goût du métier, dès que nous nous retrouvions au bercail après une tournée, j'assumais la décoration de quelques devantures. L'accusé marquait à mon activité un intérêt amical. Souvent, tard dans la nuit, il restait dans la rue et ne se lassait pas de fournir un spectateur à mes modestes capacités. A l'occasion, le travail fait, nous flânions quelque peu dans le Düsseldorf nocturne, en évitant toutefois la Vieille-Ville dont l'accusé ne peut voir les culs de bouteille et les enseignes traditionnelles. Ainsi — et j'en arrive à la dernière partie de ma déposition — une promenade après minuit dans les ténèbres d'Unterrath nous conduisit-elle devant le dépôt des tramways.

Nous étions là, pleinement d'accord et regardions les dernières rames de tramway rentrer conformément à l'horaire. Le spectacle est joli. Alentour, la ville obscure. Au loin, parce que c'est vendredi, braille un maçon aviné. Au demeurant, le silence règne ; les derniers tramways qui rentrent, même quand ils sonnent ou font grincer les virages, ne font pas de bruit. La plupart des voitures rentraient immédiatement au dépôt. Quelques-unes cependant restaient arrêtées en tous sens, vides, mais illuminées comme pour une fête. Qui eut l'idée ? Ce fut notre idée, mais je dis : « Eh bien, cher ami, non ? » M. Matzerath approuva d'un signe de tête. Nous montâmes en voiture sans hâte, je pris la place du wattman et m'y trouvai tout de suite à l'aise. Après un démarrage en souplesse, nous prîmes rapidement de la vitesse. Je démontrai mes capacités de conducteur, ce dont M. Matzerath — déjà, derrière nous, la grande clarté du dépôt avait sombré — me tint gentiment quitte par cette petite phrase : « T'es sûrement baptisé catholique, Gottfried, sinon tu ne conduirais pas si bien. »

En fait, ce petit travail occasionnel me fit grand plaisir. Personne au dépôt ne semblait avoir pris note de notre départ ; car personne ne se lança sur nos traces ; de même, en coupant le courant, on aurait pu sans peine stopper notre équipage. Je conduisis la motrice en direction de Flingern, traversai Flingern, et je me demandais si à Haniel je devais prendre à gauche par Rath et remonter sur Ratingen, quand M. Matzerath me pria de prendre la ligne Grafenberg-Gerresheim. Bien que j'appréhendasse la rampe, au pied du dancing-restaurant « Château des Lions », je déférai au vœu de l'accusé. La rampe fut franchie. J'avais déjà le dancing derrière moi quand je dus freiner ; trois hommes debout sur les rails me contraignirent à m'arrêter plutôt qu'ils ne m'y invitèrent.

Peu avant Haniel, M. Matzerath avait pris place à l'intérieur pour fumer une cigarette. Ce fut donc moi qui criai : « En voiture, siouplaît ! »

Je fus frappé de voir que le troisième homme, qu'encadraient les deux autres en chapeaux verts à rubans noirs, manqua plusieurs fois le marchepied en montant, soit qu'il fût maladroit, soit que sa vue laissât à désirer. Ses compagnons ou gardes le hissèrent d'une poigne fort brutale sur la plate-forme puis le casèrent dans la voiture.

J'étais déjà reparti quand j'entendis derrière moi, à l'intérieur de la voiture, d'abord des gémissements plaintifs, puis un bruit de gifles, enfin, pour ma satisfaction, la voix ferme de M. Matzerath qui rappelait à l'ordre les nouveaux passagers et les invitait à ne pas frapper un homme blessé, à demi aveugle, qui avait perdu ses lunettes.

« Ne vous mêlez pas de cette histoire ! » gueula un des chapeaux verts. « Y va voir trente-six chandelles pas plus tard qu'aujourd'hui ; le cirque a assez duré. »

Mon ami M. Matzerath, tandis que lentement je roulais vers Gerresheim, voulut savoir quel crime avait donc commis le pauvre demi-aveugle. Sur-le-champ la conversation prit une tournure étrange : au bout de deux phrases on fut en pleine guerre. C'était le 1er septembre trente-neuf, début de la guerre ; le demi-aveugle était qualifié franc-tireur, ayant défendu au mépris du droit un bâtiment postal polonais. Chose curieuse, M. Matzerath qui, à l'époque des faits, avait tout juste quinze ans, était au courant. Il reconnut aussitôt le demi-aveugle, l'appelant Victor Weluhn, un pauvre facteur myope qui portait les mandats, qui avait perdu ses lunettes pendant les combats, qui s'était enfui sans lunettes, échappant aux argousins. Mais ceux-ci n'avaient pas lâché prise. Ils l'avaient traqué jusqu'à la fin de la guerre, et même après. Ils produisirent un papier établi en l'an trente-neuf, un ordre d'exécution par les armes. Enfin on l'avait, criait un des chapeaux verts, et l'autre affirmait qu'il serait bien content si cette histoire était enfin liquidée. Il devait sacrifier tous ses loisirs, y compris ses vacances, pour que fût enfin exécuté un ordre d'exécution daté de trente-neuf. Il avait d'ailleurs un métier, il était représentant de commerce ; et son *alter ego*, c'était un réfugié de l'Est pour qui tout n'était pas rose non plus : il avait perdu dans l'Est un fonds de tailleur qui marchait bien. Mais maintenant c'était le week-end ; on exécuterait l'ordre cette nuit, le facteur aussi, et puis point à la ligne, oublions le passé — une veine qu'on ait pu encore attraper le tramway.

C'est ainsi que contre ma volonté je devins le conducteur d'une voiture qui menait à Gerresheim un condamné à mort et deux tueurs ayant l'ordre de le passer par les armes. Sur la place du marché déserte, légèrement biscornue, de cette localité de banlieue, je pris à droite. Je voulais arrêter la voiture au terminus près de la verrerie, y décharger les chapeaux verts et le pauvre Victor et prendre avec mon ami le chemin du retour. Trois stations avant le terminus, M. Matzerath quitta l'intérieur de la voiture et posa sa serviette de cuir là où, à ce que je savais, le bocal était placé debout : à l'endroit approximatif où les receveurs professionnels déposent la boîte de métal qui conserve leur casse-croûte.

« Il faut le sauver. C'est Victor, le pauvre Victor ! » M. Matzerath était visiblement alarmé.

« Il n'a toujours pas trouvé de lunettes à sa convenance. Il est très myope, ils vont le fusiller, et il ne regardera même pas dans la bonne direction. » Je croyais les bourreaux sans armes. Mais Matzerath avait remarqué les bosses anguleuses de leurs manteaux. « Il était facteur des mandats à la poste polonaise de Danzig. A présent il exerce les mêmes fonctions à la poste fédérale. Ils le traquent encore après la fermeture des bureaux, parce qu'il y a toujours un ordre de le fusiller. »

Bien que je ne comprisse pas entièrement les propos de M. Matzerath, je lui promis néanmoins d'assister avec lui à l'exécution et si possible de l'empêcher.

Derrière la verrerie, juste avant les premiers jardins ouvriers — si la lune avait lui, j'eusse pu apercevoir le jardin et le pommier de ma mère —, je stoppai le tramway et criai à l'intérieur : « Tout le monde descend, terminus ! » Ils descendirent aussitôt avec leurs chapeaux verts à rubans noirs. Le demi-aveugle s'embrouilla derechef dans le marchepied. Alors M. Matzerath descendit à son tour, tira d'abord son tambour de sous son paletot et me pria en descendant de prendre la serviette qui recelait le bocal.

Nous laissâmes derrière nous le tramway dont la lumière nous suivit longuement et filâmes le train, comme disent les gens du métier, aux exécuteurs et à leur victime.

Notre itinéraire longeait des clôtures de jardins. Cela me fatiguait. Quand le trio fit halte, je remarquai qu'on avait élu pour lieu d'exécution le jardin ouvrier de ma mère. M. Matzerath ne fut pas seul à protester ; je fis chorus. Les autres s'en soucièrent comme d'une pomme cuite, abattirent la clôture, caduque d'ailleurs, et appliquèrent ce demi-aveugle, que M. Matzerath appelait le pauvre Victor, contre le pommier, juste au-dessous de ma fourche ; comme nous protestions toujours, ils nous montrèrent encore à la lumière de leurs lampes de poche cet ordre d'exécution froissé qu'avait signé un inspecteur de la Justice militaire nommé Zelewski. La date indiquait, je crois, Zoppot, le 5 octobre trente-neuf ; les cachets étaient en règle, il n'y avait pour ainsi dire rien à faire. Cela ne nous empêcha pas d'invoquer les Nations unies, la Démocratie, la Culpabilité collective, Adenauer et cætera. Mais un des chapeaux verts balaya toutes nos objections en nous faisant remarquer que notre immixtion était nulle et non avenue puisqu'il n'y avait pas encore de traité de paix, qu'il votait Adenauer tout comme nous autres, mais qu'en ce qui concernait l'ordre écrit, il était toujours valable ; ils avaient présenté leur papier en haut lieu, avaient demandé conseil, bref ils ne faisaient que leur devoir, nom de Dieu, et nous serions mieux avisés de passer notre chemin.

Nous ne le passâmes point. Comme les chapeaux verts ouvraient leurs manteaux et sortaient leurs mitraillettes, M. Matzerath mit en batterie son tambour — à ce moment précis, une lune presque pleine, à peine légèrement cabossée, ouvrit les nuages et fit luire leurs bordures comme le contour anguleux d'une boîte à conserve — et sur un fer-blanc analogue, mais intact, M. Matzerath se mit à mêler ses baguettes avec l'énergie du désespoir.

C'était un rythme étrange qui pourtant me sembla connu. Sans trêve s'y épanouissait la lettre O : morte, pas encore morte. La Pologne n'est pas encore morte ! Mais c'était déjà la voix du pauvre Victor, car elle savait le texte de l'air que battait M. Matzerath :

Conam Obca przemoc wziela
Szabla odbierzemy.
La Pologne n'est pas encore morte.

Debout, Dombrowski, et marche ! Et les chapeaux verts parurent aussi connaître ce rythme. Ils se crispèrent derrière leurs objets métalliques que soulignait délicatement le clair de lune : cette marche que M. Matzerath et le pauvre Victor faisaient retentir dans le jardin ouvrier de ma mère ressuscita la cavalerie polonaise.

Peut-être la lune y mit-elle du sien. Le tambour, la lune et la voix cassée du myope Victor firent surgir du sol tant de chevaux montés : crépitement de fers, naseaux fumants, tintement d'éperons, les étalons hennirent, taïaut et hallali... Non, rien : pas de tonnerre, de naseaux, de hennissements, pas de taïauts, de hourras ; quelque chose glissait en silence sur les éteules, derrière Gerresheim, mais c'était un escadron de uhlans polonais ; les fanions claquaient rouge et blanc à la pointe des lances, rouge et blanc comme le tambour de M. Matzerath ; non, ne claquaient pas, flottaient.

De même, tout l'escadron flottait sous la lune, venait peut-être de la lune, opérait une conversion à gauche vers notre jardin ouvrier. Il ne semblait être ni de chair ni de sang, il flottait, nageait, pareil à des jouets sortis d'une boîte ; il approchait, cet escadron-fantôme, comparable peut-être aux figures que l'infirmier de M. Matzerath confectionne en nœuds de ficelle ;

Une cavalerie polonaise en ficelles nouées, silencieuse mais tonnante, désincarnée, exsangue, fonçait pourtant sur nous avec une frénésie polonaise, à bride abattue.

Et nous nous jetâmes à terre sous la lune et les escadrons de Pologne.

Ils tombèrent sur le jardin de ma mère, sur les autres jardins ouvriers soigneusement entretenus, mais ils n'en ravagèrent aucun. Ils emportèrent seulement le pauvre Victor et ses deux bourreaux, puis se perdirent dans la campagne ouverte, sous la lune — morte, pas encore morte, à fond de course vers l'Est, vers la Pologne, de l'autre côté de la lune.

Nous attendîmes, haletants, que la nuit fût à nouveau sans

histoires, que le ciel refermé emportât cette lumière, seule capable de rameuter pour une suprême charge une cavalerie depuis longtemps pourrie. Je me relevai le premier et, sans sous-estimer l'influence de la lune, je félicitai M. Matzerath de son grand succès. Mais il eut un geste las et découragé : « Du succès, cher Gottfried ? Je voudrais un jour n'en avoir pas. Mais c'est très difficile et cela exige beaucoup de travail. »

Ces propos ne furent pas pour me plaire. Je suis un de ces hommes laborieux qui n'ont pas de succès. M. Matzerath me parut ingrat et je le blâmai : « Tu poses, Oscar », osai-je commencer, car à cette époque nous nous tutoyions déjà. « Tous les journaux sont pleins de toi. Tu t'es fait un nom, sans parler de ta fortune. Mais crois-tu que, pour moi que ne cite aucune gazette, il soit facile de rester aux côtés d'un homme couvert de fleurs ? J'aimerais bien, un jour, accomplir tout seul un acte, un acte unique en son genre comme celui que tu viens d'accomplir ; ainsi je serais dans les journaux, imprimé en caractères à la main : l'auteur de cet acte est Gottfried von Vittlar ! »

Je me sentis offusqué lorsque M. Matzerath éclata de rire. Couché sur le dos, il faisait à sa bosse un lit creux dans le sol meuble, arrachait à deux mains de l'herbe, jetait les touffes en l'air et riait comme un dieu inhumain qui sait tout : « Mon ami, rien de plus facile. Voici la serviette de cuir ! Par miracle elle n'a pas été foulée aux pieds par la cavalerie polonaise. Je te la donne. Ce cuir abrite le bocal où baigne l'annulaire. Prends tout, cours à Gerresheim, tu y trouveras notre tramway toujours éclairé *a giorno ;* montes-y et file avec ton cadeau en direction du Fürstenwall, à la préfecture de police ; et dès demain tu trouveras ton nom épelé dans tous les journaux ! »

Je commençai par me rebeller contre cette proposition. Je fis valoir qu'il ne pourrait sûrement vivre sans le doigt dans le bocal. Mais il me tranquillisa ; au fond, il en avait, dit-il, plein sa bosse de cette histoire de doigt, d'autant qu'il possédait plusieurs moulages de plâtre, et même qu'il s'était fait confectionner par un orfèvre une copie en or fin ; je pouvais donc prendre la serviette, regagner le tramway, aller à la police et notifier le tout.

Je m'en fus donc, et j'entendis longtemps encore le rire de M. Matzerath. Il resta par terre, étendu ; tandis que je remontais en ville à grand renfort de sonnette, lui voulait goûter le charme de la nuit, arracher de l'herbe, et rire. La dénonciation — je ne la fis que le lendemain matin — m'a permis, grâce à la bonté de M. Matzerath, d'être cité plusieurs fois dans les journaux...

Quant à moi, Oscar, le bon M. Matzerath, je demeurai couché, hilare, dans l'herbe nocturne au-delà de Gerresheim. Je me roulais par terre sous quelques étoiles graves, enfonçais ma bosse dans la terre tiède et pensais : Dors, Oscar, dors une petite heure avant que la police se réveille. Tu n'auras plus jamais l'occasion de te vautrer sous la lune.

Et quand je m'éveillai, avant de pouvoir remarquer qu'il faisait grand jour, je sentis que quelque chose ou quelqu'un me léchait le visage : c'était chaud, rugueux, régulier, humide.

Ne serait-ce pas déjà la police alertée par Vittlar, qui a retrouvé ta trace et te lèche pour te réveiller ? Je n'ouvris pas aussitôt les yeux. Je laissai faire la langue tiède, râpeuse, régulière, humide, sans me préoccuper de savoir qui c'était : ou bien c'est la police, supposait Oscar, ou bien une vache. J'ouvris enfin mes yeux bleus.

Tachée de noir et de blanc — pie noire frisonne — elle respirait couchée auprès de moi. Elle me lécha jusqu'à ce que j'ouvrisse les yeux. Il faisait grand jour, clair à nuageux, et je me dis : Oscar, ne t'attarde pas près de cette vache, si céleste que soit son regard, si grande que soit sa sollicitude à te lécher pour calmer et réduire ta faculté de souvenir. Il fait grand jour, les mouches bourdonnent, tu dois prendre la fuite. A vraie dénonciation, fuite vraie. Qu'ils t'attrapent ici ou là, cela t'indiffère.

Ainsi donc, léché, lavé et peigné par une vache, je pris la fuite et, dès les premiers pas de ma fuite, je fus saisi d'un fou rire matutinal et cristallin. Je laissai mon tambour près de la vache qui resta couchée sur place et mugit, tandis que je fuyais, hilare.

Trente

Ah oui, ma fuite ! J'ai encore ça à dire. Je pris la fuite pour valoriser la dénonciation de Vittlar. Pas de fuite sans but, me dis-je. Où veux-tu fuir, Oscar ? Les facteurs politiques, le prétendu Rideau de Fer m'interdisaient une fuite vers l'Est. Je dus donc supprimer d'un trait les quatre jupes de ma grand-mère Anna Koljaiczek qui, aujourd'hui encore, étalent sur les champs de pommes de terre kachoubes leur ampleur tutélaire ; il n'était pas question d'y fuir bien que, quitte à fuir, je fusse enclin à voir dans les jupes de ma grand-mère le seul but convenable de ma fuite.

Soit dit en passant : je célèbre aujourd'hui mon trentième anniversaire. A trente ans on est tenu de traiter de fuite à la façon d'un homme fait, non d'un gamin. Maria, quand elle m'apporta le gâteau à trente bougies, dit : « Te v'là trentenaire, Oscar. Il serait bientôt temps de devenir raisonnable ! »

Klepp, mon ami Klepp, m'offrit comme toujours des disques de jazz, usa cinq allumettes pour enflammer les trente bougies de mon gâteau d'anniversaire. « La vie commence à trente ans ! » dit Klepp. Il en a vingt-neuf.

Vittlar, mon ami Vittlar, le plus proche de mon cœur, m'offrit des sucreries, se pencha sur ma grille et parla du nez : « Quand Jésus compta trente années, il se mit en route et rassembla des apôtres. »

Vittlar a toujours aimé embrouiller mes idées. Je dois quitter mon lit, rassembler des apôtres pour le seul motif que je compte trente années. Et puis vint encore mon avocat ; il brandit un papier, barytonna un compliment rituel, suspendit à mon lit son chapeau de nylon et proclama pour toute la compagnie : « Voilà ce que j'appelle un heureux hasard. Mon client fête aujourd'hui son trentième anniversaire ; et c'est justement lors de ce trentième anniversaire qu'une information me parvient selon laquelle l'instruction va être reprise ; on a trouvé une nouvelle piste, cette sœur Beata, vous savez bien... »

Ce que je redoutais depuis des années, ce que je redoutais

depuis ma fuite s'annonce aujourd'hui pour le trentième anniversaire de ma naissance : on trouve le vrai coupable, on rouvre le dossier, on m'acquitte, on me renvoie de la maison de santé, on me retire mon lit si doux, on me jette à la rue froide, exposée aux quatre vents, et l'on contraint un Oscar trentenaire à rassembler des apôtres au son du tambour.

Donc c'est sœur Beata qui, par jalousie jaunâtre, a tué ma sœur Dorothée.

Peut-être vous souvenez-vous ? Il y avait un Dr Werner qui, comme dans un film et trop souvent dans la vie, était entre les deux infirmières. La Beata aimait le Werner. Mais le Werner aimait la Dorothée. En revanche, la Dorothée n'aimait personne, si ce n'est en secret le petit Oscar. Werner tomba malade. Dorothée le soigna, car il était dans son service. Cela ne fut pas au goût de Beata. C'est pourquoi elle aurait invité Dorothée à une promenade et l'aurait tuée, ou plutôt éliminée, dans un champ de seigle proche de Gerresheim. Désormais Beata put soigner Werner à son aise. Mais elle ne l'aurait pas soigné en sorte qu'il guérît, au contraire. L'infirmière enamourée se dit-elle : tant que je le soigne, il est à moi ? Lui donna-t-elle trop de médicaments ? Des médicaments inadéquats ? En tout cas le Dr Werner mourut d'un excès de médicaments, ou de médicaments inadéquats. Devant le Tribunal, Beata n'avoua ni de travers, ni trop, ni surtout cette promenade dans le champ de seigle qui devait être la dernière sortie de sœur Dorothée. Oscar n'avoua rien non plus. Mais il possédait dans un bocal un annulaire à charge, et ils le condamnèrent pour l'affaire du champ d'orge. Comme ils ne le trouvèrent pas équilibré à cent pour cent, ils le mirent en observation dans une clinique psychiatrique. Entre-temps, c'est-à-dire avant d'être condamné et mis à l'asile, Oscar avait pris la fuite pour accréditer la dénonciation de mon ami Gottfried.

Au moment de ma fuite, j'avais vingt-huit ans. Voici quelques heures, trente bougies pleuraient flegmatiques, disposées en cercle sur mon gâteau d'anniversaire. Quand je m'enfuis, c'était aussi septembre. Je suis né sous le signe de la Vierge. Cependant il ne sera pas question ici de ma naissance et des ampoules, mais de ma fuite.

Comme je l'ai dit ci-dessus, la direction de l'Est et de ma grand-mère était barrée ; je fus donc contraint, comme tout le monde, de fuir vers l'Ouest. Puisque la politique t'empêche de fuir chez ta grand-mère, Oscar, alors fuis chez ton grand-père qui vit à Buffalo, USA. Fuis vers l'Amérique ; tu verras bien jusqu'où tu iras !

Je songeais au grand-père Koljaiczek quand la vache me léchait dans le pré derrière Gerresheim et que je gardais les yeux fermés. Il pouvait être sept heures du matin et je me disais : les magasins ouvrent à huit heures. Je m'en allai, riant aux éclats, laissant le tambour à la vache. Je me dis : Gottfried était fatigué ; il fera peut-être sa dénonciation à huit heures, huit heures et demie ; mets à profit cette petite avance. Il me fallut dix minutes, dans ce faubourg endormi, pour accrocher par téléphone un taxi. Il me conduisit à la gare centrale. Pendant le trajet, je recomptai mon argent. Je ne cessai pas de compter de travers parce qu'à chaque instant j'éclatais à nouveau d'un rire matutinal et cristallin. Puis je feuilletai mon passeport ; grâce aux bons soins de l'agence « Ouest », j'y trouvai un visa valable pour la France et pour les Etats-Unis ; ç'avait toujours été le plus cher désir du Dr Dösch d'offrir à ces pays une tournée d'Oscar Tambour.

Voilà ! me dis-je, filons à Paris, c'est le bon genre. Ça pourrait se voir dans un film où Gabin fume la pipe et mène une enquête pépère. Mais qui me joue ? Chaplin ? Picasso ? Hilare, électrisé par ces idées de fuite, j'étais encore à me taper sur les cuisses froissées de mon pantalon quand le chauffeur de taxi prétendit recevoir sept marks. Je payai. Je déjeunai au buffet de la gare. A côté de l'œuf à la coque, je tenais ouvert l'indicateur des Chemins de Fer fédéraux. J'y trouvai un train favorable. Après mon petit déjeuner, j'eus encore le temps de me munir de devises étrangères. J'achetai une petite valise de cuir fin ; comme je craignais de reparaître à mon domicile de la Jülicher Strasse, je la remplis de chemises chères mal ajustées à ma taille, y fourrai un pyjama vert pâle, une brosse à dents, un tube de dentifrice et cætera. Comme je n'avais pas motif de faire des économies, je pris un billet de première classe et bientôt je goûtais le confort rembourré d'un coin-fenêtre. Je fuyais sans avoir à marcher à pied. Les coussins vinrent en aide à mes réflexions : Oscar chercha, une fois le train lancé, quelque chose qui valût la peine d'être craint. Non sans raison je me disais : pas de fuite si l'on ne craint rien ! Mais alors, Oscar, que peux-tu craindre, qu'est-ce qui peut t'inciter à fuir si la police elle-même ne t'inspire qu'un rire matutinal et cristallin ?

Aujourd'hui, j'ai trente ans. Ma fuite et mon procès appartiennent au passé ; mais la crainte, la peur que je m'inculquai moi-même en prenant la fuite, cette angoisse est restée intacte.

Etait-cc la cadence des rails, la complainte du chemin de fer ? Le texte se dessina lentement ; il était monotone. Je m'en avisai peu avant Aix-la-Chapelle. Il prit place en moi à son aise, tout comme je m'étalais dans les coussins de première classe. Il y resta, même après Aix-la-Chapelle — nous passâmes la frontière vers dix heures et demie —, il devint alors lisible, compréhensible, redoutable. Je fus bien content de la petite diversion que m'apportèrent les douaniers ; ma bosse leur inspira un intérêt plus vif que mon nom et mon passeport. Et je me dis : ce Vittlar qui n'en finit plus de dormir ! Il va être onze heures et, le bocal sous le bras, il n'a pas encore trouvé moyen d'alerter la police, alors que par amour de lui je suis en fuite depuis la pointe du jour, et que je suis là à me faire peur exprès pour que ma fuite ait un moteur à défaut d'un motif. Oh ! j'eus grand-peur en Belgique, quand le train se mit à chanter : La Sorcière Noire est-elle là ? Ja, ja, ja ! La Sorcière Noire est-elle là ? Ja, ja, ja !

Aujourd'hui j'ai trente ans ; le procès va être repris ; je vais être à coup sûr acquitté, jeté à la rue, exposé aux textes dans les trains et les tramways : La Sorcière Noire est-elle là ? Ja, ja, ja !

Cependant, si je fais abstraction de ma peur et d'une Sorcière Noire dont je redoutais à chaque gare l'épouvantable apparition, le voyage était beau. Je restai seul dans mon compartiment — elle était peut-être, Elle, dans le compartiment voisin —, je fis la connaissance de douaniers belges, puis français. De temps à autre, je m'assoupissais pour cinq minutes et je me réveillais en sursaut avec un petit cri. Pour n'être pas livré sans défense à la Sorcière Noire, je feuilletais l'hebdomadaire *Der Spiegel* que je m'étais fait donner par la portière à Düsseldorf ; je m'ébahis du vaste savoir qui est le propre des journalistes ; je trouvai même un écho sur mon manager, le Dr Dösch de l'agence « Ouest », et fus confirmé dans ce que je savais déjà : l'agence de Dösch n'avait qu'un pilier : Oscar Tambour — excellente photo de moi. Et jusqu'à Paris le pilier Oscar se représenta l'effondrement de l'agence « Ouest », inévitable conséquence de mon arrestation et de l'effrayante apparition de la Sorcière Noire.

De ma vie, je n'ai eu peur de la Sorcière Noire. C'est seulement quand je pris la fuite, quand je voulus avoir peur, qu'elle m'est entrée sous la peau ; elle y est restée jusqu'à ce jour, dormant la plupart du temps. Elle adopte diverses formes : ce peut être une maxime goethéenne qui me fait crier et me jette anxieux sous ma couverture. Si intimement, depuis ma jeunesse, que j'aie pratiqué le prince des poètes, son calme olympien m'a toujours paru sinistre. Et si aujourd'hui, renonçant à la claire draperie classique, il apparaît devant mon lit, vêtu de noir, déguisé en Sorcière, plus ténébreux que Raspoutine, et que pour mon trentième anniversaire il me demande : « La Sorcière Noire est-elle là ? », j'ai grand-peur.

Ja, ja, ja, disait le train qui emportait vers Paris le fugitig Oscar. J'aurais plutôt attendu dès la gare du Nord les inspecteurs de l'Interpol. Mais la seule personne qui m'interpella fut un porteur. Il sentait si puissamment le vin rouge qu'avec la meilleure volonté je ne pouvais le prendre pour la Sorcière Noire ; je lui confiai ma petite valise et la lui fis porter jusqu'à la barrière du contrôle. Je me disais : ni les inspecteurs, ni la Sorcière Noire n'auront voulu faire les frais d'un billet de quai ; ils t'interpelleront et tu seras arrêté derrière le portillon. Donc tu feras bien de reprendre ta petite valise avant le contrôle. Or je dus trimbaler moi-même mon bagage jusqu'au métro : personne n'était là, pas même les inspecteurs, à qui je pusse confier ma valise.

Inutile de m'appesantir sur l'odeur caractéristique du métro ; le monde entier la connaît. J'ai lu récemment que ce parfum se vend en flacon-vaporisateur. Ce qui me frappa premièrement, ce fut que le métro, comme le train, mais sur un rythme différent, s'informait de la Sorcière Noire ; secondement, les autres voyageurs devaient tous connaître la Sorcière aussi bien que moi et la craindre de même, car tout mon entourage suait l'angoisse et l'effroi. Mon plan était d'aller par le métro jusqu'à la porte d'Italie et d'y prendre un taxi pour gagner l'aérodrome d'Orly. L'idée de me faire appréhender, à défaut de gare du Nord, sur le célèbre aérodrome d'Orly — la Sorcière en hôtesse de l'air — me séduisait par son tour piquant et original. Je dus changer une fois ; heureusement que ma valise n'était pas trop lourde ; puis le métro me charria vers le sud, tandis que je réfléchissais : où descends-tu, Oscar ? — Mon Dieu, il s'en passe des choses en un seul jour : ce matin de bonne heure une vache te léchait dans les prés de Gerresheim ; tu étais sans peur et fort gai ; et te voici à Paris. — Où vas-tu descendre, où vas-tu rencontrer la Sorcière ? Place d'Italie ou seulement porte d'Italie ?

Je descendis une station avant la Porte, à Maison-Blanche, parce que je pensai qu'ils pensaient que je penserais qu'ils seraient à la Porte. Mais la Sorcière, elle, sait ce que je pense et ce qu'ils pensent. Et puis j'en avais assez. La fuite, la laborieuse poursuite de la fuite me fatiguait. Oscar n'avait plus envie d'aller à Orly. Maison-Blanche, ma foi, était beaucoup plus original. Cette station de métro dispose d'un escalier mécanique sur quoi je comptais pour m'inspirer quelque exaltation et pour me répéter cette rengaine sur un tic-tac d'escalier roulant : La Sorcière Noire est-elle là ?

Oscar éprouve un certain embarras. Sa fuite approche du dénouement, et avec cette fuite son récit s'achève : l'escalier roulant de Maison-Blanche suffira-t-il pour dresser à la fin de ses notes un symbole assez haut, vertical et emblématique ?

Je reviens à mon trentième anniversaire. A tous ceux qui trouvent bruyant l'escalier mécanique et qui ne craignent pas la Sorcière Noire, j'offre en manière de conclusion mon trentième anniversaire. Cet anniversaire-là n'est-il pas de tous le plus significatif ? Ce matin quand les trente bougies furent allumées en cercle sur mon gâteau mémorial, j'aurais voulu pleurer de joie et d'enthousiasme ; mais j'eus honte, car Maria était présente : à trente ans, on ne doit plus pleurer.

Dès que la première marche de l'escalier mécanique — si dans ce cas on peut parler de première marche — m'emporta, je me mis à rire. Malgré la peur ou à cause de la peur. La montée était abrupte et lente — et les inspecteurs guettaient en haut. J'avais encore devant moi le temps d'une demi-cigarette. Deux marches au-dessus, se lutinait un couple d'amoureux sans-gêne. Une marche en dessous, une vieille dame, que je soupçonnai d'abord d'être la Sorcière Noire, mais sans motif réel, portait un chapeau dont les ornements figuraient des fruits. Tout en fumant, j'examinai tout ce qu'évoquait un escalier mécanique : Primo : Oscar jouait le poète Dante, retour de l'Enfer, et là-haut, où l'escalator s'achève, c'étaient les reporters de *Der Spiegel,* toujours à l'affût de l'actualité : « Dites voir, Dante, comment c'était, l'Enfer ? » Secundo : même jeu avec Goethe, prince des poètes ; je me laissais demander comment c'était chez les Mères. Puis j'en eus assez des poètes. Je me dis : là-haut, ne guettent ni les reporters du *Spiegel,* ni les inspecteurs avec leurs insignes métalliques dans leurs poches de manteaux ; celle qui attend là-haut, c'est la Sorcière ; et l'escalator rabâche : la Sorcière Noire est-elle là ? Oscar répondait : « Ja, ja, ja ! »

Parallèlement à l'escalier roulant descendait sans bouger un escalier normal. Il fournissait des passants à la station de métro. Il devait pleuvoir dehors. Les gens avaient l'air mouillé. Cela m'inspira des préoccupations ; à Düsseldorf, je n'avais plus trouvé le temps d'acheter un imperméable. Vite un coup d'œil là-haut : les messieurs aux regards remarquablement indignes de remarque portaient des parapluies bourgeois — mais cela ne suffisait pas à révoquer en doute l'existence de la Sorcière Noire.

Comment vais-je leur adresser la parole ? Tout en y réfléchissant, je goûtais la fumée lentement aspirée d'une cigarette sur un escalator en marche propre à élever lentement l'enthousiasme et à enrichir mes connaissances ; sur un escalator, on a le temps de rajeunir et aussi de vieillir bougrement. J'avais le choix à la sortie : trois ans ou soixante ; qui donnerait le bonjour à la police, un bambin ou un vieillard ? Mais, quel que fût mon âge, j'avais peur de la Sorcière.

Je crois qu'il se fait tard. Mon lit de métal est bien fatigué. A deux reprises, mon infirmier Bruno a déjà montré au judas son œil brun, inquiet. Là, sous l'aquarelle aux anémones, le gâteau intact aux trente bougies attend. Peut-être Maria est-elle déjà endormie. Quelqu'un, ce devait être Guste, la sœur de Maria, m'a souhaité bonne chance pour les trente années à venir. Maria jouit d'un sommeil à faire envie. Que m'a donc souhaité mon fils Kurt, le lycéen, élève modèle et premier de sa classe ? Ah ! oui, j'y suis : bonne guérison pour mes trente ans ! Mais je ne souhaite qu'une tranche du sommeil de Maria ; je suis las et c'est à peine si je trouve encore mes mots. La jeune femme de Klepp a fait sur ma bosse un compliment rimé aussi stupide que bien intentionné. Le Prince Eugène aussi était contrefait ; cela ne l'empêcha pas de prendre la ville et la citadelle de Belgrade. Maria devrait enfin comprendre qu'une bosse porte bonheur. Le Prince Eugène aussi avait deux pères. Maintenant j'ai trente ans, mais ma bosse est plus jeune. Louis XIV fut l'un des pères présumés du Prince Eugène. Jadis, souvent, de belles femmes touchaient ma bosse en pleine rue en guise de porte-bonheur. Le Prince Eugène était contrefait et pour cette raison mourut de mort naturelle. Si Jésus avait eu une bosse, on aurait à peine pu le clouer sur la croix. Est-ce que réellement, sous le seul prétexte que je compte trente années, je dois m'en aller de par le monde et rassembler autour de moi des apôtres ?

Il vous vient de drôles d'idées sur un escalator ! Je montais ; de plus en plus. Devant moi et au-dessus de moi, le couple d'amoureux sans-gêne. Derrière et en dessous, la vieille dame à chapeau. Au-dehors, il pleuvait. Tout en haut, ces messieurs de l'Interpol. Un caillebotis recouvrait les marches de l'escalator. Quand on est sur un escalier mécanique, il faut tout réviser : D'où viens-tu ? Qui es-tu ? Comment t'appelles-tu ? Que veux-tu ? Je perçus un essaim d'odeurs : la vanille de Maria jeune fille. L'huile à sardines que ma pauvre mère réchauffait pour la boire tiède, et elle en mourut. Jan Bronski gaspillait toujours l'eau de Cologne et pourtant tous ses vêtements exhalaient un relent de mort précoce. Ça sentait les pommes de terre d'hiver dans la cave de Greff-légumes. Encore un coup l'odeur des éponges sèches pendues par une ficelle aux ardoises du cours élémentaire, première année. Et ma Roswitha qui fleurait la cannelle et le musc. Je nageais dans un nuage de carbol quand

M. Fajngold pulvérisait ses désinfectants sur ma fièvre. Ah ! et le catholicisme de l'église du Sacré-Cœur, tous ces vêtements renfermés, la poussière froide, et moi, devant l'autel latéral gauche, je prêtais mon tambour à qui ?

Il nous vient de drôles d'idées quand on hume l'air du métro ! Aujourd'hui, pour me river mon clou, on dit : Tu as trente ans. Donc tu dois rassembler des apôtres. Rappelle-toi ce que tu disais quand on t'arrêta. Compte les bougies de ta pâtisserie mémoriale, quitte ton lit et rassemble des apôtres. Du reste, la trentaine offre bien des facilités dans ce domaine. Pour le cas où réellement on me chasserait de l'asile, je pourrais faire à Maria une seconde proposition de mariage. Aujourd'hui j'aurais une chance accrue. Oscar lui a payé son magasin ; il est connu, il gagne gros à vendre des disques ; il est devenu entre-temps plus mûr, plus âgé. On devrait se marier à trente ans.

Ou bien encore je reste célibataire, j'opte pour une de mes professions, j'achète une bonne carrière de calcaire coquillier, j'embauche des marbriers et travaille directement, sans intermédiaire, de la carrière au chantier de bâtiment. A trente ans on devrait fonder une existence.

Ou bien encore — si à la longue les pièces préfabriquées pour façades me canulent — je vais chercher la muse Ulla et, de concert avec elle, je propose aux Beaux-Arts un modèle suggestif. Peut-être même l'épouserai-je un beau jour, la muse aux fiançailles si fréquentes et si brèves. On devrait se marier à trente ans !

Ou bien encore, pour le cas où je serais las de l'Europe, j'émigre : Amérique, Buffalo, mon vieux rêve : je cherche mon grand-père, le millionnaire et ci-devant incendiaire Joë Colchic, alias Joseph Koljaiczek. A trente ans, il faudrait songer à un établissement sédentaire.

Ou bien encore je cède, je me laisse clouer ; je descends dans la rue, puisque j'ai trente ans, et je leur fais une composition du Messie ; du tambour, je fais un symbole, je fonde une secte, un parti, ou seulement une loge.

Cette idée me vint sur l'escalator malgré les amoureux du haut et la dame à chapeau du bas. Ai-je déjà dit que les amoureux étaient deux marches au-dessus de moi, non pas une.

J'avais posé ma valise entre eux et moi. Les jeunes gens de France sont tout à fait bizarres. Ainsi, tandis que l'escalier mécanique nous hissait tous de compagnie, elle lui défit son blouson de cuir, puis lui déboutonna le col de sa chemise et lui tripota sa peau à même ; or il avait dix-huit ans. Mais elle le fit avec tant d'application, ses gestes utilitaires étaient si dépourvus d'érotisme que je fus pris d'un soupçon : ces jeunes gens étaient officiellement rétribués pour se livrer sur la voie publique à des démonstrations amoureuses afin que la métropole française maintînt sa réputation. Pourtant, quand les amoureux s'embrassèrent, mon soupçon s'évanouit : il faillit s'étouffer avec la langue de la fille, et il était encore en proie à un accès de toux que j'éteignais déjà ma cigarette, histoire de me présenter aux inspecteurs en qualité de non-fumeur.

La vieille dame sous moi et son chapeau — c'est-à-dire que le chapeau était à la hauteur de ma tête, parce que ma taille déficiente compensait l'écart de deux marches — ne faisait rien de remarquable, sauf qu'elle marmonnait entre ses dents et vitupérait toute seule ; mais c'est là un travers fréquent chez les vieilles gens de Paris.

La rampe caoutchoutée de l'escalator montait avec nous. On pouvait y appuyer la main et la laisser courir. C'est ce que j'aurais fait si j'avais apporté des gants. Chacune des briques émaillées de la cage d'escalier reflétait une gouttelette d'électricité. Des tuyaux et des faisceaux de câbles obèses couleur crème suivaient notre ascension. Non pas que l'escalator fût bruyant. Il se donnait des airs de n'être pas pressé, bien que par nature il fût mécanique. Le mirliton de l'affreuse Sorcière Noire mêlait son texte à la crécelle de l'escalier. Pourtant, la station de métro Maison-Blanche me semblait familière, presque douillette. Je me sentais comme chez moi sur cet escalier roulant. Je me serais trouvé heureux, malgré l'angoisse et le croque-mitaine, si au lieu de personnes inconnues j'avais eu pour compagnons, dans ma montée, mes chers vivants et mes chers morts : ma pauvre maman entre Matzerath et Jan Bronski, cette vieille souris à cheveux gris de mère Truczinski avec ses enfants Herbert, Fritz et Maria, et encore Greff-légumes avec sa souillon de Lina, naturellement le maître Bebra et la gracile Roswitha — tous ceux qui encadrèrent ma problématique existence et se brisèrent à ce contact. Là-haut, en place d'inspecteurs de police, là-haut où l'escalator arrivait au bout de son rouleau, j'aurais préféré trouver l'antidote de l'affreuse Sorcière Noire : ma grand-mère Anna Koljaiczek aurait dû reposer là-haut, montagne sereine et, l'ascension achevée, m'accueillir avec mon escorte sous ses jupes, au cœur de la montagne.

Mais il y avait là-haut deux messieurs qui ne portaient pas de jupes en cloche, mais des imperméables de coupe américaine. Sur la fin de mon ascension, je frétillai, hilare, de mes dix orteils dans mes chaussures : je savais que le couple d'amoureux sans-gêne, je reconnaissais que la vieille dame radoteuse n'étaient que de vulgaires flics.

Que dire encore : Né sous lampes électriques, croissance délibérément interrompue âge de trois ans, reçu cadeau tambour, massacré verre, flairé vanille, toussé dans églises, donné sandwiches Lucie, observé fourmis, décidé grandir, enseveli tambour, émigré vers Ouest, perdu Est, appris métier marbrier, posé Académie, retrouvé tambour et inspecté béton, gagné grosse galette et gardé le doigt, donné doigt et pris fuite, traqué à tort, escalator, arrestation, condamnation, internement, puis acquittement ; or voici que je fête mon trentième anniversaire et j'ai toujours peur de la Sorcière Noire. — Amen.

Je laissai tomber ma cigarette éteinte. Elle prit place entre les lattes du caillebotis roulant. Après avoir assez longtemps évolué suivant un angle de quarante-cinq degrés qui le rapprochait du ciel, Oscar fut encore véhiculé à l'horizontale, la distance de trois petits pas, derrière le couple d'amoureux-flics dévergondés et devant la grand-mère-flic, par le caillebotis roulant et jeté sur le caillebotis fixe à dents de fer. Quand les inspecteurs se furent présentés et l'eurent interpellé sous le nom de Matzerath, il répondit — et c'était encore une idée comme il vous en vient sur un escalier mécanique — d'abord en allemand : « Ich bin Jesus ! » puis — après tout, ces messieurs étaient de l'Interpol — en français, et enfin en anglais : « I am Jesus ! »

Pourtant je fus arrêté sous l'incarnation d'Oscar Matzerath. Je me confiai sans résistance à la garde des inspecteurs et, comme il pleuvait sur l'avenue d'Italie, à l'abri de leurs parapluies. Mais comme je promenais alentour un regard inquiet, je vis à plusieurs exemplaires — c'est dans ses cordes — parmi la foule de l'avenue et dans l'attroupement qu'agglutinait le panier à salade, la face épouvantablement calme de la Sorcière Noire.

Maintenant je suis à court de mots. Mais il faut encore que je me demande ce qu'Oscar songe à faire après son inévitable renvoi de l'asile. Se marier ? Rester célibataire ? Emigrer ? Poser nu ? Acheter carrière ? Rassembler apôtres ? Fonder secte ?

Toutes les possibilités qui de nos jours s'offrent à un trentenaire doivent être examinées, pesées, scrutées, sondées, criblées, mais avec quoi, sinon à l'aide de mon tambour ? Donc je vais exécuter sur mon tambour cette petite chanson qui m'épouvante de plus en plus ; je vais appeler la Sorcière, la questionner, afin de pouvoir annoncer demain matin à mon infirmier Bruno quelle existence Oscar envisage, maintenant qu'il a trente ans, dans l'ombre d'un croque-mitaine toujours plus noir...

... Ce qui m'effrayait jadis dans les escaliers, ce qui faisait bouhh dans la cave à charbon — de quoi rire ! —, ce qui était toujours présent dans la coulisse, qui parlait avec ses doigts, toussait par le trou de la serrure, soupirait dans le poêle, grinçait avec la porte, fumait par les cheminées ; quand des navires cornaient dans le brouillard, ou bien quand une mouche, des heures durant, mourait entre les doubles fenêtres, quand les anguilles appelaient maman et que maman redemandait de l'anguille ; quand le soleil disparaissait derrière la tour de Zoppot, solitaire d'ambre ! A quoi songeait Herbert quand il voulut saillir le bois ? Et derrière le maître-autel— que serait le catholicisme sans la Sorcière qui de son ombre enténèbre les confessionnaux ?

Elle jetait son ombre quand furent détruits les jouets de Sigismond Markus ; et les mômes de notre cour, Axel Mischke et Nuchi Eyke, Susi Kater et Hänschen Kolin, la nommèrent dans la cour tout en cuisant leur soupe à la brique pilée : « La Sorcière Noire est-elle là ? Ja, ja, ja ! C'est ta faute et c'est ta faute, à toi plus qu'un autre. La Sorcière Noire est-elle là ? »

Jamais elle n'a cessé d'être là, même dans l'innocente écume verte de la poudre Waldmeister ; dans toutes les armoires où jamais je me blottis, elle était, elle aussi, tapie ; plus tard, elle emprunta son faciès triangulaire de renarde à Lucie Rennwand, mangea du saucisson avec la peau et conduisit les Tanneurs en haut du plongeoir — seul Oscar s'en tira indemne, regarda les fourmis, car il savait, lui : c'est l'ombre de la Sorcière qui s'est subdivisée en insectes noirs et qui cherche le sucré.

Et tous les mots : bénie, dolorosa, bienheureuse, Vierge des Vierges... Et toutes les pierres : basalte, tuf, diabase, lacunes du calcaire coquillier, alabastre si doux, si tendre... et tout le verre assassiné, diaphane, verre soufflé, verre filé... et les produits exotiques : farine et sucre en sacs bleus d'une livre ou d'une demi-livre. Plus tard : quatre chats dont l'un s'appelait Bismarck ; le mur qu'on avait recrépi, les Polonais ivres de mort, et les communiqués spéciaux, quand Dieu sait qui envoyait par le fond je ne sais quoi : les pommes de terre roulant à bas de la bascule ; l'objet qui s'amincit au pied ; cimetières où je fus ; dalles où je m'agenouillai ; fibres de coco où je restai gisant... Tout ce qu'on a coulé dans le béton, le jus lacrymogène des oignons, la bague au doigt et la vache qui me léchait.

Ne demandez pas à Oscar ce qu'elle est, qui elle est ! Je ne vous dirai pas son nom. Car ce qui jadis fut derrière moi, qui ensuite baisa ma bosse, le voici, la voici qui vient à moi, qui s'avance, qui s'approche :

La Sorcière Noire était là ! — NOIRE !
Etait déjà derrière moi. — NOIRE !
La voilà qui vient vers moi. — NOIRE !
Voilà qu'elle est devant moi. — NOIRE !
Avec son grand corbillard. — NOIR !
Qu'elle achète au marché noir. — NOIR !

Ce n'est plus une comptine
Comme les enfants en serinent.
La Sorcière Noire est-elle là ?
Ja, ja, ja !

IMPRIMERIE BUSSIÈRE À SAINT-AMAND (8-89)
DÉPÔT LÉGAL FÉVRIER 1980. N° 5410-5 (9048)

Collection Points

SÉRIE ROMAN

DERNIERS TITRES PARUS

R110. L'Hôtel New Hampshire, *par John Irving*
R111. Les Immémoriaux, *par Victor Segalen*
R112. Cœur de lièvre, *par John Updike*
R113. Le Temps d'un royaume, *par Rose Vincent*
R114. Poisson-chat, *par Jerome Charyn*
R115. Abraham de Brooklyn, *par Didier Decoin*
R116. Trois Femmes, *suivi de* Noces, *par Robert Musil*
R117. Les Enfants du sabbat, *par Anne Hébert*
R118. La Palmeraie, *par François-Régis Bastide*
R119. Maria Republica, *par Agustin Gomez-Arcos*
R120. La Joie, *par Georges Bernanos*
R121. Incognito, *par Petru Dumitriu*
R122. Les Forteresses noires, *par Patrick Grainville*
R123. L'Ange des ténèbres, *par Ernesto Sabato*
R124. La Fiera, *par Marie Susini*
R125. La Marche de Radetzky, *par Joseph Roth*
R126. Le vent souffle où il veut, *par Paul-André Lesort*
R127. Si j'étais vous..., *par Julien Green*
R128. Le Mendiant de Jérusalem, *par Elie Wiesel*
R129. Mortelle, *par Christopher Frank*
R130. La France m'épuise, *par Jean-Louis Curtis*
R131. Le Chevalier inexistant, *par Italo Calvino*
R132. Dialogues des Carmélites, *par Georges Bernanos*
R133. L'Étrusque, *par Mika Waltari*
R134. La Rencontre des hommes, *par Benigno Cacérès*
R135. Le Petit Monde de Don Camillo, *par Giovanni Guareschi*
R136. Le Masque de Dimitrios, *par Eric Ambler*
R137. L'Ami de Vincent, *par Jean-Marc Roberts*
R138. Un homme au singulier, *par Christopher Isherwood*
R139. La Maison du désir, *par France Huser*
R140. Moi et ma cheminée, *par Herman Melville*
R141. Les Fous de Bassan, *par Anne Hébert*
R142. Les Stigmates, *par Luc Estang*
R143. Le Chat et la Souris, *par Günter Grass*
R144. Loïca, *par Dorothée Letessier*
R145. Paradiso, *par José Lezama Lima*
R146. Passage de Milan, *par Michel Butor*
R147. Anonymus, *par Michèle Manceaux*
R148. La Femme du dimanche
par Carlo Fruttero et Franco Lucentini

R149. L'Amour monstre, *par Louis Pauwels*
R150. L'Arbre à soleils, *par Henri Gougaud*
R151. Traité du zen et de l'entretien des motocyclettes
par Robert M. Pirsig
R152. L'Enfant du cinquième Nord, *par Pierre Billon*
R153. N'envoyez plus de roses, *par Eric Ambler*
R154. Les Trois Vies de Babe Ozouf, *par Didier Decoin*
R155. Le Vert Paradis, *par André Brincourt*
R156. Varouna, *par Julien Green*
R157. L'Incendie de Los Angeles, *par Nathanaël West*
R158. Les Belles de Tunis, *par Nine Moati*
R159. Vertes Demeures, *par William Henry Hudson*
R160. Les Grandes Vacances, *par Francis Ambrière*
R161. Ceux de 14, *par Maurice Genevoix*
R162. Les Villes invisibles, *par Italo Calvino*
R163. L'Agent secret, *par Graham Greene*
R164. La Lézarde, *par Édouard Glissant*
R165. Le Grand Escroc, *par Herman Melville*
R166. Lettre à un ami perdu, *par Patrick Besson*
R167. Evaristo Carriego, *par Jorge Luis Borges*
R168. La Guitare, *par Michel del Castillo*
R169. Épitaphe pour un espion, *par Eric Ambler*
R170. Fin de saison au Palazzo Pedrotti, *par Frédéric Vitoux*
R171. Jeunes Années. Autobiographie 1, *par Julien Green*
R172. Jeunes Années. Autobiographie 2, *par Julien Green*
R173. Les Égarés, *par Frédérick Tristan*
R174. Une affaire de famille, *par Christian Giudicelli*
R175. Le Testament amoureux, *par Rezvani*
R176. C'était cela notre amour, *par Marie Susini*
R177. Souvenirs du triangle d'or, *par Alain Robbe-Grillet*
R178. Les Lauriers du lac de Constance, *par Marie Chaix*
R179. Plan B, *par Chester Himes*
R180. Le Sommeil agité, *par Jean-Marc Roberts*
R181. Roman Roi, *par Renaud Camus*
R182. Vingt Ans et des poussières, *par Didier van Cauwelaert*
R183. Le Château des destins croisés, *par Italo Calvino*
R184. Le Vent de la nuit, *par Michel del Castillo*
R185. Une curieuse solitude, *par Philippe Sollers*
R186. Les Trafiquants d'armes, *par Eric Ambler*
R187. Un printemps froid, *par Danièle Sallenave*
R188. Mickey l'Ange, *par Geneviève Dormann*
R189. Histoire de la mer, *par Jean Cayrol*
R190. Senso, *par Camillo Boito*
R191. Sous le soleil de Satan, *par Georges Bernanos*
R192. Niembsch ou l'immobilité, *par Peter Härtling*
R193. Prends garde à la douceur des choses
par Raphaële Billetdoux

R194. L'Agneau carnivore, *par Agustin Gomez-Arcos*
R195. L'Imposture, *par Georges Bernanos*
R196. Ararat, *par D. M. Thomas*
R197. La Croisière de l'angoisse, *par Eric Ambler*
R198. Léviathan, *par Julien Green*
R199. Sarnia, *par Gerald Basil Edwards*
R200. Le Colleur d'affiches, *par Michel del Castillo*
R201. Un mariage poids moyen, *par John Irving*
R202. John l'Enfer, *par Didier Decoin*
R203. Les Chambres de bois, *par Anne Hébert*
R204. Mémoires d'un jeune homme rangé
par Tristan Bernard
R205. Le Sourire du Chat, *par François Maspero*
R206. L'Inquisiteur, *par Henri Gougaud*
R207. La Nuit américaine, *par Christopher Frank*
R208. Jeunesse dans une ville normande
par Jacques-Pierre Amette
R209. Fantôme d'une puce, *par Michel Braudeau*
R210. L'Avenir radieux, *par Alexandre Zinoviev*
R211. Constance D., *par Christian Combaz*
R212. Épaves, *par Julien Green*
R213. La Leçon du maître, *par Henry James*
R214. Récit des temps perdus, *par Aris Fakinos*
R215. La Fosse aux chiens, *par John Cowper Powys*
R216. Les Portes de la forêt, *par Elie Wiesel*
R217. L'Affaire Deltchev, *par Eric Ambler*
R218. Les amandiers sont morts de leurs blessures
par Tahar Ben Jelloun
R219. L'Admiroir, *par Anny Duperey*
R220. Les Grands Cimetières sous la lune, *par Georges Bernanos*
R221. La Créature, *par Étienne Barilier*
R222. Un Anglais sous les tropiques, *par William Boyd*
R223. La Gloire de Dina, *par Michel del Castillo*
R224. Poisson d'amour, *par Didier van Cauwelaert*
R225. Les Yeux fermés, *par Marie Susini*
R226. Cobra, *par Severo Sarduy*
R227. Cavalerie rouge, *par Isaac Babel*
R228. Tous les soleils, *par Bertrand Visage*
R229. Pétersbourg, *par Andréi Biély*
R230. Récits d'un jeune médecin, *par Mikhaïl Boulgakov*
R231. La Maison des prophètes, *par Nicolas Saudray*
R232. Trois Heures du matin à New York
par Herbert Lieberman
R233. La Mère du printemps, *par Driss Chraïbi*
R234. Adrienne Mesurat, *par Julien Green*
R235. Jusqu'à la mort, *par Amos Oz*
R236. Les Envoûtés, *par Witold Gombrowicz*

R237. Frontière des ténèbres, *par Eric Ambler*
R238. Les Deux Sacrements, *par Heinrich Böll*
R239. Cherchant qui dévorer, *par Luc Estang*
R240. Le Tournant, *par Klaus Mann*
R241. Aurélia, *par France Huser*
R242. Le Sixième Hiver, *par Douglas Orgill et John Gribbin*
R243. Naissance d'un spectre, *par Frédérick Tristan*
R244. Lorelei, *par Maurice Genevoix*
R245. Le Bois de la nuit, *par Djuna Barnes*
R246. La Caverne céleste, *par Patrick Grainville*
R247. L'Alliance, tome 1, *par James A. Michener*
R248. L'Alliance, tome 2, *par James A. Michener*
R249. Juliette, chemin des Cerisiers, *par Marie Chaix*
R250. Le Baiser de la femme-araignée, *par Manuel Puig*
R251. Le Vésuve, *par Emmanuel Roblès*
R252. Comme neige au soleil, *par William Boyd*
R253. Palomar, *par Italo Calvino*
R254. Le Visionnaire, *par Julien Green*
R255. La Revanche, *par Henry James*
R256. Les Années-lumière, *par Rezvani*
R257. La Crypte des capucins, *par Joseph Roth*
R258. La Femme publique, *par Dominique Garnier*
R259. Maggie Cassidy, *par Jack Kerouac*
R260. Mélancolie Nord, *par Michel Rio*
R261. Énergie du désespoir, *par Eric Ambler*
R262. L'Aube, *par Elie Wiesel*
R263. Le Paradis des orages, *par Patrick Grainville*
R264. L'Ouverture des bras de l'homme
par Raphaële Billetdoux
R265. Méchant, *par Jean-Marc Roberts*
R266. Un policeman, *par Didier Decoin*
R267. Les Corps étrangers, *par Jean Cayrol*
R268. Naissance d'une passion, *par Michel Braudeau*
R269. Dara, *par Patrick Besson*
R270. Parias, *par Pascal Bruckner*
R271. Le Soleil et la Roue, *par Rose Vincent*
R272. Le Malfaiteur, *par Julien Green*
R273. Scarlett, si possible, *par Katherine Pancol*
R274. Journal d'une fille de Harlem, *par Julius Horwitz*
R275. Le Nez de Mazarin, *par Anny Duperey*
R276. La Chasse à la licorne, *par Emmanuel Roblès*
R277. Red Fox, *par Anthony Hyde*
R278. Minuit, *par Julien Green*
R279. L'Enfer, *par René Belletto*
R280. Et si on parlait d'amour, *par Claire Gallois*
R281. Pologne, *par James A. Michener*
R282. Notre homme, *par Louis Gardel*

R283. La Nuit du solstice, *par Herbert Lieberman*
R284. Place de Sienne, côté ombre
par Carlo Fruttero et Franco Lucentini
R285. Meurtre au comité central
par Manuel Vázquez Montalbán
R286. L'Isolé soleil, *par Daniel Maximin*
R287. Samedi soir, dimanche matin, *par Alan Sillitoe*
R288. Petit Louis, dit XIV, *par Claude Duneton*
R289. Le Perchoir du perroquet, *par Michel Rio*
R290. L'Enfant pain, *par Agustin Gomez-Arcos*
R291. Les Années Lula, *par Rezvani*
R292. Michael K, sa vie, son temps, *par J. M. Coetzee*
R293. La Connaissance de la douleur, *par Carlo Emilio Gadda*
R294. Complot à Genève, *par Eric Ambler*
R295. Serena, *par Giovanni Arpino*
R296. L'Enfant de sable, *par Tahar Ben Jelloun*
R297. Le Premier Regard, *par Marie Susini*
R298. Regardez-moi, *par Anita Brookner*
R299. La Vie fantôme, *par Danièle Sallenave*
R300. L'Enchanteur, *par Vladimir Nabokov*
R301. L'Ile atlantique, *par Tony Duvert*
R302. Le Grand Cahier, *par Agota Kristof*
R303. Le Manège espagnol, *par Michel del Castillo*
R304. Le Berceau du chat, *par Kurt Vonnegut*
R305. Une histoire américaine, *par Jacques Godbout*
R306. Les Fontaines du grand abîme, *par Luc Estang*
R307. Le Mauvais Lieu, *par Julien Green*
R308. Aventures dans le commerce des peaux en Alaska
par John Hawkes
R309. La Vie et demie, *par Sony Labou Tansi*
R310. Jeune Fille en silence, *par Raphaële Billetdoux*
R311. La Maison près du marais, *par Herbert Lieberman*
R312. Godelureaux, *par Éric Ollivier*
R313. La Chambre ouverte, *par France Huser*
R314. L'Œuvre de Dieu, la part du Diable, *par John Irving*
R315. Les Silences ou la vie d'une femme, *par Marie Chaix*
R316. Les Vacances du fantôme, *par Didier van Cauwelaert*
R317. Le Levantin, *par Eric Ambler*
R318. Béno s'en va-t-en guerre, *par Jean-Luc Benoziglio*
R319. Miss Lonelyhearts, *par Nathanaël West*
R320. Cosmicomics, *par Italo Calvino*
R321. Un été à Jérusalem, *par Chochana Boukhobza*
R322. Liaisons étrangères, *par Alison Lurie*
R323. L'Amazone, *par Michel Braudeau*
R324. Le Mystère de la crypte ensorcelée, *par Eduardo Mendoza*
R325. Le Cri, *par Chochana Boukhobza*
R326. Femmes devant un paysage fluvial, *par Heinrich Böll*

R327. La Grotte, *par Georges Buis*
R328. Bar des flots noirs, *par Olivier Rolin*
R329. Le Stade de Wimbledon, *par Daniele Del Giudice*
R330. Le Bruit du temps, *par Ossip E. Mandelstam*
R331. La Diane rousse, *par Patrick Grainville*
R332. Les Éblouissements, *par Pierre Mertens*
R333. Talgo, *par Vassilis Alexakis*
R334. La Vie trop brève d'Edwin Mullhouse
par Steven Millhauser
R335. Les Enfants pillards, *par Jean Cayrol*
R336. Les Mystères de Buenos Aires, *par Manuel Puig*
R337. Le Démon de l'oubli, *par Michel del Castillo*
R338. Christophe Colomb, *par Stephen Marlowe*
R339. Le Chevalier et la Reine, *par Christopher Frank*
R340. Autobiographie de tout le monde, *par Gertrude Stein*
R341. Archipel, *par Michel Rio*
R342. Texas, tome 1, *par James A. Michener*
R343. Texas, tome 2, *par James A. Michener*
R344. Loyola's blues, *par Erik Orsenna*
R345. L'Arbre aux trésors, *par Henri Gougaud*
R346. Les Enfants des morts, *par Heinrich Böll*
R347. Les Cent Premières Années de Niño Cochise
par A. Kinney Griffith et Niño Cochise
R348. Vente à la criée du lot 49, *par Thomas Pynchon*
R349. Confessions d'un enfant gâté, *par Jacques-Pierre Amette*
R350. Boulevard des trahisons, *par Thomas Sanchez*
R351. L'Incendie, *par Mohammed Dib*
R352. Le Centaure, *par John Updike*
R353. Une fille cousue de fil blanc, *par Claire Gallois*
R354. L'Adieu aux champs, *par Rose Vincent*
R355. La Ratte, *par Günter Grass*
R356. Le Monde hallucinant, *par Reinaldo Arenas*
R357. L'Anniversaire, *par Mouloud Feraoun*
R358. Le Premier Jardin, *par Anne Hébert*
R359. L'Amant sans domicile fixe
par Carlo Fruttero et Franco Lucentini
R360. L'Atelier du peintre, *par Patrick Grainville*
R361. Le Train vert, *par Herbert Lieberman*
R362. Autopsie d'une étoile, *par Didier Decoin*
R363. Un joli coup de lune, *par Chester Himes*
R364. La Nuit sacrée, *par Tahar Ben Jelloun*
R365. Le Chasseur, *par Carlo Cassola*
R366. Mon père américain, *par Jean-Marc Roberts*
R367. Remise de peine, *par Patrick Modiano*
R368. Le Rêve du singe fou, *par Christopher Frank*
R369. Angelica, *par Bertrand Visage*
R370. Le Grand Homme, *par Claude Delarue*